橐 驼

王 晨 ◎ 著

云南人民出版社

图书在版编目（CIP）数据

橐驼 / 王晨著. -- 昆明：云南人民出版社，
2024.7
ISBN 978-7-222-22755-2

Ⅰ. ①橐… Ⅱ. ①王… Ⅲ. ①长篇小说－中国－当代
Ⅳ. ① I247.5

中国国家版本馆 CIP 数据核字（2024）第 093417 号

统筹组稿：马 非 白 帅
责任编辑：吴 磊 何 娜
责任校对：白 帅
责任印制：窦雪松
装帧设计：何 娜 吴 磊 杨晓东
实习编辑：陈 牧 左青青

橐 驼
王 晨◎著

出　版	云南人民出版社
发　行	云南人民出版社
社　址	昆明市环城西路609号
邮　编	650034
网　址	www.ynpph.com.cn
E-mail	ynrms@sina.com
开　本	720mm×1010mm 1/16
印　张	29
字　数	450千
版　次	2024年7月第1版第1次印刷
印　刷	云南新华印刷二厂有限责任公司
书　号	ISBN 978-7-222-22755-2
定　价	89.00元

云南人民出版社微信公众号

如需购买图书、反馈意见，请与我社联系
总编室：0871-64109126　发行部：0871-64107659　审校部：0871-64164626　印制部：0871-64191534

版权所有　侵权必究　印装差错　负责调换

王晨，小说家、剧作家。出版、主编文学作品多部。现居新疆。

前　言

开始暂定书名为《新北道》。那从唐长安出发的驼队，衍生出丝绸之路新北道，写新北道上的人和事，但总觉得"橐驼"更贴近驼队、驼户、驼道。

对于"橐驼"，《山海经·北山经》这样写道："其兽多橐驼，其鸟多寓。"汉代东方朔在《七谏·乱》中曰："腾驾橐驼。"《史记·苏秦列传》对其又是另一种描述："燕代橐驼良马，必实外厩。"唐代王昌龄《箜篌引》："橐驼五万部落稠，敕赐飞凤金兜鍪。"清代吴伟业在《田家铁狮歌》中说："橐驼磨肩牛砺角，霜催雨蚀枯藤缠。""橐驼"有着深厚的历史文化底蕴。

新北道，一条熟知又陌生的古道。

驼户们从古城子到木垒，越大石头，到巴里坤，翻越天山到哈密，过星星峡，进嘉峪关，穿过河西走廊，最后到达目的地包头、归化城、张家口。

蒙古草原道，俗称北路，从古城子启程，越过北塔山到蒙古的前后营——乌里雅苏台和科布多，再一个头朝东，经过长途跋涉，到库伦、张家口、归化城、包头。反之，从张家口出发，到库伦，被称为张库大道。一直向西，有近七十个站口，就到了古城子。

多少年来，疲惫的身影，希望的眼神，就着思乡泪，咽下千般苦，倔强的身影总是在凄风苦雨、冰天雪地中颠簸。牛牛车咯吱咯吱的声响；肩扛担挑的走卒贩夫；一家老小拖儿带女，在路边堆起亲人坟头的逃荒者。他们的目的只有一个，就是摆脱遥遥无期的苦难岁月，把希望托付给这条路，期盼让梦中的花朵真实地开在前方，早日走进向往已久的人间天堂——奇台古城子。

终于，那些三瓣子嘴、大蹄子、哑巴儿子们，在一个个砥砺前行的驼户的牵引下，让驼铃在"咣当、咣当"的声响中，汇成一曲滚雷般的交响，摇出了古城子的繁荣，圆了无数人的梦。

有些事情往往在不经意间，就打开了意想不到的局面，在岁月告白后的结尾，一笔浓重的划痕切入了历史的肌肤，可对于王九先来说，它只是一个序章。

驼队掌柜子王九先，众多驼户的代表，在他的带领下，和他的连手们，用宁折不弯的胆气，一步步丈量、一步步铿锵，循着前辈的足迹，让一片肥沃的外人觊觎已久的土地，变得更加生机勃勃。

驼道悠悠，荒草萋萋，在风烟岁月中，他们用苦旅给驼道留痕，让驼道从窄小变成大道。长途跋涉，驼铃声声，一群驼户，把日子安放在驼背上，在弥漫风雪的天地中，在迷雾重重的寻觅中，让太阳闪现出希望的光晕。

当初，这些驼户并没有引领古城子历史的雄心。然而，多少年过去，古城子的价值却在他们身上得到体现。他们是古城子历史上真正的主角之一，唱出了气象，唱出了风云，唱出了一幕幕动人心魄、令人心酸、令人感动、令人神往，也令人嫉妒的长歌。一段段故事、叙事，拂去记忆的尘埃，在若隐若现的时光背影里，展现出充满传奇色彩的人生。

丝路新北道上的驼铃声虽已远去，但那段历史却永远定格在人们心中。能与这段历史相遇碰撞，是我的荣幸。

王　晨
二〇二二年九月六日

目　录

第一章 ··· 1

　　经过一天跋涉，骆驼的汗腺都开了。驼鞍下的毛被汗水一浸，经过鞍子的挤压，粘连成了片状。有些骆驼的汗珠甚至吊在了睫毛上，圆溜溜的眼睛四面回顾，望了同伴又望主人，眼里装满了笃诚。那水汪汪的瞳仁清澈透明，映出了近处的绿草，远处的白云。

第二章 ·· 19

　　一到站口卸了驮子，先把骆驼打在四野里，让骆驼缓一缓，吃口草。这时的白骟驼首当其冲，俨然是驼群中的首领。它领着群驼慢慢散开，边走边吃扎嘴的骆驼刺。

　　吃草是有定数的，一天最少要吃一百口草，驮驮子才有劲。看看身边的伙伴们，也是在每个草墩上最多吃两三口就走，让草接着生长，让嘴上的花粉传到另一个草墩上，草墩长得更旺实。

　　骆驼没有大牙，不会把草籽嚼烂，倒沫反刍时草籽从嘴里掉出来落在了地上，行走间被宽大的蹄子踏进了土里，让雨水一泡，太阳一照又发芽了。是骆驼保护了草场，草场喂养了骆驼。

第三章 ·· 41

　　驼群由近而远悠闲地吃着三尖草。段子恒和乔长云，两个人也是太闲了，让骆驼由着性子吃，他两个竟跑到旁边的坟地里，挨个儿看那坟头的牌子上都写着什么。看看看着，乔长云便用手去摇人家的牌子。那牌子大都是加五板做的，直插在坟前，一摇晃竟摇了下来。他再去旁边的坟头摇，也摇下来了。他左右看看两个牌子，就把两个牌子互换了。

段子恒一看，也去摇身边的木牌。就这样，他两个肩扛牌子，来来去去，不管你赵钱孙李，还是周吴郑王，一顿三堂混搅，把能换的牌子都换了。

第四章 ·· 58

提出建义园的是商会会长周凤麒。他说："把死后不能叶落归根的乡党们葬在一起，让他们抱团取暖，不落孤寂，也有个葬身处。"

听了这话，有几个年岁大，一把胡子的老人，觉得自己的归宿有了着落，禁不住掉下了眼泪。

第五章 ·· 70

廖布导终究没能喝死，是被烧死的。他喝醉后躺在被窝里，点了一支烟，吸了两口，人就昏昏沉沉睡着了。烟头捅破被面，点燃了被子里的棉花，黄色的烟雾从门缝里往外涌，接着就起火了。他的身子先是被烧得开了裂子，往外冒油，后来是整个房子着火了。等人们赶来了，屋顶塌了。

郝七三从废墟里找到廖布导时，人已烧成了焦炭。他捡到了平时廖布导喝酒的铜酒壶。廖布导入殓时，郝七三拿起那把壶看了一下，放在了廖布导的手边。

第六章 ·· 85

郝七三、葛钟娃、道尔吉在驼群和大锅灶之间不断往返，牵着骆驼一路小跑，骆驼跟着一边跑一边"昂昂昂"地叫。到了锅前，把骆驼缰绳往下一拽，骆驼负疼就地卧倒。陆十红、咸长林扳住骆驼的头，王九先手执牛角灌角，从大锅里舀起一灌角大黄水，等骆驼叫唤时一张口，灌角一翘，大黄水就灌进了骆驼嘴里。骆驼的叫声被大黄水一噎断了音儿，在换气的当口，大黄水也被咽了下去。被灌了大黄水的骆驼，在圈里四下散开，有些还不时地扭过头，往人群和大锅这边张望。大黄水苦涩，但没有一峰骆驼打激灵皱眉头。这些骆驼的嘴角儿被大黄水一浸染，都成了鹅黄色，乍一看像是开在嘴边一朵一朵的九月菊。

第七章 ·· 112

药王庙里，大多是女人领着娃娃来看病的。庙里有观煞洞可钻，钻了黑咕隆咚的观煞洞，说娃娃的病就好了。那些看热闹的，对着那些女人说说笑笑，指指点点，尽是给嘴改心慌。有些男人干脆是充样子打乱话——瞎帮腔，啥原也不知道，他们根本就认不准那一堆女人中谁是婆姨谁是姑娘，谁有人家谁没下家。

第八章 · 125

老太爷的棺木下葬前，人们惊奇地发现，在前两天打好的墓穴里，竟有一条蛇。那蛇见人并不惊慌，迅速盘作一团。

风水先生对着老太爷的灵柩拜了三下，口中说道："大喜大喜，沙家要出贵人了！"

旁边另一阴阳先生说："见过、见过，可那是下雨后第二天坑里汪着的一捧水中有条小鱼，和这不一样。这是小龙，是要出贵人的。"

……

过完头七过二七，七七四十九天上，沙筱圃出生了。

第九章 · 137

沙筱圃说："万山磅礴，总有主峰。若讲风水，中华真正的龙脉，天山是龙首，昆仑山、巴颜喀拉山、秦岭是辗转腾挪的龙身。这条最长最大的山系造就了黄河、长江。这两条大河流经中原大地汇入大海，拥有如此气势的山环水抱，大地尽显华夏风骨，这就是最大的风水了。驼队走在这巨大的龙脉上，也是三生有幸。"

第十章 · 161

曹文茂往上递着洋芋筐，奚桂兰抓住筐把往上提。曹文茂松开往上递的筐子，奚桂兰随着筐的下坠身子往前一倾。"哎哟"一声刚喊出口，曹文茂抓住她的手往下一拉，奚桂兰就跌进了窖里。曹文茂一把将奚桂兰搂在怀里压在了身子下面。

第十一章 · 176

郝七三他们几个老远看到上三元饭馆。还没近前，就见堂倌拜老五快步迎了上来。他有声有韵，似说非说，似唱非唱："看清了，认准了，门上的幌子，牌牌的样子，东走的，西浪的，背上褡裢进城的；吃饭来，喝汤来，各位坐下喧谎来。进来看，喝茶的，抽烟的，旮旯拐角谝传的；我这里碗大舀得稠，上面漂着油，吃得舒心，喝得来劲……"

第十二章···192

　　土匪先是"啪"地打过来一枪，想震慑驼队。子弹贴着王九先的脸颊飞过，王九先眼前顿时模糊起来。他赶忙取下眼镜，看到茶色眼镜的两个镜片从中间直直开了两道缝。他一愣，才醒悟到刚才像是听到了眼镜裂开的声音。

第十三章···210

　　侯财来半醉不醉，出门往家里走。路过冯家梁的坟地时脚下一绊，他低头一看，是一个骷髅。借着酒劲，他想把骷髅一脚踢开，踢到路边草丛里去，谁知踢偏了，那骷髅在他脚下转了个圈后从嘴里掉出一个黄灿灿的东西来。他蹲下身子捡起来一看，顿时吃了一惊，两手不住地颤抖，这是金子啊！

第十四章···228

　　自救了路生后，大家对陆十红又多了一分敬意，而陆十红仍一如既往，不卑不亢。在驼队中有了他这样一位武艺高强、深藏不露的家伙，无疑是给大伙长了精神，添了胆识，那路上常遇强人的事便显得不再那么可怕了。

第十五章···243

　　你是有见识的人，一些事情不可以自身的眼力见功底，有时候看着是个驴粪蛋，再细看，它可能就是糖枣儿。一次我给一个人号脉，那人像是多少天没碰过水了，连身上的肉都馊了，一股子酸味直冲我的嗓门。我身子向后一仰一仰，那酸味还真就避不开。那人一看，对我说："秦大夫，让您见笑了，我身上的味儿你不要嫌弃，我是醋坊里拌醋的。"我当下"哦"了一声，就觉得那酸味变了，往前凑了凑，就闻到了醋香味。

第十六章···254

　　道尔吉定睛一看，坩埚里啥也没有了，只有坩埚被烧得通红，那炉火烧得更旺，火烟直扑面门，像要把他这罪孽之人一起烧掉。立刻，他心里产生了一种从未有过的恐惧，情不自禁跪倒在地纳头便拜，向着坩埚叩了几个响头，转身奔出了银匠铺。

第十七章 ·· 264

　　舅妈开始给她裹脚,谁知是傅春娥的噩梦来了。舅妈拿出准备好的布剪成布条,含着泪一狠心,不顾傅春娥折骨之痛,把傅春娥两脚的大脚趾旁边的四根脚趾弯折到脚心,用布条裹紧。傅春娥疼得呼天唤地,但无济于事。晚上,傅春娥偷偷解开裹脚的布。第二天舅妈一看,重新给她包裹,脚上加添了细麻绳扎得紧紧的,再用冷水浇湿。傅春娥脚痛得不能着地,只有双膝跪行。

第十八章 ·· 275

　　当局铸造了新疆铜钱、饷银、湘平银币,兴水利广垦田,地分三等,每亩征粮三升、四升、七升。货郎亦农亦商,以农养商,以商补农,越做越大。把古城当作大本营囤积货物,在古城子定居成家,坐地经商。马市、茶市、布行、商铺、烧坊接二连三兴起。也是利益所驱,货郎拉帮结伙,逐渐形成八帮商人。

第十九章 ·· 288

　　除夕那天,时近黄昏,傅春娥煮一锅羊肉,王九先带着孩子们贴对联。傅春娥督促全家人换上新衣,王九先带着全家人先敬神,指点孩子们把各种供品敬献在财神、灶神、家神神龛前,然后上香、磕头、作揖。三尊神龛前的供品相同,只是财神面前多出两串钱,是用红线串在一起的铜钱。

第二十章 ·· 297

　　沙筱圃看到,那数百名扑进地里的警察、团丁手中的柳条,此刻变成了三尺马刀,对准那些烟葫芦左劈右砍。个别已挂浆的烟葫芦上被柳条抽开了口子,淌出了像脑浆一样的浆汁,被阳光一晒变成了黑色。跌落在地上的烟葫芦,像踩气泡一样,被踩得"叭叭"作响,像鞭炮声,又像枪声。

第二十一章 ·· 317

　　地上有根木棍,他随手拿起来,看到面前的墙缝里有块布片,就用棍子抠它。布片越抠越大,墙缝里塞着的土坷垃也被他一点点抠下来。墙缝越来越大,布片变成了布块。他用棍子往里捣鼓,就有了异样的感觉。他心里一惊,赶忙捡起一块土坷垃擦了屁股,双手握紧了棍子扒拉墙缝,再用手去扯那布块。布块已酥了一半,被他一扯就烂

5

了，就有银块被带了出来。他扔了棍子，用手顺墙缝掏了进去，一块又一块，一包银子被他掏了出来。

第二十二章 ·· 328

第二天早上，他让看守给他刮了胡子。吃过饭后，他眼瞅着那双用了多日的筷子有些伤感，筷子用了多少年，没想到到头来竟用它来结束自己的生命。他把一双筷子并齐，双手攥紧，仰起了头，张大了嘴，手掌往下一按，把筷子双双捅进了喉咙里。

第二十三章 ·· 344

通常，他穿一身黑衣，爱去人家的红白喜事上帮忙，手执毛笔写礼账，请与不请他都自个来，在柜上当伙计时练得一手蝇头小楷还算漂亮。他不上席面，一壶酒、一碗红烧肉就满足了，虽然脸喝得红扑扑的，但每一笔礼金都记得清清楚楚。喝醉离开时跌跌撞撞，嘴里总是嘟嚷着一句话："南北通吃，东西过瘾，博雅说俗，尽在其中。"

第二十四章 ·· 358

驼队到了煤矿，忽然花子猛地蹿了上来，挡在了黑骡子前面，对着王九先一顿狂吠。王九先纳闷，向四面观看，没啥情况。他把两腿一夹，催促黑骡子前行，但花子一跃，又挡住他的去路，仍是狂吠不止。王九先心生疑惑，但他不知，前面地底下是两天两夜烧过来的火坑。黑骡子看花子对着它狂吠，要往前疾走。花子一看，身子一纵，蹿到了黑骡子前面，只见前面冒出一股白烟，花子不见了。

第二十五章 ·· 376

院里几棵榆树下，几个女人踩着凳子，手能够着的地方，榆钱差不多都被捋光了，唯独树梢上，也是榆钱结得最繁的地方，结结实实的榆钱，一串一串像猫儿尾巴，在微风中轻轻摆动。只见一人手举钐镰伸向榆枝，将镰刃搭在枝条上，用力一搂，那些"猫儿尾巴"就掉了下来。女人们手提小板凳走向前，就地坐了下来，把枝条拥在怀里，把榆钱捋进了筐里。

第二十六章 · 392

这些日子，曹文茂总感觉自己头上像是悬了一把刀，不知什么时候会掉下来。每到北道桥，他都要和缉查站的人套近乎，手里总会提一些酱牛肉、腊羊头、烤包子、烧卖之类的吃食，虽说把缉查站的那些人惯出了毛病，但也给驼队提供了方便，对驼队草草检查一下就放行了。

第二十七章 · 400

子弹的出口处，一股血柱直往外喷。侯财来的前胸上出现了拳头大的洞。他一个嘴啃泥扑倒在地，神经质地蠕动着身子，很快就断了气。后背上的绳结被打得散开，鲜血染红了绳结，变成了一朵血色的红菊花。

第二十八章 · 414

大小明灯，纸马垂首。红蜡烛、白蜡烛相间摆放，烟雾轻绕，纸钱味微熏，黑色的大瓦盆内纸灰随热气上升，像灰色的蝴蝶上下起舞。纸扎的童男童女站立两旁，金山银山各色纸货依次摆放。供桌上献有馒头花盘，花馍的顶端是着了色面捏的寿桃、菊花、莲花。

第二十九章 · 425

想想宋晚晴，也是琴韵书声、秀外慧中、钟灵毓秀，是不可多得的女子，可如今不单是学无所用、用无所长，而是自毁前程、自断后路，且经历了孤雏之痛。看着自己最亲的人，有因有果、有血有肉，可最终了结在了自己面前，这现实让他咋样接受……该演的都演完了，只是没有想到最后竟以这样的方式收场……沙筱圊抬起头长吁一声道："也好，宁鸣而死，不默而生，该是沉淀自身的时候了。既然化茧成蝶，那就飞吧！"

尾　声 · 444

王九先隐约觉得，这些天来，总有一双眼睛在盯着驼队。过了几天，他就放下心来，那个在咬牙沟神龙见首不见尾出手相助的蒙面人，原来是沙筱圊。他压根儿就不知道，沙筱圊的身手，是在迪化军训时练出来的……

他从地上抓起一把金黄的叶子。落叶在手，满目是秋，他陷入了沉思……天山苍苍，黄河泱泱，驼铃、商队、丝绸、玉石、落日、戈壁、沙漠……

久远的往事一下打开闸门，向着遥远的丝绸之路新北道，像流星雨一样，在天幕上一道道划过。

后　记…………………………………………………………… 447

第一章

一

道不远人。

太阳偏西释放出柔和光芒。驼队靠近了河边，驼户们长舒一口气。老远看到河边簇拥的团团树影，被戈壁风吹得有些麻木的身子一下振作起来。

"把他家的，可算到地方了！"郝七三高声喊道。

葛钟娃应声道："乏了，乏了，人困驼乏了。"

侯财来伸了个懒腰说："就是，把人乏得就剩鸡巴拖地上了。"

陆十红则开口说道："可不敢松劲儿！"

陆十红是大家心目中不是掌柜的二掌柜。经陆十红这么一提，大伙心里又开始紧张起来，他们明白，绝不能让骆驼去抢水头。

穿越了戈壁和沙漠，骆驼好几天没有饮水了。老远，它们就嗅到了水磨河河水的气味，便不安地躁动起来，"昂昂昂"的叫唤声此起彼伏。先前两只耸立的驼峰，经过半年多的长途跋涉消耗殆尽，开始耷拉下来。在路上，骆驼亦步亦趋，耷拉的峰子一挫一挫，有些骆驼的峰子几乎成了空皮袋，匍匐着贴在了驼鞍上。沉重的脚步显得乏力，左右两边三四百斤的驮子，此刻像是加了砝码的石头，压得它们大口喘着粗气。但驼客们心里有数，骆驼的耐力远没有达到极限。骆驼虽然叫唤着、呼喊着，不满的情绪互相传递、弥漫在整个驼队，但驼队依然刚强，骆驼的头依然抬得很高，在嘈杂的声响里竟有了抑制不住的兴奋。

橐　驼

　　水的诱惑太大。人畜同步，紧赶一阵，就看到了河与河里的水。骆驼更加不安分了，望着河水泛起的浪花，有些已口吐白沫。尽管缺水，渴得厉害，但从三瓣子嘴里仍分泌出了一丝丝垂涎。垂涎吊得老长，间歇掉在地上。

　　经过一天跋涉，骆驼的汗腺都开了。驼鞍下的毛被汗水一浸，经过鞍子的挤压，粘连成了片状。有些骆驼的汗珠甚至吊在了睫毛上，圆溜溜的眼睛四面回顾，望了同伴又望主人，眼里装满了笃诚。那水汪汪的瞳仁清澈透明，映出了近处的绿草，远处的白云。

　　大热的天气，让赶了一天路的骆驼畅饮一番，是大忌。饿疯的人暴食一顿就离死不远了。骆驼也一样，渴了几天，如果暴饮，肺子就会炸裂，会倒毙。

　　好在掌柜子王九先骑着黑骡子先于驼队到了河边。他把黑骡子拴在一棵白杨树上，那骡子冲他打了个响鼻。他又将它牵至河边，先前已饮过水的黑骡子又将嘴头伸进水中一阵豪饮。黑骡子嘴里还在喝着水，屁股后猛放出个响屁，把自个儿吓了一跳。

　　王九先笑着说："妈的，毛驴放屁自吃惊！"

　　马乏不过道，驴乏一把料。这头骡子的父亲不是公马，是叫驴。这骡子就是驴骡子，有驴的脾气和耐力，乏了多添一把料，第二天仍劲头十足。

　　看到水磨河，王九先就有了一种莫名的亲近，河边不光有他的骆驼场子，而是一看到水磨河，他就想起一件事。那一次，不知是谁家的娃娃掉进水磨河里被水淹了，捞上来已奄奄一息。王九先一看，赶忙把娃娃搭上骡子背，拉着骡子急急地转起圈来。那娃娃趴在骡子背上，脚和头两头朝下，肚子被黑骡子的脊梁揉搓着，好一阵子"哇哇哇"吐出几口黄水活了过来。

　　王九先的这办法叫控水，就是把被淹的人肚子里的水控出来。如果这办法不行，溺水者就没法再救了。

　　王九先看了看骆驼场子和卸驮子的场地，场子边上开着一些苦豆子花。苦豆子长得旺盛，有半人高，豆荚生成时，顶上的黄花不是苦的，是香的，样子和沙枣花很像。苦豆子是好东西，庄稼人割回去，把它埋在洋芋秧子的根下面，洋芋能长碗大。晒干了，秆子叶子都能当柴烧。再往远处，就是骆驼刺，还有茂密的芨芨草。盛开的马莲花则在微风中摇曳出蓝色的火苗。

当看到连手们和骆驼的身影，听到悦耳的驼铃声直撞他的胸口，王九先抬起右手，把下巴上能用食指和大拇指勾住的一缕茂密的黑胡子捋了捋，说道："到了，到了，总算到家了！"

听得出来，他的声音虽低，但充满了自豪和知足。他看着偏西的太阳，那太阳多像过惊蛰要吃的鸡蛋煎饼，香喷喷的。王九先心里暖暖的，瞬间就有了万物灵光的感觉，一切都新鲜不已。

远处，几个娃娃指着驼群反复在喊在唱：

骆驼骆驼高高
骑上骆驼摇摇
骆驼骆驼高高
骑上骆驼摇摇
…………

王九先眼看着一连子一连子的骆驼到了跟前，只见打头骑在骆驼上的戚长林朝他扬了扬手喊道："掌柜子！"

王九先大声招呼起来："先卸驮子，再搭房子。卸完驮子，葛钟娃从中腰子把骆驼拦住，不要让它们靠近水头，等骆驼汗干一些再饮水。郝七三、道尔吉，你们两个拦住东西两头，戚长林、曹文茂、侯财来，你们搭帐篷，埋锅造饭。"

众人应了一声，便将骆驼有序地牵进了场子开始卸驮子。

这时的太阳由黄色转向橘红，由橘红又要变成深红时，王九先的驼队完成了由包头出发又回到古城子的又一次出行。半年多的行程，记录了他们路途上的喜怒哀乐、过往烟云。驼队长途跋涉，安安生生回来了，一趟又一趟，在困苦和艰难中度过。这中间充满了变数和风险，今天终于有了好结果。

橐　驼

二

驼队从包头出发，驮的是回头货，是返回古城子的买卖。当初从古城子走起，正是青黄不接时，枝干如铁的榆树枝上，一嘟噜一嘟噜花椒粒般的花苞上，绿芽芽正努着嘴想往外拱。庄稼地里的雪也才开始开窟窿，麦苗返青还得几天，阴坡后的雪还整搁着。现在回来，地里的庄稼已经收掉。收过的庄稼地里，牲畜已开始抢茬子，牛马驴羊，从地里卷起被漏收的麦粒麦穗，个个吃了个肚儿圆。再看骆驼场子周围，已是荒草连连了。

驼队在水磨河东岸有宽大的骆驼场子。骆驼场子不像牛圈羊圈。牛圈羊圈上面有顶，雪打不着，雨淋不上。骆驼场子不一样，是露天的大场圈。骆驼在里面来回走动，磨屁股擦痒，公驼母驼在这里按季择偶交配。

场子四面由干打垒的土围墙围着。土墙有六尺高，靠内墙有土块修的骆驼槽，墙有多长槽就有多长。白天在野外放牧骆驼，夜间用槽来喂骆驼，槽内槽外都用草泥墁光，深有一尺半。骆驼脖子长，吃到最后，细小的草节都能兜起。它用三瓣子嘴唇一夹，舌头一收就入口了。场子中间也有直槽，骆驼可站在槽两边吃草，节省了空地。靠南边还有一个转槽，转槽是圆的，中间竖着半截橡子。橡子约五尺高，可系缰绳，有时用来拴一些没调教好的骆驼或发情的公驼。骆驼可围着转槽进食。

骆驼圈东边，也有个干打垒的场子。这个场子是专门存放骆驼越冬吃的饲草。漫长的冬季，骆驼要吃掉不少麦草、麦衣子、苜蓿。苜蓿要用铡刀铡成一寸多长的草截，骆驼吃了才能保膘。麦草不同于其他草，麦草滑，抓不住，拦腰铡成几大截就行，泛着金黄的麦草被添进槽里，看着都温暖。天太冷时，草里要拌一些麸皮进去，对骆驼来说是莫大的享受。有时候撒在槽里的草截略有剩余，可槽底的麸皮渣儿一点不剩全被吃进了骆驼嘴里。

王九先有辆大车，是给骆驼拉冬草用的。每年他都让郝七三吆上大车，带上葛钟娃和道尔吉到石玉山的庄子去拉麦草、麦衣子、苜蓿。石玉山在开垦河一带种有上万亩的庄稼。他曾经和王九先搭档过几年，事先已跟王九先说好，每年骆驼的冬草到他那里去拉，不要说钱不钱的。

石玉山说："就是放在那里也捂霉了，第二年新麦草下来，头年堆放的麦草就成了累赘。"

他这是给王九先说宽心话。王九先觉得没那么悬，盖新房的人家，在苇帘子上要铺小腿深的麦草，麦草上面再上房泥，多少年过去麦草也捂不霉。王九先心里有数，一年一年算下来，麦草、麦衣子、苜蓿是一笔不少的开支，那得好多银子。

郝七三不以为然，说："省下的就是挣下的。"

古城子通往乡下的路上除了两车辙道上没长草，其他地方放眼望、近前看，都荒草连连，草棵茂密。地表水随处溢淌，猛不溜路边就冒出水来。驾辕的马走在道儿中间，总是被齐胸高的芨芨、苦豆子绊腿绊脚，马脸马嘴被芨芨缨子刷得一抬一抬、眼睛一闭一闭。

大车拉着的宽有三五尺、长有四五十尺长的芨芨圈子，平时不用就卷成席筒状摞放在墙角，用时芨芨圈子在大车车厢里圈起来就可装麦衣子，能装多少装多少，人上去还要用脚踏瓷实。怕麦衣子装多了涨破圈子，再用绳子在圈子四周斜三横四，一道一道绑定，等装满了一层，上面再放一层圈子，最多时能放三层。装好的车下面小上面大，呈椭圆形的喇叭口状。大车吃进城里，老远看去，像个移动的麦秸垛。

郝七三两腿叉开站在车辕条上，故意打两个响鞭，要多气派有多气派。葛钟娃和道尔吉坐在高高的车顶上，屁股下是软绵绵的麦衣子。他两个指天画地，也要派头。不少过往行人驻足观看，嘴里"啧啧啧"地，说这车装得老道。

每年，不算麦草和苜蓿，就麦衣子，王九先要拉五六十车。把麦衣子倒进土夯的圈里也要踏瓷实，装满后上面码放几层麦草捆子苫住，防止雨水雪水流进。土圈子留有三尺宽的门，没有门框，平时用挡板插住。用时取掉挡板从下面掏，用能盛下一头肥猪的红柳筐装了麦衣子，两人抬着一筐一筐送到骆驼槽里。多的时候是用麻袋背，装满麦衣子的麻袋背到骆驼槽边倒起来顺手。

橐　驼

三

　　闲人长指甲，忙人长头发。王九先这一拨人，指甲在忙碌中磨秃了，头发在不知不觉中长长了。

　　王九先鞭子一挥，两腿一夹，骑着黑骡子进了城，直奔西大街胡聋子的剃头铺。他不愿把半年多的辛苦带在脸上，蓬头垢面、胡子拉碴去见老婆孩子，无论多忙，回到古城子第一件事就是剃头修面。

　　路途上的半年多也会剃头，你给他，他给你，就用身边带着的夹把刀子，随便一刺啦就行，那头剃得很随意。

　　王九先说："没事，只要我们这张脸不吓人，干活不碍事就行！"

　　先前王九先有过没剃头就回家的时候，娃娃也都还小。婆姨傅春娥指着他给娃娃说："看，毛野人来了。"

　　胡聋子并不聋，五十多岁，因为他的名字叫胡龙之，人们叫久了，叫白了，就叫成了胡聋子。胡聋子剃头有一手绝活，干净利索，拍肩、捶背、刮脸、掏耳，就连鼻孔里的鼻毛都能给你拾掇干净。胡聋子还有一绝招，翻开眼皮，能把眼睑中的倒睫毛用剃刀给你刮了。

　　在古城子这条街上，有人专门从东大街跑到西大街来找胡聋子剃头，不吃麻花，要个拧劲儿。附近有些人就是不剃头，也会来铺子里闲谝传，说是看胡聋子剃头，是种享受，几天不进胡聋子的剃头铺，就少了什么。剃头铺里常来的这些人，互相之间话里找话，荤素搭配，把一个剃头铺搞得像红火处卖猪头似的。

　　有时候，一些人鼻子不通气了，也来找胡聋子，用热毛巾敷脸。胡聋子拍拍打打折腾一阵子，说来也怪，人立马就好了。

　　王九先来时，太阳离山尖尖约有一丈高，人都已散去。这时的剃头铺好像是给他一人开的，让他独自享用。

　　剃头铺的墙上，竖挂着两层磨剃刀的黄色帆布，有二尺长，半拃宽，正反都能用。刀布时间久了，已看不出本色，被胡聋子打磨得乌黑发亮。

在古城子，人们通常把磨刀子叫荡刀子。胡聋子拿剃刀的手像兰花指，当他的剃刀在客人头上刺啦刺啦走上几趟，他一转身，不拿刀的那只手抓住荡刀布的下摆，剃刀在刀布上来回翻飞，"啪啪啪啪"的节奏有板有眼，看得人眼花缭乱。来兴致时，胡聋子的剃刀可以在袖子上游走，那粗布黑色的左袖头也被他荡得像发光的刀布一样。

王九先完全放松了下来。他半躺在胡聋子的那把老旧的剃头椅上，脸上敷了热毛巾，胡聋子的头剃到半拉王九先就睡着了。当满脸的汗毛和胡茬被热毛巾焐软后，胡聋子的头剃完了。他抱住王九先的头，俯下身去，仔细看着王九先的脸，随后手跟了上去，用剃刀开始给王九先刮胡子修面。他把王九先的脸刮了个净光，八字须修剪得很漂亮，耳朵里的耳屎也被掏尽。胡聋子看着王九先睡熟的样子，满意地点点头，嘴里嘟囔了一句："来点鼾声就好！"果然，王九先的鼾声瞬间响起，胡聋子满意地点了点头。

王九先睡着了，睡得很香、很沉。王九先在做梦。梦里，他回归了驼队，和他的连手们一起，拉着骆驼，走上了漫漫驼道。驼队仍是在沙漠戈壁、崇山峻岭中行走，一年一年、一天一天，驮的不光是日头和月亮，驮的更多的是风雨和艰辛、困苦和劫掠，还驮那些往西口外去的婆姨和姑娘……

胡聋子开始给王九先拍肩捶背。王九先被拍醒了。他站起身来，完全像换了个人。他看了一下镜子里的自己，从口袋里摸出眼镜盒，拿出茶色眼镜戴上，说了声："走了！"

胡聋子看到，王九先的茶色眼镜，两个镜片从上到下，中间好像有道缝。他侧身夹在门缝里，说了声："王掌柜好走！"

他转过身不解地摇了摇头："这么有章法的驼队掌柜子，咋能戴副破茶镜呢？"

他拿过账本，翻了两页，找到王九先的名字，记了剃头的账。

四

金鹿衔花，紫燕绕梁。

一只燕子衔了一嘴泥，叫不出声来，憋坏了，站在梁上左右跳跃，急得不住点头。它把嘴上的泥抹在窝边，擦了几下嘴，长出一口气，"叽叽叽叽"开口大叫，像是给傅春娥报信。

上午，忠忠喝茶时发现，茶缸子的茶水里，一根茶叶棍站得端直。他赶忙拿给母亲看，母亲说今天家里要来客人。忠忠问来谁呀？母亲说当然是你的先人了。

过了一会儿，傅春娥又重新沏了一壶茶，她把一枝藿香也泡在了壶中。不一会儿，屋里就弥漫出藿香的清香味。天热时家里人大都喝这，清热解毒。

就在刚才，在大门口，傅春娥看到卖菜的挑着担子过来，便喊住买了几把红根韭菜。她付了钱接过韭菜用手一捏，韭菜发出了"吱"的声响。

她说："好嫩的韭菜！"

卖菜人说："你买红根韭菜，就知道是王掌柜回来了。"

傅春娥说："他就爱吃个羊肉韭菜拌拉条子。"

卖菜人说："那可是好饭啊！"

傅春娥说："再拿两把儿，明天再包些包子。"

卖菜人说："二茬韭菜，包包子最好不过！"

傅春娥回到屋里，和好面让面饧着，开始拣韭菜，切羊肉。不大工夫锅里就爆出炒羊肉的香味。等王九先坐到炕上，锅里水也开了。傅春娥开始拉面，拉条子拉得细如粉条，往锅里一丢团团转，在滚头上用筷子翻几个个儿，笊篱一搭就出锅了。傅春娥一手端面盘子，一手拿着一罐油泼辣子，送到了王九先的面前。

王九先盘腿坐在炕桌前，一壶酒已喝了半壶。壶是那种大肚子细腰喇叭口的熟铜酒壶，是他从包头家里带来的，一壶刚好是三两。酒壶时间长了，被他把玩得锃光瓦亮。桌子上还有两个下酒凉碟，一个是卤猪耳朵，一个是小葱拌豆腐。这些都是驼队路途上吃不着的。

椒辣醋香。王九先看到拉面上来就不再喝酒，开始吃面。他先把油泼辣子用筷子捯饬了两筷头，把炒韭菜夹了几筷子，把菜盘子端起来，把菜里的汤汁倒了一些，又倒了一股子醋。山西人吃醋像喝醋。

"多吃醋有好处，常晒太阳阳气足。"爷爷王枚岭常给他说。

王九先用筷子把面一挑一拌一搅和，就大口吸溜开了，吸溜的声音满屋子响。

刚才他一进院子，孩子们就扑了上去。亲热了一番后，孩子们就去喂鸡喂猪喂骡子。这时，傅春娥走到门口，大声喊道："路生、忠忠、珍珍，吃饭了！"

少顷，就见孩子们走了进来，忠忠、珍珍对着王九先又喊了声："大大！"

路生喊了声："大爷！"

洗了手上炕，忠忠、珍珍、路生围坐在王九先的身边，要给他敬酒。王九先笑呵呵地端起酒杯，一饮而尽。

拌面不吃蒜，香味少一半。傅春娥又拿过来一头蒜，孩子们争抢着为王九先剥蒜。他接过孩子给他的蒜瓣，扔进嘴里，脆生生嚼得那个响。

路生对王九先说："大爷，我大大呢？"

王九先对路生说："忙过今天，明天回家。"

路生高兴地说："好哦，明天就能见到大大了。"

傅春娥围起围裙是厨子，拿起针线是裁缝，油盐酱醋、锅碗瓢盆，她变着花样过日子。让王九先最满意的是傅春娥教几个孩子识文断字，把做人的道理讲得透透彻彻。娶了傅春娥当婆姨，这辈子算是烧了高香，跌进福窖了。王九先有时想起来，心里美滋滋的。

吃过了饭，几个孩子洗锅刷碗。王九先在天已暗下来的院子里转了转，他到猪圈看了看，也瞄了一下那两只鸡，然后就把目光落在了房檐下吊着的馍馍筐上，他知道那是傅春娥晾的风干馍馍。

橐　驼

　　昨天，傅春娥蒸了几笼馍馍，把刚出笼的馒头一掰四瓣，放在了一个大筛子上，上下透气，让烈日暴晒，热风一吹，一个上午过去，馍馍的水分就被晒去，白馒头变成了风干馍馍。风干馍馍脆、欸，嚼起来香。傅春娥把风干馍馍装进筐里吊在了屋檐下，继续让风吹，让它干透。

　　这些风干馍馍都是傅春娥做给驼队的。驼队在路上，哪有蒸馍吃。但凡骆驼要坐场时，傅春娥也要为驼户们蒸十几笼馍，晾晒成风干馍馍装进几条白细布口袋里，让他们带走。

　　孩子们也爱吃。到了夏天，打出冰冷的井水把西瓜放进桶里泡上半日，把瓜切成两半，用勺儿挖着吃。瓜瓤吃掉一半，把风干馍馍往里面一掰，白的是馍，红的是瓜瓤。风干馍馍经瓜水一泡，软中带脆，放进嘴里发出来的声音"咯嘣咯嘣"，像嚼半春子萝卜。若是吃汤饭，先把稠的捞干，在汤里再泡上两疙瘩风干馍馍，味道又不一样。

　　王九先对孩子们很上心。每逢夏季瓜熟时节，他都要到街上叫回来卖瓜的驴车或牛车，卸下一车瓜。孩子们这时就忙开了，把瓜连抱带滚，放进西屋里隔天杀了吃西瓜泡风干馍馍。

　　王九先看着馍馍筐，心里想，西口外的婆姨，一个比一个实诚，吃饭都讲究实在，汤饭端上来，还要切个红辣子青辣子丝。他掀开筐上盖着的白细布，麦香味和风干馍馍味一下扑进了他的鼻子。他向屋里还忙活的傅春娥看了一眼，驼队出行，一路上让他回味最多的是傅春娥。他若有个头痛脑热，傅春娥便给他扎针，先是从大胳膊到小胳膊再到手梢，一遍一遍往下捋，最后用布条扎住手腕，十个指头尖黑紫黑紫。傅春娥用缝衣针扎破手指，一滴比豌豆大的黑血就冒出来了。扎完一只手，再捋另一只手，十个指头都扎完了，两人都长出一口气。王九先盖上被子睡下，说来也怪，第二天就好了。

　　若是风寒重了，再熬一些葱头生姜水喝上，在前胸后背、两个臂膀上用毛笔分别写上前朱雀、后玄武、左青龙、右白虎，意思是有这些神兽镇着，病魔不敢上身。王九先一动不动让傅春娥写字，毛笔一笔一画在身上走动。王九先觉得奇奇奇怪怪、神神秘秘的。

这时候，王九先和傅春娥会说些体己话。傅春娥说："人活七十古来稀。将来谁走到前头谁有福。你往八十八上活，我活七十来岁就够了，罪留给你受。"

晚上，傅春娥发了面蒸了蒸饼，第二天早上又炸了油饼。她知道，驼队刚回到古城子，事儿杂，住在南屋的陆十红、郝七三、葛钟娃、道尔吉、侯财来一时半会儿还不会回来住。

傅春娥的蒸饼每个都有四斤多重，笼有多大饼有多大，老酵发面，一种是胡麻饼，一种是香豆子饼。

早春，香豆子在各类蔬菜中力拔头筹，任何一种蔬菜还在萌芽中时，香豆子已长得有一尺高了，待长过人的膝盖后连根拔下就上市了。家家户户争相购买，连枝带叶放在太阳下暴晒，待干了、欻了，用手揉碎揉细，再用筛儿筛了，装在罐子里待用。胡麻也是研磨成粉，分别撒在揉好、擀平、抹了清油的面皮上，除了香豆子、胡麻做主料，再加上姜黄、红曲、红花，然后把面皮卷成一个个小卷直立起来挤紧，再用另一张大面皮上下包裹严实，系口朝下，放进蒸笼蒸大半个时辰。蒸饼熟了后打开笼盖，一股香味便弥漫了整个屋子。蒸饼凉了后，用刀切成菱形块状，从切口处看，一层一层红黄绿白，不吃都觉着香。

傅春娥让王九先把几块蒸饼和一摞油饼带上，她说："让他们尝尝。"

王九先驼队的一行人中，戚长林和曹文茂在古城子是有家室的人，卸了驮子，搭了帐篷，一切事情摆顺了，他两个自然也回家里和亲人团聚。陆十红虽有儿子路生，见儿子的心情很是紧迫，但有傅春娥照看，他放心。

王九先回到水磨河东岸，对大伙说："这是你们嫂子让我带来的，蒸饼里卷了胡麻、香豆子，油饼上撒了砂糖。我已和货栈说好，待会儿他们会过来验货提货。把货交了，大家去城里转转。"

大伙儿眉开眼笑，一大清早，看着王九先带来的蒸饼油饼，既饱眼福，又饱口福。

王九先望着曹文茂一笑说道："去见过相好的了。"

橐　驼

曹文茂尴尬地回了一句："掌柜子也会糟践人了。"

王九先说："这是高兴啊！"

陆十红问："路生他……"

王九先说："好着呢，念叨你呢，忙完这一阵子就回家看孩子吧！"

这时，就见昨晚回家的戚长林也到了。

王九先话头一转："人歇了可不能亏了骆驼。这一路上走来，骆驼受制最大，让它们也好好歇上几天，放驼的人要安顿好！"

王九先向大伙交代着，就见天元成货栈的掌柜金元子带着人手和车辆到了。

五

金元子是包头天元成的伙计，他听人说古城子好，就央求掌柜子让他来古城。也是瞌睡遇了枕头，这正是掌柜子心里盘算过的，何乐而不为。金元子到了古城子一看，说："怪不得人都往这里跑，原来天天都在过年，不光吃得好，挣钱也比包头多。"

天元成在包头有总柜，但它的起家却在古城子。两个东家，一个是山西左云县打莲花落，乞讨要饭的；一个来自山西祁县，原在磨坊扛活磨面。他两个"赶大营"来古城子搭伙开了商号天元成，从一开始的尺布寸缕，拮据经营，到了后来的盆满钵满后去了包头，随即让金元子来古城继任，二人在包头总柜坐地分红。

金元子拿人之钱，忠人之事，雇佣骆驼二百余峰，正好是王九先的回头货，有砖茶、细茶、米星茶，小百货是天津的斜纹布。每件货物一百五十斤，每峰骆驼驮两件，给王九先的期限四至五个月，不按期到达，要扣脚钱。

脚钱在包头付了七成，剩余三成到古城子给付当地币：一钱重的"纳布"，二钱五的"狗娃子"，四百文顶一两银子。

天元成在古城分东柜、西柜、中柜，在阿勒泰设有分店，是古城子的分号，但均属包头老号管。分店购进卖出，都要禀报金元子。金元子出货，除了收现钞，大都是兑换金砂，一块茶能换一钱金砂，所收金砂流入包头、归化城及京津一带。

金元子每年从包头城起货两趟，也是从茶庄赊欠，在古城子销售后，回头还清货款。每趟来货两万多斤，每年近五万斤。驼队再去包头城，带走的皮毛是轻货，每年两万斤上下。至于收了多少金砂，金元子藏着掖着，从不让外人知道。

六

大伙又忙了一天，一切就绪。第三天一大早，王九先用黑骡子驮来一只大羯羊，陆十红手里还提着两只卤鸡，王九先要犒劳大家。

陆十红昨晚和儿子路生见了面，路生激动，陆十红高兴。傅春娥炒了两个菜，王九先和陆十红看着孩子们打打耍耍、玩玩闹闹，哥两个酒喝得那个开心。

大伙一起动手，中午时分，在水磨河边的树荫下，两块方正的驼毛单子对在一起铺在了地上，上面摆上了香喷喷的手抓羊肉和卤鸡。还有一盆傅春娥早上拌好的家常凉菜，凉菜里除了粉条、笋丝、胡萝卜丝、葱丝、菠菜，唱主角的是刀工精细、切片匀称的猪头肉。

王九先端起一碗烧酒，敬天敬地敬亡人，然后敬大伙。他说："这一趟下来，就那骆驼，膘跌了有一半。人吃了多少苦，大伙心里都有数，风吹日晒，脸上都脱了几层皮。来，我敬大家！"

秋风飒飒，河水漾漾。在水磨河的东岸，宽大的骆驼场子边上，驼户们席地而坐，发自内心的说笑声格外爽朗，吃满口肉，喝大碗酒，猜拳行令，痛快至极。划拳声此起彼伏，盖过了水磨河里的流水声。

王九先划了半辈子拳，句句不离中心五，就喊一个数，五魁首。五魁首的意

橐　驼

思是诗、书、礼、易、春秋，意为金榜题名。他读过私塾，懂这些。虽然自身未曾应过试、中过榜、题过名，但他对它却铭记在心。年轻时他也是志清意远，所闻就想所得，但现实与他相去甚远。他拉起了骆驼，志在行商。

王九先包头人山西腔，他划拳喊出的声音像在唱，有板有眼，很是押韵："魁魁手、魁五子手，魁魁手、魁五子手，魁五子手、魁魁手——"赢了拳的那一声，声音提高了八度，声调儿拉得很长，"手"字出口的同时，手指酒碗，意思是请了，对方该喝酒了。

想想也怪，任何一个场合，南来北往，东贩西运的各色人等中，推牛九、打麻将、掷色子、赌咒发誓，凡是赌桌上的东西，只要我赢了就是我的，唯独喝酒，东南西北一个理儿，我赢了对方喝。

古城子人，早晚出行迎面碰上熟人，第一句话就问："吃了没有？"人生在世"吃穿"二字，"吃穿"二字相连，但人们却把它分得明明白白，从没混淆过，没一个人见面会问"穿了没有？"中原大地，礼仪之邦，吃喝谦让，从赤贫的人家到显赫的权贵，礼让总是摆在第一位。

这一场酒，喝得酣畅淋漓，也喝得七高八低，八个人中喝醉了三个，一个不服一个，声嗓一个比一个大。

"拳高量大，再喝点没啥！"

"心里不服，再来一壶！"

"白水水，软腿腿，酒七茶八，喝不掉剩下！"

"没多没少，喝得刚好！"

侯财来舞王霸侯，起身去尿了一泡尿，回转时腿像编蒜辫子，可嘴上不服人，口里喊道："酒是个尿！水么，喝么！"

…………

曹文茂酒量不行，他说意思到就行了，可架不住大家"烧火"，和侯财来、葛钟娃一样，都喝得找不着了北。第二天太阳上了三竿，侯财来还被窝蒙头呼呼大睡。

郝七三对王九先说："喝透膛了，昨天晚上出去勾子撅上吐了好几次，吃下喝下的都吐了，像是苦胆都挣破了，黄黄地吐了一滩，就差吐出屎来了。"

王九先走进帐篷看了看被窝里的侯财来，在他的屁股上踢了一脚，对郝七三说道："武松喝上打虎，尿汉喝上倒吐，他哪里知道这古城子烧酒的厉害。喝酒，真还是个力气活。"接着他又说："这喝酒算啥？我年轻时一帮人拼酒，喝了多少酒没数儿，尿憋了，都去屋后的一堵墙下撒尿。第二天，那堵墙倒了。"

七

水磨河是条泉水河，沿河向上三十里处便是泉垴，天山冰雪融化形成地下暗流，随着坡降到了这个斜坡处。斜坡上布满了泉眼，泉眼有大有小，小的有拳头大，大的可扔进一头驴去。清澈的泉水便从数不清的泉眼中咕嘟咕嘟冒出来，顺着斜坡流下，汇成了缓缓流淌的水磨河。

别看它是条泉水河，可就在这河里出过几条人命，淹死过几个人。一个淹死的十来岁的男娃和一个年岁相当的病死的女娃，经双方大人商量还配了阴婚。女娃比男娃死得早，是把女娃从坟里起出来埋到了男娃身边的。大人们的心里稍许有了安慰，说娃娃们不再孤单了。

河道里细腻的青沙，脚踩上去软绵绵的。两边的水草下有鱼洞，用筐堵住鱼洞，用手摸、掏，鱼儿就会跑进筐里，最多的是狗鱼，还有金片、草鱼。

水磨河的水不像驼客们的日子会大起大落，而是一年四季波澜不惊。偶尔有那么几天，天山前山坡的积雪在春天阳光强烈的照射下快速融化，洪水凶猛而下，河水漫上河堤冲进县城，把低洼处的有些人家的房屋冲个七扭八歪。

水磨河是条不冻河，泉垴的水顺势而下，河两边也有无数泉眼。冬天，泉水近距离汇入河中，河面蒸气升腾，天气越冷雾气越重，上升的雾气将两岸树木层层包裹，形成树挂、雾凇。

橐　驼

　　河水贴着城边流过，河道上面分段建有便桥，供过往行人和车马通行。河西岸的众人，在沿岸造纸、酿酒、烧窑、制革、染布、淋醋酱、加工肠衣、做糕点；开毡坊、香坊、豆腐坊、浆洗坊、剃头铺；拧麻绳、弹棉絮、纺毛线、织口袋。一些工匠，挑担串街，补锅钉碗、旋制木碗、木盆楦头、扎糊纸货，各种工艺应有尽有，工匠们加工的肠衣则被俄国商人尽数收去。

　　先前河上有满族人多老爷开的水磨。他磨的面，是专门供给驻守古城子清军的，也有一部分兑换给了种粮的人家。到了民国，陆续有了严家水磨、侯家水磨，再后来又有了成家水磨、苏家水磨、伊家水磨，水磨最多时开到了三十家。驼队有时驮了面粉，向西送到省城迪化，向北送往阿尔泰，再往北送到乌里雅苏台和科布多。

　　每家磨坊都有积水大坝，坝前形成菖蒲丛生的水湖。湖水不深，及胸口，水面平静无波，清澈见底，水中鹅卵石清楚可见。鱼儿野鸭你藏我追，偶尔有天鹅飞来，在湖上游弋。翠柳被夕阳倒映在水里，随微风漾出涟漪。草地边缘小水沟纵横交错，泉水汩汩流淌，岸边荆棘丛生，小树参差相伴，高大的杨树柳树浓荫蔽日。

　　两岸的树木中，有不少的沙枣树。沙枣树耐旱，一年半载不浇水都不会死，一样花开不败。五月，在沙枣树的铁干银叶中，开出团团金花，花的香味弥漫整个河道，飘向十万人家。河道里其他树木被沙枣树熏染，似乎也发出香气。人在树下，便被香气包裹，折些花枝拿回家插在门上，满屋子都是香味。秋天，沙枣树的果实由绿变红，红刺刺一片，拿个长杆一打，树下又是红红的一滩。沙枣甜中带涩，孩子们装进衣袋，边走边吃，边吃边看。有些孩子吃多了，拉不出屎来，哇哇大哭。

　　水磨河的水，翻卷着浪花从水磨轮子下面冲出后，又恢复了悠悠荡荡的样子，沿着四十多里的河道顺流而下，一路上流进了条渠支渠毛渠，流进了万亩良田之中，剩余下来的水便流进了古尔班通古特沙漠。

　　光绪年间，河的东岸修建了龙王庙，并建亭榭、戏楼。亭榭名曰"拜泉亭"。民国初年建了公园。公园中间有一座方式飞檐画亭,西南设门,人可随意出入。东西北三面各有两扇窗户,内有一间木屋,门上方刻着"翠溪亭"三字,亭前渠上有一带栏杆的木桥。亭后跨过一条支渠便是草坪,坪上又有一亭榭,亭榭离地面三尺高,木板铺地,四周有二尺高木栏杆,东西各有出入口,东面是一条蜿蜒的小溪,向西汇入主渠道。

俗话说,端阳节穿出来,八月十五端出来。每逢端阳,全城民众扶老携幼倾巢出动,四城八乡的人也拥向水磨河,人多得翻疙瘩。步行的你拥我挤,嘈杂声一浪高过一浪;坐六根棍马拉轿车的人家,别说坐车的人咋样,就那吆车的车把式,把鞭子甩得叭叭响,像放爆竹似的;那骑着高头大马和骑毛驴的,戴着茶色眼镜,就那镜腿,都是古城子铜匠用上好的铜皮精心包制的。他们脚踩马镫驴镫,身子直挺,目中无人,八面威风。

男男女女、老老少少,穿新衣、戴新帽、蹬新鞋,从头到脚焕然一新。小姑娘、小媳妇精心梳妆,刻意打扮。孩童身穿做工精细,绣有蝎子、蛇、蜈蚣、壁虎、蟾蜍的五毒衣服,脚穿五毒鞋,胳膊上扎着五彩线绳,鞋子衣服颜色搭配十分得当。

龙王庙香火缭绕,鼓乐齐鸣,善男信女抽签算卦、烧香拜佛。戏台上秦腔、眉户折子戏不重样儿交替出演,戏台前看戏的人黑压压一片,卖吃喝的小贩穿插其间。妙龄妇女、未出阁的姑娘,用硬纸做成菱形、粽子形香荷包,再用五彩丝线扎起来,让大人小孩戴在身上。青年男子乘妇女不备,抢上香荷包就跑,抢者高兴,被抢者不恼,被抢者认为自己的手艺好,荷包才会被抢走。

到处是摆杂耍的地摊,远远就看见猴子在爬杆。拉洋片的洋片匣子有大有小,大的八人观看,小的四人往里瞅。拉洋片的人脚踩手动,敲着锣鼓家伙,嘴里喊着:"朝里瞧,朝里看,看了一遍又一遍,看了几遍还想看!"

小吃摊上坐满了人,凉皮黄面、烤包子抓饭、油糕粽子、臊子面、馄饨、手抓肉,吃得忘乎所以。有些小贩利用河水浅的地方打桩后铺上木板,搭成临时水上摊位,下面有涓涓流水,上面树木遮阴,餐桌上摆着美酒佳肴,真个是身处仙

橐　驼

境。不少人家，铺上地毯，在岸边挖坑搭灶，煮肉做饭，全家人坐在地毯上，边喝奶茶边聊天，在烤羊肉串的笑声里乐不思返。

冲着水磨河，曹文茂给它写了小赋：天山融雪，暗河涌动，如龙斡旋，孕育母亲之河；泉堉泄玉，汇聚白练，古城生命之源。头二三屯涵养长长，柳树河子灌期满满。马饮鬃毛耸立，驼啜珠飞唇边。端阳节游客如织，男女老少释怀；中秋日拾趣河边，你来我往穿梭。水磨昼夜轮转，粮山徐徐入石盘，三十家磨坊笑语盈盈；水中狗鱼咬脚，岸上丝丝柳拂面，十五里风光注目瞳瞳。鸟雀振翅欢唱，蛙声高歌亮天；圆月闪烁河床，星光撒上水面。树荫下文人诵读，楼阁处游人回还。无怪乎百姓交口称赞，论长短功德口碑相传。

第二章

一

包头城东北的大水卜洞是王九先的出生地。大水卜洞背靠沙尔沁的莲花山，山上翠柏让路，风声入耳。站在山顶远望黄河，河套里水逐水、湾套湾，金色鲤鱼时不时跃上水面，翻个跟头又潜入河底。

王九先上面有三个哥哥，老大王九清，在街面上当里长，老二王九元、老三王九标则进了拉骆驼的行当。自小儿家里人对王九先很是偏爱、呵护，供他上了私塾。日子在不知不觉中流逝，成人后的王九先，除了识文断字，还打得一手好算盘。

咸丰年间，山西旱灾严重，一拨接一拨走西口的逃荒者分别从祁县、右玉、河曲、太原、平遥等地，陆陆续续到了包头。王九先他们家就是从河曲石玉都小偏头的王家搬到大水卜洞的。

大水卜洞有座佛庙和戏台，庙不大，佛爷灵，人称这座庙为福庙。逢年过节由大户人家出银子请来戏班，市民们就在台下看大戏，附近的村民也都来凑热闹。

王九先说："是福庙给人们带来了福气。"

他说的福气，就是包头商贸兴起，茶道兴盛，驼道四通八达。受此诱惑，王九先的爷爷王枚岭拉起了驼队。近郊的村民们充当驼工，收入比种地、放牧要多很多。加上村子就在城边上，驼队出行要从村子里经过，养骆驼很快就风行起来。

橐　驼

聚沙成塔，集腋成裘。王枚岭来来回回走了库伦好几趟，就有了底气，开始扩群，骆驼最多时养到近二百峰。到了王九先的父亲王荣手上，骆驼扩展到了三百峰，雇有六七个驼夫。

毛头小伙子有闯劲，年轻时的王九先拉着骆驼跑了不少地方，是城门上的雀娃子，见过大阵势，往北到过西伯利亚的乌兰乌德，向南进山西到河南再抵达汉口，向东到北平和天津，向西从伊犁出境去过西亚。

拉骆驼最属张库大道热闹，从包头、归化城、张家口到库伦，也就是乌兰巴托，走单趟三个月。在这条道上，来来往往有十万峰骆驼在走动，驼队你来我往，络绎不绝，马车、牛牛车掺杂其中，吆喝声不绝于耳。

可王九先觉得，这条道上有十万峰骆驼，对骆驼来说有些拥挤，对人来说有些掣肘。他心里明镜似的，门里出身，自会三分，走了几趟，就知道哪里顺当，哪里不顺当，哪里票子好挣，哪里银钱来得快。

山西、北平、天津，骆驼都能走，可是到了汉口，骆驼就开始拉稀，没过几天就死了两峰骆驼。他一琢磨，骆驼无法适应汉口的气候，骆驼怕湿气，戈壁沙漠的燥热，骆驼不怕，就怕湿气入身。王九先一看，罢了，好好务习古城子的事儿，这就够了。

王九先思谋了很久认准了两条道。一条是从库伦沿着驼道继续向西行，经过数月跋涉，到了前后营。前后营是指科布多和乌里雅苏台。从后营乌里雅苏台向南再走十八九天，就进了古城子。人们称这条道为蒙古草原道。另一条道是绥新道。王九先走这条道，少于走草原道。走一趟，来回也得半年，从归化城走起，经包头、阿拉善，走河西走廊的金昌、武威、山丹、张掖、酒泉、嘉峪关，过了玉门，就到了哈密，从哈密翻越天山到了巴里坤，过木垒河，同样进了古城子。

其实，从古城子到张家口的驼道，最先是古城子的驼户开辟的。乾隆年间，乾隆爷从山西和靖牧场调拨了五千余峰骆驼，走肃州、哈密、巴里坤一线。古城子驼户随即也开通了由古城子通往张家口的草原通道。

第二章

多少年来，王九先的驼队驮着内地的丝绸、陶器、茶叶、布匹、黑白糖、多种日杂货，风餐露宿，辗转半年之久送到古城子。回头再把盐、碱、羊毛、羊皮、肠衣、干货、药材、羚羊角、兽皮，跋山涉水送到内地。

二

驼队不管是走草原道，还是绥新道，一站有一站的说头，一天有一天的味道。王九先从包头到几千里之外的古城子落脚安家，是有先兆的，先前虽没有细细盘算，但来古城子也是思谋已久的事儿。爷爷王枚岭，只要提起古城子，立马来了兴趣。

王九先坚信爷爷说过的那些话："要想活得好，就往古城子跑。要想活得顺，就到古城子混。吃草拉粪，主意拿定。娘娘在宫里呢，主意在心里呢。在古城子，只要肯卖力气，就有银钱挣。那才是真正的走西口。我去的那年，左大帅的大军前面开道，那旗子多得乱飘，说要和外国人打仗。是那外国人霸占了咱中国的地方，赖着不走，朝廷派左大帅去收拾他，不出几个月，就把那些外国人赶走了。相跟去的商人，都叫它'赶大营'。"

王枚岭说的是左宗棠驱逐阿古柏的事。当时好多人跟着左大帅的队伍往西口外走，那路上人流不断，卖力下苦的农夫、身怀技艺的工匠、买卖人，还有江湖郎中，八九成都是逃荒的难民，都是投奔古城子的。

王枚岭说："话说回来，哪个又不是为了混个饱肚子跑西口外的，但凡有一点办法，能吃上一口饭，谁又会千里路上来冒这个险！"

一次，王九先问爷爷王枚岭："那天早上，奶奶跪在炕上往柜上叠被子，拉开炕柜上的抽屉，看到一个金条。奶奶说那是您啥时候丢进去的，恐怕也早忘了。爷为啥不多放一些进去？"

王枚岭说："还有这事？娃娃，一两金子三两命，若把金子留下，我这条命恐怕早没了。爷爷疼孙子，赛过存金子。浑小子，你一定要记住，带东西带少，

橐　驼

带话带多，可驼队带东西从来没有少过。驮运食物，驼户在途中可以享用。驼队到了地方，收货人过数，食物只长不短。货主发货时，就把驼户一路上吃的留了出来，折扣打得很足。这种诚信，就是我要给你的东西。"

王枚岭就去过古城子两次，再想去时身子已没法挪动了。他落气时对王九先说："出去落脚，不去便罢，要去就去古城子。"

爷爷入殓掩棺时，王九先没有忘记爷爷对他的交代。他走进屋里，从爷爷的枕头底下取出一个像鼻烟壶大的小瓷瓶，里面装着爷爷在以往的日子里陆续脱落的牙齿。爷爷对他说过，那也是他的骨殖，不能留在外面，死后也要带走。

王九先把小瓷瓶轻轻放进爷爷的袖筒里后，双手扳住棺木跪下了，接着几串眼泪扑簌簌地流了下来。掩棺中的两个人走过来，一边悄声对着他的耳朵劝说，一边把他拉开，费了好大的劲才掰开他紧扳着棺木的手。

过了些日子，王九先和三个哥哥商量，说要去古城子。二哥王九元一听，要一同前往，于是从三百峰骆驼中，带了五十峰骆驼，攀缠上驼工段子恒、乔长云，还有临时雇用的篓子匠王润虎到了古城子。到了古城子，段子恒、乔长云、王润虎一眼就看上了古城子的白面刀巴子，那雪白的馒头，尽管往饱里吃，三个人都兴奋不已。在包头老家，莜面是主食，哪有这么多的白面馍，这不是天堂是啥？

王润虎说："怪不得人们都说，要想挣银子，就走古城子，进了古城子，跌倒拾银子。"

恍惚和惆怅间歇光顾，坚定和自信每天伴随。王九先终归是被爷爷王枚岭抚育后去向远方的驼客。他十分清楚，他的根在包头，可他的魂在古城子。他成了包头的过客，古城子的主人。每次离开古城子，一转身就是牵挂。一次回望，就足以使他心潮澎湃，血脉贲张。从古城子走起，不管去到哪里，走得再远，他都是要回家的鸽子、归巢的苍鹰。

把王九先拴在古城子最大的由头，是他的大小家口。他的婆姨傅春娥和娃娃们都在古城子。

三

　　王九先的骆驼都是漂亮的双峰驼、长眉驼，白驼稀少，最攒劲的是陆十红拉的那峰白骟驼。

　　王九先骟骆驼和戚长林的骟法不一样。戚长林骟骆驼是跟蒙古人学的。骟前骆驼被禁食三天，他用两根两头拴在一起的木棒，夹住骆驼睾丸用力一挤，睾丸便被挤出来，再用花椒水、砖茶水清洗伤口。骆驼割蛋，春秋时节天气凉爽时最好，不会感染。

　　白骟驼是四岁上被割蛋的，没骟之前，蛋大，没有走子儿，行走间，偏头一看，两个蛋子儿都能看见。本打算在四岁前结扎，结扎是用手经常捋系子，捋到最细处，下面自然就干了，干了后要不了几天，蛋子儿会自然脱落。可那时白骟驼正负重行走在路上，在时日上耽搁了。王九先一看不能再等了，一回到家，就直接给它割了蛋。片刻间，公驼变成了骟驼。

　　白骟驼是驼队中最壮硕的骆驼。它的两只驼峰啥时都直立着，前峰端扎，后峰尖偏左，看似耷拉，又不耷拉，双脊梁、深胸叉、耳朵小、脖子长、前蹄大、蹄腕粗壮、鼻子圆、屁股圆、脑鬃毛和尾巴上的穗子都长于其他骆驼，脖子上的嗉子毛几乎要拖在地上，一双眼睛比牛眼窝还大还亮。

　　一到站口卸了驮子，先把骆驼打在四野里，让骆驼缓一缓，吃口草。这时的白骟驼首当其冲，俨然是驼群中的首领。它领着群驼慢慢散开，边走边吃扎嘴的骆驼刺。

　　骆驼吃草是有定数的，一天最少要吃一百口草，驮驮子才有劲。看看身边的伙伴们，也是在每个草墩上最多吃两三口就走，让草接着生长，让嘴上的花粉传到另一个草墩上，草墩长得更旺实。

　　骆驼没有大牙，不会把草籽嚼烂，倒沫反刍时草籽从嘴里掉出来落在了地上，行走间被宽大的蹄子踏进了土里，让雨水一泡，太阳一照又发芽了。是骆驼保护了草场，草场喂养了骆驼。

橐　驼

　　在一墩骆驼刺下，有一株一尺多高的苁蓉，苁蓉顶上的花期正旺。白骟驼咬断了苁蓉，衔着它抬起了头。白骆驼，紫花朵，上有深远的蓝天，下有宽阔的草场，一切都有条不紊、不紧不慢。

　　白骟驼一边吃草一边不停地反刍倒沫，时不时抬起头看看四周。它知道，看似天高气爽的草场，有时也会隐藏杀机，不定会蹿出只狼来，对小驼羔进行袭击。

　　一闲下来，王九先给连手们讲得最多的还是骆驼。他滔滔不绝，如数家珍，一遍一遍，是称道，也是交代。他说："晚上骆驼卧倒，拉出的粪蛋少不了七十个。秋夏里，骆驼早上不能吃带露水的草，草有胀气，骆驼吃了，气就结住了，怀孕的母驼会流产，这时只能灌清油。灌了清油，骆驼拉泡稀屎就好了。不灌清油，到不了第二年非死不可。"

　　王九先十三岁就开始拉骆驼，跟着爷爷王枚岭走南闯北，长了见识，也长了本事。就这，他还是赶不上他爷爷。爷爷有多厉害，说了有些人不信，就老家包头来说，大水卜洞边上的村子，不管有多少骆驼从他眼皮子底下走过，他看看骆驼蹄印，就知道这是谁家的骆驼。

　　王九先说："人靠衣裳马靠鞍，骆驼就靠戈壁滩。戈壁滩的碱草骆驼吃两天就要喝水，喝完水再回到盐碱地吃碱草，再去喝水，这样来来回回，长出了一身筋骨。骆驼天生就是托生给戈壁和沙漠的，天然的大草场，是骆驼的天堂。把骆驼关进像马圈牛圈那样的棚里喂养，就委屈了骆驼，侮辱了骆驼。那么大的戈壁，骆驼几天不吃不喝还能赶路。除了骆驼，其他牲畜很难走出去。"

　　话虽这样说，可王九先心里再清楚不过，骆驼吃的是世上最粗糙的东西，连夜晚栖身最好的地方，也不过是露天的大场圈。雨雪交加的夜晚，其他任何一种牲畜都会有一个遮风避雨的棚圈，只有骆驼默默地承受自然的暴虐。有的骆驼死时还卧在风雪中，一动不动的身姿，显得那样悲壮、神圣。只有夏日坐场的三个月，毛从身上脱下来时，才能有一个喘气的机会。转眼间，当养得膘肥体壮，两只驼峰立起来时，骆驼又要进入漫长的驮运季节，直到把储存的气力消耗尽。

驼户们最明白不过了，对人咋样，对骆驼就得咋样，骆驼死了就地掩埋，是对骆驼的敬重。话说回来，该着吃骆驼肉时还得吃，骆驼有些骨头不能扔了，做成缭针，越用越光滑，越用越顺手，缝大绠、补鞍子都能用着。再说了，留着骆驼骨针，也是个念想。

骆驼交配叫"群羔"，就像"马踏驹""牛撵犊""猪跑觰"。公驼在每年的十一月到十二月开始发情，路途中若有母驼也发情，卸驮子后就配种。人走近种公驼要轻拉缰绳，不可挑逗种公驼。鞭大的公驼和母驼交配生下的母驼羔，长大后奶子大，奶水足，再生下的驼羔就越发好了。骆驼两年怀孕一次，怀孕要十三个月，开春下羔，八月断奶。驼羔不吃奶了，母驼的奶子肿胀得厉害，人就挤了吃。刚挤下的奶，带一股甜味，天气要热，第二天就会发酵，再喝起来甜中带酸。驼奶挤两年就干了，人就是想吃也不能再挤了，再挤就会挤出血来。这时母驼又该怀孕了。

给母驼第一次挤奶，得格外小心。葛钟娃就是第一次挤驼奶差点被母驼伤着。那母驼是初次生产驼羔，性情暴躁，对葛钟娃还诧生，丝毫不让他靠近。葛钟娃硬要挤奶，他还没蹲下身来，那母驼后蹄子一扬，差点踢在他的腿上。就见陆十红拿来绳子将母驼后左大腿拴住，固定在了木桩上，将奶头完全露了出来，葛钟娃才得手。可不得要领的葛钟娃，挤一下不出奶，又挤一下还不出奶，母驼的奶穗子都被他抓疼了，不耐烦地躁动起来。陆十红一看赶忙让他住手。等母驼平静下来，葛钟娃也不再紧张，放松下来时，再去挤奶，奶水就射了出来。

那峰母驼产的驼羔，一开始不会吃料。葛钟娃就把豌豆煮烂后喂它，可驼羔不到两个月就让豺狗给祸害死了。驼羔一死，母驼奶涨，这时母驼已被他挤惯了奶水，每天一到挤奶的时辰便来冲撞帐篷。它眼瞅着葛钟娃提了桶子朝它走来，便安静下来。

驼羔分今岁、二岁、三岁、四岁。所有的小驼羔，扑棱着两只大眼睛，张开它那小三瓣子嘴，可劲地吮吸母驼的奶头，尾随母驼一步都不离开。长到三岁穿鼻孔戴鼻扦、受调教，五岁就能搭驮子了。

橐　驼

　　狗虽然忠诚，但有时会见人下筷子，看人的眼色行事。骆驼不会，它也通人性，看似个头大，其实性情温顺，逆来顺受，你不去招惹它，它不会攻击你。人骑在骆驼背上，一摇一晃，无聊也好，瞌睡也罢，不管咋样，只管在骆驼背上管好自个儿就行，不管走多少天，不论沙漠还是戈壁，它都会把你驮到要去的地方。

　　葛钟娃也好，侯财来也罢，还是道尔吉，刚进驼队他们就问郝七三、问戚长林、问王九先："骆驼能活多大岁数？"

　　骆驼能活三十岁到四十岁。骆驼脖子粗、长，鹅的脖子咋样它就咋样。三层眼皮里两排眼睫毛又长又密，耳朵里有毛，风沙进不了眼睛和耳朵。骆驼鼻子灵得邪乎，哪里有水它都能找到。无论谁回答他们几个，都要提醒他们一定记住，有些骆驼会咬人踢人，腿上挨上一蹄子，就是大腿也能踢断，公驼发情的时候，跟前就不要骚情。

　　侯财来说："骆驼还这么老道？"

　　郝七三说："你以为啥呢，那发情的公驼性起时连人都追，嘴里的白沫子能喷你一身。甘肃帮上的闫友真差点被公驼压在胯下。要是压住了，捂不死也成了半年闲。"

　　王九先说："不给初拉骆驼的驼户把骆驼的习性说清楚，有时候是要吃大亏的。那也是闫友真刚到驼队，啥也不懂，正赶上骆驼发情，恰好碰上一峰正在发情的黑嗓子大公驼。闫友真看那公驼高大的样子就想凑近细看，谁知公驼看到他后嘴里吐着白沫就追了过去。那小子也机灵，一看大事不妙转身就跑，他哪里能跑过公驼。一旁的人看到连忙喊：'快，快，快脱棉袄，扔到地上！'那小子是听明白了，忙脱了棉袄扔在地上。就见那公驼追到衣服跟前扑通一声卧了下去，将棉袄压在了肚子底下，一会儿起身走开，穿在闫友真身上没几天的新棉袄上就布满了公驼的精液。那小子一手提起棉袄看了看，一手拾起土坷垃追着砸那公驼。他追上去又能干啥，两眼望它三下，连人家公驼的屁都没闻上。他这一弄，倒把一边几个连手都笑得跌扁跤，跌坐骨墩。"

第二章

戚长林说:"公驼发情,要把两个大肉袋子挂在嘴边,那是上颚的软肉充气后鼓出嘴外向母骆驼求爱。除了发出低沉的叫声,还口吐白沫,向自个儿尾巴上尿尿吸引母驼。"

一向不爱说话的道尔吉听到这里也插嘴道:"那次两个发情的公驼打架,可把人吓坏了!"

两峰发情打架的公驼是到了站口卸了驮子,开始互相攻击的,一时把人搞得手忙脚乱。两峰公驼先是发出一阵低沉的吼声,开始撕咬对方的脖子和腿。眼看互相撕咬会伤害到嘴边的充气肉袋,肉袋一旦被咬,无法收回到嘴里,一直挂在嘴外,时间一长,溃疡和瘀伤发生,造成发炎肿胀,骆驼吃草吃料就艰难了。

大伙一看赶忙拿起鞭子一顿乱抽,好不容易才将两峰骆驼挡开,各自赶得远远地,互相之间不让它靠近。过了一会儿,道尔吉赶忙把一峰发情的母驼拉到打架的那峰黑公驼身边。公驼母驼互相闻了闻。当那母驼扑通一声卧倒,黑公驼爬在母驼身上时,大家才长出了一口气。

这一时节,遇上公驼打架,谁放骆驼,谁就得把打架的公驼盯紧,比盯狼都盯得紧。若还不行,一峰随群放到滩上吃草,一峰拴在帐篷边上喂养,不让它两个碰面。

郝七三对道尔吉说:"骆驼脖子下面是热的,爬夜的时候,睡在脖子下面,骆驼一动不动。第二天起来翻身走人,骆驼才会起来。"他看一眼葛钟娃和侯财来,其实也是说给他两个听。

曹文茂却不是囫囵吞枣儿,他说得很形象:"骆驼长得像'四不像',《封神演义》中姜子牙骑的四不像就是骆驼。骆驼的长相把十二属相都占全了,有个口歌子说'老鼠的头个就就,马的耳朵两边抖,兔子嘴巴三瓣子,蛇的眼睛瞅西口,鹅的脖子有劲头,牛的肚子有装头,羊的蹄子分两瓣,鸡的大腿忽悠悠,猪的尾巴左右摆,猴的毛发暖冬秋,老虎身子能卧冰,狗的鼻子嗅乾坤'。"

王九先说:"拉骆驼,最难的还是走路,驼队行程一天四十到六十里,一旦过头，人畜体力不支。遇到水源干涸、走错了路、强匪拦截，就只能走连马站，再走四十里。第二站走完，危机没消除，硬着头皮再走。三站连续走完，人和骆驼疲惫不堪，要休息两天才能继续赶路。只有趁骆驼撒尿的工夫，大伙整理一下驮子，拾点干牛粪点燃了，烧点茶水，吃点馕饼。"

侯财来问曹文茂："那十二属相到底是咋么回事，咋就偏偏让人人都见不得的老鼠打了头？"

曹文茂回答道："十二属相的排列，民间有各样说法。我们说的子鼠、丑牛、寅虎、卯兔、辰龙、巳蛇、午马、未羊、申猴、酉鸡、戌狗、亥猪谁都清楚，可细说起来，夜半又叫子夜、中夜，是十二时辰的第一个时辰，属子时。这正是老鼠趁夜深人静频繁活动之时，称为子鼠。凌晨一点到三点，属丑时。牛习惯夜间吃草，农家常在深夜起来挑灯喂牛，称为丑牛。凌晨三点至五点，属寅时。此时昼伏夜行的老虎最凶猛，古人常会在此时听到虎啸声，称为寅虎。清晨五点至七点，属卯时。天刚亮，兔子出窝，喜欢吃带有晨露的青草，称为卯兔。早晨七点至九点，属辰时。此时容易起雾，传说龙喜腾云驾雾，正值旭日东升，蒸蒸日上，称为辰龙。上午九点至十一点，属巳时。大雾散去，艳阳高照，蛇类出洞觅食，称为巳蛇。中午十一点至午后一点，属午时。古时野马未被人类驯服，每当午时，四处奔跑嘶鸣，称为午马。午后一点至三点，属未时。有的地方管此时为'羊出坡'，意思是放羊的好时候，称为未羊。下午三点至五点，属申时。太阳偏西了，猴子喜欢在此时啼叫，称为申猴。下午五点至七点，属酉时。太阳落山了，鸡在窝前打转，称为酉鸡。傍晚七点至九点，属戌时。人劳碌一天，闩门休息。狗卧门前守护，一有动静，就汪汪大叫，称为戌狗。夜间九点至十一点，属亥时。夜深人静，能听见猪拱槽的声音，称为亥猪。"

王九先接着曹文茂的话说："你们听听就知道，这十二属相里虽然没有骆驼，可骆驼把十二属相都占全了。你说这骆驼有多厉害。它还有更厉害的地方，这些长脖子，到了晚上为防土匪或过险要关口，当摘了驼铃后一声不吭，驮着那么重的驮子，这时变得极为灵巧，蹄子放得轻、走得快，连喘气都变得无声无息了，要不驼户们说它们是哑巴儿子。还有要紧的一点也要记住，石头滩骆驼不能走，能磨烂蹄子，石子儿把蹄掌磨得很薄，像隔着一层纸，能看见里面的肉。骆驼走路一瘸一瘸，只能用糜针给骆驼补掌。稀泥成片深陷的地方，骆驼也不能走，蹄子陷进去从泥里往外拔费劲。遇到这两处只能绕行。"

四

古城子是旱码头，货物通货量大。长途贩运数骆驼为大，就是短途，人也喜欢用骆驼。骆驼走一趟，等于马车拉三趟。骆驼在古城子里是重头戏，没有了骆驼的古城子，死气沉沉。

面对几个连手，王九先说："棍要挂长的，兄弟要结强的，鼓不敲不响，话不说不明，若是锣齐鼓不齐，事情就难办了。到了啥时候，老虎叼回来的都是肉，兔子衔回来的都是草。人长本事了就能成老虎，没本事的人总是待在窝里寻思那草啥时候能长出来。猪往前拱，鸡往后刨，我说啥呢，干啥事情，面子都是别人给的，里子才是个人挣的。男人做事，十年以后要见得了人，百年以后要见得了鬼，人鬼都见不得，那就是怪了。关键时候还不能溜软蛋，要干就干成一件事，不能这山望着那山高，啥都想干，结果是啥都没干成，一头子落掉了，一头子抹掉了，哪头都没占住。我们这些人，吃个人的饭，也操别人的心。吃饭，不能一个吃着一个看，那成啥了，要吃一起吃，上茅房就不要凑热闹了。"

王九先看看郝七三又说："吃饭是吃饭，喝酒是喝酒，像廖布导那样把啥事都误在酒上那还了得。你和廖布导比亲兄弟还亲，这个廖布导你还是要管，那样喝酒不行，再那样喝迟早要把命搭上。"

戚长林插言道："有些人一年到头就守着那么几个猴食钱，有了今天没明天，吃了上顿没下顿，不如跟上我们捋骆驼缰绳，可他又下不了这个苦，生下就是裤腰上捋虮子吃的。"戚长林明里不说，暗里提到，大家知道他有些话还是在指廖布导。

橐　驼

郝七三说："曹文茂，你说的那话，叫什么木？"

曹文茂说："行将就木！"

葛钟娃说："廖布导看见酒他就收不住蹄子，像是挣脱围栏的猪，嗓子里半咳半不咳，吭哧吭哧的。"

郝七三一听葛钟娃这话，转过身瞪了他一眼。

葛钟娃问："郝哥，你瞪我干啥？"

"别人再咋说，也轮不到你吧？"郝七三转过脸对大家又说道，"廖布导这鸡巴，啥都顺着我，听我的，就这喝酒管不住，我看也老道，弄不好，麻烦就要出在酒上。"

王九先说："当初进了古城子，我也是两眼一抹黑，修行在个人，心里有就行，心里有了就会给个人宽心，也就有了劲，这是个人给个人鼓劲，真要是这条路走完了，也到了油干灯灭的时候了。明天出太阳还是下雨，后天就全知道了。一个人一个活法，就几十年的工夫，咋说也不能活成孤鬼吧，总得和人相处。和啥人相处个人择，我和你们相交，成了连手，我愿意。古人说人生在世，有三不能笑——不笑天灾，不笑人祸，不笑疾病。立地为人，有三不能黑——育人之师，救人之医，护国之军。千秋史册，有三不能饶——误国之臣，祸军之将，害民之贼。读圣贤书，有三不能避——为民请命，为国赴难，临危受命。经商创业，有三不能赚——国难之财，天灾之利，贫弱之食。记住，拉屎尿尿也要躲开三光。"

葛钟娃问："啥叫三光？"

郝七三插嘴道："太阳光、月光、星光！"

葛钟娃说："那咋躲，有些想躲也躲不开呀，这么大的戈壁，咋躲呀？"

郝七三说："真是个笨尻，这就是你个人的悟性了！"

王九先说："戈壁滩上的骆驼篷、梭梭、红柳墩，去处多了去了。"

葛钟娃说："这戈壁滩上，也没啥旮旯拐角？"

王九先对葛钟娃说："你咋穷横穷横？记住，不能对着太阳撒尿！"

第二章

葛钟娃不解地又问:"这到底为了啥?"

王九先说:"这是规矩,也不能把尿尿到河里渠里,虽说水走百步为干净,但你若看到水头上有人往河里尿尿,你站在下水还能把水喝下去吗?再说了,就是水走千里,你的尿还在水里,正好被人家舀进桶里,那是亏人,尊人尊自己,懂吗?"

葛钟娃有点似懂非懂。侯财来、道尔吉虽然没有说话,也觉得茫然。

半天不吭声的陆十红笑着对王九先说:"掌柜子,就你这两下,这几个愣头青,要想弄懂还得几年。"

王九先说:"走运走运,走起来才能转运。拉骆驼,不怕路长,就怕腿软,按规矩雇来的驼户不能骑骆驼,要练腿劲。我们不兴那一套,该骑还得骑,那么远的路,把人不能当牲口使唤,在骑乘驼上少搭点货都没啥,不能让人受制。走上一两趟,就要摸清道儿,这么大的戈壁、沙漠,骆驼丢了不打紧,人丢了到哪儿找去?"

王九先说:"军营为啥要换防,一个地方不能待得太久,时间一长就有了人情味。本地人不能在本地当兵,平时抬头不见低头见,一起混惯了,都是见面熟,关键时候下不了手。正好相反,我们要的就是人情味,就是要把古城子的人,都捏成炒面一样的熟人。合伙租船船会漏,合伙喂驴驴会瘦。为人只说三句话,不可全抛一片心。理是这么个理,但作为驼户,就不是那么回事。我们不合伙,不拧成一股绳,喝风去都没有。看看这古城子,俄国人都开了几十家商铺,洋火、洋蜡、洋袜子、雪花膏、香胰子,都是稀罕物。好多乡下人根本就没见过,喜欢得不得了。皮草行、绸缎庄是最挣钱的;成驮的茶叶,那就是票子;一摞一摞的板布,那就是银子。余味苦涩,终有一甘,商户每走一步都离不开我们这些驼户。马走日字象走田,两帅不见买卖见,走来走去都是一盘棋。一眨眼一天,一回头一年,一转身一辈子,我们不好好活,不好好干,对得起谁?"

王九先说:"让一步是心,退一步是情。好些时候,一些人能赢得生前身

橐　驼

后名，在于谦和；多的时候，我们能赢得先机，也在于谦和。这样别人更好接近你，也对你心生敬意。常说和气生财，就是从谦和来的，许多时候处事不惊，也在于忍让。好出门不如待在家，龙床不如狗窝。谁不知道蹲在家里享清福，但福从哪里来，不下苦就没饭吃，我们就是跑路的命。话不说不明，灯不点不亮，干脆我就把话说完，如果谁不守规矩，我这里恐怕就容不了你，从哪里来还回哪里去，谁不惹谁，谁不欠谁。人吃辣子为辣，骆驼吃刺为扎，大丈夫不要妄自菲薄。记住，一个男人，不能做到言而有信，底气就不足了。底气不足的男人，就会心生怯懦，心生怯懦就会说谎，说谎的男人必然言而无信。"

"大家伙都记住了，信守诚信，以德报怨是我们的根本。"王九先最后说。

记住爷爷王枚岭的话，王九先把拉骆驼行当里的规矩，挖脑子、掏骨髓，像吃馍馍一样，掰碎泡烂，全填进了连手们的肚子里。他的一席话，大伙听得入心入耳，不住点头。唯有曹文茂转过了脸，若有所思。

五

拉骆驼这一行当，十个男人难出一个骆驼客，一百个骆驼客难出一个领房人。王九先既是脚户头儿，也是正儿八经的掌柜子，更是他这一拨人的领房人。在驼道上，领房人骑快马快骡子来回往返巡视，既要打前站，还要查看驻地，寻找水源。

王九先账算得很清，若专雇一领房人，要付给比驼夫多几倍或十几倍的报酬，沿途还要吃香喝辣，备受照顾，不如自个儿干得了，哪怕是辛苦点也行。

驼户口中的房子就是帐篷。帐篷由两根房柱、一根横梁为支架，篷布四周自上而下有多条贯通篷布的经绳缝在篷布上，绳末头有定桩。经绳视帐篷大小有八根的，也有十二根的。搭起的帐篷左右为坡状，下面呈八卦形。帐篷高七尺五到九尺，能将骆驼拉进去。

王九先的帐篷能住十二个人，不大不小。领房也好，账房也好，伙夫也好，都由大伙兼着。戚长林负责货物清点，路途的开销，算账。陆十红的骆驼连子中，有几峰骆驼背上则驮着帐篷、口粮、炊具、大小水桶、精料。到了宿营地，大伙各干各的，搭帐篷，挖锅灶，烧水做饭，放牧骆驼。

  走路途遥远的绥新道、草原道，有时有六七顶帐篷或十来顶帐篷相伴一起走，那阵势就大了，几千峰骆驼，百十号人，一字长蛇的骆驼连子，绵延不见首尾，铃声此起彼伏。到了站口，搭帐篷、立房柱子，灶上炊烟升起，骆驼东一拨、西一拨，站在山头上一看，帐篷星罗棋布，像军营。

  这样搭帮谁都乐意，能震慑匪徒。但谁有谁的打算，谁有谁的行程，碰巧了大家都高兴。不好处是喂骆驼有时就乱了绳索，零星骆驼互相抢食草料，驼队阵势大，路两边草场有限，骆驼难以吃饱。

  驼队五更里搭驮子，牵驼上路。宿营后，把骆驼依次按倒在货巷内，卸了驮子，该着谁放驼，吆喝几声，骆驼星散走开，由着性子吃草粑粪。若遇雪天，骆驼虽然负重，也只能站在原地候着，清理出卸货的巷道，卸下货驮子，赶快把骆驼拉出货巷，万不可让骆驼在货巷里撒下粪尿，若结了冰，第二天早上搭驮子，骆驼滑倒麻烦就大了。驼队走在半道上，骆驼撒尿时，也要把骆驼拉出驼道，不能让尿撒在道上，不然，接二连三，骆驼就会滑倒，栽了跟头。

  驼队上路，往往是郝七三或是戚长林打头，陆十红扫尾。强手放前后，弱者放中间，缘故是头连子眼睛好，末连子瞌睡少。

  无论哪个驼队，到了宿营地，挖出浅水井，若水旺水甜，都要做上记号，留给后来的驼队、驴脚户和过路人。

  那是在青疙瘩山下，挖了约莫一炷香工夫，井口刚没过人的头顶，水就涌了上来。走路前郝七三垒上石头，用胡杨、芦苇草皮镶好井口，用梭梭圈出了井沿，用树枝盖好插上了标记。

  陆十红则在火堆里添加了柴禾和骆驼粪，用沙子埋住一边。他埋得很巧，火堆既要冒烟，又不能让火着得快，还不能让火熄灭，后来的人一捅一续就着起了，省了好多麻烦。驼户把这叫"续火"。

橐　驼

　　王九先看着他两个头也不抬，耐住性子的样子，随口说了一句："积德不必人见，行善自有天知。"

　　驼队大都在下午起程，到下一站就到了半夜。先到的王九先在驻扎地上燃起一堆火，黑夜里，远远地看到火堆，伙计和骆驼都兴奋起来。

　　夏天天气，冬天衣裳，一天路程，三天干粮，这是每个驼户必然要做到的。尽管驼队带足了足以抵挡恶劣天气的衣物食物，可有时还是遇上挨冻受饿的困境。

　　冬天滴水成冰，人驼走上一天，干完活儿吃完饭，打点铺位埋头睡觉，尽管帐篷里也有火盆，帐篷四周用土、沙子埋住了下沿，可针大的窟窿斗大的风，天寒地冻的荒漠上，抵挡风寒的帐篷，像人在风雨中穿着单衣，醉汉一样，摇摇晃晃。帐篷柱子上挂着的马灯，灯火一跳一跳，似灭非灭，昏暗的光晕，隐隐地罩着驼户们沉睡的脸庞。

　　一顶帐篷，一帮人，吃住行走都在一起，互相之间托付了信赖与生死。一群驼户，把沉淀于高山、大漠、草原、戈壁的驼道，清晰地展现在世人面前。

六

　　走绥新道，木垒河是必经之地。每逢驼队到了木垒河，看到离河岸不远处那个被废弃的驿站，王九先触景生情，都会感慨一番。当大伙都歇息了后，王九先意味深长，就会讲起那年冬天他在这个驿站遇到的一件事。

　　那时大伙还都没来驼队，王九先骑着白骟驼独自去巴里坤办事，阴历腊月天气冷，胡子帽子上都是霜。回来的时候紧赶慢赶，小半夜时分到了木垒河。

　　木垒河在东天山的末梢上。这末梢像豹尾，在山峰的耸动中起着平衡作用，云飞起来给人的错觉是山在奔跑。木垒河原名芦花河，河的两岸芦苇丛生，芦花飘飘，芦絮飞扬，河水不断翻滚、起伏，冒出一个又一个沸点。

　　盛唐，樊梨花征西时被河水挡住去路，她骑在马上仔细观察，偌大的河面，渡河需要搭桥,但河水湍急。当她看到河中硕大的裸石和岸边众多的树木,便命士兵用一层石头一层木头层层垒坝搭桥,经过数十天劳作,木头大坝终于垒成,将士顺利过河,当地人便把芦花河改名为木垒河。

木垒河边上的照壁山下设有守捉,名曰照壁山守捉,建有古城堡。士兵们把遍地的狼粪堆积起来,像一座山包,然后在烽燧上亢奋地点燃了狼烟,战争与厮杀便蔓延开来,烽燧被狼烟加高,影子被太阳拉长,在黄昏和血色的夕阳中,更显气壮与悲催。萧飒的秋风和满眼的荒芜一年年光顾,芨芨绿了又黄,黄了又绿,狼群继续在芨芨湖里繁殖、肆虐、壮大。

后来,刀光剑影的日子稀疏下来,狼群呜咽着游走他乡,狼拐成了稀罕之物,被人戴在脖子上或别在腰里,成了庇佑镇邪物件。然而烽燧仍未懈怠,虽经岁月的剥蚀,老了,就磐石般地卧了下来,但是像虎,仍警惕地守望着,八面威风尽显,风雨沧桑依旧。

河岸边被废弃的驿站,尚有一间没有门窗的土坯小屋。王九先把白骟驼按倒,当时对白骟驼还不太了解,缺乏信任,在嘴下撒了麦草,用一头有扣环,一头有节棍,长四尺的皮条驼绊,将白骟驼的两前腿绊住,防止它夜间远走。然后把皮袄皮褥子茶壶干粮袋拿到屋里,又去扒了点梭梭柴,摸黑装来一茶壶雪,点火烧茶吃饭。许是赶路的缘故,王九先累了,吃过就睡了,竟然一觉睡到天亮。

出门看白骟驼,白骟驼安详地卧在地上,嘴里不停地咀嚼、反刍倒沫。他回到屋里,又点着了火,准备烧水吃饭。突然,他从火的亮光里,看到一个人睡在墙角。他一下站了起来,感觉头发都竖了起来,但多年的野外经历让他很快镇静下来。他顿了一下,慢慢走到那人身边,那人一动不动。王九先用手靠近那人的鼻子,没有一点气息,是个已僵死的人。他仔细打量死者,身穿绒布短大衣、蓝布棉裤,脚蹬一双布棉鞋,头戴着棉布帽子,帽檐翻了下来,紧紧地护着脸颊,帽耳下的小绳系在一起,头下枕着一个布袋,像是装着干粮。

"这么冷的天,能不冻着吗?"王九先嘴里说着走到火前,掰开一个烤软的馍，放到死者头前，又倒了一碗茶浇奠。他忽然有些激动，大声说道："兄弟呀，看来你也是个受苦人。虽然已经到了阴间，定是没走远。我们阴阳两隔，却同在一个屋里住了一晚上，也是缘分。你若有知，就托梦给你的家人在前面等候。我这就走，我告诉他们你在哪里。你若下世还受苦，就来拉骆驼吧。这牲畜神着呢，有它护着，人就平安无事。"

他絮叨完，便拾掇东西上路。当天中午，王九先走到大石头时，果然遇到几个找人的人，说了衣服相貌，一点不差。那些人哭着喊着奔木垒河去了。

王九先说："这辈子，不走的路也要走三回，没见过的人，说不定哪天冷不丁就碰上了。"

七

一天晚上，王九先向大伙又讲起一件诡异的事情。

住在他家隔壁院子里的一个老汉，胡子都白了。有天早上起来，人不对劲了，说一口苏俄洋人的话，呜哩呜啦，谁都听不明白。一开始老伴儿、儿子、儿媳都以为老汉睡颠倒了，都没在意。过了一会儿再看，不对呀，咋就认不出自家人了。几个人一下慌了神，大眼瞪小眼，不知咋办？

儿子慌忙说："我去找人！"

儿子找来了以开小店铺为生，卖洋胰子、洋袜子的俄国洋婆子洛娃。洛娃和老汉一对话，自己先流开了眼泪。

在老汉一家人的惊愕中和追问下，洛娃费了好大的劲，从头到尾才说清楚。

洛娃的丈夫是个白俄军官。一九一八年，沙皇被推翻，她和丈夫，还有一些士兵，打了败仗逃到了中国。他们从塔城入境，辗转到了古城子。在一次战斗中，她的丈夫被打死了，她只好以做小买卖维持生活。谁能想到，眼前这老汉说话的神态、声调儿，竟和自己的丈夫一模一样。一问名字，老汉说他叫米哈伊尔。

"上帝啊！"洛娃惊叫一声，她的丈夫就叫米哈伊尔。洛娃和老汉抱在一起大哭起来。

"这、这、这，这到底是咋么回事？"老汉的儿子急不可待。

洛娃擦了一把眼泪说："米哈伊尔死了后就被人埋了，埋在哪儿我压根就不知道。现在他说后来有人在他的上面又埋了一个人，压得他喘不过气，翻不过身来。"

老汉的儿子问："埋在哪儿了？"

洛娃说："他说就在石碑梁那边。"

老汉的老伴儿着急地说："那就赶快去啊！"

按照老汉的说法，也就是"米哈伊尔"的指点，他们在石碑梁挖开了一个塌陷已久的坟墓。果然，两具尸骨一上一下埋在一个穴里。洛娃认定，下面那个就是丈夫米哈伊尔，她免不了又大哭一场。

米哈伊尔的尸骨被洛娃带走，买棺材入殓，重新选择了地方掩埋了。上面这具不知名的尸骨由老汉的儿子儿媳装进了白洋布袋子，祷告、上香、烧纸后也埋了。

一下午过去，老汉清醒过来，恢复了常态。

老太婆问老汉："你和卖香胰子的洛娃咋认识的，有啥咕咕等，咋就抱在一起了？"

老汉说："哪个洛娃？"

老太婆说："就是西大街上卖洋袜子的那个洋婆娘！"

老汉说："啥乌七八糟的，她卖她的袜子，和我有啥牵扯？"

儿子问父亲："爹，你是啥时候学会说俄国话的？"

老汉答道："满嘴胡说，我这大半辈子了，连古城子都没出去过，说啥鸡巴俄国话！"

听了王九先的述说，葛钟娃说："天下还有这样的事情？"

陆十红说："这叫鬼魂附身，那军官的魂魄入了老汉的七窍，老汉得了魔怔，说的全是军官的话。"

郝七三问王九先："真有这事儿？"

王九先说："事情确实是有，可到底是咋回事儿，说不清、道不明。"

侯财来一脸惶恐，说："妈妈的，听得人头皮子发麻，后脊背发凉！"

戚长林说："这种阴差阳错事儿，好些地方都有。"

曹文茂说："人间百态，神鬼莫测！"

八

大草地就是驼客们常走的蒙古草原道。

蒙古高原的草长得无拘无束、随心所欲，兴奋的黄野菊想开就开，想笑就笑。清风吹过，草原的方阵便向一边看齐，马儿像将军阅兵一样，向方阵频频点头，挥蹄致意。牧人关注的目光从远处收回，在齐胸的草下就看到了小鸟的窝。好多地段蚂蚁建起了半丈高的穴，不规则地排列着，像小两号的烽燧。蚂蚁们闲不住，争先往窝里搬东西，还往回拖比自己身子大几十倍的螳螂、毛虫等。草原上有孤独的榆树，花开的五月榆钱落了是蚂蚁们最忙的时候，口衔榆钱，一个劲往家中收藏。它们这样无休止地来回跑，竟在草窠中走出一条路，那路虽弯弯曲曲但很执着，像驼客们的驼道。

一开始在草原上，葛钟娃的想法和在老家民勤庄稼地旁的想法一样，以为那些草像庄稼一样，熟了割掉后那些根须不久便会腐烂在地里了。后来才知道，那些草的根还在，千年万年，它的根一直在蛰伏在等待，且不断分蘖，等待着来年的再一次露脸儿和扬起头来。

草原广阔无垠，波涛不同于海浪，那涛声绝非细腻与翠微，是风与草的交融与交响。睡在上面就睡进了巨大的摇篮，看天空、看云朵就像喝足了马奶酒，人会醉。这里没有三更的驴叫，五更的鸡鸣，有的只是牛羊的叫声和马儿的嘶鸣，还有骆驼吃草的声音。这里也没有泥草房和土炕，只有蘑菇般的蒙古包，蒙古包坐落处，就有歌声和笑声。雁飞来的时候，也是驼队出发的时候；雁归去的时候，也是驼队回家的时候。

驼队在这个绿海的岸边登陆前，驼客们的行为和路数已经在草原上传播开来，他们知道草原的性格和意志会感染鼓舞他们。草原上虽有捷径，但要赢得路途上的先机，需要奋争与打拼。当时离开家乡的步伐虽然沉重，聚少离多成为生活的重要部分，但一踏上蒙古高原，心地便豁然开朗。启程的那一刻，也注定了艰辛生死要与他们相伴，无论经过多少轮回，都要为此承诺和坚守，让驼队走出历史的皱褶，坚定地走向神奇的追梦之路。

驼队穿过大草地来到古城子，这一走就与古城子开始了漫长的对话，便有了家乡和古城子真挚的约会。当驼队深入到古城子这块土地，一个又一个惊喜已期待着他们的到来。从此，在实现梦想的真实路途上，有了自己的海拔与高度。

除了草原，他们走得更多的是鸟都不拉屎的地方。在戈壁上、在亘古荒漠，注入了声音和语言，注入了生命和力量。他们不清楚前路还会掀起多大的波澜，但一如既往决定了对新事物的追求和向往。当充满神秘和希望的戈壁突然把河流呈现在面前，那一路上可怕的黑夜、寂寞、失落便一下烟消云散了。当他们把汗水的结晶驮在驼背上，无尽的戈壁也一下变得亲切起来。

虽说草原是驼户们的自由乐土，但他们无暇顾及天空的鸟鸣和路边的花草。一开始，草原和戈壁带给驼队的是初来乍到的兴奋，由最初的新鲜变成枯燥后，面对的是戈壁上更加残酷的现实，还有愁云惨雾的笼罩。夏季来临，随着戈壁上第一缕阳光的升起，气温渐渐升高，要想摆脱汗流浃背的窘境，驼队五更就起身，等日头中天便卸驮子休息，把骆驼散放在戈壁上吃草补给。偌大的戈壁，漫无目标，哪里有草去哪里。这时，就怕新手放驼时把自己也放丢了。

驼队最怕的是土匪的抢劫，这就是愁云惨雾的开始。冬天走在雪戈壁上，极端的生存环境是最大的考验。驼队在冰天雪地中行走，吼出的声音在白色莽原上冲撞回响。

一峰骆驼死了，就成了绿海上搁浅的船舟。它的残骸在这海上飘摇不久就下

橐　驼

沉了，不同的是腐朽化作了神奇。绿海的一部分，在它的滋润下长出了更加蓬勃的新绿。

在古城子，驼队出发。在家人送行的目光中，驼队驮走了牵挂。驼队回转，亲人翘首顾盼，当驼铃声撞进人们心里，那种欢喜无以言表，极目远眺看到驼队时，无论是娃娃还是女人，都兴奋不已，心里一块石头就落了地。热炕头和喧腾腾的刀巴子等候着主人的归来，烫热的烧酒醇香四溢，困乏和劳顿在家的温暖中一下便烟消云散了。

驼队成为现实与历史间的桥梁，是历史向未来的探索，举重若轻的从容，放弃了一切尘世牵绊。一把缰绳、几副鞍子、两个架杆，成了驼客们的最爱和希望，声声驼铃在高低错落的叮当交响中回荡苍穹。

第三章

一

　　王九先的驼队一开始没有现今这么大的阵仗，把帐篷搭起来三年多时，屁股还没焐热，就把祸着上了。一拨七个人里头，先是石玉山和王润虎离开了。后来就死了段子恒和乔长云，就剩下了他和郝七三，还有家兄王九元。

　　段子恒、乔长云是王九先和家兄王九元从包头带到古城子来的，郝七三比他两个要迟半年。段子恒、乔长云死后，郝七三就成了驼队的老人手。他对后面来的曹文茂、葛钟娃、道尔吉、侯财来他们常撂一句话："日了怪了，后长的胡子比先出的眉毛还日能了。"

　　陆十红、戚长林也是后来的，可郝七三的这句话，从来不对着他两个说。

　　段子恒、乔长云两人从小一起玩大，脾气都有点怪，都是犟骨头，一个半斤一个八两。段子恒一只眼睛是乔长云弄瞎的，乔长云做了个小弓箭，弓背是红柳条，弓弦是牛筋，箭是在一截芨芨棍上倒插了一根缝衣针。他拿着弓箭给段子恒炫耀说："这箭能射两丈远呢！"

　　说着一松手箭射了出去，那箭飘忽不定，一拐弯不偏不倚射进了段子恒的左眼，当下就把苦水给倒了。

　　两家大人天天见面，说啥好呢？乔长云的父亲就把自家一只大羯羊拉去给了段子恒家，说给孩子补补。段子恒的父母说了些埋怨的话，这事就算了了，两家人还是像往常一样走动。

橐　驼

乔长云一看父亲把自家的羊给了段子恒家，气不打一处来，就把一只麻雀塞进了父亲的夜壶里。五更里父亲尿急，随手提起夜壶往被窝里一放，那麻雀感觉到一个肉乎乎的家伙冲它过来，张口就啄。父亲惊叫一声，把夜壶甩在地上打烂了。打烂夜壶的声音，惊醒了全家人，麻雀在屋里乱扑腾，乔长云被父亲拉出被窝，好一顿打。

尿脬打人不疼，可臊气难闻。天亮后，全家人看到，被夜壶憋了半夜跳上房梁的麻雀，还在大口大口吸着新鲜空气，然后开始横冲直撞。那麻雀冲破窗户纸飞了出去，乔长云追着那麻雀跑，那麻雀飞飞停停、停停飞飞，好像在故意引逗他。乔长云看到，麻雀没有回窝，飞到了河边跳进河里洗了又洗。他回到家中，把见到的都给父亲说了，说那麻雀在洗你身上的尿臊味。父亲哭笑不得，举起拳头又要打时，乔长云转身逃走了。

二

乔长云的背稍微有点驼，驼背是胎里带来的。他虽然背驼，但人精明利索，干啥事都猴精猴精的。

吃屎的狗离不开墙根。就这，段子恒、乔长云照样还是搂肩搭背，没事干就走东家串西家，太阳不落不回家，成天混在一起，长大后就连娶婆姨，两个人都是一前一后，中间没隔几天。

成婚后的段子恒、乔长云没啥事干。看到来来往往的骆驼连子，段子恒说："这鸡巴骑上威风！"

乔长云说："狗日的耍它两天！"

正碰上王九先家里雇人，一试两个人的气力，还行。他两个虽然捣蛋，干活却是一把好手，不含糊，不惜力气。从张家口一趟走下来，搭驮子没啥说的，两人成了王九先家的驼夫。

这天，段子恒说："骆驼长得那么高，咋配种啊？"

乔长云说："啥时候好好见识一下！"

当他们看到骆驼配种母驼是卧着的，才恍然大悟。

段子恒说："原来是这样啊！"

乔长云说："拿一捆苜蓿来，看这公驼是要苜蓿还是要婆姨？"

段子恒拿来一捆苜蓿，扔在了公驼身边。那公驼一见苜蓿，就从母驼身上跳了下来，张嘴去吃苜蓿。

乔长云说："还是肚子里缺东西！"

段子恒说："妈的，可惜了，哪里少这两口苜蓿。"

这时只见那母驼也翻起身来，掉头凑到公驼身边，也开始吃苜蓿。

王九先老远看到，大声问道："你们在干啥？"

段子恒答道："这两个骆驼打架呢，我们把它挡开了。"

王九先手里忙活着，摇摇头，笑了一下给自己说："妈的，扯谎都不会，公驼和母驼能打起架来？"

这边，乔长云对段子恒说："一捆苜蓿，把个驼羔耽搁了。"

段子恒和乔长云跟上王九先又走了一回库伦，一路上走走看看，一下开了眼界，越发离不开驼队了。

当王九先走古城子时，他两个便跟着到了古城子。看到古城子的繁华和热闹，他两个向王九先央求，要把婆姨接到古城子来。

王九先说："得先有个窝，不然把人家接来住店啊？"

王九先把一些事情捋顺后，开始给他两个踅摸房子，房子相中后，商量好下一趟到了包头就把两个婆姨接来。按理说这日子水到渠成，顺理成章了，可谁知没过多久就出事了。

三

段子恒和乔长云，两人见不得离不开，一人不服一人，就一件小事，也要分出个高低来。那天两人跟着郝七三去了廖布导的菜地，过了一会儿，两个人就又争执起来。争来争去，你说他两个比啥不好，没尿事干偏要比赛吃辣子。郝七三想，赛就赛吧，不就是几个辣子。谁知两个人进到地里，一人一行开吃，一行辣子约有一丈长，看谁先吃完，谁输了请大伙下馆子。

这几畦辣子，弄不好是廖布导挖了屁眼儿种下的，辣得邪乎，除了辣嘴，像是上了狗粪，还辣眼睛。段子恒、乔长云两人吃得满头大汗。开头还行，吃了半行时，吃一个辣子，擤一回鼻涕，嘴里吸溜吸溜，舌头乱滚，像着了火似的。到最后两人都剩下几株辣子没吃完，抱着肚子哎哟叫唤起来。

蹲在地边上的廖布导，看看被吃剩的两行辣子，再看看坐在地埂上龇牙咧嘴的段子恒、乔长云，他知道今天下馆子喝酒是没希望了。他望了一眼在一旁对他挤眉弄眼的郝七三，苦笑了一下说："今天就算我请客了！"

先辣嘴唇子，后辣勾门子，第二天，段子恒和乔长云都因拉不出屎哭丧着脸。两人成了啥样子，人的头看上去比平时都大了许多，辣得耳朵里嗡嗡响，眼仁子像兔子的眼睛，红得可怕。段子恒的那一只好眼，让人看着都担心，万一辣坏了，不要说拉骆驼了，连上茅房都摸不着门道。

郝七三说："自找的，你两个锤子，吃辣子能把头吃肿。"

王九先一看，这不是开玩笑的事，赶忙骑上黑骡子，去秦成涌的药房开了几服败火药。

四

段子恒和乔长云，这两个鬼尿，真还不是饶爷的孙子。他两个偷了条狗，偷狗时在一块肉上拴了线绳和倒钩扔给了那狗。当时狗趴在窝里，把嘴藏在胯裆里睡觉。狗一口吞下那团肉。乔长云一拉线绳，倒钩钩在喉咙里，狗一声不吭就跟了出来。

他两个先是到了草棚下，侧耳一听，里面有放屁的声音。乔长云回头悄悄对段子恒说:"有人。"回转身再看,里面是一头牛在吃草。

他两个一商量,把狗牵到了廖布导家,还提着二斤烧酒。

廖布导一见酒说:"你们想咋弄就咋弄!"

段子恒把绳子套在狗脖子上,把绳头穿过梯架上方的格子用力一拉,就把狗吊了起来。他迅速把拽着的这头绳子绑在梯架上。就在狗挣扎着张嘴叫唤时,乔长云把早已备好的一瓢水一下倒进了狗嘴里,狗噎得立刻没了声音。接着段子恒刀子一闪,就把狗脖子抹了。

他们给狗剥了皮,剥了皮的狗身上粘着许多狗毛。乔长云回到屋里,在案板上和了块面团,两手拿着面团在狗身上滚来滚去,三下五除二就把狗毛用面团粘光了。

一锅红烧狗肉,里面放了大料。三个人中,廖布导老是盯着那二斤烧酒,没吃几口肉就喝醉了。段子恒、乔长云,一个蹲在长条凳上,一个守在锅边。那一顿好咥,一口肉,一口酒,吃得那个香。

乔长云边吃嘴里边说:"可惜了,这回把郝七三闪到干滩上了。"

段子恒说:"咋办,给他揣点回去?"

乔长云说:"可不敢,自个儿蒴地着懵心锤呢!"

吃饱喝足了,段子恒站在树荫下打饱嗝,顺手从树枝上折下一细枝,剥了皮,开始剔牙缝,剔了一会儿说道:"吃了狗肉,塞了牙缝,掏了半天,屎都没掏出来。"

乔长云听他这么说,嘴一撇,顺口也哼了几句:

　　大姐嫁了个光光头
　　二姐嫁了个头光光
　　还是那三姐嫁得好
　　女婿娃尿床湿了炕
　　…………

橐　驼

　　这时的廖布导，早已醉得不省人事，躺在炕上呼呼大睡。段子恒一看，锅朝天碗朝地的。他琢磨了一下，便动起手来，不管咋说，把锅灶碗筷收拾了，下次用时好张嘴，顺当。

　　后来这事儿是廖布导喝多了酒给郝七三和盘托出的。郝七三数落段子恒和乔长云："妈的，你们这两个家伙，背着人偷偷摸摸，一顿好吃好喝，让我清啥心，寡什么欲，在另一头挂单。你们也真能张开嘴，看来还是喉咙粗，吃啥都能咽下去！"

　　郝七三没能说出清心寡欲，是平时从王九先那里没把话听全。

　　段子恒、乔长云说："你不是放骆驼走不开嘛！"

　　王九先则指着他两个的鼻子说："吃狗肉，喝烧酒，八辈子上不了望乡台！"

　　听了王九先的话，乔长云低声嘟囔："闻见狗肉香，神仙也跳墙！"

　　段子恒也悄声说道："吃肉不喝酒，不如喂给狗！"

　　段子恒和乔长云偷偷去赌博，在麻将桌上也置气。乔长云摸了一个幺筒，他望了望对面的段子恒把牌打出去，故意说："独眼龙！"

　　段子恒一听："妈的，这家伙输急眼了，明摆着糟蹋人。"他没法反驳，只是翻了乔长云一眼。

　　牌过半圈，段子恒摸到一个七筒。他看看乔长云，脸上也露出了坏坏的笑，把牌往外一甩，说了声："背锅子！"

　　乔长云一听不愿意了，指着段子恒的鼻子问道："你骂谁是背锅子？"

　　段子恒说："谁认账我就骂谁！"

　　段子恒指了一下自己的那只瞎眼说："独眼龙也是你骂的吗？"

　　乔长云回骂道："背锅子也是你骂的吗？"

　　其他两个牌友见他两个吵得不可开交，并不劝架，两手把牌往前一推，看着他两个前仰后合地大笑。

　　牌局不欢而散。回驼队的路上，他两个一前一后，谁也不搭理谁。走在前面的段子恒思谋了一下，嘴里说道："后面的狗跟我走。"

乔长云一听，放开脚步超了过去，走到了段子恒的前面。没走两步，就又听段子恒说道："前面的驴别放屁。"

乔长云走也不是，站也不是，索性蹲在地上不走了。回到帐篷里，两人还一个劲对骂，死磕。

段子恒说："你看你那嘴角上，白沫子淌上有啥意思。你记住，我有那些唾沫，指头蘸上数钱呢，哪有工夫和你闲抬杠。去去去，没事干了西河坝里洗石头去。"

乔长云说："你这家伙，连你的唾沫我都不信，不要说你的人了。"

王九先一听，说："妈的，出去赌博，还都有理了。"

见乔长云张口又要说啥，王九先说："你有啥屁先憋回去，听我说完。古人早就说过，不嫖不要转，不赌不要看，你两个还连转带看！"他顺过马鞭每人给了两鞭子，走出了帐篷跨上黑骡子去找郝七三和驼群。

挨了鞭子的两人互相对视着，段子恒对乔长云说："你这个锤子！"

乔长云对段子恒说："你这个锤子！"

然后两个人互相指着对方又哈哈哈地笑了。

之前，段子恒去剃头，剃了头后偷偷溜进了赌场。回到帐篷看到王九先不在场，大声说道："妈的，以后剃了头绝不能去赌场，输得一塌糊涂。"

郝七三笑道："剃了头也敢去赌场，忘了规矩。"

乔长云带点讥讽，笑着说："早知道那钱要输掉，被剃光头，还不如去趟窑子，把钱花在正点子上。"

郝七三骂道："那也算正点子？"

王九先也年轻过，也犯过规矩耍过钱。他的收敛是从输掉了家里那匹枣红马开始的。他把银子装进褡裢，搭在马背上，骑马去赌博，往往是把银子输光后悻悻骑马回来，人输了钱没精神，马也蔫头耷脑。如果哪天他赢了，回来时老远从马蹄的兴奋中就能听出结果来。

橐　驼

　　王九先打麻将，身上装有一把婴儿拳头大的玉壶，从不示人，往往是赢多输少。他说："要说输赢，'壶'就是'胡'，壶到福到！"
　　那天早上，他骑着枣红马，挥着马鞭出了家门，他跳下马时没站稳跌倒了，把玉壶压烂了。晚上回来时，手里只有鞭子，胯下却没有了马。他走进了父亲的房间，双膝一跪，把马鞭子双手递在了父亲手上。
　　自那以后，王九先不再有马易手了，就是到了后来石玉山给他走马时他也婉言谢绝，这也是他为啥骑那黑骡子的缘故。
　　隔天，王九先给段子恒和乔长云说："上赌桌赌博，就给我滚出驼队。"
　　乔长云说："掌柜子，你是说卖麻的窝掉，卖布的叠掉，让我们各回各家，各找各妈，还是各找各的婆姨？"
　　王九先说："妈的，劲大了还各说各话。装啥聋？作啥哑？你两个灰鬼，我给你两鞭子，都给我滚出去！"

五

　　雪怕太阳草怕霜，可段子恒和乔长云这两个楞尿啥都不怕，说穿了还是把有些做人的道理没弄明白。段子恒独自去放驼，看到一家大小十来口人去上坟，在坟前还献了一只羊。他走过去看了一阵，开口说道：

　　　　上献一只羊
　　　　下跪一群狼
　　　　名让神背上
　　　　肉让狼吃上

　　说完转身就跑。那一家人翻起身，拾起土坷垃砸向段子恒，可这家伙腿快，跑到远处掉过身来，望着那一伙人嗤嗤嗤地笑。

第三章

最要命的是这两个愣头青，真是不谙世事，怎么能干出那样伤天害理的事来，真是傻呀，这比踢寡妇门、挖祖宗坟还要气人，看则不经意，顺手带过，实则可恶，吃了五谷，却没有拉出人屎。王九先长吁短叹，心里犯晕。他怪自己没有给他们交代清楚，也怪自己粗心大意了，分明就是老天的报应。

活人好整，死人难欺。那天风和日丽、天高气爽，驼群由近而远悠闲地吃着三尖草。段子恒和乔长云，两个人也是太闲了，让骆驼由着性子吃，他两个竟跑到旁边的坟地里，挨个儿看那坟头上插的牌子上都写着什么。看着看着，乔长云便用手去摇人家的木牌。那牌子大都是夹五板做的，直插在坟前，一摇晃竟摇了下来。他再去旁边的坟头摇，也摇下来了。他左右看看两个牌子，就把两个牌子互换了。

段子恒一看，也去摇身边的木牌。就这样，他两个肩扛牌子，来来去去，不管你是赵钱孙李，还是周吴郑王，一顿三堂混搅，把能换的牌子都换了。段子恒一边扛牌子，嘴里还一边唱：

  我妈的老汉我叫大
  我大的婆姨我叫妈
  人鼻子窟窿都朝下
  猪身子后面有尾巴
  贼娃子最会说白话
  月娃子随便拉粑粑
  新媳妇害羞偷着笑
  圈脸胡亲嘴有些扎
  ……

乔长云一听段子恒唱上了，他也张口就来：

> 十八的姑娘门前站
> 公鸡给母鸡踩了个蛋
> 铺上羊皮和烂毡
> 怀里搂上那放羊的汉
> ……………

王九先想到这里，嘴里说道："人为善，福虽未至祸已远离；人为恶，祸虽未至福已远离。真是混蛋透顶了，换了牌位，让人家送错纸钱，哭错坟头，这是多大的罪过呀！"

事儿也确实怪，过了些日子，包头老家那边传过话来，说乔长云和段子恒的婆姨都疯了。

郝七三说："这到底是咋了，瘸腿上拿棒敲，怎么两个女人都疯了！"他压根儿不知道乔长云和段子恒在坟地里干的换牌子的那些损事儿。这还没完，没过几天，段子恒和乔长云就双双遇难了。

六

在三十里大墩有一个接官厅，每当有新的官员上任古城子，县府一班人便去接官厅迎候，后来也成了来往众人歇脚的地方。冲着接官厅，老百姓编了口歌子：

> 春秋楼上转了一圈子
> 搭眼就看见了四十里腰站子
> 接官厅上迎接官老爷的大轿子
> 从三十里大墩抬进了古城子

第三章

那次，驼队本来要在三十里大墩扎帐篷，王九先看到来往歇脚的人太多，不方便驼队扎营，就鼓了鼓劲，又走了三十里，硬是穿过了沙漠到了咬牙沟。刚扎了帐篷，王九先又骑着黑骡子赶忙往城里返，让郝七三、段子恒、乔长云三人就在咬牙沟等候。

王九先是为了拿回运货的合约，可到了第四天再回到咬牙沟，他看到段子恒、乔长云都被土匪杀害了，郝七三也不见了踪影。

七八十峰骆驼，半辈子的心血，一下子就全完了。帐篷被烧，失掉骆驼都不要紧，段子恒、乔长云太孽障了，都身首异处，乔长云圆睁着眼睛，段子恒佝偻成一团。

说来也怪，和货主签了合约后，王九先明明记得装进了褡裢里，可到了咬牙沟怎么都找不到了。返回城里后，合约竟在家兄王九元手里。要知道，到那头交贷时要与合约的单子对账的。家兄也急，正要派快马给他送去呢。

就在前一天晚上，王九先做了一个梦，梦见太阳出得红红的，他的头被土匪砍了，那血流进了太阳里头。有人说梦是反的，从那件事上他信了，他的头没被砍去，而段子恒、乔长云却死了。王九先去时他们的身子还在流血，淌下的血比滩上的红柳还红。

王九先觉得太窝心，拉骆驼走不到头的人是不少，可这个事偏偏出在他的身上，实在是让人痛心，眼睁睁看着骆驼被土匪抢了。这个先撂下不说，让人痛惜的是两条人命没了，这是天大的事情。

黑暗先临还是曙光先到，谁都说不清楚。王九先似乎听到了那走得很远的段子恒、乔长云灵魂悔恨的哭声。

从段子恒、乔长云身上，王九先痛定思痛，有时扪心自问，我可不能光顾了赚钱，把有些事情给疏忽了。从那时候起，王九先不管是谁来到驼队，把该交代的事情再三交代清楚，把该守的规矩也要多说几遍。

风过有声，水过有痕。段子恒和乔长云，啥都没留下，各自留下了一个疯婆姨，把家里人也弄得抡不直胳膊张不开嘴。后来有人说，这两个作孽鬼，没时运，命不好，起个大早，赶了晚集，是个人把个人给灭了火的，真是吃大豆却把牙给崩了。

七

郝七三确实不是平处卧的狗，他不愿惹事儿上身，可人也不能惹他。小时候的他曾说过："只要是骂过我妈的人，我长大后把他们都宰了。"

他长大后一看，那些骂过他母亲的人都老了，路都走不动了，他没去宰他们，有时候还接济他们。那些人流着眼泪说："郝家出了你这个大孝子，都是你妈管教得好啊！"

土匪是呼啸而来呼啸而去。当郝七三看到段子恒、乔长云血淋淋的尸体后，他惊呆了。土匪打劫驼队时，他去到一座烽火台后面拉屎，躲过了一劫。

郝七三蹲在烽火台后面时，听到了嘈杂声。他觉得不对劲，起身朝帐篷的方向一看，愣住了。那是十几匹快马，十几个土匪在马上耀武扬威，喝神断鬼。

郝七三一闪身，躲进了烽火台里。烽火台高约一丈六，宽约一丈，有洞口可出入，里面可容纳三四个人。他从烽火台里向外一看，那些土匪开始牵走骆驼。断后的三四个人看着驼群走远，突然掉转马头，向还跪在地上的段子恒、乔长云举起了刀。

郝七三的眼前浮现出他那死里逃生的场面："当时若扑上去，必死无疑。想我郝七三，也是宁折不弯的汉子，尿柱都能把地上砸个坑，可眼睁睁看着段子恒、乔长云被土匪杀害，自己却无能为力。"

粗糙与狂野给了他旺盛的生命力，他的性格像一场雪、一场雨，没有雾的朦胧，简单明了。他口粗，不仅吃粗饭，干粗活，说话更粗。他说曹文茂是狗屎上的虼蚤，弹过来，弹过去，都是闲弹、乱弹。

郝七三幸免于难，步行翻越通古特沙漠往古城子跑。许是受了惊吓的缘故，

第三章

他有点慌不择路，没敢走大路，是穿越沙漠往回跑，不想就偏离了方位，走了两天便饥渴难忍。他心里想，没被土匪打死，却要渴死在沙漠里了。他无力地倒在一棵梭梭树下。这棵梭梭十分高大，阴影部分正好将他的脸遮住。

晚上，一堆篝火为他增加了底气和稍许安慰。从远处看去，火堆像一轮初升的太阳，漆黑的夜里，点亮了他胸中无比强烈地活着的愿望。这时的郝七三心里只有悲哀与愤怒。

第二天，看着天空中滚烫的太阳，沙漠里的灼热逐渐增强。他嗓眼里像在冒火。天上的云彩像被火燎了似的，站在云下面的郝七三感到胸口闷得发慌。

他又走了七八里路，就有些跌跌撞撞。他又往前赶了一阵，便一头栽在了地上。近三天了他滴水未进，在半昏迷半清醒中的郝七三，觉得有什么东西在向他靠近。他心里猛地一惊，清醒了过来，他看到一只刺猬。他用手在身边一摸，摸到了一块石头。他心里想，这一石头砸过去，刺猬被打中，就是他命不该绝，若打不准，这一百多斤今天就交待到这里了。

郝七三确实有些不甘心。他空有一把子力气，有好多事情还没有作交代，廖布导咋样了，说好了还要为廖布导收拾残局呢，想不到到头来却要渴死在这里，确实有些窝囊。

那只刺猬没有察觉到郝七三的存在，一步一步向他靠近。只见郝七三把劲鼓圆，猛地将手中的石头朝那只刺猬抛去。让他感到意外的是，那块石头竟砸中了刺猬的脑袋，只见那刺猬翻了一个跟头不动了，缩成了一团。郝七三一见，顿觉身上来了力气。他连滚带爬，身子几跃就扑到了刺猬跟前，伸出三个手指头抓住刺猬背上的刺将它提了起来。在这同时，他的眼里涌出了滚烫的几滴泪水。

郝七三以前也抓过刺猬。那是去年了，是在放驼时，他看到一只刺猬躲在刺墩下，不细看根本看不出来是只刺猬。他把它抓回帐篷，没顾上收拾，就随手扣在了水缸下。到了第二天早上，搬开水缸刺猬不见了。

王九先说："你用错了家伙，要用只筛子扣了，它就无法脱身，怪就怪你是用了水缸。那玩意儿会鼓气，是用气顶开水缸逃走的。"

橐　驼

　　以前抓住刺猬后，和上一大团泥巴，把泥巴裹满刺猬全身，直到刺猬的刺看不见。用梭梭柴燃起一堆火，把裹满泥巴的刺猬扔进火里。大约有一顿饭的工夫，用棍子把泥团从火堆里拨拉出来，看那泥团不烫手了，抱住泥团一磕一剥，刺猬的刺随着泥巴就会整个脱落了下来，只剩下鲜嫩无比的刺猬肉。

　　郝七三因刺猬而得救。他拔出腰间削骆驼鼻扞的刀子，把刀子插进了刺猬的胸脯。他吃着刺猬的肉，喝着刺猬的血，流着激动的泪，他的嘴唇被刺猬的鲜血染红。他知道他是和着耻辱吃下这刺猬肉的。他站了起来，从腰带上撕下一块布，把剩下的肉包了，向着古城子的方向，迈开了死而复生的步子。

　　当王九先看到驼队遭劫的场面时，郝七三正在沙窝里挣扎。又过了一天，郝七三回到古城子。见到先一步到城里的王九先时，两人四目相对，谁都说不出话来。王九先上前抱住郝七三放声大哭："我以为你也……"

　　郝七三这个人难得憔悴，此时却也是泪水涟涟。他性命无忧，是不幸中之大幸，这让王九先心里稍许有了些安慰。

八

　　王九先眼前出现了那次和段子恒、乔长云、郝七三到阿尔泰送货时迷路的情景。

　　驼道上的天气变化无常。沙漠戈壁，烈日当空时，滚烫的沙粒埋了鸡蛋，不一会儿就熟了。看着是日清天朗，可瞬间便狂风大作，飞沙走石，大风将人畜和货物刮得东倒西歪。风雨交加时，人畜浑身湿透。遇上这种天气，赶快就地驻扎，确保人畜货物安全。

　　那是个细雨霏霏的日子，先是雨前的大风卷起沙土把天空刮得一片昏黄，然后雨点落了下来，天空慢慢由昏黄变成灰蒙蒙的。

　　古城子到阿尔泰有十八站路，前面走过好多趟。那次很日怪，驼队还没到乌伦古河，就在乌河南面的大戈壁上迷了路。

第三章

驼队是晌午过后上路的，走路时间分半后晌半夜晚。正赶上八月，接下来连着几日天阴得像黑洞，白天从驼队前首往后看，看不到最后的扫尾驼。到了晚上，几步外都看不到骆驼，人只能听着前面的驼铃声往前摸。前面走的是郝七三，在他的前面是王九先。王九先骑着黑骡子，用一根皮绳拴着一把红柳扎的大扫帚拖在地上，用扫帚拖下的印痕给后面的郝七三指路。

看到这情景，乔长云悄悄对段子恒说："就这台架和走手，蚂蚁都踏死了，驴年也到不了阿尔泰。"

浓雾下的夜里，郝七三牵着骆驼弯着腰，仔细辨认着掌柜子留下的印痕。这样一连走了三天，按路程该到乌河了，可还不见站口，王九先心里没了底，停下来和几个人商量，几个人乱说一通。

乔长云说："掌柜子，我们是不是遇上鬼打墙了？"

段子恒说："我的妈呀，要叩头还是作揖？"说着就要跪倒。

郝七三说："油嘴滑舌，满口胡话拌汤，还是掌柜子拿主意吧！"

不敢再走了，驼队卸下了货驮，扎起帐篷，点起了火堆。好在驼队带足了吃食，周边也有骆驼能吃的梭梭、骆驼刺和各种蒿草。

天亮了，大雾散去，王九先看清了方向，原来他们一直在原地转圈，离乌河也就一个时辰的路。过了乌河，沿着阿尔泰山一路向北，过清河，穿过黑山又走两站，就到了阿尔泰。

从古城子出发那天算起，这一趟整整走了二十三天，比原定的日子多了五天。

最折磨人的是返回的路上竟也出了岔子，王九先记得很清楚，但那口水井咋都找不到了。驼行有规矩，站口上没水不得停留，赶快走人，这时所带的水早已喝光了。

越是缺水就越觉着渴。干渴折磨着他们几个，老天似乎要和他们玩命。光秃秃的戈壁滩上，毫无遮拦，只见段子恒和乔长云穿上了棉衣棉裤，戴上了棉帽，扒开地表上的土，脸朝下贴在地上。

橐　驼

王九先明白，这时候不敢放开骆驼，若放开它们会狂奔而走。几个人把骆驼的缰绳互相连在一起，盼着天早一点黑下来好接着赶路。

几个人的嗓子都在冒烟，说话都很困难，一句一句往出挤。这时就是有一峰骆驼能撒点尿出来也行啊！

四个人就这样白天趴着，晚上挣扎着赶路。第四天的小晌午，骑在骆驼上的他们终于看见了"苦水泉"水井。

整整三天在大漠戈壁滴水未进的他们，看到眼前的水，巴不得都喝进肚子里。几个人一直喝到口中进去的水从鼻孔里又流出来，喝到肚子胀得不能再喝才停了下来。上路后，王九先的那头黑骡子，几次掉头还想回到井边。

想到这里，王九先眼中泛起了泪花："他们几个跟着我也确实受罪了，谁料想段子恒和乔长云，躲过了这一难，却没躲过另一劫。缘聚则生，缘离则灭，万事万物，无不如此。看来我和这两个娃娃的缘分还是浅了。"

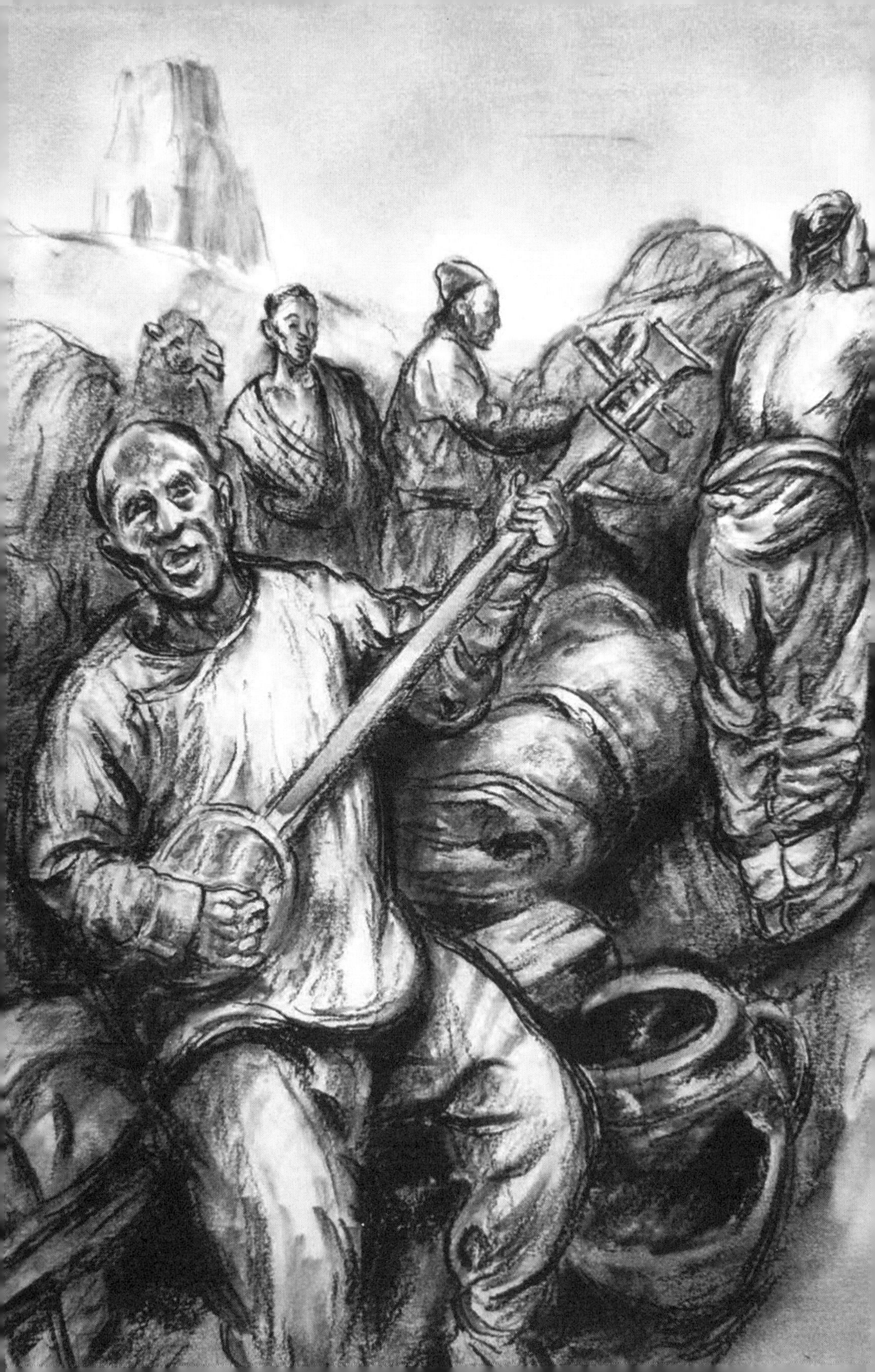

第四章

一

　　王九先有时内心焦虑但表面坦然。在一些挫折的压抑下，他没有放大自个儿的情绪，而是先给予连手们安慰和宽心。

　　听到骆驼被抢的噩耗，王九先留守古城子的家兄王九元一下昏了过去。等醒过来他便开始痛哭和咒骂，骂那些千刀万剐的土匪，说那土匪也太狠心，抢了骆驼还杀了人，明明是断自己的财路，谁还敢再跑那条道儿。王九元哭着骂着，说什么也不干了，非要回包头老家不可。王九先劝他不住，也只好由他。

　　王九元走了，诅咒着新疆古城子和那些祸害驼客的土匪，哭天抹地地走了。他恨死了古城子和那些土匪，到后来王九先让他回到古城子再看看，他说什么都不肯。看着他气得发抖的样子，王九先也不忍心再提起这事。

　　王九元当时哭着也劝王九先回去，但王九先不能。他不想让家里人看到他失魂落魄的样子，段子恒、乔长云的善后事还要处理。再说了，王九先也是宁折不弯的汉子，也是走在人前头的人，不要说中原人，就连那蒙古人都敬他三分，光蒙古的前后营他就跑过六趟。有一次，他为蒙古人驮去了神像，一时间，蒙古人似乎也尊他为神了。要不后来他又怎么能笼络住郝七三、戚长林、陆十红、曹文茂他们几个。

　　货主金元子看到王九先落魄的样子，货钱可不是小数目，他催了王九先几次。

王九先一气之下对金元子说:"总有一天连本带利会还给你的,我不是耍赖,再穷也还得有骨气,实在不行先押一条胳膊给你。"

金元子也知道王九先的为人,再怎么也不能把人家逼上绝路,便只好又重写了字据画了押候着。

王九先想家了,他想起了爷爷王枚岭。他的眼眶不知不觉湿润了。他每次进出包头,都会看到那些熟悉的面孔和家人,还有和小伙伴在河套里抓鱼时的清晰记忆。那吕祖庙二月二热闹非凡的斗活龙;牛桥街几家银匠铺子叫活儿的嗓音;财神庙大人小孩斗蟋蟀的喊声;戏园里上演的让老太太小媳妇唏嘘不已的《方四姐》;还有咋听也听不够的二人台;那神秘莫测的南龙王庙,在康熙年间就已呼风唤雨了;过大年,舞着红绸扭着秧歌,踩着高跷,炸着油糕,冲着茶汤,熬着杂碎,焖着酸菜,吃着香喷喷的莜面的场面。每一样都让他难以忘怀。

他的耳边响起了他谙熟的那支曲子:

　　八百里河套米粮川
　　不愁吃来个不愁穿
　　来一碗滑溜的面条条
　　再熬上一锅肉臊臊
　　河套里醉人的二锅头
　　辣着那嘴嘴就合口
　　软溜溜油糕胡麻油炸
　　这日子过出好兆头
　　金黄金黄的大鲤鱼
　　就把那个龙门来呀来跳
　　…………

橐 驼

二

王九先成了一个穷光蛋,但他不会伸手向家里去要。他十九岁上从家里跑出来,就是想自己干一番事业,本来他可以从包头老家多拉一些骆驼出来,可他不想吃先人的饭。现在回过头去伸手向家里要钱,要骆驼,那驼客的骨气在他身上就荡然无存了。

这个时候的他,靠谁来摆脱困境?谁也靠不住,靠山山倒,靠水水流。他暗下决心:总有一天我还会拥有新的驼队,帐篷重新搭起来,也还会有一帮更攒劲的连手。

可不,王九先后来就又成事了。他信老天,老天能助人,他一辈子都信这一点。在他身上一些应验的事情,到末了他都不明白到底是咋回事。他日常想,不是祖上烧了缸爇的香,就是他一辈子诚心待人,没有亏人,不会亏人。

王九先身无分文,但先得哄饱肚子,谁没有个三朋四友,但他不愿意求人。这当口石玉山骑着快马赶来了。

石玉山说:"失了骆驼都不要紧,关键是人在就好。段子恒、乔长云,年轻轻就没了,可惜了。剩下的人还得活,你和郝七三先到我那里去,后头的事情,咱们再商量。"

王九先一个劲儿摇头:"连你的骆驼都被抢了,我哪里还有脸去你那里!"

石玉山说:"当初说好的,抢了就抢了,大不了从头再来。"

石玉山的这句话,说到了王九先的心里,但他说啥都不去石玉山那里,哪里跌倒从哪里爬起来。他让石玉山把郝七三带走,郝七三不肯,说要去廖布导那里。

王九先说:"我会去找你的。"

郝七三说:"掌柜子,我等你!"

这天晚上,王九先听到了敲门声,开门一看,是当年被爷爷王枚岭带到古城子的李嘉喜。李嘉喜是拽着王枚岭驼队的骆驼尾巴来古城子的。家里也是穷得揭不开锅,加上又遭粮荒,两口子都饿得皮包骨头。两人四目相对,商量了一下,只有去逃荒了。李嘉喜看看家徒四壁的屋子,唯一能带走的也只有婆姨了。

当王枚岭的驼队路过张掖时,走在路边已乞讨多日的李嘉喜央求王枚岭:"带上我和婆姨吧,我啥都能干,不怕跑路,就是困死乏死也绝不骑骆驼,只是可怜可怜我的女人,眼瞅着不能让她饿死啊!"

王枚岭看到了正值壮年的李嘉喜的窘迫和难处,他答应了,把他们带到了古城子,安顿到了乡下。

李嘉喜在老家就是种地的好手,不到几年就有了自己的庄子和地。古城子的馒头和拉条子,把李嘉喜的婆姨喂养得又白又细,三年内给李嘉喜生下了一儿一女,把李嘉喜高兴得合不拢嘴。

李嘉喜每次看到王九先,都有说不出的欢喜。当听到王九先落魄的消息,他便骑着驴,驴背上的褡裢里装满了锅盔和现宰的鲜羊肉,走了二十多里路送到了王九先的手里。

"这都是爷爷为自己铺的路。"当看到白发苍苍的李嘉喜不肯留宿,骑着驴连夜往回走了后,王九先从内心发出感慨。

他想起了爷爷给他说过的那些话:"到了啥时候,都不要慌张,古话说得好,头掉了不就碗大的疤。你慌了,连手们就会看不起你,你日后咋带他们?说出来不如干出来更能服人。"

富遮九丑,穷毁所有。王九先去了果果滩上挖红刺,靠卖红刺度日。从一个掌柜子落魄成一个挖红刺的,他的心在淌血。那红刺哪里是扎在他的手上身上,分明是扎在了一个响当当硬邦邦的驼客的心上。

还是老天有眼,也是对王九先的回报。那一天他使足了劲,对着一墩红刺一镢头狠命挖了下去,"咣"的一声,一个坛子被打碎,里面全是金条和银元宝。

天无绝人之路,王九先仰天长叹。他哭了,他跪在了那墩红刺前磕了三个响头,脱了衣服包了金银,然后晕晕乎乎向城里走去。

橐　驼

　　王九先后来仔细琢磨，同治年间，古城子老满城被乱兵屠城，全城七千多人尽被杀戮，连县令宝恒都不能自保，把一家老小喊到县衙大堂引爆了炸药，全家无一人生还。

　　老满城成了死城，一家一家的院子空了，没有几年就荒芜了。一人多高的草长满院子，连插脚的地方都没有。屋里炕上地下落满了灰尘，墙根处碱土泛上来能埋住鞋帮子。蜘蛛网盘住了整个屋顶、窗户。有些人家锅台、水缸、木柜依旧，有些连铺盖都在。揭开墙角盖着的瓦缸，清油发出呛人的蜡味。后来有些胆大的人家和陆陆续续逃难的人住了进去，成了房屋的主人。

　　王九先思忖良久，那果果滩就在老满城外，那一镢头刨出的金银，应是有钱人家当时一看大事不好，把它埋藏在了红刺墩下的。多少年过去，果果滩挖红刺的人多了去了，咋就偏偏让我遇上了，这不是老天的恩赐是啥！

三

　　王九先买了匹黑骡子，就是他后来一直骑着的黑骡子，带着得来的钱财上阿拉善去买骆驼，从阿拉善到包头，就近了许多。除了买骆驼，还要找搭帮的伙计和连手。那些日子，王九先把该还的账都还了，该算的账都算了，那酒喝起来都不醉人了，看见每一个人都是高兴的，心里惬意极了。过了几天，他就骑着那匹黑骡子向着关内起程了。

　　王九先的这匹黑骡子攒劲，骑上去不觉得颠，也不觉得累。他高兴，看山山清，看水水秀，连路边的狗尾巴草都向他点头。就是难耐寂寞，于是他脑子里就想了许多。

　　"这狗日的古城子，字号林立，买卖兴旺，那些商贾市贩把个县城闹得多红火。它红火个屎，要不是我们这些驼客，它能兴旺红火起来吗？那城里的啥东西不是我们驮来的。说穿了，这古城子的名气和兴旺就是骆驼给驮的。一些驼客把家小也搬到了古城子，那些婆姨也有能耐，硬是让驼客的长缰绳拴住了她们的

第四章

心,然后整上骆驼背,一步一步挨到新疆,在古城子落了脚安了家。风总是往那大堆上刮,这县城里一热闹,那些丧良心的就把窑子也搬来了。她们知道驼客腰里有钱,那些花里胡哨的女人见了就往里面拖。有些驼客经不住那些女人的诱惑,不听规劝,把钱都丢进了那黑窟窿里。"

王九先想到这里就感到自豪,虽说拉骆驼受罪,又担风险,弄不好就把命搭上了,但风险担得值。话说回来,除了拉骆驼他又能干啥?这一辈子识下就是拉骆驼的命,这一镢头刨下的钱还是要开销在骆驼上。这回一定要整出个样子,哪怕再遭劫也还是要整出个样子。

王九先这样想着不知不觉就日头偏西,隐隐也就看见了木垒城。他一阵兴奋,于是又加一鞭,那黑骡子走得更顺当了。就在这时从后面追来一匹快马,那马很快与王九先的黑骡子并齐。那骑在马上的汉子向王九先一声招呼:"掌柜的可是要回关内?"

"你咋知道我要回口里?"

王九先很警觉,在这人生地不熟的地方与陌生人尽量还是少染磕,这也是经验告诉他的。

"看你那架势和行头,一看就知道是回关内。"

王九先偏过头仔细打量那人。那是一个长满络腮胡子的黑大汉,身强力壮,长着一对鱼眼。他声称也是走关内,如果王九先愿意他可以相伴同行。

王九先思忖,如果他不是坏人,结伴上路又有什么不好。

那汉子骑的可真是一匹好马。王九先的黑骡子与这匹马比起来,是小巫见大巫。那汉子好像故意做给王九先看。

"兄弟我先走一步,在前面等你。"

他两腿一夹,缰绳一抖,那马就像流星一样蹿了出去,一会儿就不见了影子。

等王九先再看见他时,木垒城就在眼前,汉子和马在一棵树下歇凉。看见王九先,汉子拉着马迎上来对他说:"老哥,你骑上这马试试,就在城中第二个客

橐 驼

栈歇脚，我随后就到。"

汉子不容王九先多想，就将王九先的褡裢扔在他的马背上，将马缰绳递在王九先手上。

王九先无意和汉子交换骑马，但有些身不由己，那马确实漂亮，让人心里痒痒。王九先嘴上虽说不可，但还是骑了那汉子的马上，况且汉子将王九先的褡裢也从黑骡子背上取下，搭在了马背上。

"肯定是怕我起疑心，这也足见他的诚心。"王九先心里琢磨。

那马就是灵光，王九先一抖缰绳便像箭一般射了出去，耳边只听到风声，不消一刻他就进了木垒城。

汉子所说的那个客栈王九先很熟，拉骆驼的走南闯北，还能不知道哪里有几个站口。因为和汉子有约，他便按汉子说的进了第二家客栈。他一进店门，那店主人便迎了上来，但当他看到王九先手中牵着的那匹马时，脸上露出了异样的神情。他抹着圈子问王九先："掌柜的，多日不见可好，驼队怎么没来？这匹马是哪里得来的？可真是一匹好马。"

店主人边问边将马牵了过去，准备牵到后槽上去喂。王九先便将路遇汉子又想结伴又换骑乘的事向店主说了。那店主人听了一脸的惊慌，低声对王九先说："掌柜的，这马的主人是有名的江洋大盗。看来你在劫难逃，还不快走！"

王九先大吃一惊，怎么会遇上这样的事，手里刚有几个顺心钱，怎么会被这强盗知晓，看来他早就盯上我了。

王九先心中一急，加上店主人催促，便一不做二不休，一纵身跳上那马背，出了客栈飞马向东急驰而去。后来还是店主人告诉王九先的，说他前脚刚走那汉子就进了门，不见了王九先和马，便知是店主人通风报了信。那汉子面露凶相："放走了财神爷，如果追不上，回头再跟你算账。"

店主人吓得六神无主，只怪自己多嘴。但多年的情分使他又不得不向着王九先说话，便一个劲地搓手，说这可咋办？他知道那汉子杀人不眨眼，在这黑道上来往惯了，不伤他店主人也是为自己和那匹马留个歇脚的地方。这一次由于多嘴，店主人怕是也要算了自个儿的伙食账。

四

王九先打马飞跑，边跑边想那汉子一定会追上来。但这马快多了，也是汉子的失算，那黑骡子要想追上汉子自己的这匹马怕是办不到了。但就在这时他骑的这匹马突然停了下来，无论你怎么打它，它都不再前行。王九先恍然醒悟，这是汉子专门驯养的一匹马，灵性在这时一下就显示出来。它在原地打转，还嘶鸣着叫个不停。王九先无计可施，心想现在手中有一把刀立刻就宰了它。

这时天早已黑下来，月亮却十分明亮。王九先向四下看去，月光下看到了一个被废弃的庄子，便立刻牵着马走了过去。进了庄子观察了地形，悄悄地藏了起来。他心里想这样也好，那汉子一定误以为我在前面，会追过头，等他走了我再返回头不迟。

不一会儿他就听到了嘚嘚嘚的蹄声，抬眼也就看到了他的黑骡子和汉子。王九先心里骂道："日你先人，让你追吧，看你能把老子的屎咬掉！"

谁知在这节骨眼上，那汉子突然打了一声口哨，被他牵进庄子的这匹马一下嘶鸣起来。王九先顿时一怔，完了。那汉子听到自己的马叫声循声过来。王九先见无路可走，他心一横，想拼了算了，但又一想汉子手里肯定有家伙，便一猫腰钻进庄子的一个炕洞里。那汉子毕竟有一双贼眼，在月光下很快就发现了王九先。汉子立在炕洞前也不搭话，用两手一块一块将炕面子掀掉。他每掀一块，王九先就往后缩一下身子，直到将炕面子掀剩下两三块，将王九先逼到了旮旯里。

就见那汉子哈哈大笑几声后说："在古城子我就注意上了你，你那些金银还有你的性命在这无人的荒宅里还能逃得过去吗？"说完又一阵怪笑。

王九先急红了眼，心想如果他再掀一块炕面子我就跳出去和他拼命，决不能就此罢休。你既然逼我走上绝路，我就是被追急的兔子，拼了命也非咬你几口不可。

橐　驼

但就在这时，在月光下王九先清楚地看到，从那庄子的豁口处猛地跳进一只大青狼。那狼不奔马匹和骡子，直奔大汉而去。大青狼凶猛异常，汉子也被惊呆。几经翻滚，那狼就咬断了汉子的喉咙。

王九先看呆了，那个场面让他铭心刻骨。让他感到奇怪的是，那狼竟不看他一眼，也不去撕咬马匹，一回头又跳出墙外跑了。

王九先惊魂未定，缩在炕洞里挨到天亮，然后骑马上路。走之前，他又看了看那汉子。汉子面目狰狞，虽然死了，还是凶相外露。王九先叹了一声，一条汉子也就这样完了。也好，如果不死，还不知有多少无辜的人要死在他的手上。随后他将汉子拖进炕洞，用汉子掀下的那些炕面子，就地把他掩埋了。

汉子的那匹马归王九先所有，马和骡子倒换着骑，加快了他的脚程。说来也怪，当时那汉子死了，马和骡子被狼吓得浑身颤抖，身子似湿了水，到第二天毛片还拧在一起。就在他牵马上路时，汉子的那匹马嘶叫了几声，像是和汉子告别。在路上王九先骑着它也再没啥怪毛病，对他百依百顺。

王九先昼行夜伏到了阿拉善，除了相骆驼，用那匹马又换了一峰骆驼。他要把那汉子从他的记忆中抹掉。

王九先全须全尾回到了包头老家，向家里人说了他在路上的遭遇，家人都连连称奇。他认为还是那老天在助他，不然那只狼为什么不动他和马匹的一根毫毛。王九先认定，那只狼是神灵幻化后专门来救他的。他想这事儿有必要让古城子的人们知道，人没有返回去他就先写信给主事的县长。县长拍案称奇，于是吩咐手下将王九先的奇遇写进了县志。

在包头，王九先分别去了段子恒和乔长云家，告知了真相，安慰了老人，留下了银钱。段子恒和乔长云咋样出事，咋样没了，王九先给家人仔仔细细都交代了，并从老家的驼群中挑了六峰骆驼，每家给了三峰算作补偿。王九先告诉他们，段子恒和乔长云都埋在了义园，义园有人守着，得空时让他两个回包头老家。他还看到了段子恒和乔长云各自年纪轻轻的疯婆姨。

五

义园是埋死人的地方。提出建义园的是商会会长周凤麒，他说："把死后不能叶落归根的乡党们葬在一起，让他们抱团取暖，不落孤寂，也有个葬身处。"

听了这话，有几个年岁大，一把胡子的老人，觉得自己的归宿有了着落，禁不住掉下了眼泪。

义园的坟冢里躺着的都是来古城子讨生活的先民。到古城子谋生，有拖家带口的，拉帮结伙的，还有孤身一人的，都有同乡会或会馆收留，管吃管住，直至找到差事和出路。来谋生的山西人中有人死了，无论穷富，有钱没钱，有没有子女，还是鳏寡孤独，都由山西会馆出面把人埋了。

虽说哪里的黄土都埋人，但这些人活着时思乡心切，死了便想回到老家。有钱人雇车将棺木拉回，无论路途有多远，都要送回家中。暂时拉不走的不葬埋，把灵柩厝于义园，尸体不下葬，用土块砌个台座，棺木放置上面，四周和上面砌上单坯土块，四面通风，露天存放，等尸体风干后，将尸骨运回老家。这样易被盗墓，得有人看护，既看墓园，也看护那些有钱人家的坟冢。

山西会馆的这种义举，得到了其他帮口的认可，竖起了大拇指。义园就这样叫响了。

之前义园不叫义园，叫山西疙瘩，因山西人埋多了，才那样叫的。山西疙瘩是一个高高隆起比烽火台还要大几倍的高大的土堆，是古城子的山西人给老家的祖先及亡人烧纸祭奠的地儿。大家都说在这疙瘩上祭奠祖先，老家的逝者很快就能收到信儿。

义园大门朝东开，门头由半圆形的木结构架子搭成，架子坐落在两个门墩上。横门框上有"山西义园"四个大字，大门的左边建有土房两间，住着常年看守义园的曹义德。园子里坟堆一个挨一个，一排接一排。坟前矗立的墓碑，有石头的，也有木板的，没有墓碑的坟头居多。园子占地不少，足有七八百亩，干打垒的围墙有一人多高。因就地取土，墙外形成了一尺多深的浅沟，宽有两米

橐　驼

多，一下雨，沟里就能汪下水，虽然渗漏快，但也能存个两三天，加上有植物覆盖，沟里一直是湿润的。

沟里长满了灰条。灰条分两种，一种是旱灰条，一种是面灰条。沟里旱灰条面灰条都有。长到半人高时，就有人吆着木轱辘毛驴车来割，割回去放在院中晒干，用棍子敲打，搥细搥面，把硬秆子当柴烧，那些细碎的叶子和沫子装进口袋，到了冬天用开水一烫，喂羊喂猪。

园中有一些白杨树，树高叶大，有微风吹过，树叶簌簌作响。一个人进了义园心里会发怵，头皮会发麻。到了晚上，有呲叫子（猫头鹰）在树上乱叫，像婴儿的哭声，听得让人骨头发凉，心头打战。

其他帮口的人一看，这义园义字当头，有专人看守，有些人家死了人，也想埋进义园来。

周凤麒说："既然叫义园，那就埋进来吧！"

于是，只要是来古城子的，不管你是哪个帮口落单死了的人，也都埋了进来。

守义园的曹义德是山西人。他流落古城子后，无亲无友，只能靠会馆生活。周凤麒问他愿意不愿意到义园守墓，他一口答应，就住进义园旁边的小土屋里，已有十几个年头。他四十出头到义园，如今已是五十四五的人了。但凡有人要埋进来，便是他最忙的时候。他跑前跑后，忙得不亦乐乎。等把人埋了，他眼巴巴地看着大伙都撤走了。他长出一口气，失落地走进小土屋，卷起一根烟，吧嗒吧嗒吸上几口，然后起身，走到刚刚埋了的亡人的坟头前。坟头上有点心之类的祭品，还有卤制品。

亡人的祭品是给亡人的，发丧人家也会给曹义德备一些，但此刻曹义德会对着亡人说："我不吃，鹰雀老鸹就糟蹋了。"

他抱拳向亡人作个揖，便把那些祭品抱回小土屋。平时，隔一段时间他会去会馆领面粉清油之类的用品，会馆也派人给他送，八月十五的吃头要比平时多得多。日常也有肉，他把肉炒成臊子，每顿饭都放一点，细水长流。可八月十五这几天,却是大口大口吃肉,还有月饼和瓜果。

清明时节来人上坟,是曹义德最富有的时候。来人祭奠亡人后,剩下的祭品就都给了曹义德。这时候坟头上都会有酒,是小黑瓦坛装的古城子烧酒,来人走后曹义德也会把它抱走。有酒的日子,一到晚上,小屋里的鼾声便与往日不同,会震得屋顶上铺的苇帘子上的苇叶抖动,似乎要掉下几片来。

曹义德有时喃喃自语:"守墓十多年,晋人中还真有些犟种!"

他是想起了从山西祁县来古城子的那父子两个。两人由会馆找了出路,安排了差事,日子过得还算顺当,可不到半年父亲竟染疾而亡,儿子扛輴拽绳,把父亲厝于义园。几年后,儿子说:"咋样来古城子,还咋样回去!"他背着父亲的骸骨,一步一步回到了老家。

第五章

一

古城子有很多人喝一生酒，丢很多丑，廖布导算一个，日子过得不好，也没活出个人样子。廖布导喝酒，不管谁嚼他的舌头，你就是说天塌了地陷了，他也不在乎，依旧放纵。有时那酒喝得呼风唤雨，就差上天入地了。

出了古城子北门往东，有个修城墙时取土形成的大圆坑，深有五丈，直径有一里，坑底已成湿地，浅水被绿油油的冰草覆盖。坑的东北处是一片树林，到了春天，成群的乌鸦在天空盘旋，树杈上的乌鸦窝一个挨一个。乌鸦飞起来，像是起哄，抱成一团，像一股黑风，一会儿刮到东，一会儿刮到西，多的时候像被风刮散了，落地后在泥土里各自找虫子吃。再往东是一片荒地，往北是个坟场，没膝的荒草丛里有出没的野兔和臭鼬。西面就是大片的菜地了，时间久了，人们便称这里为菜园子。

菜园子住的大多是天津人，在"赶大营"之前，就有人在南面的荒冢滩头开荒、建房、造田、种菜。廖布导的老家也在天津。光绪二年，廖布导的爷爷廖化开拽着"赶大营"的尾巴到了古城子，一看在菜园子能与老乡为邻，就住了下来。

廖化开在菜园子安身立命，购置田亩，与菜地一打就是半辈子交道。他开垦、租种菜地有两亩多。他的蔬菜上市时，要是地里活儿紧，菜就转让给菜贩子，松活时他会自个儿挑着担子去城里吆喝。

第五章

菜园子成了风水宝地，人们便修建了凤祥庙。两座大殿坐北向南，雕梁画栋，建在二尺高的土台子上。庙顶高高翘起的四角上，悬挂着的黄铜风铃，在微风中发出清脆悦耳的声响。墙壁四面有五彩斑斓的壁画，壁画里有神仙也有怪兽，还有火焰、刀叉，红绿色是主调。院里五棵榆树，树冠伸展，与大殿脊檐相望。斑鸠、布谷鸟每年如期而来，在树上做窝，繁衍后代。

到了廖布导父亲廖明聪手上，菜地扩到了三亩多。廖明聪也是拼死拼活干，婆姨是本地姑娘，两个人把一片菜地务习得绿是绿、红是红。

过了不久就生下了廖布导，看着廖布导稀罕的样子，两个人更加来了劲，把小日子过得越发红火。谁知天有不测风云，不久家里就出了事。

男不搂猫，女不搂狗。在廖布导不到九个月大时，初春的一天，父母把他放在炕上。纸糊的窗子格阳光曚昽地照着，炕上暖暖的，一只猫儿卧在炕的一角，闭着眼睛，喉咙里咕噜咕噜，像在念经。

廖布导的父母给廖布导一个拨浪鼓，见他玩得乖爽，便去门前的菜地里忙活。廖布导的父母还没有锄完一行地，就听到廖布导的惨叫声。母亲赶忙放下活儿回到房中，接着母亲的哭喊声又将父亲唤进房内，只见被母亲抱在怀中的廖布导的裆里血淋淋的。廖布导睡过的地方，炕席上一片血迹，被那只大狸猫不住地用舌头舔着。廖布导的父亲见状，大叫一声坐在地上。

那只大狸猫做梦都没想到，它吃掉的是只"老鼠"，是为主人除了害的。它舔着嘴唇想得到主人的奖赏或赞许。当时那"老鼠"在廖布导的裆里一下一下翘动时，它扑上去一口就将它咬住。大狸猫至死都不明白，主人为什么将它活剥了皮。

村里有个神婆子，大家都叫她老姑。她被廖明聪请了来，可进门看了一下，没说什么就走了。回头她对村里人说："廖家供着的一尊家神比我厉害，想喝口廖家的糖茶，喝不了。在那尊神面前我不灵验。"

廖明聪和婆姨想不开："那家神厉害，咋不护着廖布导呢？"

廖布导一直发烧，母亲又从县城请来了燎病的神汉。神汉装神弄鬼，嘴里说

橐　驼

着："他自狠来他自恶，我自一口真气足。"最后用黄表纸在廖布导身上拍拍打打，点着后抛向天空，嘴里喊着："好了好了，翻起来跑了！"

廖布导的父母随声附和："好了好了，翻起来跑了！"

一有工夫，廖布导的母亲便去搓揉廖布导裆里的那半截小鸡鸡，嘴里一个劲儿念叨："搓一搓，长一长，鸡娃狗娃撵不上！"

二

廖布导还没长大就成了"废人"。他的母亲想不通，廖明聪就开导她说："不管咋说，你要想开点儿，娃娃还在，就是少了……"

廖明聪咽下半句话继续说："相比之下，比东大街闫家煮死娃娃要好吧！"

廖布导的母亲反口问道："咋了，你还想让娃娃……"她也把半截话咽了回去。

廖明聪说的是东大街上一闫姓人家，两口子也是出去了，娃娃从炕上跌进了开水锅里。等大人回来后，娃娃都已煮熟了。

古城子人家的灶头都连着炕，灶里烧火，炕也热了，冬天能省不少柴。有些还是连二锅头，一大一小两个锅，煮荤炒素都有。谁能想到，娃娃自个儿爬进了锅里。

廖布导的娘病倒了，廖布导刚到一岁她就死了。孩子突然断了奶，他爹就给他灌拌汤，顿顿拌汤，天天拌汤。廖布导一哭，他爹就说："拌汤、拌汤！"时间一长拌汤成了他的乳名。

廖布导长大懂事后，不论谁喊他拌汤他都觉得不顺耳，就连他爹叫他拌汤他都不乐意。

他爹说："没有拌汤你能活到现在？"

廖布导说："人都说糊涂拌汤、糊涂拌汤，你是不是让我越糊涂越好？"

廖明聪一听，儿子说得有道理，就不再喊他拌汤，便给他起名廖布导，可玩伴们却仍喊他拌汤。一天，他给玩伴们说："我叫廖布导，谁再喊我拌汤，我就和他臭。"

"臭"就是再不理睬，再不来往。

一群娃娃一听廖布导要和他们臭，一下起哄了："臭就臭，谁怕谁！"

廖布导一听大家都要和他臭，就又软蛋了。都臭了，他找谁玩去？

可一群娃娃不饶他："臭就臭！"

孩子们一哄而散，嘴里唱着：

卖糖的你站哈
我问我妈要钱去
我妈把我打了一鞋底
卖糖的你快跑
我妈出来不得了
…………

三

就在这时候，郝七三来了。在天津杨柳青，郝七三的爷爷和廖布导的爷爷廖化开是一块和尿泥长大的。郝七三父母死得早，跟着爷爷过日子。连着三年发洪水，把庄稼都淹了，官府无暇顾及，干脆不管。

郝七三早已从廖化开给爷爷的来信中得知，说古城子好混，每顿都吃老米白饭，老米就是大米，隔三岔五就见荤腥。在古城子拉长工干一年，蹲下二年都吃不完。

郝七三的爷爷是开豆腐坊的。每到了祭奠亲人节气上，郝七三会去给奶奶、父母上坟。爷爷会对他说："人过七十不上坟。坟地阴气重，你爷我阳气不足，压不住。你去了多烧一把纸，替我多说两句话吧！"

橐　驼

爷爷有一次喝醉了酒回不去。几个警察一看，说先冻他一下，酒醒了问清了门脸儿再送他回家，结果一冻把人给冻死了。爷爷死了，无牵挂了，郝七三就把爷爷的豆腐坊卖了。当时洪灾严重，人们走的走，逃的逃，豆腐坊没卖几个钱。他怀揣这些钱就往古城子跑，在路上碰上了拉脚的铁车，是那种有蘑菇钉的铁车。他不想花钱坐车，便步行跟着车走，车走多快他走多快。铁车在一路的坑坑洼洼中颠颠簸簸。郝七三跟着铁车跑到玉门时身上的盘缠花光了，便在蘑菇滩背柴到城里卖，两天背一回，挣了几个银圆又徒步上路。当他把背着的七双布鞋穿烂再也无法提起来时，终于到了古城子，投奔了廖明聪。

郝七三的到来，给廖明聪的家里添了生气。郝七三大廖布导几岁，廖布导便称他为哥，郝七三处处护着廖布导。他成了廖明聪的得力助手，水萝卜、早辣子、叶菜春秋两头鲜，一年过去他就学会了种各种蔬菜。

从郝七三的身上，廖明聪看到了希望，他又增了几分地。蔬菜种类也增加了，新种了百合、山药，把韭黄、芹黄、初风韭菜也务习上了。这些菜虽然费工，却能卖个好价钱。

郝七三从廖明聪的言传身教中领悟学会了咋样才能种好菜，明白了啥叫春吃芽、夏吃瓜、秋吃果、冬吃棍。春天一个劲往上长的绿菜，他一畦一畦往外挑；夏天的黄瓜、丝瓜、冬瓜，他从地里往外滚；秋天的茄子、西红柿、葫芦，他一筐一筐往外提；冬天储存到窖里的胡萝卜、青萝卜，到了大地被冰雪覆盖时，他挑上担子，上面用棉被包裹了送到城里人家。

从春到秋，郝七三站在地边上放眼望去，菠菜、韭菜、芹菜、豆角、白菜，绿汪汪一片；紫茄子、红辣椒、青冬瓜，各有各的看头；金黄的黄瓜花、火红的百合花、胭脂红的豆角花，这一切都让他目不暇接。

山药皮薄质嫩，稍一碰就断裂或留伤痕。郝七三在挖山药时，先在两沟山药中间挑开一道一尺宽三尺深的槽子，慢慢把两沟山药周围的土掏空，再用双手把一墩一墩的山药捧出来。即使是核桃、枣儿大小的山药芽儿他也不舍得丢弃，把芽儿储藏起来，冬天休眠，来年春天又可发芽生长。

深秋时节，郝七三在韭菜、芹菜地里盖了一尺多厚的新麦草。为了赶在大年时节把韭黄、芹黄卖出去，他下足了工夫。韭黄、芹黄很难采收，他选了个晴朗日子，用木锨铲掉麦草上厚厚的积雪，再用铁叉慢慢揭去麦草，割下韭黄、芹黄装进筐里，然后再拿到屋里拣去杂物和麦草。大冷的天，路上怕把韭黄、芹黄冻了，他也是用棉被把筐捂严盖实了再出门。

上市的韭黄、芹黄，被人们一抢而空。郝七三每天挑着卖完韭黄、芹黄的担子，走在回家的路上，心里不知有多惬意。

接下来便是务习初风韭菜了，把割过韭黄的韭菜地再用麦草盖起来，天气转暖，冰雪融化，揭去麦草，就看到新长出来的韭黄芽儿。嫩嫩的韭黄芽儿追着阳气往上长，被太阳能晒着的半截韭黄变成了淡紫色，不见阳光的那半截还是最初的黄色，根部仍白白嫩嫩。这便是春天上市最早的三色韭菜，也叫初风韭菜。初春，冰雪还没完全消尽，初风韭菜就亮瞎了人们的眼睛。

俗话说卖菜的早上鲜，中午蔫，下午簸箕往外端。可郝七三的菜却不是那样，一上街市很快就卖光了。

四

廖布导的父亲患重病，都是因廖布导引起的。本来菜种得好好的，一切都顺顺当当，但谁能想到，不该出岔子时却出了事情。

廖布导不想承接父亲种菜的营生，一肚子的怨气，动不动就给廖明聪摔碟子打碗。廖明聪也憋着一肚子气，可有话不说出来，结果就憋出了病。好在有郝七三，地里的活儿没有耽误。

廖明聪病重时对郝七三说："我把拌汤就交给你了，也不能说他不争气，都是我害了他。"

郝七三说："大伯你好好养病，地里的活儿你放心。"他对廖布导说："我忙地里的活儿，你把你爹照顾好。"

橐 驼

廖布导说:"我照顾我爹的尿呢?他的尿值钱,就是不往外尿,想办法把他的尿弄出来呀!"

廖明聪是下面不好治了,尿尿不出来,人全身浮肿,肤色透明,指头一按一个窝,没过几天人就走了。

廖布导说:"我爹是让尿活活憋死的!"

晚上帮忙的人走了后,廖布导对郝七三说:"把我爹埋进义园,以后我要是不能为他们上坟,也有山西会馆的人照看着。"

郝七三问廖布导:"你咋就不能为他们上坟呢?"

廖布导还是有些男人义气的,他曾经对郝七三说过:"有些婚事,我不一定参加,但谁家人死了,告知我一声,我定会去。人能死几回,不就死一回吗!"他心里十分清楚,谁家死了人,就是请人来吃个饭,也算帮忙,场面不能冷清,要有人气。

这时,听了郝七三的话,他望着郝七三的眼睛说:"谁知道我还能活到啥时候,死了有没有人抬埋。"

郝七三说:"你现在就死,死了我埋你,把你高抬深埋。"

廖布导说:"爹妈活的时候,我也没尽啥孝心,我死了就埋在爹妈的下首。那我就先谢你了,有你罩着我,也不枉和你做一场朋友。你的情,我来世补给你。"

郝七三说:"去你的吧!你这张破嘴、乌鸦嘴。"

廖布导把一切希望都寄托在了郝七三身上。后来,廖布导还真被自己的话言中,他的丧事,就是郝七三一手操办的。

埋了廖明聪后,廖布导把丧棒插在了坟头上。他是让人们知道,这家是有孝子的。

五

浪子当家,饿死全家。好在廖布导是单身一人,有啥就吃点啥,不到一年工夫，家里的破败像就显露了，让人看了心酸。廖布导不是那种吃了上顿没下顿的主儿，就是懒得做饭，半锅饭管一天，经常是冰锅冷灶，吃剩饭。娃娃们一看见他就唱：

> 上了南山顶
> 看见廖家的剩饭盆
> 下了南山坡
> 看见廖家的剩饭锅

听了这些，廖布导也气，但拿那些娃娃没办法，只好大声回一句："我管你妈再嫁谁！"

一盘冷炕，窗格子上虽然糊了白纸，但阳光还是透了进来，是散光。廖布导蜷缩在炕上，盖着一床破被子，脚露在外面，睡得死沉。他又喝醉了酒。他变成了那种三天不吃饭嘴就陌生，把面条喂进鼻子里的人。

人生在世吃穿二字，廖布导就认一个"酒"字。酒是廖布导的命，是他的天和地，他说是杯中问道。

漫长的冬夜，对廖布导来说，无疑是一种煎熬。喝醉了，一觉睡到天亮。没有酒，酒瘾犯了，和抽了大烟犯了烟瘾差不多，抓耳挠腮，心里急得要死要活。在外面喝多了，上半身摇晃，下半身顿挫，腿脚虽然辫蒜，似倒非倒，仍能回到家中。酒壶倒了他不倒，慢慢地人们将廖布导叫成了"撂不倒"。

廖布导有真男人的本色，他的根部是好的，两个"鸽子蛋"是好的，他有那个欲望，也有那个激情，可每每用酒来化解。

有好多次喝醉了，他坐在炕上，靠在铺上，一手拿酒壶，一手拿酒碗，裤子褪到膝盖处，眼泪淌到嘴角边，望着自己裆里的秃枯桩苦笑。他对女人望而却步，己不如人的自卑感占据了心理，罩在心上的阴影越来越暗。他摇摇头，把酒倒进碗里一饮而尽，空酒壶扔到了脑后。

橐 驼

　　靠睡在铺上的廖布导驴烧香似的吸吸鼻子，脸搐成了一疙瘩。他要打喷嚏。眼看着喷嚏要打出来，他闭上眼睛，头向后一仰，突然又收住了口。原来他的头向后仰时碰到了一个硬物上，是酒壶。这一碰，疼痛代替了喷嚏。

　　他自言自语："孤独无助，最好的解药就是一壶酒。"他完全沉溺在了酒的迷幻中，不能自拔。

　　此时的郝七三已到了王九先的驼队。他离开廖明聪的菜地，事出有因，因为有人说："廖布导顶不了事，可惜了那三亩多好地落到了别人手里。"

　　郝七三对廖布导说："菜地交给你，能种就种，不能种再想办法。"

　　廖布导说："咋种，我会几样？八十岁上学吹唢呐，红肠不要挣断了。让我种菜，那不是指屁吹灯，指猫念经，能靠得住吗？你当真要走？"

　　郝七三说："我能跑到哪里去，还是古城子的人。"

　　廖布导说："除了你，其他那些驴日的，我一个都不认。你得时常过来走走，我父亲临末了把我托付给你，也是对我不放心。"

　　郝七三说："喝酒时耍威风，不管三七二十一，醒了后才知道它的厉害。酒这个东西，就是个王八蛋。"

　　廖布导说："我不喝酒我还能干啥？你说我还能干啥？"

　　郝七三说："把菜种好不就行了，你还想干啥？"

　　廖布导说："菜种好了还能干啥，你难道不知道吗？小时候我的那些伙伴，他们的尿能滋到墙上，扬到房上，我的尿只能尿到鞋上。我尿尿都和他们尿不到一起，我还能干啥？"

　　郝七三一听廖布导这话，长出了一口气说："你是一天吃三顿也行，三天吃一顿也行，只要有酒，啥都行。不是不让你喝酒，少喝点总行吧！"廖布导点了点头。

　　郝七三走了后，廖布导把菜地转租了别人，留了一分地种点家常菜自己食用。这样的日子，廖布导过得心酸。他破罐子破摔，多的时候只有两把花生米，把纸包打开，摊在桌上，撮一口酒，吃一颗花生，花生没吃完，酒壶就空了。

第五章

廖布导还养着一只狗和一头驴，平时他骑着驴，狗就跟在后面。那驴还是郝七三后来给他的，说喝醉了骑驴回家。那狗是廖布导自小儿看着长大的。它把廖布导护得很紧，廖布导喝醉后，谁想靠近他都难。一次狗对着一过路的老汉狂吠，老汉打狗没看主人，拾起一块土坷垃扔过去没砸着狗。廖布导上去把老汉踢了一脚，老汉闻到了廖布导身上的酒味，没多计较。

秋风落叶，不止一次，廖布导醉了，瞌睡了，顺势躺在了街角旁，一晚上过去，被树上的落叶盖住了身子，他的那只狗就守在身边。五更里他被更夫发现，看到蓬头垢面的廖布导，更夫以为是鬼来了。那狗护着廖布导不让更夫靠近。廖布导醒了，起身摇摇晃晃走向家里。更夫敲几声梆子，担心廖布导摔倒，把"天干地燥，小心火烛"顺嘴喊成了："别绊倒了，脚底下小心！"

廖布导喜欢斗鸡。有人说，别看廖布导一天喝得晕晕乎乎，斗鸡走狗还占全了。廖布导的那只斗鸡很厉害，平时藏在家里不让人看到。那只斗鸡无鸡能敌，得胜后像归朝的将军，总是一副趾高气扬的样子。临上场时廖布导总要含口水，人嘴对鸡嘴，度一口水给那鸡，说是给鸡送阳刚之气，然后在鸡脑壳的正面和背面各喷一口水。那鸡被激得精神抖擞，上了场子左腾右跳、猛啄猛叼，两只爪子直戳对方面门，几个回合就将对方打败，眼看着对方的斗鸡败了后"咯得得得"地叫着逃离，是哭是笑，谁也分不清。可打了胜仗的廖布导此时笑得格外开心，他会从兜里掏出几粒玉米喂给自己的斗鸡。

喝了烧酒的廖布导，跟喝了果酒的猴子一样兴奋，但他的最后那次斗鸡却彻底败了，败得一塌糊涂。他是在醉态中上场的，把酒壶的酒当成了水，那鸡被他稀里糊涂灌了口酒，也被喷水似的喷了酒，上场后腿就不听使唤了，拐拐打打，一走一个跟头，被对方连啄几口后就半躺了下来，只是扑棱翅膀。周围众人起哄，鼓噪声四起，都大声笑起来。打那以后，廖布导不再斗鸡，也不看斗鸡。他的那只斗鸡被放养在院子里自个儿找食吃，啥时候被人偷了都不知道。

廖布导很羡慕那头叫驴。那驴闲来无事，会站在那里耍鞭，鞭在驴肚子下面一翘一翘，能打着肚皮。廖布导两眼盯着那截黑黢黢的东西，嘴里禁不住说道：

橐　驼

"你那东西要是长给我多好，哪怕是半截也行啊！"

后来那头驴瘦死了，廖布导留了只后腿，其余的大卸八块喂狗。狗和他一样，也是饥一顿饱一顿，有了驴肉猛吃一顿。吃饱后去追人家的马拉轿车，回来后卧在后墙根再没起来，追轿车时把肠子挣断了。

六

廖布导清醒的时候，偶尔也到驼队去找郝七三。那天他到了帐篷里，就听见曹文茂给大家讲太监的故事。廖布导听着这些，心里五味杂陈。他躺在郝七三的铺上，蒙起头干脆装睡，但曹文茂的每句话都清楚地灌进他的耳朵。

"愿意净身入宫做太监的人，是由有地位的太监引入，要订生死文书，并请三老四少为证人，写明是自愿净身，生死不论，免得将来出麻烦吃官司。这中间还要收取费用，要交上十两或是八两银子。穷人拿不出，要立下契约，等娃娃进了宫，发迹后再按月扣回。月份少、利息大，若进宫混得不好，这笔债要一二十年才能还得清。还有两样东西是要带着的，送给刀子匠的礼物，一个猪头和一只全鸡，外加一瓶烧酒。阉割用的物品，几十斤米、几篓子玉米棒子、几担芝麻秸秆和半刀窗户纸。米是净身者三十天的口粮，玉米棒子烧炕取暖，芝麻秸秆烧成灰用来垫炕，窗户纸糊窗子，以免阉割后受风。"

道尔吉用胳膊肘捣一下侯财来："阉割是几个意思？"

侯财来说："就是割鸡巴！"

就听曹文茂又说道："刀子匠要准备两个新鲜的猪苦胆、臭大麻汤和麦秆。猪苦胆消肿止疼，阉割后敷在伤口处。臭大麻汤阉割前喝一碗，起麻醉作用。阉割后再喝可泻肚子，减少小解，麦秆插入尿道排尿。"

道尔吉用胳膊肘又捣侯财来一下："小解是啥？"

侯财来说："就是尿尿！"

曹文茂继续说："选一个好日子，春末夏初最好，阉割后，下身一个月不能穿裤子，气温冷热适中，没有苍蝇蚊子。日子选好后，把净身者锁在房里，房子密不透风。净身者先清理粪便，几天不能饮食，怕排泄物沾染创口，伤口恶化，伤了性命。经过三四天后，刀子匠才能动手。"

这时，葛钟娃突然大声问道："真要割吗？"

曹文茂说："不割哪儿来的太监？"

陆十红说："不要打乱话，看这家伙咋样下刀子。"

曹文茂说："刀子匠拿起刀子最后要问：你是自愿净身吗？净身人答：是！刀子匠又问：假如反悔，还来得及。净身人答：绝不后悔。刀子匠又问：你断子绝孙，和我没牵扯吧？净身者答：没有牵扯。"

王九先忍不住插嘴道："割个鸡巴这么麻烦，这太监也不好当。"

曹文茂说："被净身的人脱掉裤子，蒙上眼睛，手脚被绑得结结实实，几个帮手把净身者的下腹和双股上部用白布绑紧固定。帮手按住头、肩、胳膊，压住腰，怕净身者疼极了拼命，流血过多呜呼哀哉。还有一个人用热胡椒汤清洗阉割部位。刀子是种镰刀般弯曲的利刃，在火上烤一下就算消毒了，切除后由两名刀子匠搀扶净身者在房里缓行几个时辰，才允许躺卧。阉割后三天内不准喝水，期间要忍受口渴、伤痛，三天后才能大功告成。阉割后伤口即使能长好也得缓期慢长，要偎脓长肉，伤口才能平复，净身养身前后要一百天左右。"

戚长林又问："那割掉的鸡巴咋弄呢？"

陆十红说："那还不扔了喂给鹰雀老鸹去。"

葛钟娃对侯财来说："这锤子咋啥都知道，连男人割鸡巴他都说得头头是道。"

侯财来说："要不都说要读书呢。"

葛钟娃说："把他家的，听得人身上凉飕飕的。"

只听曹文茂又说："割下来的东西，净身师傅像宝贝一样收起来，被阉割者无权要回。净身师傅先预备好一个升，升里有半升石灰，把两个弹子儿整齐摆好，阉割的鸡巴也放进去，要用石灰吸干水分，免得臭了烂了。把净身契约用油纸包好，放在升里面，再用大红布把升口包好捆好，等净身者入宫后，按身份高低再索要钱财。"

曹文茂正讲在兴头上，郝七三突然走进了帐篷，一听曹文茂说那些乱七八糟的东西，又见廖布导躺在自己的铺上，看似睡着了，其实他知道，廖布导是在装睡。

郝七三开口骂道："满嘴胡诌，尽说些没用的东西。骆驼收回来了，该喂料了。"

众人一听都翻起身走出了帐篷。郝七三走到廖布导身边，用脚踢了踢廖布导，廖布导睁开了眼睛。

郝七三说："兄弟来了？"

廖布导故作惺忪的样子说："来了！"

郝七三看到，廖布导的脸色比以往时候都要难看。

七

这天晚上，廖布导又喝了不少酒。他想着曹文茂说的那些话，用手摸了摸自己裆里的那点秃枯桩，嘴角一翘："去他妈的屄，我这是阴阳鸡巴，既奁人，也日鬼。"他头一歪睡着了。

廖布导做梦了，梦里他和小伙伴们在一起玩，玩着玩着又闹开了别扭，那些伙伴又冲着他喊道：

  碰、碰、碰家家
  男人碰到石头上
  女人碰到驴屎上
  …………

廖布导喝酒闹了很多笑话。一次在酒桌上喝醉了，别人啃过的骨头，他用手摸起来啃，嘴里还咕叨："尽是骨头，咋没肉呢？"第二天还是纳闷："昨天的手抓肉，我到底吃了还是没吃？"闻闻自个儿抓过骨头的手，一股膻味，"哦，吃了！"

他有个酒友叫大顺，那次在大顺家喝酒，没有下酒菜，恰巧锅里煮了一锅猪食，是苞谷、土豆、树叶、酒糟混在一起的。开头二人还清醒，喝到半醉时，一看锅里是菜，你一筷子我一筷子，把一锅猪食吃成了半锅。不一会儿，两个人抱头进了茅房。没过多久，两人对骂着从茅房里出来，因大顺偏过头看了廖布导裆里的秃枯桩。两人撕扯着进了屋，看到酒又开喝了。廖布导走时他两个又把鞋穿错了，第二天，一个穿不上，一个穿不住。大顺送廖布导出了门，风一刮，酒往上一涌吐了一滩。

廖布导脸红舌头短，瞅了大顺一眼说："可、可惜了那些酒了，都糟、糟蹋了！"说完趔趔趄趄走了。

这时走过来一个汉子，看了看大顺吐下的东西，边走边说："也是个穷鬼，都是菜叶子，没一点肉。"

八

廖布导指甲缝里的垢圪老是满的，头发更乱。

郝七三说："你一动不动站在墙角，乌鸦会把窝做在你的头上。"

廖布导说："头发梳得再光，肚子里没酒，也是闲尿蛋。"

一人不醉酒，两人不做贼，廖布导终究没能喝死，是被烧死的。他喝醉后躺在被窝里，点了一支烟，吸了两口，人就昏昏沉沉睡着了。烟头捅破被面，点燃了被子里的棉花，黄色的烟雾从门缝里往外涌，接着就起火了。他的身子先是被烧得开了裂子，往外冒油，后来是整个房子着火了。等人们赶来了，屋顶塌了。

郝七三从废墟里找到廖布导时，人已烧成了焦炭。他捡到了平时廖布导喝酒的铜酒壶。廖布导入殓时,郝七三拿起那把壶看了一下,放在了廖布导的手边。

郝七三望着廖布导说:"走了也好,酒喝得咋样,人活得费劲。都说壶里乾坤大,杯中日月长,可你廖布导的乾坤在哪里?你的日月在哪里?这一身肉,酒都渗透了,野狗见了都没法吃。"

郝七三把廖布导安葬在了他父母的脚下,让他挂脚行孝。在廖布导的坟头埋了一坛上好的古城子烧酒。他把廖家的那三亩多地交给了山西会馆,因廖布导也埋到了义园,那几亩地就由会馆看着办。

郝七三这个举动,让先前议论他的那些闲话不攻自破。

第六章

一

　　羊盼清明驴盼夏，老牛盼着四月八。清明到了，大地青绿，草芽一天一天往上蹿。驼群明目流转，"昂昂昂"叫着，在草地上徜徉，吃饱了就卧在太阳下倒沫反刍。

　　驼户这一辈子，山高路长，停下来的时候，是夏天骆驼坐场的时候。骆驼坐场的三个月，驼户们睡在帐篷里，头枕风声，耳听雨鼓，是最惬意、最舒坦的时候。

　　五月，芨芨花开，驼队开始坐场、放场。这时牧草鲜嫩旺盛，是骆驼抓膘的好季节。

　　到了芨芨湖，王九先抬眼望去，茂盛的芨芨似乎要与天边相连。芨芨湖里一头牛一匹马都看不到，把驼群也打进湖里，不见了骆驼的身影，只看到骆驼两个峰子尖在湖面上游弋。王九先近前细看，一股风吹过来，风吹草低，就看到了牛马羊驴的脊梁，原来那些牲畜都被芨芨遮挡了。

　　高远的蓝天蓝得恣意张扬，让人心荡神摇。芨芨花开的时节，旁边红柳沟的红柳花也开了，满满一沟红柳，枝头上开满了粉红色的花，劲风拂柳，波涛拍岸，一河红色的浪花涌向天际，烧红了天边的朵朵白云。

　　听到牲畜们"咯吱咯吱"嚼食青草的声音，王九先闭上眼睛叹道："多好的草场啊！"

橐　驼

　　骆驼坐场、放场，分放大场和放小场。放大场是放牧成年骆驼，放小场是放牧三岁以下未成年的骆驼和没有隔奶的驼羔。

　　傍晚时分，两拨驼群归来，母驼驼羔相逢，驼羔们可劲吸食母驼的奶水，一幅亲子图豁然在目。每当看到这个场面，王九先他们几个也像孩子找到了母亲，母亲找到了孩子，都心里暖暖的。

　　从坐场到起场的三个月中，王九先该操心的事情很多，牧驼、驯驼、控驼、育驼、护驼、祭驼。这些拉里拉杂的事儿都要做到前头，以免起场后被打着手。

　　起场后用的绳子就有笼头绳、缰绳、驼绊。缰绳有驼绳、套驼绳、骑驼绳、大绳、蹄绳、拴绳。收了驼毛要掸毛、合绳，做肚带、大绦、毛口袋。缭针、弥针，捻驼毛线的吊拨子，这些家什，少了哪一样都不行。

　　制作驮鞍量大功夫深，最费劲。鞍扇子是用粗毛线织成的两块长方形袋子，长约三尺，宽一尺五，上边沿略厚于下边沿，内装拧绞着的麦草各五卷。每块鞍扇上用细毛绳斜纳四行。在两个鞍扇上各有一根用缝绳固定的架杆。架杆长约六尺，一胳膊粗细。架杆靠鞍扇的一侧为平面，前后两头有绳槽。驮鞍重三十来斤，两个鞍扇的两根架杆和前后挡绳紧夹在驼峰左右两侧，能护驼背、驼峰、驼肚。

　　驼鞍前后有两条驼毛横挡绳，前挡绳长五尺，后挡绳长四尺五。前挡绳拴结两根架杆的前大头，后挡绳栓结两根架杆的后小头。长约二尺的梢绳是用细皮条细毛绳做成的。八条梢绳系在羊角骨端眼上，驼鞍每侧四条，每角骨端眼两条。

　　眼下要做的事是给骆驼灌大黄。王九先留下陆十红、郝七三放场，让戚长林带着葛钟娃、侯财来、道尔吉进南山挖大黄。给骆驼灌大黄是每年坐场起场要干的事。大黄性凉，给骆驼灌了大黄水，骆驼不烂蹄子，不起蹄黄。除了大黄，还要灌茶、绿豆汤、麻油。大黄用碾槽碾碎，搅和在茶水和麻油中灌给骆驼。放场季节，要灌两三次，让骆驼清热败火，这叫顺骆驼。顺骆驼分顺温、顺湿、顺和。

　　王九先让他们快去快回，没想到戚长林他们到第三天上就回来了。

王九先问："咋回事？"

戚长林说："石玉山有前几年挖好晒好的大黄，他说就是给我们预备的，说什么都要让我们带走。天太热，人的眼珠子都出汗了。昨晚在山上，可是凉爽了，在他那里喝了酒，今天就赶回来了。"

王九先说："石玉山，真是个重情重义的人！"

给骆驼灌大黄水费劲，支起一口锅，把大黄熬制好等凉了再灌，一大锅汤药，到天黑前要灌完。驼户们腰围大绋，怕大黄水把衣服染黄了。

骆驼全被赶进场子里，插上门担圈在里面候着。侯财来个子矮，上下弯腰比别人费劲少，站在圈门边上，专门看管门担的起落。门担看骆驼进出时的快慢，放下插上，插上放下。

郝七三、葛钟娃、道尔吉在驼群和大锅灶之间不断往返，牵着骆驼一路小跑，骆驼跟着一边跑一边"昂昂昂"地叫。到了锅前，把骆驼缰绳往下一拽，骆驼负疼就地卧倒。陆十红、戚长林扳住骆驼的头，王九先手执牛角灌角，从大锅里舀起一灌角大黄水，等骆驼叫唤时一张口，灌角一翘，大黄水就灌进了骆驼嘴里。骆驼的叫声被大黄水一噎断了音儿，在换气的当口，大黄水也被咽了下去。被灌了大黄水的骆驼，在圈里四下散开，有些还不时地扭过头，往人群和大锅这边张望。大黄水苦涩，但没有一峰骆驼打激灵皱眉头。这些骆驼的嘴角儿被大黄水一浸染，都成了鹅黄色，乍一看像是开在嘴边一朵一朵的九月菊。

这时骆驼开始脱毛，陆续脱下的毛，是一笔不少的收入。阴历三月开始收毛，四月中旬剪去嗦毛、鬃毛、肘毛。每天驼群回来，用手一欻，成片成片毛就脱落了下来。

驼户拿着拨吊子开始捻线。收获的驼毛中，凡是粗毛，像嗦子毛、腿毛、脑毛、尾毛，都用来捻线，捻成的线或合成缰绳，或织成宽二尺多的布，把布缝成毛口袋，或是缝成大绋。那些细毛，则用毛口袋装了，用脚踏得瓷瓷实实后卖了。

筷子粗的线三股合一股，用作骆驼缰绳。像纳鞋底细麻绳粗的线，三股合一

橐　驼

股，合成一拃半长的细绳，就是节梢子。缰绳粗，无法拴在鼻扦上，节梢子是鼻扦和缰绳间的过渡绳。驼队到站卸了驮子，骆驼缰绳也从节梢子处解下，骆驼嘴边只吊节梢子。

鼻扦在骆驼二至三岁时穿戳，冬、春天凉时进行。鼻扦是用霸王、冬青、红柳、拐枣细纹木削成。给骆驼穿鼻扦，几个人合力将骆驼放倒，压住骆驼脖子和头，一个人将鼻扦的锥头硬生生地从骆驼鼻孔上方的软骨处横穿过去。有些骆驼鼻扦㧟断了，把穿孔㧟豁了，抽出旧的重换新的。

苁苁湖的南边就是沙漠，沙漠边上有驿站，这时节多半住着挖苁蓉的人，再就是些过路人。王九先他们有自己的帐篷，不和驿站的人混睡，但吃一口井里的水。驿站上的水井虽一扁担多深，但水旺，只是有点涩。

打水用的是窝杆，一个直杆上横绑一杆，横杆上一头是坠石，一头是水桶，石头落地，水桶出井，人轻松把握，省了好多力气。边上还有牲口的饮水槽，每到三天头上，就要给骆驼饮水，饮水时除了看帐篷做饭的，其他人都来打水饮驼。见面时候多了，驼队的人和驿站上的人都混得脸儿熟。

二

沙漠中，苁蓉和锁阳混生混长，这边挖出苁蓉，一转身，那边就看到了锁阳。苁蓉、锁阳的紫色花朵，点缀在黄色沙漠里，格外惹眼。苁蓉粗长，锁阳短细，但用处相差无几，都壮阳。挖苁蓉，会挖的手到擒来，不会挖的挖断苁蓉是常事，还有人为挖苁蓉出了事把命丢了。沙山子的一小伙子，发现一大株苁蓉，想把苁蓉囫囵挖回去，卖个好价。坑挖了半房深，苁蓉的根露了出来，他蹲下去用手刨，要连根把苁蓉端出来，不料四周的沙子塌下来，自个儿挖的坑把自个儿埋了。

每到驼队坐场时，老海就来了，说是来挖苁蓉的。他骑着拐拐打打的一头瘦驴，不紧不慢地在沙漠与苁苁湖之间转悠，驴身上有副褡裢。挖苁蓉的人，每天都能挖一麻袋或大半麻袋苁蓉，可老海的褡裢多的时候并不是装满的。

老海叫海小七，是个老赖，这个人有点下作，不光话大，说的有些事儿也都子虚乌有。他曾练过几天小洪拳，多少有点功夫，常在人面前吹嘘，说自己要多厉害有多厉害，拿大话唬人。好多人多一事不如少一事，也不去惹他。

海小七是个败家子，他老子海大旗创下的家业，全都败在了他的手上。海大旗当年为了一时痛快，结果生了一群娃娃。海小七之所以叫海小七，是在他前面还有六个姐姐。

海小七在赌博场上是一等一的高手，赢多输少是家常便饭。但俗话说，凫水的鱼儿浪打死。后来有人专门给他下套，海小七趾高气扬地钻了进去，这一进去就被牢牢套住，后面等他垂头丧气摆脱出来，已把家底输了个精光。

海大旗原是杨增新队伍里的军旗手，杨增新是主政新疆的都督。海大旗原名叫海正祥，长得人高马大，十分魁梧，拳脚功夫相当厉害，海小七的小洪拳就是小时候跟他学的。海大旗有力气，军旗在他手里被舞得呼呼啦啦响，好不威风，慢慢人们不再叫他的名字海正祥，直呼他为海大旗。

海大旗直脾气。原先，他的岳丈谢老大跑行商，路遇海大旗，便收他做了帮手。时间一久，海大旗看上了谢老大的女儿玉儿，可谢老大犹豫不决。虽然玉儿愿意嫁，海大旗愿意娶，但是谢老大不给话，也不点头。海大旗和玉儿只能是背地里说些悄悄话。被谢老大发现后，他便责怪女儿不守妇道。

海大旗回了一嘴说："养儿不孝父之过。"

谢老大吼道："去你妈个屁哇！"

海大旗说："爹，你放心，我会照顾好玉儿的！"

谢老大说："你叫我啥？"

海大旗说："爹！"

谢老大说："那就嫁吧！"

天还没亮，海大旗娶亲的车就到岳父家门口了。他挥起拳头把岳父的门砸开后，竟出了一头汗。后来海大旗继承了谢老大的产业，一步一步就做大了。

橐　驼

　　海大旗立商号，置田亩，经过一番奋争，挣下了偌大的家业，安安生生过起了富足日子。谁知海小七却不争气，不是抽大烟、逛窑子，就是耍大钱，自认为这就是最大的派头。

　　养子不争气如养驴，养女不争气如养猪。海大旗一看在儿子身上没盼头，也想不出啥办法，就连睡觉都发愁，心里急躁得像猫儿抓，有时越想越生气，自己骂自己，早知道，把那"鼻涕"甩到墙上变绿头苍蝇，也不把这祸害生出来。但转念一想，生儿子不就是为了传宗接代，守住家业吗！

　　为了静下心来，半夜三更的，海大旗睡在炕上数椽子，数来数去，看着椽子灵机一动，便在院子南边又修了一间房子。房子上梁后要压椽子时，他说干活的人都辛苦了，特意在"一口鲜"备了酒席，请大家喝酒。酒席宴上，他频频举杯，把干活的人都灌了个半醉。

　　海大旗说："喝了酒上墙不稳，可不能栽了跟头，都回家休息了吧，工钱照算。"

　　等第二天上工的人来一看，椽子都已封好了。海大旗说："自己闲人一个，没尿事便把椽子封了。"

　　其实海大旗早已预料到了，自己和婆姨死了，儿子那个折腾法，要不了几天就会整得松干洼尽，于是他便想出一招。他把干活的人打发走后，又让车夫套了车，把婆姨和丫头们拉到水磨河去看景兜风，他说睡一会儿醒醒酒，自己后面赶过去。等他们一走，海大旗便从花园里挖出了一缸银子，银锭都是一百两的。他在每个椽头下压了一锭，封好了椽子，还原了花园的痕迹，然后叫了辆黄包车去了水磨河。

　　到了晚上，海大旗睡在炕上还是数椽子，但心里踏实多了。南屋的十五根椽子下压了一千五百两银子，够儿子花大半辈子，就是他们老两口哪天蹬腿走了，也不用为儿子以后的日子发愁了。

　　当海大旗快咽气时，他把一拨人都打发出门外，把海小七叫到了床前。他给儿子安顿道："你虽然不成器，但毕竟是我的儿子，是海家的血脉，是要为海家传宗接代的。你一定要记住，实在过不下去了要卖房子时，南屋的房子，要拆开了卖椽子，可不能把房子整个儿卖了。"看到儿子点头答应，海大旗这才咽了气。

穷不过五服，富不过三代。海大旗把一切搞错后无知了几夜，海小七把啥都弄错后却无知了大半辈子。他连好话赖话都听不懂，不明白父亲的用意，更不懂人间险恶。在赌场输了钱，也是被债主逼急了，就想卖院子，把老子的话早抛到了九霄云外。崽卖爷田不心疼，整个院子顶了债主的三百两银子便净身出户了。

海小七骨子里也是个硬茬儿，宁愿笑着流泪，也不哭着后悔。其他债主一看，便也跟着落魄后的海小七紧屁股追。海小七被追得在城里混不下去了，就跑到了沙漠边上，骑着驴去沙漠里挖药，所卖的药钱也只能混个半饥半饱。

到沙漠挖药之前，油嘴滑舌、能说会道的海小七进饭馆做过跑堂的。初进饭馆，他啥都不会。一次，他看到一把壶下面有点滴水，就提起茶壶看到底漏了没有，结果把茶水倒在了自己脸上。掌柜子一看，这家伙务虚成不了大家，务实却成了大傻，于是将他辞退了。

老海知道驼毛比苁蓉值钱，说是挖苁蓉，可多一半是冲着驼队来的，除了混吃混喝，就在骆驼身上动手脚。骆驼陆续脱毛，有些要脱的毛挂在了刺墩上。老海说他捡的是刺墩上的毛，其实他是乘人不备，直接在骆驼身上欻毛。

发现老海在骆驼身上欻毛，王九先有点作难，捉奸捉双、捉贼捉赃，抓不住人家的手，就不好说什么。他说："礼仪为先，花果为圆，把礼数先让到家。如若老海还不罢手，就只能直截了当，把话说在当面了。"

可郝七三说："他这是在活人眼里下蛆！"

葛钟娃说："就是，那家伙像是金沟里来的，沾了二两。"二两就是二百五，说话冒失，不知天高地厚。

戚长林说："那是个不知好歹的东西！"

谁都知道，郝七三是那种肚子里既不搁事，也搁不住话的人。他不会唱曲儿，但有时会猛不溜丢吼出一嗓子："宁叫那人头高杆挂，不能把江山失给

橐 驼

他。"他不知道这是哪一出戏里的唱词。这似乎成了他的口头禅，凡遇到不顺心或是激愤的时候，就突然冒出这一句。

这天轮到郝七三放骆驼。看到骆驼悠闲地吃草，郝七三便蹲下身去挖老鸹蒜。老鸹蒜又叫乌药，生长在地下不深处的寸把处。蒜苗儿刚出土是红色的，再往上长逐渐变成了绿色。放场时骆驼在滩上吃草，放驼人没事干折根红柳，把红柳棍顺着半拃高的绿苗苗戳下去一撬，一颗拇指大的老鸹蒜就被撬了出来。

老鸹蒜吃在嘴里甜丝丝，有嚼头。挖多了装进布袋里，回到帐篷剥皮洗净，放进正在熬制的米粥里，等粥熬好老鸹蒜也化了，米粥喝起来别有一番味道。

郝七三盯着一颗老鸹蒜，猛地往下一蹲，不料崩出个屁来。那屁响声如雷，只一下就把裤子崩烂了。

郝七三正在挖蒜，老海骑着驴来了。他趁郝七三不注意，伸手在骆驼身上欻毛，把毛塞进了驴背上的褡裢里。他以为郝七三没看到，其实郝七三早就盯着他了。

血气方刚的郝七三，眼里哪容得别人揉沙子。面对无赖老海，他丝毫不留情面。看到老海如此放肆，他赶过来对老海说："老海，差不多就行了，刺墩上的毛你随便捡，骆驼身上不要动手。"

老海一听郝七三说他，恼羞成怒，一下翻了脸，冲郝七三吼道："你娃娃有多大的本事，敢来教训老子？"

"嘴里干净点，你给谁当老子？"

"我就给你当老子！"

"你这个老锤子！"

老海一听郝七三说他是老锤子，跳下驴背直扑郝七三。他先是耍了个花招，身子侧立，来了个蝎子摆尾式的扫堂腿。郝七三一跳，老海扫空。老海一看赶忙起身，一只胳膊在空中轮了个半圆，摆出了一个海底捞月架势，突然手向前弹出，来抓郝七三的面门。郝七三举起胳膊一挡，老海抓空。就见老海就势一躺，一个兔子蹬鹰去蹬郝七三的胸脯。郝七三身子一侧，老海也蹬空了。郝七三顺势一脚狠狠地踢在了老海的胯骨上。老海双手撑地一纵身跳了起来，拉了个打狗的架势，一拳朝着郝七三的面门打来。就在拳头快到郝七三脸上时，他突然一个下蹲，伸手一个猴子摸蛋，抓住了郝七三的卵袋。他一手攥裆，一手揽住郝七三的一条腿，抬起头来瞅郝七三。

郝七三身子一震，举起拳头照着老海的脸上就砸了下去。就听老海"哎呀"一声，松开了抓卵袋的手。郝七三的铁拳狠狠砸在了老海的脸上。这一拳，虽不是力大千钧，却也是铁锤敲鼓，只一下就砸塌了老海的鼻梁，只见老海的脸上开了花，嘴里鼻腔里一下喷出了好多血。老海双手掩面跪在了地上，血顺着指缝流了出来。

俗话说，乱拳打死师傅。郝七三这一顿王八拳，打得老海晕头转向。看到老海根本没法还手，郝七三放下了拳头。老海站了起来，身子趔趔趄趄的。他一手捂着鼻子，一手指着郝七三，嘴里一边骂一边抽身走开。

"你娃娃等着，有你好吃的辣子。再不行，我老羊皮换你张羔子皮。"老海拉着哭腔说。

老海艰难地爬上驴背打驴走开，转过身用指头又冲郝七三点了几下。

郝七三一点都不客气，高声回了老海一句："黑鹰黄鹰上百上千，你一只恶鹰，还想吃白食，下辈子吧！下次再来非打你个满地找牙不可。"

看着老海远去的背影，他又冒出了那句戏文，冲老海大声吼道："宁叫那人头高杆挂，不能把江山失给他！"

从那以后，老海收敛了许多，再不敢去骆驼身上欻毛，可他对郝七三仍不死心，他放出话来，要收拾郝七三。每轮到郝七三放驼时，鼻子上包着一块白布的老海手提一把钢叉，在驼群四周转来转去，就是不到郝七三跟前来。

郝七三也防了一手，除了把大鞭甩得震山响，手下预备了一根三尺长的铁棍。他心里想，老海若敢对他使钢叉，那就不能客气，就得下死手。

老海在驼群周围游荡了几天，没敢靠近郝七三。他明白，郝七三确实不好惹，再说郝七三那拳头的分量他是真正领教了。

橐　驼

　　第二年驼队坐场，不见了老海的影子。有人说老海去了别的草场，也还是偷偷摸摸的。

　　葛钟娃笑着问郝七三："裆里的家伙被老海攥着，是啥滋味？咋么勾子后面的裤缝，也被老海抓烂了？"

　　郝七三说："去你娘的脚，裤缝是我挖老鸹蒜自个儿崩破的。老海他想算我的伙食账，我还清他的家底呢。这狗日的歹毒，上来就要人的本钱。"

　　王九先说："那家伙针尖削铁，碎毛擀毡，谁知让你一次把背锅子治了。"

　　郝七三说："就算他心是铁打的，我祖上还是打铁的，看谁能打过谁。他说话，我放屁，都是为出一口气，下次再来，就不是原门照旧了，保险让他龇牙咧嘴，把那夾头扳成煮熟的羊头！"

　　戚长林说："像这种不知好歹的人，见了往死里捶！"

　　陆十红说："卤水点豆腐，一物降一物，先前不知好歹，现在知好歹了。你把生皮子弄成了熟皮子，就你那一拳，老海记一辈子，还敢再来吗？"

三

　　驼群饱吃了五月的嫩草，拉出来的不再是粪蛋，是稀屎。滚粪虫来了，哪里见过这么大阵势，前后左右都是粪，可这一滩一滩的稀屎咋都收不成一堆，倒把自个儿陷了进去。只待太阳出来一晒，骆驼粪半干半湿时，滚粪虫们才能把它搓成圆球球滚回家。这时，偌大的骆驼场子，到处都有拇指大小的粪球球在滚动。

　　到入秋起场，骆驼已适应了季节更替，拉出了圆溜溜的粪蛋。看着满草场的骆驼粪蛋，滚粪虫们疑惑了，冒出来这么多大家伙，咋滚都滚不完。

　　晚上，吃饱的驼群静卧在暗夜里，不住地倒沫反刍，要把一天吃下的食物消化掉。草场静谧，看似没什么大事，可就在这样的夜晚，驼户们最担心的事情还是发生了。

　　大象无敌，却怕老鼠钻进鼻孔。骆驼受制，是豺狗钻进了肛门。豺狗是骆驼的天敌。骆驼卧下，豺狗从骆驼肛门里钻进去吃骆驼的红肠。骆驼负疼，站起来就跑，可再咋跑也甩不掉豺狗。

豺狗有人的胳膊粗细，算上尾巴约有一尺半长，身子异常柔软，像没骨头似的，深褐色的皮毛光滑如水。它钻进骆驼的肛门，顺着肠子一截一截往前吃，吃饱了钻出肛门就跑了。到了第二天晚上就又来了，寻着昨晚的气味，还钻进那峰骆驼的屁眼里。

两三天过去，骆驼的肠子就被豺狗拉了出来，掉在屁股上血糊糊的。到了这时候，再咋弄也无济于事。看着负疼的骆驼，王九先心里不是滋味。为了不让骆驼再受罪，他向郝七三他们几个摆摆手，几个人便将骆驼拉到一边宰了。大夏天的，骆驼肉一下吃不完，煮熟了撒上盐，晒成肉干，入冬后大伙在路途上吃了增热。

每年坐场这种事都要发生，有时还发生在幼小的驼羔身上。驼羔也是被豺狗咬住肠子拉出屁眼儿受害的。驼羔一步不离母驼，叫声凄惨，母驼两眼含泪，却无法保护安抚驼羔。

驼户们提着铁锹找豺狗洞挖，挖出豺狗一铁锹拍晕过去，摁住它，豺狗醒来反口把铁锹咬得咯吱吱响。再坐场时，帐篷一扎，就有两人提着铁锹到方圆几里的地方找豺狗洞，把豺狗挖出来。

豺狗也吃一堑长一智，见到提铁锹的人，掉头拼了命跑，但洞里的崽子无法带走。经过几次反复较量，豺狗们望着王九先的驼群，一步一回头，都溜走了。

四

这天，葛钟娃对侯财来说："我问你，你前天喝醉把我的一个鼻扦放哪儿了，给我！"

侯财来说："你是老狗记起陈干屎。昨天我吃啥饭都没记住，你让我说前两天的事，我早忘了。再说了，酒后胡话睡着的屁，不算数！"他从坐着的地方翻

橐　驼

起身，往前走了几步伸了个懒腰。

葛钟娃说了声："孙子起来爷坐下。"一屁股坐了上去。

侯财来说："你说对了，神仙起来狗卧下。"

葛钟娃说："你除了咳嗽就是说头。不打勤不打拙，专打不长眼，削个鼻扦，你倒顺手牵羊，不说个人一身毛，还说别人是个猴儿。"

侯财来说："我看你这个人，忘性比记性大。闲了不上香，忙了爬到供桌上，屎到了屁眼上才找茅房，谁拿了你的鼻扦找谁去，我没看见。再说了，我也没有讹你的心。"

葛钟娃说："我看你不光讹我，害我的心都有。"

侯财来说："哎，话说清楚，我啥时候害过你？"

葛钟娃说："心口上给我压铜板，不是害我是啥？"

葛钟娃说的是前些日子他两个去放骆驼发生的事。

那天轮到他两个去放骆驼，驼群悠闲地四面散开，他两个闲得无聊。葛钟娃顺势躺在了草地上，一手撑在了头底下，一手拿着折来的半根芨芨草，一头放在嘴里嚼着，口里和侯财来搭讪着。春困秋乏夏打盹，不一会儿他便睡着了。

骆驼蓬的籽儿又叫臭果果。看到葛钟娃睡着了，侯财来顺手从身边的骆驼蓬上捋下半把臭果果放在手掌里揉碎，放到自己的鼻子上闻了一下，"哦"地一声差点吐出来。他从手心撮了一撮放在了葛钟娃的鼻孔下。葛钟娃睡得沉，皱了皱眉头。

葛钟娃打着呼噜，紫铜色的胸膛随着呼吸一起一伏。侯财来一看葛钟娃没反应，觉得好玩。他手往衣服口袋里一摸，摸出一枚铜板，将铜板放在了葛钟娃起伏跳动的心口上。

葛钟娃被铜板的冰凉激醒了。他睁开了眼，但无法起身，他眼瞅着侯财来戏弄他。他的呼吸变得急促起来，侯财来嬉笑着把脸凑近了他。葛钟娃看到，侯财来的脸竟变得如此狰狞，瞬间就又变成了没有三分人样，心里倒是揣着七分鬼的恶人。侯财来的脸在一直放大，直朝着他压了过来。他觉得他快不行了，要完尿蛋了。

葛钟娃心里明白，他是魇着了。他眼睁睁望着侯财来，让侯财来快拉他一下，把他从梦魇中拉出来。可侯财来一直盯着他看，并不伸手去拉他。

终于，葛钟娃猛一挣扎，他完全醒了过来。他翻身站起来，一拳就朝着侯财来打去。侯财来一躲，转身笑着朝一边跑去。

只听葛钟娃骂道："你这个锤子，见死不救还耍弄人！"

回到帐篷，葛钟娃对大伙说："侯财来这个锤子，今天我魇着了，他不拉我一把，还在我心口上放了个铜板。"

王九先一听对侯财来说："咋能干这样的玄祸？人睡着了，一个铜板放在心口窝上，会压死人！"

葛钟娃指着侯财来说："你这家伙，越说越来了，不如刚来了。背地里不知道给我念了多少黑经，说了多少咒语。你是不是还想对我动家伙呢？你记住，日的鬼多，倒的霉多，烧的纸多，招的鬼也少不到哪里去，小心鬼一回头捏住你的嗓子。"

侯财来对葛钟娃说："可不能这么说，我可不是戳是捣非，你不能冤枉我。再说了我和你前世无冤，后世无仇，哪里有害人的心，不过是和你耍一下罢了。"

葛钟娃假装一本正经说："羊羔一生下就会说人话，就会喊妈，不管它长多大，就是有了胡子，也每天把妈放在心里，挂在嘴上。你这个人咋不说人话，不干人事？"

侯财来头一摆说："就是，喊妈的声音都扯直了，一声连一声，劲大了还要奶吃呢。你是狗撵下坡狼，死追着我不放。再说了，你话也不要说得那么难听，捅耳朵。"

葛钟娃狡黠一笑说："我也想过几次，我们两个说不上几句就嚷仗拔毛、抬杠拌嘴。我前世里难道是个屠夫，你是猪，我杀过你？要真是那样，我心里难过得要翻黑血呢。"

侯财来说："你前世里才是猪，我吃过你！"

橐 驼

　　郝七三指着葛钟娃说："你这个塌头，心口窝上放铜板，搁上我，我捶扁他。妈的，有时候落井下石的都是自个人。"

　　侯财来慌忙说："郝哥，搁上你我也不敢呀！"

　　葛钟娃对侯财来说："再咋说，我也比你大呀，我是你哥！"

　　侯财来说："你还拽上了，劲大了大一圈呢，我两个同岁。"

　　葛钟娃说："我会坐了会爬了，抱上馍馍啃开了你才生下。"

　　侯财来说："就是，你不光是抱住脚指头啃，你自个儿拉屎自个吃的时候，我睁开眼睛还瞭见了。"

　　葛钟娃说："记住了，我小时候被狗吓过，你要是把我整出毛病，你得给我收魂。"

　　大家你一句我一句把侯财来说得像刚骟过的驴一样，在原地直转磨磨。他喏喏地说："戗着打人是个仰绊子，你硬是把人往臊了说？"

　　郝七三说："嘴硬勾子软，你还臊啊，臊早让狗舔了。当面是哥哥，背后掏家伙。"

　　侯财来说："我确实不知道，就是想和他耍一下。"

　　郝七三说："一个洗锅不洗勺子，一个洗脸不洗脖子，老鸦落到炭堆上，谁都不要说谁黑。你两个甘肃洋芋蛋，三天不吃米和面，心里就膈揪揪地，有啥好显摆的，都是打出屎来要粪钱的主儿。"

　　戚长林也插了一句："驴有笼头羊有圈，牛牵鼻子马抓鬃，各有说法，各有拿法。你两个是闲得没尿事干了，胡尿咧咧，乱绳索了。"

　　侯财来仍对着葛钟娃说："哎，你不是结巴吗，现在说话咋利索了？"

　　葛钟娃说："看对谁呢，对你我是八哥嘴，说人不如人，鼻涕吊了两筒筒。我是笨鸟先飞早入林，不像你翻个跟头能成精。人分好几种，馋学厨子，懒当和尚，不馋不懒种庄稼。你属哪葫芦醋？"

　　戚长林说："好种出好苗，好葫芦做好瓢，就看是吊葫芦还是生葫芦。"

　　葛钟娃说："生葫芦生，吊葫芦吊，生葫芦望着吊葫芦笑。"

第六章

他两个人互相辱挫得不可开交。王九先一看，又撂过来几句话："毛毛雨湿衣裳，淡屁话冷心肠，有些话思谋好了再张嘴，不要总说那些伤人心的话。升米恩，斗米仇，人要记住人的好。"

葛钟娃说："就是。葱辣嘴，蒜辣心，辣子辣到脚后跟。伤人心、伤和气的话不要说。我和你，若不是掌柜子收留，早就是渴了喝水，饿了扇嘴，一个拿碗，一个带嘴，挨家挨户当个讨吃鬼，探头探脑怕狗咬，还不知道能不能要上一口饭。"

侯财来说："把个人说得鬼头鼠脑的，也太孽障了吧！"他转脸朝着王九先说："掌柜子，我们这是说笑呢，说完就忘了。伸手不打笑脸人，我给大家笑一个。"

葛钟娃说："算了算了，你那笑比哭都难看。"说话间他放了一个呱嗒屁，连响。

侯财来说："你两头子，有一头说就行了。"他说着也想放屁，挣拔了半天放了出来，结果是个坏屁，没响。

郝七三骂了一句："妈的，进了茅房了！"

葛钟娃对侯财来说："你太熊了，放个屁都低声下气。还是郝哥的屁厉害，一个顶你多少个，能把裤子崩烂。"

郝七三说："这两个鸡巴！"

侯财来笑着说："大屁不臭小屁臭，大屁把小屁叫舅舅，出溜子屁治咳嗽。"

戚长林又撂过来一句话："民勤人胡来呢，米汤里头调醋呢，都在那里一本正经地胡说八道。"

一直没吭声的陆十红说道："天王老子地王爷，狗吃油饽饽，两家都有过。"

郝七三说："妈的，牛不抵牛是尿牛，使劲嚷，要整就往深处整，一回整疼，以后再不敢骚情。"

99

戚长林又说道:"人人都有当官相,就是人多挤不上,该干啥还干啥吧!"

王九先对着葛钟娃和侯财来说:"你们这几个青瓜蛋子,是不是想女人了?寡妇怕夜长,光棍怕凉床,你们也都是过来人了,说急不急,不急也急,有合适的还得踅摸一下。拦羊拦头羊,抓牛要用缰。这个岁数正当年,心思重,要想抓个女人,那还得看茬口。我们这些走戈壁穿沙漠的人,常年在外,和女人碰面的机会少,可要是留心,该来的也就来了。看看戚长林,赶得那个巧。你几个运气是不是也该来了。"

郝七三说:"掌柜子,你给他两个说这些能干啥?都顶着一头糨糊,一天糊里糊涂的,啥都不知道。"

葛钟娃对郝七三说:"郝哥,我们顶着一头糨糊,看来你比我们明白,比我们清楚,你是不是有相好的了?"

郝七三一听,嘴里呜里呜啦说不出话来。王九先偏过脸看了郝七三一眼,郝七三的脸红了。

只听侯财来对着曹文茂说道:"好吃是饺子,好玩是嫂子。是不是让嫂子给出出主意,踅摸踅摸,说不定好事就来了。"

葛钟娃也对着曹文茂说:"都说沙枣花儿喷鼻子,姐夫爱着小姨子。你有小姨子就不要舍不得,说给我们谁当婆姨吧!"

侯财来紧接着也问曹文茂:"花是花,生是生,咋么成了花生米的?"

曹文茂措手不及,接连被葛钟娃和侯财来给问蒙了。他像骆驼倒沫反刍一样,拌了拌嘴说:"哎,这说着说着,咋又朝着我来了。狗皮袜子没反正,你两个是转环子嘴,我说不过。我力气小不负重,言语轻不劝人,你们咋说我咋受。"

郝七三对葛钟娃说:"还想吃饺子玩嫂子,玩你大的葫芦!"

葛钟娃笑着说:"人老了,眼麻了,驴粪看成糖枣了,鹌鹑认成麻雀了,话说漏了。"

郝七三说:"你老了,把我往哪里搁?"

葛钟娃说："我把你搁到……"他是要说"我把你搁到裆里"，话到嘴边，把裆里说成了天上，其实心里仍是对郝七三不服，嘴里嘟囔着："你是横着扁担过街，还不让别人说话，理都出给你了！"

葛钟娃一看郝七三两眼望他，显然没听清他在说什么。于是他话头一转说道："这都立秋了，天还这么热？"

王九先说："要知道今年立秋立在了母秋上，当然热了。"

侯财来说："立秋还分公母？"

王九先说："当然了。白天立秋是公秋，晚上立秋是母秋；单日立秋是公秋，双日立秋是母秋；阴历的单月入秋是公秋，双月立秋是母秋。今年立秋立在了秋老虎上，热是少不了的。"

葛钟娃说："还有这么个说节，没听过。"

郝七三说："娃娃，这里头道道多了，没听过就好好听，你该学的东西多了去了。"

葛钟娃一听，知道郝七三还会冲他来，一掉头走出帐篷。

侯财来问："你干啥去？"

葛钟娃："你狗拉羊肠子，越拉越长。我去找我的鼻扦子。"

晚上，侯财来睡在被窝里，他思谋着王九先说的那些话，是不是想女人了。他的女人宁彩凤被他劈了一斧子，他知道没有劈中，但肯定是伤着啥地方了，不知伤得是轻是重。一幕一幕，宁彩凤的身影在他的眼前不停地晃动。

五

坐场时爬夜是少不了的。爬夜是人随驼群走，驼群游荡到哪里，人跟到哪里。爬夜又叫爬戈壁，六七天、七八天再游荡回来。褡裢里装有两个人十天左右的吃食。若有啥急事，王九先或其他人会循着驼群骑着黑骡子找来。

秋季来临，天气渐凉，一场秋雨一场寒。八月的天气，白天热得能把人的腰

橐　驼

窝油晒出来，尽管白天太阳很大，可到晚上戈壁上的追屁股风刮得人紧锁眉头，风直往人的勾裆里钻。人夹紧勾裆，白板子皮袄裹了身子，去往那卧着的骆驼的脖弯里靠。如若风还往脖子里刮，就从褡裢里抽出皮裤套上。

爬夜最少得有两个人互相照应，这次还是葛钟娃和侯财来在一起。天渐渐地黑了下来，他两个也还是拌嘴。

侯财来说："妈的，老天爷有时也靠不住，把北沙窝边上的一些梧桐树都刮倒了。"

葛钟娃说："风大，小心闪了舌头！"紧接着他问侯财来："曹文茂他家里又不开染坊，那鬼厼咋那么好色，把那玩意当饭吃。我看那厼货本事大得要戳天捣地、日狼日虎呢！"

侯财来说："你问我，我问谁去？"

葛钟娃说："人摸狗舔，猫儿叫春胡叫唤。酒鬼掉门牙，色鬼掉头发。你看曹文茂头上那几根毛，稀零扒拉。骆驼的本事草知道，他的本事你知道吗？"

侯财来说："我知道个欻，劝了人，劝不住心，一转身还是老样子。绵羊爱吃百样草，母猪爱吃旱灰条，跌进染缸里，染红染黑都是它。他说若不抓紧，过了六十岁就是能上到炕上，还没干啥'鼻涕'就下来了。"

葛钟娃说："有钱不买河湾地，好汉不欺活人妻。鸡巴曹文茂，自家的木鱼儿都灌不满，还一个劲儿往外挣巴。那家伙是不是金尿银卵子，想生皇上呢？皇上婆姨多，就算他自个儿当了皇上，也是两头子出气，忙死他尕娃，整他个反穿袜子倒穿鞋。"

侯财来说："管尿他呢，鸭子过去鹅过去，孙子过去爷过去。"

葛钟娃说："那家伙还真是个西天不出的白蘑菇，汤里面的葱花，屎里头的蛆牙儿，有时还真稀罕着呢！"

侯财来话题一转说："你还别说，狗日的，隔三岔五裆里头就搭帐篷，难熬的那阵子像是要人命呢！"

葛钟娃说："你和我，骚葫芦搭茄子，没人给个老婆子。街上有的是妓院，有

第六章

胆量你就去啊！腰里有多少钱都捋你个松干洼尽。舍不得花大钱就花个小钱，买上二斤猪肉，开水锅里紧一下，上面用刀划条口子，别放凉了，趁热乎把你那事情办了。"他虽是一本正经，但说完自个儿先绷不住了，"呱哒哒"一下笑出了声。

侯财来大张着嘴，开始还认真听，一看葛钟娃是在耍笑他，没好气地说："你是烟洞上招手，把我往黑路上领呢。再说了油叽碗达，你把人往死了腻歪。"

葛钟娃继续说："有个光棍，娶不上婆姨，在狗身上耍本事，双扇门上掏个碗大的窟窿，狗头朝外用门板卡住狗脖子，人跪在门里面把胀气放了。"

侯财来说："就是，完事了那狗还缠住人不走，跟前跟后，你还得拿砖头砸。我还真见过有个家伙，在驴身上下工夫，提了口斗，拿了擀面杖和一个秤砣，把斗倒扣了人站在上面，秤砣拴在驴尾巴上往自个儿背后一扔，两手横握擀面杖，放在驴脊梁上往怀里一捋事儿就成了。"

葛钟娃说："你是说你自个儿吧？你个子太矬，干那事儿得站条板凳。"

侯财来一听，说："你硬是给我上套呢，日鬼地让我上当，一当接一当，当当不一样。"他突然把腰一躬喊道："哎哟，肚子疼！"边跑边解裤带，跑到一刺墩后，把裤子往下一抹，勾子一撅扑刺刺一股子箭杆稀屎射出几尺远。他舒服地哼了一声。

葛钟娃老远喊道："瘦驴拉硬屎，麻雀下鸡蛋，给勾门子找麻烦。你倒好，老牛不站，稀屎不断。你那屎味，站在风头上都臭几里。"

过了一会儿，侯财来回来了。天幕上星光闪烁。他对着葛钟娃说："你是狗看星星，不知道稀稠！"

葛钟娃说："我听了你的话，狗都不吃屎了。"

侯财来问："你吃啥？"

葛钟娃说："叫你吃个蘸水耳光！"

侯财来说："你黄瓜打驴，还短半截！"

葛钟娃说："你丢的人是不是比你见过的人都多？"

橐　驼

　　侯财来说："看你的牙就知道你这个人，漏风，实话少，梦话多。"

　　葛钟娃说："笑人笑自己。我宁可相信世上有鬼，也不相信你这张烂嘴。我没实话，我梦话多？你白话比我还多！"

　　侯财来说："你细日子细过，说是要过年了，宰了个芦花大公鸡，把肉山给抬下了，挂到房梁上，把房梁压得咯吱吱响。悬不悬，打只麻雀过了个年。一天省一把，三年买匹马。"

　　葛钟娃说："你们家才打个麻雀过年呢。就你家日能，恐怕也是锅里煮点肉，来了外人，锅熬干了也不敢揭锅盖。一只麻雀能干啥，还不够我塞牙缝。"

　　侯财来说："让人是个礼，锅里没下米。不够你塞牙缝？来来来，张开嘴我看看，你牙缝有多大？"

　　葛钟娃说："宁让勾子上揽毡，也不让嘴上受穷。我隔天都想吃油饼子卷肉，那也得有啊！我还想上天呢，可是屎坠着呢。真是饱汉不知饿汉饥，你只看到了人家烟洞里冒烟，没看见人家烟熏火燎烧柴。你还啥都想知道，知道个狗娃子屎。说来说去，再咋说，一拃也没一尺远，你们家也好不到哪达去？"

　　侯财来说："咋了，你说我是干指头蘸盐？"

　　葛钟娃说："有些人，见不得人家米汤起皮，锅里有点油花子，心里总觉得不舒服。"

　　侯财来说："哎哟，倒成了你花了不穷，我省下不富。你是抽了橡子换檩子，故意引逗我呢！"

　　葛钟娃说："你没理都要争三分，得理更是不饶人。真还隔着锅头上炕呢！"

　　侯财来说："那你就是提着脖子过河，小心过头了。"

　　葛钟娃说："你话越说越大，事情越做越小。人轻狂了没好事，狗轻狂了吃稀屎！"

　　侯财来说："圈连胡子谢顶头，上缺下补。你还要说啥，我接着呢！"

　　葛钟娃说："你长也长个差不多，长得就让人有想法，咋看咋就不来回。"

侯财来说："咋了？我长得咋了？把谁家娃娃扔井里了？"

葛钟娃说："窝窝头上踏一脚，你觉得你是块好饼呀？一个倭瓜上长了两只耳朵，蚂蚱眼睛罗圈腿，还想往高长一下，你能把腿长直就不错了。"

侯财来说："打人骂人不要糟蹋人。就你这头脸，长得疙瘩凹什，一口驴板牙三棱暴撬，更没个啥看头。长得高有啥用，光长个子不长脑子，穿衣服多用二尺布。"

葛钟娃说："我长得是难看，可你长得比鬼都难看。你再咋咋呼我也不着气，我就是你眼窝里的刺，想拔都拔不出来。老刀刀，细绳绳，慢慢割你。"

侯财来说："就是，你是我眼窝里的刺，可我老觉得眼窝里有一橛子屎晃来晃去。"

葛钟娃说："头大脖子细，越看越着气。你和我差尿不多，肚子里也没有多少货，不像人家曹文茂。"

侯财来说："你这个犟板筋，我不和你说了。"

葛钟娃说："盐长精神醋改乏，甜饭吃得跌马趴。把他家的，吃完工夫不大，肚子咋又觉得空稀稀的。"

侯财来说："叫花子放不住隔夜食，头上没肉，吃去机溜，勾子里拿马勺掏呢，属狗的，直肠子，真还吃一锅拉一炕呀！"

葛钟娃说："好好说话，你涝坝里下饺子，汤大了。"

侯财来说："我敢打赌，你是不是不够月份生下的，最多也就一鞋底大，缺奶缺食，能活过来就算是你娃的造化了。"

葛钟娃说："你难道不知道，听人劝，吃饱饭。吃饭吃饱，干活干了。你说我是狗，你难道属驴？"

侯财来说："你听个音音，念个经经，我也属狗不假，让你一口叼到热屎上了。"

葛钟娃说："我、我是狼狗，你是土狗。我看驴有多犟你就有多犟！"

侯财来说："你说的是草驴还是叫驴？你不说你的桥塌，还说人家驴瞎。我

橐 驼

是土狗？你才是吃饭端盆子，干活装聋子。"

葛钟娃说："我咋么吃饭端盆子，干活装聋子了？我是脚大手大，吃啥有啥！"

侯财来说："嗷呦，脚大手大，你还有一大没说。"

葛钟娃说："你不说我个人知道，我屌大！"

侯财来说："你屌大能干啥，也是个闲锤子。"

葛钟娃说："就是，你和我一对闲锤子。你是吃了馍馍混卷子，还说别人卖了勾子嫖婊子，由头就是多，理都出给你了？"

侯财来说："你不说这事儿我倒忘了。我问你，卖了勾子嫖婊子，到底划得来划不来？"

葛钟娃说："个人的账个人算，你来我往、你情我愿。既挨了也奋了，帽子换袜子，两清！"

侯财来说："帽子换袜子，头顶换到脚底下，不划算。袜子换帽子还差不多。"

葛钟娃说："原门照旧，还是一挨一奋。"

侯财来说："听了你的话耳朵聋呢，红口白牙，尽说胡话。不和你说了，你先操个心，我眯上一阵子，到后半夜喊我。"

他说着两手抓住皮袄的两襟往怀里一紧，往铺在地上的栽毛褥子上一躺，眼睛一闭开始装睡。葛钟娃一看，把脸别向一边，向着近处卧着的黑乎乎的驼群，打了个响亮的口哨。

过了几天，驼队开始向县城靠近，驼群向喇嘛湖梁下移动，喇嘛湖梁的水草不逊色苁苁湖，驼队为起场开始做准备。无人的戈壁、沙漠，四下里静悄悄地，只有驼群蹄子下面发出的欻欻声。

当坐场抓膘期满，驼户们最舒坦的日子就过去了。骆驼脱了"旧衣"换了"新装"，那些脆响的鞭声将大骆驼与驼羔们分开，母驼与驼羔依依惜别，叫声彻夜不绝，由远而近地传来。黄色的尘土遮天蔽日地滚来，那骆驼一拨一拨、一群一群，如移动的山峦从古城子的街上排山倒海地穿过。驼户们的黄金季节，一年一度的驼运便又开始了。

六

　　王九先说葛钟娃和侯财来是不是想女人了，还真说到了点子上。但不是葛钟娃和侯财来有啥情况，而是郝七三有了眉目，和菜园子一户人家的姑娘好上了，只是事情没定下来，就没告诉大伙儿。

　　驼户长年在外，汉子们所需求的饥渴，时常折磨人。郝七三没有多大奢望，只想着过个安生日子，娶婆姨的事他心里不是没想过。太阳在谁的门上都要照几回，郝七三的好事来了也是挡不住。

　　就在前不久，突然来了位说媒拉纤的。来人是菜园子的人，来找郝七三，要给他说门亲事。说他单身一人，人家姑娘早就看上了他，能把廖布导事情安顿好，又把三亩多地交给了山西会馆，足见他的为人，只是这种事儿男方应是先开口才是正理儿。郝七三听了来人的说道，一问姑娘，原来是廖布导家隔壁的梁姓人家。

　　梁姓人家也是天津人，比廖布导的父亲迟来菜园子几年。两口子生有一个女儿，一家人也是种菜种出了名堂，有了舍不下的情分，小日子过得还算实在。郝七三种菜时那姑娘三天两头都能碰见，他没感觉到有啥，想不到是人家梁姑娘惦记上他了。

　　郝七三经来人这么一说，仔细一想，梁姑娘人长得文静，见面总是头一点，微微一笑，也不搭话，是个过日子的人。

　　梁姑娘落花有意，郝七三如梦方醒。禁不住来人的再三说道，郝七三答应先上门看看。这一来二去，和姑娘一家人一接触，郝七三动了心。

　　老话说，抓猪娃子还得看看老母猪。意思是娶婆姨先看看丈母娘咋样。还有一句话叫丈母娘见了女婿，就像唠窝的母鸡。那梁姑娘的母亲一见郝七三，亲热

橐　驼

得不知咋弄好。

郝七三第一次在姑娘家吃饭，吃的是四碟捞面。四碟捞面天津人每逢喜寿少不了要吃，也是大年初二迎接姑爷款待女婿的。按照天津人的老礼儿，女婿来了一定要摆上一桌配四碟菜的打卤面。

等郝七三再来时，桌子上已摆上了素馅饺子、四喜丸子、老爆三样。素馅饺子，一个素字，盼的是一年中没有大起大落，平平安安，素素静静过一年；四喜丸子，四个色、香、味俱佳的肉丸摆盘上桌，意思是团团圆圆、和和美美；老爆三样又叫全家福，全家老小围坐一起，吃着带来福气的老爆三样，分明就是个好兆头。

梁姑娘的父母在天津时，家在渤海边上，过大年油焖大虾必不可少。红红的大虾，鲜亮诱人，仿佛看到来年红红火火的日子，也是一家人的期盼。天津人有"紫蟹一菜压百味"的说法。紫蟹是把银鱼、紫蟹、铁雀儿、韭黄相配，奇味足以让人垂涎。可是在这古城子，紫蟹是什么，不要说吃，好多人见都没见过。

梁姑娘的母亲搓着手说："这古城子单单就少了紫蟹和大虾！"

郝七三说："这么好的一桌饭，够多了！"

熬鱼是天津人的拿手好菜。到末了，一盆熬鱼端了上来，那鱼熬得色泽枣红，肉质软烂细嫩，咸鲜略甜，酱香味浓。

看着一道道家乡菜，郝七三心里充满了暖意。他明白，丈母娘要说的话都在这饭桌上了，意思再透彻不过了。

郝七三来梁姑娘家，除了吃饭，手脚不知道往哪儿放。看到大门旁边的沟渠里用土压着不少树苗，他便拿起铁锹在院里院外栽树。老丈人交代说："前不栽桑，后不栽柳，院内不栽鬼拍手。杨树栽院里，晚上风一刮，树叶噼里啪啦响，像鬼拍手。"

郝七三答应一声，闷头干活。梁姑娘站在屋里端详，越看越喜欢。

这天，吃过饭天色已晚，加上郝七三又喝了点酒，丈母娘对他说："今天晚了，就住到西屋吧！"

第六章

郝七三说："不碍事，我还是回去。"

丈母娘说："七十不留宿，八十不留饭，你又不是七老八十，年纪轻轻，哪里不能歇着？"

再到后来，郝七三有事没事就去姑娘家。在梁姑娘家里，他这个铁汉柔情尽显，挑水、劈柴、喂牲口、扫院子，无活不干。姑娘对郝七三不光是满意，更是情有所诉，关怀备至。

这当口，驼队要上路了。出发的前一天，郝七三去和梁姑娘告别，不巧梁姑娘到亲戚家串门了，晚上才能回来。郝七三的心里像被猫儿抓了似的。这一去几个月，临走也见不上面，说不上个话，这可咋办？他想给王九先把事情说清楚，驼队能不能迟一天上路。他又一想，这出发的日子是向庙堂里通说过的，是请先生算下的黄道吉日，哪能随便更改。万般无奈，郝七三只好跟着驼队出发了。

这天走了五十里，到了站口，就在大家抓紧时间睡觉的当口，郝七三不见了。到第二天起程时，大家看见他从昨天来的方向连颠带跑回来了。这一下，郝七三藏不住了，他是连夜返回城里和姑娘告别去了。这一去一来一百里，就靠两条腿一夜走了过来。

王九先盯着郝七三看了一会儿没说什么，大伙儿也没说啥，一声吆喝，忙活着赶路。

到了站口卸了驮子，一切收拾停当，进了帐篷歇息下来。王九先对着郝七三开了口："是啥时候的事情？"

郝七三笑着说："本来想着这几天和掌柜子还有大家说道说道，商量一下。"

王九先说："那就说道说道！"

戚长林说："没看出来，你这家伙还山后藏兵。"

陆十红笑着说："卖醋卖酒，打柴放羊，有时候还真是碰上啥是啥。你这是碰上好运了，姻缘到了，挡也挡不住，也是天作之合，天赐良缘。"

从郝七三的口中，大伙知道了事情的来龙去脉。听了郝七三的述说，葛钟娃

109

橐 驼

一拍大腿说:"郝哥,这不是阴差阳错,是笑里藏刀,好事情啊!"他是要借这个话题,糟践一下郝七三,郝七三就是有气话,这会儿也撒不出来。

陆十红对葛钟娃说:"你这是说的啥话?瞎驴瘸马,上不了正道。"

曹文茂笑着对郝七三说:"怪不得那天你说葛钟娃和侯财来都顶着一头糨糊,糊里糊涂啥都不知道,原来你是心里早有数了,捷足先登呀!"

葛钟娃说:"过河洗脚,一举两得。你真她也真,四两换半斤,婆姨有了,家也有了,过上两年,娃娃也有了。"

大家七嘴八舌,吵吵得不可开交,出主意拿办法说了很多。最后王九先说:"你小子是红萝卜包饺子,真还吃出看不出。好!等返回古城子就把婚事给你们办了。"

此时的郝七三,像喝了几杯陈年烈酒,不光是脸上红扑扑的,更是醉了心头。在接下来的一路上,一改往日的脾气,对谁都心平气和,尤其对葛钟娃、侯财来少了很多气话。

几个月后驼队从兰州回到古城子,正是腊月初八,郝七三带着王九先去了梁姑娘家。梁家人喜不自胜,做了一桌菜,熬了腊八粥。在融融的气氛中,王九先和郝七三的岳父推杯换盏,岳母笑得合不拢嘴,忙得不亦乐乎。

王九先指着郝七三开玩笑,对老两口说:"你这个女婿呀,棒槌顶灯,指靠不着啊!"

老两口知道王九先是正话反说,笑得更开心了。

只听那扯纤拉媒的中间人说道:"心有多静,福有多深。看得出来,梁姑娘的文静,让郝七三也跟着静下心来。再说了郝七三金命,梁姑娘水命,男占二五八,女占三六九,他两个出生日子阴阳平衡、忠夫孝长,再好不过了,是绝配啊!"

大家一商量,给郝七三和梁姑娘定了日子,赶在大年前完了婚。

月圆天心,女婿登门。有了媳妇的郝七三从王九先家里搬了出去,住进了梁姑娘家,成了梁家的上门女婿。

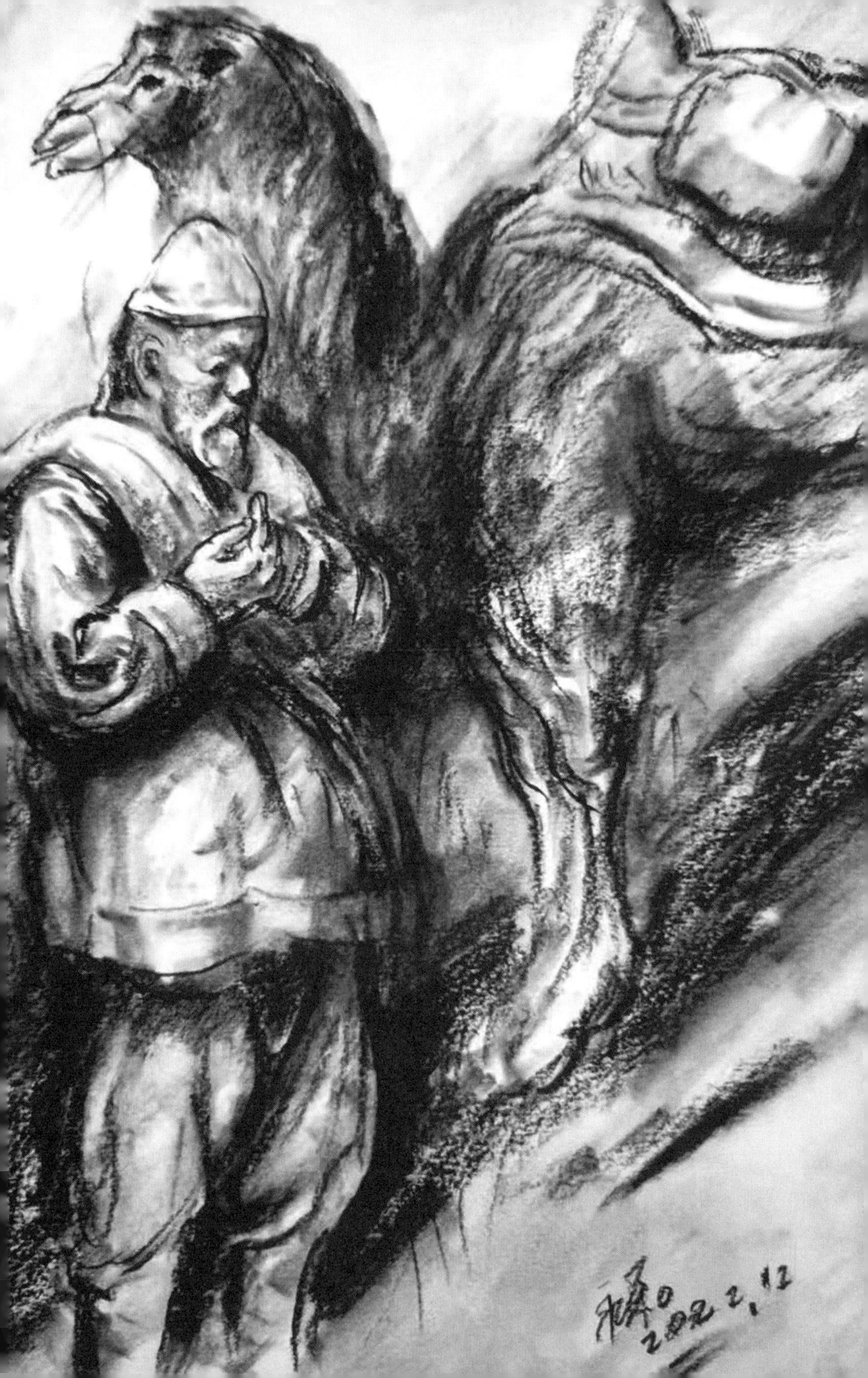
2022.12

第七章

一

　　古城子最热闹的地方是犁铧尖。"腰里有了钱，浪一趟犁铧尖。"犁铧尖是古城子的名头，是乡下人和一些外地人的盼头。犁铧尖地貌形似犁铧，像天海上抛下的锚，那月亮的船，时不时停下来像是要打捞这里的富有。

　　古城子人顺应天意，犁铧尖是古城子的门面。那四乡五区真正把握在农户手中的犁铧，犁开黑黝黝的土地，收获的麦子像金砂一样在古城子流淌。于是，古城子也就有了另一个称呼：金古城。

　　犁铧尖往西是西大街，朝东是东大街，东西大街是古城子的主街道。顺北街走，街道不深，右面是药王庙、关帝庙、财神庙、娘娘庙，庙院里有厢房、钟楼、鼓楼、戏楼。庙门前是人流最多的地方，经常聚着一帮人，除了烧香拜佛的，就是看热闹谝传的。

　　药王庙里，大多是女人领着娃娃来看病的。庙里有观煞洞可钻，钻了黑咕隆咚的观煞洞，说娃娃的病就好了。那些看热闹的，对着那些女人说说笑笑，指指点点，尽是给嘴改心慌。有些男人干脆是充样子打乱话——瞎帮腔，啥尿也不知道，他们根本就认不准那一堆女人中谁是婆姨谁是姑娘，谁有人家谁没下家。

　　光绪初年，古城子发生了两次大的瘟疫，民众深受其害。官府划拨银两修建了药王庙，庙宇小巧古朴，香火不断，成为古城子民众的精神依托。药王庙办起医师学堂，安定了人心。为了扑灭瘟疫，古城子开了二十余家药铺，既看病也售药。内地药商郎中纷纷来古城子，药材生意爆棚。内地药材运抵古城子再分售天山南北，本地药材鹿茸、贝母、硇砂、苁蓉、锁阳等销往内地。

庙堂内供奉着药王孙思邈，药王慈眉善眼，身边卧着一只老虎。墙壁上写着药王收服老虎的故事。传说这只老虎吃了牲畜后一根骨头卡在喉咙里，嘴不能闭合。老虎饿得骨瘦如柴时路遇药王，药王给老虎灌了化骨汤，老虎进食后不离药王，从此做了药王的坐骑。后来药王去世，老虎七天七夜不食为药王守灵，最后死在了药王身边。

庙院后面的空场子，是交易牲口的地方。场子的最北边，排着一溜驴骡铁车，车上不是芨芨就是梭梭。此地儿是乡下来城上卖柴人的固定场地。

秋天，一批人进了芨芨湖割芨芨，割回家的芨芨摊开晾晒，晾晒前先抓住芨芨樱子使劲抖，把青草和芨芨的外皮抖下来喂牲口。晾干的芨芨被捆成垛子，搭在驴背上去卖。垛子捆扎得很漂亮，被捆的芨芨有水桶粗，下大上小。上面的芨芨樱子像食指中指交叉捆扎，捆子和捆子也要交叉捆绑，然后被搭上牲口脊背。

芨芨的火头硬，胳膊粗的一把，就能烧开一锅水。当卖芨芨的人和牲口站成一圈或一排时，众人便围了上来，有些则半道就被买主截走了。

卖梭梭的多于卖芨芨的。梭梭是沙漠灌木，能长一两丈高。雨水大的年份，稠密的梭梭绿成一片。随着季节的变化，梭梭的颜色跟着变，春天绿，夏天黄。秋冬的枝干虽然掉了叶子，但仍挺立不倒，第二年雪一化，雨水一浇，便又生机勃勃了。沙漠附近的人家有扳梭梭的习惯，梭梭易燃、火力强。农闲时节，人们结伴吆着毛驴车进沙漠扳梭梭，自家烧不了就拉到城上卖。装上车的梭梭柴，大头朝外，码放得整整齐齐。看上的人家，讲好价钱，把车直接吆到家中卸了，卖柴人照旧在院子里给码齐放好。

出了交易场地，沿着街面往北再走八九百步就是城墙。一出北门，有皇渠东西横切。过了皇渠，就是菜园子。皇渠是从水磨河分流出来后穿城而过的，是同治年间由八百兵丁凿渠而就。之所以叫皇渠，是为标榜皇恩浩荡。

犁铧尖往南，右手是丁尕三的货栈。货栈后面还有一条巷子，斜通犁铧尖，

113

橐　驼

叫兔儿桥巷。巷子不宽，但不乏热闹，一些零打碎敲的小买卖都在这里成交，像卖铁货，卖扫帚、笤帚的都在这里。

过了货栈，往南再走半里路，左手一个大坑，叫大坑沿，大坑沿以东，是零散的民居。再往南走是煤炭厂，煤炭厂的占地面积大，面积不大不行，成连子骆驼驮来的大煤得有地方卸。过了煤炭厂，就是南城墙，出了南门就看见了庄稼地。

大坑沿往西，也是条东西走向的街面，但这街面就清冷了许多，唯一热闹的地方，是个车马店。

店铺、酒馆、饭堂、早市、药房、妓院、赌场都集中在犁铧尖的东西大街上，五花八门，无所不有：五花中的金菊花——卖茶的，木棉花——大夫郎中，水仙花——酒楼歌女，火棘花——杂耍，土牛花——挑着担子吆喝买卖的，八门中的金——相面算卦的，皮——摊点上卖嘴卖药的，彩——变戏法的，挂——打把式卖艺的，评——说评书的，团——说相声的，调——扎纸人的，柳——唱大鼓的。这五花八门把古城子街面点缀得热热闹闹，牛皮哄哄。

从犁铧尖往西，到西关的城门口，坐商、摊贩，一家挨一家，有一百二十多家铺庄。犁铧尖以东，天盛魁、天元成、天申恒、义兴隆、日星功、恒太源多家商铺货品琳琅满目，人流不绝。三家戏院东大街占了两家，两家妓院东西大街平分秋色，各有一个。

铺庄字号名目繁多，有"记"有"号"。庆丰号、华兴号、惠记号；烧酒则以"泉"命名，如杏林泉、玉合泉、永兴泉；以铺庄字号前面加姓氏命名的张醋铺、隆昌磨、林盛篓；还有寄托自身愿望取吉祥字眼命名的义兴隆、云昌祥、同丰裕、盈丰号等；再就是随老庄、老号命名的，像文义厚、天申恒、裕泰昌。

各式各样的生意招牌、幌子或挑望或悬挂，或定于店铺前廊檐下。招牌名目繁多，挂着木制的黑底金字的横匾或直牌满目皆是。长帏帐的戳檐招牌上写着字号名称，戳在店铺前的房檐上，原料大多用蓝布做底，将剪、贴好的字号名称均匀地缀在戳檐中部。货品招牌、会意招牌、图像招牌则在铺面顶部用大字写了

"苏杭绸缎、京广杂货"。西大街点心铺在四尺直牌上写着"龙凤喜饼、十锦南糖"。万顺涌点心铺兼营醋酱、小磨香油,铺面上还挂小牌,写着"小磨香油"。有杂货铺在门前吊挂木牌,写着陈醋、伏酱、香油、烧酒。

"闻香下马""杏帘在望"等酒店饭馆的会意招牌比比皆是。几家小饭馆门前悬挂的小木牌上,画了茶壶、包子、抓饭。中药铺门前挂着几串木制方片、圆片膏药图。东大街的澡堂门前高杆上挂着红布灯笼,关停以红灯笼明灭为号。胡聋子的剃头铺门前则挂着个葫芦,葫芦下坠着一块红布。

悬挂实物招牌的店铺、手工作坊,门前挂箩底儿的是织箩底铺,挂笼圈的是蒸笼铺,吊小篓子的是篓子铺,门前陈列镰刀、铁铲的是铁匠铺。

这些玩意儿,都是"赶大营"赶出来的。津帮商人随军西进,大获其利,其他商家闻风而动。前面大军开道搏杀,后面商家拉骆驼、吆牛牛车、肩挑畜驮来疆,秦、陇、湘、鄂、豫、蜀商人出嘉峪关经哈密入境,京、津、晋、绥商人由蒙古草原道到此,甚至还有身无分文者拽着骆驼尾巴也来冒险。顷刻间,古城子商号林立,商货如潮,奇台古城子这一门户以最大的商市崛起于天山东部,成了名副其实的旱码头。

各帮口暗中较劲,以会馆为炫耀资本,山西会馆、直隶会馆、凉州会馆、乾州会馆不到三五年相继建起,各会馆与民间集资修建了五十多座庙宇,各种庙会纷至沓来。不甘落后的旗人修建了三清宫、三忠祠。地方官宦绅士一看,咋说也得有个脸面,修建了湘王庙、文庙。

会馆中,要数西大街上的山西会馆最为气魄,东西宽三十丈,南北长六十丈。进山门两侧为神马殿,有泥塑战马两匹,武士两名,顶盔贯甲,圆睁两眼,力挽战马。再进则为戏楼,戏楼前是大院。庙会时,院中是观众看戏场所,院两侧设有茶棚茶座,可一面看戏一面品茶,茶馆前有干果摊、食品摊供众人食用。再向里是五间大过厅,设看戏的包厢。端午的《白蛇传》、中秋的《嫦娥奔月》、乞巧节的《牛郎织女》,应时应节演出。秦腔、京剧、评剧、豫剧、新疆曲子接二连三,热闹非凡。

橐　驼

　　过厅后面两侧是厢房，中间是大殿，前廊下悬挂灯笼，中央一座醮炉，有百十来斤的铁铸大刀一柄，竖插在木架上。殿内两侧摆着金瓜、钺斧、朝天镫等全副銮驾。

　　大殿神龛内关羽神像端坐其上，下有周仓、关平立像。大殿内外梁上挂满了木匾，上书颂扬之辞，如"义气贯天""亘古一人"。大殿侧门可通后院，后院中矗立古城最高建筑春秋楼。

　　春秋楼高十二丈，楼顶端是绿色琉璃顶，来往于四区五乡的路人未见城垣，先见斯楼。尖尖的琉璃顶在阳光下发亮，如同一盏高悬的放行灯。从外观看，起脊飞檐的楼顶，四角斗拱上翘，角下张口兽头似猛虎下山，微风拂动，楼角风铃叮咚作响。

　　楼身建于一丈多高六丈见方青砖砌成的高台之上，台上的三层楼阁层层见小，形似宝塔。高台四面砖壁砌有凹膛，膛内用方砖砌成图形，正面砖膛内用凸形刻着"五老观八卦图"，四面边沿刻有花边。砖台上沿四周砌成空心花纹砖栏，高约三尺五寸。每面有四只六棱形砖柱夹于其中。高台西北边有砖砌楼梯，登梯而上，台顶平整，高台正中便是春秋楼。进得楼内，四角两人难抱的通天柱直贯楼顶。正面木架上安有四扇木制花窗格子门，其他三面均为砖土墙壁。阁楼四周的走廊，用十二根拔廊柱向外延伸，与倒吊金瓜柱相接连。倒吊金瓜柱中间横贯双层檩木，檩木间又装着牵拉木板，木板上刻有牡丹、莲花、梅花、竹子、兰草花卉图形，吊柱两边镶有木雕花牙。在一丈见方的神阁内，供奉着关羽夜观《春秋》的塑像。

　　二楼廊柱间底部装有两道木栏杆，高约二尺。栏外是一楼屋顶，瓦楞砖脊排列，向外延伸至边沿。楼内均为木制阁墙，四面四扇格子门可随意打开。

　　三楼四根通天柱扶佐楼阁，四面装格子门，顶部不同于一二楼，八面上翘，没有边柱，连接屋梁有八个倒吊柱。楼顶陡峭，有八条上翘的砖脊，每条砖脊刻有鸟兽。砖脊汇集楼顶，夹托五尺高、带有两道细腰圆柱形的翠绿琉璃顶。各楼檐下悬挂匾额，有"忠义春秋""神灵默佑"等，多为各方名士扬誉书题。为人称道的仍是蓝底金字"春秋楼"三字大匾。

最有趣的是晚上的戏台下。白天看似大庙前热闹非凡,其实到了晚间,戏台前那才是真正的热闹处。戏迷与戏迷之间在台下互相逗乐子,有时还对骂,有的婆姨眼看败了下风,占不上便宜,把娃娃夹在胳膊弯下就跑了。

还有戏台上对骂的,角儿和角儿之间对不上台词了,这时就到了报仇的时候。平时为争个角儿闹得面红耳赤,不可开交,这时随口就来,在锣鼓声中,一个说"我日你娘!"对手也说"我日你娘!"

可脚下手下丝毫不乱,按着鼓点儿,该走台走台,该云手云手。台下众人只听得锣鼓声响,哪知角儿之间在台上吵架。下得台来,一个对师傅说:"他骂我,他日我娘!"一个对领班说:"是他骂我,他日我娘!"

别人不知,师傅和领班早已看到两人在台上对骂,此时却装聋作哑:"戏演得尚好。你们吵架,我们咋没看到?"

一次那敲干鼓的刘麻子把点子敲错了。错了倒没啥,他一着急,干脆把鼓点儿敲乱了,台上这两个家伙正在舞刀弄枪,互相打斗,鼓点一乱,两人踩不到点子上,干脆停了下来。两人手指内幕里的刘麻子骂道:"驴日的刘麻子,你敲的啥鼓,我日你娘!"刘麻子敲干鼓的两手停在半空,不知是起是落,嘴张得老大。台下看戏的众人先是一愣,接着笑声和口哨声响成一片。

第二天,刘麻子向领班请辞后去了西安,说学精了再回来。

二

古城子到底有多大阵仗,曹文茂能说清楚。他的讲述勾勒出了奇台古城子的面貌。

曹文茂说:"撇开汉疏勒、唐蒲类不说,奇台县县名源于东天山脚下形似屏障的一道南梁。成吉思汗曾在南梁的奇异高台下驻扎军队,后来清廷在营盘遗址上修建了驿站,起名屏营驿。到了乾隆爷手里,在屏营驿设第七军台,建军事

橐　驼

城堡，起名奇台堡。驻军屯粮增田，人数逐年扩大。后来撤奇台堡置奇台县，设通判以行政。县域之大，东至巴里坤湖，西接北庭故城。再后来正式设奇台知县。同时扩建奇台堡，筑构县城，定名靖宁城，四座城门，东延曦，南熏阜，西景颢，北徕安。这个时候，靖宁城往北七十里，水磨河边上的古城子已是店铺林立，酒肆飘香，享誉天山南北了。奇台知县甘承谟见靖宁城已偏于一隅，逐渐冷清，禀请大臣刘锦棠上奏朝廷，将奇台县治迁往古城子。朝廷准奏，奇台县治由靖宁城迁入古城子。从此，靖宁城叫老奇台，古城子叫奇台。可是，古城子早已声名在外，尽管改称奇台县，但人们仍习惯称古城子。"

戚长林插嘴道："那水磨河西岸的那座城是咋回事？"

曹文茂说："那叫吐虎玛克城，是成吉思汗建的，和清朝没瓜葛。"

曹文茂继续说道："乾隆爷以横亘的天山为界，由迪化至吐鲁番经七克腾、瞭墩、哈密到达京城为南路，这条路横向延伸到南疆各地直到喀什；由迪化到古城子、巴里坤、哈密、甘肃为北路。奇台县境东部连接镇西府的芨芨台有七个军台，号称东路七站。后来以台起名，变成奇台。奇台的七个台站，处在迪化至镇西府到哈密九百二十五里路上十六个军台中。"

葛钟娃问："迪化是咋回事，军台是干啥的？"

曹文茂说："迪化之名是乾隆爷所赐，本意为蛮荒之地，愚昧落后不开化，需要启迪教化。军台奉朝廷之命，传递军政文书，为中军飞报战事急令，治理交通，保护过往商旅，惩办流寇。传递政情军令的驿兵仆夫受命后立刻跨马奔驰，昼夜兼行，限日记程，风雨无阻。每到一站，换人换马，继续前往，直至最后一站，延误者轻杖罚笞责，重治罪服刑。军台所需的住房、马厩、铺盖、柴草、面粉、盐菜、纸张、蜡烛按台定量，由地方和军内供应，台站官仆薪俸以各人任职分等论级，定期支付。光绪十年，新疆建省，督办军务大臣刘锦棠廓清治乱，奏请天山北路裁撤军台，改为驿站，天山以南仍为军台。此时天山南北有台站一百五十处，驿卒千余人，驿马一千七百一十六匹。除此还在驿路中途增设邮亭二百个，长投短运。奇台驿站仍是七站，沿用军台旧址。各驿站由西往东是孚远驿、屏营驿、木垒河驿、阿克塔斯驿、乌浪乌苏驿、头水驿、芨芨台驿。"

曹文茂喝一口茶说："巴里坤就是镇西府，管着曲底、奎苏、松树塘、苏吉、下肋巴泉、乌涂水、芨芨台、上肋巴泉八个驿站。走河西走廊，古城子到哈密，再到嘉峪关，驿站有三十二个，两千四百里路，这还没到中腰子，再往包头、归化城、张家口走，还有很大周折。走草原道，古城子到科布多，有十四个驿站，一千四百三十里，这才开了个头。再向东到张家口、包头、归化城又有多个站口。"

侯财来说："一站一站，每个站口算得这么清楚。"

曹文茂说："老话说吃饭不嫌，走路不算。可不算不行啊，一般邮差一天行程一百里，驰驿一天行程三百里，紧急公文传递日夜兼程，一天行程为四百到五百里。就说迪化到嘉峪关，马车驿路三千三百里，每站配备马车十辆，沿途有人管吃住。马车传邮，按站段里程收取费用。京城至巴里坤，时限为三十天；京城至迪化，时限为三十六天半。驼队一天最多走五六十里，老牛不站，稀屎不断，三四个月，来回就是半年。骆驼要是没有耐力，人没有了韧劲，早就卖麻的窝了，卖布的叠了。"

戚长林问："军台弄明白了，卡伦又是哪一说？"

曹文茂说："除了军台，天山北路，从迪化到精河、从迪化到古城子、从巴里坤到哈密、从哈密到嘉峪关设有卡伦。卡伦更番候望，重在戍守边关、查问行人、传递官方文书。每个卡伦有外委一名，兵丁五名，马六匹。科布多以南的古城子境内，在全长一千四百三十里的路上，有卡伦五处：北道桥卡伦、三个庄子卡伦、黄草湖卡伦、苏吉卡伦、元湖卡伦。卡伦有三种：常年卡伦，从古城子到乌里雅苏台、科布多，达张家口，到京都的卡伦大道，东路驿道不能通达时，官民抄此路往还。还有移置卡伦和添撤卡伦，移置卡伦随游牧民按季节逐水草而不断迁移，添撤卡伦按需随时添撤。卡伦设在军事要隘、矿山、牧场、屯垦等地，监管游牧、各部落越界放牧、偷窃牲畜、保护矿山开采、监督工矿和屯垦生产、缉查行旅、缉捕逃犯，护地治安，保全程安全。驼队大多选在有卡伦的地方扎帐

橐 驼

篷宿营,安全啊!"

曹文茂又说道:"古城子通外的商路,是驼队、商人的便捷通道,新北道沿途的遗址、烽燧、城堡多,军旅、驼户、商人、使节、僧侣们的抵达,北路和古城子的商业,似中流砥柱般坚挺,引起外国人的眼馋。"

陆十红插话道:"为啥现在的县城这么大?"

曹文茂说:"民国初年,为防土匪,县府勒令老百姓从县城外西北角的菜园子起,到西梁上的海子沿,延伸到西南,接连老满城,筑起一道城墙,将城外的西关、果果滩和老满城,都圈入城内。我们身处的此地,就是汉城、满城和老满城连贯在一起的奇台县城了。"

郝七三说:"你是咋知道的?"

曹文茂说:"前两年我在街面的地摊上,看到一本光绪年间奇台县令杨方炽写的《奇台乡土志》,就买了下来。"

曹文茂最后说道:"这里为啥叫古城子,不是随便叫出来的,是有来头的。北门旁边的唐朝墩,就是唐朝的古城,是唐王朝西征时所筑。乡土志有记载,说那城墙高三丈五,城基外丈余开掘宽三丈、深两丈的护城壕堑,壕中引入流水,城中有三座大墩,最大墩台是点将台,位置在城中心,台上正殿三大间,东西配殿各三间,台南二十级台阶直通街面。台阶两侧各有三间大殿,砖木结构,殿顶屋檐梁脊,瓦楞盖顶。东城墙下是一排马厩,是骑兵营地。北城墙的墩台为全城制高点,有五丈高。墩台上有阁,叫奉钦阁,既是瞭望台又是高悬都护节旄的所在。城中大青方砖、瓦片随处可见。城墙开有好多豁口,那是攻城时扒拉开的。正是先有唐朝古城,才有了后来古城子的名头。"

曹文茂说的这一大折子,让大伙听得不住点头,但他隐瞒了一件事,那次他独自一人去了唐朝墩,扒开虚土,发现了一个汝窑的青瓷碗。他如获至宝,高兴得屁颠屁颠的。

曹文茂这家伙有一手。一次在戚长林家里,他看到戚长林端着个酒壶往酒杯里倒酒,看见那壶他吃了一惊。他装作不经意地拿过壶仔细一看,那壶青铜鎏金，铺首衔环，四道炫纹，曲纹装饰，颈部两侧有铭文，壶盖有三个环状纽，也有一圈曲纹装饰。壶底也有铭文，可惜因锈色过重有些模糊。壶约半肘高，外壁鎏金金光灿然，内堂有些锈蚀。壶的形体规整，线条流畅，纹饰精美，显得古香古色，典雅大气。他认定这是春秋战国时期的鎏金铜壶。

他不动声色，故意卖个关子，把酒壶递到戚长林手上。后来他出了三两金砂就买到了手，再到归化城就转手了，到底换了多少银子，谁也不知道。

还有一次，他在街面的古玩摊上看到了一个物件，那是个玉猪，是红色的朱砂沁，技法简练流畅，八刀而就，是真正的汉八刀，只是出土后便清洗把玩，由生坑变成了熟坑。曹文茂慧眼识珠，故伎重演，耍了个小心眼，便将玉猪买到了手，仅用了两块银圆。

郝七三问过曹文茂："你这狗屁，整下的宝贝不得少了？"

曹文茂说："我这算啥？宝贝全在宫里呢。"

郝七三问："咋说？"

曹文茂说："八国联军入侵京城，将皇家所藏的金佛银佛、金器铜器、瓷佛瓷瓶、锡器幢幡、竹器墨刻、锦缎绣品、銮驾车轿、皇妃依仗、皇嫔彩仗、象牙象鞍、战鼓更钟、经史典籍、金属祭器、金银餐具、万石仓米，一切典章文物，国宝奇珍，统统洗劫一空，价值没法计算，那大了去了。"

陆十红说："那叫国难。"

王九先说："现在日本人又打了进来，国家百姓又要蒙难了。"

此刻，听了曹文茂对古城子的说头，郝七三边听边不住地咂嘴："原来古城子的名字是这么来的，怪不得响声那么大。这狗日的，知道的就是多。"

陆十红说："本是当先生的命，却来拉骆驼。"

戚长林望着陆十红说："和你差不多，都阴差阳错了。"

听到这里，时常不多言语的道尔吉低声说道："那次路过唐朝墩我去尿尿，在一个大坑里，有很多尸骨，都是一打一颠倒，一对一对的。"

王九先说："我也看到过，那个年代久了，都是吃粮当兵的人。"他顿了

橐　驼

顿又说道："就这些话，闲下来多喧一喧，谝一谝，对驼队，对我们这些人都有好处。"

三

喇嘛湖梁是个水草丰美的好去处，供大批的牛羊在这里栖息。每年春季四五月、秋季八九月间，蒙古商人赶着大批牲畜前来交易，喇嘛湖梁成为古城子最大的交易市场，各家商号雇佣的通司锦上添花，指猫说虎。蒙古人用带来的羊毛、驼毛、皮张、奶制品换回茶叶、茶具、银碗、鼻烟壶、珠宝、项链、戒指、手镯、鹿茸、麝香、虎骨，换回的粮食有小麦、豌豆、糜子、谷子，还有胡麻油。

定居在喇嘛湖梁的蒙古人修建了寺院，称为喇嘛昭，有十多名喇嘛诵经拜佛。古城子死了人，有些人家请喇嘛为亡人念经招魂，为死者布施走场。

喇嘛湖梁的火爆，吸引了青河、巴里坤、阜康、吐鲁番、阿尔泰的大批商人。他们车拉马驮，长途跋涉来这里交易。本埠的小商、小贩、粮行、米店掺杂其中，卖艺和杂耍的摊子也引得众人驻足观望。

各类牙行在集市上最为活跃，牙子巧舌如簧，火上浇油，在买方卖方中来回穿梭、调解，在袖筒里捏指头，最终说服双方，促成交易。当买卖双方成交后，他们又为双方各找下家，另找买主，再次促成卖能卖、买能买。

牙行"捏袖筒"的交易技巧表达特殊的行话，数目多少，两人把袖筒一甩，互捏住对方的手指头，谁也看不见，在袖筒里完成交易，免了尴尬。他们称一为流、二为戳、三为品、四为瞎、五为拐、六为挠、七为猴、八为桥、九为弯、十为挂、十一叫一大一小、五十五叫两拐。交易时称牛为叉子、驴为鬼、羊为绵绵、马为分耳、骆驼为铁面，卖叫射、买叫沽。真个是：袖里吞金妙如仙，灵指一动数目全；无价之宝学到手，不遇知音不与传。

商业一发达，其他玩意儿也来赶场：京剧叫板，秦腔乱吼，小曲子吟唱，花鼓儿轻敲，赌场上吆五喝六，烟馆里乌烟瘴气。花枝招展的妓女们招摇过市，把有些馋涎欲滴的驼户们腰里的银子尽数掠去。

  商业中枢的古城子，每年由内地和国外运来的商品价值超过八百万银两。驼队驮来了的不光是商货，各地的风俗习惯也都风行开来。建房、餐饮、服饰、宗教、方言、传说、谚语、歌谣、戏剧在古城子汇聚、沉淀、碰撞，扎进了泥土，打下的烙印烙进了人心。先前早来的军屯、旗屯、遣屯、回屯、户屯等人丁，摇身一变，理所当然成为古城子当地的老户主儿。

  戚长林问曹文茂："一路上那么多烽火台，到底有啥说头？"

  曹文茂说："那玩意儿又叫烽燧，白天举烟为烽，夜晚举火为燧，都是传递信号的。"

四

  就在曹文茂讲得津津有味时，葛钟娃头一偏突然问曹文茂："你这么日能，给我们说一下那麻沟梁的石城子到底是咋回事？"

  那次是驼队出行，在麻沟梁扎了帐篷，旁边就是石城子。曹文茂独自一人去了石城子转悠，从一个芨芨墩下捡到了一个铜马驹，还捡了一只陶罐。此刻听到葛钟娃提说石城子，他张口就来。他先拽了一句文词："羌笛劲吹，鹰唳飞旋。"他知道这句话只有掌柜子王九先和唱过戏的陆十红懂。他不做过多解释，说道："东汉时期，汉王朝平定了天山南北车师前后部，耿恭为戊校尉，率两千兵勇坚守石城子。石城子依山傍水，易守难攻。城的东面是悬崖绝壁，无法攀登，能看到鹰在峡谷中盘旋。绝壁上的洞窟中有野鸽子飞出，顺着山谷疾速飞行，先是变成了黑点，再一纵便无影无踪了。其余三面为城墙垣垛，北城墙高于其他城墙，东西各有两个制高点。不几日，匈奴大举来犯，攻势很猛。耿恭凭借险要的地理位置与敌周旋，与将士们同生死共患难，浴血奋战，誓死保卫石城子。匈奴久攻不下，便将唯一穿城而过的麻沟河从上游切断改道而行，企图困降耿恭。众将士干渴难忍，用马尿人尿解渴。耿恭见状，一边安抚将士，一边派

橐 驼

人凿井取水，并整装向井口参拜。耿恭的至诚感动了上苍，当井凿至十五丈时水从井底涌出。众将士齐声欢呼，耿恭命将士向城外泼水，匈奴大惊，疑为神明相助，立即撤兵。后来，耿恭在援兵的相助下撤离，行至玉门关时只剩下十三人，耿恭因心力交瘁死去。朝臣在奏疏上称：耿恭以单兵固守孤城，对数万之众，连月逾年，心力困尽，凿山为井，煮弩为粮，出于万死一生之望，前后杀伤匈虏数千百计，卒全忠勇不为大汉耻，真乃节过苏武，古今未有。"

听了曹文茂的述说，陆十红说道："没想到这小小的石城子，竟发生了这样惊天动地的事情。"

王九先说："关口要塞，历来是兵家争夺的地方。我们这些人不懂，那是国家的事情，都是大事。守着一座城，就守住了疆土，守住了朝廷。"

曹文茂说："掌柜子说得对。薛仁贵征东，樊梨花征西，罗通扫北，都是为了国家，为了朝廷。如今小小的一个日本，竟敢来犯华夏，这是在太岁头上动土，迟早是要滚蛋的。"

葛钟娃悄声对侯财来说："曹文茂这家伙，肚子里就是有货。"

侯财来说："难道他肚子里长着牛黄狗宝不成？"

第二天早上，驼队起程出发。走了老远，曹文茂还回过头来，又看了看石城子。

第八章

一

古城子县长沙筱圃的前任是齐壁山,当过湖北督导视察员和高级参谋。齐壁山上任古城子县长之初,心怀叵测,深知古城子是富庶之地,梦想发财,上任不到百天就贪污宣抚费、救济费,冒支粮储款一百八十万圆,可谓处心积虑、肆无忌惮,在任九十天就被查。省府当即下令:古城子县长齐壁山撤职查办,县长由省府派沙筱圃接任。

齐壁山也知道自保为妙,但被撤职后还是贼心不死,走时除了屎长毛屄说了一通大家不爱听的话,又大捞了一把,携带县府三万斤面粉存条离开古城子到了迪化,致使新任县长沙筱圃无法办理接收手续。

沙筱圃上任前是迪化边防督办公署办公厅的秘书,刚满三十二岁。他带着老婆宋晚晴和刚满五个月的孩子上任古城子县长。

沙筱圃是迪化红庙子人。红庙子原名叫关帝庙,庙的四周土地均为红色。关云长是红脸,久而久之,百姓便称其为"红庙子"。

老太爷死的时候,沙筱圃还没生下。他娘挺着个大肚子,按讲究还不能抛头露面,只好戴上长孝,用额前耷拉下的半截孝布遮面,躲在屋里小声哭泣。

七天上出灵,坟地上的三尖草在微风中不住地点头,像是在为老太爷垂首。老太爷的棺木下葬前,人们惊奇地发现,在前两天打好的墓穴里,竟有一条蛇。那蛇见人并不惊慌,迅速盘作一团。

橐　驼

风水先生对着老太爷的灵柩拜了三下，口中说道："大喜大喜，沙家要出贵人了！"

旁边另一阴阳先生说："见过、见过，可那是下雨后第二天坑里汪着的一捧水中有条小鱼，和这不一样。这是小龙，是要出贵人的。"

他两个吩咐左右把那条蛇小心翼翼地请出坑外放生，只见那蛇扬起头吐了吐蛇信子钻进草丛不见了。

过完头七过二七，七七四十九天上，沙筱圃出生了。

二

在欢迎会上，沙筱圃发表了演说："赴任古城，受此欢迎，殊出意料之外，当先答谢各位欢迎之厚义。外敌侵入，之所以强盛，皆是教育发达之效果。我华夏图强之要务，必先求教育普及，将来学生责任甚大，应努力求学，以救国图强为要职。沙某初来，言语若有不妥之处，还望各位扶正指教。"沙筱圃干脆利索，其他事项，暂且不议，寥寥几句，便凸显个性。

作为一县之长，沙筱圃抽空深入街市，了解民情。一些人想摸清他的饮食起居，出行规律，一段时间过去，也没看出有啥章法。良禽择木而栖，贤臣择主而侍。好些观望的人，拿不定主意，不知咋样行事。

沙筱圃得知苛捐杂税压得有些人直不起腰，便下令：对商民住户不予勒索摊派。为了稳定古城子局势，他隔三间五还要亲临门市和学校，现场安抚讲话。

齐壁山躲在迪化，不向沙筱圃移交手续，还在痴人说梦，一直游走在高官权贵之间，妄图来个柳暗花明、峰回路转。

沙筱圃绝非无礼无能之人，先宾后主，并不觉得窝囊。既然齐壁山不肯交出权柄，不来交割手续，经过一个多月的走访，他事不宜迟，重打锣鼓另开张，先把教育上几个头面人物拢到了一起。

沙筱圃说:"在县城有四所小学,各在文庙、满城、皇渠沿、商会四处,乡村也只是在集镇上有私塾,还有好多城乡穷苦子弟、孩童不能就学。我想听听各位对学校怎么运作,都说说各自的看法。"

众人面面相觑,不知如何回答才好。县教育部主任打破僵局,吞吞吐吐说道:"按目前形势再办学校,除了资金不足,教员不够是最大难题。"

沙筱圃沉吟了一下说:"我草拟了一个方案,大家都看一看,完善后报省府。"

半个月后,省府批准了沙筱圃的方案,将县城的四所小学合并为县立小学,设立了乡村私塾义务学校,按月发给教职员薪水,增加了校役工资。在乡下办了几处短期义务小学,招收了大部分失学孩童。在教学内容上,开设了国语、算术、社会、自然、常识。在经费上,扩充基金,除商会给各学校捐书捐银外,还对不法绅士予以罚款。学校成立了学生会,组织了童子军。

在同一时段,他召开商贾大会,由商家集股,建了造纸局。这一做法,得到了各商号的响应。经营到年底,投资的商贾们都见到了红利。

三

沙筱圃带着县教育部的全班人马去了离县城六十多里的平山书院。平山书院坐落在平顶山的一个塘湾里。所谓塘湾,是丘陵被河水冲击后形成的平坦地势,且有一个大弯子,人称塘湾。

书院创办于光绪二十二年,由奇台知县朱煌捐出俸银百两倡办的,并拨六十亩地给书院,收入作为办学费用,当地人称学粮地。

书院占地约有两亩,坐北向南,北面大殿有房五间,东西有厢房各五间。书院左靠木垒英格堡,右与开垦河边的开垦庙相邻,北面是农舍和大片农田。

五月芍药六月松,河杨老榆塘湾生。沙筱圃漫步田垄,看到耕田牛,心情顿生愉悦。白桦树下麦苗青青,崖下东湟河水缓缓流淌。

橐　驼

　　书院当时是古城子设置的八处满汉学塾之一，入学生源不限于平顶山一带，凡是好学之士不难入书院就读。就读学生每月有生活津贴，以免因家庭经济困顿造成中途辍学而生遗憾。

　　书院每年学生数在二十五人左右，入学者是本地的童生和准备考取秀才的高一级童生。办学以来，竟有考中秀才举人一名，改变了偏处一隅的乡村野地历来人文寂寂的局面，陡增了平顶山的灵秀之气。

　　宣统二年，全县公立学堂每况愈下，普遍瘫痪，学生渐次流失，但平山书院仍维持教学不辍。

　　站在书院的旧址上，东湟河水冲走了污泥秽物，却无法冲走为官一任、造福一方的朱煌。沙筱圃似乎听到了书院书生们琅琅的读书声与鸟雀和鸣的伴读声。

　　沙筱圃对众人说道："今天带诸位来平山书院，想必我的用意大家都猜到了。前人尚能如此，我辈岂能放任自流？"

　　众人一听都低下了头。

四

　　齐壁山在任时，对禁大烟睁一只眼闭一只眼。古城子几家烟馆，整天烟雾缭绕，就连三乡的娘娘庙，都开了烟馆。

　　烟馆的烟雾像缥缈虚幻的蛇蝎缠绕着吸食者，像瘟疫一样传向各个角落。多数官宦老爷、太太，家中都置有烟具，成为招待客人的上等奢侈器具。

　　犁铧尖大庙的两座看台下，各设有一个烟馆，烟具茶具一应俱全，除伙用着的大开间，还有六室单间。城内几家专门熬制烟膏成品的作坊，制成只够一次吸食的纸包装，名曰烟棒。做小生意的烟贩晚间门面半开，把烟棒卖给下家。

　　当局虽有禁烟令，但是徒有虚名，只是面上的事，偷卖、偷吸者不绝，卖者买者吸食者比比皆是。军队中也有官兵吸食大烟，无所不用其极，每到晚上，吸食者三三两两圈卧大烟灯前，喷云吐雾，过足了瘾便去赌场或窑子，灯红酒绿、醉生梦死。还有一些富商、权贵、官僚等，吸食大烟另有一番排场，即专有丫鬟、姨太侍候，为他们烧大烟、倒茶、斟酒、铺床，直到过足烟瘾。

　　沙筱圃面对禁烟如此不利的局面，仍是力主禁赌、禁娼、禁童养媳。他对鸦片更是深恶痛绝，通令严查吸食鸦片者，同时责令各界人士和县府人员，城乡民众凡家中藏有烟具者，准其自动呈缴销毁。他得知县立女子学校校长违反禁令，家中藏有烟具一套，即刻通令各级学校、警察局、监狱署，将校长降职为代理校长，行政上记大过。

　　官吏违反政令则严惩不贷。刚颁布禁令不久，县府一科长因孙儿过满月大宴宾客，还设了赌局。汽车站站长借此宴会参与赌博，警察局秘书赴宴在场却视而不见。

　　沙筱圃闻知此事严厉说道："这几人竟然在县府实施严禁赌博政令之际，摆宴设赌，赴宴参赌，实属违纪，无法谅解！"随即将科长撤职、汽车站站长停职、警察局秘书记大过并罚薪一月。此外，将参赌的三十人交司法处依法讯办。

　　为此，沙筱圃得罪了不少人，其中就有抽大烟、贩烟土的驻军司令张治贤，这是他禁烟路上最大的拦路虎。

五

　　沙筱圃把官场上烦琐的礼仪做法统统拿掉，取消了旧衙门固有的磕头交接仪式和县府三班六衙制，民众有事可直接与他见面。他常骑马外出了解民情，遇到民事和治安纠纷，当场公断。

　　东大街有一小伙子叫胖德儿，身胖体肥，放屁如雷，长到十七八岁，走路喘气，眼睛都随着呼吸一闭一睁。那天一个老汉骑着一头驴路过胖德儿家大门口。胖德儿感到无聊，坐在大门口的门墩上瞅那过往行人。那老汉骑驴过来。胖

橐　驼

德儿站起身来打了个哈欠，伸了个懒腰，那驴扑通就跪在他面前，一个扁肚子躺在地上直喘气。

老汉被摔得够呛，爬起来拉驴，那驴纹丝不动。老汉一把揪住了胖德儿的衣领，让他赔驴。

胖德儿说："我招谁惹谁了？你的驴自个跌倒了，能怨到我头上？"

老汉指着驴说："你看，你的影子罩住了我的驴，把我的驴压倒了，你不赔谁赔？"

胖德儿一看，可不是，他的影子正好罩在那驴身上。

老汉又说："早不伸懒腰，晚不伸懒腰，我的驴过来你伸懒腰。你那一声哈欠，把我的驴吓了个半死。"

胖德儿说："你说啥呢？你的驴是纸糊的？我的影子压住了你的驴，怪事了。你看我这瘸腿，我还自个压自个呢。"

老汉一看，胖德儿走路还真一瘸一瘸的。

老汉说："你压着了我的驴我信，你把自个的腿压瘸我不信。"

胖德儿还真是把自己压瘸的。一年前上自家屋前的台阶，腿短身子重，脚脖子一歪，身子一斜，一个坐骨墩，一屁股就压断了自个上台阶的一条腿。

老汉听了胖德儿的话，拌了拌嘴仍不买账，死拽着胖德儿的领子让他赔驴。此事惊动了县府。

沙筱圃说："连人带驴都带回来。"

在县府大门前，沙筱圃听了两人的述说只是点了点头。他让随从去把自己的马牵来，对老汉说："这马你牵去咋样？"

老汉一看，这是县长的坐骑。他哪里敢要，连忙摆手。

沙筱圃说："马你不敢要，我要你的驴咋样？"

老汉说："我那驴和死了差不多，县长要他有啥用？"

沙筱圃说："你不管我有用没用，那驴我买了，你说几个钱？"

老汉一听："这驴你要啊？驴我卖给你，驴笼头我得收回。"

第八章

沙筱圃说:"来啊,给他八块银圆。"

老汉喜出望外,拿着钱提着驴笼头喜滋滋地走了。走时还瞪了胖德儿一眼。嘴里说道:"人不大,毛病不少。官不大,脾气不小。"

胖德儿也瞪了老汉一眼,冲着老汉的背影低声说道:"树老根深叶儿黄,卵袋还比屎都长。婆姨嘟嘟又囔囔,你跳下热炕上茅房。"

不想这话被沙筱圃听到了,他吃了一惊,这娃娃小小年纪,咋能说出这样的话来?这必定是从大人平时闲喧话中听来的。

只见胖德儿一回头对着沙筱圃说:"谢谢沙县长!"

沙筱圃对胖德儿说:"虽说胖人九分财,不富也镇宅,可你也太胖了,以后少吃点肉。你也走吧!"

众人一散,只见从那边树荫下走过来一个人,到了躺着的驴跟前,翻开驴的眼皮看了看说:"这驴是心脏有事了。"说着手起刀落,就把驴宰了。接着过来几个伙计,把驴抬走了。

沙筱圃身边的胡秘书说:"怎么把驴宰倒在县府门前?"

沙筱圃说:"宰头驴又不是宰人,怕啥!"

临走那人对沙筱圃说:"谢谢沙县长了。这驴要到市上去买,少说也得十块银圆。"

沙筱圃对那人说:"天上的龙肉,地下的驴肉,哪天我去你那里吃驴肉火烧。"

那人连忙作揖:"县长大驾光临,小店不胜荣幸。"

原来这人是东大街上开饭堂的,专卖驴肉火烧。老汉和胖德儿扯扯打打来的路上,沙筱圃已叫胡秘书把火烧店的掌柜喊了来。

这案情不复杂,但事儿新鲜,也很棘手。沙筱圃巧断此案,赢得了众人信赖。

六

沙筱圃得知古城子周边匪患猖獗，骚乱时常发生。匪徒除了抢劫还杀人，洞子沟、吉布库两地保甲长、户民十人，被匪徒抢去牛马羊只，并将人杀死。

在他之前，在沙窝沿子上的满营湖，土匪骚扰很是厉害，常闯入村里抢掠粮食和牲畜。警察局也怕土匪，只能听之任之。村里自行成立了自卫队防土匪，自卫队队长叫黎宗成。一个事件让刚上任的沙筱圃面对黎宗成时感到很是棘手。

黎宗成胆子贼大，那天听到报信的说沙窝沿子有几十只羊在吃庄稼。黎宗成想到往日遭抢劫的事，认为机会来了，几人一商量，把羊群赶了回来，这是土匪没来得及赶走丢下的一群羊。谁知邻村有人认出羊群中有很大一部分是土匪抢去的自家的羊，便向黎宗成讨要。

黎宗成不认这个账："这是我从土匪手里夺回来的，有本事自己去土匪窝里要！"

邻村人便将黎宗成告到了沙筱圃那里，沙筱圃立即让警察局派人去查。按实情，警察局责成黎宗成如果不还回羊只，每只羊赔偿两块砖茶。但无论咋说，黎宗成羊也不给，茶也不赔。警察局就把黎宗成几个为首的当事人抓进了监狱。

黎宗成心里不服，请了一文墨人代写了状子，向县府辩解诉冤。状子中除了写些县长处事不公的话，还写了县长是不是吃了邻村人的回扣。沙筱圃接到状子便有了好奇心，到监狱看一眼这黎宗成到底是个啥人。

沙筱圃问黎宗成："你有什么证据说我受贿？"

黎宗成强硬地回答："土匪抢了我们村里几百只羊，你一只也没追回来，也没有说让谁来赔。我不就夺回来七八十只羊娃子，你又抓又打又罚，这公平吗？"

沙筱圃一时无语，指着黎宗成斥责："你这个人太厉害、太厉害！你要是识字，要出大事的！"

沙筱圃回去后思谋良久，黎宗成的话应该是击中了他的要害。他让警察局把另外几个人放了。作为权宜之计，他命人把黎宗成转到县府看管，不准外出。

沙筱圃当机立断，成立了自卫团平定匪患。过了几天，他把黎宗成叫来，问他想不想加入自卫团。黎宗成丈二和尚摸不着头脑，感到莫名其妙。弄清了沙筱圃的用意，黎宗成一脸的尴尬。

于是，沙筱圃亲自兼任县自卫团团长，黎宗成任副团长。自卫团队员从户民中抽出，服役期一年。各乡村随即建立自卫队，监视匪情，清除匪乱。

自卫团成立不久，就遇到了麻烦。在新户梁有三十多名匪徒抢劫农户牲畜。沙筱圃命令乡自卫队出击，将全部牲畜夺回，归途中突然遭到三百多名匪徒从四面围击。该匪群携带轻机枪一挺、快枪四十多支，将乡自卫队归路切断。乡自卫队身处险境，立刻占领一高地与匪徒对峙。危急时刻，沙筱圃带领县自卫团赶到。他将队员分成两队，一队由东面进攻，一队由西面进剿，瞬间将匪群击溃，缴获了那挺轻机枪和大部分枪支。

沙筱圃看到，在交战中，黎宗成还真是有谋有勇，指挥起来还真像一回事。

不几天，沙筱圃为加强地方自卫力量，肃清当地匪患，保地方安宁，拟定了《民众组织实施办法》并付诸行动：加强警卫队，编组壮丁队，建立情报网，设置烽火台；设置监察哨、递骑哨；修筑碉堡、工事，设步哨、传递哨、盘查哨、巡逻队；搜集情报，训练烽火使用法；对警察队、警卫队、壮丁队灌输连坐法；禁止造谣传谣，禁止谎报匪情；清查户口，调查壮丁；调查民间私枪，整肃武器；匪徒扰乱或袭击，将牲畜、老弱者集于抵抗地区内。

沙筱圃随即扩大队伍，又任命了一位副团长。自卫团设专职成员十二人。全县所属四个自卫大队下设十个中队，队员增至一千五百人，配发枪支一千支，子弹六万发。县府出资到省城购买了大量枪支弹药，自卫团力量倍增，人数超过了当地驻军人数，由此引起司令张治贤的猜忌和不满。

橐　驼

过了几天黎宗成向沙筱圃告假。

沙筱圃说："借今儿个雨天，我们说说话、聊聊天。你回去有啥事吗？"

黎宗成说："屋子漏了，我想把房顶收拾一下。"

沙筱圃说："我去过你家，你那房顶不是好好的吗？"

黎宗成说："好啥，鸡儿踩个蛋就会塌。"

沙筱圃说："你是斗里头盘西瓜，方能说，圆也能说。"

黎宗成说："我懒人娶了个笨婆娘，家里啥事也还得操心，没有我不行！"

沙筱圃说："从人后到台前，你是不习惯？"

黎宗成说："萝卜是菜，便宜是害。沙县长实在是看重我了。"

沙筱圃说："你是不是还心存芥蒂，看我又任命了一位副团长？"

黎宗成说："县长后脑勺上有眼睛！"

沙筱圃说："是狼的狗叼不去。放心干吧！我早把有些事儿忘了。"

七

黎宗成心定气顺。经过几次战斗，自卫团队员信心大增，随后在满营湖和根葛尔又与土匪交手，击毙击伤匪徒多名。匪徒的嚣张气焰完全被压了下去，匪患锐减，得到了控制。

这对古城子来说，是值得庆贺的大事。商会会长周凤麒十分佩服沙筱圃暗度陈仓的魄力，也给了自己明修栈道的机会，便通知各会馆，把本是过大年要耍的社火拉了出来走上了大街。

每逢过大年，从腊月二十三祭灶、大年三十晚上祭祖、初一过年、初二迎财神、初五破五、初七人七日、初八接喜神，各会馆社火便都倾巢而出，先拜神庙，再拜衙门，然后拜商号，直到正月十五元宵节后才告停。

社火为古城子助威呐喊，着色成荫。早年，清朝人纪昀看到古城子的社火如此热闹、壮观，写诗赞道："犍牛辘轳满长街，火树银花对对排。无数红裙乱招手,游人拾得凤凰鞋"。

社火一出来,一群娃娃便一直跟着社火走。正月里冻得够呛,娃娃们尽管清鼻涕吊得老长,但兴趣不减,随着锣鼓的点儿,口里合着腰鼓和小锣敲出的韵调,不断重复地喊着"雀儿吃什你吃什",一路随其而去。

这回周凤麒这样做,既是为了风也是为了雨。古城子众人风雨同舟,大造声势,目的还是震慑匪徒。

山西会馆的"汾阳大套"捷足先登,其由称颂水泊梁山好汉抱打不平的故事展开。据传,有个赃官欺压百姓,民愤很大。梁山好汉便利用过大年之际,派解珍、解宝弟兄两个和母夜叉孙二娘夫妇下山,前往赃官府中贺年,乘其不备亮出利刃,杀了赃官,为民除了害。汾阳百姓为梁山好汉的大义行为叫好,便年年闹社火。"汾阳大套"中的主角除了解珍、解宝,还有母夜叉孙二娘,另有二十个人做陪衬,可谓风骚领尽。

引人发笑最多的是直隶会馆的"大头和尚戏柳翠",荒诞、滑稽,只糊几个男女纸壳头,准备几件红绿长衫和几把扇子就行。大头和尚是说一个名叫月明的和尚,自恃清高,从不拈花惹草,但因得罪过一个县官,这个县官便趁借宿风月庙时,买通妓女柳翠恣意挑逗月明和尚使其坠入情网。

"高跷"又叫柳木腿,有"张三跑马""瞎子观灯""打渔杀家""武松打虎""傻小子抓蝴蝶"。"傻小子抓蝴蝶"中的傻小子造型独特,头顶扎一个竖着的"毛盖子",脸面通黑,白鼻梁点缀,眼前一只翻飞的蝴蝶怎么也抓不住。傻小子跌倒又爬起,爬起又跌倒,动作惊险刺激,戏中有戏。

陕西会馆的"高台"也叫台格,以惊险取胜,引人注目。其由四人抬着,上面有各式化妆人物,用的是"硬杆",以静为主。

山西会馆的"高台"分转格、背格。转格是用木制大箱安装转轮,专设一人在箱内操作转动,转轮上设四至六个化妆人物,如同走马灯般旋转,为八人抬。背格是由一个人在肩上顶着一个化妆后的小姑娘,摇摆前行,每次十五台以上。不论转格、背格,它们用的都是"软杆",以动为主。

橐　驼

　　陕西会馆也好，山西会馆也罢，两个会馆的"高台"各有千秋，都巧设机关，很难看出破绽。"八仙过海""牛郎织女""白蛇盗仙草"，装扮者都是童男童女，他们早晨吃过点心，喝少许清茶后便一直熬到社火结束，方才下台卸装。

　　龙灯中的龙能降福呈祥，老百姓耍"龙灯"以寄夙愿。四川会馆的"滚龙"上下翻滚；甘肃会馆的"摆龙"，中间又夹杂着狮子、花灯、旱船、秧歌和风筝。龙灯摇头、摆尾、戏珠，一连串动作，看得人们眼花缭乱。到了晚上，龙灯借助灯火，更为壮观。

　　驻军司令张治贤一看坐不住了，表面文章还得做，把高跷队也拉了出来。高跷很高，那些当兵的走累了，屁股一抹，就坐在了街边的屋檐上。人虽歇了，可眼睛比腿还忙，目光在人群中急转，四下里搜寻那些年轻的姑娘和媳妇，一饱眼福。

第九章

一

王九先和沙筱圃相识，是在一次谈话中。为了让古城子旱码头的商业更为活跃，沙筱圃知会商会会长周凤麒，请来一些驼户，就驼运一事进行磋商。

周凤麒既是古城子商会的会长，也是天盛魁字号的总掌柜，晋帮会长。天盛魁是老字号，清光绪年间就在古城子设立了商铺，在归化城、包头开设了分号。

古城子商业立于不败之地，天盛魁是鸡群之鹤。周凤麒任古城子商会会长多年，享有极高声誉，若出面给各商家打招呼，说话硬气顶用。

周凤麒来古城子是随父亲牵着一百余峰骆驼来的。其父瞅准商机，将骆驼卖了，在文庙巷西面建起了古城子规模最大的客栈。正门门楣的水磨砖上刻有"斋庄中正"四个大字，东西两侧砌有青砖壁墙。客栈院落宽敞，有驼场、库房、银柜、碾坊、磨坊，还有客房二十余间。

天盛魁是古城子家大业大气势不凡的大商号，既坐地经商，也长途贩运，以零售为主兼营批发，利用批发增加商品流通量。加之进货渠道多，销售方式灵活，对雇员宽厚对待，令人颔首。

周凤麒从父亲手里继承家业后，更是一发不可收拾，客栈专有柜房负责商品交易，除了包销外地客商送来的京广杂货、日用百货，还给客商备好回头货，把古城子的药材、皮毛、棉花、地毯、干货运往关内。

进了天盛魁街面的店铺中，一副对联很是醒目：天地庄周马，江湖范蠡船。

橐　驼

周凤麒用这副对联对进得门来的顾客说：既然万事万物都是一体的，世间万物就都是平等的；既然大家都是平等的，就没有高低贵贱之分。不论你是身着华服还是衣衫朴素，是达官显贵还是平头百姓，只要进了我的店，我既不会尊您为神，也不会怠慢您。只这一句，他把店铺的格局就放大了，格调自然也高雅了。

天盛魁在南北疆的多个城镇设有专柜，醒目标志是在店铺内侧和柜台上各放置一大一小两个黑坛子，坛子上各写两行字，上面是"天盛魁"，下面是"古城烧酒"。冲着这两个坛子，店铺的买卖有增无减。

客栈和内地多个商号都有联系，秋冬两季是客栈最忙碌的时节。客栈二掌柜每逢内地商号发运京广杂货驼运来古城子，即随同各柜掌柜携带慰问品在数十里外迎候，接到客栈后卸货入库。客商进店接风洗尘，按货主嗜好，备有水烟袋。若遇节气，还要宴请客商。

客栈批发零售各种货物，对坐地小商、摊贩，用赊销立折办法，常年进行公平交易。商户用折子取货，客栈除把出售货物记在流水账上外，还要记在折子上，货物不仅畅销，资金流动也快，半年或年终对账清算。

天盛魁有大小员工四十多人，对招收的学徒、店员立有约据，或有殷实店铺作保。学徒、店员循规蹈矩，对来客一律尊称大爷，工服不缝衣兜，不偷盗、腰掖、怀揣、欺瞒，不随意挪动住栈客人钱物，拾到钱物不藏匿，交柜房挂牌让失主认领，若有不轨行为当即辞退。家中带来的零用钱，交账房先生登记过目，用商号特制的小红布袋装好，内写个人名姓，吊在账房高处，用钱时禀明账房先生，当众取出，剩余部分仍放入原袋。在古城子没家口的，柜上管食宿，伙计头两年站柜，不能坐板凳，满三年才能坐下来。工钱第一年白银十二两，次年开始每年加二、四、六两不等，年工钱挣到五十两纯利可入股分红。

周凤麒每时每刻烟不离手，抽的是四川产的工字牌雪茄。他说那是诸葛亮征服了南蛮子带回的云阳草，抽了不伤人。好多人听他这么一说，照着他的样子也抽这烟，一些商号的掌柜也都喜好上了。铺面里有个专柜专卖这种雪茄。到了年终一盘点，就这工字牌雪茄一项，利润相当可观。

二

　　山东秦是周凤麒的账房先生。他之所以在天盛魁安身，当账房先生，除了看上周凤麒的为人，再就是看上了周凤麒的那副象牙算盘。

　　那副象牙算盘很有来头，是周凤麒用三个麝香换回来的。山东秦虽然是个算账的，但日子过得舒服安逸。周凤麒对他也是放宽尺度，允许他在算账时喝酒。

　　山东秦很自在，一盘炕，一个小方桌，一个铜酒壶，几摞账本，再就是象牙算盘，睡觉算账都在这屋里。他看着算盘，胜过看个人的婆姨。每当他来上一口烧酒，咂一下嘴，手指伸向算盘算账时，便得意极了。这也是山东秦的最高境界。

　　山东秦说："这么好的算盘，若算账不好，不要说对不住掌柜子，连这算盘都对不住！"

　　绫罗绸缎、大布、鞋帽是天盛魁的主要买卖，在货物的三成中占了一成。其他的便是文房四宝、妆饰、玉翠、钟表、瓷器、眼镜、乐器、玻璃器皿、餐具、海味、调味品、糖茶，还有中成药。

　　山东秦对货物的价格记得滚瓜烂熟，随便指哪一种商品，他能说出进了多少，卖了多少，还剩多少。就布匹而言，他张口就来："杂色通海缎每尺九钱票银；云青便绸每尺一点二钱；白地兰花库金，每尺二点八钱；杭白纺绸，每尺两钱；杂色云霞缎，每尺一点二钱；云青洋纱，每尺一点四钱；宫绸袍褂料精贵，数量不多，一件四两；另存宫绸蟒袍一件，二十两银。"

　　说到源于天津、北京、归化城，价高质好的靴鞋，他放大了声音："缎夹靴，一双四点四两；归化绒暖靴，一双三点五两；京绫寿靴，一双一点二两；津回绒改良棉鞋，一双三点五两；津绒四层厚棉靴，一双五两。"

　　山东秦滔滔不绝，干脆把其他商品价格也一一报来："景泰蓝水烟袋四两；白铜水烟袋四两；八角小花洋铁盘一钱。这些都属京、津地儿手工赶造的货物，销售门路顺畅。还有外国货，洋绿花毯一条三点六两，洋绒花毯一条三点二两，

橐　驼

洋草帽二点二钱一顶，洋绒九合绳半斤四点五两，东洋腊角每包两钱，洋货数量不大，已销八成。"

他接着把乌木筷子、黄木梳子、润面膏、铜灯台、铜扣、扇子、毛笔等日用杂货价格统统报了一遍，众人听得目瞪口呆，赞不绝口。

天盛魁经销的瓷器碗盘有三十多个种类，都是做工精细的描花瓷器，价格比关内高出一两倍。工艺瓷器、博古鱼池、彩釉花瓷也很有看头，价格又比日用瓷器高两倍多。

山珍海味达二十几个品种，大多来自江南，海蜇皮每斤七两银子，紫菜每斤一两，木耳每斤一点三两，海带皮每斤七钱。调味品中花椒姜皮齐全，有近四十种。做糕点的香料中，玫瑰每斤一点二两，桂花每斤一点二两，酒曲每斤一两。本地产的清油、葵花籽、干果品等随进随出，库存数量不大。

在山东秦的账目中，清清楚楚记载着天盛魁的部分固有资产：洋马车一辆，计价一千两；枣骝马三匹，计价一百二十两；白布账房一顶，计价四十两；镀金马鞍一副，计价二十两；黄骡子一匹，计价五十五两。这仅是交通工具和店铺所需设备用具，并不包括主家的家庭财产。

到了年终盘点，山东秦的账上只长不短。他把平时的自然消耗算得精细，各柜上还剩多少商货，他仍一口报出。各柜掌柜想留点长头作为来年资本，丝毫瞒不过他的眼睛。

这年底，在盘点清理货物库存后，山东秦在账本上写道：以上存杂货总共合市银一万五千两，三扣后合银一千五百三十二两。对外赊销未收回款九千两，上年获利六千四百两。"合市"是市场的零卖价格，"三扣"即"合市"中扣除零售价的三成，便是库存货物的原价。

账本中对一年的经营做出结算：流水实存现银四千二百九十六两，货物作价一千五百零四两，家具作价一百八十三两。本柜房地产作价一千二百两，西门铺面作价五百两，西梁上门柜作价四十两，入佃东当铺资本八千两。各会来往白银二百三十两，市银二千七百五十二两。迪化栈来往市银三千一百一十二两，绥来栈来往白银八百一十三两，伊犁栈市银五千四百二十七两。雇用长工十三名，零工七名，长工年得银五百两，零工年得银四百两，计九千三百两。账本最后写道：天赐获利白银九千三百一十三两。这是柜上零整销售所得纯利，不包括他人赊销所欠天盛魁的钱。

在山东秦娓娓道来、一一报账的口述中，周凤麒不时地频频点头。晚上他便提着一葫芦酒来到山东秦的房间，两个人推杯换盏，一直喝到深夜。

后来山东秦死了，周凤麒为他买了上好的棺木。入殓那天，周凤麒除了给山东秦买了两坛好酒，还悄悄让人把象牙算盘放在了山东秦的手边，安顿说别让外人看见掘了坟墓。

周凤麒感叹道："人同此心，心同此礼。你给我算回来的，何止十个八个算盘！"

埋到义园的伙计中，山东秦是最阔的。

三

周凤麒一听沙筱圃要找几位驼户说话，他对沙筱圃说："不用来那么多人，一个就够！"

沙筱圃说："周会长自信满满啊！"

周凤麒说："客不带客是规矩，可我给县长带来的这个人，您一定会用得着。"

王九先被邀了来，沙筱圃要听一听他对古城子驼运有哪些见解。

沙筱圃对他二人说："驼队与各界、与古城子民生，有着千丝万缕的联系，并不是厚此薄彼。据我了解，甘边东路水草不丰，从哈密出疆到星星峡，路上除了邮驿、大车，更多的是驼客。河西走廊土匪经常出没，对驼队构成很大威胁，有些土匪不仅抢货，连人都杀。是上坡还是下坡，是山路还是平路，走草原道是不是要稳妥一些。"

橐 驼

周凤麒说:"要说驼道,王掌柜最熟悉了。"

沙筱圃点了点头:"亲戚来往有疏有密,驼道来往也一个道理。不得已时,还得受雇运送军粮军草,不妨说来听一下。"

王九先说:"木垒河以西是富八站。富八站由古城子向西至迪化,途经吉木萨尔、双汊河、阜康,去往伊犁、塔城。木垒河以东是穷八站,从古城子出发,经四十里腰站子、老奇台、木垒河、一碗泉、三个泉、大石头、七角井到哈密,从哈密向东到嘉峪关。这条路荒凉,沿途有关卡收税。常说八站,可得十天走,好多人都不愿走此道。还有一条道,就是小草地。小草地从古城子向东过旱沟、芨芨湖、四十里井子、大石头、巴里坤、石门子、越过大戈壁,穿过星星峡,过安西到肃州、凉州,到达太原,三个月路程。这条道比大草地近,可水草不好,一年内只能往返一次。沿途匪盗多,驼队只能结队而行。大家都乐于走大草地,从古城子走起,经旱沟、芨芨湖、老君庙、羊圈湾、过北塔山,从蒙古草地到张家口、归化城、包头。行程三四个月,一年往返一次。沿途有站口,水草丰盛,还能和蒙古人做生意。"

周凤麒说:"河西走廊一带仍是苦焦,人们为了逃生,还是往这边跑,拖儿带女,挑担的、步行的、搭乘驴马车的、骑骆驼的,五花八门。猫儿不尿尿,各有各的曲曲道。都说民生在勤,勤则不匮,可民勤这个地方匮乏得厉害,沙漠欺人,好多人家都站不住脚。打探一下古城子四区五乡,一个村子有八九成人是从甘肃逃难来的,这中间民勤人又占多数。这些人都很节俭,县城经商者一开始也都是尺布寸缕,拮据经营。"

沙筱圃问:"这些人的出路可好?"

周凤麒说:"天不绝人,地不负人,到了这里只要肯出力气,就能过上好日子,都能吃上白面馒头。这些人大多去了乡下,只要辛勤耕耘,要不了多久,便麦垄成行,植树成荫。古城子的地大了去了,这些人撒了花椒面,就这,到了收麦时候,大户人家还得请长工。"

沙筱圃问:"什么叫请长工?"

周凤麒说:"古城子乡下田畴相望,麦海一望无际。麦收时节人手短缺,除了翻越天山,从鄯善、吐鲁番来的那些麦客,再就是当地人了。这当地人中身体强壮、能挥镰割麦的大家都争着要,请到家中好吃好喝先来一顿,能吃的留下干活,不能吃的打发走人。时间一长就把雇长工变成了请长工。"

沙筱圃点了点头说:"是啊!天经风吹云变轻,地坐宇怀转斗星。古城子产麦产面,历次饥荒爆发,百姓大都没饿肚子。回头看看疆外和内地,远的不说,就说河西走廊一带,浩浩昊天,不骏其德,降丧饥馑,斩伐四国。真是人吃人,狗吃狗,鹰雀老鸹吃石头。也亏了有从美洲传来的马铃薯、玉米和红薯拯救了大量饥民。我们现在又何尝不是正处于历史当中的人。回头看那些浩荡灾乱,却也能体会得到在那样的大背景下百姓的生存之道。与之相比,古城子百姓可以说是安居乐业了。"

王九先说:"今年是鼠年,老祖宗留下的话没错,耗子年,两头春,带壳的贵如金,春天吃春芽,夏天吃山空,不管咋说还得留个后手。"

周凤麒应声道:"是啊,闰四月,倒春寒,种地的,卖儿难。"

沙筱圃说:"仓廪实,天下安。粮仓的粮食虽盈满,可居安思危还是要的。王掌柜,还回到你的驼道上来说。"

王九先说:"走草原道也好,走富八站、穷八站也好,各有各的好,各有各的不好。草原道水草好,骆驼不受制,人也轻松,不好处就是道远一点。走穷八站,道是近了,可人担惊受怕,税卡子税太重。"

沙筱圃问:"按你的说法,你愿意走哪条道?"

王九先答:"当然是草原道,先到乌里雅苏台,再走科布多。古城子有买卖啊,驮上多少烧酒都不够,还有药材、干果。换了皮张毛货,一直向东,到张家口,就离京城不远了,都是抢手货。回头货中要是驮了干姜、花椒、胡椒、大香、桂皮、木耳、金针、各种干蘑菇,还有香叶等,这些货物不重,骆驼驮起来轻松,人费力气少。"

沙筱圃问:"乌里雅苏台、科布多,是蒙古的前后营?"

橐　驼

周凤麒一指王九先说："是的。就王掌柜他该跑了有六七趟了吧？自清代到前些年，不管哪位县令，隔段时日都要去乌里雅苏台巡检，坐马拉轿车要走十五天左右，来去就是一个多月。一路上有店住店，没店就住帐篷。"

沙筱圃说："看来，我是没这个福分了。"

周凤麒一指王九先说："沙县长你还不知道，一次他给蒙古人驮去了神像，蒙古人差一点就尊他为神了。"

沙筱圃说："好啊，能赢得蒙古人尊崇，那是最好不过了，往后买卖就越顺当了。"

周凤麒说："驼户们吃和气饭，受对顶苦，这一走就是多少年，驼运的营生滋生了古城子商贾的行当，这是古城子资本的起点。在这条道上，驼户们洒下了多少血汗，折掉了多少性命。现在还在走，比啥时候还都走得好。说实在话，如果没有驼户们前赴后继、宁折不弯，哪有古城子的繁华，哪有'旱码头'的今天。"

沙筱圃说："有些事情难以预料，也说不清楚。谁能想到，驻守在西安的满人，在乾隆年间发生杀人事件，据说是外甥打死了舅父，又有说是侄儿打死了叔父，说法虽有不同，但按大清律法，小辈杀死长辈犯了灭九族的罪，近亲属一律治罪，凡是住在事发附近的人家都受了株连，这叫'殁城一角'。古城子的满人，就是那时充军来的。没有那些人，何来的满城，凡事都有连带关系，抹都抹不开。你们这些驼户，没有'赶大营'，怎么又会到古城子。当然，'赶大营'之前，来古城子的也大有人在，可'赶大营'是个拐点，没有'赶大营'，古城子没有现今这热闹的场面。驼队为沟通新疆和关内之间的贸易往来，作用之大不可替代，古城子的驼运在交通货运上更为出色。"

周凤麒说："兵荒马乱，拉骆驼来回跑脚确实不容易。一些人骆驼被抢后，变卖产业，回了老家。可更多的是有些硬汉子又结成了帮，重买骆驼，重搭房子，冒着风险仍往返于关里关外。他们死扛着，硬挺着，终于撑了过来，也是身压泰山不知重啊！"

王九先说:"是啊,有些人干脆把家眷整上骆驼,把家安在了古城子。说实话,古城子还真是一块风水宝地。"

沙筱圃说:"万山磅礴,总有主峰。若讲风水,中华真正的龙脉,天山是龙首,昆仑山、巴颜喀拉山、秦岭是辗转腾挪的龙身。这条最长最大的山系造就了黄河、长江。这两条大河流经中原大地汇入大海,拥有如此气势的山环水抱,大地尽显华夏风骨,这就是最大的风水了。驼队走在这巨大的龙脉上,也是三生有幸。要说驼队,可谓是蚂蚁雄兵,走南闯北,东贩西运,以货易货,填空补缺,把各种货物运转各地造福众人,使得华夏大地才有了昌荣兴盛、琳琅满目的局面。"

王九先说:"沙县长真是体恤入微。多少年了,没有听见衙门里哪个当官的这样说我们驼户的好,今天头一次听见。有你沙县长这些话,这些年我们走得值了。再大的苦处、再大的冤屈我们都不说了,你说咋干我们就咋干。"

沙筱圃说:"古城子的兴衰与驼道变迁密不可分,要使古城子盛而不衰,驼道兴盛关乎一切,还按你们的路数走,但人手上,骆驼上,量加大了,货运量就大了。驼队足堪大任,周会长说你们是身压泰山不知重,可也得有头顶鹅毛应知轻的时候才行啊!"

周凤麒说:"前面的就不说了,就民国初年到现在,是古城子驼运业最繁忙的时候。这阵仗要继续下去,还得靠这些驼户们。"

沙筱圃说:"古城子是新疆北路粮仓,商业上既是交汇点,又是集散地。水磨河上,那三十盘转动的磨盘下,银子般的面粉款款流出。粮食的富足,让古城子的众人衣食无忧。商号货栈、饭馆、糕点房、酿造业均受益外,邻县与周边各地自不必说,科布多、乌里雅苏台也跟着沾光。"

王九先说:"这古城子是养人的地方。不光是养人,养骆驼也最好,碱地上的碱草,骆驼吃了上膘,也不用撒盐。沙漠里有梭梭、铃铛刺、骆驼刺、马莲、芦苇、三尖草、红柳秧、苦蒿和茇茇草,都是骆驼喜欢吃的。坐场三个月,连迪化的有些驼群都来古城子坐场。"

橐　驼

沙筱圃说：" 芨芨草是好东西，连唐朝的大诗人岑参都写到它：'北风卷地白草折，胡天八月即飞雪。'这白草就是芨芨了。"

周凤麒说："芨芨草确实是个好东西，烧火做饭，火头硬。"

王九先说："古城子的驼羔经过圈养都成了家生驼，外地来的外场驼也为数不少。驼羔从小开始喂养，三四岁开始驮货，长到'对牙子'，五岁就能当大驼用，一用最少二十年。坐场育羔虽说有三个月，可磨刀不误砍柴工。"

周凤麒说："古城子的骆驼大都是长眉驼，气力足，耐寒冷。中秋节一过，骆驼就起场，春秋季节白天放驼，夜晚赶路，冬季白天赶路，但要带够饲料。"

沙筱圃说："这骆驼由来已久，唐代时称橐驼。王昌龄在《箜篌引》中说道：'橐驼五万部落稠，敕赐飞凤金兜鍪。'清代的吴伟业在《田家铁狮歌》中也说：'橐驼磨肩牛砺角，霜催雨蚀枯藤缠。'春秋季节还真是'日落明驼走'啊！"

周凤麒说："古城子四乡不光是麦子长得好，也盛产豆类、玉米，草料充足，恒泰源商号就是经营草料的，骆驼的草料大都来自那里。"

沙筱圃问："这恒泰源是？"

周凤旗说："以草料行起家，发财后又开了醋酱坊、磨坊、烧坊、客栈。"

沙筱圃点点头问："这骆驼的价钱咋样？"

王九先说："一峰大骟驼能卖二两金砂或一锭元宝，就是劣等骆驼也卖一两百圆。遇上干旱年份，骆驼就更值钱了。"

周凤麒说："一峰骆驼从古城子到阿尔泰，一趟净挣八十圆。再说了，每峰骆驼一年最少也产十斤驼毛，多则三十斤。为啥说是哑巴儿子养活了老子，这话就是从这里来的。"

沙筱圃说："骆驼的行当周会长很清楚啊？"

周凤麒说："沙县长有所不知，我祖上是山西的，就是拉骆驼到古城子的。"

沙筱圃说："原来如此，怪不得说起骆驼，你像数家珍一样。"

周凤麒说:"不敢不敢,要说行当,还是王掌柜了。每顶房子的事情他最清楚。"

王九先说:"骆驼毛是值钱,就毡筒里衬的驼毛垫子,在归化城,把垫子抽出来往柜台上一扔,就能换一双袜子。"

沙筱圃问:"驼客呢,都有哪些帮口?"

周凤麒说:"沙县长也入行了,连帮口都清楚。"

沙筱圃说:"我不过是拾人牙慧,现蒸现卖罢了。"

王九先说:"古城子的驼户主要有晋绥、甘肃、河州、本地、四大帮,还有一些小帮,统共有八个帮口。"

周凤麒说:"晋绥帮多是太原、包头、归化城人,来古城子早。甘肃帮里镇番人多,驼户大都很穷,多半是受人雇用,他们多走穷八站,出哈密过肃州进关内。河州帮多是河州回民,饲养骆驼是一把好手,大都有自家的驼队,多走大草地,进蒙古草原到张家口,也跑阿尔泰和前后营。"

沙筱圃问:"这回民里都有哪些人?"

王九先说:"马义有三顶房子,六百多峰骆驼,在阿尔泰有商号;鲁二宝有七八百峰骆驼,算是大户;马夫祥不经营驼运,专门育驼羔,驼羔一茬一茬出,也说不清出了多少,先前和婆姨到古城子,现在有了几十口人,住的那条巷子都叫马家巷。"

周凤麒说:"为啥说是'到了古城子,跌倒拾银子'?受雇的驼户,每年只是九个月的工,能挣两峰骆驼。算成银圆,每月可挣十块到二十块银圆。很多驼户由此发迹。"

沙筱圃说:"怪不得人都往古城子跑,是有原因的。八大商帮给古城子带来了八种地方方言,习俗和语言在这里连接,服饰打扮有所不同,还有蒙古语掺杂其中,好一个热闹的古城子。"

周凤麒说:"大绳捆驮子,骆驼成连子。每连子骆驼十二到十八峰,八九个十几个人结伴为帮,同住一顶帐篷。每顶房子的领头人就是掌柜子,自称是'脚

橐　驼

户头儿'，遇到哨关税卡，都由头儿出面。"

沙筱圃问："来往商货，本地产出，大致情况如何？"

周凤麒说："古城子处在天山北麓，气候寒冷，一向不出产蚕丝。牲畜之繁，以羊为最，骆驼次之，牛马又次之；每年约出羊皮八九万张，售出四五万张；牛皮三四万张，售出两万张；羊毛四五十万斤，大部分都擀毡了，售出有一万来斤；产驼毛一二十万斤，大部分都销了。每年约出小麦两万石以上，豌豆五千石，黄米八百石，小米六百石。此外还有红花、紫草、贝母、阿魏，枸杞约出五六千斤。食油中，胡麻籽油每年销售约二百万斤，罂粟籽油四五万斤。烧酒八十多万斤，黄米甜酒五六万斤。有豹、豺、狼、獐、麝、狐、鹿及羚羊各兽，均产于天山深处人迹罕到之处，间有猎人取之，每年获得鹿茸四五百架，麝香近百个，羚羊角千余对，狐皮、狼皮各千余张。"

沙筱圃问："这几项外销各有多少？大多销往何处？"

周凤麒答道："麦面、烧酒，驼运至科布多及乌里雅苏台等处。羚羊角、鹿茸、枸杞，由客商带至归化城及内地等处。红花、贝母，由客商带至内地，俱系零星收入，无确切数。狐皮、狼皮，由商人带至俄国。牛皮、羊皮、羊毛、驼毛，运至伊犁、塔城处，再转销俄国。棉花、棉布，自吐鲁番运入本地，每年四千余包。绸缎，自京城及四川等处运入本地，每年数千匹。药材，自内地运入本地，销售二三千担。官茶，自内地运入本地，每年销售七八千箱。洋布，由客商自伊犁、塔城等处运入本地，每年销售两三千捆。"

沙筱圃接着周凤麒的话问："说到官茶，古城子的茶叶咋样？我知道，古城子百姓喝茶已到了宁可三日无食，不可一日无茶的境界。"

周凤麒说："晋商由蒙古草地贩来各色茶，有红梅、米心、帽盒桶子、大块小块砖茶。喜爱晋茶的缘由是茶树的第五六片叶和一些碎末茶，经过紧压而成的茶砖，要比那些精选的叶片茶便宜，但丝毫不影响它的口感，'初煎之色如琥珀琅，煎稍久则黑如墅'。砖茶为紧压发酵茶，属热性。这里的气候凉寒，适合这里人喝。再一个这里多以肉及乳酪为食，乳肉滞隔，而茶性通利，有荡涤油腻的功效。"

148

周凤麒继续说道："和大盛魁相比，我们是小巫，人家是大巫。大盛魁的茶叶，由它设在武夷山的小号直接在产地采购，经由万里茶道运回，重新包装，再向北运出。装砖茶的箱子大小都固定，售茶为最的是三九砖茶，每箱装三十九块砖茶，此茶颇受草原民众欢迎。还有一箱装三十六块的，名三六砖茶，专销张家口旅蒙客商。装二十四块的，名叫二四砖茶，专销归化城、包头等地。"

王九先说："'驼四马三驴二'，骆驼驮子四百斤，骡马三百斤，驴二百斤。骆驼驮两箱茶，每箱装砖茶二十九块，每块重五十五两，合三斤七两，一箱一百来斤。加上不磨损不串味的货物，每驮子三百八十斤到四百斤。驮子看骆驼强壮驮多驮少，水草好多驮点，水草不好不能太重。世事太平不太平，道上有无劫匪，有多少关卡，都要考虑周全。"

周凤麒说："人家大盛魁有两万峰骆驼，驼运线路自归化城、张家口始，过阴山向北进草原，或沿着张库大道到大库伦。专事对俄国贸易买卖，进入俄方的恰克图。"

沙筱圃问："恰克图，蒙语意思就是有茶的地方？"

王九先说："是的。驼队每年清明出发，往返大库伦也要半年时日，可运送三九砖茶四千余箱，总价值约达五万两白银。但是大有大的章程，小有小的妙处。我们小帮口五花八门有啥驮啥，来往随机行走，倒也爽快。"

周凤麒说："古城子的人家，家中红柜中压着的大多是砖茶。茶叶都是驼队、茶商经甘肃出关或从归化城走草原道运来。蒙古人和古城子商家，相互买卖常以货对货，他们到古城子兑换米面，或商家前往乌里雅苏台买卖，一向不使用银两，都以砖茶结算。归化城茶商到古城子出货，也是兑换米面和各物返回。这样的兑换，已达六十多年了。"

王九先插言道："蒙古人用牲畜羚羊角、皮毛等物，从古城子换取茶叶、布匹。每年的五月、九月，把成千上万的牲畜汇聚在古城子，然后贩往内地，这里有很多经营牲畜的贩子。把买到手的牛马赶往肃州，换得茶叶布匹运到本地分售各地。水磨河东岸和喇嘛湖梁留下了蒙古人屯集牲畜的场圈，牛马粪厚达三尺

橐　驼

多。有些牲畜贩子农忙种地，秋冬经商，秋季赶牲畜去内地，在内地过冬，春季赶回古城子种地。多数贩子雇用驼队来回买卖。"

沙筱圃摇摇头说："太可惜了。我查看了一些资料，古城子不仅是新疆茶叶的贸易所在地，也是产茶之地。清末赴任新疆最后一任巡抚袁大化曾目睹古城子的茶树。他说：'古城子南山多茶树，长百余里，如炮制得法，亦新疆利也。'另外刘雨沛在《西戍途中日记》中也记载了古城子的茶树：'在南之雪山，则多茶树，亦长亘百余里，然土人无知炮制者，茶叶仍仰食湘叶。'都看看吧，刘雨沛说这里的人都是土人，不知道怎么炮制茶叶，以敬仰之心喝湖南茶。"

沙筱圃接着说："由此可见，古城子南山一带，茶树成林，长达百余里，株数不少，说明当地的土壤和气候也适宜茶树生长。我想带人去看看，这茶树长得究竟怎么样，能不能炮制？"

周凤麒说："茶树是有，但此茶树不是彼茶树。这里茶树长的有一房多高，秋季还结有拇指大的红茶果，吃起来甜甜的，很入口。"

沙筱圃说："无人打理，无人修枝打叶，当然长野了。"

周凤麒说："炮制茶叶可不容易。茶树谁来管？谁来采茶、炒茶、压茶？当地农户都是外行，再说那压榨砖茶的机器模子也得几套，可是不好摆弄。"

沙筱圃说："看去容易做去难。你们这一说，还得趔摸趔摸，但到南山看一看茶树总该可以吧？"

周凤麒说："那是当然了。"

沙筱圃话头一转："近些日子货郎子严守宽和龚德明闹得不可开交，有下文吗？"

周凤麒说："事情闹得还真有点大发了。龚德明找了我，让我出面调停，让严守宽给他个台阶下。"

沙筱圃说："台阶咋个下法？"

周凤麒说："龚德明在御风楼摆桌宴请严守宽，严守宽也答应了。"

王九先说："吃屎的把拉屎的讹上了！"

沙筱圃说:"真还讹上了。这严守宽有两手。"

周凤麒说:"龚德明的意思是他出点银子,严守宽把那曲儿再不要唱了。"

沙筱圃说:"就《下三屯》那曲儿吗?"

周凤麒说:"就那曲儿。"

王九先说:"已经传开了,哪能一下收住口?"

沙筱圃说:"就看严守宽讲不讲信用,闹不好龚德明会鸡飞蛋打。"

周凤麒说:"这就不好说了,馒头比屁大,没法蒸(整)。"

这天,三人扯开很多话题。周凤麒把王九先引荐给沙筱圃,两人谈得很投机,虽不是倾盖如故,也是相见恨晚。

四

古城子货郎大有来头,早期的驼商就是货郎,古城子的商货、商铺就是货郎垫的底。他们先是把关内的制陶、冶炼、造纸手艺带到古城子,后把中亚西亚的商品运到驼道交汇处的古城子出售。

左宗棠驱逐阿古柏,天津货郎首蒙霜露,身冒锋镝,随大军西征,大获其利。湘军有十大营兵力,货郎充当了军需员,为军中提供布料、绑腿带、中草药、旱烟。就连湘军远征喀什的军粮,大部分是货郎子从古城子四乡收购而来。

刘锦棠主政新疆,开通了玉门至古城子、归化城至古城子的商道驿站,一路上"商贾联袂接轨,四方货物至汇"。随军货郎聚集古城子,把古城子当作大本营囤积货物,腰里有了银子,就在古城子成家定居,坐地经商。马市、茶市、布行、商铺、烧坊,水到渠成,应运而生。因利益所驱,货郎们结帮结伙,随后分为八帮商人。货郎有大小穷富之分,大货郎或有马车数辆,或有骆驼数十峰,在乡下有定点的商铺,小货郎只肩挑驴驮游走四乡。货郎挑着货担,走街串巷,走乡串户,卖针头线脑、干鲜果类,还有专卖香油果子、油条、豆腐脑儿、烧饼的。这些小生意人,有现买现卖的,也有赊来零销的。小利不微,就凭这些小

橐 驼

生意，一家人日子能过红火。有些很快升格为大本生意，很快成为当地的富商大户。

古城子四乡屯民密集。货郎把日用百货驼运到古城子，肩挑驴驮再到屯庄贩卖，屯民让货郎带家信，有了积蓄的光棍请货郎为媒，把钱交给货郎，在关内物色女子带到古城子成亲，有货郎兼做了人贩子。随货郎结伴同行的有说书、唱戏、耍龙灯、打腰鼓、写字画画的民间艺人，到乡间小堡拉开场子又做生意又唱戏。

河南人严守宽也想走西口，他背着几包针线几本画册出走，白天卖针线，晚上借宿农家。这严守宽很受人喜欢，能弹会唱，夜晚替人写书信楹帖，掏出画册让农户开眼界，第二天收起画册再往西走。

到了古城子，他请同会馆的老乡做保，向商号赊货挑到古城子周边的头二三屯转地走坰，所到之处借宿农家，农家热情好客，吃住不要钱。春季农户手中没钱，严守宽就把货物赊给农户，秋后再收钱，或是以粮食牲畜抵账。严守宽与农户称兄道弟，亲密往来。他虽肩挑背驮十分辛苦，但资本小利润大，顺手把农户的农畜产品收购来卖给商家，双双获利，腰里便慢慢鼓了起来。

富商龚德明在古城子有商铺，在三屯有屯庄。屯庄里养着个小媳妇叫刘翠莲，龚德明有空就来屯庄住住。这严守宽一来二去，和刘翠莲就混熟了。刘翠莲正逢青春年少，龚德明却是三天打鱼两天晒网。刘翠莲看到严守宽高大英俊，又会唱又会拉，一天龚德明不在，就和严守宽睡在了一起。

龚德明知情后，把严守宽打了一顿，但严守宽和刘翠莲已是干柴烈火，难舍难分。挨了打的严守宽便编了曲儿《下三屯》，边走边唱：

　　家住在河南
　　来到古城子县
　　尹大先生的庄子紧靠皇渠沿
　　四合头的院子面朝南

第九章

庄子修的宽房子租一间

每月的房租三钱一二三

一心想把货郎转

城东城西都转遍

头二三屯它就在眼面前

来到下三屯

卖了个好银钱

走过了千家门

有一个小媳妇本姓刘

她的男人叫龚德明

俺把货郎鼓儿摇

龚德明的婆娘把手招

媳妇生得巧

贤惠又能干

小金莲不大三寸三

一对龙凤眼

青丝如墨染

酒窝窝口儿下巴尖

箭杆鼻子好稀罕

货郎哥我把货转

她家里已习惯

针头线脑全没算钱

银钱把媳妇的心买转

三尺好绸缎

打一个手镯三两三

衫子你穿上

橐 驼

> 镯子你戴上
> 要知曲儿名
> 就叫下三屯

《下三屯》曲调深沉、悲伤，唱出了他的艰辛生活和对爱情的向往。曲子在古城子越传越广。龚家多次找人从中说和，极力挽回影响，但收效甚微，倒弄了个里外不是人。《下三屯》唱遍了古城子的旮旯拐角，一些驼户竟把曲子唱进了陕甘的地界儿。

龚家后人一看这地方还咋待，不得不举家迁徙到外地，有人看见说是隐居到了哈密。

五

沙筱圃在翻看清代县令杨方炽撰写的《奇台乡土志》，他仔细看了关于乌里雅苏台那一节。原来，清朝时期，乌里雅苏台属古城子管辖，不管哪位县令，一段时间后，都要去乌里雅苏台巡视，坐马拉轿车，要走半个月之久，来回一个月还要多几天。沙筱圃看到，曾经的县令颜检在巡视途中写下的一首诗很有味道：

> 连朝稍霁喜春晴　斜月残星趁晓行
> 燕雀难来缘地冷　马车高驾觉途平
> 氤氲雾锁空山色　凛冽风传画角声
> 白草黄沙看不尽　漫漫何处认乌城
> 北路迢遥信不讹　冰山瀚海几经过
> 耳边久不听鸡犬　眼底惟知认马驼
> 膻肉割残兼味少　毡庐磨破受风多
> 夜深犹拥重裘坐　惆怅寒宵睡若何

第九章

大漠连云望眼赊　严风猎猎踏平沙
朝暾晻映犹飞雪　暮霭空蒙未驻车
十二时经惟鸟道　万重山过少人家
分明百里程途近　一半行来日又斜
前山积雪阻崔巍　万骑奔驰荡未开
煮水坚冰凝冷露　烘床粪火剩残灰
马寻枯草风初定　人坐斜阳雁不来
且就穹庐聊小住　非因跋涉暂徘徊

沙筱圃寻思：颜检在诗中将古城子到乌里雅苏台的感受和景象写得淋漓尽致，对芨芨、黄沙、骆驼、膻肉、坚冰、烘床、粪火、残灰、马车写得入木三分，把道上的凄惨景象一一道了出来。想象当年，一个县令，乘坐马车，经过数十天的跋涉才到乌里雅苏台，是何等的艰难和不易。

这时门响了，是周凤麒来了。沙筱圃找他来就市面上货币流通一事进行商榷。

周凤麒说："除了易货和实物，市面上的货币金银流通不分上下，可谓平分秋色。"

沙筱圃问："这是为啥？"

周凤麒说："早先市面流通的多为白银，有五十两、一百两的大元宝，有五两、十两、二十两的元宝，也叫锞子，一二两形状有驴耳朵、羊腰子的，找零用的五分小圆币叫天罡。也有大小重量不一的金元宝，但市面少见。后期便出现了各式各样的金条，流通广泛，市面上并不罕见。还有一种票子，由察哈尔商业钱局发行，是驼户们从张家口带回来的，在古城子流通面小，票面大小不一，详情一问王九先王掌柜便知。"

沙筱圃说："这王九先不接触不知道，见面一谈还真是个可交之人。"

周凤麒说："来日方长，时间久了就都知根底了，人确实不错！"

橐　驼

沙筱圃说："你说市面上的货币，金银流通平分秋色，哪里来的这么多金子？"

周凤麒说："不到金砂沟，不知古城子富有。古城子往北三百里的南明水和柳树泉都出金子。柳树泉金子成色比南明水要好，有十六条矿脉，有十丈到三十丈的竖井，人拽绳子顺斜坡下去就能见到矿砂。山坡上，随处都有淘金人住的石屋、地窝子。光绪末年，山西人刘通聚集近千人，在柳树泉偷挖金矿，私开金厂，藏污纳垢，窝留遣犯、逃兵和通缉案犯。古城子领队大臣伊里布，带领满汉官兵五百名，不露声色，星夜前往，将刘通等人尽数查拿，无一漏网。洞内留有铁锤、錾头、柳条筐等开采工具。随后迪化都统明亮颁布开采金矿约法，古城子组织屯民进行开采。按约法，淘金者每月须交纳一定数量的黄金，其余归己。"

沙筱圃说："宝地生金啊！咋能相信，几乎等同于原始的工具竟能开出那么大的场面，怪不得古城子市面涌金如水流。黄金成了买卖的硬通货，金银首饰被当作赌注，古城子日出斗金还真是不假。"

周凤麒说："盛世藏宝，乱世藏金。古城子是商业都会，巨富不少，穿金戴银，招摇过市者比比皆是。有些驼户很能炫耀，手帕的四角上都拴有金戒指。赌场上不都是票子，还有戥子，输钱赢钱，都是金子现兑。汇宝楼银楼是天津人王献庭开的，在西大街的路南。王献庭雇工就有十人，一开始加工金银首饰，后来进行金银兑换，买卖黄金白银，为买卖双方提供天平，连带鉴别真伪和成色。王献庭信息灵，随时掌握行情，以至于影响市场。黄金白银，按所含金银比例确定成色，分为足赤、阿金、原金、雪花、纹银、钢洋，作为流通货币，大多要经过王献庭之手，由他的银楼来看分量做出鉴定。"

沙筱圃说："这人够厉害！"

周凤麒说："王献庭加工各种金银首饰，是老本行，从熔炼到铸造都是手工操作。熔炼用岚炭火炉，风箱鼓风，以砂锅为容器。模具和工具是自家做的，也有从内地购进的，手锤、手钳、锉刀、钢牙子一应俱全。加工的成品有金银卡

第九章

子、金银簪子、金银耳环、金银项链、头饰、金银戒指、金银手镯、金银小锁、金银铃铛。此外还有银筷子、勺子、叉子、烟嘴烟锅、耳挖子、舌刮子、牙签。黄金成品洗新先用矾、火硝配制的土炸药除垢，再用钢牙子镀光。白银成品洗新先用白矾水煮，再用土砂子擦亮。"

沙筱圃问："为人咋样？"

周凤麒说："口碑还算好。他制作的金银首饰玲珑精致，加工过程却很麻烦，学徒学艺要经过四五年的勤磨苦练，才能掌握各种加工技艺。银匠学铁匠，三天两晚上，是说银匠若改行当铁匠，不论打制什么铁器，根本不必再去学艺，可见银匠的技艺不同寻常。王献庭的雇工，从天亮开始到天黑为止，学徒干活每天十多个时辰。学徒的德行暗暗考察，学徒炉灶内清灰能清出小元宝，扫地时能扫出金戒指，当交给王献庭时，他故作惊奇。学徒只管吃穿，不给工钱，四年出师升为匠人，管吃不管穿，按月开工钱，时间长的折合砖茶二十余块，刚出师给砖茶十块。"

沙筱圃沉吟了一下说："能左右黄金市场，这人的本事不小。这应该不能算作扰乱金融市场吧？"

周凤麒说："只是兑换、加工、鉴定、买卖，比起贩卖大烟，还算守法。找他的人也多，买卖还算公平。"

沙筱圃说："不扰乱市场最好。我们说的是古城子的黄金生产，也算闲聊，只是心中知晓罢了。"

周凤麒说："到金砂沟淘金的人，有些人有去无回，被人图财害命的不在少数。就是淘上了金砂，带回家中难上加难。大起大落的驼户中，要数山西人彭老大悲惨。那年他雇了二十六个人去金砂沟挖金子，不过三年，人人赚得盆满钵满。大家满心欢喜，每人身上带有两千两金子，在回转古城子的路途中，到了大沙坡遭到土匪抢劫，只活下了一个人。彭老大吃了官司，用两万两黄金赔了二十六条人命。"

沙筱圃听了倒吸一口冷气："可叹！"

橐　驼

周凤麒继续说道："也有挖金砂成了气候的。有位姓成的，老家原在甘肃泰州，三十多岁尚无力成家，就只身来到古城子拉长工，扛月活。几年下来，仍是光棍一条，无奈之下，豁出来跟人搭脚走了一趟金砂沟。回来后，谁也说不上他挖了多少金子，可第二年就娶了一位贤淑的黄花闺女为妻。成某自从有了妻室，就自主立业，男耕女织，生儿育女，成了富户。后来，姑娘们出嫁了，儿子们都娶了媳妇，可金砂尚未用完。成某对千辛万苦挖来的金子，看得比自己的命还珍贵，从不向外人张扬，包括自己的老伴都不让知道。成某去世后金砂藏埋何处成了哑谜。"

沙筱圃说："怪不得那么多的人往金砂沟里钻，是有缘由的。"

周凤麒说："那年有金客从洞子里挖出两只木箱，内有文书、工具、矿物等。从文书上看，是衙门给一位叫任吉仓的安西人发的采挖铅矿的执照，工具是坩埚、金条模子、金砂袋，矿物为原始和冶炼过的金矿石。由此得知，任吉仓是挖铅的，却在偷偷淘金。"

沙筱圃说："人为财死，鸟为食亡！从你个人来讲，你对银行知道多少？"

周凤麒说："前期为整顿金融市场，奉命将清末民初流通市场的红钱、铜圆、龙票、油布票等逐步收兑，予以废止，在当地销毁，发行统一货币，稳定金融市场。能让金融市场不混乱，奇台商业银行功不可没。商业银行成立之前，商人多向老财罗庆年、西大街张鸿仪开设的同聚当、东大街王成铭开设的春义和、天申恒字号贷款。省银行在奇台筹建了商业银行奇台办事处，利用同聚当雄厚资金公私投资合股，委任张鸿仪为总务主任兼会计，姚兆瑞为业务主任，其余职务均由赵亚南兼办，有五人组成。办事处动员和邀请当地名流大商，富绅集股。每股以现银伍拾圆为一股，多者不限，共计股东四十家。同聚当张鸿仪、天元成金元子、天申恒侯立礼、水磨户苏庆五、日星功周顺、义兴隆梁安有、恒泰源安文庆、锦华泰郝国裕、祥泰和贾殿元、得胜源王珠、西记号德盛兴都在其中。集资金二十万圆现洋，作为银行流动资金。股东入股利息，除按银行最高利息计算付利外，在每年结算纯利润内，经报批后提取红利。"

沙筱圃说："你对古城子还真是如数家珍、了如指掌啊！"

周凤麒说："见笑、见笑！"

六

进了东大街的东门口，就可看到一贞节牌坊，那是周凤麒和王九先给接生婆达奶奶和她的儿媳妇达张氏立的。

接生婆达奶奶的男人达士奎死于土匪之手。他本是个走街串乡的小买卖人，若在街上叫卖一转身就可回到家中，若去了乡下，三五天、七八天不回家是常事。一头骡子，一副驮筐，筐里装满了各种小百货，驴背上的棉线口袋里装有布匹，搭在骡子背上省去了鞍子，人骑在上面比骑在鞍子上还舒服。那天碰到一伙贼人，抢走货物还不甘心，还要拉走他的骡子。眼看着吃饭的家当要被抢去，达士奎急了，拽住骡子缰绳不放手，一个劲儿苦苦哀求。抢夺缰绳的土匪不耐烦了，手起刀落便砍了达士奎。

达奶奶的儿媳妇达张氏的男人死于痨病。尽管大夫秦成涌也给开了不少方子，却也是回天无力，那男人还是撒手而去。

孤独无助的达奶奶和儿媳妇达张氏相依为命。达奶奶除了当接生婆，平时还上门给自己接生过的孩子理发，靠此维持生计。达张氏也揽一些浆洗衣物的活儿。周凤麒家里衣物浆洗，大多交给达张氏来做。

这天，住在西大街的曲富贵的婆姨要生产了，便请达奶奶去接生。儿媳妇达张氏便陪婆婆一同前往，见机打个下手。

曲富贵原来在小帮口上拉过骆驼，因怕苦，怕一年中离家的日子太长，不守住婆姨哪能行，便辞去驼夫的活儿，在街面上当牙子。

曲富贵一见达张氏，便被她的美貌吸引。这曲富贵自家媳妇肚子大，几个月不能近身，备受煎熬，看到达张氏便起了歹心，不时用言语挑逗，遂起淫意。

孩子顺利生产，几人皆大欢喜。一切收拾完毕，夜已漆黑，曲富贵要送达奶

橐　驼

奶二人回家。上了年纪的达奶奶给产妇接生，经过一番折腾确实累了，回到家中便歇息了。达张氏为曲富贵沏了杯茶。曲富贵在接茶碗时去摸达张氏的手，达张氏手一抽，茶碗跌在地上打碎了。曲富贵上前就去搂抱达张氏，达张氏惊叫一声返身就跑。达奶奶听到动静从里屋出来，一看这情景，便指着曲富贵的鼻子骂起来。曲富贵此刻已是色胆包天，一不做二不休，上前一把掐住了达奶奶的喉咙，达奶奶被掐身亡。曲富贵转身去找达张氏，就见达张氏已手握剪刀立在曲富贵面前，剪刀直戳自己的心窝。

曲富贵见婆媳二人双亡，自知闯下大祸，随即消失在暗夜里。不几日案子破了。被缉拿的曲富贵被追到一个悬崖边，一看无路可逃，便撩起衣襟的下摆蒙住了头脸，眼睛一闭跳了下去。

达奶奶婆媳二人身遭不幸。王九先说曲富贵竟干出这种龌龊事，真是给驼户丢人。周凤麒也说达张氏平时在他家浆洗缝衣，人确实不错，好人竟没有好报。二人被婆媳两人的烈性感化，奏请县府要捐银为两人立牌坊。县府何乐而不为，便将牌坊立在了东大街街口。

刚过了一个多月，正是夜晚时分，忽然有人看见有两个妇人手提红灯笼，站在周凤麒的油坊前大声呼救。周凤麒和手下人立即赶了过去，见油坊梁下已起火，火头已有三尺高。众人赶快动手，焰火很快被扑灭。众口传言说是达奶奶婆媳两人的香魂相助，这才使油坊免遭火灾。

这一下，古城子民众对周凤麒、王九先要给达奶奶婆媳两人立牌坊的事再无异议，前面一些说三道四的人也缄口不提。

沙筱圃平时路过东大街街口也没太在意那牌坊，听了达氏两人现身使油坊免遭火灾的说法，很是惊讶。他和周凤麒一同前往，上下左右仔细看了那牌坊，又一一听了周凤麒的述说后，对周凤麒说："达氏婆媳，宁为玉碎，刚毅节烈，县志里专修一节，要重重记上一笔。"

第十章

一

驼队在水磨河卸驮子时,曹文茂就有些心神不安了,他惦记着奚桂兰和儿子。半年不见,一想起奚桂兰,他心里就像猫儿抓似的。再想想已经三岁的儿子锡文,他摸摸怀里。怀里揣着他从包头城里给奚桂兰和儿子买的玉石镯子和雪花银的长命锁。

驼队在回来的路上,那天吃过饭歇息后,曹文茂对葛钟娃说:"我给你说个猜话,你猜猜。先打咚咚鼓,后下毛毛雨,黄瓜落了架,蝴蝶满地飞。"

葛钟娃还没张嘴,郝七三抢了一句:"拉屎就拉屎,还拽啥文,显你个人日能。"

曹文茂不紧不慢对着郝七三说:"鸟在笼中,恨关羽不能张飞;人活世上,要八戒更需悟空。"

这下把郝七三说蒙了。他对曹文茂说:"不听你那些狗屁东西。"

其实,曹文茂借喻那副对子说他自己。他是说自己和那对子既是相关相连,又是背道而驰的。

曹文茂从祖上开始,多少辈就没一个识字的。他的父亲老实巴交,在黄河上摆弄羊皮筏子。有一次,他跟着父亲在黄河里摆渡,没想到他竟从河里抓了一条鲤鱼,用脚一量,有三鞋底长。从此,他对抓鱼上了心,时不时跟父亲去黄河里玩浪,可父亲却大为恼火,要曹文茂去学堂用心识字。

橐　驼

　　还是曹文茂六七岁时，要过年了，父亲请了村里的先生写字，写了"六畜兴旺"和"身体康健"。先生交代时没记清楚，结果把"身体康健"贴在了羊圈门上，把"六畜兴旺"贴在了屋子的正面墙上，闹了很大的笑话。从那以后父亲发誓要让曹文茂念书，不求别的，就盼将来家里能水行磨转，两个驴儿驮炭，就算烧高香了。

　　听老人们说文庙是供奉孔夫子的地方，在那里上学能出息人，家里人盼望儿子也能成为文曲星，曹文茂就进了离家六里远的文庙的私塾学堂。

　　第一天到学堂倍感新鲜。坐南向北的大门敞开着，在大门通往上房的操场中心矗立一根旗杆。南边是东西厢房，一色的拔廊平房，青砖台阶，两排房子之间是一个长方形的小操场，全用大小不一的青砖铺成。两排粗大的榆树遮住了阳光，甬道成荫。再往南是五尺高大青砖铺的台子，是文庙原来的大殿底座，南、东、西三面的房子全由庙宇改造而成。

　　私塾馆的先生对曹文茂的印象还好。先生名叫仲天质，个头不高，身穿长袍，年龄五十开外，鼻梁上架副黑框眼镜，手提二尺长的旱烟锅。曹文茂的入学礼自然少不了，肉方一个，油卷馍四个，就算进了学堂。入学礼除外，每年的学粮六斗，一年的学粮一次交清，端阳节送肉方两个、扇子馍四个、凉糕二斤。

　　哪个学生一年中若不能把学粮送到，先生就借口以学生太为愚钝让家里人把孩子领回去。

　　学堂有规矩，先由入学三四年的学生教刚入学的娃娃，先教口歌，不讲解，只要能把书念熟背透就行。三四年过去，就开始写书程。书程本三市寸长，一市寸宽。用毛笔端端正正把你一天念下的书写在书程上，光写开头语和末尾语。书程放在一摞书的上头，给先生背诵没写的内容，背下去就好，背不下去，轻者打手，重者打屁股。曹文茂从入学到完成学业，一次板子都没挨过。

　　仲天质教书已有十八年之久，他说曹文茂有天赋，若有造化，将来能干大事，定会文能提笔写春秋，武能捉刀定乾坤。曹文茂沾沾自喜。他看到先生为了每天能吃到一个鸡蛋，盖了个矮小的鸡舍，养了一只黑母鸡，每收一枚蛋，都是

第十章

一副小心翼翼的样子。曹文茂看在眼里，记在心里，时不时把家里的鸡蛋揣来几个给先生，先生对他越发器重。

先生对曹文茂说："误人子弟，如杀人父兄。你要安心读书，这里盛不下你时，就要开眼界，阔心胸，出去闯了。"

曹文茂按先生的话，读完私塾，就进了国学馆。闲暇时，他是捞着啥书看啥书，什么《七侠五义》《三国演义》《荡寇志》《封神演义》《镜花缘》，看得如痴如醉。当他看完《石头记》和《金瓶梅》后，人就变得有点不对劲了，有了歪心思，到了十八九岁，对女人就上了心，一肚子文化没用在正点子上。

他父亲骂他："文化学到狗肚子里了。"

曹文茂眼界不低，一般的女人还看不上，村里不愿待，就到城里谋事，凭着嘴上的功夫，得到了一位军官的赏识。军营里乱事缠身，军官经常不在家，军官太太深感寂寞，军官便聘了曹文茂教太太看书识字。军官太太看着年轻力壮很有学问的曹文茂，就有些喜欢。时间一长，一来二去，曹文茂动了心，还真是色胆包天。被色迷心的曹文茂忘了一句话：官前马后少绕达。他故意拿来《金瓶梅》念给那太太听，那太太听得两腮绯红。曹文茂很会来事，有时故意把太太往凉里撂上几天，不去说那些苟且之事。那太太急不可待，催他快讲。

此时的曹文茂便火上添油，更是惹得太太不能自制，便主动投怀送抱。

打那以后，只要军官不在家，他两个便缠绵在一起，沉湎其中。曹文茂仿效玉女教导黄帝的九种功法——龙翻、虎步、猿搏、蚕附、龟腾、凤翔、兔吮毫、鱼唼鳞、鹤交颈，把个军官太太弄得如醉如痴，神魂颠倒。

曹文茂问女人说："你男人是不是蛋软？你的腰软，你两个到底谁软？"

官太太一听，娇嗔地在曹文茂的天门梁上点了一指头说："再胡说，我叫他把你辞了。"

曹文茂说："那再好不过了，只要你舍得我走就行。"

色字头上一把刀，石榴裙下乱葬岗。殷纣王昏庸，被妲己弄得五迷三道，最终丢了江山。唐玄宗和杨玉环卿卿我我，导致政权摇摇欲坠。这些曹文茂都懂，

橐 驼

但身不由己。他也想过,他既不是殷纣王,也不是唐玄宗,江山社稷与他无关。

时间不长,军官就有所察觉。一天,曹文茂又和那女人缠绵悱恻,他两个好事还没做成,那军官回来了,掏出手枪就打。曹文茂吓得魂飞魄散,幸亏那女人挡了一下,他翻窗逃走了。他一想,这里再不能待了,便只身上了新疆到了古城子。

曹文茂与虎谋皮,差点挨了枪子儿。可他还真是个情种,他的第一次是在军官太太身上,让他终生难忘,到了古城子还时常惦记那太太:"不知那女人是死是活了?说起来也怪自个儿,人家字没识多少,还硬是把个阔太太的心搅乱了、人教坏了。"

二

奚桂兰是吆大车的李盛福的女人。奚桂兰不怕李盛福,李盛福毕竟是快五十岁的人,她嫁给李盛福完全是为了报恩。

那年甘肃老家遭饥荒,没吃的,树皮都被扒光了。奚桂兰先是爹死了,接着奶奶爷爷也死了,剩下母亲和她,还有一个弟弟。母亲一看再待下去都得饿死,早就听说古城子能养人,便带着儿女奔古城子来了。

好不容易到了哈密,那边又闹匪,他们担惊受怕,讨了点馕饼就赶快赶路。穿过东天山到了巴里坤馕饼就吃完了,好在巴里坤镇西府不缺吃喝,一家三口才安生待了几天,接着就往古城子走。一出巴里坤地界,就见路边上几个驴脚户在路边整理货物,驴背上驮筐装得满满当当,一副赶路的样子。这些驴脚户从哈密到古城子,一个单趟有十天半个月。

看到这些驴脚户,他们赶忙上前,一问是去古城子的,便攀缠上一路同行。那些驴脖子上铜铃的当啷当啷声,给他们可是宽了心。

李盛福那天到乡下去买粮,自家的那条狗在车前车后来回窜。半道上李盛福下车撒尿,那狗撩起后腿,在大车的轴头子上也撒了一泡尿。

第十章

李盛福骂道："妈的，这么大的戈壁，那么多的芨芨墩上你不尿，就在这轴头子上尿。你眼睛也麻了花了，再骚情我给你两鞭子。"

那车的轴头里，抹的是清油底子。车的后尾上，挂着一个膏油瓶，是瓦瓶，没棒槌长，黑不溜秋的。瓶口里插着一个小棍，棍上拴一缕布拉条。时间一长，布拉条绑着的地方被油腻塑成了一个疙瘩，正好盖着瓶口，自成瓶盖。下半截布条仍被油腌着，用时拿下来，用布条在车轴上抹几下，那轴头就滑爽有劲了。

挂在车后的瓦瓶随着车的行进和颠簸，晃晃荡荡。对这轴头，这狗往上撒尿，是护着它，还是嫌弃它，李盛福闹不清楚，反正这狗尿一浇上去，那轴头上就发出咯吱咯吱的响声，打破了这戈壁上固有的空寂。对逃难的奚桂兰一家三口来讲，老远听见这咯吱声，就有了盼头和希望。

也是缘分，奚桂兰一家三口到了古城子谢别了驴脚户，正好就遇上了李盛福。李盛福拉了粮食正往回返，他看他们望着他车上的粮食口袋发愣，就把自己备在路上吃的干粮给了他们。再一问，就让他们上了车，直接拉到了自己家里。

李盛福的家中只有他和老母亲两个人，父亲走得早。他凭着一挂马车和力气日子过得倒还滋润，眼看就奔五十的人了，还没娶下婆姨。李盛福的母亲看奚桂兰长得白白净净，就对奚桂兰的母亲私下说了。奚桂兰的母亲当时也就四十多岁，原以为老太婆让她和他儿子一起过，谁知要的是女儿奚桂兰。几天里留意看看李盛福，她觉得这个人是个老实人，这么大岁数还没娶婆姨，还有在路上对他们的好，足见他的实诚。现在老太婆看上了她的女儿，要和她做亲家，她点头答应。

李盛福和奚桂兰成婚后，李盛福的母亲托人给女亲家在乡下也找了个主，奚桂兰的母亲就带着儿子嫁了过去。过了不久，李盛福的母亲就驾鹤西去了。

李盛福和奚桂兰日子过得顺当，可总觉得味儿不足，有点清汤寡水，仔细一想，是该有个娃了。可闹心的是几年过去了奚桂兰也没给李盛福生下一男半女，让老中医秦成涌秦大夫一号脉，是李盛福个人出了岔子。李盛福心里惭愧，对奚桂兰说："我们抱养个娃娃吧？"

奚桂兰摇摇头："再等一下，你抓紧吃药吧！"

橐 驼

李盛福两天一服汤药。开始喝得还顺溜,时间一长,李盛福见到汤药就想吐。奚桂兰逼着他喝,李盛福端着汤药碗,又是龇牙又是咧嘴,憋着气几口把汤药喝了,捂着嘴蹲在了地上。

三

曹文茂是属蜜蜂的,逐花而行,遇花就停。奚桂兰很有姿色,腰细臀肥,不仅胸好看,浑身都好看,实实地应了那句话:勾子大,腰身凹,两个奶头朝前扎。细皮嫩肉的,一看就是生娃娃的歹手。两个肉崽崽像是活的,一跳一跳,若管不好,会从胸口跳出来,像兔子一样跑掉。曹文茂就是和奚桂兰有了好事后难舍难分的。

他从黄河边上过来,一开始没有落脚处,碰上了李盛福。李盛福一看这小伙子实诚,自己正好缺个帮手,就带回了家。

新来乍到,摸不着锅灶。一开始曹文茂还算老实,干活也还利索,铡草、担水、喂马、喂驴都不在话下,奚桂兰使唤起来也顺手。

一个锅里搅勺子,时间久了也都随便了,李盛福没当意,奚桂兰没在意。但曹文茂心里却揣了个鬼,他察言观色,瞅机会在奚桂兰跟前试探,说说笑笑的。

有次他悄悄走进了奚桂兰的屋子,奚桂兰说:"你是有事,还是有病?悄没声息进来,吓人一跳。咋不吭一声呢?"

曹文茂笑了笑算是回答。他故意问奚桂兰:"你这肉皮子咋这么白嫩,一掐水就出来了?"

奚桂兰说:"你就是把血掐出来水也出不来!"

曹文茂说:"你让我掐一下!"

奚桂兰说:"你敢!"奚桂兰比曹文茂小不了几岁,两人能说到一起。

这天曹文茂去喂驴马,奚桂兰嗑着瓜子站在边上看。那马安安稳稳吃着草,可那驴虽然嘴里也吃着草,但脚下却不老实,甩蹄子蹬腿,蹄子像捣蒜似的,身

第十章

子左右转磨磨，浑圆的屁股差一点撞着奚桂兰。奚桂兰叫了一声，身子往旁边一躲，就和曹文茂挤在了槽上。曹文茂穿的裤子薄，那女人穿的也不厚，他从那女人身上挤过时，他的裆部正好在奚桂兰的屁股上擦了一下。奚桂兰浑身一激灵，心里咯噔一下，她就觉得曹文茂裆里那东西，像自家掌柜子吆车的鞭杆把儿一样硬。奚桂兰脸一红，看了曹文茂一眼。曹文茂朝驴脖子上拍了一巴掌说："你这头叫驴，吃着草还不老实。"

他一伸手，抓住驴肚子下面的两个驴蛋，像玩核桃似的在手里盘了一下说："再骚情我骗了你。"

他嘴里喊着"去去去"，对着驴又打了一掌，对脸红的奚桂兰挤了一下眼睛。

奚桂兰脸更红了，说了一句"吓死人了"，转身走了。

奚桂兰走神了。她从不开口唱曲儿，这天闲得无聊，没事便拿出毛线，又拿了扦子无精打采地打毛衣。毛线团掉在地上，她养的那只小狗便在一旁玩毛线团。许是鬼使神差，不知瞎想啥，奚桂兰突然唱出了一嗓子，把自己也吓了一跳。小狗吓得哇的一声，跑到了门跟前，回头再看奚桂兰一眼，摇了摇尾巴，两眼瞅着奚桂兰慢慢又走了回来。奚桂兰也觉得奇怪，咋会突然来这么一下。她捂住嘴笑了。

李盛福吆车出去了，去拉些干草回来，以备驴马过冬之用。走时交代曹文茂在窖里拾些洋芋，晚上回来吃洋芋搅团。曹文茂连忙应声。李盛福走后，曹文茂便拿起筐，先把筐扔进窖里，然后自己下了窖。曹文茂下窖时，奚桂兰过来站在窖口边上往下看。

曹文茂拾了半筐洋芋，对奚桂兰说："掌柜家的，能不能把筐接一下？"

奚桂兰说："给我！"蹲下身就去抓筐把。

曹文茂往上递着洋芋筐，奚桂兰抓住筐把往上提。曹文茂松开往上递的筐子，奚桂兰随着筐的下坠身子往前一倾，"哎哟"一声刚喊出口，曹文茂抓住她的手往下一拉，奚桂兰就跌进了窖里。曹文茂一把将奚桂兰搂在怀里压在了身子下面。

橐　驼

曹文茂以奸驭人。不久，奚桂兰有了反应，怀上了曹文茂的娃娃。

四

李盛福发现驴要比马聪明，他吆着驴和马拉的双套车去地里拉麦秸秆。深秋的地里已有了霜，驴和马头朝东站着，秋阳晒在驴和马身上暖暖的，虽然舒服，但寒意乍起。李盛福干热了，他脱下棉袄顺手搭在马身上。他看到，那驴竟用屁股一下一下撞那马肚子。他感到奇怪，就把棉袄从马身上拿下来搭在驴背上。驴安稳了，不再跳弹，但马却不去撞驴一下，站在旁边光知道摇头拌嘴。

李盛福便骂道："妈的，你这个笨家伙，看去你个子大，有欺头，原来和我一样，也是个囊尿。"

李盛福这气，是朝着曹文茂发的。当他发现奚桂兰和曹文茂的奸情后，李盛福骂曹文茂："你就是头驴，看你乖，背后踢人呢。你这条喂不熟的狗！我看你娃孽障才收留了你，没想到你是个白眼狼，敢睡我的被窝。我我我，我抽死你。"

他举起鞭子，满院子追着曹文茂打。奚桂兰在屋内用指头捅开窗户纸往外看，看到气急败坏的李盛福用鞭子抽打抱头鼠窜的曹文茂，她站在窗子前，"咯咯咯"地笑出了声。

李盛福看到奚桂兰渐渐隆起的肚子，心里打翻了五味瓶，他又气又喜。这天夜里，他对奚桂兰摊了牌："曹文茂他这是活人眼里下蛆。你说，这日子让我咋过？让他走！"

听了李盛福的话，奚桂兰心里也不是滋味，两个男人守她一个，一个明里一个暗里，此刻的她，开始犹豫了。她想，李盛福的老实，她是看在眼里，过日子持家靠得住。曹文茂靠得住靠不住，很难说。

李盛福问她："你到底咋想？"

奚桂兰说："让他走吧！"

李盛福问："娃娃呢？"

奚桂兰说："当然姓李呀！"

李盛福在被窝里捏住了奚桂兰的手。

曹文茂虽然走了，但仍是藕断丝连。因为他的娃娃怀在奚桂兰的肚子里，他能说走就走吗？只要是李盛福出车，曹文茂就会溜进那院子。

奚桂兰也是半嗔半怪："你这肚子里坏透腔了，整个一个窝里横。"

曹文茂二话不说，抱起奚桂兰就往炕上压。奚桂兰忙说："娃娃、娃娃，肚子里的娃娃。"

五

俗话说得好，该是谁的就是谁的，瘸子腿跑不远。李盛福费尽力气争霸下的那点家业，到头来就是给那曹文茂挣下的。曹文茂得手的不光是奚桂兰，连车带牛、带驴、带院子都姓了曹。

曹文茂被李盛福赶出家门，没个去处，只好去了开烧坊的史维庆处，拉锨烧酒，在烧坊里当伙计管吃管住。曹文茂正值年轻力壮、气力旺盛，烧酒这活儿对他来说也不算啥。早就听人说，要想富卖酒醋。他一琢磨，也好，学了烧酒这门手艺将来开个烧房。

脱了衣服穿着大裤衩手拉锨的曹文茂，平时真还看不出来，身体贼壮，长着内膘，胳膊上、胸膛上的肌肉一疙瘩一疙瘩。

让人意想不到的是，李盛福出了事情。他明明知道行车时要慢走水，快走沙，可那天早上他偏偏急着出车，像鬼撵了，车吆得很快。刚把车吆到巷口，就见两匹快马风驰电掣驰来，这时李盛福的车已吆出巷子，横挡在了前面。两个当兵的来不及收缰绳，和李盛福的车迎面撞了个正着。那两人在空中翻了几个跟头，像放飞的风筝断了线后又飘落在地。李盛福也被撞得不轻，一头栽下车来不省人事。

橐　驼

当兵的翻起身来，哎哟呻唤了一阵子，一顿马鞭子，把本来就已昏厥过去的李盛福抽得只剩下了半口气，等把人抬回家去，不到半夜就死了。

李盛福一死，曹文茂名正言顺进了奚桂兰的家。曹文茂视奚桂兰为龙肝凤髓，日日欢喜，夜夜纵欲，把个奚桂兰搞得神魂颠倒。

开始几天，奚桂兰还哭得恓恓惶惶，眼睛肿得像个水蜜桃。曹文茂左哄右哄，奚桂兰还是盯着房子的屋角发呆。个把月过去，看着一天天隆起的肚子，再看看孩子的亲爹就在身边，奚桂兰的脸色好多了。

她对曹文茂说："李盛福在世，对我咋样你都看见了，这个家底咋样你也清楚。我也算是个带财寡妇，你能对我又咋样？"

曹文茂说："别的不说，就看你肚子里怀着我娃娃的份上，我还能对你不好吗？"

奚桂兰一听这话，破涕为笑了。

第二天，奚桂兰说："烧坊的活儿就算了吧，就靠那辆车，过日子也没麻达。"

曹文茂说："吆车这行当我确实不行，现在拉锨烧酒，学个手艺，将来自家开个烧坊要比吆车强多了。"

奚桂兰说："你还有这打算？"

曹文茂说："我早盘算好了。"

就这，郝七三说曹文茂："你把人家奶吃了也就行了，结果把牛都拉回去了。"

六

当曹文茂看到王九先的驼队来到酒坊驮了酒篓子要送给俄国人和蒙古人时，他来了兴趣，当下向王九先打听驼运的事。王九先给他说了点皮毛，曹文茂动开了脑子。他对王九先说："王掌柜，我给你当伙计行吗？"

王九先说:"你这小伙子咋有这打算?"

曹文茂说:"掌柜子你看,我总不能在这里拉一辈子锹,跟上你的驼队出去闯荡闯荡啊!"

王九先说:"你有那个苦心?"

曹文茂说:"下苦不怕,能挣着钱就行。"

王九先瞅了瞅曹文茂的身板,点了点头。

曹文茂跟着王九先的驼队走了两趟,他看到戚长林的几峰骆驼夹在驼队中,心里就有了数。他对王九先说:"掌柜子,我有两峰骆驼,能夹在驼队中吗?"

王九先说:"你有骆驼?"

曹文茂说:"就两峰!"

王九先说:"只要你有耐心,一些人起家,不就是从一两峰骆驼开始吗?"

曹文茂说:"掌柜子,我没有其他意思,两峰骆驼就够,咋说我都是你的伙计。"

铡草打腰子,饮马打哨子。王九先答应了曹文茂后,曹文茂回家和奚桂兰一商量,当下就把车马驴卖了,用卖了车驴马的钱买了两峰骆驼,夹在了王九先的驼队中。

七

清水是命,浑水是财。曹文茂做了个梦,梦见的都是浑水,走到哪里都是水没膝盖。那水和他家乡黄河里的水一模一样,有几个浪打过来把他掀翻在水里,他呼天喊地,这浪把他就从梦中打醒了。他被惊出一身冷汗,摸摸身边的奚桂兰,心跳慢慢缓了下来。他两手放在脑后,尽管是黑夜看不清,但他的眼睛还是睁得老大盯着房梁。

瓦罐不离井上破,拉骆驼不冒风险那是假话,路途上的凶险难以预料,可自个找风险,那就是另一码事了。曹文茂就是把凶险揽进自家门里的人。又走了几趟，他就动了歪心思，开始在货物中夹带烟土。

八

陈病好治，情毒难除。都说是男人喜欢妖精，女人喜欢禽兽。曹文茂也是吃着碗里看着锅里，他时不时偷偷光顾西大街的妓院，思谋着这些女人虽不算是红颜知己，但也是愉悦无比。每次他去妓院，差不多都能看到妓院隔壁的居住着的人家的几个孩子在大门口玩泥巴，手里一边做，嘴里一边喊："哟哟哟，你卖胭脂我卖粉，你给我开个大窟窿。"喊完，将手中形似碗状的泥巴往地上一摔，有些顶上开了窟窿，有些却像僵住的一坨牛屎。泥巴上没开窟窿的这孩子，挖一块补住对方的窟窿，连着输几次，这坨泥巴输光了，再去和泥巴来比划。

曹文茂小时候也玩过这，站下看几眼，心里琢磨，我现在要的也是窟窿，但这窟窿不是那窟窿。他一抬腿进了妓院。

都说是劝赌不劝嫖。就为这，王九先骂过曹文茂几次，他有所收敛。可当他听说西大街妓院新来了个半斤粉，心里便痒痒的。

西大街翠云轩妓院老鸨能言善辩，巧舌如簧，人送外号雀儿嘴。雀儿嘴这几天遇到了麻烦，让警察局盯上了，原因是当红妓女半斤粉让人杀了。一开始人们七嘴八舌，说钱都让半斤粉一人挣了，被人宰了。后来才知道，原不是那么回事。

就在前几天曹文茂来过妓院，雀儿嘴一看是熟人，就往里让。曹文茂和雀儿嘴说着话。雀儿嘴话音没落，就见从大门外进来两个身着旗袍的女人。一个瘦而不柴，风摆杨柳，扭动腰肢，让人怦然心动。另一个微胖，杏眼圆臀，红唇蚕眉，不肥不腻，手一抬，手背骨节处点点是点点，窝窝是窝窝。两个女人向雀儿嘴打了招呼后，走进各自屋内时，回头竟冲着曹文茂微微一笑。曹文茂受宠若惊，不知怎么应对，刚要说什么，就在他要搭话时，跟着那微胖的女人又进去了一男的，他恍然醒悟，原来那两个女人是冲那男人笑的。

雀儿嘴说:"那微胖的就是半斤粉。今天不巧,已让人包了。"

这时的曹文茂既尴尬又扫兴,像是醋坛子里装了屎,又酸又臭。曹文茂就是专为半斤粉来的,一看在半斤粉身上没戏,那也不能走了空路。乱花渐欲迷人眼,他悻悻地问雀儿嘴:"那另一位?"

雀儿嘴一看,满口答应,便将曹文茂引进了那女子的屋里。

曹文茂自觉龙精虎猛,谁知一上手,就觉得气力有些不够,老狗上墙,后腰上没劲儿。于是头耷拉上,鞋趿拉着,草草收场。那女子没尽兴,还不依,拽着他不放。曹文茂在心里骂道:"这女人真是长着颗狗心,谁衾了谁亲。"

回到家的曹文茂,心里一直惦记着半斤粉。他盘算着:瞎雀儿嘴里还跌个秕谷子呢,风水轮流转,车轱辘上绑驴尿,下次轮也轮到我了,我就不信这半斤粉上不了手。可他还没等到下次去寻半斤粉,就听到半斤粉被人杀了。

曹文茂捶胸顿足,惋惜道:"一夜间成了明日黄花,说谢咋就谢了!"

九

大脚勤快小脚懒。半斤粉脚小,瓜子儿模样,牙齿像玉,质感强。人长得白净,眉毛重,两眉间有颗痣。说这女人樱桃小口有点夸张,但一颗毛山杏儿,她若张口绝对塞不进去。这半斤粉虽有姿色,在妓院里看上去人模狗样,妖冶无比,回到家中就换了副嘴脸,十分凶悍,私底下却是个一等一的泼妇。

割芨芨卖芨芨的冯老汉和半斤粉是隔壁邻居,半斤粉也是一年前租了隔壁院里的房子。冯老汉平时爱喝点酒,头一天喝多了,第二天到了黄面摊上吃黄面解酒。通常吃盘黄面,多要两勺素卤子,把面吃了,把素卤子喝了,心里一下就舒坦了。可今天不一样,吃了喝了,回到家中酒还往上涌。老汉一想,这个样子出去也干不了活儿,不如在家缓着。到了后晌,老汉做了点汤饭,吃完后出门倒洗锅水。巧的是那半斤粉该去妓院当值了,刚好路过冯老汉的门口,洗锅水溅到了她的裙摆上。这下可不得了了,半斤粉两手叉腰,站在冯老汉的门口,骂得唾沫

橐　驼

星子乱杠。骂了半天，冯老汉没回一句。

临末了冯老汉冷冷地说道："我虽然老了，但我还是个童男子。你不过是个千人骑万人压，见人说人话，见鬼说鬼话，见了人鬼说胡话的东西。我不嫖你，怕脏了我的钱，我干啥都比你强。你记住，你再咋装扮，也是填了茅房盖饭馆，底子啥时候都臭人。"

冯老汉这几句话彻底惹恼了半斤粉，她哪里受过这样的话头，再一个冯老汉也是把半斤粉人背后的勾当一下撂在了当面，扯下了她的遮羞布。只见半斤粉三下五除二解开衣服，敞胸撩怀，劈腿撩叉，把冯老汉又骂了个狗血喷头。

她骂冯老汉："你头顶上安锅，脚底下架火，错远了。知道吗？人没钱不如鬼，汤没盐不如水，你一个割芨芨卖梭梭的，看你那出息，命里就是提镰刀的。我咋了？我对你说啥了？啥叫鬼话胡话？我被人骑被人压你看见了？你个老绝户头，天生就是吃独食的。"骂完一转身回了家中，重新梳洗打扮，更换行头。

冯老汉孤身一人，以割卖芨芨为生，有时也去沙漠里扳梭梭，一头驴一辆车是他的全部家当。他从来不与人脸红，邻里之间一直和睦相处。他知道半斤粉出入妓院，从不与她打交道。

冯老汉除了割芨芨扳梭梭，常见他背个筐，到大街上拾字纸。他大字不识一个，但凡看见有字的纸都要拾起来。他说："把啥糟蹋了，也不能糟蹋了文墨。"碰到地上有字的纸，他用胳膊长的铁夹剪一夹，往后一放就放进了筐里。有些人家看他过来，就把准备要扔的字纸放进他的筐里。老汉已经养成习惯，一天下来不管拾多少，他都要把字纸背到十字街口周凤麒专设的一处四米多高铁制的焚烧字纸的炉子前，把废字纸扔到炉内烧化，敬惜字纸不要乱掷，以此行善积德。他每次来都要看着字纸在火中化为灰烬才转身离去。

冯老汉在割芨芨时，若碰到被野狗撕扯或被风沙吹出裸露的尸骸骨殖，他都拣拾起来重新挖个坑埋了。他不愿听到那些悲怆的孤魂野鬼在孤寂中独自饮泣。

今天谁知喝了几口酒，因倒洗锅水竟惹出了这么大的麻烦。老汉也是倔脾气，这么大岁数了，哪里受过这种辱挫，何况还是个妓女。

第十章

　　老汉再没说啥，出了门一拐街角，到了胡聋子的剃头铺剃了头，把脸刮得放光。回到家中拿起砍梭梭的斧子，径直走进了半斤粉的院子。也是半斤粉活该倒霉，房门没扣。老汉推门进去，半斤粉正坐在镜子前打扮，嘴里还哼着曲儿。老汉手起斧落把半斤粉几斧子砍了，然后提着斧子走到街上，在瓜摊上买了个西瓜，一斧子劈开，用手抓着瓜瓤吃，瓜汁从他手中滴落，像半斤粉的血。吃了西瓜，冯老汉提起斧子径直走进了警察局的大门。

第十一章

一

那还是葛钟娃、侯财来、道尔吉一前一后来驼队不久，卸了驮子，搭起帐篷，一切收拾停当，王九先去了货栈，戚长林、曹文茂回了各自的家。

郝七三对葛钟娃、侯财来、道尔吉说："走，啥叫古城子，今天让你们见识一下。"

陆十红说："我留下照看骆驼！"

郝七三便带着三人进了城。几个人沿街边走边看，郝七三叫住一挑着担子的老汉，那老汉担子两头各挑着两层笼屉。郝七三掀开笼盖，笼屉中放着几碗酸奶，酸奶的表皮上沁着一层黄黄的奶油。

在另一头笼屉盖上放着一个陶瓷罐，一把调羹立放在罐里。老汉拿开罐子，揭开笼屉，除了酸奶，还有一碗砂糖。他用调羹在郝七三他们各自的碗里放了两勺砂糖，又从陶瓷罐中拿出四把调羹放进每只碗里，然后把酸奶一一递到了几个人手上。

郝七三说："在帐篷里喝驼奶，尝尝这牛奶酸奶，先败败火。"

老汉说："奶子是自家牛挤的，实实在在的东西，败火不在话下。"

几个人用调羹搅动酸奶，把砂糖搅匀，然后仰起碗，连喝带倒，三下五除二，一碗酸奶就进了肚子。

清风中，一股羊杂、羊汤的香味弥漫过来，直往他们几个鼻孔里钻。

第十一章

葛钟娃猛吸一口气说:"好长的味道!"

循着香味,他们分别坐在两个长条凳上,这是专卖羊杂碎的黄胡子的摊点。

一个独轮车上面,顶着一个长条案板,案板四周钉有一寸高的木条,煮得熟烂的羊杂就放在一个白铁长条盆里,由一块白布盖着。条盆下面有一个火盆,冬夏一样,白布一掀,羊杂热气腾腾,让人馋涎欲滴,欲罢不能。

黄胡子一见他们几个,嘴里便吆喝:"嗷嚎,大买主来了!来来来,坐坐坐。各位咋么个吃法?"

郝七三说:"一人一碗,各样都切点儿!"

案板用得时间长了,被油喂透了,黄亮黄亮。案子上还有一圆榆木墩,杂碎放上墩子现吃现切。黄胡子刀工娴熟。卡盆里羊汤冒着热气,面肺子、米肠子、肚丝、羊肝香味四溢,味道格外诱人,几人吃得那个上心。

吃完羊杂,每人又来了一碗羊汤,汤里调了辣面、孜然、咸盐。一碗汤喝完,几人头上都沁出了汗珠。

葛钟娃说:"我坐在这里不想起来了。"

郝七三说:"不想起来你就坐着。"说着他翻起身就走。这几个一看连忙跟了过去。

再往前走,来到了一烤肉摊前,只见烤肉槽子上青烟缭绕。卖烤肉的汉子一手抓着一把烤肉串来回在烤肉槽子上翻动,又把烤肉拿起来,像手背靠手背、手心扣手心一样,烤肉和烤肉相互揉搓拍打,把味儿都串匀了。他一边翻动烤肉,嘴里一边喊道:"先放辣子后放盐,烤肉熟了放孜然。"

看见郝七三他们几个过来,他又喊道:"来来来,吃一串想两串,吃了不香不要钱!"

郝七三走过来问汉子:"是羊娃子肉吗?"

那汉子回道:"说啥呢,都是没结婚的羯羊娃子。来大串还是小串?"

郝七三说:"一人两个大串。"

不一会儿,八个红柳条串的大串烤肉就摆在了几人面前。葛钟娃说:"这些

橐　驼

道尔吉一人就吃了？"

郝七三说："夹嘴，有你吃够的时候。"

这时，侯财来已将一块肉捯在嘴里，说了声："香！"

道尔吉说："这烤肉比手扒肉好吃。"他说的是蒙古草原上的手扒肉。

郝七三看到，葛钟娃他们三个吃得两嘴角上淌油。看到几人吃得那么香，郝七三笑了，他拿起一串烤肉，捯下一块放进嘴里细嚼慢咽，再用眼睛盯着烤肉细看，像是给烤肉问诊号脉。稍倾，他开口说道："是地道的羊娃子肉。"

二

郝七三带着三人在街上转了一圈，侯财来看到街面的每个店铺旁边放着一个大木桶，里面盛满了水，桶上还写着几个字。他不解地问郝七三："郝哥，那是干啥用的，上面还有字？"

葛钟娃抢先说道："一看就是饮驴饮马的，来人进店买货，牲口拴在旁边喝水呀！"

侯财来说："周到！"

郝七三苦笑了一声说："那水是饮骆驼的。"

葛钟娃说："你看，我说得八九不离十吧。"

郝七三又说："把他家的，睁大眼睛好好看，那是饮牲口的吗？"

原来古城子店铺多，各商号虽有看家护院的人，但还是免不了有火灾发生。那年东大街的冯家杂货铺半夜起火，没有灭火的家伙，火势蔓殃及隔壁货栈，货物被烧了个精光。为了防火，县衙建了水龙局，配置了水箱、云梯、挠钩、水桶、扁担，出资购买了德国造的两套灭火水龙。民间由山西会馆牵头，建起了"清平水会"，拉起了消防队，缝制了消防专用的服装和号衣。

虽然古城子人家院落中都有水井，可灭火水龙无法发挥作用，于是县衙发出指令："县城东西主街道，每家商铺限期在门前设置贮水桶一个，注满水以利消防。"

各商铺很快用木板箍了水桶放置在店铺旁。每只桶可储二三十担水，上写"太平水桶"四个大字。

不久，东大街刘家油房发生火灾，水龙局和"清平水会"人马全部出动，灭火水龙威力显现，天亮时分大火被灭。大家突然发现水龙局有两个消防队员赤条条一丝不挂，原来是闻警后紧急出动没穿衣服。

听了郝七三的解释，道尔吉指着葛钟娃笑着说："他说是饮牲口的。"

侯财来也指着葛钟娃大笑。郝七三也笑了："他就是个木头脑壳子，让他再往小里说，那水就是饮雀儿的了。"

三

曹文茂不在的这些日子，婆姨奚桂兰悉心照顾孩子，谁知孩子突然病了，她去秦成涌的吉顺堂抓了两服汤药。孩子扭着嘴不愿喝药，喝了一半，撒了一半。第二天就是清明节，奚桂兰抱着孩子去城隍庙烧了香叩了头，就等城隍爷出府这一刻。

三月清明的鬼节，家家上坟烧纸祭奠，古城子这天有城隍出府的习俗。每年的这天，城隍爷要出府巡视一遍，为人间祛病解难。人们从四面八方赶往城隍庙烧香叩头，祈求城隍爷保佑全家安康，然后用八抬大轿抬着城隍爷的雕像出府，敲锣打鼓，隆重且又热闹。谁家孩子有病，这天便来这里免灾祛病，给孩子脖子戴上木锁或纸枷，手持香炷跟随城隍爷沿大街巡行。

各商铺门前设供桌摆供品迎接城隍爷，一些人家也在门前鞠躬迎送。城隍爷一直由东向西出城门到郊外，人们再次进香，然后返回城隍庙。

奚桂兰事先已用纸剪了枷锁，戴在孩子脖子上。她怀抱孩子，手执香炷，跟随人流前往，返回城隍庙时已是气喘吁吁了。回到家中，她给孩子再次灌了汤药，孩子便安然入睡了。

橐　驼

她想了想刚才跟随城隍爷出府的情景，她的鞋被踩掉的那一刻，她竟趿拉着一只鞋走到了郊外，这时才有空提起了鞋帮。她哑然一笑。这时门帘一掀，曹文茂走进了门。奚桂兰一愣，接着鼻子一酸，一张臂，就扑进了曹文茂的怀里。曹文茂顺势将她抱起，走进了里屋。

这时郝七三他们三个正好路过曹文茂的家门。郝七三抬头看了看，说："走，进去看看！"

曹文茂万万没想到，他和奚桂兰正在紧要关头，从外面传来了郝七三的声音："老曹在吗？"

曹文茂一骨碌从奚桂兰身上滚了下来，紧三慢四，提着大裆裤就迎了出来。

这时只见郝七三他们已走到房门前，曹文茂迎出去碰了个正着，赶忙将他们让进屋里。郝七三他们看到了从里屋出来头发凌乱的奚桂兰。

郝七三说："来得不是时候，坏了你们的好事！"

奚桂兰一听这话，脸一下红了，嘴里直说："兄弟们来了，快坐，快坐！"

曹文茂随声附和："坐，坐！"

郝七三环视了一下屋内说："还真有些文人的气道。"

葛钟娃说："阔气啊，曹哥！"

曹文茂说："哪里哪里！平常人家，平常人家。"

见郝七三他们都坐在炕沿上，曹文茂搓着两手，不知再说啥好。奚桂兰也忘了拿钥匙开红柜，柜里有点心、方糖。见曹文茂没有开柜的意思，郝七三对曹文茂说："里也是对，外也是对，只见锁子不开柜，你这个小气鬼。"

曹文茂马上转过话头："哦，还真把这一茬忘了！"

他让奚桂兰从柜里取出方糖，给每人沏了一碗糖茶，几个人端起茶碗吸溜起来。

侯财来问："有酒吗？"

曹文茂还没回话，郝七三说道："在这里喝啥酒，等一会儿有你喝够的时候。"

他扭头对曹文茂说:"不打扰你俩的好事了。你两口子说话是不是就两句话,一句在床上,一句在床下?"说完端起茶碗一饮而尽,转身带着几人离开。

临出门,葛钟娃回头对着奚桂兰一笑,做了个鬼脸说道:"圈脸胡子没牙,一个猪娃子全拿!"

奚桂兰有些发蒙,不知道葛钟娃说的啥意思。曹文茂脸一红,对着葛钟娃笑骂道:"去你娘的脚!"

葛钟娃大笑着跑出了门外。出了门,侯财来把手搭在葛钟娃的耳根上悄声说:"哪天偷工夫来听曹文茂的窗根子?"

葛钟娃说:"老车旧川,套上就转,有啥听头,不就是猫儿吃糨糊的声音。"

四

郝七三几人转到了一个铁匠铺前,铁匠正在打铁。许是抡锤累的缘故,那铁匠一脸炭黑,一身疲惫。几个人便停住脚步站在那里看。铁匠说一口西安话,听旁边的人叫他张师傅。只见又来一人,是来拿货的,张铁匠便从里面拿出一把铡刀。

听了张铁匠说话,侯财来悄声对葛钟娃说:"西安杆子说话硬气,又是打铁的,硬对硬!"

葛钟娃捣了侯财来一下,示意他少说两句。

来人问张铁匠:"刀口咋样?"

张铁匠说:"先试试吧!"

他从铺子里头又拿出一根铁棍,有小拇指头粗。他把铁棍往砧子上一横,手起刀落,那铁棍变成两截,铡刀丝毫没有卷刃。

侯财来说了声:"厉害!"

张铁匠说:"要知道,这是淬火九次的纯钢铡刀。"

橐　驼

郝七三问："你这铡刀还有吗？"

张铁匠说："有啊！"

郝七三说："拿来看看？"

张铁匠从屋内又拿出一把铡刀，和前面这把不差上下。郝七三一伸手从葛钟娃的头上拔下两根头发，葛钟娃"哎哟"了一声。郝七三把头发搭在刀刃上一吹，头发断成了两截。

郝七三对张铁匠说："就是它了。"

张铁匠又转回屋里，拿出一个黄色的牛皮套子说："这个给你。"

郝七三说："这是？"

张铁匠说："这刀锋利，不用时从铡子上卸下来，用这牛皮套套起来不会生锈。"

侯财来说："郝哥，咱们不是有铡刀吗，咋还买？"

郝七三转脸盯着侯财来说："用它杀人！"

他这么一说，一圈人都大睁眼睛，互相对望着不知说啥好。那张铁匠也不解地望着郝七三。

郝七三一看大家都愣住了，笑着说："说笑！"他将铡刀装进牛皮套，那套子上有牛皮绳系。他一反手，将铡刀背在了背上。

葛钟娃上下瞅了两眼说："郝哥，你这一弄像个侠客。"他忽然指着街对面说："那是个啥鸡巴，咋那么高？"

郝七三掉头一看说："过去瞅一下不就知道了。"

葛钟娃说的这个"鸡巴"，是山西人修的春秋楼。

几人仰望着春秋楼。郝七三说："修春秋楼可没容易，可是费了劲了。就那六根通天柱，好几个匠人在南山里趸摸了两个多月才找够。"

侯财来说："南山那么多过百年千年的松树，还用得着两个多月找？"

郝七三说："你知道个啥？楼高十三丈，那是通天柱，柱子上下一样粗细，可没容易找到。"

葛钟娃问："这么长的家伙，咋拉回来的？"

郝七三说："你这屁算放到地方上了。六根柱子用了三十六头牛才顺到山下，有两头还让柱子顶死了。又把十多辆牛牛车分别连在一起，前面牛拉，后面人推，才把柱子运到城里。"

侯财来说："也悬咋了！"

郝七三说："到了城里柱子太长没法拐弯，拆掉了几家商铺。车过去后，会馆又把铺子给修好了。"

葛钟娃问："这鸡巴那么长，咋么立起来呢？"

郝七三说："那几天，古城子的人都在琢磨，要看看这柱子到底咋立起来。怪就怪在有一天早上人们起来，看到那六根柱子端端地立在那里，柱子四周都有焚烧后的黄表纸灰，问谁谁都不知道。"

侯财来说："这还日了怪了。"

郝七三说："日怪的事情多了去了。"

葛钟娃说："能不能上去看一下？"

郝七三说："走啊！"

四个人站在春秋楼上，向四周望去，古城子风貌尽收眼底，再往远看，竟能看到四十里腰站子。水磨河从南往北，像一条玉带，挽住了古城子的腰身。

道尔吉说："那远处的绿，像草原。"

葛钟娃说："古城子还这么美当。"

郝七三说："要不你们都往古城子跑。"

看看已快正午，郝七三一摆手说："走，下馆子！"

道尔吉问了一句："还吃吗？"

郝七三说："你们不就是要下馆子吗？"

葛钟娃一听笑了，说："老鼠拉木锨，大头在后边。"

侯财来说："郝哥，今天让你破费了。"

郝七三说："淡屁话少说。"

橐　驼

葛钟娃把眼光收了回来，往楼底下一看，竟有点晕乎，说下面草丛里咋有那么大的一只猫儿。下去再一看，是一只狗趴在那儿啃骨头。他说："把他家的，看走眼了！"

五

郝七三他们几个老远看到上三元饭馆，还没近前，就见堂倌拜老五快步迎了上来。他有声有韵，似说非说，似唱非唱："看清了，认准了，门上的幌子，牌牌的样子。东走的，西浪的，背上褡裢进城的；吃饭来，喝汤来，各位坐下喧谎来。进来看，喝茶的，抽烟的，旮旯拐角谝传的；我这里碗大舀得稠，上面漂着油，吃得舒心，喝得来劲……"

郝七三一见，笑着用手指了指拜老五说："五哥好吗？"

拜老五也冲郝七三说道："好！原来是郝兄弟来了。"他掀起门帘，连声又说："各位里边请、里边请！"

这拜老五四十出头，个子不高，面庞清瘦，一副精明干练样子。他头戴一顶小白帽，上身穿一件白布汗衫儿，下穿一条青布大裆裤，腰系蓝布围裙，右肩上搭一条毛巾，腰间挂个皮筒，内装着一把筷子。

拜老五一边让客，一边嘴里便又吆喝上了："想吃面，有炒面、拌面、三鲜面、韭叶面、大卤面、卤丝挂面炸酱面、空心炮仗炉齿面、带膀子的蝴蝶面；想吃肉，有过油肉、生烧肉、熟烧肉、椒麻肉、肉丝肉片烤羊肉、酸辣肉丁黄焖肉、干炸丸子里脊肉、蒸肉焖肉加封肉，后面跟着羊羔肉；想喝汤，有三鲜汤、肚丝汤、籴汤合着豆腐汤、胡辣鸡蛋木樨汤、拨云看月疙瘩汤、青龙过海素拌汤、陈醋溇干烩粉汤；想吃丸子，有糖醋丸子、空心丸子、雪花丸子、四喜丸子，外加一个滚蛋丸子。"

拜老五说滚蛋丸子分明是在调侃。说完这句，他冲郝七三伸了一下舌头，挤了下眼睛。郝七三冲他一点头，他又说道："你不要锅头下面吃糊拨，顿顿米汤

第十一章

泡馍馍。来这里，金针木耳粉条子，上面还带蒜苗子……"

拜老五的这一顿烧火，葛钟娃几个两眼望着拜老五只是傻傻地笑。

只见拜老五一转身，对墙角桌子上的两个人说道："站不是站，坐不是坐，要吃就坐，不吃就过。进门是秦琼观阵左顾右盼，坐下点菜是诸葛亮传令不紧不慢，吃饭是司马懿耍威派头十足，叫你掏钱是吊死鬼盘绳脸色难看。"

原来这两个是经常来这里吃了饭赊账，久拖不给钱的赖赖。经拜老五这一顿辱挫，当着众人的面一臊皮，把饭馆里的食客惹笑不说，那两人顿觉脸上无光，更是难堪，被拜老五呛得无话可说。两人一下红了脸，赶忙掏钱走人。拜老五看着那两个出了门，回头对众人说："这种人给他好脸，越发蹬着鼻子上头，一回说到家，下回就乖了。"

郝七三几人被拜老五让在了一张靠窗户的八仙桌前。他边拉凳子边让座，一边从肩上取下抹布擦桌子，口里又喊："好咧，热茶一壶！"

随着喊声，一堂倌提着瓷壶上前，把茶碗逐个放在了四个人面前倒上了热茶。郝七三看到，茶叶在碗里打着旋儿，那茶沏得正到火候上。

拜老五一边摆筷子，一边问郝七三："吃点啥，随便点。"

郝七三说："炒几个菜，吃拌面，过油肉不能少。其他几个你看着办，再加一个胡辣羊蹄。"

拜老五说："郝兄弟，四个人四个菜，外加胡辣羊蹄，再多了你们也吃不了。"

郝七三说："就按五哥你说的来！"

拜老五应了一句："好嘞！"他一转身不假思索向后堂里喊道："大半斤四个、过油肉、木樨肉、蘑菇肉、韭菜肉，外加一个大盘胡辣羊蹄。"

拜老五说的大半斤是白皮面，一斤十六两，大半斤是八两过一些。

片刻工夫，只见拜老五左臂上放着四盘冒着热气的白皮面，右臂端着四盘炒菜，从容自如地来到桌前，左臂一抖，四盘白皮面到了桌上，左手又将右臂上的四盘菜一一取下放在桌面上。紧接着另一堂倌用一木掌盘端来了油泼辣子、蒜泥

橐　驼

和醋壶儿。

　　拜老五说了一声："各位请了。胡辣羊蹄再焖一会儿。"说罢一转身，吆喝着忙别的桌子去了。

　　拜老五的这一连串动作，把葛钟娃、侯财来、道尔吉看得目瞪口呆。郝七三见他们三个发愣的样子，喝了一声："看啥，趁热吃啊！"

　　几个人回转神来，长吁了一口气。葛钟娃说："这盘子端的，耍把戏一样。"

　　侯财来对葛钟娃说："这还不好吗？戏也看了，饭也吃了。"

　　道尔吉只是咧着个嘴笑。

　　几个人把菜拨到白皮面上，放了油泼辣子、蒜泥，又倒了点醋，筷子一搅一拌，稀里糊涂开吃，吸溜的声音此起彼伏、你来我往。过了一会儿，小伙计又端来一盆面汤。几人干脆把面汤舀进吃尽了面的盘子，又是一顿好喝，喝得酣畅淋漓。

　　这时就见拜老五将一大盘胡辣羊蹄端了上来。羊蹄焖得酥烂，筋道十足，胡椒出头，辣味适中，拿起一个一抖，蹄子上的肉和骨头就分离了。几个人又一顿歹吃，吃得满头大汗。末了，郝七三对葛钟娃他们几个说："把盘子里的菜都收拾了。"

　　葛钟娃、侯财来、道尔吉三人互望了一下，把几个盘子里的剩菜都吃了。

　　葛钟娃边吃边说："这过油肉炒得就是好，又鲜又嫩！"

　　郝七三说："开玩笑！你要知道，那都是羊里脊肉，出了古城子，想吃再没有。"

　　郝七三喊拜老五结账。拜老五来到桌前指着桌上的碗碟，口齿麻利一盘一盘报出价钱，然后又报出了总数儿。

　　葛钟娃说："这上三元果然名不虚传。"

　　侯财来说："说书一样，我这没喝酒咋有点醉了？"

　　郝七三说："想喝酒吗？"

拜老五说:"哎,想吃了再来。人不就过个四季,一天三顿饭,再咋弄也跑不出这个圈子。各位没有吃好,我这里有饭没酒,请多包涵!"

拜老五没有说这里不能喝酒,他转了个弯儿把话儿撂给了郝七三他们几个。

六

几个人出了上三元,就见街对面一个胖女人和一个胖男人在吵架,就听那胖女人说:"咋了?我把你哪里没伺候舒服,你还挑三拣四,吃得像猪一样,事情还多得很。"

只听那胖男人回骂道:"你和我两个,猪黑不要笑老鸹,都肥得像猪。虽说都是猪,还有不一样的地方,我是公猪,你是母猪。"

葛钟娃一听,"呱哒哒"地笑出了声。郝七三捣了他一拳。侯财来本来也想掺和,一看郝七三动了手脚,拽着葛钟娃的袖子小声笑着走开了。

半路上郝七三给他们几个说:"那两口子是这街面上有名的惹不起,谁沾上今天就甭想脱身。没看见吗,旁边没有一个人去劝架?"

葛钟娃说:"郝哥也有不敢惹的人?"

郝七三说:"妈的,谁愿意把手往磨眼里塞!"

说着笑着走着,几个人来到了郭祥起的卤肉店。郭家的卤肉在古城子已有几十年的买卖,有十里香的美誉。郝七三要了一盘猪头肉,一盘猪耳朵,指指柜台上的酒坛子说:"先来上两斤。"

这郭记卤肉店不光是卖卤肉,还代卖烧酒。店门旁边支有膝盖高的小圆桌,配有小板凳。郭掌柜把两盘猪头肉、猪耳朵往桌上一放,几人围坐在了桌子旁。就又见郭掌柜一手提着个带提梁的铜酒壶,一手拿着几个酒杯,他边往桌上放酒壶酒杯,边说道:"酒是温好的,这一壶是一斤。各位慢用。"

郝七三还没咋的,只见侯财来像换了一个人,一把抢过酒壶,先倒了一满

橐 驼

杯,然后开口说道:"不好意思,我先替大家尝尝。"

侯财来虽没有酒瘾,但先前在冯家梁,和李同顺隔三岔五就喝点儿,这时看见酒,就觉得香。他喝酒像老牛喝水,杯子倒满,嘴唇贴沿,噱开水那样吹一下,再把嘴唇抿紧,一喝,杯中酒一半就进了嘴里,再喝一下,一杯酒就吸溜尽了。

郝七三知道,这些人有了酒就有了说头,说话调儿也高了,声嗓也大了,舞王霸侯的。他对侯财来说:"慢一点,酒没喝醉,不要把人给喝胀死了!"

郝七三把酒壶从侯财来手里拿过来,先是倒满了一杯酒,转过身去把酒倒在了地上。葛钟娃他们明白,这是浇奠给廖布导、段子恒、乔长云的。郝七三又把四个酒杯倒满,他端起酒杯一本正经地说:"来,几位兄弟,把酒端起来,今天就算是开了个头,到了古城子,就不能亏了你们。今天王掌柜不在,老哥陆十红也没来,戚长林、曹文茂叫婆姨娃娃绊住了腿。我郝七三心直口快,有啥不周到的地方,话说重了,都不要往心里去。可话又说回来,我们能在王掌柜的手下做事情,能在一个炕上,一个帐篷里打呼噜,也算是缘分。这顿酒,算是我对你们的一点心意。来,喝干!"他一仰头,一杯酒下了肚子。

葛钟娃几个连忙说道:"那就谢谢郝哥了!"举起酒杯也一饮而尽。

这顿酒,四个人喝得尽兴,竟喝掉了三斤多酒。除了道尔吉稳稳当当外,郝七三、葛钟娃、侯财来脚底下都有些飘了。

临走,郝七三又让郭掌柜包了几个猪蹄,打了二斤酒,是带给陆十红的。他对葛钟娃和侯财来说:"你两个喝得颠三倒四,让你两个拿着,路上丢了都不知道。"他把猪蹄和酒坛子塞进了道尔吉的怀里。

走在路上,郝七三又对侯财来说:"在上三元你说喝酒,吃屎也不看个茬口,那是喝酒的地方吗?"

侯财来从郝七三嘴里明白了,上三元是清真饭馆,不能喝酒。他捋着个大舌头说:"曹文茂说过,不知者不怪罪,我记住了。"

回到帐篷里,王九先还没回来,郝七三把猪蹄递给陆十红说:"你的蹄子!"

第十一章

陆十红瞅了瞅他们几个说:"妈的,都喝多了,猪蹄子咋就成了我的蹄子!"

郝七三说:"我没说你,我是说你的蹄子。"

陆十红说:"听听,还是我的蹄子。"

郝七三说:"不是、不是……"

陆十红知道郝七三舌头也喝大了,也是故意引逗他,说道:"我知道你要说啥。去吧,都躺一会儿吧!"

侯财来往铺盖上一躺,两手指交叉着往脑袋上一揽说:"吃好了,也喝好了!"

道尔吉说:"我去照看骆驼。"

说着话提了大鞭就要往外走,和要进帐篷的王九先撞了个满怀。

王九先说:"哎哟,都回来了!酒味这么大,看样子喝了不少。"

郝七三说:"正好,带回来的猪蹄还热乎着呢。"他一指酒坛子,又说:"这酒掌柜子和陆哥就对饮了。"

葛钟娃说:"今天郝哥可把我们招呼好了。"

王九先说:"要说古城子的吃头,不算糕点,津人的咸,晋人的酸,湘人的辣,川人的麻,本地人的荤,记住这五个就八九不离十了。"

陆十红说:"多少人,都是奔着古城子吃食来的。"

王九先说:"要说拿手的,还是马吉龙的生烧肉、宴娃的过油肉、陈大师的红烧肉、邵谦和的熘三片、王麻子的爆腰花、鲁登第的黄焖肉、达相忠的铜锤羊肉、刘世俊的盆盆肉、常㮊子的麻花、京州大个子的米黄。"

王九先缓了一口气说:"赵玉德的烧卖,面皮薄得透亮,隔皮能看见馅,蒸熟了不脱底,放在盘里看,掐口像一朵梅花。有个苏联洋毛子开了家商铺,专卖油灯、双耳铁锅,啥饭菜都觉得不合口,就爱吃烧卖,一吃烧卖就竖大拇指。尼牙孜的抓饭薄皮包子,馅子是羊肉拌大葱,胡椒辣味出头,四镇八乡进城的农户,不去吃一回,就白进了一趟城。那年县长齐壁山别出心裁,搞了个大厨攀

橐　驼

比，整了一百零八道菜，四方食客闻香而至，看得眼花缭乱，吃得红光满面。要说走远路，那锦华泰的糕点大薄脆、倒口酥、槽子糕、芙蓉糕、绿豆糕，每年都向大草地发货，连那蒙古人也喜欢得不得了。还有四大名汤鸡蛋汤、豆腐汤、氽汤、酸拌汤。就说那鸡蛋汤，厨师不一样，本事也不一样，有些人用几个鸡蛋打出的汤不咋样，高人用一个鸡蛋就能打出一锅蛋花汤来。"

王九先一转脸对郝七三说："有机会带他们去，该吃的吃吃，该尝的尝尝。"

郝七三嘴里打着拌汤，搅着舌头答应了一声说："在古城子，不吃上这么几回，那就算白来了。今天算是吃了个皮毛，等下回我让他们几个再见识一下啥叫美食，啥叫大菜，让他们一吃一个不言传。"

王九先说："既然喝了酒，就都歇着吧，要不这样，身上都一股汗腥烂气的味道。闲着也是闲着，你带他们几个去澡堂子再泡个澡，把身上的垢圿也退一退。"说着掏出几块银圆扔给了郝七三。

侯财来一听要去泡澡儿，一骨碌从铺上爬起来说："我就觉着今天还缺个啥，身上的垢圿该收拾一下了。"

葛钟娃也说："舒舒服服泡个澡，那就再好不过了。"

郝七三朝铺上躺着的侯财来踢了一脚说："走！我像烫猪拔毛一样，把你们身上的毛都褪一褪。"

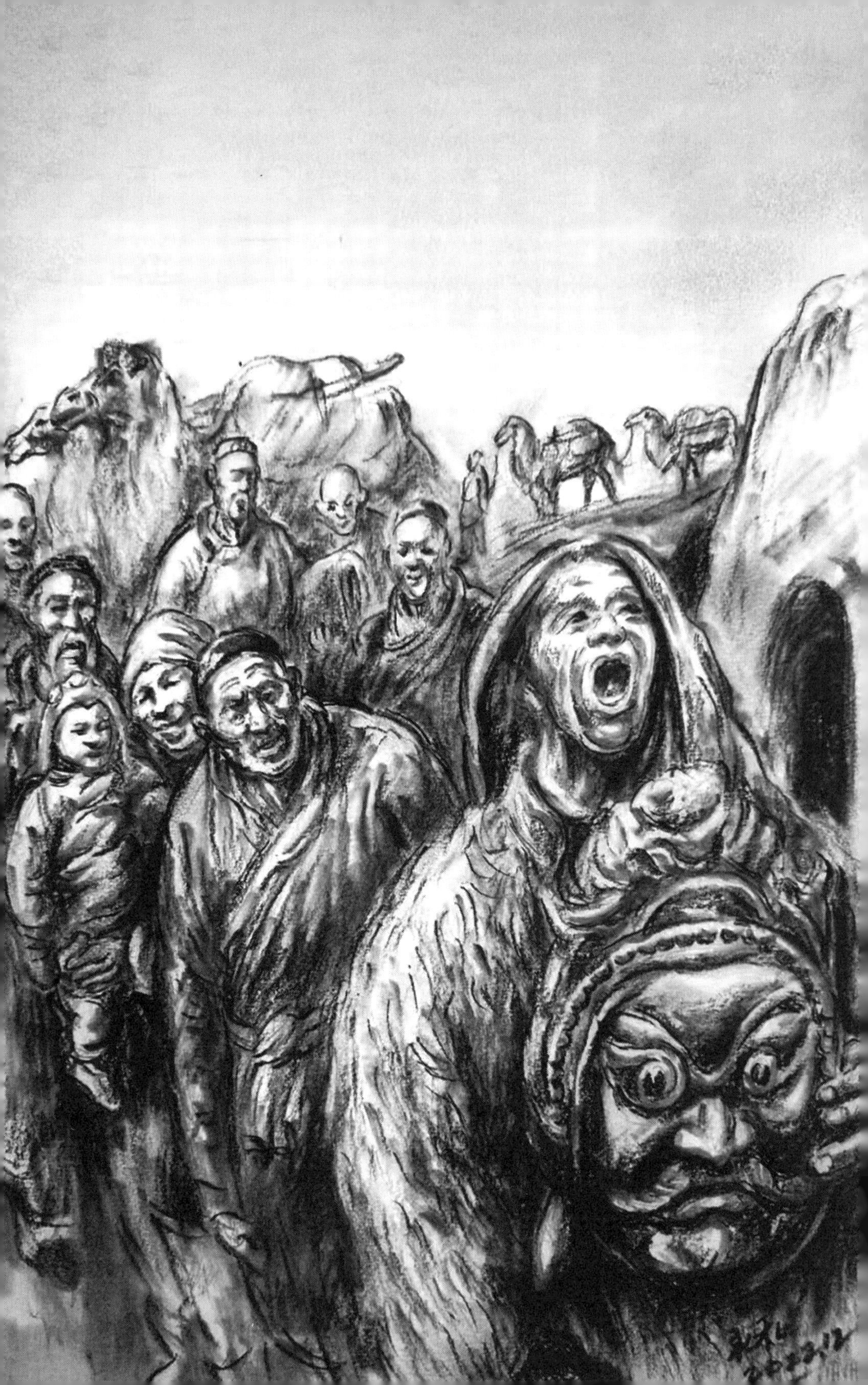

第十二章

一

天将破晓,黎明被一道光亮撕裂,红晕从东面洇渗过来。驼队经过一晚上跋涉,到了人困驼乏的地步。骑在骆驼上的葛钟娃似睡非睡,他睁开惺忪的眼睛,打了一个哈欠,摇了摇头,一下清醒了许多。他清了清嗓子,开口唱道:

　　过了一回黄河

　　没喝一口水

　　讨了一回老婆

　　没呀没亲嘴

　　…………

在恰克图葛钟娃问陆十红:"日了怪了,这些俄国士兵,肩上咋都斜挎着一个马拥子,像是骑兵,咋不见马队?"

陆十红说:"不要再丢人了,啥马拥子,那是人家的干粮袋。"

葛钟娃戴着的一顶帽子,是一个俄国士兵送的。他给了那士兵几口古城子烧酒,士兵喝了酒,竖起了大拇指,向他连说几声"哈拉少!"

葛钟娃又给了俄国人几口酒。俄国人一高兴,从口袋里摸出了顶帽子给了他。葛钟娃从此戴着那帽子走路走出了八字步,耀武扬威的。

第十二章

郝七三对他说:"你知道那帽子叫啥名字吗?"

葛钟娃回答:"不知道!"

郝七三说:"那叫牛屎翻天帽。啥东西朝上,看不明白吗?"

葛钟娃说:"我管它牛屎不牛屎,戴上好看就行。"

葛钟娃习惯地用大拇指和食指捏住鼻子,擤出一通鼻涕,顺势一甩,然后把两根指头在右脚的鞋后帮上一抹。看得出,右脚的鞋后帮上被他的鼻涕长时间抹得没了原来的颜色,和左脚鞋后帮截然不同,一只抹得闪闪发亮,一只黯淡无色。

看着趾高气扬的葛钟娃,道尔吉偷偷笑了,他想起了葛钟娃学说蒙古话阴差阳错的样子。

一次在包头,葛钟娃独自进城瞎转,转来转去没转出名堂,倒是感觉肚子饿了,走进了一家蒙古人开的小饭馆。他从道尔吉那里知道,蒙古人把辣子叫作"热"。他对人家说:"给上两个菜,不要'热'的。"意思是不要放辣子。结果人家一看他是个汉人,真就按他说的做了,上了个凉菜,是杏仁、核桃仁,另一个是一盘刀削凉羊肉。葛钟娃一看,心想:俗话说得好,凉肉、烫茶、胖婆姨,这凉肉上得美当。这蒙古人还行,我的话他们还懂,是没放辣子。他吃得很开心、很惬意。

结果这个半瓶子咣当的家伙,在古城子喇嘛湖梁的交易场上就闹出了笑话,出了洋相。他给正在交易的一位蒙古汉子说:"能不能给我弄上两支枪。"他知道,蒙古人把狼都称为枪。

葛钟娃的话还没说完,边上有几个维持秩序的警察,一听这家伙要买两支枪,便围了过来,给他戴上了铐子。后来是王九先和道尔吉赶到了警察局,一再解释说他是要弄两只狼,剥了皮做狼皮褥子,冰天雪地中,拉骆驼的人用得着。警察们又盘问过来盘问过去,最后还是王九先给警察手里塞了几块大洋才放了人。

就为这,郝七三骂葛钟娃:"结结巴巴还想弄枪,就差枪把你收拾了!"

橐 驼

二

古城子的人把鞋不叫鞋，叫嗤。娃娃在歌谣里唱道：

得儿歹，掉过来
你妈穿着大红嗤
…………

驼户一年四季在外行走，没有几双打硬的嗤不行，牛鼻子嗤就是他们最耐磨的嗤了，除了冬天穿毡筒，剩下三季都穿牛鼻子嗤。牛鼻子嗤结实、耐穿，新嗤磨脚，只要挨过几天就好了。

王九先专门去给连手们买了牛鼻子嗤，走时还不放心，用手一拃一拃把每个人的嗤又量了一下。量到葛钟娃那只经常抹鼻涕的嗤时，王九先说："鼻涕把脚后跟抹得明叽亮光的，刀子能把鼻圪子削下来。"

葛钟娃笑着说："削下来能做一锅鼻圪汤。"

郝七三把手伸进怀里，搓了几下对葛钟娃说："来，你想喝汤找我。我有垢圪汤，你喝不喝？"

葛钟娃没有示弱，说："那就一锅熬，就叫鼻涕垢圪汤。"

戚长林骂了一句："哼，你们恶心不恶心！"

王九先说："行了行了，越说越过火了。"

看着王九先给自己量嗤的尺码，郝七三开玩笑地说："掌柜子，我的脚是不是又放大了？"

王九先说："妈日死的，是长了、长了脚指甲。"

郝七三说："你咋知道？"

王九先说："昨晚上泡脚，谁没看见，你的脚指甲也该剪了！"

王九先到了东大街鞋铺。鞋匠李安看到王九先来了，指了一下炕上的一堆嗤说:"你自个拿!"

王九先看到,虽然是一堆靴,但每一双都用麻线连在一起,一点不乱。

李安长一脸络腮胡子,为人和善,从不与人发生不快,更不倚老卖老。老人独居,茕子然一身,从不接受他人接济,靠一双手养活自己。他自捻麻线缝制各种圆口靴和牛鼻子靴,还有毛毡窝,在犁铧尖的集市上很抢手。古城子的驼客,十有八九,穿的牛鼻子靴都出自他的手。

三

葛钟娃不听郝七三的,他戴着俄国士兵送他的那顶帽子,仍是招摇过市,我行我素。可就那顶帽子,那次从包头回转的路上就救了驼队。

土匪先是"啪"地打过来一枪,想震慑驼队。子弹贴着王九先的脸颊飞过,王九先眼前顿时模糊起来。他赶忙取下眼镜,看到茶色眼镜的两个镜片从中间直直开了两道缝。他一愣,才醒悟到刚才像是听到了眼镜裂开的声音。

土匪头子用望远镜盯着驼队看。当望远镜里出现了葛钟娃戴着的那顶牛尻翻天帽时,土匪头子大惊:"坏了,这驼队是穿便服的当兵的在押运!"

他一声口哨,土匪们慌忙撤去。

驼队有惊无险。到了站口,曹文茂说:"没有这副水晶眼镜,掌柜子今天祸着大了。"

戚长林问:"这眼镜有啥说头?"

曹文茂说:"玉能护身,这水晶也是玉的一种。看样子,掌柜子这副眼镜有些年头了?"

王九先说:"这鬼厌眼力还好,这是我爷爷王枚岭留下的。"

大伙很是纳闷,为啥土匪打了一枪就撤走了。

当驼队回到古城子,王九先去胡聋子剃头铺剃头。胡聋子看到王九先戴着副裂了缝的眼镜,当时还疑疑惑惑的。

橐　驼

王九先信曹文茂说的话，这镜子有灵气，虽然镜片裂了，但他还是没让它离开自己。

日子在光阴流转中逐渐消逝，不可思议的历险经历却终生难忘。

四

贫弱家庭愁事多。

葛钟娃属羊，却没长出羊牙的细腻，倒长了一副驴板牙，他一笑，和驴笑一样。可在他婆姨跟前，他没笑到最后。

别人家的红柜里都装着砖茶、布匹、红白糖。葛钟娃家的柜里装的是面粉，柜子大，面粉少，经常是柜子见底。

那天家里来了外人，媳妇一看，赶快动手做饭。她揭开柜盖，探进身子，撅着个屁股往盆里搋面，冷不丁搋出个屁来。

葛钟娃不说还好，大家都当没听见也就完事了，可葛钟娃偏偏说了句："呔，这个家伙！"

别看葛钟娃言语不多，有时还和婆姨来点小幽默。看到婆姨洗锅时，他总是会丢一句："洗锅洗锅，洗来洗去，锅还是黑的。"

这时葛钟娃见媳妇半天趴在柜上不起身，喊了几声不见回应，过去把媳妇的头从红柜里扳了起来，媳妇的鼻孔里淌出一缕血，已没了气息，死了。

原来媳妇没防住在外人面前放了屁，自觉没脸见人，经葛钟娃再那么一说，越发不好起身，随手从头上拔下一拃多长的簪子，从鼻孔里戳了进去伤了脑子自尽了。

媳妇怀的娃娃已经半肚子了，一个屁害了两条人命。葛钟娃后悔得直挖屁眼儿，哭着说："都怨我，我不说那句话，就都过去了。怨我，都怨我！"

纵使悲凉也是情，瓜里挑瓜，挑了个苦瓜。葛钟娃的婆姨不是不好，是命不好，命苦。在心里，媳妇成了葛钟娃挥之不去的阴影。

第十二章

五

早雨不多，一天啰唆。古城子的天气就这样，早上起来，但凡遇上下雨，稀稀拉拉能下一天。有烦心事的人，总会怨这怨那，其实都是这雨天造得，等太阳落山彩霞出来后，人屁事也都没有了。

这天气郝七三常用在葛钟娃身上，说他就像这雨，干事拖泥带水，拖拖拉拉。

拉骆驼的，一辈子除了要有个好人缘，再就是要个干净利索。可是葛钟娃人缘虽好，却没利索上几回，一有啥急事说不出话来，就带出口吃。葛钟娃手底下虽然欠利索，但活儿做得很细。补鞍子，缝口袋，合缰绳，都弄得有板有眼。他不紧不慢，只要是谁说了，他总是答应一声，然后就细心地去干。虽然年轻，心地纯得像烧酒，像俗话说的，有吃饭的肚子没想事的心。但只要是人，都各有各的心事，葛钟娃也有他自己的心事。

由于家里穷，小时候他给人家放羊，除了工钱还管吃。一天他去放羊，结果狼来了，他一看撒腿就跑，气喘吁吁跑进主人家里，结巴着说不出一句话来。急惊风遇到了慢郎中。主人知道他一急有口吃的毛病，也知道口吃的人唱起来一点都不结巴，就赶忙说："你唱！"

葛钟娃张口唱道：

你家那群羊
来了一只狼
狼嘴咬断了羊红肠

主人一听赶忙带人拿上棍棒赶到山坡上，谁知一群羊躺倒了半群，倒毙的羊都被狼咬断了喉咙。

橐　驼

六

在入拉骆驼行当遇到王九先之前，葛钟娃只身一人还在油坊里给人家下过苦。在油坊里干了三年，学了些本事，练出了一身筋骨。第一年他一直在炒菜籽，炒菜籽的锅和一般的锅不一样，斜着安在灶台上，方便散热和翻动。炒菜籽要不停地翻动，随时掌控火候，凭菜籽芯的颜色来判断啥时起锅。随着菜籽的爆裂声，香味开始弥漫，滚热的菜籽起锅，用石磨碾菜籽，牛拉动碾轮，一圈圈地转着，将炒好的菜籽碾压磨碎。葛钟娃在这爆裂和香味中度过了一年。

第二年他随碾过的菜籽一起上了蒸锅。在蒸之前，先过一遍筛子，确保菜籽粉末均匀。灶里火势正旺便开始蒸坯了。蒸锅外形如蜂筒，将碾好的菜籽粉倒入其中，让粉末吸收水汽，把菜籽蒸熟蒸黏。

第三年开始包饼和榨油。包饼要有腰力、臂力，还要有巧力、准力。能不能出油，出多少油，全由包饼说话。俗话说"一坯二碾，三包四打"，包饼也要包得好，不包平就不出油，油就藏在里面，要踩得四周一样平，中间不能藏芯。包好的坯饼，叠放在一起，运到榨槽里榨油。榨槽重逾千斤，由两根樟木凿空制成，横摆在榨油坊里。将坯饼竖着放进榨槽里，槽内右侧装上两排木楔，调整好桩头位置，就开榨了。葛钟娃手执悬吊在空中的油锤，对准油槽中的进桩用力撞去。沉闷的撞击声，是一种熟谙于心的韵律。起步退步，拖后进击，油槽里金黄的清油如瀑布般喷洒出来。

三年中，葛钟娃挥锨炒菜籽，在蒸锅上挥汗如雨。尤为第三年，他在油锤的陪伴下，一锤一锤，练了一身的肌肉疙瘩，为进驼队拉骆驼搭驮子卸驮子留下了后手。

七

那天，葛钟娃骑在骆驼上看那冬天的日出。这日出的景色虽然差不多每天都

198

见，但每天的日头似乎都不一样。那天的太阳像一头牛在拉屎，迟迟才拉出个牛屎饼，他便想到了骆驼下羔时的难产。但瞬间那太阳变得格外苍白，他看得出了神。慢慢那太阳就幻化成一张苍白的脸，他就看到了父亲那张忧郁的面孔。

葛钟娃的父亲原先也当过几年驼户，自己也有几峰骆驼，只是一次骆驼被土匪抢去伤了元气。他流了很多的泪，他诅咒骆驼，诅咒驼道，发誓永远不再拉骆驼，哪怕是苦死、饿死，也不再入那行当。他临终前的交代，也少不了叮嘱葛钟娃千万不要去当驼户。虽然拉骆驼能发财，但一朝折损一辈子就完了。可葛钟娃后来就有了自己的想法，既然父亲说了拉骆驼可以发财，为什么要待在家里受穷，就像父亲那样冒一回险也值得。

父亲过世时他才十几岁。母亲受不了困苦生活的煎熬，嫌日子过得不好，也没活出个人样子，把他扔给了爷爷跟着一个车户上了新疆。先前，葛钟娃对父母念念不忘，但随着日子的流逝，父母在他的脑海里逐渐变得模糊起来。

一天爷爷对葛钟娃说："我想吃个鸡蛋！"

家里哪有什么鸡蛋？葛钟娃跑到邻居家要了两枚鸡蛋，赶快给爷爷煮上。

爷爷很是疼爱葛钟娃，在他的记忆中，葛钟娃从小到大，吃饭时双手端着个大黑碗，碗比头大，碗里清汤寡水，连个油花子都没有。

爷爷对他说："穷不怪父、苦不责妻、气不凶子才是真男人。你娘生你时正好庙里的钟响了，你父亲开口就叫你葛钟娃，驼客把驼铃也叫钟。既然与钟有缘，我死了你就去新疆吧，看能不能找着你娘。记住，跟着骆驼队走不会迷失掉。"

葛钟娃不知道鸡蛋要煮多久，足足煮了有一个时辰。他把鸡蛋剥了皮拿给爷爷。爷爷吃得很费劲，咀嚼非常艰难，没容易把一颗鸡蛋吃完。

白痰轻，黄痰重，黑痰出来就要命。葛钟娃看到，爷爷吐出来的是黑痰，里面还带有血块。吃完鸡蛋的爷爷头一歪落了气。埋了爷爷的三天后，葛钟娃便上路了，当他回头再看一眼爷爷的牌位，献在牌位前爷爷没吃的另一颗鸡蛋很惹眼，他一伸手把鸡蛋揣进了怀里。当他饿得厉害时，他把那颗鸡蛋拿了出来。当

橐　驼

他吃第一口时,他才知道爷爷为啥吃得费劲,是他把鸡蛋煮的时间太长,对牙口不好的爷爷来说,吃起来像吃皮条一样。

八

　　人穷无亲,树瘦无荫。照着爷爷的话,再加上自己已久的想法,他循着一帮驼客的骆驼蹄印上了新疆。娘没找着,和道尔吉一样,他也是碰上了王九先。王九先见他无依无靠便收留了他。当时的葛钟娃,穿的裤子就像狗撕扯了一样,衣服也是长三片短四片的,和乞丐没啥两样。他比道尔吉又迟来一个年头,但三四年过去,就长成了一个真正的壮汉,也挣了一些银子,便娶了媳妇,谁知没过多久,媳妇便把自己戳死了。

　　勤能补拙,葛钟娃只是有些手慢,但慢有慢的说法,慢有慢的道理。每逢驼队启程后,他都要再仔细地查看一遍,唯恐将什么东西落下,有时候比掌柜子王九先还仔细。就冲这一点,王九先很迁就他、偏让他。

　　初到古城子葛钟娃一无所知,也曾闹过一些笑话。那一次走的是蒙古草原道,在卡拉麦里山下扎了帐篷,由他去放骆驼。那山下野东西多的是,有野驴、野骆驼、野羊,运气好了还能看到野马。不一会儿他就气喘吁吁跑回来,把人还吓了一跳。他对大伙说:"那边有两个白屁股马娃子跑得飞快,兔子一样,咋撵也撵不上,要抓回来养上,过两年就能骑了。"

　　后来再看到成群的野黄羊,别人不笑他自己先笑了。郝七三还糟蹋他,说多抓上几匹养着,路过甘肃送给你家亲戚一人一匹骑着放驴放羊去。

　　驼队在巴里坤宿营。曹文茂说,樊梨花征西时在这沙漠中打了几仗,多少年过去了,可是到了晚上,半夜时分定会听到沙漠中人声鼎沸、马儿嘶鸣、战鼓咚咚的声音,那是樊梨花士兵的英魂在显灵,他们仍在沙漠中打仗呢。葛钟娃听了信以为真,晚上非要靠近帐篷口睡觉,非要听那响动不可。

　　第二天一起身,葛钟娃他便向大家说:"昨晚上听到了打仗的声音,战鼓擂得可响了，刀枪杪子热闹得很！"

谁知郝七三鼻子里哼了一声，开口说道："听你娘的脚，那是你的呼噜声和我的放屁声。"

葛钟娃没有回话，私下里却说："郝七三这驴日的，我成了他的出气筒，总有一天让他也有败兴的时候。"

后来在大伙一起喧话中，王九先有意无意说道："在这个世上，千万不要欺负那些心地善良的老实人，当他的心一旦狠起来，你连赔不是的机会都没有。"

郝七三听了这话，敲打葛钟娃的怪话，稍稍收敛了一下。

头枕裤子，鬼捏嗓子。葛钟娃睡觉，总是把裤子放在脚下，从不往头顶上方和枕边放。小时候他听母亲说过，睡觉时不要把裤子枕在头下，不然会做噩梦。但有一次他就把羊皮皮裤丢了，是被狼叼走的。

晚上睡觉时，他把羊皮皮裤放在了脚下。帐篷四面有缝隙，天若热，有时用木棍把四面支起来，风吹进来，帐篷里便不再燥热。一天晚上，当大伙熟睡时，一只狼靠近了帐篷，它闻到了羊的味道。狼匍匐爬行，从帐篷下进去，叼走了葛钟娃的羊皮皮裤。第二天，在离帐篷约一里远的地方，大伙看到了被狼撕扯得七零八落、东一块西一片的葛钟娃那新做的羊皮皮裤。

葛钟娃有时也很狡黠。那次在乌里雅苏台，傍晚时分，在远处的逆光中，一个蒙古姑娘骑着一匹马缓缓走过，从他和道尔吉斜站着的角度看去，很让人纳闷。

葛钟娃问道尔吉："你是草原上长大的，好多事情你都知道。你说说看，那马肚子下面吊着的，是马的锤子，还是那女人的脚？"

道尔吉看了半天，眼看那马儿走远了，他也没看清楚那马肚子下面吊着的到底是啥，但他的回答很妙，他说："那是脚和锤子。"

橐　驼

九

　　拉骆驼的，紧要三关就是五更里起来搭驮子，那是真正要本事要考惩的时候。骆驼被依次按倒在货驮子中间，两个连手一边一个从头至尾搭起。两人先将一边的驮子抬起，由一人贴在骆驼身子的一侧硬扛，一人快速转向另一边跨一个弓箭步，两手将另一驮子搬上大腿面子再靠向骆驼身上，那边的人便飞快地将销子穿入驮扣子中间，一副驮子在极短的时间内便迅速搭成，又赶快扑向另一驮子，丝毫没有缓气的工夫。两人将两连子骆驼驮子搭完，剩下的只有喘气了。搭驮子既是力气活又是技巧活，稍慢一些货驮子扛不稳掉下来就得重来。黑暗中只听见沉重的驮子被驼户们搭上骆驼脊背的用力声和骆驼发出三两下的嚎叫声。手脚不利索的落在别人后头，眼看人家将驮子搭好把骆驼呼哧地拉了起来，可自己的骆驼还没按倒。如果夹上一两峰生羔子，一见其他骆驼起了身，不管主人是否将驮子搭上脊背，也呼哧一下爬起来要走，其他没搭好驮子的骆驼也条件反射地接二连三翻起身来。这把手慢的不利索的就害苦了，那手中的鞭子便没头没脑向爬起来的骆驼身上抽去。骆驼被打得直嚎，被打得没了规矩，按倒又翻起，翻起来又被按倒。眼看遇上了比人还犟的骆驼，就赶快牵到一旁，让它先站在那里干嚎，等其他驮子搭好后回过头来再收拾这狗日的，又是一顿猛打，然后再搭上驮子。这时，先搭好驮子的人早已把帐篷都拆了，这慢的一下就没有了脸面。

　　搭驮子，按驼客的话说，是驼客最缺少人情味，也是平常人们所说的骆驼的缰绳长、驼客做事短的时候，丁是丁卯是卯，搭驮子不认亲爹娘，一个个都成了小心眼。先搭好驮子的人已翻锅倒水，连伙食驮子都收拾好了。看着你忙前忙后像热锅上的蚂蚁，但却不搭手，只是袖手旁观，冷眼相看。郝七三对葛钟娃就是那么回事。

　　看着葛钟娃搭驮子，他却卷起一支莫合烟蹲在那里抽起来，那烟头一明一灭，在黑暗中似一只独眼兔子的眼睛，那是郝七三在讥笑他。这时的葛钟娃更沮丧，也觉得丢人，驮子搭不起来，一着急，一条硬邦邦的汉子被折腾得立马会莫名其妙地流下泪来。虽说他的连手陆十红也曾埋怨过他，但日子久了也见怪不怪了，只是随着他的快慢不吭不声去做罢了。

到后来葛钟娃想通了："快能干啥，跑到前头去抢屎吃。前头还有大姑娘等着呢，你亲她的嘴，你摸她的奶，你搂着她睡大觉，还给你生个尕驼户呢。先到了站口，你还不是要搭帐篷，埋锅灶做饭吗！"

葛钟娃这话说得眉飞色舞，很是解气。两眼只看郝七三，大家看着他两个也都"哧哧"地笑了。

驼客们最拿手的，要算是五更里起来抓骆驼了，这阵子是驼户最忙的时候，真是忙得勾子和面脚踏蒜。每人提一把缰绳冲进驼群，在黑暗中给自己的骆驼一个个把缰绳拴在鼻扦绳上，一吆喝骆驼便顺从地跟着人走。有些乖骆驼当你把缰绳一拴上鼻扦，即便是把缰绳扔在地上，它也会一动不动站在那里等你，直到你回过来头将它牵去按倒在货驮子中间。往倒按骆驼时，每个口中都不停地喊着"唆、唆、唆"，随着喊声缰绳往下一拽，骆驼负痛便扑通卧倒。多数骆驼已成习惯，人还没到跟前，只要听见"唆"的喊声便自动卧倒。黑暗中抓骆驼，每个驼户都准确无误，在常人看来那千篇一律的面孔确实不好分辨，但驼户却像熟悉自己的婆姨和娃娃一样，没有一个抓错的。只有葛钟娃，开始出错，后来也还出错，往往是闪过自己的骆驼去抓别人的。

一次他抓了郝七三的骆驼，郝七三骂道："笨死了，就差跌进猪圈里了，没一点灵性，连骆驼都不如，个人的骆驼迎上去不抓，硬掉头去抓别人的。谁家的婆姨还让给你整，像你这样想吃屎都赶不上热的。"

当然，这话是有些夸大，可连葛钟娃自己都说："日他妈，驴和牛还分个毛片，这骆驼除了几峰是白的，其他毛片都一个屌样，就能分出个公母来，比那些大鼻子老毛子还难认。"

可是葛钟娃也有占欺头的时候。他趁大家不注意，装作尿尿，偷偷早起上一个时辰，当别人去抓骆驼时，他已将骆驼按在了货驮子中间。这样他就赶在了郝

橐　驼

　　七三前面拉起了骆驼，抱上膀子，哼上曲子，在还搭驮子人的面前转上一圈，腾出时间也笑话别人一回。

　　可到了站口，就免不了郝七三一顿臭骂："你他妈还算儿子娃娃，偷偷搭驮子，有本事明天和老子一起比个高低。"

　　这时的葛钟娃便咧着嘴向郝七三和众人"咯咯咯"地笑，很得意的样子，然后嬉皮笑脸地回上一句："威风也不能你一个人耍，别人也有出头的时候！"

　　"出你大的屎头子，你怕你成了缩头乌龟！"郝七三听了更气。

　　"我爹妈全死了，不知你骂的是谁？"葛钟娃还是笑脸相陪。

　　这些话引起大家的哄堂大笑。于是大家在半认真半开玩笑的骂声中又相安无事了。可到第二天早上他两个又吵上了。葛钟娃伸个懒腰，冲着王九先刚刚提进帐篷的马灯，学着别人的腔调打趣地说："鸡娃骨头羊脑髓，天亮时的瞌睡，小姨子的嘴。"

　　他说的是四大香，其实还有四大黑：奸商心，锅底灰，铁匠的脖子，大煤堆。四大累：一累心，二累腿，三累腮帮子，四累嘴。四大忙：狼叼羊，火上房，提上裤子找茅房，娃娃爬到井沿上。四不摸：木匠的斧子，厨师的刀，光棍的行李，姑娘的腰。四大苦：猪苦胆，黄连面，没娘的孩子，光棍汉。四大缺德：挖绝户坟，踹寡妇门，吃月子奶，欺老实人。四大欢：风中旗，浪中渔，十八的姑娘，小公驴。

　　在这五更里葛钟娃说四大香，意思是其他几香都无所谓，这时候只有瞌睡是最香了。

　　侯财来接着葛钟娃的话把儿也说道："拉硬屎，放响屁，掏耳朵，打喷嚏，吐呵欠，出长气，喝美酒，听大戏，人生八大畅快事。"

　　只见郝七三对着葛钟娃"呸"了一声说道："香你娘个脚，还想着小姨子的嘴，不知道婆姨在哪儿呢！"

　　郝七三自知失口，随口又补一句："闹是闹，笑是笑，不要往心里去。我是说你一看就会，上手就废。婆姨的事情就不提了。"

葛钟娃见郝七三说了软话,但还是给他放了个实心炮:"就是,我就算是你的剁屎墩,可人也得说人话,不是人话那就不叫话。"

郝七三一下无语了。他随便骂人已顺口了,你让他改掉很难。听了葛钟娃的话,他琢磨自己是不是把这娃娃骂得太过火了,打是疼骂是爱,这也是人说的话呀。转念一想,看来对这娃娃说话要改一改了,眼看这娃娃一天比一天攒劲,越来越像个驼户了,他心里蛮高兴蛮喜欢。

十

葛钟娃拉的骆驼中,有一峰骆驼叫瘦大个子。瘦大个子看似有一副瘦骨架,像是难经风雨的样子,实际上它是长足了筋骨,练出了耐力。

"瘦得一把柴,喝酒拿缸抬",是说瘦人喝酒厉害。瘦大个子却是认道儿比人厉害,如果不是它,在沙窝里迷失走丢的葛钟娃早已被黄沙盖脸了。

瘦大个子是只母驼,有多大的耐力,一次就让大伙记一辈子。那回驮盐送往哈密,偏偏瘦大个子这两天就要生驼羔了。大伙一想,走哈密是短途,要不了几天就回来了,于是瘦大个子夹在驼队中前往哈密,盐口袋一边一个,少说也有三百斤。走了几天,离哈密还有八九里路,葛钟娃看到,路上洒有血滴。停下一看,瘦大个子的屁股上小驼羔已露出头来。看到这个情景,大伙都不知该咋办。

王九先思谋了一下说:"整个驼队负重停下来,骆驼压得昂昂叫,等瘦大个子生出羔娃子,要等多少时辰,谁能知道,边走边看吧!"

就这样,瘦大个子继续驮着两口袋盐,屁股上吊着露出头的小驼羔,嘴里"昂昂昂"叫着,硬是走到了哈密。

卸了驮子,卧着的瘦大个子忽地一下就站了起来。大家看到,瘦大个子屁股上吊着的小驼羔,已出来了大半个身子。大家赶忙把驼羔接生出来。

生下驼羔的瘦大个子迎着风就那样站着,微风吹动着它的嗉子毛。看到被接

橐　驼

生出来的驼羔，它掉过头嗅了嗅小驼羔，又"昂昂昂"地叫出了声来。瘦大个子眼里含满了泪水。母驼的慈爱与柔情，让人看着心里要多难受有多难受。

十一

媳妇当时死了后，葛钟娃心灰意冷了一阵子。葛钟娃的体格好，壮实得很，叫驴一样，不要看是饿过肚子的人，差一点饿死，但缓过劲来的他，就像深秋霜打过的白菜，看似蔫头耷脑的，经太阳一照，绿旺旺地又活过来了。

活过来的葛钟娃钟情驼队，寄希望于驼队。驼队就是他的依靠，就是他的衣食父母，就是他的命根子。

可有一次，葛钟娃就迷失了方向，误入沙漠深处，差一点就没有回来。

那是个乍暖还寒的日子。这天轮到葛钟娃放驼，当他把骆驼赶到十几里外沙漠边上的草场时，突然狂风大作，暴风裹挟着沙尘在天地间弥漫，整个大地一片昏暗。

驼户们都知道，这个地方，常有的不是秋水长天的风清日朗，也不是萧瑟寒风中的冬日暖阳，而是春夏酷暑中的风沙，间隔十天半月，肆虐狂吼的沙尘暴便会迎面扑来。可谁又能知道，这年的风沙竟来得这么早。

葛钟娃一下慌了，驼群也乱了起来，争着奔向驻地。不辨方向的葛钟娃以为骆驼会跑散，他左挡右挡，鞭子打断了，皮褂子扯烂了，结果一峰骆驼也没拦住，驼群瞬间跑得无影无踪。其实骆驼并没跑错方向，不大的工夫，都回到了营地，唯独不见葛钟娃和瘦大个子。此时的葛钟娃按自己的判断却反方向走了，越走越远。他走到一个硕大的沙梁下停了下来。黑夜很快来临，他在沙梁的背风处蜷下身来。

五月的沙漠，白天热晚上冷。葛钟娃白天坐在梭梭墩下避开日头的暴晒，晚上他裹着老羊皮袄坐在篝火旁，狼的嚎叫声从远处传来。好在他身上的莫合烟还能抽几天，烟头在黑夜中一明一灭。一盒俄国产的洋火还有大半盒，但不能大意，洋火省着用，篝火不能灭，就用篝火点烟续火。有了篝火，再厉害的狼也不敢靠近，何况他还有一把匕首。他用匕首把一根胳膊粗细的梭梭一头削尖，用它来防身。

下半夜，风停了，在一个巨大的沙丘后面的背阴处有残雪，但已不是先前雪的样子，是塌陷在沙窝里的雪粒，抓一把就有水从指缝里流出来。他取下腰间的搪瓷缸子，把雪粒盛进缸子在篝火上烧开。坐在篝火边的他，卷了根莫合烟，一口烟一口水直到天亮。

第二天，他站在沙包上四处张望。他心里完全没有底，他不知道怎么走，但他很明白，不能前行也不能后退，只有待在这里才有可能活着回去。他想起了王九先的话，人迷路了不要乱跑，乱跑就麻烦了，个人无头绪，找人的人也不好找。他重新回到了篝火边，让篝火再度燃烧起来，然后斜躺在篝火边，不知不觉睡着了。

等他一惊再醒来时，篝火快熄灭了，天上盘旋着一群乌鸦。他意识到，这些乌鸦是冲他来的。他心里一紧，难道我真回不到驼队，会死掉吗？

他虽觉得白天的日子难熬，但他还是怕黑夜。心里的盘算没落定，眼看着太阳偏西后比兔子跑得还快，忽地就靠近了山头，出溜一下就藏到了山后。

当葛钟娃又熬过两个晚上，他有点崩溃了。看着天上盘旋的那群乌鸦，他不想喝水，也不想抽烟。他躺了下来，从腰间的腰带上撕下一缕布条，抹下棉帽子绑在了脸上。他嘴里咕叨，就是死了，眼睛也不能让乌鸦掏去。

他昏睡了过去。过了不久，他觉得有粗大的出气声响在耳边，同时听见低鸣的驼叫声。睁眼一看，是瘦大个子。瘦大个子的嘴唇在他脸上绑着的帽子上磨蹭，同时发出低沉的嘶鸣声。

葛钟娃骑着瘦大个子，由着瘦大个子咋走就咋走。约莫走出了五里地，老远就看见王九先他们向着他和瘦大个子奔来。

十二

还是在包头。卸完了驮子,葛钟娃跑来对王九先说:"掌柜子,我咋看瘦大个子挨不住了。"

王九先问:"咋了?"

葛钟娃说:"走路拐拐打打,难回到古城子。"

王九先走过去盯住瘦大个子看了一阵子说:"那就撂下吧!"

葛钟娃问:"往哪儿撂?"

王九先看了瘦大个子一眼:"撂进我两个家兄的驼群里,就看它自个儿能挨多长时间。它该出的力气都出尽了,就由着它去吧!"

王九先说着上去在瘦大个子的脖子上摸了摸,又摸了摸它的脸颊,拍了拍它的胸脯。

葛钟娃表情复杂。他不舍地走近瘦大个子,用手捋了捋它的嗉子毛,满眼的泪水随着他的一抽一搐流了下来。

驼队从包头返回古城子。过了个把月,葛钟娃在驼场边转悠,抬眼朝远处望去,一个黑点出现在眼前,越来越大、越来越大。他看清了,那是一峰骆驼。他不以为意,不知是谁家离了群的骆驼。但他突然愣住了,他定睛细看,他无法相信自己的眼睛,是瘦大个子,是他留在包头的瘦大个子。它竟然自己回来了,自己回到古城子来了。这是几千里路啊,它是怎么走回来的?葛钟娃急步上前,瘦大个子看到主人,发出了低沉的"昂昂昂"的叫声。

瘦大个子潸然泪下。它低下头,把头送向葛钟娃的怀中。葛钟娃也泪水满面,他张开两臂一下抱住瘦大个子的脖子:"我前脚走,你后脚就跟来了。你还真把这道儿认下了!"

瘦大个子感觉到了主人全身的震颤,一路的委屈与磨难一下便烟消云散了。

仅仅过了三天,瘦大个子就死了。

瘦大个子老了,三十多岁了,跟着王九先也十多年了。它实在驮不动了,步

第十二章

履蹒跚的它走了几步就好像要跌倒,它停下来又站稳了。它昂起了头,还是那样地持重沉稳。看着熟悉的草场上远去的伙伴,它的两只前蹄子踉跄了一下,身子往前一栽,左右摆了一下便卧下了。过了一会儿,它躺倒了。

它静静地躺在地上,目不转睛地凝视着高远的蓝天和白云。它的眼里没有一丝的恐惧和埋怨,兴许还有些安慰。它没有被抛弃,终于回到了主人身边。此刻的它好像是在梦里,它的思绪已远去,它已重返以往的日子,走进了高山峻岭、戈壁沙漠。

临死前的煎熬痛苦漫长,竟持续了一天半。瘦大个子清澈的眸子里,映出王九先、葛钟娃几个人的身影。它慢慢闭上了眼睛。

第十三章

一

后晌，侯财来发现自己的"口粮"快没了，他跟王九先说要去买点莫合烟，王九先点头应允。他从水磨河的桥上走过去进了城。

虽说抽烟不解人生苦，喝酒难消世间愁，但驼户们在路途上的烟酒是少不了的。驼户抽的都是莫合烟。成天骑在骆驼背上的他们，一路上有莫合烟陪伴，口里吐出的青烟，带走了不少寂寞和无聊。莫合烟多半是从小贩手里买来的，一次就要把路上的所需买够，不然路上断了"口粮"，向别人求爷爷告奶奶就难堪了。

坐场时，有了闲工夫，自个儿也造一部分烟，把晒干的烟杆用手铡铡碎，铡成细粒儿，把烟叶也揉碎，两样掺在一起拌匀。拌的时候要加水进去，把烟弄潮湿了，不然呛得人没法拌。拌好的烟要倒进锅里炒，把生烟炒成熟烟。炒时滴点清油进去，炒烟的味道飘得很远，那味儿闻着比抽着香。把炒好的莫合烟装进几个白布袋子，放在骆驼背上。拿出来抽的时候，大家伙都很有成就感。

到了站口，忙完了，吃过饭，一起坐在帐篷里喝茶抽烟，一个比一个抽得凶。这时的帐篷里，若挂上几块肉，第二天能变成熏肉。

侯财来边走边哼，驴尻拖到马胯上，斜三横四，前腔不着后调地唱道：

前半夜大雨唰唰下

后半夜咱俩拉拉话
眉对眉来就嘴对嘴
搂上我妹妹没瞌睡

鸡叫三遍东方个亮
妹妹不让我穿衣裳
妹妹要把那哥哥留
毛眼眼哭成泪人人
…………

刚走进街面，就听到一阵嘈杂声，近前一看，外层围着一圈人，里面是一个三十来岁的男人在耍猴，只听那人说道："唐僧再厉害，也是个耍猴的，他耍孙悟空，我耍孙悟空的徒子徒孙。大家不要笑，我让它上杆，它不敢钻箱，我让它钻箱，它不敢荡绳，我让它荡绳，它不敢不从……"

听着那人的吆喝声，一大一小两只脖子上拴着绳子的猴儿坐立在他面前，圆溜溜的大眼睛，扑棱扑棱望着耍猴人，不时看看那人另一只手里提着的鞭子。

猴娃儿不上杆，是锣儿没敲欢。当耍猴人指使那小猴儿上杆时，那猴儿只是围着场子中心竖着的一根杆子转圈，就是不往杆上爬。耍猴人一见，挥起鞭子就打小猴子。就见那大猴子一蹿，跳到了耍猴人的头上，它是在护着小猴。这时就听蹲在圈内的几个娃娃齐声喊道：

猴娃猴娃搬砖头
砸了猴娃的脚指头
猴娃猴娃你不哭
我给你娶个花媳妇
…………

橐　驼

　　娃娃们这一喊，把一圈人都惹笑了。

　　侯财来一听那人操着一口河南腔，心里便琢磨，在古城子，河南人不仅耍猴，还弹棉花，很会来事。他嘴里不由地小声嘟囔道："弹棉花，弹棉花，一斤棉花弹成八两八；弹棉花，弹棉花，八两八棉花能做个啥？"

　　侯财来抽烟喝酒，脖子上还挂个骆驼牙打磨的物件，忽悠忽悠的。路过一个店铺，门前一条长凳上坐着一个老女人和一个小女人，小女人怀里的娃娃正在吃奶，小腿儿在不安分地蹬，嘴里还哼哼唧唧。老女人手执一铜头长把儿的烟锅，吧嗒吧嗒在吸烟，口中吐出的烟从门的上方徐徐上飘，打了个旋儿迅速融进了天空。只见小女人腾出一只手，从旁边桌子上放着的一个盘子里拿起个猪蹄啃了起来。

　　侯财来便故意忽悠调侃小女人，问了声："你那猪蹄卖吗？"

　　小女人脸一下红了，手拿猪蹄吃也不是，放也不是，偏过脸望着老女人。

　　老女人对侯财来说："你这娃娃说笑呢。这猪蹄是给我儿媳妇下奶水的，你吃了管啥用？"

　　侯财来说："今天嘴馋，就想吃猪蹄。"

　　小女人把脸埋向怀里，"嗤嗤嗤"地偷笑，头和娃娃的头靠在了一起。

　　老女人说："你这娃娃没来头，难不成把这猪蹄送你？"

　　侯财来说："这猪蹄肯定香！"

　　小女人一听，眼睛眯成了一条缝，一下笑出了声，站起身抱着娃娃走进了店铺。

　　老女人用烟锅头朝侯财来点了几下："嘿，你这娃！"

　　往前再走，围着的一群人里面，一个算命先生说东道西。侯财来有些好奇，凑到了跟前。

　　算命先生说："算一下？"

　　侯财来说："算一下！"

　　算命先生说："我是测字算命，你写个字。"

侯财来说:"你不是相面识人啊?"

算命先生说:"我只看字儿。"

侯财来望着算命先生,思谋了一下拿起了毛笔,很是认真地写了一个"囚"字,但字儿写得歪歪扭扭。

算命先生拿起那张纸,透过眼镜把那"囚"凝神看了几下,又把侯财来上下打量了一下说:"有福享不上,有祸躲不过。"

侯财来盯着算命先生:"咋说?"

算命先生说:"有些事情不能说透。"

侯财来说:"是你没看透吧!"他扔下钱,起身走开。

那算命先生望着侯财来的背影高声说道:"朝里无人别做官,伙房没人不去串,口水淹人救不起,缺德害人没药医,忠诚老实传家运,狼心狗肺不长远。"

侯财来听了这些话,停住了脚步,反身说道:"你是掐着鸡巴算命,都是哄骗人的话。"

他往前又走了一截,就见一个老汉靠坐在墙上,怀抱三弦,旁边站着几个人在听他唱曲子。老汉边弹边唱:

爹妈活的时候不孝顺
死了爬到坟上扯尿声
孝帽子你戴给旁人看
这时节才后悔顶屁用
…………

侯财来站在那些听众的后面,忽然觉得脸上发烧,心想:这老汉不是在唱我吗?他往前探了探头,细看那老汉,发现那老汉是个瞎子。再看一眼,老汉的脸面竟和父亲长得有些相像。他突然鼻子一酸,想起娘老子来了。

有两次驼队路经河西走廊,侯财来都有种回家看看的冲动,看看父亲,再看

橐 驼

看已经死了多年的母亲。他的母亲去世后，棺木就放置在离自家庄子百米远的地边上，用土坯和泥巴封了起来，等他爹去世后，将母亲的棺木起封，两人再合葬一处。侯财来上新疆时，母亲一个人已在那里躺了三年多了。

母亲头七那天，一只蝴蝶落在侯财来的肩头久久不愿离去。父亲走过来双手捧起蝴蝶，说了声："放心去吧！"

蝴蝶飞起来，在父子两个头顶上方盘旋了几圈飞走了。

二

侯财来是因为闯了祸，做了错事，惹恼了父亲，才从民勤老家出走的。

他到街上去看戏，回家时路过人家的地头，看到收获的糖萝卜堆在地里用菜叶盖着，便动了心思。晚上他推着双轮木轱辘车，硬是走了七八里，把人家的糖萝卜装了半车，费了九牛二虎之力推回了家。在大门口他放下车，贴着两个大门墩，各浇了半泡尿，再推门，门没发出响声。

他怕父亲问他，糖萝卜是哪里来的，就把糖萝卜添到了自家的牛槽里。萝卜是个菜，便宜是个害，让他万万没想到的是那牛吃多了糖萝卜，第二天躺在地上翻开了白眼。父亲看着圆鼓鼓的牛肚子急得直转磨磨，说："这是咋了？"侯财来看到这情景，大气都不敢出。

父子俩眼看着那牛伸了伸腿，叫了几声断了气，糖萝卜硬生生把牛胀死了。

"我的牛啊！"父亲叫了一声，蹲在牛前抽泣开了。

这一下可不得了了，眼看着一家人的指望没了，要知道那牛可是他家的命根子，耕牛没了，地咋种？可惜的是这大犍牛不光是耕地，它还配种，一年下来配不少的牛娃子。大犍牛在七邻八乡都是有名的，肩宽体阔，卵袋足有五斤重，配下的牛娃子都有指望，母牛奶多，公牛攒劲。凡是牵着母牛来配种的，牛背上搭着的袋子里都有几升料瓣子，除此以外，还有两块钱的配种钱。

这牛黑毛白舌头，劲大，能拉断车辕头，走站吆喝一声，不用鞭子吆。好牛看角。大脬牛长着一对门楼角,头上方的天门梁处有拳头大月亮似的一个圆,两角向头顶环抱,像要抱住那月亮。父亲早喂草喂腿,晚喂草喂嘴,把这脬牛务习得风风光光,面子有面子,里子有里子。虽说这牛有时候也任性,父亲有一回去喂牛,那牛一甩头,牛角正好抵在他嘴唇上,一颗门牙便被顶进了肚子里,但就这,父亲对那牛还是爱得不行。就靠这牛,父子两个日子过得还算滋润。这下可好了,大脬牛胀死了,以后的日子咋办?

父亲抽泣了一阵,翻起身看到牛槽里牛吃剩下的糖萝卜,瞪圆了双眼问侯财来是咋回事,侯财来支支吾吾说不清楚。父亲知道是他干的好事,抡开牛缰绳在侯财来身上一顿乱抽,侯财来被打得抱头鼠窜。他一愣神,好汉不吃眼前亏,撒开双腿飞也似的跑了。

此后,父亲再也没见到他的身影。他后来带话给父亲,说他上了新疆,到了古城子。

三

在古城子,侯财来先是在开垦河的石玉山家里打短工,后来打听到同乡李同顺就在二十里外的冯家梁,便辞了工直奔冯家梁找到了李同顺,经李同顺点拨,也耕种了几亩撂荒地。

冯家梁的冯家是个大户,因为闹匪,十多年前就搬走了,不知去了哪里。李同顺就是看到了这里的撂荒地,才挖了个地窝子定居了下来。侯财来来后,在冯家梁的另一端也挖了个地窝子。

侯财来有了自己的地,有了地就有了庄稼,有了收成,心里也就有了底。经人介绍,他与当地一个叫宁彩凤的姑娘结了婚。可几年过去,小两口就是没有添丁进口。就为这事,两个人有时拌嘴吵架。

侯财来矮壮粗胖,相亲之前,和姑娘的父亲见过面。当时姑娘的父亲有点疑惑:"来家里坐吧!"

橐 驼

姑娘的父亲回家没说啥。侯财来去的那天,他在门边上立了一把铁锨,心里琢磨,这娃娃进门时看吧,有铁锨把儿高,姑娘能嫁,没铁锨儿把高,日后再说吧。

侯财来到姑娘家那天,姑娘的父亲出门迎他,让侯财来先进门。侯财来唯唯诺诺,哪敢先进屋子,但姑娘的父亲执意让他先进门,侯财来诚惶诚恐。姑娘的父亲跟在他身后一看,这娃比门边的铁锨把儿要高一些,也就没再说啥。宁彩凤有点不愿意,架不住父母唠叨,就嫁了过去。

洞房那天晚上,二人睡下后,侯财来对宁彩凤说:"在老家民勤,我爹每天黑咕隆咚就喊我起床,把我喊毛躁了。我对他说,你年轻的时候和我妈睡美了,谁欺负你们了?现在我睡个觉咋就这么不行、那么不行,五更里就开始糟践人,让人活还是不让人活?我几句话就把我爹顶到了墙头那边,从那以后我爹一下乖多了,再也不喊我早起床了。"

宁彩凤听了,用拳头捶着侯财来的胸脯"咯咯咯"地笑着说:"那你就睡,有你睡不着时候,让你睡得腰疼!"

婚后的侯财来觉得浑身有用不完的力气。那次村里死了人,要打坑。

主东说:"挖坑最少去两个人,也有个照应。"

谁知侯财来大声说道:"不用两个,我一个人就行!"

犟来犟去,侯财来跟着阴阳先生和孝子一起去了坟地,指点好地方,孝子烧了纸,阴阳先生给侯财来交代了一番,和孝子回头走了,把一只筐留给了他。筐里有卤肉卤鸡,还有一罐烧酒。

傍晚时分,还不见侯财来回来,这边的人等得着急。打坑的人回转后要吃长寿面,臊子汤熬好了,就等他一进门下面。眼看这天要黑了,这坑要是打不出来,明天人咋埋。

应人是小,误人是大。亡人停在家里两天了,都是单日埋,定好明日出灵,这坑若没打好,就不是多耽搁一天的事了,那就得停五天了。自家人好说,帮忙的三朋四友,天天熬在这里咋行。主东赶快派两人去一看究竟。

两人到坟地一看，这侯财来鸡也吃了，卤肉也吃了，也喝醉了，在坑边上呼呼大睡。两人细看，这坑打得四棱见线，无可挑剔。两个人将侯财来弄醒要他回家，侯财来闭着眼说："我要尿尿！"

两人一边一个扶着他尿。他一边尿，嘴里一边嘟囔："十个将军，抬炮出城，一阵大雨，收兵回营。"

四

同乡李同顺平时到侯财来家，老远就喊把狗挡住，但喝了酒就不是那么回事了。酒壮尿人胆，没胆量的人在醉酒后，能干出让自己吃惊的事来。

李同顺老实巴交，尿得够呛，但乘着酒劲，能把侯财来家他平时不敢靠近咬人的狗，径直走上前，抓住拴狗的铁链子，一直能捋到狗脖子跟前，用另一只手抓住狗脑袋上的皮把狗提起来。

侯财来也一样，到了李同顺家，狗一见他，自个就钻进了狗窝。

这天在李同顺家喝完酒，李同顺对侯财来说："兄弟，你是看不上我了。自从我娃根锁不见了，没有了，你就离我也远了，喝酒也喊不上来了。"

侯财来听了这话脸一下绿了，酒醒了一半，赶忙说："李哥，不是你说的那么回事。"

李同顺说："兄弟，我心里不好过呀！"

李同顺的老婆见丈夫又要旧话重提，又说伤心话，便对李同顺说："他爹，你不要再说了。"说着自己也抹了一把眼泪。

跨出门外的侯财来对李同顺夫妇说："不送，你们在，我走！"

他紧走几步，便消失在死气沉沉的暗夜里。

侯财来心里十分慌乱，加上脚下不稳，摔了一下。他爬起来，虽然带点酒劲，但走过冯家梁时，想起李同顺说的话，心惊肉跳的，头皮子发麻。

他和李同顺家相隔也就二里多地，但要翻过冯家梁。冯家梁上有一些坟包，

橐　驼

不知埋的啥人，年代久了，就连当地老人都说不清，反正有人看见坟地里有过清代人的袍子，袍子是野狗撕扯出来的。

自从出了那件事，侯财来每次来李同顺家喝酒，内心都充满了负罪感。他是硬着头皮来的，喝一次后悔一次。他知道，一切的一切都是那个骷髅引起的。

五

那是前年的事。侯来财在李同顺家喝酒，他两个是中午就开喝的，一葫芦烧酒，两人你一口他一杯，喝掉了半葫芦。到了太阳快落山时，两个人都开始说酒话了，李同顺的老婆就劝二人不要再喝了。

侯财来半醉不醉，出门往家里走，路过冯家梁的坟地时脚下一绊，他低头一看，是一个骷髅。借着酒劲，他想把骷髅一脚踢开，踢到路边草丛里去，谁知踢偏了，那骷髅在他脚下转了个圈后从嘴里掉出一个黄灿灿的东西。他蹲下身子捡起来一看，顿时吃了一惊，两手不住地颤抖，这是金子啊！

他朝四下看看，四下无人。他将那东西又仔细地看了一下，便紧紧地攥在了手心。

回到家，他把那东西给宁彩凤看。宁彩凤一把夺过去，看了又看，瞅了又瞅，又放在嘴里咬了一下，激动地说："这是金砖啊！快说，是哪里得来的？"

侯财来带着满身酒气，结结巴巴把事情说了一遍。宁彩凤一听，"呸呸呸"往地上啐了几口，说："妈呀，这是死人嘴里的东西！"她身子一转，扑向门外，"哇哇哇"地吐了起来。

天色暗了下来。侯财来提了铁锹，宁彩凤拿着刚刚缝的新白布袋子，两人一道去把那个骷髅用布袋装了，找了个去处把骷髅埋了。两人一人三下，叩了六个头。宁彩凤抓住男人的胳膊，两人都有些发抖，是吓的还是激动，说不清楚。两人掉过头急急地回到家中。

第二天中午该做饭了，宁彩凤来了劲，操起擀面杖搅荞面搅团。侯财来从外面进来,站在宁彩凤身边说:"搅团要好,八十二搅。搅团要然,勾子拧圆。搅团要筋,衣裳脱净。"说着伸手就脱宁彩凤的衣服。

宁彩凤转过脸娇嗔地说:"锅要糊了!"

侯财来说:"先把火撤了!"

宁彩凤说:"你不吃啦?"

侯财来说:"不吃啦!"

二人扒光脱尽、火上浇油过后,再看锅里的搅团,坨成了硬邦邦的一个大"陀螺",想搅也搅不动了。宁彩凤用眼睛剜了侯财来一下说:"再脱不脱了?你脱呀!"她拿起切刀,一顿乱划,把"陀螺"切成了八牙子,倒进盆里端给了猪。

半生不熟的一盆搅团往猪槽里一倒,那只已有六七十斤重的黑猪就奔过来抢食。这猪大半辈子了啥时候吃过这么好这么稠的东西,三两口下去就噎住了,抬起头嘴巴一张一张,眼泪就被噎了出来。

赖在被窝里的侯财来嬉皮笑脸地望着宁彩凤的背影,身子往后一仰躺了下去,闭住眼睛又睡了起来。

六

有了外财,侯财来筹划着要盖房子,便在自家庄稼地旁选了地儿。

这个时候的侯财来已不是先前民勤老家的他了,懂得过日子了,勤快多了。他不想雇人,不想多费钱财,盖房子就由他和宁彩凤自个儿完成。李同顺抽空也过来帮两三下。宁彩凤除了给侯财来烧水做饭,多的时候也是给男人打打下手。

侯财来先是做了土块模子,模子长一尺二一,宽六七寸,厚三寸。他把黄土和成泥巴,泥堆用铁锨反复折来折去,泥巴劲道了。他用铁锨蘸上水,用铁锨背面在泥堆上墁,把泥堆墁得光亮,太阳晒不进泥堆。他又在泥堆前面撒上了往年

橐 驼

捂擘的麦草，手上蘸水，挖下一块能把模子填满的泥巴，在麦草上滚成圆团，双手抱起放进模子里。旁边放有水桶，用手捧少许水，把泥巴按平抹光，然后把模子脱去，模子紧挨土块再放上，再脱下一块。过一会儿他站起身来，看着自己脱得一行一行的土块，开心地笑了。

土块被日头暴晒一天，第二天早上就被码了起来，空阔的场子上，土块留下的湿印子还在。接着在场子上再脱土块。一间房子盖起来，要用三千块土块。三间房子的土块，侯财来用了一个多月就脱够了。

侯财来面对取之不尽的梁洼上的黄土，看看长得旺盛的庄稼地，长舒一口气道："都怪我那些倒了八辈子霉的先人们，死守着穷地儿，就不知道早些挪个窝。"

脱好的土块码在房基地的周围，一排一排。侯财来每天都来看看土块，看土块干透了没有。过了十来天，土块完全干了，侯财来开始盖房子。坐北朝南打好地基，把尺寸量好，木过三丈，不压自弯，房子的过间，不能太宽。房子深度丈三，宽度一丈，共三间房。为了防潮防腐，墙基砌了五层青砖。预备好的担子、椽子、檩子、门框、窗框、过木、苇帘子，该上墙时上墙，该上顶时上顶，一样都没有打住他的手。

侯财来很有脑子，他在砌墙时就把担子、檩子搭在了墙上，随着墙体的升高，担子、檩子一起升高，不用喊人来帮忙。

侯财来开始抹墙泥。墙泥分两遍抹：第一遍用麦草和成草泥，不讲究抹光。第二遍的墙泥等头遍墙泥干了，房顶搭好后再抹，墙泥用麦衣子和泥，抹得匀称光亮。头遍房泥有一拳头厚，待干透后再抹二遍。房子内墙刷了白土，上墙支一张方桌，两边两把椅子，还有一个大红柜。盘了炕，后墙上留了烟洞，土炕上面铺了张席，席子上铺了羊毛毡，一切都搞得有模有样。

土块房子，冬暖夏凉，冬天寒风吹不进，夏天热气进不来。侯财来两口子眉开眼笑，他两个觉得这辈子就这样了。

当时，李同顺看到侯财来不费劲就把梁架在了墙头上，可上梁讲究还是要的，也是为图个吉利。他拿来一副对联，说是找梁下的一个先生写的。只见对联写道：

民勤男人盘玉柱
古城丫头落金枝

横批：

吉祥如意

此时门楣上面还没搞定，横联没法贴，就放在了一边。谁知挪来挪去，就把横批弄脏弄烂了，最终也没能上墙，"吉祥如意"成了一句空话。

老话说日不晒根，口不吞阳，是说太阳不能透过窗户照射到墙根，阳光也不能穿过门口直接照到屋内。侯财来不懂这些，把窗户和门开得太大太高，至阳之物冲散了人的气运，冲撞了逝者的灵魂，以至于后来遭了霉运。

七

房子盖好了，要打院墙了。侯财来去找李同顺，李同顺正在净场，他拉着个石碌子在打麦场转圈圈呢。这打麦场每年都得净，头年用过的来年不能再用。冬天被雪一盖，春天雪一化，太阳一晒，就开裂了。让雨再一淋，太阳再一晒，就成了虚泡泡了。净场是麦收前必须要干的事。

李同顺把渠水引过来，用水把麦场整个泡透，让太阳晒了一两天。他用了一天半，像翻地一样，用铁锨把麦场翻了个个儿。把土翻过来，用铁锨背把土拍绵、拍平，再拉上石碌子碾压，直到把场碾得光溜溜的。

李同顺看侯财来来了，便停住脚步，把肩上拉碌子的纤绳撂在了地上。两个

橐　驼

人蹲在场边，卷了莫合烟边抽边说话。

侯财来说："想用一下你的杵子，打院墙。"

李同顺说："用啥你就来拿。"

侯财来说的"杵子"是用来干打垒夯实墙土的，是用石头做的，形似馒头，比馒头大两圈。平面上凿个四方小洞，深有半拃，把子比锨把短点粗点，用湿布条裹紧，硬生生打进去。上面横安一尺多长的把手，能提起来，夯下去就成。杵子六七斤重。这东西太重不行，太重了人夯上几下就累得喝喽气喘。匀着力气一下一下慢慢来，得有个长劲儿。

干打垒的墙土不是干土，在墙体两边一丈内取土，先用铁锨把土翻了用水浸泡。浸泡后的土，过一两天，抓在手里捏成团，不粘连能散开就上墙了。墙体底层两边是用椽子夹着的，第一堵墙两头有直立的板子作挡板，挡板绑在两边立着的椽子上，打第二堵墙，挡板就只用一头了，一头有墙体连接。填的土高出椽沿许多，侯财来用脚来回把土刮平，就开始用杵子夯。杵子夯下去，一杵挨一杵，密密的馒头坑形成了，把土再覆盖上去，一扣一扣、一层一层，夯得结结实实。

墙体打得有膝盖高时，侯财来把最下面两边的椽子拆了下来，翻到了最上面，椽子循环使用。墙体慢慢增高，不到一个月，院墙就打了多半。

这天早上，宁彩凤熬了葫芦汤。她把葫芦切成小块，和水一起熬，等葫芦块熟了，就用勺背来回把块状捣面，等分不清哪是葫芦哪是水成了黏糊状，把切碎的一把葱放进碗里备用。倒半勺子清油，把勺子伸进灶火口，放在火头上把清油炼滚，刺啦一声倒进葱花碗里，用筷子搅匀，再把油泼葱花倒进还咕嘟的葫芦汤锅里，用勺子再搅搅，撒点盐，葫芦汤咸中带甜，甜中有咸。

侯财来最爱喝的就是葫芦汤，每天来两碗，吃一个馍，就觉得心里舒坦、软绵。他吃过饭，推过饭碗，屁股一抹就去打墙了。

八

李同顺和侯财来两口子年龄相当，可李同顺家有个七岁大的男娃娃，长得虎头虎脑，叫根锁，意思是留住根、锁住家。侯财来几天不见，就会问李同顺根锁咋样，李同顺就会说："猪娃子一样，肯吃！"

小晌午时，侯财来一堵墙打了有半人高，他想跳下墙歇一会儿，喝口水。他望着近在眼前自家的庄稼地，心里美滋滋的，随口唱道：

韭菜开花南坡坡北
十八的妹妹怀里睡
不要嫌我的鸡巴尕
缠上些布布绕些麻
像黄瓜它没戴黄花
像萝卜它却没尾巴
…………

他随手把杵子往下一扔，就听得"哎呀"一声。他往墙下一瞅，见根锁已躺在地上。他慌忙往下一跳，摔了个尿脐子朝天。他一把揽起根锁，看到根锁的头上开了一个洞，血往外涌。他急忙喊道："根锁！根锁！"

根锁头一歪断了气。侯财来丢开根锁站起身，定定地望着根锁，人像傻了一样。他被这突如其来的事变打蒙了，半天才回过神来。

他脱口喊道："李哥，我咋向你交代啊？"他一屁股坐在地上，双手掩面哭了起来。

过了一阵，一个旋风在墙下就地生成，转了几个圈子，向着李同顺家的方向旋去。侯财来一抬头，打了个激灵，慌忙站起身来，两手来回不停地搓，像驴推磨一样在原地转了几个磨磨。他突然停住了脚步，两眼瞪着面前的土墙思谋了

橐　驼

一会儿，一弯腰提起铁锨跳上已打了半人高的土墙。他用铁锨在墙中间挖了个槽，跳下墙抱起根锁的尸体，双手端平把根锁放进了槽里，接着就用铁锨往墙上撂土，三五下就把根锁的尸体埋了。他把杵子扔上墙，自己也跳上墙，用杵子使劲夯，然后又跳下墙上土，再跳墙上再夯土。看到夯土和椽子一样平了，他一松手，杵子从手里滑落。他坐倒在墙头上，望着填埋了根锁的那道槽，牙齿打架，头左右颤动，眼泪顺着脸颊往下流，嘴里一个劲嘟囔："李哥，对不住了！对不住了！"

侯财来又猛地跳了起来，紧接着便跳上墙提起杵子夯了起来。他汗流浃背，不觉得累，一堵墙很快被他打了起来。

傍晚时分他回到家，鞋一脱就睡到了炕上。

宁彩凤说："你吃不吃？不吃我就洗碗了。"

侯财来哼了一声，仍没动身子。

宁彩凤琢磨："这家伙今天咋了？干了那么重的活，还没心思吃饭，和平时狼吞虎咽的他判若两人。到底咋了？"

掌灯时分李同顺来了，问他们看没看到根锁。侯财来心头一颤，一骨碌坐起来，急忙问："根锁咋了？"

李同顺说："根锁不见了，不知跑哪儿去了？"

宁彩凤说："这天都快黑了，这娃娃能跑到哪里去？"

"走，找去！"侯财来翻身下炕，和李同顺一块儿出了门。

九

侯财来万万没想到，他的话把儿，跌到了婆姨宁彩凤的嘴里。到了五更里，婆姨听到侯财来唉声叹气睡不着，以为是为找不到根锁颇烦呢，便说："咋了？"

侯财来不吭声，后来被宁彩凤逼急了说了实话。

第十三章

俗话说，人要出了事情，关键时候，紧要关头，有些话就是告诉父母，告诉姊妹们，也不能告诉婆姨。夫妻本是同林鸟，大难来时各自飞，何况还没有啥大难，宁彩凤就把侯财来卖了。

又过了一年多，侯财来还不见宁彩凤的肚子隆起，他是左也埋怨右也埋怨，上下不舒服。

他说宁彩凤："置办下这些家当有啥用，没个接手的人。本来人就累，你呢，还让人累心。"

宁彩凤说："谁屎知道，怪你还是怪我？"

侯财来说："我没嫌你，你还嫌开我了！"

宁彩凤说："我眼睛瞎了才嫁给你！"

侯财来说："嫁给我咋了？"

宁彩凤说："咋了，站下没有水缸高，睡下没有扁担长！"

侯财来一听，把宁彩凤摁住捶了一顿。就这，他两个三天两头还是吵，越吵越凶。李同顺时不时过来劝劝他两个。

这天，李同顺来了，两个人吵得还是不可开交。一看侯财来要动手，宁彩凤急了，把男人一下逼到了死角。她随口说道："你还把根锁打死了！"

侯财来没想到宁彩凤当着李同顺的面把他现了出来，他无路可退，一下急了："你这个婆姨胡说啥！"他顺手拿过门边的斧子，朝着宁彩凤劈了过去。在这同时，侯财来脑子里突然闪过一幕，前不久，就在离冯家梁不远的一个村子，一个婆姨和男人打架，晚上男人睡着，女人把男人杀了煮成糊糊后喂给了猪。

侯财来扔出斧子夺门而出，连夜出逃，他要逃回民勤，去见他的父亲。他丢掉了自个儿亲手盖的庄子，也丢掉了婆姨宁彩凤。他害怕、沮丧，心里颇烦地像尿戳一样。

他跑到哈密的那天晚上，肚子饿得实在不行了，一看有顶骆驼帐篷，就跑过去碰运气。他看到了帐篷边上的锅灶，掀开锅盖一看，锅里是空的。就在他围着锅灶转圈时，郝七三一把将他摁住了。

橐　驼

　　大伙一看，这家伙看上去像死了，可眼珠子还在转着。看去活着，却死狗一样窝在帐篷边上，乏塌塌、脏兮兮的，脸上像是多少天没碰过水了，根本没个看头。

　　经过一番询问，王九先知道了侯财来的底细，但侯财来隐瞒了他打死根锁的事儿。一听他要回民勤老家，王九先打量了一下侯财来，问他愿不愿进驼队。侯财来一盘算，跑回民勤够呛，警察肯定会追来，弄不好已在家里蹲守，回去不就自投罗网了，王九先的驼队出入古城子，灯下黑更稳妥一些。他像瞎子转猪头，转来转去又转回了原处，回到了古城子。

　　宁彩凤没被侯财来的斧子劈中，斧子扔出的刹那间，李同顺从后面抱住了侯财来的腰。

　　真相被宁彩凤说出后，李同顺痛不欲生，哭得撕心裂肺："我的根锁啊！"

　　当众人把根锁从墙里挖出来时，由于夯得太实，真空中，根锁没咋脱相，两个眼窝深陷，头骨上有一个洞。

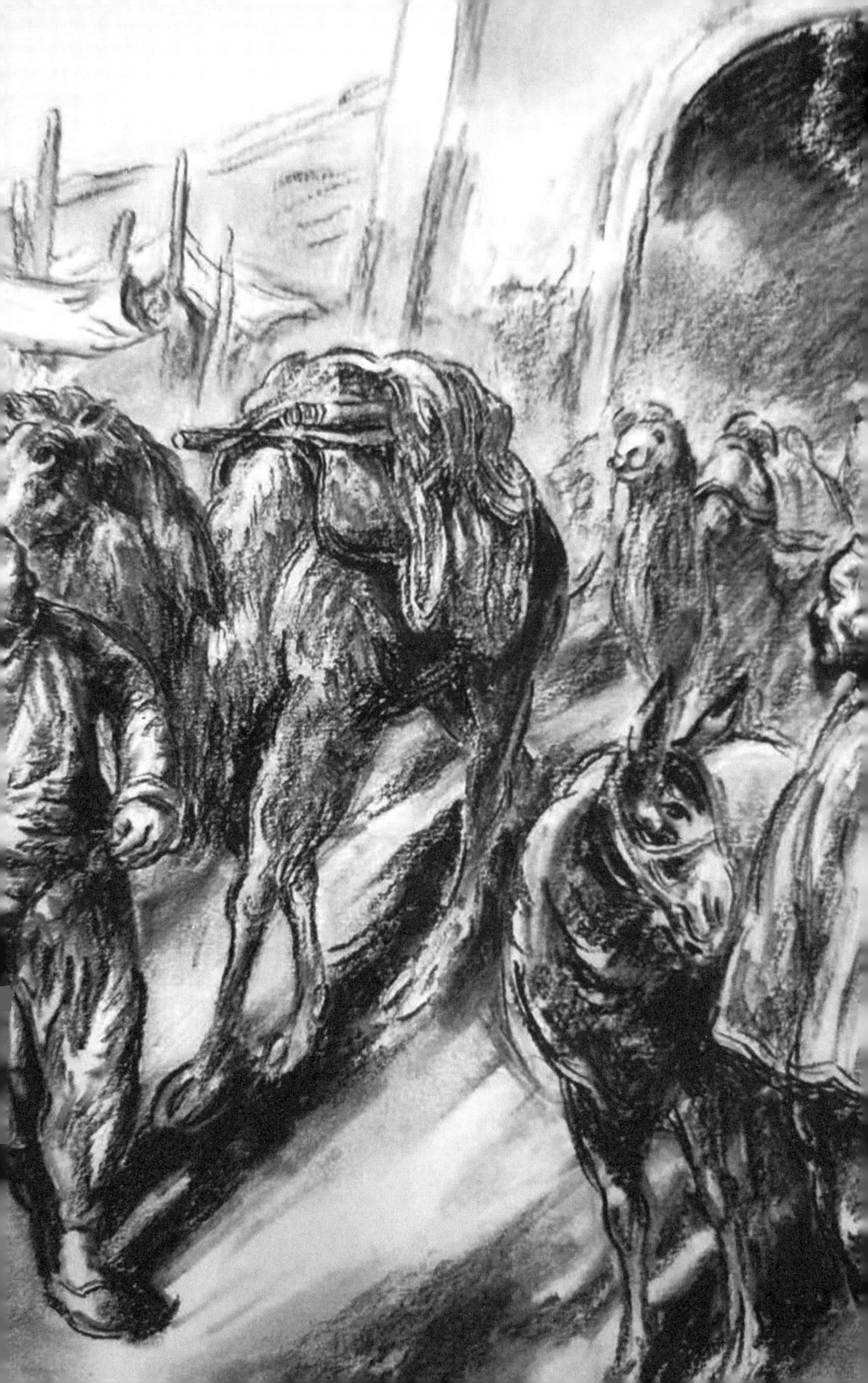

第十四章

一

陆十红一直不愿开口唱曲儿,可是架不住葛钟娃他们几个的软缠硬磨。

"那就来几句,算是给大家改心荒。"坐在大通铺边上的王九先说了一声。

掌柜子发了话,陆十红也觉得太执拗了不好。他本是靠在铺上的,他睁开闭着的眼睛,站起身走到放油灯的半截土墙前,拿起灯边放着的小棍,拨了拨灯芯。那清油灯是黄铜的,下面是喇叭状底座,中间夹一灯盘,最上面是灯碗,灯碗里加注的是清油,捻子是用棉花搓的。灯光摇曳,有点暗,经他一拨,屋里亮了许多。

在站口,在店里,大都有这样的清油灯,有几盏马灯,也是店家和巡夜人用的。曹文茂应景说了一声:"大豆一点大,满屋子盛不下。"

陆十红吭了一声,算是清嗓子,开口唱了起来:

人老先从哪达老
人老先从腿上老
弯的时候多直起来时少

人老先从哪达老
人老先从腰上老

腰弯时候多直起来时少

人老先从哪达老
人老先从眼睛上老
看不见的多看见的少

人老先从哪达老
人老先从头发上老
白头发多黑头发少

人老先从哪达老
人老先从耳朵上老
听不见的多听见的少
…………

陆十红一开口,就把大家给镇住了,那嗓音,满帐篷的人,活了半辈子也没听过。曹文茂不住点头,低声说道:"这腔调、这唱功、这声音,糟蹋了!"
只听葛钟娃喊道:"再来、再来!"
就听陆十红又唱道:

自幼学艺终南山
重阳老祖把道传
画个鱼儿会凫水
画个猛虎能上山
神仙心动把心变
变个道童去化缘

橐　驼

　　　　就地画个双十字
　　　　飘飘荡荡空中旋
　　　　…………

　　陆十红唱完了，大家还在愣神，只听王九先说道："真不愧是要命娃呀！"王九先说陆十红是"要命娃"，是有来头的。

　　陆十红出生在太原一个皮匠家里，父亲是个练家子。少年时的他，除了跟父亲练武，更是爱上了唱戏，对山西梆子情有独钟。他八岁拜师，十岁登台，以一出《长坂坡》征服了观众。

　　陆十红出生的年份很巧，爷爷六十岁得孙子，给他取乳名六十子。他家姓陆，陆六同音，扣得很紧。陆十子十岁登台打炮戏，以一出《风搅雪》一唱走红，正式取艺名陆十红，十四岁便成名角。陆十红演武生也唱小生，除了《挑滑车》《八大锤》《关公》是他的拿手戏外，正值青春年少的陆十红，扮相俊俏，音调甜美，做派端庄，每年阴历年底的封箱反串戏，他的小旦、花旦、青衣、武旦也扮演得惟妙惟肖，出演了《百宝箱》《春秋配》《兰桥会》《千里送京娘》数十个剧目。

　　几年过去，他就把各种流派摸清了底。他知道，北剧南戏，北歌南曲，唱法不一样，内容却差不多。

　　陆十红每次登台，中途都要被台下的戏迷叫停几次，除了喝彩打赏，有钱人争先为陆十红挂红披彩。陆十红的父母更是为有这么争气的儿子感到脸上有光。

　　在一次演出中，台下押园的警察与士兵发生殴斗，一人被打死。为看陆十红的戏要了人命，陆十红"要命娃"的外号由此传开。

　　别看陆十红青春年少，为人处世却有板有眼，做事稳重，对唱戏丝毫不敢马虎。到了十八九岁上，他唱戏的功夫已到了炉火纯青的地步。

　　有人说陆十红天庭饱满，地阁方圆，命里有五个官要做。这话还真说到了点子上，在戏台上，陆十红上至皇上，下至县令都当过。

盘算下的雀娃子没食吃。唱戏的人有句行话：戏怕垛箱人怕歇。大锣嘣嚓，鼓点响起，才能有吃有喝，有票子入囊。可没过多久，红极一时的陆十红便从戏台上消失了，顺风顺水的好事情在半道上戛然而止。

这时，只听戚长林说道："还是唱唱我们拉骆驼的人，听起来亲热。"

陆十红听了没说什么，开口唱道：

> 拉骆驼过阴山肝肠痛断
> 走山头绕山梁行走夜晚
> 拉骆驼走戈壁声声悲唤
> 捉骆驼上圈子步步艰难
> 拉骆驼走沙漠一步一叹
> 进三步退两步泪水涟涟
> 拉骆驼步子慢步步长叹
> 谁可怜老驼夫生死由天
> ············

这时，就见侯财来向戚长林挤了一下眼睛说："也不能让陆哥一个人挣破嗓子，让陆哥缓一缓。我说，是不是让葛钟娃也来上一段儿？"

葛钟娃先是一愣，接着说道"唱就唱"，张口就来：

> 娶了大老婆
> 嘴上开豁豁
> 让她去做饭
> 她把火吹灭
> 世上的穷人多
> 哪一个都像我

橐 驼

娶了二老婆
虱子虮子多
让她洗衣裳
把衣裳都洗破
世上的穷人多
哪一个都像我

娶了三老婆
身上力气多
让她去推磨
她把箩踏破
世上的穷人多
哪一个都像我

娶了四老婆
梦里胡话多
咬牙又放屁
叫人睡不着
世上的穷人多
哪一个都像我

只听郝七三骂道:"妈的,娶了四个老婆,还是穷人,你让穷人还活不活了?"

葛钟娃说:"谁尿知道,曲子里就是这么唱的。"

曹文茂说:"宁吃仙桃一口,不吃烂柿子半筐。摊上我,大老婆休了,二老婆卖了，三老婆当牲口使唤，四老婆送到妓院。"

王九先对曹文茂说："平时说话文绉绉的，心里歹毒得很啊！"

曹文茂说："掌柜子，这不是话赶话赶到这儿了。"

二

陆十红小的时候病多，父母亲曾在五台山五爷庙里许过愿。五爷灵验，自许愿后陆十红就开始撒欢了，像小牛犊一样。眼看陆十红已十多岁了，这天父亲雇了辆马拉轿车拉着婆姨去山上还愿，在五台山住了两晚上。在回来的路上遇上了三个打劫的贼人，可贼人哪是陆十红父亲的对手。看到贼人要下死手，陆十红父亲将两个贼人打死，另一个见势不妙，掉头跑了。过了十来天，天刚亮，一伙贼人将陆十红的家团团围住。

在陆十红家的不远处，有个僻静处，那里有个废弃的戏台，不知是哪年哪月留下来的。陆十红每天天麻麻亮就起身，来到戏台上练功走戏。贼人围住他家时，他浑然不知。

陆十红父亲面对一群贼人，双拳难抵四手。眼瞅着婆姨被贼人杀了，他手持一条长棍，横冲直撞，杀开了一条血路，没承想跑到了陆十红走戏的戏台前。陆十红看到浑身血淋淋的父亲，大吃一惊，看到后面追赶的贼人，明白了一切，顺手从戏台边的大树上扳下一根榆木棒来。

陆十红和父亲各持一棍棒，站在戏台上，居高临下，以一当十，无人能够近身。日出时分，被父子两个打死打伤七八个贼人躺在了戏台前。

土匪们嚣张至极，土匪头子大声喝道："你父子两个自废武功，挥刀自宫，我饶你们不死！"

贼人一看陆十红父子两个宁死不屈，可又无法靠近他们，一声吆喝，贼人蜂拥而上，推倒了不远处的两堵墙，拿起砖头土块，雨点般砸向他两个，直到戏台被砖头土块填满。

橐　驼

　　陆十红和父亲被土块砸埋，后来被人扒开时，被父亲护在身下的陆十红尚有一丝气息。众人向旁边一看被推倒的两堵墙，都啧啧不已，这贼人可是把场子摊大了，一看就是拿人性命、玩下刀枪的惯匪。

　　陆十红活了下来。在一次唱戏的当口，他瞅准机会，一个跟斗翻下台来，手刃了看戏的贼人头子后到了新疆。

三

　　陆十红来到了迪化，看到营房门口登记招兵，便上前询问，说每月下来除了吃住还有兵饷，便登记入册，领了一套衣服，一杆枪，成了当兵吃粮的人。

　　一段时间后，陆十红发现这里也不是什么虎狼之旅、文明之师。可当兵和其他的地方还确实不一样，别的地方怕当兵的开小差或逃跑，这里却给士兵放假。一打听，原来坐镇迪化的杨增新很会算计，春种时给士兵放假，让回家去种地，秋收时放回家去收割。这样一来，这老头就两头赚了，几个月的军饷省了不说，士兵还念他的好，说他懂得体恤下属，一年两次，能让士兵回家和家人团聚。

　　这杨增新还真有些办法，不管蒙古人黑喇嘛再咋闹腾，就是不让进新疆，硬是把他们堵在新疆之外。黑喇嘛无奈，只好在新疆和甘肃交界处的戈壁上修了明碉暗堡，苦苦在那里等候，总想伺机而动，进新疆来折腾折腾，但终究还是没能进来，就被人杀了。

　　在塔城那边，同样是挡住了老毛子，休想踏进我的地盘，把老毛子急得也是团团转。

　　不知不觉，陆十红在军营一待就是两年。春秋两季，当兵的放假回家，他没事干就去练枪，不知不觉竟练出一手好枪法。就在堵截黑喇嘛的一次战斗中，对面一个家伙躲在一个磨盘后，通过磨眼儿向这边瞄准。那家伙自以为万无一失，谁知被陆十红从磨眼里打进一颗子弹，把那家伙报销了。

　　陆十红从太原来到迪化，举目无亲，当兵也是为了应急，思来想去，在军营里待下去并不是心里所期盼的，不如另寻个地方。他乘着士兵们放假回家收割粮食的空子，跟连长说他想离开营房。连长说官凭文书私凭印，你不押个手印就走啊？陆十红明白了连长的意思，于是给了连长十块银圆，离开了迪化，到了四百里外的古城子。

虽说是艺不压人，但陆十红却操不了老本行。他是唱山西梆子的，古城子现有的却是秦腔出尽风头、新疆曲子深入人心，间有京剧、豫剧、评剧捧场，古城子虽然山西人不在少数，但谙熟山西梆子的人却寥寥无几。正好遇上王九先要人，他就进了王九先的驼队。

四

一开始，陆十红给人的错觉是这人不好打交道。时间一长大伙才知道，就因他的父母都是被土匪杀害的，事儿都装在心里。他狠话不多，但他恨土匪，比其他人更是刻骨铭心，恨之入骨。自从来到驼队，沉默多于说话。王九先说他不紧不慢、老成持重、很有心计，不是拖泥带水的人。

王九先让陆十红和葛钟娃搭连手，他没多说什么，只是说摊上了就是缘分，只有互相照应了。

王九先怎么都没想到，陆十红还真是他的贵人，如果没有陆十红，驼队恐怕又保不住了，人可能也吃了大亏，哪还能熬到现在。

大伙虽然对陆十红不甚了解，但看到他做事认真的样子，谁也不去挑他的眉眼，连郝七三那么争强好胜的人也对他存有几分敬意。只是让大家看不惯的，陆十红老是趿拉着两只鞋，不要说夏天如此，就是大冬天虽然穿着骆驼毛的袜子，可棉鞋也被他踏得没了后帮。他从来不穿毡筒，对这一点大家都有异议，连王九先也有看法。不管大伙怎么说，陆十红还是我行我素，一如既往，等后来他让大家开了眼界，才恍然大悟，原来是如此这般。

那是个秋日，草长莺飞，人不困驼不乏，经过一个夏天，骆驼吃得两个峰子

橐　驼

都立了起来，靠储存的膘分，熬过一个冬天又不成问题。那天，驼队快到星星峡的十八井子时，突然一阵马蹄声响过，蹿出七八个土匪，都骑快马，持长短刀，显然是要打劫驼队。王九先心里一沉：坏了，半辈子的心血这回怕是又要完了。面对这情景，只有硬着头皮迎上去了。

王九先跳下骡子上前和匪徒搭话。但那几个家伙无比凶狠，喝神断鬼，横竖不听一句，只是让王九先留下驼队走人，不然将人财两空。这时陆十红从后面赶到，看到这阵势，一步跨在了王九先前面。谁知那土匪头子一见嘴里便骂："谁的裤裆破了把你露出来了，我先要了你的命！"

他放马过来举刀就砍，可他的刀还没落下，突然从陆十红脚下飞出一只牛鼻子嚼直砸在那土匪头子的鼻梁上，那土匪头子嚎叫一声一头栽下马来。陆十红一个箭步上去，一伸手就将那土匪头子的脖颈锁在了臂弯里。那几个土匪见状，又有一个飞马过来。陆十红脚一抬又一只鞋飞出，一张脸又开了花。那土匪嚎叫一声回马就走。说时迟那时快，只见陆十红变戏法似的从腰中抽出一根一尺长的骆驼骨针，这是驼客用来缝补骆驼鞍子、大绳用的针。陆十红将针尖对准了土匪头子的脖子，口里厉声喝道："不怕死的就来，谁敢动我就用这穿透他的喉咙！"

那几个土匪一见，顿时立在那里不知所措。接下来便是满脸污血的土匪头子向陆十红求饶。为彻底打消土匪抢劫骆驼的念头，只见陆十红脚尖一挑，那土匪头子落地的钢刀就到了他的另一只手上，他将钢刀挥舞几下。土匪头子以为要杀他，一下哭出了声。只见陆十红膝盖一抬，将刀平面向膝上一磕，那刀立刻断成两截。土匪们见状大惊失色，陆十红向土匪头子喝了一声："还不快走！"

那土匪头子便艰难地上马，伏在马鞍上向众土匪挥挥手仓皇逃去。

天下武功，唯快不破。陆十红以快治人，对方还没反应过来，他就先到了，先下手为强，只一下就把对方拿硬拿住了。

还有一次，驼队快到星星峡时，一群逃难者迎驼队而来，他们为了防身各持器械和大头棒。这些逃难者在离驼队十来丈远的一个大坑前停住了脚，原来是另一群逃难者被土匪杀死在那里，有的身首异处，有的被开膛破肚，场景惨不忍睹。最让人揪心的是一个约三岁大的孩子伏在一位死去的妇女身上，嗓子已哭得干哑，哭上几声便噙住母亲的奶头吃上几口。那婆姨的奶头干了，没奶，娃娃又放声大哭，下意识地一下一下去嘬自己的手指头。

　　看到这场景，人群中有人唏嘘不已，就有人说谁收留了那孩子吧。但众人你望我我望你，没有一个人出来将那孩子抱走。这时就见一个汉子手提大头棒走出人群，嘴里说道："既然没人收留，让娃娃哭饿而死，还不如给他个快性。"他说着话便举起了大头棒朝那孩子的头上打去，人群中有人惊叫起来，有人闭上了眼睛。就在汉子的大头棒要落下的刹那间，一只鞋飞向了汉子的面门，只见那汉子哎呀一声丢了手中的木棒，双手捂着脸面蹲下身去，那指缝中便流出血来。

　　这时就见陆十红站在了众人面前，一弯腰一伸手便将孩子揽入怀中。眼前的突变，把一群逃难者看得目瞪口呆。那汉子被一鞋砸破了面门，砸花了眼睛，等他抬起头来看到的是陆十红愤怒的目光，汉子惭愧地低下了头。

　　从此那孩子便由陆十红用骆驼奶子养着。那孩子惹人喜爱，众人逗笑让那孩子喊陆十红大大。

　　戚长林说："我拜了个干女儿，你收留了这个娃娃，干脆让他做你的干儿子算了。"

　　陆十红没吭声，但从眼神里看得出他是认可了。那孩子也乖巧，除了喊陆十红大大外，常踮着小步，迈着小腿在陆十红的前后跑来跑去。没过多久，他也竟敢拽着骆驼缰绳，让那人高马大的骆驼扑通地卧倒在他的脚下。

　　到了古城子，陆十红给孩子寻了个好人家送了过去，但孩子认准了陆十红，扯着他的衣襟死活不放手，哭着咽着接不上声，一口一个大大，叫得陆十红鼻子一酸，又将孩子揽在了怀里。

　　晚上，陆十红搂着娃娃一遍一遍唱：

老虎老虎恩恩

娃娃娃娃乖乖……

橐　驼

　　女人看娃的耐心、细致，在陆十红身上体现得淋漓尽致。显然，陆十红和孩子有了感情，不要说陆十红，就连其他人都有些舍不得了。大家说给孩子起个名。名字是让曹文茂起的，起的名一开始大家不认可，叫陆路生，文绉绉的，但经曹文茂一解释，说孩子是从路上救回来的，保全了性命，又取了陆哥的姓，这有什么不好，大家又点头称是。看得出来，陆十红对这个名字比谁都满意。

　　曹文茂说："这娃娃命好，天生地养，干脆跟上我学，让我来教他吧。"

　　郝七三说："跟好人学好人，跟上巫婆跳大神。跟上你曹文茂，还不把娃娃学成二夹梁！"

　　从此，路生也成了驼队的孩子，成了大家的心头肉，但拉骆驼走南闯北，带着孩子既艰难又危险。王九先和陆十红谈了半宿，说路生就由他的婆姨傅春娥来管。

　　王九先说："由你嫂子看管，你也该放心。"

　　陆十红说："这样给嫂子加重砝码了？"

　　王九先说："一个也是养，一群也是养，娃娃和娃娃能玩到一起。"

　　傅春娥噙着眼泪说："都说谁是谁家的，谁就向着谁，老鼠养的猫儿不爱。个人的娃娃个人咋打都行，别人指一指头看看，就是不豁命，也跟你染缠个没完。我不会把我的当宝，你的当草，都是心头肉，放心交给我吧！"

　　一开始，路生拽着陆十红的衣襟，死活不放手，不让他离开。等他走了，路生还是哭闹不停，哭着闹着要大大。傅春娥好说歹说都没用，眼瞅着路生哭乏了，自己躺下睡着了，醒了后就和忠忠、珍珍玩到了一起。

　　陆十红名正言顺成了路生的父亲，每次回到古城子和孩子亲热便成了他最要紧的事情。自救了路生后，大家对陆十红又多了一分敬意，而陆十红仍一如既往，不卑不亢。在驼队中有了他这样一位武艺高强、深藏不露的家伙，无疑是给大伙长了精神，添了胆识，那路上常遇强人的事便显得不再那么可怕了。

第十四章

五

　　说千儿道八百，拉骆驼的人，除了自己给自己打气，自己给自己壮胆，再就是人要攒劲。但是，再日能的人，也有败兴的时候。陆十红虽然在众人心中声望大增，可也有落泪的那一天，而他自认为是在驼客们面前丢了大人。

　　陆十红说："父母去世时哭了，尽管流了很多的泪，但却没有像那一次哭得痛彻肺腑。"

　　陆十红哭得那样悲惨都是为了那峰白骟驼，如果没有路生，世上和他最亲近的恐怕就是白骟驼了。如果没有白骟驼，陆十红也不会活在世上。

　　说来说去都怪那个炎热的夏天。那天轮着陆十红放驼。一般来讲，在夏日驼队都是昼伏夜行，一来骆驼在白天经过放牧，吃饱喝足晚上才有劲赶路，二是遇到关卡利用夜幕掩护可以通过，三是避开烈日人和骆驼都轻松一些。于是那驼道也尽量选在水草较丰盛的地方。

　　为了让骆驼吃饱，一片茂盛的水草吸引了陆十红，他将驼群往远处吆了一段，骆驼安详且又贪婪地吃着草。陆十红走到一个斜坡上向四处望了望，坐下来卷了一支烟悠闲地抽起来，而后就躺下身去不知不觉做起梦来，梦里他看到儿子路生张开双臂向他跑来。

　　猛然，他觉得有什么东西在身上磨蹭，并有一股怪味钻进鼻子。他微微睁开了眼，是一只狼，那张开的血口正对着他的喉咙。说时迟那时快，他大吼一声，一伸臂两手就抓住了两只狼耳朵，胳膊向上一撑，狼嘴离开喉咙有半尺。狼急了，尖锐的牙齿够不着陆十红的喉咙，急得两只前爪子不停地刨，很快将他胸前的衣服抓破，接着胸膛被锋利的爪子抓烂，血从胸膛上流了出来。闻到血腥味的狼更是急不可待，喉咙里发出短促的叫声，两只后腿蹬硬，前爪子刨得更凶。陆十红的前胸像被撕裂了一样，疼痛钻心。他又大吼一声，两只胳膊撑得更硬。他知道，只要胳膊一软，喉咙立刻就会被咬断，这条命就算彻底交代了。

　　那狼被他的吼声又一震，接下来便是更凶猛地抓刨。狼也知道，陆十红不被

橐　驼

它所伤，它就会在劫难逃。就这样陆十红和狼僵持着，狼继续发出可怕的叫声。而陆十红也只有一个念头，撑着，一定要撑着。后来当他用眼睛的余光看到郝七三他们挥着棍棒大吼着向这边跑来，并清楚地听到狼的脊梁骨断裂的声音，他就什么都不知道了。

当陆十红从众人口中得知，其他人正在帐篷里喝着骆驼奶茶时，忽然就见白骟驼出现在帐篷前，一副焦躁不安的样子，并有冲撞帐篷的架势，嘴里"昂昂昂"地叫着。众人立刻感觉到驼群出了事，便飞快地奔向驼群。

陆十红知道了是白骟驼救了他，没有多说什么，只是走到白骟驼跟前，捋了捋它的嗉子毛。白骟驼扬起头叫了一声，眼睛看向别处，像在看远处的山峦。从此，他便对白骟驼更加呵护。

从那以后，陆十红为白骟驼开了小灶，喂料时戴在白骟驼头上的料袋子里总是额外多放进几把玉米和黄豆。可谁知道没几天白骟驼就出了事情。

那次去包头，驼队走的是蒙古草原道。从古城子出发穿过了古尔班通古特沙漠，经过三天跋涉来到卡拉麦里山下。那天轮到葛钟娃放驼。卸了驮子，众人收拾搭帐篷，葛钟娃便将骆驼拢去，由近而远吆向草滩。驼群打到了野地里，各找各地、各寻各觅，在不知不觉中四散开来。

穿越了沙漠的驼群饥渴难忍。一条清澈的小溪横在前方，驼群随即拥向溪边一阵猛饮，下游几乎断流。骆驼拥上挤下，顷刻间河岸就被驼群践踏成一片泥滩。

白骟驼在驼群后面急急地来回踱步。驼群饮够了水四散开来，白骟驼这才靠近渠边，也是一阵猛饮后抬起了头。它甩了甩三瓣子嘴，唇上的水珠甩出几米开外。它看了看四散的伙伴，转身向一处草滩走去。就在它掉头的刹那间，不料后蹄子一滑，前蹄子一栽，斜着身子打了个趔趄，一个扁肚子朝天跌倒，身子在泥中一滑，不偏不倚滑进了小溪，顺着渠道整个身子四蹄朝天稳稳地镶进了渠中。恰好又是头朝下游，溪水漫过了肚皮顺着前胸流下。白骟驼咳了几声，显然是水呛了肺。它奋力挣扎，但镶嵌得更牢，它仰起头落了下去，又仰起又落下。

第十四章

葛钟娃见状飞快地跑了过来。他上前去拖，但哪里能拖得动。他急得大哭起来，又忙活了一阵无济于事，便撇下驼群跑着哭喊着回去求救。这一阵帐篷已搭起来，挖好的锅灶上一铜锅子水也快开了。

"快，快！白骟驼，白骟驼仰在渠里了！"葛钟娃号着说。

众人一听都跳了起来。要知道，骆驼这东西怕的就是仰卧，在骆驼的死法里仰死是常发生的事，如果错过时间，一般都没法救。陆十红一听，一个箭步蹿出帐篷外，一纵身跃上王九先黑骡子的背朝渠边奔去。等大伙赶到渠边，先到的陆十红已泡在水里抱住了白骟驼的脖子，肩扛头顶想把白骟驼顶出渠来。白骟驼望着陆十红，眼里噙满了泪水，嗓子里发出咕噜咕噜的声响。大家急忙下手，但脚下全是稀泥，不要说救骆驼，连人都站不稳，稍一用力就摔一个跟头。王九先一看不行，急忙跃上骡子背飞快地去又飞快地回，拿来一根大绳，一头拴在白骟驼的后蹄子上，一头扣在骡鞍下。王九先将骡子猛抽几鞭，骡子一用力将白骟驼拽得斜了身子，加上大家再一使劲，眼看白骟驼就要被拽出渠外，谁知在这节骨眼上骡子肚带"咯嘣"断了，鞍子一下脱离了骡子背，白骟驼一滑又跌进渠内。

葛钟娃哭着抓来一峰骆驼，将大绳死死地挽在骆驼脖子上，牵着骆驼就跑，因一时发急竟将那峰骆驼的鼻扦子都拽了出来。那骆驼负痛，猛向前一蹿将白骟驼拽出了渠外。但为时已晚，白骟驼几经折腾只剩下了一丝丝气，第二次入水又呛了肺。它绝望地望了陆十红一眼，低低嚎了一声，再一挣扎，脖子向上一伸，头一偏像是没了气息。

大家眼睁睁地看着白骟驼死去，回过神来便看陆十红。陆十红定定地望着白骟驼，望着望着突然大喊一声："我的白骟驼！"

他双膝一屈，抱住白骟驼的头就号啕起来。河水依然流淌，但在这条河边，上演了陆十红有生以来让他最伤感的悲情。

陆十红称得上是硬汉子，大伙啥时候见过他流泪。这个场面一下将众人弄得手足无措，全都吊着个湿裤裆站在那里呆呆地看他，半天才醒过来忙又劝陆十红，但哪里能劝得住，陆十红像是要哭断肝肠。葛钟娃也跟着他哭，把众人也弄

橐　驼

得心里难受。王九先想该如何收拾这个场面,就在这时陆十红突然从地上跳起来,一把抓起葛钟娃丢在一边的大鞭,没头没脑朝葛钟娃抽去。葛钟娃只挨了一下便掉头朝远处逃去,但他跑出七八丈远,却一转身向着追他的陆十红跪下了。

他声泪俱下地说:"陆哥,怪我,全怪我,是我害了白骟驼。你打吧,打死我也不亏。"

陆十红一愣,但还是抡起了大鞭向葛钟娃抽去。大伙看得清楚,都知道这大鞭的厉害。这鞭和杂耍中耍鞭技的鞭子无两样,那鞭绳比杂耍中的更长,把长一尺五,系绳三寸,鞭身长一丈二尺,鞭鞘长二尺。这一鞭抽下去不要说人,就是狼脊梁也会被抽断。葛钟娃挨上这一鞭,不论抽在什么部位,都会爆出一道血口子。大伙不禁都为葛钟娃捏了一把汗。

陆十红的鞭子落了下去,葛钟娃闭上了眼睛。只见鞭子落在了葛钟娃身边的一蓬骆驼刺上,骆驼刺被鞭绳死死地缠住。陆十红一咬牙用力一提,那蓬骆驼刺就被连根带出。陆十红顺手将鞭子一扔,跨出几步一把将葛钟娃拉起,搂住他的脖颈,葛钟娃也将陆十红的腰抱住,两个人放声号哭起来。

这边,大伙被这突变感染,道尔吉和侯财来怔怔地看着他两个的样子,泪水一个劲往下流。郝七三咳了一声蹲下身去抱住了头。曹文茂的嘴撇了几撇也哽咽起来。戚长林摇了摇头也蹲下了,他一个劲儿用手抚摸着白骟驼的头。只有王九先拾起缰绳牵着骡子转身走了,但他走路有些摇摆,他的肩膀一下一下在抽搐。

这时,就听戚长林突然喊道:"白骟驼活了!"

众人一听连忙围向白骟驼,先是陆十红几步就跨到了白骟驼身边蹲了下去,走出几丈开外的王九先也一下回转身来。

大伙看到,白骟驼身子蠕动了一下,又动了一下,然后慢慢睁开了眼睛。

白骟驼奇迹般地活了。

也就是从那时起,驼队接受教训,一个长杆上绑了鞭子,骆驼站在河边喝水,哪个把蹄子伸进水里,就挨一鞭子。骆驼再不涉足河里,河水始终是清澈的。

第十五章

一

周凤麒的母亲九十岁了,他知道母亲的时日不会太多。父母本是在世佛,他每天晚上都要亲自给母亲烫脚。可母亲睡下后一只腿能放直,一只腿一直弓着。

周凤麒开玩笑地对秦成涌说:"人老了,腰来腿不来,坐下起不来,有嘴没牙,不要说吃馍馍嚼锅盔了,连水都嚼不动了。耳朵也不行了,自个儿放屁都听不到声音了,听话看人的嘴。能不能给开点伸腿的药把那条腿也蹬直了?"

秦成涌笑着答道:"日子薄了,岁月厚了,年龄大了,身子也就沉了,喉咙里的痰越发吐不尽了。难啊!我这药到腊月二十三才能配出来。"

两人纯属戏言,想的是咋样把老人家的腿给治好。可到了腊月二十三,周凤麒的母亲真还把腿一蹬走了。

事后周凤麒问秦成涌说:"你咋知道我母亲腊月二十三要走?"

秦成涌说:"给老人家号脉时,我估摸就在那几天,不想被我言中了。"

周凤麒说:"怪不得人家都说你是神医,确实有两手。"

秦成涌说:"啥叫神医?只不过是问诊切脉比别人多一些悉心观察罢了。"

周凤麒说:"搁上我,再悉心也白搭,神了就是神了。"

秦成涌说:"神不了,谁都有看走眼的时候。"

他接着给周凤麒说起了一件事:"周会长,黄连救人无功,人参杀人无过。一个清热祛火,一个补中益气,都能治病救人,但人人都喜欢人参,厌恶黄连。

橐　驼

你是有见识的人，一些事情不可以自身的眼力见功底，有时候看着是个驴粪蛋，再细看，它可能就是糖枣儿。一次我给一个人号脉，那人像是多少天没碰过水了，连身上的肉都馊了，一股子酸味直冲我的嗓门。我身子向后一仰一仰，那酸味还真就避不开。那人一看，对我说，秦大夫，让您见笑了，我身上的味儿你不要嫌弃，我是醋坊里拌醋的。我当下哦了一声，就觉得那酸味变了，往前凑了凑，就闻到了醋香味。我对那人说，对不住了，我刚才还真嫌弃你了。你这么一说，我还真是孤陋寡闻，少见多怪了！"

二

秦成涌特别好酒，只要有酒，啥事都能搁下。他的拳脚相当棒，看病更胜一筹。也因他好酒，有时也误事。还有人给他编瞎话，说他有一次半醉不醒给人号脉，抓住一个男人的手腕，问例假是啥时候停的，身孕有几个月了。那男人被问得哭笑不得，说师傅你睁眼看看，我是个长尿巴子的。

秦成涌睁开眼睛瞄了一下，继续说道："我给你开两服保胎药，按时服用，药吃完再来找我。"

说完身子一趄就睡着了。这是古城子传的贬低秦成涌最厉害的说法。其实秦成涌的医术在古城子是名列前茅的，是同行内有人不服故意造谣生事的。就为秦成涌喝酒的事，婆姨没少埋怨："老不悛悛的，你不知道喝酒误事啊！万一给人家开错了药，吃错了方子，你能担当得起吗！"

秦成涌说："不说喝酒便罢了，一说喝酒我就晦气。你看我喝了大半辈子酒，每次喝酒，不是喝多了就是喝少了，从来就没喝好过。"

婆姨一听哭笑不得："那好，你就往死里喝！"

秦成涌二十五岁时就来过古城子，那时不为人瞩目，因为他有些拳脚，自以为是，就在校场的擂台上和一个和尚干上了。秦成涌年轻气盛，腾挪跳跃十分灵活，但都是些花架子，管看不管用。和尚看准了机会，一脚将秦成涌踢了个尿脐

第十五章

子朝天。秦成涌自知不是和尚对手，双手抱拳作了个揖，说了声日后再见，就消失得无影无踪。

无巧不成书。巧就巧在秦成涌从古城子出走时，骑的是王九先的骆驼，到了兰州分了手。过了几年秦成涌再回古城子时，又在河西走廊碰上了王九先。王九先没开口，秦成涌先说道："缘分、缘分，真是缘分！"

在路上，王九先驼背上的烧酒秦成涌没少喝。王九先偶得风寒，秦成涌用了几把草药就手到病除。王九先一看秦成涌会看病，便多了几分敬重，从那时起两人便成为至交。

秦成涌比武失败后到了四川，拜了一位道长为师，开始精练武艺，并从道长那里学得了医术，所以后来人们也称他为秦道。秦成涌是个勤快的人，除了习武学医，还放了一群羊。羊是他自己的，开始只买了六只羊。羊是多胎生。他的母羊很争气，一年下来羊就翻了倍，不到两年就有了一群羊，除过用项卖几只羊，羊的数量有增无减。他所在的村里有个小媳妇是个寡妇，也放了一群羊。放羊时，他和小媳妇经常碰面，时间一长，两人就有话就说有屁就放了。那小媳妇很有姿色，加上还年轻，秦成涌难以抵抗小媳妇的诱惑，两人也是烈火干柴，一点就着。

秦成涌说："那就弄三回，给你一只羊吧！"

小媳妇脸露羞涩地点头了。

时间过得飞快，秦成涌也说不清到底弄了多少回，反正到最后就剩了一只羊，于是他不再放羊，把羊拴在家里喂。小媳妇多日不见秦成涌，就找上门来。

秦成涌说："就剩一只了，不能再弄了。"

小媳妇再三央求，但秦成涌不想弄。

小媳妇说："你弄两回，我给你一只羊。"

秦成涌面露难色，但还是应允了。秦成涌的一些日子，又开始在和小媳妇的弄来弄去中打发了。不知又弄了多少回，他的羊群又壮大起来，小媳妇的羊却寥寥无几。

橐　驼

小媳妇说："弄来弄去，还是让你白弄了，到头来弄得我人财两空，你我这个账是咋算的？"

秦成涌说："我们都是各算各的账，两清啊！"

小媳妇说："那我的羊呢？"

秦成涌说："你的羊我弄回来了。"

小媳妇说："你还是白弄我呀。不行，你还我羊。"

秦成涌说："那就弄一回给你一只羊？"

小媳妇爽快地答应了。又不知弄了多少回，小媳妇的羊又弄回去了。

秦成涌说："弄屎啥，弄了这些年，最终打了个平手。"

小媳妇说："就是，工夫都白费了。不如你我互相再不给羊，还不是一样弄？"

秦成涌说："那还是白弄啊！"

于是，秦成涌把一部分羊给了小媳妇，卖了剩余的羊就又来到了古城子。

其实是秦成涌的拳脚和医术已到了炉火纯青的地步，他第二次来到古城子，和前面就判若两人了。他想找那个和尚再次比武，和尚明白秦成涌这些年出去一定是找了高人，就服输称败。秦成涌一看，也就此了事，但两人却成为朋友，经常以酒会友，总是喝得酩酊大醉。时间一长，秦成涌就有了酒瘾，加上这古城子的烧酒名头又大，便爱不释手了。

在交往中和尚知道了秦成涌会医术，便建议他开个药铺。秦成涌又找王九先商量，王九先点头称赞。于是在东大街上盘了两间门面，进了药材，选了个吉日就开张了。一开始只是卖药，后来便坐起堂来，同时给药铺起了个正儿八经的名字：吉顺堂。人没进吉顺堂，首先看到门上一副对联：

悬壶赘爱
济世皆亲

第十五章

联儿道出了秦成涌的心境。

天山下的古城子，山上除了盛产白杉松，更有来头的是遍布山峦的中草药，各种草药不下三十种，大黄、龙骨比比皆是，羌活、贝母、独活、柴胡、防风、荆芥、鸡功、黄连、黄柏、黄精、党参、玉竹参、黄芪、麻黄、薄荷、紫草茸随处可见。偶尔采的雪莲，格外珍贵。

河南孟县人翟春、河北人孟献臣早年采药于沙漠，苁蓉、锁阳收获颇丰。后深入南山采药，将南山大宗药物连同果果滩一带采集的枸杞，被商行货栈大量收购，由驼队运往内地。

南山药库药物充盈，对秦成涌来讲，虽不能手到擒来，可也是随用随有。

三

过了不久，四川的小媳妇也卖了羊群，找到古城子来了。她两眼含泪，委屈地对秦成涌说："你屁股一拍，土都不沾就走了，让我找得好苦啊！"

秦成涌一看，这女人就是块黏糕，甩是甩不掉了。"罢罢罢，这是天意！"就顺势娶了小媳妇做了婆姨。

婆姨晚上对他说："如果找不到你，我会疯掉的。"

秦成涌说："你疯了不要紧，你那一群羊若疯了，就把我害死了。"

婆姨搂紧了秦成涌的腰，两胯向上耸了几耸，秦成涌就觉得真是得道成仙了。自此，秦成涌一边看病一边喝酒，酒后还能作诗。有一次他写道：

枝如戈戟叶如刀
劲拔挺立放光豪
气节高尚自潇洒
君子风度不倾倒

橐　驼

婆姨不懂，找了一个人给看看。那人说："酒是好东西，不喝酒，他写不出这诗来。"

一次秦成涌又写道：

不为良相须为医
男儿报国自有计
先贤知医兼知兵
古今往来同一理

婆姨又拿给那人看。那人说："还是酒好，不喝酒，他写不出这诗来。他这是要当兵去啊！"

婆姨大吃一惊，晚上就和秦成涌闹别扭："你会些拳脚，就想打人去，你能打过人家的枪子吗！"

秦成涌哈哈大笑："谁说我要当兵？那解诗的人是半瓶子醋，我说是我自有主张，要当一辈子医生啊！"

婆姨不信，第二天又去找那人，那人呻吟了半天，说牙疼，说要找大夫看牙，转身溜了。

秦成涌的婆姨在后面喊："看牙你找我们当家的，让他用艾草给你嘴帮子上拔一罐子就好了。"

旁边的人说："看看，大夫跟前待久了，都成半个医生了。"

另一个人搭讪："要想会，跟上师傅睡！"

四

秦成涌的医术，长于妇科和虚劳杂伤之症。他的处方剂量惊人，人们戏称秦一斤。有人编了顺口溜：

第十五章

秦道秦道

草药变宝

喝您苦水

疾病立好

秦成涌说:"我能看贫寒人的大病,但看不了富贵人的小病。"

有些有钱人便放言说:"好大的口气,离了狗屎还不种辣子菜了。"

秦成涌听此言一笑说道:"中医养生,遵循阴阳五行,干医药行当,既像县官理案不轻民,又像菩萨济世不亲利,由他们说去吧!"

一天来了位孕妇,称肚子疼。秦成涌把了把脉说:"打胎才能保全大人性命。"

男人一听,说:"怀孕才两个月,就是肚子有点疼,通常拉一泡屎就好了,怎么现在就要打胎?"

秦成涌说:"你胡屎日鬼,把娃娃弄到了子宫外面。这叫宫外孕,不打胎,大人娃娃都保不住。"

男人半信半疑。这时孕妇疼得更加厉害,头上豆子大的汗珠直往下掉。

秦成涌说:"保大人要紧!"

男人还是半信半疑。就见孕妇"妈呀"喊了一声,疼得晕了过去。

秦成涌不再犹豫,迅速取过两味药,拓绵研细水搅,搬开孕妇的嘴用一个羚羊角做的小灌角灌了下去。不消一刻工夫,孕妇的下面就有红流出来,孕妇也慢慢苏醒过来。

秦成涌说:"没事了,再缓一会儿,可以回家了。"

过了一会儿,孕妇和男人千恩万谢地走了。回家后家里人问秦道用了什么药,怎么那么快。

男人说:"只闻到一股麝香味,另一味药是什么就不知道了。"

有一对夫妇,婚后几年无孕,四处求医无果。秦成涌号脉后说:"看脉相不

橐　驼

应该呀，家里可有麝香？"

那男的一拍脑瓜说道："我平常喜欢仿文写字，家里有自制的麝墨。妻子喜欢麝墨的味道，我写字她就在旁边研墨，还时不时闻那香味。"

秦成涌说："怪不得呢，快去把那东西撤了。"

过了不久，那丈夫便来给秦成涌道谢，说妻子有喜了。

秦成涌临床多用经典古方，融会贯通，患者多求其出诊。他先期自备马车，不分近远，有求必应。每到春季，他以救人济世为念，从不计报酬多少。后因年事已高，就在铺内坐诊，患者络绎不绝。

他将"牛黄赛金散"加减后配合香火点穴治疗小儿腹泻，很有疗效。有个名叫秦正元的小儿重度脱水，孩子奄奄一息，急找秦成涌治疗。秦成涌用口服"牛黄赛金散"和香火点穴法，很快将病孩治愈。孩子家人泪水涟涟，千恩万谢。

秦成涌说："就冲孩子姓秦，五百年前是一家，给我药钱就行，其他就免了。"

有个女娃受惊吓精神失常，四处求医不见好转，远道前来求秦成涌医治。秦成涌用了自制的"瓜蒂散"后药到病除，女娃精神恢复正常。

秦成涌也是个奇人。盛夏的一天，天气闷热，县府里和他来往不错打杂的武九提着扇子来和他闲聊。秦成涌一看，拿出酒壶要和武九对饮。

武九说："这么大的天气饮酒，不是火上浇油吗？"

秦成涌说："以火攻火，心火自然消退。"

武九说："还是算了吧，你喝你的酒，我洗我的澡，我去水磨河里冲一下。"

秦成涌说："还是来几杯吧！"

武九说："不喝。等下雨天凉下来，我请你喝。"

秦成涌说："你今天不喝，以后再没机会喝。"

武九不解地问："这个话怎么说？"

秦成涌说："今天有个铁门槛，我帮你迈过去。"

第十五章

武九一听笑着说:"你是拿你的道学来拿捏我。"

秦成涌说:"迈过这个铁门槛,你就没事了。"

武九又笑着说:"抽签算卦,满嘴胡话。"

秦成涌说:"你听我的没错。"

武九把扇子猛扇了几下,说了声回头再聊,就走了。

秦成涌看着武九的背影,摇了摇头,嘴对着酒壶,猛喝了几口。大概过了两个时辰,有人进了他的药房,说武九淹死在水磨河里了。

秦成涌摇了摇头说:"天数!"

第二天,秦成涌就又喝醉了酒,他趔趔趄趄走到案桌旁,抓起毛笔又写了一首诗:

匹马西域三十秋
博深元化半名头
汉代仲景今何在
惟吾医风人间流

不想这首诗被县长齐壁山抓住了把柄,说他目中无人,敢和医圣争雄,借此将秦成涌拿来入狱。秦成涌被关押后,不思茶饭,唯独饮酒。

齐壁山说:"也好,这样喝下去,要不了几日,他这小命定会玩完。"

第二天清晨,下面的人来报说门前有人吵闹。齐壁山出去一看,一伙人抬着一大缸酒放在了门前。齐壁山不解地问缘由,众人说这酒是给秦道的。齐壁山一看满心欢喜,这一缸酒,就是有几个秦道也喝死了。便说了声:"收了,仔细伺候。"

这期间,由于民众为秦成涌鸣不平,省方派人到了古城子。来人并不是专为秦成涌的事而来,搂草打兔子,是查齐壁山贪污一事,顺带看看秦成涌到底是咋回事。原来是秦成涌醉后乱语,诗文并无大错,其人深受民众喜欢,只是一次

橐　驼

给齐壁山的夫人看病时收了他五块大洋，齐壁山便记恨在心。省方来人倒体恤民意，顺手给了齐壁山一个难看，责罚秦成涌将大洋五块还于齐壁山，放人了事。齐壁山尴尬万分，五块大洋像烫手的山芋，拿不得也扔不得。

秦成涌出狱，民众相迎。有两人横举着一块匾额，上面写着"救难菩萨　治病良医"。

秦成涌抬眼观望，看到不远处，王九先向他微微一笑，挥了挥手。

看到秦成涌红光满面，众人十分不解，问他在狱中不食茶饭就知饮酒，为啥脸色如此红润。

秦成涌说："让众乡邻如此担忧，是我秦某考虑不周，在这里我给大家致歉了。要说喝酒，酒是粮食精华，我深得其精髓，用好了，一样当粮食吃。这次入狱，对我来说是不幸中之大幸。还是那句话，这大半辈子每次喝酒，不是喝多了就是喝少了，从来就没喝好过，可这一回我是真正喝好了，把一辈子的酒都喝了。"

从此，秦成涌戒酒，专司治病救人。

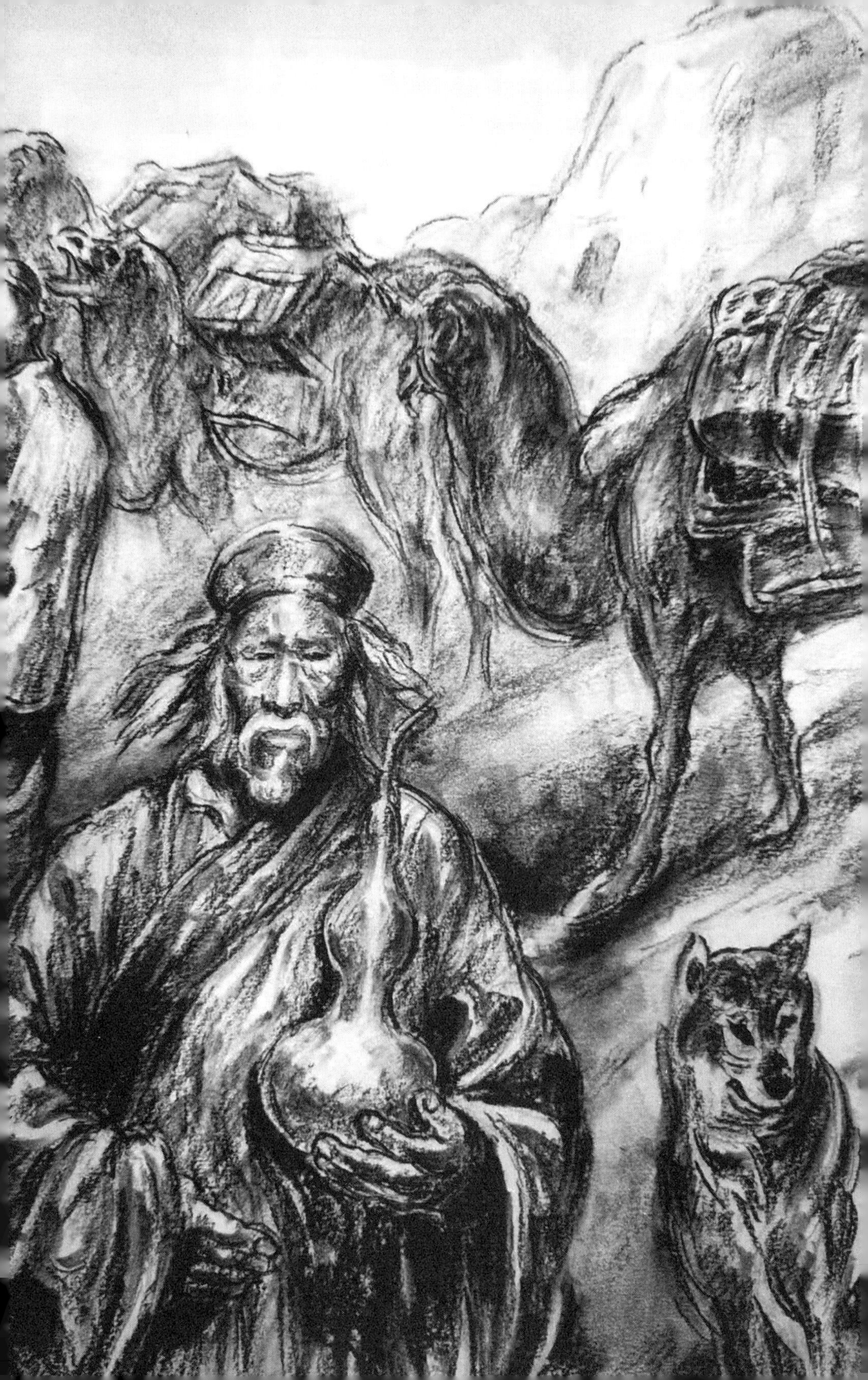

第十六章

一

厚重的浓雾罩着天地，罩着驼队，罩在道尔吉的心头，浓雾给了道尔吉一种压抑感。这个诚实的家伙，此刻有了一种负罪感。这负罪感多少天来一直纠缠和折磨着他。他怨恨自己为什么鬼迷心窍，忽然就心血来潮，偏要跑到街上看什么新鲜热闹，以至于惹出了乱子，给自己带来惶恐和不安。这些天来，他的耳边一直响着那个银匠的话："你我冲撞了佛爷，佛爷一气上天了。"

此刻的他心绪不宁。在沉沉的浓雾中，他的眼前浮现出了阿妈的面容，他分明又听到了阿妈嘱咐的那些话，他觉得对不起阿妈。阿妈临终前把一件祖传的宝贝递在了他的手上，那是一尊一拳头高的金佛爷。阿妈交代要好好保存，把它带在身上，佛爷会保佑他一辈子平安。道尔吉连连点头。

阿妈去世，道尔吉哭了个天昏地暗，然后揣着那件宝贝走出了草原。草原真大，他跋涉了几天，虽然怀揣宝贝，但他没有了食物。他碰上了驼队，碰上了王九先，王九先收留了他。这或许是阿妈和金佛爷在暗中保护，王九先很快就把他务习成了一个出众的驼户。

那次，驼队到了哈密，在城外搭起了帐篷支起了锅灶，将骆驼打入雪野里去啃干芨芨。那天轮到葛钟娃牧驼，王九先进城去看有什么货物需要交换或置办，其他人在帐篷里做饭和聊天。

道尔吉也是鬼使神差，看看天色还早，一种好奇心促使他想进城去看看。

第十六章

当时他若告诉王九先，王九先会和他一起进城的。他央求曹文茂陪他进城，而郝七三和陆十红一个备料一个做饭。戚长林在务习他的货物。如果当时曹文茂陪他进城，他也不会惹出乱子来，但那天曹文茂要看他的什么鸡巴书，还说要搓骆驼缰绳，道尔吉便自个去了。

道尔吉随驼队路经哈密虽有几个来回，但哈密城中却没去过。他想，何不趁此机会进去瞅瞅，便东张西望进了城。

"到达哈密却不知道哈密是个啥样子，日后别人问起来多难为情。"他心里这样琢磨。

道尔吉在城中转悠了一阵，一切都感到新奇。他左转右看。突然，他看到一群人正围着几峰骆驼在那里讨价还价。这几峰骆驼让道尔吉的眼睛一亮，一种急切的愿望便从他这蒙古汉子的心中升起。他想，这几峰骆驼要是自己的多好，可以夹在驼队中往返买卖，挣下的可都属于自己的了。戚长林不是都有自己的骆驼，何不趁此机会买上几峰骆驼也拉起自己的买卖。想到这里他向怀中一摸，抓住了那尊金佛爷。他知道没钱买骆驼，如果能买，也只有这尊金佛爷了。但阿妈临终前的话又响起在他耳边，阿妈的意思他懂，不到万不得已，是不能将这金佛爷失掉的。

但那几峰骆驼引诱得他眼睛发红。他想：在草原上一个王爷就可以拥有成百上千的骆驼和牛羊，还有领地，我道尔吉就不能有自己的几峰骆驼吗？他猛地转过身去，眼睛向街两旁的铺面搜去。终于，一个银匠铺出现在他的眼里，他急切地走了进去……

然而，他却失魂落魄地走出了铺面，一脸的惶恐和不安，他不知道是怎样回到了驼队。他没有了往日的欢乐，一副忧郁和魂不守舍的样子，一连几个晚上都在梦中叹息。道尔吉一直不能从那个阴影中走出来，他失态的样子引起了众人的注意，后来在大伙的追问下他才道出了实情。

那天道尔吉进了银匠铺，求银匠把那尊金佛爷化解成几个二两重的金砣砣，银匠满口答应。当他拿出金佛爷时，他没有注意到银匠那贪婪的目光。他依依不

橐　驼

舍地将金佛爷递到了银匠的手上，眼睁睁地看着金佛爷被扔进了坩埚里。这时，他忽然有了一种失落感，内心感到空虚，他想反悔，但金佛爷在坩埚里已开始化解。那银匠一边拉风箱，一边和道尔吉闲聊。道尔吉嘴上答应着，眼睛却死盯着坩埚。金佛爷在坩埚里完全熔解了，他脸上露出了喜悦的神情。突然，从坩埚里冒出一股火烟直冲屋顶。

"不好！"那银匠惊叫一声。

"咋了？"道尔吉心里一震，一种不祥之感冲上脑门。

"罪孽，罪孽，金佛爷怎么能化解呢？你我冲撞了佛爷，佛爷一气上天了。"那银匠说。

道尔吉定睛一看，坩埚里啥也没有了，只有坩埚被烧得通红，那炉火烧得更旺，火烟直扑面门，像要把他这罪孽之人一起烧掉。立刻，道尔吉心里产生了一种从未有过的恐惧，情不自禁地跪倒在地纳头便拜，向着坩埚叩了几个响头，转身奔出了银匠铺。

说到这里，郝七三立马喊道："道尔吉你上当了，那银匠一定是趁你不备，将手腕一翻把坩埚里化解的金子倒进了炉灰，另一只手将早已准备好的火硝扔进了炉子冒起了火焰，这是银匠耍的把戏。你这龟孙子，想买骆驼也该让我们知道，难道我们还不能为你做主？等着，下一趟过来，非把这银匠收拾了不可。"

"可惜，可惜，要知道你有那么个宝贝，我情愿用我的骆驼和你换，它的价值恐怕不在金子本身。"曹文茂有些捶胸顿足，他的话大伙似懂非懂。

陆十红盯着帐篷的一角，嘴里说："到底还是个娃娃呀！"他顺手捞过一根柴火，用手一捏，嘎巴断了。

葛钟娃看看众人的表情，似乎有些胆怯，也不知说啥好。这时正好有一峰骆驼靠近帐篷，在那料袋子上嗅着。葛钟娃一见，抽身去吆骆驼，嘴里日妈捣先人地骂着，看样子他要把气全使到那骆驼身上。

道尔吉听了众人的话，嘴张得老大老大，猛地用拳头捶自己的脑袋，然后痛哭起来。但只哭了几声就止住了，他的耳旁依然响着那银匠的声音：

第十六章

"佛爷一气上天了,佛爷一气上天了……"

他认为一定是郝七三他们用那些话来为他宽心,为他开脱罪孽。他是亲眼看着佛爷上天的啊!

佛爷生气走了。骑在骆驼上的道尔吉烦躁地看了看讨厌的雾天,低头又去想心事。他现在觉得日月无色,天地无光,人活着有什么意思。这时的他只有一个念头,只要佛爷不怪罪,失掉金子都不要紧,让自己安心,这才是最要紧的。这时,雾显得更加浓重。他茫然四顾,一切都混混沌沌,他的心里更加沉重。眼前又浮现出阿妈临终时对他的嘱咐。

他在心中喊了一声:"阿妈,我对不住你。"眼泪就涌了出来,顷刻间就凝在脸上冻成了冰溜,脸上就露出了绝望的神情。

到后来再过哈密,道尔吉再也不愿进城,是郝七三去找那银匠算账,但那银匠已没了踪影。可再到后来碰上了一群逃难者,银匠就在人群中。银匠被道尔认出,又被郝七三当胸抓住,他说了实话,但金子早被他花光了。

证实了银匠是骗了他,道尔吉心安理得了,没有了负罪感,有了一种从未有过的轻松和解脱。尽管失掉了金佛爷,但从那以后愁容在他的脸上消失了,他一如既往,干得更凶,干得更猛。

道尔吉心里一干二净,那雾虽重,在他的心上压了好几年,但一出太阳,那雾就跑得无影无踪,好像有一个乾坤袖将其尽数收去,多亮堂,多舒心。他的心地就像养过他的草原,宽阔无边。

二

道尔吉想到了老布根。

老布根喝醉酒骑着马来了,在马上摇摇晃晃的他,抡起马鞭子绕着蒙古包一顿乱抽,把毡子抽得稀烂后,掉转马头又摇摇晃晃走了。

每次喝醉都是这样,道尔吉和母亲忍受多少年了,但母亲对血气方刚的

橐　驼

　　道尔吉说:"不能对老布根动粗,他是长辈。话说回来我们也不占理,就由着他吧!"

　　道尔吉每回眼睁睁地看着老布根的马鞭子在蒙古包上肆虐,都有一种冲动,他的怒火像是要从领豁里冒出来,他想冲上去把老家伙收拾一顿,但他忍了。草原的苍狼带给他一股男子汉的豪气,但更多的是白鹿的传说带给他的温顺和听话。阿妈说过:"在梦里我梦见过几只白鹿,口里衔来鲜花,一朵一朵布满了老布根家毡房的四周。"

　　道尔吉想起阿爸的话:"不要和老布根计较,他想咋样就咋样!"

　　祸起阿爸身上,阿爸和老布根的儿子铁力西就在这蒙古包里喝酒,两人都喝醉了。阿爸醉眼蒙眬地看着铁力西骑上马背摇摇晃晃地走了,谁知到了第二天老布根就找上门了,铁力西死了。

　　当铁力西远远看到自家毡房时,他心里松了劲,翻身下了马,躺在草地上睡着了。睡着的他酒往上涌,吃下的食物从嘴里涌出来盖住了嘴和鼻孔,他无法呼吸,窒息死了。

　　阿爸非常自责,他和铁力西是好朋友,两人经常形影不离。铁力西的死,让他从此沉默,整天以酒为伴,脾气暴躁了许多,不久就去找铁力西了。

　　可老布根喝醉酒已经习惯了用鞭子抽他家的蒙古包,到第二天酒醒后用马驮着毡子过来,一句话不说,也不下马,扔下毡子,头也不回地走了。最后到了拆东墙补西墙的境地,老布根没毡子了,把自家的蒙古包拆了,把毡子驮来扔给他家。

　　虽说毡房上的毡子都是牧民自家擀的毡,可也架不住老布根三天两头来用鞭子抽。

　　母亲和道尔吉商量说:"我们走吧,离开这个地方!"

　　母子俩离开了祖祖辈辈生活的草原,要去浪迹天涯。道尔吉回头望去,他知道,草原本是男儿上马驰骋的地方,他却不得不离开,那顶孤零零的蒙古包被他们无奈地抛弃了。

第十六章

他和母亲只带走了一匹马和勒勒车。马拉着勒勒车,车轱辘转了多少圈,马蹄子踏出了多少路,他们记不清了。道尔吉感觉到,那条他时常涉足的小河,像是在缠绕他的步伐,一再地挽留他。

晚上,母子两个把拉在勒勒车上老布根用鞭子抽烂的一些毡子理一理,用它搭个能遮风避雨的棚子,然后屈下身来。当母子俩走出草原时,就没啥吃食了,只剩了几块奶疙瘩。

醉酒后老布根骑着马又来了,绕着蒙古包走了一圈,不见道尔吉和他母亲的身影。那边的围栏里,扔在圈里的草已吃完,七八只羊在撞栏。显然,人已经走了几天了。老布根顿时明白过来,道尔吉和他的母亲走了,这羊是留给他的。

老布根跳下马,呆呆地立在蒙古包前。忽然,他蹲下身来,双手掩面,老泪纵横,号啕大哭起来。

三

这几天,道尔吉发现,他的乘驼,也是他的坐骑黑眉毛,走路跌跌撞撞,趔趔趄趄的,身子一斜,眼看它要栽跟头了,可一横又顺了过来。听了道尔吉的话,王九先他们仔细观察,发现黑眉毛的左眼里蒙了一层雾气,像窗户纸上的霜。看到这幅情景,几个人一商量,死马当作活马医,治好了继续使唤,治不好,就该退槽了。他们将黑眉毛按倒,郝七三拔出了随身带的刀子。

黑眉毛躺在地上很安静,偶尔叫一声,但身子却不动,它心里明白,主人是在给它治病。郝七三在它眼球上动刀子时,它的眼睫毛急速地颤动,翻开的眼皮,内里粉白色的眼帘布满了血丝。郝七三用刀子把那层雾气轻轻刮了,从眼球上揭下了几块小指尖大的黏状的东西,像熬的小米汤上面的那层皮。

黑眉毛翻起身,没有马上站起来。它向王九先他们看了看,然后叫了两声,两只后腿一蹬劲,后半身就站了起来,两只前腿再一撑就完全站直了身子。王九先他们看到,黑眉毛的那只左眼,像右眼一样明亮了。黑眉毛往前走了两步。王

橐　驼

九先他们又看到，黑眉毛的眼角处涌出了两股清澈的泪。它向前又走了几步，便稳稳当当地迈开了步子。

旷野里是静的，清风拂面，苦豆子和芨芨草在风中摆动。道尔吉跟着黑眉毛，向着旷野，走进了那一片深绿。

四

道尔吉饭量大，力气足。还是在北塔山放场时，大伙合力打了两只黄羊，天太热，一顿吃不掉，放到第二天就会变味。道尔吉平时说话少，此时却开了口："能吃掉！"

王九先问："你能吃多少？"

道尔吉脸红了，磨蹭了一下说："放开吃能吃一只！"

郝七三一听说道："人小话大，你能吃一只？"

道尔吉说："能！"

王九先说："你饭量是大，可要吃掉一只羊，可得掂量一下。好！今天你就吃给我们看看。"

几人将两只羊各自卸开，两只铜锅，一锅煮一只。锅开后，陆十红抓起两把盐，一个锅里扔了一把。

肉熟了，大伙眼瞅着道尔吉咋样吃掉一只羊。只见道尔吉把灶头边的木头卡盆顺过来，把煮得脱了骨的肉捞进卡盆。稍停了会儿，见盆里的肉不再烫手，他便开始从骨头上往下撕肉，肉被他撕成一块一块，骨头被他扔进了铜锅。那骨头上还连着一些筋头巴脑，后面刀子能派上用场。肉撕好后，他又顺手拿过早已剥好的一把野葱，两手一拧，拧成了一寸长的小截，两手抄了几下，把葱拌进肉里。

王九先看着道尔吉，点了点头。"嗯，吃肉的行家！"他抬起头对郝七三他们几个喊道，"也别都盯着看，你们该吃也吃呀！"

郝七三几个一听，赶忙动手将另一铜锅里的肉也捞了出来。

道尔吉和王九先他们几个面对面坐了下来。道尔吉身后横放着卡盆，王九先几人面前是铜锅，很有仪式感。羊肉的香味弥漫在整个帐篷里。

"吃吧！"王九先说了一声，大伙便动起手来。大家伙吃得咋样不说，只见道尔吉不慌不忙伸手从背后的卡盆里抓起肉放进嘴里。

道尔吉的这种吃法，王九先他们还是第一次见到。

"为啥这样吃？"王九先心里嘀咕。忽然他明白了，卡盆若横放在道尔吉面前，就是吃肉的歹手，看着肉山一样的肉，也会怀疑个人能不能吃完。放在身后，一把一把，和大家说着笑着吃着，不知不觉这肉就会一点一点少下去。

太阳落山时分，道尔吉回手抄肉时，他感觉卡盆里空了。

回转头一看，卡盆里的肉被他吃得剩下星星点点。大伙看到这，都不住地摇头。

郝七三说："这贼厮真把一只羊吃了！"

王九先点了点头对道尔吉说："看来平时亏待你了。"

郝七三说："好，我给你舀碗汤去！"

道尔吉说："我来我来，我个人来。"

看着道尔吉憨人憨相的样子，王九先私下里暗自琢磨："都说伶牛细角，马笨鬃多，从道尔吉身上倒能看出，扬鬃嘶鸣的马那才够得上威猛。这娃娃还真有些蒙古汉子的味道。"

五

驼队每次从古城子出发，都要去秦成涌处开几大包草药，路上谁有个头疼脑热、肚疼腹泻，都用草药来解。时间一长，秦成涌既是驼队的座上客，也成了驼户们的朋友。

道尔吉上火了，早上起来，眼角的眼屎粘在眼眨毛上嗦哩铃铛，一点一点往

橐　驼

下拿，拽得眼眨毛生疼。道尔吉不知道如何是好。

侯财来故意惹他说："我有个土方子，喝上就好。"

道尔吉问道："啥方子？"

侯财来说："城墙上的灰，寡妇的尿，姑娘的奶水，这三样和在一起喝了就……"

侯财来话没说完，便听郝七三骂道："老实人你也欺负！"

侯财来伸了一下舌头，溜出了帐篷。

道尔吉去找秦成涌开药，秦成涌正在闭目养神。他给道尔吉号了号脉说："你这是心火，气血不顺。莲子心、麦冬清心火，黄芪、当归顺气血，决明子、荷叶通便，枸杞和菊花亮眼，我给你开上两服药喝一喝，过几天就好了。记住，要慢火熬，一天喝两回，不要嫌药苦，余味苦涩，终有一甘。"

他接着又说："你们这些拉骆驼的，东奔西颠，爬冰卧雪，夏天还好一点，秋冬节气里湿气都很重。这些我都知道，我给你再开上一大包茯苓和薏米，这个不要钱，送你们了，让大家都喝一喝，把湿气祛一祛。"

道尔吉连忙说道："谢谢秦先生了！"

秦成涌说："这个不用谢。冲着王掌柜几次带我到古城子，让我有了给民众看病的机会，我已经很感激了。"

道尔吉吃了几服药，这火还是没有撤掉。秦成涌就纳闷了，一般上火的人，吃他这药三服就见效。"好吧。我再开两服试试，如再不见效，就恐怕是另有原因了。"

道尔吉再来，秦成涌已为他配好了白虎汤。他取石膏一斤，知母六两，炙甘草二两，粳米六两。嘱咐道尔吉配水三升，米熟汤成，去滓，温服一升，日服三次。

白虎为西方金神。白虎汤，历代中医奉它为清热泻火名方，对应秋天凉爽干燥之气。就像秋季凉爽干燥的气息降临大地一样，一扫炎暑湿热之气。对道尔吉这种壮热面赤，烦渴引饮，口舌干燥者很是适用。

第十六章

秦成涌说："白虎汤用石膏退热虽快，但较弱而短暂；知母退热虽缓，但较强而持久。两药合用，退热俱佳。"

就在道尔吉从秦成涌的吉顺堂回转的路上，心里感到燥热的他被路边的一个凉皮黄面摊吸引了。两个条凳上坐着几位食客，正大口吃着被挑在筷尖上颤抖着的晶莹黄润的凉皮，形似乳条滑溜的黄面。道尔吉一看，馋虫便被勾出来了，把口里欲滴的垂涎咽到了肚里。

他在条凳上坐了下来。摊主是位戴着白帽帽的回族老汉，大半辈子都在卖凉皮黄面。他开口问道尔吉要凉皮还是黄面，道尔吉说那就来个两掺。他知道自己上了火，没要油泼辣子，只是浇了配有菠菜的素卤子，又放了芥末和醋。

老汉的摊位对面，是驻军司令张治贤的营房。道尔吉看到有一个当兵的走过来，也要了一盘黄面，吃得正香，营房里催命集合的哨声突然响了。那当兵的一听哨声，撂下盘子就跑，忘了给老汉付钱。

老汉一时性急，冲着那当兵的背影一边喊，一脚也跟进了营房。

张治贤站在队伍前训话，一看进来个老汉，便问他干啥。老汉说是来要凉皮钱的。张治贤便让老汉指认，那吃了黄面的士兵在队伍里直发抖，很快被老汉指认出来。只见张治贤一挥手，他身边的一人拔出腰刀上前一步，刀一挥，那士兵的肚子便被划开，黄面流了出来。

张治贤又一挥手，一块银圆落在了老汉的脚下。老汉已被吓得面色惨白，虽是口念讨白，但泪水一个劲地直往下流，有一串挂在了胡子尖上。他哪里还敢拾那银圆。只见一勤务兵上来，拾起银圆，把老汉连推带搡赶出了军营。

神情慌张的道尔吉回到帐篷，磕磕巴巴，语无伦次，好不容易才把路上碰到的事情说清楚。大伙听了都不住摇头，为一盘黄面，到了杀人的地步，竟要了一个人的命。

隔天街面上就传说开了。有人说当天晚上，有几个骑马的士兵身挎腰刀，去了老汉家里。老汉摆了十多年的凉皮黄面摊子，从此在古城子的街面上消失了。

按秦成涌的嘱咐，道尔吉服了白虎汤，很快好了。

第十七章

一

入冬后太阳缩着身子一直往后退,光束慢慢趋于平缓,从窗子格直射进了屋里。冬至一过,像是有一只无形的大手在太阳后面推了一把,它又开始往前走,往头顶上方飘移,光线慢慢开始直立起来。

傅春娥对孩子们说:"冬至一过,白天一天天就长了。"

儿子忠忠问:"长多少?"

傅春娥说:"一天一根线。"

女儿珍珍接着问:"为啥是一根线?"

傅春娥说:"就是一根针线活的工夫。"

路生也凑过来说:"大妈,做活儿我来穿线。"

傅春娥对着路生应一声,摸了摸他的头。

人要衣扮,佛要金装。傅春娥不怕熬灯费油,晚上,在煤油灯下,她给孩子做衣服,过大年的新衣,是单是棉,还是翻旧做新,她都精心缝制。人穷衣不能破,自小儿奶奶就教她咋样持家过日子。穿在孩子们身上的布衣,风吹日晒,很容易褪色。傅春娥把里面翻到外面,让旧衣变成了新衣。衣服不能做成蚂蚱皮紧裹在身上,要宽大一些,娃娃穿着舒服。就这样,一件衣服反反复复穿,孩子们把衣服的魂都穿了出来。

看看热炕上熟睡的孩子,她感到欣慰。三个孩子都很懂事,过了年,长了一

第十七章

岁，个头也长。大人能将就，不能让孩子失望，过年就要像过年的样子。

太阳上墙，娃娃找娘。到了晚上睡觉前，孩子们已习惯了听她讲故事，孩子们听她讲《嫦娥奔月》《玉花宝》《花碧莲捉猴》。

晚上掌了灯，傅春娥给孩子们唱《小老鼠告状》。《小老鼠告状》很长，唱的是小老鼠被猫儿抓住吃了，小老鼠便去阎王那里恶人先告状。阎王派人抓来猫儿质问，猫儿历数老鼠的罪状。阎王听后明白了一切，便命猫儿将世间的老鼠赶绝吃尽。

傅春娥低声唱道：

它溜到男娃子书箱里面
把文章打得残缺不全
本是个好学生难上科场
气得那尕书生痛断肝肠
它溜进女娃子针线簸篮
把嫁妆打得破破烂烂
本是个好女子难以出阁
气得那小姑娘泪水涟涟
它溜进了米箱面柜
吃了喝了也就罢了
又拉屎又撒尿把病害流传
它打得满地砖十花九裂
它打得粉皮墙穿堂经过
它打得田埂上水漏堤破
它糟蹋了好粮食千石万箩
…………

橐　驼

孩子们在她的吟唱中慢慢睡了。

夜深了，炉子里的煤还多。煤是北山煤窑的冰碴煤，冰碴煤耐烧。黑黢黢的煤，烧完后是白灰。丢巴掌大的几块进去，到第二天早上用炉钩捅几下，就是剩核桃大点的煤块，再续煤进去，火慢慢又着起来。

夜静得让人有点生分。傅春娥有些疑惑，她望着顶棚若有所思，糊糊顶棚，糊糊湿着还是干了，都是老鼠的好吃食。老鼠老是把顶棚咬得咯吱吱响，吃饱了就在顶棚里放了趟子跑，跑过来跑过去，像在遛膘。几年过去，顶棚就被咬得大窟窿小眼睛的。一次一只老鼠不小心从窟窿眼里掉下来，竟摔晕了。可今天晚上，这些老鼠怎么连一点儿动静都没有。

就在傅春娥俯下身子把衣服面子铺平，把驼毛和棉花一层一层铺垫好，把里子平铺上去时，突然"啪"的一声响。突如其来的响声在悄无声息的夜里，着实把她吓了一跳。她抬头一看，镶着爷爷王枚岭照片的相框，从墙上跌在了长条桌上。

傅春娥心里一惊："这是咋了？"

看看炕上的三个孩子，睡得很沉，再听听四周，寂静无声。傅春娥心里疑惑，忽然有点紧张和害怕。

她连忙推推儿子："忠忠、忠忠！"

被推醒的忠忠迷迷糊糊说："妈，干啥？"

"去，尿个尿！"

忠忠下炕，向前走了几步，突然哭了，说："妈，我走不动了！"

傅春娥又一惊，她本是想把孩子弄醒，弄出点动静，让寂静的屋子里有个声响，也给她分分神、壮壮胆，没想到孩子咋就走不动了。

她连忙下炕，抓住忠忠的胳膊问："咋了？"

"我尿在裤子里了！"

"咋了？咋了？这到底咋了？"

傅春娥发蒙了，定了定神，放开愣愣地站着的忠忠，连忙爬上炕，使劲推着珍珍和路生，大声说："起来、起来！"

珍珍和路生翻身坐了起来，揉了揉惺忪的眼睛。

傅春娥对站在当地的忠忠说："忠忠，过来，过来到炕上来！"

"妈，我走不过去！"忠忠答道。

傅春娥一阵慌乱，她愣住了。猛然想到了什么，她跳下炕打开门，拽过忠忠，连拉带推把他弄出门外，一把把忠忠脸朝下按倒在雪堆上。她返身进屋，把两个窗户全打开，冷风从门窗外刮进了屋子。再看炕上的珍珍和路生抱着膀子瑟瑟发抖，她又忙把被子盖在她两个身上。

傅春娥知道，孩子们是被煤烟打了。

第二天，傅春娥把爷爷王枚岭的相框擦拭了好几遍，端端正正仍挂在了正墙上，恭恭敬敬上了三炷香后，趴下磕了几个头。

二

对傅春娥来说，十四岁上从酒泉家里出走是有缘由的。父母亲去世得早，是奶奶、舅妈把她拉扯大的。慢慢长大的她，出落得亭亭玉立，可按当地的风俗，女娃是要裹脚的。

舅妈说："女娃娃大手大脚不成体统，好牛好在两只角上，好女好在两只脚上。这岁数了再不缠脚，这样两个大脚丫子，嫁不出去咋办？"

傅春娥对舅妈的话似信非信，看看身边的其他女人，都扎骼骼的，小脚一挪一挪，也好看哩。

舅妈开始给她裹脚，谁知是傅春娥的噩梦来了。舅妈拿出准备好的布剪成布条，含着泪一狠心，不顾傅春娥折骨之痛，把傅春娥两脚的大脚趾旁边的四根脚趾弯折到脚心，用布条裹紧。傅春娥疼得呼天唤地，但无济于事。晚上，傅春娥偷偷解开裹脚的布。第二天舅妈一看，重新给她包裹，脚上加添了细麻绳扎得紧紧的，再用冷水浇湿。傅春娥脚痛得不能着地，只有双膝跪行。

橐　驼

夜以继日的裹脚摧残着傅春娥的心,那钻心的入骨之痛让她记一辈子。她的脚趾倒向脚心,脓水侵蚀,脚趾溃烂化脓,惨不忍睹。傅春娥整日扶着墙壁站着,她眼泪汪汪看着奶奶哭着说:"奶奶,我受不了,我要走了。"

奶奶问:"你真要走?"

傅春娥说:"我真要走!"

奶奶说:"那奶奶陪着你!"

傅春娥抱住奶奶哭了大半宿。

奶奶、舅舅、舅妈从小对她百般呵护,让她上私塾,她不仅记住了《百家姓》《千字文》,把《道德经》都背诵了下来。她看着满腹经纶的先生羡慕不已,她也想做个教书人,但现实与自己的想法无法兑现,因为她是女人。

奶奶问她要去哪里,她说不知道。奶奶说你没有去处,要碰运气?她说只能走一步看一步了。奶奶说你到哪儿我陪你到哪儿。

过了一个月,她的脚伤好了,就和奶奶出走了。舅舅、舅妈看她决心已定,流下了惜别的眼泪。

傅春娥上面还有两个哥哥,都已成家立户。小时候抓周儿,大哥抓了一杆秤,父母欣喜万分,说长大是个买卖人,谁知长大后提着一杆秤一直在卖肉。二哥抓了一方印,父母说这孩子长大不是文官就是武将,要执掌帅印,谁知成人后成了一个刻图章的。

看到妹妹执意要走,全家人在一块吃了顿饭,唯一能安慰大家的是傅春娥由奶奶陪着,也还能让人放心。

三

奶奶是个很有主意的人,出门前就备了盘缠,看到路上有西去的马拉大车,说明缘由,付了钱,她们上了车,一站一站,站站戈壁滩,走了两个多月到了古城子。

第十七章

古城子正值秋收时节。每年秋天庄稼一割掉,麦捆拉掉,就有人进地拾麦穗。奶奶孙女无亲可投,便在一地头边搭了个简易窝棚,两人也去地里拾麦穗。

傅春娥和奶奶白天去地里拾麦穗,沿着地块没长没短,走这家田埂,到那家地头,晚上就把拾来的麦穗用手搓,把搓好的麦粒装进补丁摞补丁的口袋。眼看这口袋一天天鼓起来,奶奶孙女喜不自胜。谁知祸从天降,睡到半夜不知是哪里来的火星,还是有人放了火,点燃了窝棚,一把火把窝棚和麦子烧了个干干净净。两个人哭天天不应,叫地地不灵。就在两人抱头大哭时,王九先的驼队过来了。

奶奶和傅春娥在王九先家里吃了饱饭,睡了安稳觉。过了几天,驼队又要出行,王九先让祖孙两个把这里当成她们自个儿的家。

王九先再回来时,奶奶看着王九先,就有了自己的想法,她把她和孙女的身世跟王九先说了个透。而王九先自从把祖孙两个安顿到家中,也仔细观察过,在路上也认真想过,现在听奶奶细说,明白了老人的意思,知道了傅春娥还是个识文断字的女子。

王九先对奶奶说:"我这不是乘人之危嘛!"

王九先不在的这些天,奶奶给傅春娥灌了好多耳音。傅春娥闲下来,出去瞅瞅古城子的事情,听听王九先的为人,联想到自己的处境,让奶奶一劝说,对王九先也动了心。

她对奶奶说:"不知人家心里是咋想的?"

经奶奶一撮合,傅春娥点头称是,王九先满心欢喜。再一商量,两人择日成婚。

晚上,王九先和傅春娥入了洞房。他呼啸而来,从未有过的猛烈和冲撞、震颤和美妙,让两个人的初夜变得回味无穷,终身难忘。

王九先在心里暗暗发誓,如果傅春娥要,他可抽出腰上的肋骨给她熬汤。

橐 驼

四

黑了白了一天，冷了热了一年，日子过得飞快，陆陆续续，家里就添了两个孩子。娃娃只愁生，不愁长，三翻六坐九爬爬，十个月过了叫大大。花花核桃花花枣儿，养下娃娃满地跑，两个娃娃没觉得咋样就长到了桌子高。

孩子出生，奶奶都给孩子裹裹腰子。裹腰子，一缕花布，宽有一尺，长有三尺半，一头缝有花布滚针后的两个布条。孩子的腰被裹腰子裹缠紧，再用布条扎住。裹腰子上面顶着孩子的胳肢窝，下面漏出小鸡鸡，就是晚上孩子蹬掉被窝，也不怕伤风感冒。裹裹腰子时，奶奶要在孩子肚脐眼上放当归之类的药，孩子们在以后的日子里，肚子少有不舒服的时候。

老大照着书养，老二照着猪养，往下就越好养了。儿子忠忠两岁多那会儿，天热，奶奶通常都把忠忠衣服脱了，只带个红肚兜，放在院子里小板凳上玩耍。她去忙她的，不时走过来笑着对忠忠说道："精勾子娃娃坐板凳，麻雀过来叨眼睛！"

忠忠则一手伸开，用另一只手的食指尖一下一下点着伸开那只手的手心，嘴里唱着：

拉锯扯锯
扯了奶奶的沙枣树
爷爷不叫扯
树叶扯倒了
宰公鸡叫鸣呢
宰母鸡下蛋呢
点点窝窝米豆豆
鸭鸭喝水马马过河
扑噜噜飞掉了

忠忠一开始不好好吃饭，奶奶提着碗，满院子追着像填鸭一样喂他。一边追一边说："人家的娃娃吃饭像个叨鱼郎，抢着吃，这娃娃让人追着喂。"

忠忠看到奶奶手背上的青筋一棱一棱清晰可见，拉住奶奶的手仔细地看，看了左手看右手，抬头对奶奶说："奶奶，你手上的手肠子咋这么多？"

俗话说春捂秋冻，不生杂病。二月不把棉衣撇，三月还有梨花雪。虽然春风拂面，不寒杨柳，但奶奶每到春天，总是告诫孩子们也要穿得暖和些，不要急着减衣。奶奶融三冬暖，驱三九寒，一门心思把娃娃们照看好。

男怕穿靴，女怕戴帽。不知咋的，奶奶的头肿了，眼睛肿成了一条缝。当年，傅春娥的爷爷是腿肿，肿得像两个明棒，没几天走的。奶奶明白，自己头肿了，也没有几天了。

请秦大夫过来看了后，秦大夫叹了一口气说："准备吧，有啥能吃的就给她吃吧。"

奶奶清清楚楚、明明白白跟傅春娥说："牛不知角弯，马不知脸长。娃娃们还不懂事，还不知道咋个照顾自个儿，把娃娃们看好！"

爷爷死得早，奶奶望门守节，从一而终。奶奶病了后不让孩子们进她的屋，一见忠忠掀门帘儿，一个劲儿摆手让他出去，怕把病传染给他。其实，秦大夫说过，她的病不传染，但奶奶不信。

一天晚上奶奶长眠不醒。王九先买了最好的棺材，把奶奶高抬深埋。

五

傅春娥养有两只鸡，一只花公鸡，一只黑母鸡。她心地善良，连她养的两只鸡都和她达成了默契。

黑母鸡下蛋时就扑向她的怀抱，她坐在小板凳上，像哄孩子一样，用手在黑母鸡的背上轻轻捋几下，然后把手放在黑母鸡的屁股后，黑母鸡就把蛋下到了她的手心里。这时珍珍就会大声说："黑母鸡下白蛋喽！黑母鸡下白蛋喽！"下蛋

橐　驼

后的黑母鸡从傅春娥的怀里跳到地上，伸长脖子"咯咯哒、咯咯哒"叫几声，便挺着胸脯跟着花公鸡踱着步子走了。

花公鸡和其他公鸡一样，一天也会叫三次，天亮时最后那次叫得最响亮。随着它的叫声，不一会儿太阳就出来了。花公鸡沾沾自喜，它知道，太阳就是它每天叫出来的。

花公鸡领着黑母鸡四处转悠，两只鸡形影不离。看到一条虫子，花公鸡叼在嘴边，等着黑母鸡再从它嘴上叼走。黑母鸡下蛋时，花公鸡就围着傅春娥转磨磨，鸡翅半张，嘴里也是"咕咕咕"地叫。

珍珍问母亲："咋不多养些鸡呢？"

母亲说："十只鸡一天要吃一头驴的料，养多了满院子都是鸡粪。"傅春娥是个爱干净的人。

两个孩子也有拌嘴的时候，忠忠对珍珍说："妈妈生下你就是陪我玩的。"

珍珍说："不是陪你一个人玩，是陪妈妈和你一起玩。"

傅春娥每年都要养两头猪。刚买回来的小猪娃诧生，怕人，喂上几顿食就好了，就开始抢食了。

古城子人祖祖辈辈都养黑猪，从没见过白猪。俄国人来古城子做生意，把白猪引了进来。傅春娥看到白猪后，觉得稀奇，就想养白猪，可白猪娃稀缺。当驼队给恰克图驮去茶叶，返回古城子后，王九先从驼背上拿下一个麻袋一抖，变戏法一样，两只雪白的猪娃滚了出来，这是他在恰克图专为傅春娥买的。

两只白猪娃不光是傅春娥喜欢，连几个孩子都喜欢得不得了。猪娃吃完食站在猪圈的墙根下晒太阳，晒着晒着晒舒服了，开始打盹，打着打着"乓"地跌倒了，把两个孩子惹得大笑。

这两只白猪娃还闹出了笑话，左邻右舍觉得稀罕，抢着来看，说两个猪娃有名有姓，笨头癞瓜的猪竟还有个很好听的女人名字，叫吴柯兰。后来王九先解释说，那是猪的种类，是一个叫乌克兰的地方出来的，可邻居们还是没听明白。

傅春娥曾听曹文茂说过："猪在睡觉时，能看到自身是怎样被宰杀的，到醒了后就糊涂了，被杀的前一天能梦见自己头枕刀子在睡觉。"

这些话让傅春娥一段时间心有所想，这猪养还是不养。不管咋说，这猪娃还是要看好了。前面巷子有一人家，大年初一，刚出生的七只猪崽儿全被母猪压死了。人忙着过年，猪忙着生猪娃，人晚上守岁没守猪娃，一把银子打了水漂。

六

王九先再回来时，就把劁猪红请来把猪娃劁了。劁猪就要找劁猪红那样的匠人。先前也有二把刀来过，猪没劁尽，睾丸取了一个留下一个，害死人了，猪不上膘，瘦得像猴儿，还在另一个猪身上爬来爬去。索性宰了，可肉膻得不好下口。

劁猪红叫蒋凤仪，在河北老家一直是种庄稼，也是个戏迷。他也兼做骟匠，替本村也为邻村乡民骟猪、骟驴和马牛，在骟匠的活计中主要是劁猪。一次他给邻村的一大户人家骟一匹大菊花青马，也是疏忽了，在摘除马睾丸的时候把刀子上的铁锈蹭进了伤口里，结果马感染了，几天后马死了。他只好躲祸出走，跑到了古城子。来到古城子，听到戏台上的锣鼓声心里发痒，一时兴起，当起了票友。他那扮相、唱念做打，都让人叫好，可热闹过后，指靠混肚子吃饭，还得提刀子操旧业，于是白天去给人家劁猪，晚上到戏园子客串。

劁猪红在古城子娶了婆姨，当时娶老婆时看走眼了，看是只凤凰，逮着一看是只鸡，憋了一肚子气。老婆嫁过来时，还带着一只狸猫，那猫一见他就叫，好像是他占了它家主人的便宜。他一瞪眼，反手就把那猫儿给劁了。

劁猪红劁猪的家伙什，一把小刀，一个铁钩针，装在一个扁平的布鞘里面，挂在裤腰上，就一拃来长，外衣一遮，啥都看不出来。口袋里装有一小瓶碘酒。他在母猪娃腿卡浅窝处，用刀子开个小口，把铁钩针从小口中塞进，手腕一拧，就把猪娃的卵巢勾出来了，顺手用刀子割了，在小口上抹点碘酒，就把猪娃放了。

橐　驼

公猪娃要在后腿上拴绳子，倒吊在梯架上。悬空的小猪娃怕把它杀了，声音都喊直了，谁知仅仅是割了两个睾丸就放了。猪娃一溜烟跑到猪圈的角落，才觉得腿弯里少了看家的东西，发出一连串不情愿的哼哼和呻吟声。

从公猪娃裆里割下的睾丸像两个鹌鹑蛋，劁猪红随手放进布兜里带走。有人说他用睾丸自制丸药，卖给了那些"举枪不起"的人。有人说他用油炸了吃了，说是吃啥补啥。

第十八章

一

这天，周凤麒急急忙忙来找沙筱圃。他说："天元成掌柜子金元子从塔城转运了一批俄茶到了古城子，有三千余箱。这茶叶本是中国之茶，由俄国倒灌入境，俄人暗夺华商专利权，使各华商运来茶叶销售受到影响。经营大宗茶叶的东盛昌、永胜合几个商号掌柜已和我交换本意，我这就赶了过来，向您禀报，看如何处理是好？"

沙筱圃说："虽说是危邦不入，乱邦不居。同治年初，沙俄怀狼子野心，借口保护其边境安全，出兵占据伊犁。等战乱平息，政府索要伊犁时，便签订了《改订伊犁条约》，古城子由此介入与俄商务，属塔城至苇塘子、伊犁至尼堪路线内，这一走就是多少年。俄人熟悉此道，且通商务，看来是来者不善。"

周凤麒说："宣统元年，俄商在古城子已开设洋行，或在南山放养牲畜的俄侨有三十多户一百三十九人之多。俄商庄铺大小不下近百家，洋行为义和行、德和行、德盛行三家，经理（行东）分别是夏克尔加、米尔麻素提、散普巴巴。"

沙筱圃问："还有哪些详情？"

周凤麒答道："俄商在迪化设立的德盛行属古城子分店。您到任之前，由俄国运来一批货物，有格子货、泥金、蜡烛、卷烟、锯条、零杂货、铁皮、沙码瓦尔等，大小三百余箱，古城子税局因货票不符发生交涉。商会也派评事，会同俄人前往检查，货物确实与货单内开列货物名实不符，商会即令将货卸存洋行。后

橐　驼

俄商派人去迪化补办手续，十日内若送不到，照章纳税。当商会将前后详情呈报齐璧山后，齐说'伏思外交事务，不得不通融办理，值此对势，且宜加慎'，于是不了了之。"

周凤麒又补充道："苏俄一年输入古城子货物，如白洋布及各种色布值票银四十余万两，洋糖、洋烛、洋火、石油、铁器等值票银二十余万两，两项合计值票银六十余万两。而古城子输往苏俄的货物，如老山羊皮八万张约值银六万两，羊毛六十余万斤约值银二十六万两，统共票银约值三十二万两。虽说是货换货，两头乐，但输入输出比较，票银相差过半。且以营商时势而论，苏俄货物输入日见其多，而内地华货输入日见其少，若不由公家设法抵制，则新疆白银外流苏俄，年增一年，必受绝大损失。再说了，哪怕是将不够，我们也不用兵来凑，给俄国人的货物，都是真材实料。"

沙筱圃说："易货贸易，顺差逆差，缺口这么大，如此下去，白银不知不觉大量外流，这还了得！"

周凤麒说："前面金元子从伊犁购进的是俄商的洋火、洋炉、龟子皮、牙儿缎、花洋布。我曾提醒过他，可不能做那些偷鸡摸狗的事。他信誓旦旦，向我夸口说绝无可能，可又不能自圆其说。我说你现在轻言妄语，到时不要弄得自个儿下不来台，丢失颜面。谁能想到这次他竟然从俄国一次进了三千余箱茶叶，真是无中生有。"

只听沙筱圃向门外喊了一声，胡秘书随即走了进来。他吩咐胡秘书说："通知八帮商会会长，前来议事。晋帮周会长在此，告知副会长郭效仪参加。再通知天元成掌柜金元子，让他也过来。"

胡秘书答应一声出了门。不一会儿，八帮商会会长一一到齐。各会长先是稽首问安，互道桑麻，然后依次坐了下来，天元成掌柜金元子坐在了最下手。

沙筱圃开门见山说道："江湖有道，戏中有法。茶叶是我华夏之根本，是上下几千年概全的饮品，奇了怪了，竟有人从俄国进口茶叶，岂能让洋人倒灌不成。就这件事，大家都谈谈自身的看法。"

第十八章

坐在下手的金元子一下睁大了眼睛。

晋帮副会长郭效仪说:"这些俄国人,瞒天过海,明目张胆窃取商业信息。按他们的所谓说法,他们的光顾,诚然是布道和修行,让我看全是强盗逻辑。"

天津帮会长安文庆说:"那些洋人,揭开心耳朵说话,还有不漂亮的?他们不是也是,不是也得是,是还是不是,都想着他们说了算。辛亥革命后,虽然民国政府宣布苏俄间以前所订各约悉数无效,但由于各种原因,古城子与苏俄贸易往来还是非常小心且又微妙。"

两湖帮会长张玉田说:"骆驼脖子再长,也不能隔山吃草。明眼人都能看出来,这事儿对古城子商人来说,以偏概全,不是一件好事。尽管众人生活用品需向俄商伸手,如火柴之类,可要以原料来换取,这就让大家担心自身利益不保,受到损害。"

陕西帮会长苏云昌说:"茶叶倒灌,来势汹汹,若不制止,这口子一开,那就是剜肉补疮,后面的麻烦就更大了。"

甘肃帮会长王铢用浓重的兰州腔高声说道:"还真是日了怪了,一头子按住,另一头起来了。世事颠倒了,喇叭倒吹了,清鼻涕掉进眼窝里了,吃屎的把拉屎的讹上了。妈的,是啥人出下这么个馊主意,整下这么个咕咕等。"大家一听都笑出了声音。

本地帮会长张富堂说:"苏俄与我新疆毗连,本地商户由苏俄运来货物,省脚价,关税少,本轻利重,销路畅达。晋津各帮由内地运来货物,关税多,脚价重,销路自然不畅。长此以往,关内来古城子货物必然骤减。天元成这次从俄国一下就进三千余箱茶叶,其中缘由再明白不过了。"

坐在下手的金元子听到这话,一个劲不住点头。

天津帮会长安文庆又说道:"俄商中不甘赔本极力钻营者大有人在。那年义和行的夏克尔加将一批枪械私自从俄国运来,省府责令,枪械没收,罚银四千两,作为甘肃地震后的捐款。这次又是茶叶倒灌,咱们也不能树叶掉下来怕把头打烂,不治还行!"

橐　驼

沙筱圃说:"大家心里应该清楚,这是俄国人在投石问路。三千余箱茶叶若在古城子站住脚,不仅影响到全疆,还会带来意想不到的恶果,那将后患无穷,后面必有大宗茶叶涌进,到那时将如何抵挡?"

当局者迷,旁观者清。金元子聪明一世,糊涂一时,一心想做买卖,从中获利,一听这里面有如此大的玄机,额头上沁出了豆大的汗珠。到了这时,他才明白,自身已是骑虎难下。他张了张嘴,想说什么,但又没出声。他知道,此刻必是多言无益。

只听周凤麒说道:"规矩是死的,人是活的。就目前状况,这茶叶倒灌,大家看看,该如何处理?"

沙筱圃严正说道:"要让此风消于无形,就得借势而上,顺势而为。先谢谢各位会长的大义大全,看得清楚,说得分明。也谢谢周凤麒会长,为我忧之忧分忧。关于这批茶叶,虽说是官不乱商,可我必须在这里插上一杠子。我看不用商量,只是当着大家和天元成掌柜子通报一下,三成中两成发还,一成充公。以后杜绝俄茶入境,违者严惩不贷!"

大家一听不住点头,金元子的脸色一下变得灰不邋遢。

沙筱圃一转脸对周凤麒说:"是龙咱不能盘着,是虎咱不能卧着。看来商会得出头了,是不是搞点工业,来补充商业的不足?"

周凤麒说:"先前有过筹划。县长你这么一说,我们就可以动起来了。"

沙筱圃问:"都有哪些名头?"

周凤麒说:"电灯厂、火柴厂、肥皂厂、皮毛厂。"

沙筱圃说:"好啊!别的不说,就火柴一项,据我所知,古城子每年要由俄国输入约一千箱火柴。这都是生活必需品,若做大了,除了本县所需,还可向外输出。"

他转过身向着大家说道:"这个事儿还需要各会长的支持。欢迎大家入股,到了年底,又是一份红利啊!"

只听河南帮会长刘文运大声回道:"周会长已经和我们打过招呼了,也商量过了，现在就是各掏多少银子的事了。"

这时只听金元子小声问大家："我能入股吗？"

周凤麒一笑说道："当然欢迎！"

临出门，金元子哭丧着脸对沙筱圃和周凤麒说："这茶叶，我就赔大了！"

周凤麒说道："你这家伙这回该是着祸了，竟跌到洋人的圈套里了。记住了，有些洋人根本就是腹诽心谤。我们这些辗转于皮马互市的人，不多个心眼咋能行。不怕别人看不起，就怕自个儿不争气，哪里跌倒还从哪里爬起来。"

沙筱圃接着说："赔大了？我还没责罚你呢！人这一生能拿得起放得下的只有筷子，关键时候还不能溜软蛋。你不要觉得我干巴巴的，不通情，对你不达理。刚才大家说的道理你应该都听明白了，学学筷子看咋样拿起放下吧！"

金元子一听，唯唯诺诺，赶忙鞠躬，回说道："一定一定，那我就不叨扰二位了。"他双手作揖退出了门外。

周凤麒十分明白，金元子手紧，有时抠抠搜搜，对任何人账算得特别清楚。为这他曾对金元子说过："尤其对驼队还是要宽打宽算，把事情想开些，不要盯着那一点蝇头小利，自己要给自己留退路。"

金元子说："省下的就是挣下的，那也不能算是蝇头小利啊，能买几头驴呢！"

周凤麒说："就是买几峰骆驼，该给人家就给人家。虽说人各有志，不可强求，但这些年下来，你在他们身上赚的不止几十峰骆驼吧。记住，对驼队啥时候都不能掉以轻心，不可轻视，也不能得罪，当兵的见了驼户都让三分。这么多年他们能熬得住，就是讲个诚信，如果把诚信丢了，就啥都不是了。"

看着金元子远去的背影，周凤麒摇摇头："猴子嘴里能抠出枣儿来，这也算是怪事了。"

橐 驼

二

古城子八大商帮，是古城子商业的名头。最初，古城子商货、商铺是货郎垫底，陆续把关内的制陶、冶炼、造纸手艺带到了古城子，还把中亚西亚的商品运了过来。

"赶大营"天津货郎首蒙霜露，随军行商，为军中提供布料、绑腿带、中草药、旱烟。就连湘军远征喀什的军粮，也是货郎从古城子四乡收购而来。有些货郎除了出售米、面，还在军营附近向官兵出售酒水。

当局铸造了新疆铜钱、饷银、湘平银币，兴水利广垦田，地分三等，每亩征粮三升、四升、七升。货郎亦农亦商，以农养商，以商补农，越做越大，把古城子当作大本营囤积货物，在古城子定居成家，坐地经商。马市、茶市、布行、商铺、烧坊接二连三兴起。也是利益所驱，货郎拉帮结伙，逐渐形成八帮商人。

山西晋帮首当其冲，包头、归化城人居多，也叫晋绥帮。归化城到古城子的商道驿站，一路商贾联袂接轨，四方货物至汇，是来古城子经商最早的人。晋人来古城子，多系单身汉，以下苦为生，或干小本生意，有所积蓄不再为人帮工，以己之长自立门户大念生意经，几年后便发了财，成了古城子工商界屈指可数的名商大户。天盛魁先开旱磨坊，几年间成为京货铺，相继在阿勒泰、迪化开设分号，成为古城子最大商号。天元成、天申恒、日星功、义世隆等商号紧步后尘。

烧坊、醋酱坊、药铺、靴鞋铺、饭馆、皮坊、毡房、银楼、木匠铺、铁匠铺、麻绳铺、条篓铺相继开业。晋人在商界的地位随之提高，出任古城商会会长的频率居上，在社会法团中也任重要角色。任区街村保甲长的人数不少。

津帮也叫京津帮，为北平、天津、直隶省人。津人是最早来古城子的，大都在县城经商，一些人在乡下购置田亩建造庄园。津人在市面上经营项目多，有京杭百货、布匹绸缎、烟糖茶叶、香表纸蜡、醋酱点心、干鲜果品，也有开饭馆卖小吃卖菜贩瓜的，凡有利可图的生意都做。

津帮生意人按经营规模分大、中、小三类，大生意人多经营货栈。此外，张

第十八章

润田的文丰泰、乔如山的德泰裕、张兰轩的成利顺、刘锦波的瑞生祥、张润生的德泰成、曹仲三的文义厚、王成铭的春义和，都是远近闻名的批发商号，与外界联系广，回旋余地大。

中不溜生意人多开铺面：绸缎庄、点心铺、醋酱坊、干货铺、碾磨坊，是批零销售的店堂作坊；压切面、开饭馆、卖豆腐、卖包子、卖花糕、卖卤肉吆喝声不断；肠衣加工产品则运销天津；三成中有一成人在县城北门外种菜，零销批发冬夏不断。

一些小贩不设摊点，挑着担子走街串巷，走乡串户，有针头线脑、干鲜果、香油果子、油条、豆腐脑儿、烧饼。这些小生意人，有现买现卖的，也有赊来零销的，本小利不微，凭这些小生意，一家人日子也过得红火。

陕西帮的陕西人多为耍手艺的工匠：木匠铺、铁匠铺、烧砖、造大车、制笼箩，还有泥水匠。卖小吃的有蒸馍、花卷、包子、锅盔、醪糟。复顺玉货栈、笃厚堂中药铺、义泰和百货店，都经营得有声有色。

河南帮买卖金银的德盛银楼和德义银楼颇有名气，金银首饰吸引着古城子女人频频光顾。医药行坐堂行医的有冯天锡的同兴堂、崔文治的治安堂、戴化廷的隆春堂。摆摊卖膏药和刀伤药的小贩和耍猴人互相照顾，围观者不在少数。

四川帮也叫川云贵帮，古城子的云南人、贵州人大多做小生意，或操持手工业。待招铺的胡聋子就是四川人，剃头刮脸得心应手。一些人则在街面上杀猪卖肉，四川饭馆也经营得有声有色。

秦成涌的吉顺堂则为四川人增色不少。秦成涌本是民勤人，本不能算在四川帮里，但四川帮说他的拳脚都是四川师傅传授的，应算在四川帮里。秦成涌将错就错，算哪里都行。但甘肃帮喊他议事，他也不吝前往。

两湖帮是湖南、湖北两省籍人，有从事公务在衙门里当师爷的，也有当兽医做买卖的。有一半人经营缝纫业，加工缝制婚庆人家嫁妆、治丧人家寿衣，更多是缝制各色单、夹、棉成衣，开成衣铺。

甘肃帮在各帮口中人数最多，初来古城子拉长工、做短工、做泥活、割粮

橐　驼

食、拉骆驼、吆大车、跑轿车，以苦力为生。更多人在农村落脚，稍有积蓄便打庄子置地，成为自耕农，兼养牲畜。

甘肃人攀亲结友离开家乡，来古城子谋生，四乡遍布甘肃凉州、秦州和民勤人，城上经商是小部分人。一些手艺人开磨坊、粉坊、纸坊、擀毡、加工皮毛、做鞋、织口袋、做木活、铁活、泥水活。驼户中有喂养几十只至上百只骆驼的人家。

古城子本地帮中有回族等民族，汉族、维吾尔族不在少数，乌孜别克族、塔塔尔族的铺面掺杂其中。店铺、作坊多分布在东大街、西大街、犁铧尖、皇渠沿、西关、北门一带。有经营京货、日用百货、金玉首饰、细瓷器皿的；有经营大布、褡裢、毡子、毯子、干鲜果品、民族用具等土产货品的；有经营从俄国进口的铁皮盆子、铁皮水桶、搪瓷器皿、沙玛瓦儿、呢绒洋布、皮靴、套鞋、洋烟、洋糖的；也有提篮顶筐、挑担、推车沿街叫卖的。资本雄厚的商家有巴巴买提开的德盛铺、依敏江的德合铺、乌拉音的高昌行，均收购当地皮毛土产品和批发销售进口洋货。

手工作坊制作裕祥、花帽、皮靴、木箱、水壶、各种革制品，别有风味的抓饭、薄皮包子、黄面、凉皮、奶子、烤馕、烧烤包子、油酥馍、烧烤馍、糖果点心、熟牛羊肉、头蹄杂碎和乳制品拢住了人心。

三

古城商业形成八大商帮后各自为商，虽然各种买卖一路上扬，基于商人一盘散沙，同利则相倾，同害不相援。省府为了卑纾民心，整齐利导，视商力商情，散户者复聚，目睽者复合，由迪化商务总会批准，县府备案，成立了古城子商务总会，电请商会联合会转禀农商部并通详本省长官。

古城子商会成立后，首届到第二届会长由邱长庚、王铢分别担任。到了第三届，周凤麒当选后则一直连任。

商会是县府管理商业的依靠，统管大小坐商、行商、摊贩，行使权力处理商务。会长由商户推选有威望、有魄力、有财势的人担任。

商会下设事务所，事务所下设文牍、书记、庶务各员，文牍办理文电稿件，书记经理、缮写文函，庶务管理收支款目及杂项事务。事务所各员以执商业者为准，如商家实在无人，可在外约请，须全体公认后方准派充。

商会执事各员，虽然号称八大商帮，但却以燕晋两帮商人为中坚。这两帮商人资本雄厚，经营有方，势力大于其他各帮会。

商会立有章程，总纲规定古城子商会宗旨：保护商业，开通商情；总期各帮，联络商务，以成促进。关于会所，商会认为古城子为新疆咽喉，道通东北，客商云集，大小商店不下数百家；然各分各帮，势极涣散，声气殊不相通，商务稍次之地设立分会一所，结成团体，特立机关，并与迪化、伊犁各商会联为一气，名曰古城子商务分会。

章程主张兴利：凡利之所在可以振兴，及有关商务大局一切有关事件，可各抒议论，以便择善而从。

章程力求防弊：本会无论何人均应化除私见，企谋公益，共商务之发达，养商会之名望，倘有徇庇偏执、专擅妄为等情弊，除遵照部章办理外，并准开全体特别会议决定办理。

章程谈到息讼，认为商家银钱缪辀，质之有司衙门往往旷日持久，所争之数不敌讼费之多，最为商累。章程规定：嗣后，凡商家与商家有所争执，应援照部章秉公理论，持平论结，以恤商艰，而除私累。如评断后双方仍不服输，再行送呈地方官核办。此外，或事体较巨，关系本地商务大局者，仍援照部章代为申诉，禀告办理。

周凤麒知道，尽管斗转星移，古城子仍是庶民鲫集，商贾如云，水磨河泉水依旧丰沛入流，古城子照样人气飙升，祥瑞四溢。这些年也是古城子最放开的时候，不论时局如何改变，路途再咋艰险，商人们追求诚信的道路仍在不断延续，可谓薪火相传。可是，有些字号口气很大，像卧龙吞江，但生意场上却是千变万

橐　驼

化，孰能无惑，到了最后还要看自身造化。

四

周凤麒虽是商会会长，倾力于商业，但他颇具全局眼光，有头有脑。他思谋，信守承诺，以德报怨是根本，受家教熏陶，秉信义为祖训，这一点可谓是路人皆知。

处理了金元子倒灌茶叶事件的第二天中午，他在陶行居二楼包间设了酒席，邀请了王九先和八帮会长中天津帮会长安文庆、甘肃帮会长王铢，由晋帮副会长郭效仪作陪一起说事。

酒过三巡，周凤麒说："不瞒各位说，今天我就是要和大家叙叙旧，闲谝传，请大家不要见外。不是说谁与谁私交甚笃，说起来祖上也是拉骆驼来古城子的，只是后来改了行，做起了买卖，对骆驼还是有恋头的。那时也是乱闯乱碰，走到哪达算哪达。还好，总算是闯过来了。想必各位也都清楚，古城子这些年来，若没有驼队进进出出，哪有如今这些热闹的场面。"

安文庆说："有时拉拉家常，会拉出意想不到的效果来，能事半功倍。"

王九先说："就拉骆驼，若不是前辈们闯出这条路来，哪有我们的今天。"

周凤麒说："哎！不敢不敢，时间长了不做了，说起骆驼这口都生了。哪能和王掌柜比，你可是做得风生水起啊！"

王九先说："周会长说笑了，虽说拉骆驼挣一年吃三年，但一回倒了灶，半辈子爬不起来。"

周凤麒说："路上万事皆有可能，顺义大吉。"

安文庆说："王掌柜路上还是要须加小心。南进祥光北进财，我们的合作不可中断。"

郭效仪说："人的心到了，神自然会知道的。我们商家之间自不必说了，相逢即是缘。自从结识了有胆有识、重情守义的王掌柜，方方面面的合作，也都顺当。今后还望多加照应。"

王铢说："信义为本，才能行商天下。以货易货，商贸往来，用得着王掌柜的地方还很多。我们和王掌柜也是神交已久。说透彻些，这驼队啊，也可算是我们这些商家的衣食父母。若没有驼队往来，我们这些人还不是干瞪眼。"

王九先说："拉脚跑路，是我们的行当，但有些货物可运，有些货物还得打个颠倒，思谋一下。像茶叶倒灌，明眼人一看就是算计咱们自己人。"

王铢接着王九先的话又说："周会长的用意大家应该都明白，主要话题不在喝酒吃饭，应该是昨天议题的继续。好在今天王掌柜也来了，周会长你有啥说啥，咱洗耳恭听。"

周凤麒说："众人拾柴火焰高，这古城子的营生，还得大家扶携。来，端起酒来，我再敬各位一杯。"说着，他端起酒杯一饮而尽。

郭效仪说："一家人不说两家话，王掌柜来了，就敞开了来吧。咱两个再碰一杯。"

王铢说："我不能喝酒，以茶代酒，天长地久。我也和王掌柜碰一个！"

接着大家就由茶叶倒灌引出有关话题。

周凤麒说："金元子昨天会后又找我了，说了些奉承的话，最后也还是把话说明了，能不能少罚一点儿，我一口回绝了。再说了那是沙县长在会上宣布后大家通过的，哪能我一人做得了主。茶叶倒灌是个信号，好在及时堵住了，可以后这类事件会不会再生，就不好说了。"

王铢说："金元子也真是糊涂，洋人像恶鬼一样盘算他，他却像哈巴狗一样对洋人，为渊驱鱼，为丛驱雀。"

安文庆说："人先知己，方能知人。也不能说金元子做事鬼头鼠脑，恨人有，笑人无，但一还一报，公公道道。虽说打人不打脸，揭人不揭短，但天元成如此行事，就不是揭短的事了。我看商会是不是还得再敲打一下。"

郭效仪说："我看有必要。愿赌服输，金元子既然敢赌这一下，输得也是心服口服。看谁还再来赌，咱随时奉陪。"

橐　驼

王铢说:"虽说是上不让天,下不让地,中间让出三分和气,可金元子是城门口上卖猪头,图红火呢。三截锯不如一改锯,还说啥?要敲就往钟耳朵上敲,不怕有些人听不进去。"

王九先说:"看似我是个局外人,实际不然。驼队与商家有着千丝万缕的联系,商业兴,驼队也兴,驼队兴了,商家自然也兴。我知道,商人讲义而不废利,这是商界的根本。"

周凤麒说:"一损俱损,一荣俱荣。好一个商人讲义而不废利,说得好!"

大家说得兴起,喝得高兴,竟忘了时辰,不觉得太阳已西沉。

最后王铢说了一句:"我们这算不算密谋?"

周凤麒说:"算啊!谋的全是正点子。"

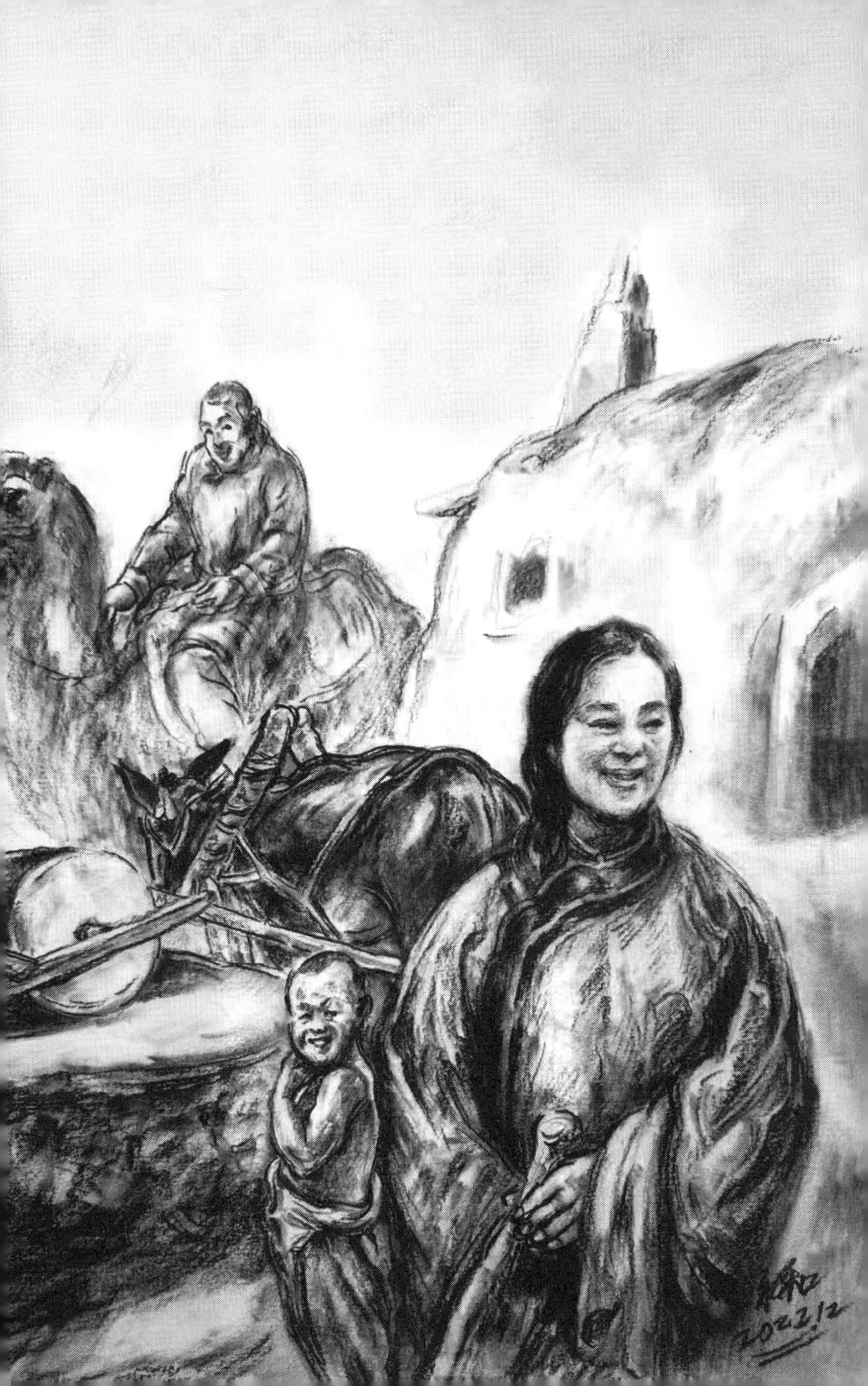
2022.12

第十九章

一

积善之家，必有余庆。

古城子的一些节日，是山西、甘肃、新疆习俗的碰撞和嬗变，也是八大商帮风俗习惯的交汇和融合。对于居家过日子的人，往小里说，是家家户户咋样把日子过好过顺当，对傅春娥来说，家里最好的欢喜和高兴莫过于她整天的忙忙碌碌。

前十年看婆，后十年看媳，婆姨不贤毁三代，可傅春娥的贤惠在左邻右舍是出了名的。她把家里操持得井井有条，在一年的节日中，不论大小她从不马虎，总是不折不扣遵循老辈传下来的做法，把节日过得有张有弛、有节有理。

每逢到了年关，傅春娥越发忙起来，她心细如尘。到了腊月二十，她便带全家人里里外外地忙，扫房子、糊窗子、蒸馒头、包饺子。她每年都要给娃娃炸油馃子，她用面先捏个叉开双腿的小男孩，腿中间捏个鸡鸡，把小男孩放进油锅里炸一下，然后捞出来让他坐在油锅上首，夸张的鸡鸡直指油锅。

傅春娥说："这样不费油，这娃娃给锅里尿油呢！"

这时的王九先像换了个人，铁汉的柔情一下显现出来，他生怕有啥不周全的地方，也跟着干这干那。王九先早早就买回糊窗子、贴窗花的纸。到了糊窗户的日子，吃过早饭，王九先就和孩子一间屋一间屋地糊。他先揭去窗户上的旧纸，再用小刀刮干净窗棂上残留的纸屑和糨糊。刮干净的窗户，新纸糊上去又平

第十九章

又展。然后在糊好的窗子正中贴上鲜红的大窗花,窗花是一个比面盆还要大的团花——聚宝盆。聚宝盆两边贴两个精美、虎虎生威的小老虎。这些窗花都是傅春娥的手艺展示。

王九先贴在窗子上的虽是普通的窗花,但他心里想的是来年定是人旺、财旺、日子旺。

贴完窗花,王九先骑着黑骡子出门。孩子们知道,父亲到街上给他们买好吃的去了。王九先快回来时,忠忠、珍珍便迎了上去。只见王九先跳下黑骡子,把手伸进骡子背上的褡裢里,先从里面掏出几个憨态可掬的糖画——蝴蝶、鱼儿、小人儿,又从里面掏出杏干、葡萄干、大豆、花生、糖果。

进了屋子,王九先从褡裢里抓几大把大豆花生撒在炕上,两个孩子便去炕上享用。王九先微笑着,看着忠忠、珍珍不住点头。

傅春娥看着热热闹闹的一家人说:"你先人哄你们高兴,也是哄他自个儿高兴!"

王九先给家人的最大的惊喜是每年冬天都要给每个人一双驼毛袜子。那是他在骆驼坐场时用驼毛线织的。他怀里抱一团驼毛,将一个铁质的拨吊子转起,把驼毛捋成细线,拨吊子在下面转,毛线就上了劲。等毛线快接近地面时,他将拨吊子收起,把毛线缠绕在拨吊子上,毛线缠绕得有规有矩。等拨吊子上的毛线缠绕成一个圆团时,他把拨吊子从毛线中抽出,中间一个空心的比拳头大的毛线团就成了。等他捻够七八团毛线后,他就开始织袜子。一根骆驼骨头做成的钩针,有一拃长。骨针手握处有小拇指粗细,其余部分由粗到细,到针尖处磨一个钩,钩住毛线就可以织袜子了。

王九先粗大的手,当握住钩针时,变得非常灵巧。只见钩针上下翻飞,不一会儿,袜子装脚趾的部分就成形了。就这样一截一截往上钩。当袜腰子钩成后,他就开始收边,把最后的毛线头收进袜腰子后,一双袜子就出来了。

王九先钩毛袜子,一天一只,两天一双。孩子们拿到驼毛袜子,都赶快试穿,每人都不大不小,刚刚合脚。

橐 驼

其实，王九先的眼睛就是尺寸，他瞄一眼孩子的脚，就知道袜子该有多大。王九先不单单会钩袜子，他还会织驼毛背心，一根钩针，能钩出许多花样来。这些年来，王九先到底钩了多少袜子、背心，他自己也说不清，但一看他那已被两手长时间摸得光滑的骆驼骨针，就知道他在这上面下了多大的工夫。

隔天，王九先又坐在热炕上，精心糊他每年要亲手制作的瓜蛋子灯笼、冻冰灯笼，糊扎风筝，还教两个孩子做萝卜灯。

王九先制作的瓜蛋子灯笼，大小酷似黄蛋子瓜。他先用一个直径三寸的小碗扣在大红纸上，沿着碗口在红纸上画一个圆，然后把圆沿着画线慢慢地剪下来，把剪好的圆从中间对折，再从折线的外面背靠背把它们粘在一起，中间还要粘进一根吊灯笼的线，就做成一个瓜牙儿分明且有动感的瓜蛋子灯笼。这样的小灯笼，每年王九先只糊两个。他提起瓜蛋子灯笼上的吊线，紧紧地绕在一个钉子上，把钉子钉在堂屋门楣上和窗子最上面的通风口处。一对红红的瓜蛋子灯笼，随着通风孔空气的对流，不停地左右旋转。灯笼上的瓜牙儿随着气流时而变窄，时而变宽。

大红灯笼有正方形、长方形、六边形的。灯笼周边用红纸做几朵牡丹花或毛菊花，粘在四个角儿上，再配上几片绿纸剪的叶儿，下面垂一把红穗子，显得红火、大气、喜庆、祥和。

孩子们心中永远亮着的，是除夕夜王九先和全家人一起点亮的最小的灯，放在所有不住人的厨房、草房等处，那是一盏盏小小的萝卜灯。萝卜灯是用冬藏在窖里大个儿青萝卜做成的。把选好的青萝卜洗干净，切去根部做萝卜灯底座，从萝卜的顶头用小刀剜去萝卜心，用小铁勺把萝卜掏成空心，一盏一盏萝卜灯便大功告成。小小的萝卜灯下青上白，圆鼓鼓的。

忠忠、珍珍双手捧着萝卜灯，一盏一盏放在不住人的屋子里，往灯里添满清油，用新棉花搓根灯捻子放在里面，到除夕晚上去点亮。

萝卜灯在除夕晚上，给院里那几间夜里常黑洞洞的屋子，带来了光亮和温暖。

第十九章

　　冰灯笼是从泉里挑来的泉水冻成的。把满满一铁皮水桶的水连桶一起放在屋外，到半夜时分就得拿进屋，不能放得太久，太久了整个水桶的水都会冻瓷实。半夜拿进屋正好，靠着铁皮的帮和底，还有水面都已结上二指厚的冰。用锤子在冰面的中心敲个窟窿，把里面没冻住的水倒出来。随着屋里热气在桶四周回旋，过一会儿把水桶提起来一倒，一个冰灯笼就倒了出来。在灯笼里点一根红蜡烛，高挑在院子正中的柱子上，半透明的冰灯亮晶晶的。冰灯笼挂起的第二天，到了中午太阳照射时，下面能结上火柴棍长短的冰溜。

　　王九先指点两个孩子糊风筝。他从外面的柳树上剪回细长、匀称的枝条，焐放在热炕的毡子下面。焐热后刮掉树皮，柳枝变得柔软，能随意弯曲。

　　王九先每年都要糊只硕大的蝴蝶风筝，风筝和忠忠的个头一样高。糊好后的风筝先立在屋里的大红柜旁。

　　王九先说："打春后风筝才能放飞，地气上升，春风吹来，风筝才能飞得又高又远。"

　　除夕那天，时近黄昏，傅春娥煮一锅羊肉，王九先带着孩子们贴对联。傅春娥督促全家人换上新衣。王九先带着全家人先敬神，指点孩子们把傅春娥备好的各种供品敬献在财神、灶神、家神神龛前，然后上香、磕头、作揖。三尊神龛前的供品相同，只是财神面前多出两串钱，是用红线串在一起的铜钱。

　　夜幕下，堂屋屋檐下挂起了红灯笼，院里柱子上高挑起冰灯笼，点燃的红蜡烛被映成粉红色。

　　被忠忠、珍珍点亮的萝卜灯，灯光照在王九先的脸上，照亮了他刚毅的面庞和充满期许的双眼。那跳动着的火苗，引起王九先对遥远往事的回忆。他想起自己的童年，想起包头老家爷爷教他点亮的一盏盏闪亮的萝卜灯。那微弱的灯光曾点燃过他心中敢与命运抗争的火焰。

　　忠忠、珍珍依偎在母亲身边，仰视着王九先。他们知道，父亲点亮的不仅仅是那一盏盏小小的萝卜灯，更是他对包头老家的思念和向往。

　　回到屋里，王九先给两个孩子一些压岁钱。傅春娥把手抓肉捞出锅，把一大

橐　驼

盘家常凉菜摆在桌子中央，端上桌的还有热腾腾的花卷、豆包、糖三角。

看着上桌的年夜饭，全家人围坐一团，开始装仓。不管日子丰裕还是艰难，每年除夕的装仓，要吃饱装满。装仓预示着一年粮食满仓，牛羊满圈，不闹饥荒，不用忍饥挨饿。

装仓后，便开始守夜。

忠忠问："为什么要除夕晚上守夜？"

傅春娥说："世上所有人的命都由阴曹地府的城隍爷管着，判官掌握阳间人的生与死。每年的除夕晚上，判官都要点名，决定人的阳寿。为避开判官点名，阳间的人就在这天晚上守夜不睡觉，灵魂就在身上，判官就点不到你的名，这年就平安无事，也无灾难。"

守夜时，孩子们央求母亲讲故事。傅春娥除了讲《八渡神仙》《封神演义》《西游记》，还讲《道德经》。

初一早上，忠忠、珍珍被傅春娥唤醒，一家人起来梳洗后，开始放鞭炮、敬神、上香、吃饺子。吃过后在锅里还要留几个饺子，留在锅里的数儿也图吉利，九个为大。

从除夕到十五，最忙的莫过于傅春娥。她整天围着锅台转，两个孩子得空便挂在秋千上荡来荡去。

初三午饭过后，忠忠、珍珍急不可待地拿起风筝往外跑，去家门南面的唐朝墩顶上放飞风筝。他们站在高高的唐朝墩上，手里的风筝线越放越长，风筝乘着西北风越飞越高。

王九先坐在窗前的热炕上，抿着小酒，隔窗凝眸放飞的风筝自言自语："那风筝头朝着东南，飞得多远啊！"

东南方有他的老家包头。过年了，王九先想家了。

转眼到了正月初七，这天是人七日，也称人日或长寿日，家家户户都要吃长寿面。傅春娥一大早就揽臊子擀面，她擀的长面有筋道有嚼头，王九先最少都要吃两大碗。

第十九章

大年还没有过消停,又走进了正月十五。这天,傅春娥一日三餐,顿顿离不开团团圆圆,早上吃包子,中午是饺子,晚上是一锅打着滚儿的元宵。

月亮还没有升起的时候,王九先对两个孩子说:"大年小年都过了,从今天起上学堂要安心学,心都收回来吧!"

当一轮明月升起时,院子里的灯笼又被重新点亮,忠忠手里的鞭炮也再次响起。傅春娥把煮好的元宵端上桌子。

看到天上月,院里灯,漫天眨眼的星星,再听传来的阵阵鞭炮声,一家人对今后的日子充满了期待和希望。

正月二十,是补天补地的日子。每年的这天,傅春娥要烙饼子补天补地。清晨,傅春娥端上一盘刚刚烙好的、香喷喷的饼子,忠忠手里高举着一炷香,珍珍跟在后面。傅春娥仰头看天,大声问道:"天补住了没有?"

两个孩子答:"补住了!"

傅春娥又俯视着地面:"地补住了吗?"

孩子再答:"补住了!"

忠忠把香烛上在院子里备的香炉里。献上饼子后,两个孩子奔着、跳着进屋去吃饼。

到了二月二龙抬头这天,接生婆达奶奶早早就来了,孩子们都是她接到这个世上来的,她是给孩子们来理发的。忠忠被理成了桃儿头,珍珍的齐眉刘海也要剪齐整。王九先也去胡聋子处剃头。傅春娥给达奶奶的理发钱比往常都要多一些。后来,达奶奶遭遇不幸后,孩子们的头发就由傅春娥自己来剪。

二

清明节,是傅春娥最看重的祭祀祖先的日子。她提前备好油馅包子、卤肉、茶、汤、香烛、烧纸。到了这天,她素衣素颜,带着孩子们给故去的亲人们叩头送纸钱。

橐 驼

奶奶也葬在义园里。在奶奶的坟前,她总是长跪不起,泪眼婆娑。孩子们也跟着她伤心,泪珠儿断线似的往下掉。祭奠完毕,她让两个孩子把另外预备的一份食物塞进守墓人曹义德怀中。

到了端午节,一大早孩子们还没起床,傅春娥已折来柳枝,插在所有的房门上。她用蒸笼蒸了几个暄腾腾、香喷喷的蒸饼,又蒸了两屉放了葡萄干和红枣的糯米糕。

按照惯例,这天中午傅春娥都要给孩子们做红烧肉,红烧肉锅里还要卧几个剥了皮儿的鸡蛋,鸡蛋和红烧肉一起炖得红亮红亮的。还有肉炖蒜台粉条、肉炒萝卜片、醋熘葫芦片、蛋花酸汤。

六月初六,是傅春娥自己的节日。每年的这天早晨,她独自一人去到水磨河的林子里、草丛中去采药。在悠悠的水磨河边上,她忙碌的身影显得是那样地幽远纯净,和雅清淡。

她说这一天所有的药材最成熟,药力最强。她采回来的药以艾草为主。她摘下艾叶,搓成艾条晾干后保管起来。夏天的晚上,傅春娥和两个孩子在院子里纳凉时,点起艾条驱赶蚊虫,艾条发出一股令人心旷神怡的清香味。谁牙痛,她会掐一段艾条搓成塔状,再切一片独头蒜,放在合谷穴上,点着放在蒜片上的艾条灸灸,疼痛一下得到缓解。

有时候,两个孩子也陪着傅春娥一同去采药。雨过天晴的日子,林子里的艾叶经雨水冲洗,清新油绿,露珠点点。傅春娥小心翼翼,掐下一片带露珠的艾叶,仰起头,把露珠滴在眼睛里,闭上眼,把艾叶在眼睛上贴一会儿。她对孩子说,这样能静心、明目、养神。

这天,傅春娥还要把自家门前已长老的牵牛花籽收起来保管好。来年夏天,有人腹泻,她用一半生、一半炒熟的牵牛花籽一起捣碎,放在碗里用滚水冲了,再放点白糖喝下,腹泻就好了。两个孩子称六月六这天是母亲的采药节。

万物成熟的中秋,家家户户蒸蒸饼、打锅盔、买瓜果、买月饼、杀鸡、打肉。当一轮圆月从天边升起,傅春娥剜好瓜牙儿,孩子们帮着摆桌子、拿盘子、洗水果。一张大桌子放在院中央,摆满蒸饼、月饼、西瓜、甜瓜、苹果、葡萄、香梨、蜜桃。月光朗照,一桌水果琳琅满目,闪烁着翡翠般的光泽。

家财万贯,不如萝卜干下饭。每到深秋,傅春娥都要腌一大坛子萝卜干。萝卜干嚼起来脆生生的,大人娃娃都爱吃。腌萝卜干的汁子是用八角、草果、桂皮、香叶、醋酱一起熬制的,再拌上辣椒面,能存放一个冬天。

冬至到了,"冬月三不进,来年祸不兴"。不进穷气——冬至这天,家中的垃圾不能当日出门,不然会把富气扔了穷气进门;不进晦气——福从口入,祸从口出,不说脏话和不吉利的话,逢年过节、婚丧嫁娶,都要讨个好口彩;不进冷气——在门上挂上门帘不让冷气进门。

冬天最冷的日子从冬至这天开始,最不经冻的是耳朵,这天就得吃"猫耳朵"和饺子。冬至的前一天晚上,傅春娥和好几大团面,在炕上放一个大面板,把大面团擀开,切细,搓成筷子粗的条儿,再把条儿切成豌豆大的丁儿。面丁儿散开在面板上,她便招呼两个孩子一起做"猫耳朵"。孩子学着母亲的样子,用拇指一抠就是一个"猫耳朵"。

珍珍喜欢新花样,把面丁儿放在提前洗干净的梳子上,一抠就做成一个带花纹的"猫耳朵"。花纹可变,能做成斜纹、横纹、竖纹、弯曲纹。傅春娥抽空又包了饺子。第二天早晨,"猫耳朵"与饺子一起下锅,锅里的肉星或菜丁会滞留在"猫耳朵"窝儿里。

傅春娥的腊八粥都是用谷物、豆类等小杂粮熬的。她告诉孩子们不要铺张浪费,不要寅吃卯粮,要细水长流,不能今天过了不管明天,不能有了吃肉,没有了喝汤。喝了腊八粥,两个孩子跑到院子里一遍一遍大声喊道:

娃娃娃娃不要馋

过了腊八就是年

娃娃娃娃不要馋

过了腊八就是年……

橐　驼

　　日子过得飞快，转眼就到了腊月二十三。"腊月二十三，灶王爷上了天。"傅春娥为灶王爷上天送行。灶王爷要走远路，她献上灶糖、灶干粮，还有整鸡、炒菜。灶王爷是骑着马上天去的，她给马备了上好的干苜蓿，剪短放在盘子里，还有一碗清澈的泉水。

　　在这些节气里，驼队若在古城子，除了曹文茂、戚长林与家人团聚外，王九先把陆十红、郝七三、葛钟娃、道尔吉、侯财来都要喊到家里来，一起喝酒过节。

　　后来陆十红有了路生，路生由傅春娥带着后，王九先干脆把南边的两间房子腾了出来，一间由陆十红和路生住，一间住郝七三、葛钟娃、道尔吉、侯财来。再后来郝七三也有了家室，去了冯姑娘家，那屋里就剩了葛钟娃、道尔吉和侯财来。

　　陆十红对路生的好，大家有目共睹，都为路生庆幸，碰上了陆十红这样一个疼他的大大，再一个也为陆十红高兴。闲暇之余，路生成了陆十红和大家能够释怀的开心果。

第二十章

一

古城子头顶上的太阳显得那样惨淡无力，像是在打摆子，又像一只硕大的兔子眼球，病得很重。

在通往城外墓地的大道旁，几只乌鸦站在枯树上晦气地叫着。路两旁的芨芨草随风儿摇曳。一头驴"昂昂"地叫起来，将芨芨墩下一只露脸的老鼠吓得缩了回去。这一刻，城防司令张治贤为老母亲送葬的队伍出现在大道上。纸货、幡幛沸沸扬扬，纸钱在风中翻转着圈儿。走近了才看得清那打头的里面有喇嘛、和尚、道士。他们各念各的经，不和谐的声调时时被哭丧的唢呐声压没又翻转回来。那幡幛上尽写些驾鹤西游、轮域夫人、乐赴皇天之类的词儿。一排子枪声惊飞了树上的乌鸦，那头驴也连尥几个蹶子跑远了。

草丛中一只兔子被惊得高高跃起又落下，几起几落便没了影子。十几个壮汉抬着棺木，棺木后的一队人马都穿着孝衣，戴着孝帽。再仔细一看，这些人的孝衣里面全都是军装。原来张治贤为显孝心，铺张操办，调动手下人马大造声势，尽耍威风。

张治贤本人走在棺木前，身穿大孝，从棺材头下扯出一副白幛，大背在肩上，像一头驴拉一挂车。他身后跟着几个穿素的女子，哭哭啼啼，悲悲切切。这几个都是张治贤养在隔街院里的条子。听到哭声，张治贤回过头来。那几个女子本是假哭，没有眼泪，一看司令回头看，吓得顿时瞪大了眼睛，马上大放悲声，

橐　驼

一副不哭塌天不住声的样子。

就在一清早，几个条子在隔街院的大门口，看到送葬的队伍过来，还没到跟前便大放悲声，但人家没理她们径直走了过去。仔细一看，是别人家在发丧。众人回到院里，哭声变成了笑声。

张治贤大费周章，劳师动众，埋了其母后大摆宴席，收敛钱财。不几天就听见街上娃娃们唱道：

老鸹老鸹嘎嘎
你妈死到哪达
死到白杨树底下
红棺材绿尾巴
叮叮当当埋到脚底下

张治贤还做了一件让曹文茂痛心疾首的事。他举全县城之力，让各商家和百姓从家里拿来铜香炉、铜锅、铜勺、铜像、铜鼎，只要是铜来者不拒，一起堆在大校场上，像个巨大的坟包。曹文茂看着着急，沙筱圃也不住摇头。

曹文茂嘴里叨叨着："哪怕留几件也好啊！"

但他的这些想法，被站在台上的张治贤粗暴的讲话声淹没："抗日需要造枪造炮，这些废铜烂铁，有了它的用武之地……"

二

张治贤原籍是甘肃河州，少小亡父，家境贫寒，念书不多，粗通文墨。杨增新为河州知州时，在河州招纳了一批青年学生到他幕下共事。张母将平庸无望的张治贤送到杨增新身边当差。光绪末年，张治贤随杨增新到新疆后，留在了哈密，先后担任过军中的各级头头直至团长。后从哈密调到古城子，随即担任了东

第二十章

路警备司令兼古城子城防师长。

张治贤人长得粗胖,脖子后面有两道鱼肉,有人说那是上辈子被刀砍了头这辈子留下的记号。他一开始在处理军务之余,抽空深入街市,了解民情,替老百姓办点好事。他得知苛捐杂税压得有些人抬不起头,直不起腰,便下令对商民住户不予勒索摊派。

张治贤治军还算严格。手下一个叫邓福祥的连长到塘坊门聚众赌博,引起当地众人不满。他知道后枪决了邓福祥,过后虽然后悔,但事已至此,只好作罢。

张治贤毕竟是古城子的特权人物,时间一长,免不了在地方上耀武扬威、寻欢作乐。城防司令部里经常是大摆酒宴,宾朋满座。

三五成群的女子浓妆艳抹,妖冶生姿,在席间倒茶、装烟、斟酒、唱曲儿,来回穿梭,极献殷勤。张治贤则常坐马拉轿车上街,车中随带侍女,招摇过市,摆够了阔气,耍尽了威风。让人不解的是他越陷越深,竟然从禁大烟到了吸食大烟的地步。

他与沙筱圃的隔阂就是因吸食大烟产生的。还因手下士兵杀了邮局局长,沙筱圃找他论理要求严办杀人者,张治贤嘴上答应,可暗里该咋样还咋样,对杀人者不做处理。

沙筱圃成立自卫团,规模大于他的驻军规模,这明摆着是要压他一头。面上张治贤和沙筱圃还能过得去,暗里他却恨得咬牙,最大的不满就是沙筱圃反对他抽大烟。

张治贤表面文章也还得做,但私下他对手下人说:"管天管地,管不了老子放屁,看他咋样禁老子的烟。冷水泡茶慢慢来,看我怎样给他颜色。"

于是,他暗地里唆使自己的太太秦晓岚和身边的那些女人去接触沙筱圃的太太宋晚晴,一开始是打麻将,故意输钱给宋晚晴。宋晚晴感觉颇好,在桌上手风很顺。时间一长,秦晓岚便引诱她吸食大烟。一开始宋晚晴还婉言拒绝,可哪能架住那几个女人的软缠硬磨,说宋晚晴事顺人红,还假意露出了嫉妒相。

橐　驼

俗话说一孕三年傻，连怀孕带生孩子才一年多的宋晚晴在百般无聊中，被张治贤的老婆俘获，从开始不抽到尝一尝，慢慢染上了毒瘾。

秦晓岚对她说："我们也是闹着玩，尝一尝罢了，可不敢上瘾的。"

宋晚晴由尝一口到上瘾，而后便是不能自拔，坠入深渊，一发而不可收。

三

沙筱圃打听到，为谋取暴利，南山一带种大烟的人家日渐增多，四乡都有种烟者。种大烟还种出了大户，多的在八九亩，数十亩，龙王庙的史龙父子种大烟竟有三十来亩。再就是一些油坊用罂粟花籽榨油，出油高于胡麻，油香诱人。

这天，就古城子禁大烟一事，沙筱圃和周凤麒闲聊。

周凤麒说："南山一带，不少民众放弃农耕，大种罂粟，有时遇气候骤变，花被打尽，便亏本失利。此时已天寒地冻，人处饥寒交迫窘态，仍不听规劝，不归农田，来年还种罂粟，到头来人祸相伴，耗尽全部心血，一错到底，换来的都是一场空梦。"

沙筱圃说："这也难怪，清人方苞早就说过'种烟之利独厚，视百蔬则倍之，视五谷则三之'。大烟的利润比种蔬菜高一倍，又比粮食高三倍。种大烟逆潮之所以来袭，烟毒沉渣泛起，也是事出有因。"

周凤麒说："县长所言极是。之前伊犁将军奕山也向朝廷上奏，伊犁、古城子等处遣犯，开烟馆、贩烟土、制烟具、种罂粟者，照新例在获罪以上者斩首，并规定文武地方官每年四季按季出具无栽种罂粟之象。地方上按保甲之法，每家设一牌长，如有犯者责令举报，十家互保，设立铺长，以备防查，但如今已是时过境迁。光绪末年，毒卉复又遍植，十余年之功毁于一旦，种烟者更为嚣张，仍然不能杜绝。"

沙筱圃说："古城子种罂粟，我在迪化有所耳闻。只知道光绪末年，古城子已成重灾区，吸种售运者比比皆是，全县每年产烟土二十万两，为新疆各产烟区之首。'罂粟花团六寸围，雪泥渍出胜浇肥'，纪晓岚也这样写它。"

周凤麒说："大烟成熟，从刮浆开始，烟贩子就上门收货，事先还有交定金的。就史龙父子，烟贩子惠成义向他一家就定购大烟二百余两。倒卖大烟的人越来越多，除了惠成义，还有王没牙、徐保娃、王皮匠等人。"

沙筱圃一拳砸在桌子上："如此嚣张，这还了得。政府严令禁烟，竟没有响应，没有收效。这样下去，这场面还怎么收拾。"

周凤麒说："前两年也禁过，将种烟者的烟苗全部用铲子铲除。尽管禁烟令已下，但仍然有人偷种，民间暗藏的大烟为数不少，明里花客已不存在，暗里变成了土客。一些胆大妄为如惠成义之流，这些亡命徒不惜丢掉性命也要倒卖烟土，加上有人纵容包庇，禁烟之事不了了之。"

沙筱圃心里明白，周凤麒所说的纵容包庇者指的是谁。他问道："这惠成义到底何许人也，这么藐视王法？"

周凤麒说："人老奸，马老猾，兔子老了鹰难拿。那家伙像个泥鳅，摸得着，抓不住。这鬼厮也快五十岁了，人干练精瘦，心比天高，胆大妄为，是个日狼日虎的角儿。他很有心计，若穿越几百里的戈壁，除了骑一匹雪花马，有时后面还吊着一峰刚产了羔的母驼，驼背上驮着吃食。一只木碗上带着个把，把上钻个眼，拴上毛线绳，挂在马鞍上不易压烂。走渴了就用木碗挤上驼奶，扳些梭梭柴架上火，捡些圆滑的小石子放入火中烧红，用红柳筷子把石子夹到奶碗中，碗里的驼奶冒起泡往外溢出时，驼奶就烧熟了，喝好、吃饱继续赶路。他那匹雪花马日行五百里，两天可到哈密，两头见太阳可到迪化，一般都是奔敦煌贩烟。最可恶的是惠成义不光贩大烟，还倒卖金子，手狠心辣。他知道关卡上查得紧，不容易把金砂带出金沟，他便想出一个恶毒的办法，把足有二十两的金砂灌给了他吊在屁股后的骆驼过了关卡。走出十几里，金砂让骆驼开始发作，疼痛难忍，卧倒不起。惠成义就地宰杀骆驼，开膛拿出胃脏，包裹好驮上马背，带回用水冲洗后金砂一两都不少。"

橐　驼

沙筱圃说："这人够狠毒。看来，劝惠成义迷途知返也没啥希望。虽说苦海无边，回头是岸，但劝惠成义回头，却没一点希望。他这个人骨子里有毒，是头上长疮、脚底下流脓的黑心玩意儿，就是回头都没岸。"

周凤麒说："一次惠成义贩大烟回古城子，行至西大桥，被警察局便衣队包围，当场搜出大烟数十两后立即拘禁。谁知扣留了三天，竟出狱了，仍然贩卖烟土。惠成义还有一绝技，他骑马从羊群中冲过，能将羊拖上马背杀了剥皮，自己身上不沾一滴血。羊把式从后面撵来，只能捡到一张从头到尾脱得完整的羊皮筒子。这惠成义也确实神通广大，他竟从俄国弄进来不少大烟种子，从戈壁到山前，种花的人越来越多，到了海种的地步。麻沟梁、新户梁、小水山有几家种花达到一石地皮。会算不会算，一斗二亩半，照这样计算一石地皮就合二十五亩地，最少的也种七八分地。不仅当地农户种，还有外地来的花客租了地雇人来种，满山遍野成了大烟花的海子。"

沙筱圃问："大烟都有哪些种类？"

周凤麒说："大烟按种植季节不同分冬花、春花、秋花三种。每年十月，头场大雪盖地，即行播种，来春雪融，烟籽儿入土，不久便发苗为冬花；春天冰雪消融，烟籽儿与豆、麦同时下种叫春花；阴历四五月下种，六月打苞，八月割浆叫秋花。罂粟花约二寸，花色红的居多，也有紫色白色。花果为球形或椭圆形，一般的每株三至五头，多至九头，也有一株一花的，又叫大头娃。到七八月份收获时，手持刮浆刀刮浆。刮浆刀也有两种：一种是双刃刀，一次可拉两道口子；另一种叫单片单刃刀。刮浆时天气越热出汁越多。浆汁可刮三次，一亩地头一次刮十两多，二次刮七八两，三次刮四五两。三次后的浆就叫毛浆了。收获的浆汁用油皮纸包装，五十两为一包。有些买卖人也用货兑换烟土。更有陕西来的花客不但租地种烟，还大量收购。"

沙筱圃问道："花客到底是咋回事？"

周凤麒说："相当一部分秦陇游民被称为花客，播种时来，收浆后返回。自称赶花事。他们贪图种罂粟的厚利，三五成群，走戈壁、穿流沙、越山峦，千里路上冒险进入古城子，每年约有两万人。当地不少人见利忘义，参与其中，助长了大烟种植，引起当地农户不满，把罂粟花称为妖花。花客有两种，除了游民，另一种是倒卖大烟者。"

周凤麒继续说道："禁毒禁烟，徒有虚名，吸售实则公开，土客靠贩烟，烟贩靠种植，男不耕，女不织，甚至男盗女娼。张治贤动用军车，远从青海、甘肃运来大烟，转他人代售，牟取暴利，致吸毒者日渐增多。众人除储存茶布等实物，也有储存鸦片的，称其为黑金。社会贤达、往来客商，多有吸食。有一个叫陈少东的，常在外吸烟，其妻劝阻无效，后来倾家荡产，瘾重难耐而自杀。"

沙筱圃听到这里，脸上露出让人难以捉摸的神色。他说："水浅捉不了大鱼。那好吧，无论烟民有多厉害，咱们就张开大网，拭目以待。"

四

戈壁很大，唐将军杨袭古率领将士与吐蕃作战，没有战死，因为走不出戈壁，连人带马全部渴死在这里。从那时起，这里就被称为将军戈壁。

戈壁上有一条道，因为通着阿尔泰的金山沟，所以叫金山道。古城子有不少金客舍近求远到阿尔泰金沟去淘金。

横穿将军戈壁头道沙漠需要两天。出了头道沙漠再走一天，就是二道沙漠。二道沙漠的沙子不同于头道沙漠的黄沙，是黑沙，就连梭梭也发黑，远远望去黑压压一片，当地人称黑梭梭林。二道沙漠一刮风，黑梭梭林会发出"呼呼呼"的声音。当黑沙漫天，裹着黑云遮天蔽日迎面扑来，人们便惊呼道："黑风来了，快躲！"

惠成义常出没在黑梭梭林。他枪法很准，在这里他伺机抢劫从阿尔泰返回古城子的金客。惠成义起家，缘于一个叫周老大的生意人。周老大在阿尔泰挣了六根金条，被当时还是同道中人的惠成义借了去当了本钱，可这钱周老大到死也没要回来。周老大死的时候两手紧紧攥着惠成义在桑皮纸上用毛笔写下的借据，

橐　驼

两眼盯着死死地看，咽气时给家人撂下一句话："就是把天说下来，也不要借钱给人。"

惠成义的那匹雪花马腿长腰吊，胸大腰小，形如细狗，雪花均匀地撒在马身上，太阳一照像银子一样闪亮。走长路时惠成义给它喂熟牛肉干，饮清茶，每天还要喂几颗鸡蛋。时间一长，那马竟然自己到鸡窝里找鸡蛋吃。天冷后马圈里要生火，夏日的后半夜动身，大后晌就到了哈密。看到这些，惠成义打心眼里更喜欢这匹马了。

雪花马驮着惠成义风里来雨里去，关里关外贩大烟，为他立下了汗马功劳。惠成义想过，既然大烟都贩了，何不在金子上再做些手脚。他看到那些返回古城子的金客，在古城子置田买地，打庄子修房，干脆，无毒不丈夫，抢劫金客来得更快。于是，他独来独往，瞅准机会便在黑梭梭林打劫金客。

三位结伴而行从阿尔泰金沟挖了金子返回古城子的淘金人，骑着骆驼到了黑梭梭林时，惠成义打马而出，举枪便射，三人应声从骆驼和马背上跌了下来。惠成义从其中的两人身上搜出了金子。两人当中一人没有打中要害，那人跪下来一个劲求惠成义饶命。惠成义看到，那人镶着一口金牙，于是用枪指了指那人的嘴。那人立即从身边抓起一块石头，对着两腮帮子"嚓嚓"两下，满口的金牙便从嘴里滚了出来。惠成义手起枪响，那人身子一倾趴在了地上。

惠成义从另一个跌下骆驼背的人身上却没有搜出金子。他疑疑惑惑，上下打量那骆驼。他上前拽住骆驼缰绳让骆驼卧下，仔细看那骆驼鞍子，忽然发现鞍子上有一根夹杆不是完整的，有一条缝，是用卯把两根杆子接在一起的。他拔出腰间的匕首，三下五除二，割断了绑住鞍子和夹杆的三处细绳，把那夹杆从鞍子上抽了下来。他从接口处打开一看，夹杆一节是掏空的，金子就藏在里面。

在雪花马之前，惠成义骑的是匹枣红马。惠成义对枣红马也是喜欢得不得了。枣红马驮着他，风里来雨里去，上山爬洼，追风撵月，不在雪花马之下。

那是惠成义骑着枣红马第一次去敦煌。他将二百两烟土出手后，把所得的金子装进褡裢搭上了枣红马的脊背，枣红马立时就腰凹胯塌，站立不稳，浑身颤抖。惠成义不知是咋回事。他将褡裢从马背上取下来，枣红马便行动自如，扬鬃摆尾，嘶鸣不已。他再把褡裢搭上马背，这回枣红马不光是浑身颤抖，就连马鞍子好像都在跳了。

惠成义心里打了个冷战，倒吸了一口气，说了声："妈的，这就是命！"

他回到家中，思谋再三，作为强人，咋能露出丝毫的蛛丝马迹。他知道，枣红马没有驮金子的命。"不行！不能让这马坏了我的大事！"第二天，他便将枣红马卖了。

五

猛兽易伏，人心难降。大石头的山棱上，有种鸟叫石鸡，红嘴嘴，黑身子，叫起来好听，看到有人过来叫得更欢。

沙筱圃得到消息，惠成义相约烟贩子徐保娃等三人要去敦煌，他即刻派黎宗成带人到大石头设伏。

惠成义三人途经大石头时，老远就听到石鸡的叫声。惠成义勒住马缰，他觉得有点不对劲，可徐保娃说鬼都没有的地方，哪里有来人。但惠成义疑心重重，他故伎重演，妄图来个金蝉脱壳。他指使徐保娃二人前面打探，他来殿后。徐保娃二人打马向前，刚走了不到百步，就被黎宗成阻截。

惠成义调转马头妄图逃走，但已逃窜无路，黎宗成早已料到他会来这一手，已派人堵住他的去路。惠成义只好出枪对抗，双方战斗约十来分钟，惠等三人被击毙，命丧于大石头。黎宗成缴获了大烟五包，有五百五十两，马三匹，手枪两支，刀一把。

沙筱圃随即召开庆功会，予以嘉奖。后有人来报，说张治贤在驻军司令部大发雷霆，骂爹骂娘，说一盘棋竟下到如此程度，鞍前马后不是丢车就是死马，有种兔死狐悲的感觉。

沙筱圃又得到消息，后防医院一少校姓张，是位军医，不仅吸大烟，还倒卖

橐　驼

大烟。警察局虽得到消息，但无从下手，巧遇张军医向烟贩子王没牙索要烟钱，王没牙耍赖，两人争吵不休。这王没牙吵昏了头，竟去警察局告发。警察局逮住机会，前去搜查，结果从张军医处搜出大烟三十多两。张军医被捕，王没牙被押。张治贤想保住军医，但在烟土面前却有口难辩。因牵扯到军籍，警察局将张押送迪化交上方处理。

经过这几次打击，古城子烟土贩卖大大收敛。沙筱圃为彻底根绝烟祸，随即采取更加强硬的手段。可是，道高一尺，魔高一丈，有不少种大烟者利欲熏心，熟视无睹，认为山高皇帝远，仍是我行我素，照种不误。

六

低垂的铅云没有丝毫的宽容，压在了沙筱圃的心头。他分明感觉到宇宙间所有的乌云都向他所在的这个城池聚集，整个空间被又厚又重的浓云占据。在他看来，就是有几个太阳，它的光束也不能将这云层穿透。乌云压城城欲摧，他的心头没有丝毫的光亮，只有黑暗和紊乱。

沙筱圃没进家门便听到儿子的哭声，那哭声悽惶，上气不接下气，像后妈偷着给孩子身上扎了针似的。他疾走几步，一把掀开门帘走了进去。说来也怪，就在他掀开门帘的当口，那孩子的哭声戛然而止，竟"咯咯咯"地笑出了声。

沙筱圃感到纳闷，看到九个月大的儿子手舞足蹈，粉嘟嘟的小脸对着老婆宋晚晴笑得十分开心。

宋晚晴见丈夫突然进来，眼神一愣，双手向身后一背，像藏了什么东西，显得十分慌张。

"你、你咋回来了？"宋晚晴的声音怪怪的。

沙筱圃说："你在干啥，孩子哭得那么厉害？"

"没有啊，孩子好端端的，哭啥？"

"不对！这屋子里是啥味道？"沙筱圃问。

"没有呀，我就点了几支香，能有啥味。"

"不对，这味儿不是香烛的味道。"沙筱圃看到老婆的身后，淡淡地飘出一缕烟。

"你身后是什么？"沙筱圃厉声问道。

"没什么、没什么！"宋晚晴语无伦次。

"是什么东西，拿出来！"沙筱圃声音有些颤抖。

无可奈何的宋晚晴一看到了这个地步，知道瞒不过去了，慢慢将身后的东西拿了出来。

本来在外面忙得鬼吹火似的沙筱圃，看到老婆手里的烟枪一下变了脸色。他一把将宋晚晴手里的烟枪夺了过来，盯着烟枪看了几眼。浑身颤抖的他，上前两步紧逼宋晚晴，宋晚晴吓得直往后退。这时，床上的儿子突然又发出了声音，宋晚晴转身从床上一把抱起了儿子。

天虽然热，但此时的沙筱圃心里却寒意重重。他用一种可怕的声调一字一顿对宋晚晴说："我在外面禁烟，没想到后院却起了火，你让我脸面何在？你这不是要我的命吗！"

沙筱圃心里的疙瘩难以解开，平时宋晚晴大门不出，二门不迈，就是有空打打牌。他早已给宋晚晴设计好了她的人生轨迹，除了相夫教子，还要抱琴看鹤、戏墨听禅、枕石待云。现在可好，她到底是咋样抽上大烟的？

趁你病，要你命。从宋晚晴的口里得知，原来是张治贤使的坏。

沙筱圃心里像塞了团毛，他想起了水磨河上游泉眼被羊毛塞了的那起案子。

当时有人来报，说水磨河的水量减弱，有两家水磨的磨盘转得很吃力，显然是水力不足。

沙筱圃带人到泉垴查看，果然是有人在最大的两眼泉里做了手脚。他派人赶快淘泉，就见几个汉子从泉眼里掏出了足足有十只羊的羊毛。泉眼一开，那泉水汩汩涌流，水量大增，水磨河上多家水磨的磨盘响声依旧，融进人心。

案子破得不咋费力。原来是一家水磨要关闭，因这家和邻家水磨有隔阂，想得简单,想给邻家一些苦头吃,便在半夜将两个泉眼堵了,谁知竟犯了王法,犯了众怒。这当家的锒铛入狱不说,就连他雇用的两个塞了泉眼的人都被罚了苦工。你塞了泉,就让你去淘泉,罚他们将泉垴上所有泉眼都淘一遍。那是数千个泉眼,淘完也得一年多。沙筱圃早算计好了,这和他两个服刑的日子差不多。

泉眼的案子好破,但自家的案子咋办?沙筱圃长叹一声:"简直不可理喻,她怎么可以弃善从恶。看来我要毁在宋晚晴手上了!"

当他看到老婆不仅自己抽大烟,还把儿子也连带了进去,他痛心疾首,他知道儿子的这辈子也完了。

原来,这宋晚晴抽烟上了瘾后,一开始也是觉得好玩。当儿子一哭,她就向儿子脸上喷一口烟。久而久之,娃娃染上了烟瘾,喷一口烟给他,笑得"咯咯咯"的,不给他烟,他小手儿能把鼻涕泪水抹一脸,哭得撕心裂肺。就这样,母子两个一个抽一个吸,单单就把个沙筱圃蒙在了鼓里。

这时沙筱圃看到吸了大烟的儿子笑得更开心了,他一下气血上涌,猛地吐出一口血,跌坐在了椅子上。

过了个把月,人们看到,沙筱圃招摇过市,一辆轿车载着老婆宋晚晴和他的儿子,由两名警察护送,说是送回迪化红庙子沙筱圃父母的家中。

七

沙筱圃与张治贤,对大烟一个要禁,一个要抽,一个剃头,一个要洗屁股,这中间整整错了一脊背,可谓南辕北辙。沙筱圃也并不是不会烧香得罪神,不会办事得罪人的主儿,来到古城子与地方官员及时沟通,有些事儿他是先听后议,然后说出自身见解、自个的看法和主意。

朝纲律令,不遵哪能行?禁烟是省府和上峰历来重申要求严查严办的大事,岂能当儿戏,何况他本人对大烟从根底上就深恶痛绝。可张治贤釜底抽薪,从他

第二十章

内人宋晚晴身上下手，让他猝不及防。这一招可谓阴毒。

起初，沙筱圃是想静坐陋室观天下，闲居书房阅古今。他也想东成西就，南红北火，却身不由己，繁杂难办的事儿把他推上了古城子的风口浪尖，无法让他从善如流，更有人从中作梗和刁难。他本想把白糖当盐，撒进日子是甜，谁知错把陈醋当墨，写下半生酸楚。

他一开始认为，对于张治贤，本不应该妄自揣测，一介武夫，倒没什么玄机，到后来经过接触，打了几次交道后，就不敢小觑了。这个极易忽视的细节，差点害了自己。

张治贤忤逆天道人心，要他从烟毒中回头的可能微乎其微。在歧途中怎么能生出宽宥来？明里他是以毒养军，挂廉军之名，暗里却是中饱私囊，行犯罪之实，坐收渔利。羊头狗肉，黑金白银。没有黑金，没有大烟，何来的挥金如土？

看到古城子大烟现禁现生，沙筱圃也想过，莫非这世间好人少坏人多起来了？事事不同，事事有因，归根结底，问题都出在张治贤身上。没有他的保护，没有他的纵容，烟毒何来如此猖獗。

张治贤把可恶的烟毒竟用在了宋晚晴的身上，老婆孩子更是让沙筱圃雪上加霜。他与张治贤两人之间的对抗将无法避免。这不仅仅是他与张治贤之间的一场争执，完全是二人之间的博弈和较量。张治贤若只是为了对付他沙筱圃，还真不需要这么大动干戈，以至于如此不顾形象，关键是他的"珍馐"被人家动了，他要与他撕破卵子见弹子。

在他两个的棋局中，自然少不了周凤麒这个角色。沙筱圃知道，凭他的一己之力是无法遏制张治贤的，张治贤是穷尽一切手段对他进行遏制、打压、削弱，让他处于一个动弹不得的被动局面。好在有周凤麒和他的商会，对沙筱圃来说，这不仅仅关系着能否禁毒，还关乎他在古城子是否能够继续生存。

很多被认为不能做，不可能发生的事儿都正在发生着。张治贤搞的不是阴谋，而是阳谋。他的图谋已不是秘密，也越来越不加掩饰，虽说站脚捧场的惠成

橐 驼

义死了，但下一步就是直接针对沙筱圃他本人了。

沙筱圃想：妥协退让非但于事无补，反而会让张治贤更加无所顾忌，若对张治贤抱有幻想，足以让自己输掉这场争斗。想让张治贤有所转变，静待时日，到那时黄花菜都凉了，看来自己是不能再等待观望，延宕时日了。

张治贤那咄咄逼人的架势，的确不好对付，不顺着他的毛儿捋，吃不了让你兜着走。宋晚晴吸食大烟已是授人以柄，给了张治贤口实，成了铁板上钉钉的不争事实，四周且有很多窥视的眼睛。虚与委蛇，绝非幸事，谁人背后无人说，但不能被张治贤反噬，如不果断处理，那将带来更大的麻烦。

高手之间没有谁对不起谁，看谁能玩过谁，真正的高手下手便是狠。沙筱圃心里盘算：看来对张治贤有些心慈手软了，我对他是有礼有节，秉公办事，谁知他一出手便击我的要害。既然他无情，也就休怪我无义了。对张治贤的宽容，就是对我自己的残忍。极端手段是用来对付极端人物的，张治贤若不用重槌敲，他就会敲到我头上来。

八

沙筱圃知道，张治贤拉帮结派，结党营私，胳膊上跑马，拳头上站人，经常背过县府下乡催粮要款。张治贤一下乡，老百姓遭大殃。张治贤有一句话，给贱骨头三句好话，不如给一顿马鞭子。他向农户摊派米、面、烧柴，保甲长们见了这些催命的官员唯唯诺诺，又是杀鸡又是宰羊。可稍不如意，这些官员就摔碟子撂碗，鞭打绳捆，用麻绳蘸水抽人，被打者皮开肉绽，分不清哪是水哪是血。真还是割了卵袋敬神，神不愿意，人也疼死了。

农户没做亏心事，半夜也怕鬼敲门。骑兵营摊派军粮军草，没日没夜地催，草料若不按时送到营房，皮鞭子伺候，老虎凳上身。

可恶之人，就有可恶之处。城南的定湘王庙内树木葱茏，有桃树数十株，每年结果丰硕，可硬是让张治贤的士兵给祸害了。是年秋天，桃园果实累累，士兵三五成群溜进园中，折枝掠果。起初，主人马道热情接待，一盘盘桃子敬奉大兵，殊不知已是养虎为患。这伙大兵贪得无厌，视马道软弱可欺，索性变马道的桃园为找乐的场子，成群结伙，直接进入，不管生熟，见果就摘，连吃带扔，恣意糟蹋，没过几日大小果实荡然无存。

马道只是敢怒不敢言，但又想不出保树的好办法。他越想越气，忍无可忍，面对一手栽种的桃树发了疯。他手执板斧，朝着桃树边砍边吼："我叫你们来祸害，我叫你们再来祸害！"马道怒气如牛，年近花甲的他，使出全身力气，用了半日工夫，将心爱的桃树便砍倒在地。

最让人痛心的是张治贤竟把石玉山的一洼山白杨树都砍了，说是要给练兵的士兵做刺枪用。那完全是鬼话，做刺枪能用一洼的杨树？

想到这里沙筱圃摇摇头："这些都是弄钱的路数。成啥了，和明抢有啥两样？真是如狼似虎。"

沙筱圃手执烟卷轻声说道："有时候看似风平浪静，那也正是风雨欲来的前兆。对付张治贤，就禁烟一事儿，把信传进迪化，通过先前的同僚是最稳妥的，但是两手准备还是得要。"

晚上，沙筱圃铺开素笺，手执狼毫，思量片刻，写下了张治贤的点点滴滴、所作所为。他坚信，鱼不会死，但网一定会破。

九

沙筱圃不知道，在同一时刻，在张治贤的府邸中，他正在慢品时光静品茶，茶香怡人，自得清凉。张治贤端起茶杯呷了一口，一边品茶，一边琢磨着咋样再给沙筱圃点颜色看看。

张治贤感受到了危机的逼近，和沙筱圃的博弈似乎是要公开了，若不正视，就要用愚蠢来解释这个事了。虽然他与沙筱圃的较量和容忍还没到极限，没到掀桌子的时候，但两人却早已是貌合神离了。

橐　驼

　　沙筱圃力主禁烟，让张治贤如芒刺背、如鲠在喉。对他来说，这不仅仅局限于抽烟这个小事，而是他贩烟已成气候，可以说敛财已到了不择手段的地步。说他其心已异，且变本加厉也好，说他黄鼠狼给鸡拜年没安好心也好，这些都无所谓了，恨就恨沙筱圃断他财路，他岂能善罢甘休。沙筱圃不听他的摆布，更不想与他水火相容，这不是拿鸡蛋碰石头吗？道不同不相为谋。你沙筱圃自个儿一身病，还给别人开药方，真是可悲。

　　对那些若有若无，似是而非的传闻，和那些妄议他的人，张治贤根本不去理睬，也不反驳。他只是要拿捏沙筱圃的七寸。

　　张治贤两手叉腰，嘴里说道："我与你鸡兔岂可同笼！解决关键时刻的掣肘问题，变不利为有利，我不强硬，谁来强硬？"

十

　　沙筱圃吸一口烟，吐一层朦胧的雾。烟雾遮住了他的半边脸，在脸上弥漫，冉冉上升，慢慢散去。

　　这时就见周凤麒进得屋来，屁股还没落座，就对沙筱圃说道："这禁烟要提前动手。以前都是赶在刚出苗时就要把它犁了铲了，现在已是花开枝头。我看县长您还是心静不慌啊！"

　　沙筱圃学着当地人的口吻说："心宽无处不桃园。又不是庄稼黄了，撒到地里揽不起来了，着急啥？还没那么急。"

　　周凤麒说："不急不行啊！张治贤亲疏有别，在他面前，我位卑言轻，说不上话。还望沙县长拨冗一见，当机立断，犁掉大烟，迫使那些烟民改种其他秋季作物。如若不然，在时日上就耽搁了，种啥都来不及了。"

　　沙筱圃说："那些人一旦牙缝里钻了血，逮着了腥味，你还能期望他们改种其他作物吗？不急，再过些时日吧。他有他的张良计，我有我的过墙梯。来，咱两个先下盘棋。"

周凤麒听得明白，他知道沙筱圃是有所指的。见沙筱圃胸有成竹的样子，心放宽了一半，面带笑容开玩笑似的说："我是急惊风遇上了慢郎中，我急你不急。下棋？县长还有这雅兴？"

　　沙筱圃说："排兵布阵啊！"

　　说是下棋，但沙筱圃好像有点心不在焉，待他回过神来已输了一局。他好像还在想着什么。

　　周凤麒说："县长有心事？"

　　沙筱圃说："状态欠佳！"

　　周凤麒说："棋输了棋子儿在，大不了再来一盘。"

　　沙筱圃说："没啥大事，兵无常势，水无常形，还是让鸡照常鸣，犬依旧吠，到时候搞他个鸡飞狗跳！"

　　周凤麒说："我怎么听得糊涂？"

　　沙筱圃说："是啊，我是有点走神了，我得变个招数了。"

　　沙筱圃屏气凝神，心定气顺后很快就峰回路转。他连续将军，周凤麒像是掉进了酱（将）缸里，被沙筱圃杀得难以招架。最后，一个小卒吃定了老帅。

<h2 style="text-align:center">十一</h2>

　　大烟该割浆了，站在地头上的沙筱圃感慨万千。在这之前，他已来此地暗中查访过，正值罂粟花开放时节，看着烂漫山谷，红白相间、灿若霞锦的罂粟花，他心中叹道："世上最美丽的花也莫过于此了。什么叫妖冶？这盛开的花朵让人倾心不已，骨子里却是最害人的东西。"

　　现在再看花已落去，颗颗饱满的罂粟骨朵儿像小莲子在风中摆动，他想起了清人宋伯鲁。当年，宋伯鲁路过奇台古城子，看到南山一带种有大量罂粟，看到嗜利的烟民，写下了《奇台山》一诗：

橐 驼

北风一夜凉如水
奇台山中雪没趾
阴霾刷尽万峰明
展放银屏五百里
奇民嗜利不知田
手种罂粟年复年
一朝拔本丧其利
万户萧然皆罄悬
天寒岁暮风栗烈
壮者四出为剽窃
一罹法网哪可逃
敲扑能令筋骨折
朝廷自是行仁政
奉行无乃太操切
我愿南山民
舍旧图新从耕耘
又愿奇台官
劝耕劝种休偷安
使有菽粟如水火
而不仁者诛之可

诗中说奇台古城子南山一带的民众，多年来放弃农田，大种罂粟，一旦气候骤变，把花打尽，就亏本失利。到这时，天寒地冻，饥寒交迫。青年人唯有奔走四方，以剽窃为生，最后难逃法网，以致倾家荡产。他以同情之心规劝人们赶快醒悟，不种罂粟，重归农田。

而诗中的奇台官，不正是说他沙筱圃吗？想到此，他觉得耳根有点发烧。他

第二十章

一挥手,数百名警察和团丁横排着队扑进了地里。

早晨,他带着队伍出城路过水磨河时,让队伍停下来,命令每人从柳树上折下一根比大拇指还粗、约有三尺长的柳条。背着钢枪的队伍,每人手里多出一根柳树条来。众人不解,有人说这是要给那些烟民颜色看看,不听劝者,拿柳条在屁股上说话。

其实,沙筱圃是早已胸有成竹,他要让那些种大烟者捶胸顿足,后悔不已,倾家荡产。他知道,用犁铧犁大烟苗棵,费时费劲,就是数百个警察、团丁一起上,累个贼死,一天又能犁多少地。那些烟民,你不治他个魂飞魄散,他没记性。打滚撒赖的娃娃,拿鞋底在屁股上美美抽一顿,看他以后还敢。

沙筱圃早已算计到,到了这个季节,灭了地里的大烟,让你种啥都来不及,那些烟民只有站在地头上哭囔鼻子了。没收成,没粮食吃,拿出以往卖烟的钱去买啊!这时种粮人家的粮价,只有往上涨的份了。

沙筱圃看到,那数百名扑进地里的警察、团丁手中的柳条,此刻变成了三尺马刀,对准那些烟葫芦左劈右砍。个别已挂浆的烟葫芦上被柳条抽开了口子,淌出了像脑浆一样的浆汁,被阳光一晒变成了黑色。跌落在地上的烟葫芦,像踩气泡一样,被踩得"叭叭"作响,像鞭炮声,又像枪声。

左劈右砍的警察、团丁,痛快劲在他们的脸上表露得淋漓尽致。他们说说笑笑,像娃娃打耍一样,轻轻松松让顶着残花的烟葫芦,不消半日就变成了一根根硬撑着的秃枝败叶。

沙筱圃望着那些秃枝败叶对黎宗成说道:"谁种恶果谁食,就这秆叶,够收拾一阵子了。告诉那些烟民,如果谁还敢偷种,下次那就是骑马打花了,马队完全可以在这烟花地里上奔下跑,左驰右骋,让他们睁大两眼好好看,睡觉时梦里听到的都是马蹄声。不是我爱说这种虎狼之词,而是事情已到了非要出手不可的地步。不然,我将如何面对众人、面对上峰。"

站在地头上观望的那些烟民,不要说牙缝里钻血了,看到自家地里那些烟葫芦像斩首一样被纷纷斩落,心里确实是在淌血,淌的是他们一夏天辛辛苦苦精心

橐 驼

呵护的心血。

  沙筱圃一不做二不休，趁热打铁，清塘抓鱼，在校场召开了公审会，把王没牙拉了出来。五十四岁的王没牙，实为冥顽不化的惯犯老手，对大烟吸、种、售、运三十余年，此次贩毒入狱已是六出七进。他手段狡诈，不仅胁迫利诱一些老叟老妪分散出售大烟，且在迪化暗中供货古城子烟毒黑店。公审过后，囚车鸣着喇叭开向刑场，一声枪响，王没牙倒地毙命。

  沙筱圃并非滥杀，王没牙贩烟罪不至死，枪毙王没牙，不光是他贩卖大烟，还因他身上背负人命。王没牙是强奸未遂，把人给杀了。当时王没牙将那女人拉进屋里，一时心切，扯开那女人的裤裆就扑了上去，谁知女人裆里丝绸裤子的一根丝线把王没牙的龟头一勒两半。王没牙负疼，妈妈老子地喊叫，一声连一声。他怒目圆睁，一反手把那女人杀了。

  周凤麒闻知沙筱圃在大烟地里，让警察、团丁手执柳条对烟棵抽骨敲髓的做法，顿时醍醐灌顶，破谜顿开。他连声说道："怪不得人家不慌不忙，原来早已是心中有数。以静制动，志在必得，确实是高人一等。"

第二十一章

一

驼队行走在茫茫戈壁，一些骆驼边走边倒沫反刍，整个大地寂静无声，只有驼铃声在这无声的雪野中回荡。雪一直在下，覆盖了一切，连骆驼的睫毛上都落了雪。风迎面吹来，如刀割一般。在冰冷的空间里，看得见人和骆驼从口中哈出的热气都变成霜，凝结在了人的帽子、眉毛、胡须上和骆驼的毛发上。

王九先第一次见到戚长林，就觉得戚长林应该是他的搭档和连手。驼客的架势就摆在那里，一看就来劲。戚长林当时只有五峰骆驼，势单力薄，听王九先要走古城子，他一口答应，愿意进王九先的帮口，唯一的条件就是五峰骆驼不算股子，夹在驼队中往返买卖，收入归己。戚长林的意思只给王九先拉骆驼当伙计，工钱另算。

这还有啥不行的，那时稍有本事的驼户，谁还没有几峰骆驼。但戚长林隐瞒了一件事，他在包头有妻小的事没给王九先说，后来他又把桂香和她的女儿带到古城子成了家。等到包头的老婆来信寻他时，他才跟王九先说了实话，王九先才知道他在包头还有婆姨娃娃。戚长林是吃着碗里还看着锅里的。

戚长林是个攒劲人，啥时搭驮子都在别人前头。那一日骆驼上了正道，走在前面的还是戚长林，他心里一阵惬意："要说搭驮子，谁也别抢在老子的前头。"

他随口就唱道：

橐　驼

　　　　同治爷坐天下天下大乱
　　　　鸡叫五更里到处冒黑烟
　　　　烧得那众百姓黑虎眩天
　　　　…………

　　搭驮子时出了一身热汗，现在让冷气一逼，戚长林觉得身上有些发紧，便掖了掖皮袄，抓住驼毛织成的宽板子腰带，将两头的穗子用力一抽。

　　四野里全是雪，骆驼走的道上也是雪，只是稍稍发暗，骆驼蹄子踏上去和穿着毡筒的戚长林踏出的声音没什么两样。由于雪的映衬，虽说是五更天，倒也不觉得怎么黑暗。戚长林掉头斜着看去，站口房檐上的那盏马灯还晃着，昨晚卸过驮子和骆驼卧过的地方黑乎乎的一片，最后一连子骆驼也已起程。

　　戚长林一侧脸，东边似乎要露出白来。竖起耳朵一听，道尔吉扫尾驼的铃声直撞他的耳门。听到这铃声，戚长林便有些不自在，骆驼拉了多少年，务习了多少年，就没有务习上这样一副驼铃。虽然别人说他的驼铃声也不弱，但他觉得和道尔吉的铃声比起来就差多了，道尔吉的驼铃声响亮，他的驼铃声喑哑。

　　他曾向道尔吉提出用自己的那副驼铃交换，外加一副毡筒和一只羚羊角做的改锥，但道尔吉望着他一声不吭，只翻两下眼睛，然后转过身去做他的事情。

　　戚长林便冲道尔吉的背后骂一句："没见过这号鞑婆子下的。"

　　等身上的汗干了后，戚长林一拽手连的缰绳，骆驼头往下一低，他一抬腿便跪在了骆驼脖子上，趁着骆驼脖子往上扬的空子，他又将身子一扭便稳稳地坐在了驼背上。那骆驼亦步亦趋，戚长林的身子随着骆驼的走势一晃一晃。这时起雾了，雾来得很重很猛。看到这个雾天，戚长林心头一亮，一股暖意涌上了心头，他就想起了那个雾天的奇遇和桂香母女来。

　　当时桂香也就三十出头，有成熟女人的风韵和身段，相貌很受看，眼睛里既有热望也有哀伤。让戚长林倾心的是桂香不像有的女人腮边有两个酒窝，而她的两腮里总像含着两颗樱桃，将腮帮子不大不小圆圆地鼓起来。戚长林说在那上面咂几嘴就有一种说不出的感觉。

二

戚长林的父亲是有名的木匠，啥活都打不住他的手，弹墨线、锯长短、砍木料、削薄厚、刨平直、刨凿斧削，一切都做得丁是丁卯是卯。斧头、刨子、锛、锯子、墨斗、弯尺、凿子一应俱全，他在自家的墙壁上钉上木钉，一排排工具挂得整整齐齐。

碰到粗大的木头，他便和戚长林用绳索把木头捆绑在圆柱上或者一棵大树上，拿来大锯，一边一个人，他在上，戚长林在下，有节奏的"哧啦、哧啦"地拉锯，细碎的锯末在空中飞扬，来来回回拉上一阵子，粗木头就成了两半，再分别从中间锯开，就成了四块、八块。薄薄的锯末散落一地，像木头开出的花朵。经过一番精心操作，圆滚滚的木头变成各种各样的家具。

有人家盖房子，也请老爷子去，木檐翘首，担檩椽柱精工镶嵌，房梁正中贴上红纸黑字吉言"上梁大吉"。做寿材也是老爷子的拿手戏，两三天就会把棺木做好。凡有老人的家里，提前做好棺木，一则有备无患，二来冲喜。

老爷子一有空便拿上锯子或者斧子，围着庄前屋后，修修剪剪，把砍下的树干锯得一样长短，粗的用斧子劈开，靠在墙边上，码得有模有样，一年四季烧火做饭，绰绰有余。

原本，父亲想让戚长林接手这木匠活，可戚长林学了三天两后晌，就没有耐心了。他耐不住那份寂寞。

父亲骂他："总想着红火处卖猪头，你得有那个本钱！"

就有那么一天，戚长林心血来潮，真还想找个红火处露露头脸。他知道拉骆驼的人脸面宽，就告别家人去了一驼户家给人家当雇工，走南闯北拉开了露头露面的架势。

橐 驼

三

戚长林和桂香的相遇纯属偶然。那也是冬日,戚长林的骆驼连子仍打头,是从巴里坤起程的。刚上路就起了雾,驼铃声骤然变得闷声闷气起来。雾越来越重,白茫茫一片,天和地之间没有了界线,星空隐没,大地隐没,驼队好像飘进了云端,悠悠的驼铃声也像是从天宇中荡来。骆驼身上、人的胡须上、皮帽子上都开始结霜。可这种天气对驼户来说见多了,不足为怪。

戚长林随着骆驼的一摇一晃,口里便哼出了个调儿:

　　你把我的大叫驴卖掉干啥
　　因为它不干活光耍麻达
　　你把我的大白鹅卖掉干啥
　　谁叫它一早上就叽叽嘎嘎
　　你把我的白杨树砍掉干啥
　　因为它长得高光招老鸦
　　你把我的擀面杖卖掉干啥
　　因为它擀面时光压指甲
　　…………

"大哥!"猛然,从前面雾里冒出这么一声。这叫声虽然怯懦,但还是把戚长林惊了一下,他一收缰绳手连便站住了。他仔细一看,从雾里钻出一个女人,领着一个六七岁的女娃娃。戚长林还没说什么,那女人就让娃娃扑通跪下了。戚长林慌忙跳下驼背问是怎么回事。那女人乱了章法语无伦次地说:"先生让孩子拜个干爹说娃娃的病就好了。按乡俗你也知道,清早起来碰上啥拜啥,碰上你这位大哥算是娃娃的造化。"

戚长林恍然大悟,原来是为了祛病,孩子在找干爹呢。他忙让孩子起来,嘴里一个劲推辞说："不成不成！"那女人再三央求，他还是那句话："不成不成！"

戚长林前面一停，后面的骆驼都住了脚，王九先便催动骡子赶了上来。知道了缘由，再看那女人，这么冷的天，天不亮便守在雾中等候，也确实难为她了。再看娃娃的嘴唇都冻成了紫色。等来等去，偏偏等着了戚长林，这不是缘分是啥？王九先便劝戚长林收下那丫头作干女儿，戚长林还是说不成。

王九先来了气："这是救人有啥不好，我做主你就收下算了！"

女人赶忙道谢，戚长林也就不再说啥，从骆驼鞍子下抽出一根缰绳，将那小丫头拴作了干女儿。他是把缰绳递到那女人手中的。

"那不行，拴干女儿就得按规矩来，可不能糊弄人家。"王九先故意找茬儿，其实哪有什么规矩。

那女人极力附和，小声地说："她干爹，就按规矩办吧。"她是想让女儿的病立刻好起来。

戚长林果真拿了缰绳在那小丫头的一只胳膊上缠绕了几圈，又拉着小丫头转了几个磨磨。然后问王九先还要咋办？这时，王九先就想和戚长林玩个真的。他说："光拴小丫头不行，连孩子她妈一起拴，不然那孩子的病咋好？"

戚长林感到迷惑不解，恍惚了一下说："不对吧，怎么连孩子她妈也拴？"

戚长林两手端着缰绳，像要绑人。那女人也露出一脸的困惑。

王九先说："该咋办就咋办。快拴，拴完了好赶路。"他装出一副不耐烦的样子。戚长林只好按王九先说的办。

雾来得快，也散得快。这时天已放亮，王九先看到戚长林脸红舌头短，那女人也十分尴尬。

戚长林拿缰绳的手在抖，他像蒙古人套马，把缰绳套在了那女人的脖子上。王九先心里发笑，但一脸的庄重，因无法忍住，便装作咳嗽，转过身在雪地上吐了一口唾沫。

那女人收了缰绳，又让娃娃磕头又是道谢。顺手向身后一指说："那是我家，请掌柜子和她干爹到家里坐一坐吧！"

顺着女人的指向看去，果然看到一星如豆的光。王九先说不去了，戚长林也说不去了。王九先说下一趟过来再去，戚长林也说下一趟过来再去。戚长林平时能说会道，此刻成了学说话的娃娃。

王九先催促戚长林上路，戚长林拉着骆驼就走。那女人千叮咛万嘱咐，说拜了干丫头就是亲戚，亲戚越走越亲，她干爹一定要到家里来。

四

戚长林拜干丫头的事成了大家的趣谈。郝七三对戚长林开玩笑说："娃娃的干大，妈妈的麻达。"

戚长林说："这个玩笑可不能随便开，那又不是涝坝，顺手扔根黄瓜。"

谁知郝七三的一句戏言后来却变成了真事。当时戚长林没有当一回事，也是该他和桂香有缘分，该成两口子。驼队再过去时，谁知那女人竟领着娃娃站在路口上等候，非让干爹上门认亲不可。那孩子也乖巧，"干爹、干爹"一个劲地叫，搁上谁也抹不开这个面子。出于无奈，卸了驮子，戚长林便随那女人去了，还叫上了王九先和郝七三。大家也就知道了那女人名叫桂香，死了男人，孤儿寡母守在一起。

戚长林对那女人产生了同情心。在桂香家中吃了饭，临走时他扔下了几块银圆。从那以后，每逢到了巴里坤，戚长林都去桂香那里，那女人也按时按节在路口迎候。一来二去二人就生了情分，从此后来来往往，戚长林给母女两个衣服吃食啥都带去。后来一次去，戚长林喝多了酒，不能自制，就宿在了桂香的屋里。他说桂香的身子白净，奶子像发面馍又大又暄，他真的像吃馍馍一样吃了她。桂香也是久旱逢甘露，干柴遇上了烈火，呻吟声让戚长林心头发颤。戚长林莫名其妙地流下了眼泪，从那一刻开始认定了桂香。

连手们也都通情达理，看到戚长林独身一人，就撺掇他不如干脆将桂香娶了。戚长林当时没有言语，后来才知道他是惦着包头家中的婆姨。但过了不久，他便将桂香母女抱上骆驼带到了古城子，成了一家子。后来他向桂香说了，也跟王九先说了，他包头家里还有孩子老婆。王九先虽然骂了他一顿，但气消后正经地对他交代，有了外头的别忘了家里的。戚长林说我是儿女双全的人了，不管咋说一日夫妻百日恩，情分都在，家里的忘不掉，桂香这头更难舍。

桂香没有更高的奢望，她求戚长林一定要向口内的姐姐讲清楚，求她原谅也请她放心，在古城子这头，她一定把戚长林伺候好，有福让他享，有罪她自己受。从此，戚长林就成了风箱里的老鼠，两头忙。

五

戚长林和陆十红一样，做事能沉得住气，有点心计，为人比较豪爽，和驼队的每个人也都能合得来。他是个命好有福之人，他的发迹完全出于偶然。从家里出来，原本是和别人搭连手成驼户，就因为一次机会，让他有了更大的本钱，他便离开了那驼队，恰遇王九先，两人一拍即合，搭了连手。

那年，他受雇的驼队在大石头扎了帐篷。一切收拾停当，他去解大手。那是一个废弃已久的庄子，干打垒的土墙经过多年风雨的冲刷，显得干秃破败。他蹲在土圈子里，使着劲拉屎，嘴里"哼哧哼哧"的。地上有根木棍，他随手拿起来，看到面前的墙缝里有块布片，就用棍子抠它。布片越抠越大，墙缝里塞着的土坷垃也被他一点点抠下来。墙缝越来越大，布片变成了布块。他用棍子往里捣鼓，就有了异样的感觉。他心里一惊，赶忙捡起一块土坷垃擦了屁股，双手握紧了棍子扒拉墙缝，再用手去扯那布块。布块已酥了一半，被他一扯就烂了，就有银块被带了出来。他扔了棍子，用手顺墙缝掏了进去，一块又一块，一包银子被他掏了出来。

戚长林知道，路途上，远处尘烟滚滚，土匪驰马而来，行商之人情急之下，赶快藏匿钱财。谁料土匪不但掠财还杀人，这些钱财从此便无主了。再往后来，

橐　驼

被来往此道的其他人意外收获，这种事儿已是见怪不怪，只是藏在心里不对外人说罢了。在古城子，甚至有逃难者，看到有些院子长时间空无一人，便住了进去，房屋从此易主，再到后来也没有人来找后账说源头。

这些银子不是哪个驼客暂时藏在这里的，就是逃难人群中的有钱人所为。他说了声"对不住了"，便将银子揣进了怀中。

当他睡在铺上辗转反侧时，心里琢磨，看那布块的夹口，时间不算短了，藏银子的人再没来动它，肯定是出了事了。

他从心底里默默地祷告：愿逝者早日托生。这银子或许就是前世里你欠我的，我就替你花了。放宽心，这钱都会用在正道上，不敢乱花一文，更不敢乱嫖乱赌。

一切都顺风顺水。得了银子后，戚长林又梅开二度，半道上遇到了桂香，成就了好事。

戚长林心里还装着另一件事。

那天，他手执大鞭随着吃草的驼群往前走，长长的鞭绳落在身后，像一条蠕动的蛇。他一边走，嘴里一边哼哼：

　　那天找你你不在
　　你家的狗儿跑出来
　　差点把我的腿咬坏
　　…………
　　你要说啥就说啥
　　不要说那淡屁话
　　整得那丫头肚子大
　　…………

就见不远处一只狐狸朝他跑来。他感到奇怪，往常狐狸见人就跑，看见手执

第二十一章

长鞭的驼户跑得更快,现在却径直向他跑来。他站住脚。那只狐狸跑到他面前十来步的地方坐了下来,大张着嘴,嘴里不停地流口水,眼睛直盯着他看。

他慢慢走上前,围着狐狸转了一圈。狐狸一动不动,仍然大张着嘴。他蹲下身子一看,狐狸的嘴里卡着一根两三寸长的骨头。他捡起一根木棍,把狐狸口中的骨头撬了出来。狐狸闭上嘴,也闭上了眼睛,静静地趴在地上,一动不动。

看到狐狸的这个样子,戚长林动了情。狐狸知道人能帮它,不知道人帮了它后能不能放过它。

戚长林说了一句:"好一个有灵性的畜生,竟然知道拿自个儿的身子报恩,你走吧!"

狐狸还是趴着不走。他用脚轻轻一踢,狐狸起身转过走了。

不到一个月,这天又轮到戚长林放驼,远远看到一只狐狸又向他跑了过来。仔细一看,是他救下的那只狐狸,嘴里叼着一个布袋,到他面前放下布袋转身走了。他疑惑地拿起布袋一看,里面竟是拇指般大的两个金元宝。他大吃一惊,一屁股坐在地上。过了一会儿,他看着手里的元宝想明白了,这只狐狸是来报恩的。他把元宝袋子系到了腰里。

不久,这只狐狸就成了戚长林心中挥之不去的阴影。那是在乏牛坡,他看到一匹快马紧追着一只狐狸不放,快马上是位猎人。狐狸一看无法逃脱,急奔戚长林而来。到了跟前,戚长林和狐狸同时认出对方。这狐狸就是戚长林救了的那只狐狸。这时骑马人已追到跟前。狐狸一看一个转身立了起来,对着马上的人一个劲用两个前爪作揖。戚长林大声喊道:"住手!住手!"但为时已晚,猎人举起了鞭子,只一下那狐狸就软绵绵地倒在地上。

想到这里,戚长林叹了一声:"白天天空太空,有了云落云起;晚上星星太挤,有了月明星稀。啥都有个章法,有个规矩,做人还得实诚些好,吉人自有天相。几次偶遇都让我从中得吉,只是得了外财,我不拿,肯定还会有人拿走,拿得虽不是心安理得,但也还能说得通。看来人还是要多做善事,不可造次。"

这些银子让戚长林有了本钱,买了三峰骆驼,由此做了起来,越滚越大。随

橐　驼

后他又添了两峰骆驼，始终保持五峰骆驼，不再扩群。挣的钱放进钱庄吃利息，或作其他开销。按他自己的话说，他没有做过缺德和对不住人的事，是老天的格外恩赐。

他从心里感慨："也还真是，马无夜草不肥，人无外财不富。只是那只狐狸，竟眼睁睁看着它死在了自己面前。"

六

戚长林知道，就是关系再好的人，钱财也不可外露，不能招摇过市。他的一个同乡是个练家子，有些拳脚，爱在外人面前夸夸其谈。也是说者无心，听者有意，同乡带着银钱要回关内，五更里就起身了，出县城不久就被人截住，对方蒙着脸拿着利刃，上来就取他的性命。两人拼死打斗，拉下了一个摊场，尽管同乡使出真本事，但身上还是被划了几刀。两人直打斗到天亮，这时有路人过来，蒙面人一看转身逃走。同乡赶快报官，不几日案子破了。蒙面人就是他的隔壁邻居，就因同乡在他面前说这次回家带了多少多少银钱，哪天哪天上路而被邻居盯上。

戚长林外出，不管钱物带多带少，总是用一条腰带将银钱裹紧，贴身系在腰间，然后穿衣穿裤，上面再系一条腰带，可谓万无一失。可就这，他也有破财的时候。厨房里有只大红柜，柜里放些杂七杂八的东西。他在一个口儿有擀面杖粗细的大肚子小瓦罐里先是放了一个金核桃，然后装满金砂封了盖，在罐口系了麻绳，麻绳儿左右一拉，罐口紧贴柜底，用两根钉子把罐子钉在了大红柜下面。红柜前面的下摆有门脸儿遮挡，人站在屋里的任何地方也看不见罐子。

戚长林自以为万无一失，是灯下黑，谁能想到那柜下面吊着盛满金砂的罐子。他过一段时日便伸手进去摸摸罐子，罐子在，心里就踏实。

天有不测风云，一群在天上翻飞的鸽子突然被一只鹰隼冲撞打乱，一只鸽子翅膀还没捋顺，就开始翻跟头，一直翻了下去，径直跌到了戚长林的院子里。鸽子眼看着把自个儿摔晕了,扑棱着翅膀一个劲地扭脖子晃脑袋。眼看鹰隼又冲它而来,它一挣扎从厨房的窗户飞了进去,钻到了红柜下面。养鸽人跟踪而来,看到鸽子飞进了屋里,一看这家没人,便跳进窗户趴在地上伸手去柜下面抓鸽子,谁知手碰到罐子,便拽了出来揣进了怀里。

过了些日子,戚长林伸手再去摸罐子,罐子不见了。他把红柜掀了个底朝天,也没见着罐子的影子,只有被拽断的麻绳儿和钉子还在。戚长林哎哟呻唤,像是勾裆里蹿上毛了,又痒又急,后悔得直跺脚。

第二十二章

一

开垦河是古城子最大的河流。

翘首天山，群峰连绵，势如连鳌，遮去半壁晴空。在逶迤绵延的山脉中，有一道豁口叫小龙口，河水从这里出山，在宽阔的河滩上形成巨大的冲积扇。

两岸土地肥沃，"赶大营"后，陆续有移民来这里定居。石玉山一家就是那时候来的。

石玉山的老家在山西洪洞县的大槐树，当时大槐树闹瘟疫，死者不计其数。官府怕瘟疫再度蔓延，凡是被传染者都要活埋，强行让当地人迁移。府衙贴出告示："四口之家留一，六口之家留二，八口之家留三。"结果，当成千上万的民众齐聚在大槐树下时，官府出其不意，调集大批官兵，一举将大槐树下的民众团团包围，凡是到的人不论男女老幼，一个不留全部迁移。不从者便绳捆索绑，一串一串连接起来，在官兵的喝遣下痛苦前行。那些留在家里的老弱病残，闻讯后赶来，爹娘妻子奔走相送、牵衣顿足、拦路哭喊，情景极为凄惨。

家人们故土难舍，频频回首，人走远了，村舍看不见了，映入眼帘的唯有那棵挺拔的大槐树和上下错落的一个个老鹳窝。大槐树和老鹳窝便成为故乡清晰的记忆。

石玉山的父亲石明，叔叔石云、石英都是响当当的汉子，跟着石玉山的爷爷石大川，拖带全家三十多口人，瞎摸瞎碰，一步一个生死关，一路往西北走来。

第二十二章

因路途遥远，饥寒交迫，家人中有九人倒在沿途再没有醒来，石玉山的爷爷奶奶先后被埋葬在河西走廊的路边上。过了星星峡，一群娃娃当中因患白喉病，三天内死了七个，一路上草草堆起来的坟冢土堆成为石家拂之不去的锥心之痛。

劫后余生的老老少少硬是挨到了古城子。这么大的家口，吃饭是大事情。看到开垦河两岸地广人稀，一家人便在此地落地生根。看到这么多肥沃的土地无人耕种，人们一时慌了手脚。有的跑马占地，以马蹄印为界，谁圈起来就是谁的；有的以犁占地，围着大地犁上一圈，这地就归己所有了。有了地，就张罗着盖房造屋，聚庄建村，石家山便应运而生。

十岁的石玉山把一切都看在眼里记在心上。经过十多年的苦斗，石家成就了偌大的家业。石家建起了四个庄园，除第四个庄园在县城外，其余三个均在天山脚下，东起木垒英格堡，西到西达坂、白石头沟烧坊滩。

一个庄园在开垦山下，庄园里住着石玉山的叔叔石云一家。四合院东面有一条长渠，院子的南面有一条河，院子的后面还有一条河，开垦的土地就由几条河的水灌溉。西面是一片梯田式的土地，放眼望去层层绿野，月季花和河岸垂柳令人赏心悦目。

另一个庄园在石家山的碱水沟，沟内的四合院有六十多间住房，庄园外是大片的牧场。庄园里住着石玉山的二叔石英的一大家人。庄园的右边就是碱水沟。这沟名字虽叫碱水沟，但有碱水的时日谁也没见过，沟中四季水流潺潺，清澈见底。

还有一个庄园在独松洼下，是个长条形的大院子，门里门外各有一个照壁。这里住着石玉山和父母在内的二十来口人。庄园处在高大树木的合围中，在百步开外是看不到庄园的。大门前有三棵两人难以合抱的高大白杨树。

风水先生说："此三棵树不倒，可保人丁兴旺！"

第四个庄园是一个四合头的两进院子，在古城子的东大街。此庄园是为完成石家孩子们的学业而建造的，也是石家在县城的落脚点。

石家成群的牛羊、马儿在茵茵的绿草滩上漫步，上万亩的水地旱田呈现了从

橐 驼

未有过的生机。从云雾中流出的清澈甘甜的准葛根河水,蜿蜒汇入了开垦河。

二

春暖花开,燕子回飞,被绿草覆盖的前山坡上,匍匐在草丛里的黄色小野菊可劲儿伸展身子往外探头,它是要越过春草绽放开来。蒲公英的圆球球则在风中摇曳,种子在孕育成长,待饱满时自我放飞。

石玉山作为长子,成为石家的掌门人。他身材高大,性情耿直,英气逼人。能得到开垦河两岸众人的首肯、信赖,是他的人缘和善良换来的。

为保人丁、六畜兴旺,石家在河边修建了龙王庙、马王庙,在山上修建了娘娘庙。娘娘庙前悬挂一口大铜钟,钟声一响,十几里外都能听得到。

石玉山的时光大多是在马背上度过的,马上功夫不输当地的哈萨克人。他受邀参加哈萨克人的婚礼,打马上阵参与赛马和叼羊比赛,尽情欢愉几天后,在陶醉中回自家庄园。

好人看嘴,石玉山的嘴不太会说,但说出来都是大实话。一口地道的哈萨克语,让他在开垦河一带接了地气,多了人脉。谁家丢了牲畜,几天都难以找到,石玉山一天半天就能找回,这些都有赖于他有无数双哈萨克族朋友的鹰眼。

俗话说贫穷不走亲,富裕不串邻,亲戚不共财,交财断往来。但石玉山却不那样,冬末春初,一些牧民家里发生粮荒,石玉山用车拉上粮食,一家一家送。公道自在人心,牧民被他的诚意感动,每逢割麦时,牧民们便一群一伙地扛着大钐镰来了,人多势众,钐镰一挥,麦子"欻欻欻"倒地,十几个麦客跟在后面捆都捆不赢。

石玉山虽然家大业大,但一直保持着勤俭的良好家风。因人口太多,孩子们集中吃饭,为了省碗,吃饭用的是专做的木槽。女人的裤子是一个版本裁剪的,瘦一些的穿上刚好,壮一些的干活一用力一使劲,会把裤子绷破。

石玉山让人望其项背的本事,一是天赋,二是悟性。给牲口看病,不管是牛马羊有了病，还是其他牲口，他只要看看摸摸，就知是什么病，熬点草药灌下去，赶起来跑上几圈就好了。

他有自己的马场，马场通常保有七八十匹马。马圈是一个巨大的天然山洞，山洞的地面全用几丈长的圆木去皮后改成方木铺成，离地面有三尺高，干净祛潮湿。马走在上面，马蹄击打木头的声音如同擂响的皮鼓声。方木间隔有缝隙，马粪马尿从缝隙中流淌下去，下面有人隔天专门打扫。

好马看腿，石玉山养的马腿长腰吊。他调教出来的马谁见了谁眼热，压出来的走马在古城子是抢手货。他一次训马五匹，半年出槽，一年能压出十匹走马来。

好走马走起来平稳，不颠不簸，犹如旋风般来去从容，似筛箩般疾速，双耳端扎，马腰舒展，前蹄迈开与嘴头上下一条线，后蹄越前蹄印三尺有余，屁股扭动像风吹柳，若三匹走马在土路上并辔前行，不起扬尘。在雪路行走，马蹄踏雪的声音悦耳动听，快起来如流星闪电。

石玉山骑的是匹枣骝走马，走亲访友或出门办事，鸾铃响处，马已到来。左邻右舍，亲戚朋友，听到马蹄声响就知道是谁来了。

石玉山压走马是硬开弓，四岁马压出的走马视为上品。他压走马练起步、过步功夫最为紧要。平展的场地上栽一木桩，上面有转环，周围相隔一步摆上圆木，高两尺上下。马拴在转环上，缰绳有丈二长，马逆时针转圈，走一步跨一圆木，练起步、过步，改变以往的固有步伐。

要想马儿好，夜里多添草。压走马的那些日子，石玉山吩咐家人要勤为马儿添料添草，料瓣子要多磨一些，以备不时之需。有时半夜里他要亲自去马圈里看几次。

冬天天亮时分和傍晚，是压走马的时段。石玉山端坐在马背上，稳如泰山，浑身用劲，令马疾走。屁股底下、镫眼、钗口，上下贯通，同时用劲，那马不走也得走，这样压出来的走马又快又稳。压完马后牵马溜达片刻，过两个时辰，马身上的汗干了再喂草料。

橐　驼

　　石玉山调教出的马，还有三不过的本领：路遇蟒蛇横在路上不过；河的对面有狼虫虎豹不过；独马行走看到狼在山顶时不过。古城子的富裕人家，家中若有几匹马，必定要压一匹走马出来。各乡乡长、保长更不在话下，能有一匹走马就高人一头了。这些人请石玉山来压走马，除草料钱外，另有三石麦子。

　　被毙了的烟贩子惠成义原来就骑着石玉山压的那匹雪花马。当时，惠成义就是把天说下来，石玉山也不愿卖掉雪花马，那是他的骑乘，但架不住惠成义的死缠硬磨，用一锭一百两的同治元宝硬是换走了。

　　雪花马踢死过狗，是在奔跑时一只狗跟得太近，马掌是刚换过的，正好踢在了狗的脑门上。

三

　　靠着大山有柴烧。

　　石玉山每年夏天都要让伙计们上山放树。他立有规矩，活树不能动，拣"立死杆"砍。"立死杆"是高大直溜自个儿死了的松树，把树砍倒，打掉丫杈。一根一根的树木斜躺横卧在山坡上，那些被伐的树木，下雪后才往回拿。

　　雪天里，伙计们手拿木棒敲敲打打，敲打树木的声音好听，传得好远。给牛拴上套，绑在放倒的树上，利用坡降顺坡拉下。把拉回的"立死杆"锯成三尺多长的圆木，再一劈两半，码好垛好，整齐好看，用开了顺手。

　　树怕背枪。每年庄园四周活树上的干枝丫，石玉山也让人清除掉，不清除难看，妨碍树权生长。

　　石玉山种的都是大头麦子，大头麦子面粉筋道、有嚼头。等燕麦出苗后再撒麦种，燕麦拔了麦苗刚刚露头。麦穗四棱见线，穗大粒满口紧，风吹不掉粒，麦秆直立不倒伏，一百天过了就能收割，紧割慢割，麦子就全黄了。

　　犁地、撒种、耱地、浇水、割麦、打场，石玉山样样在行，啥活儿都打不住他的手。播种时，他左臂挂斗，右手撒种，种子撒得均匀，出苗齐整，不需补种。他知道，稠田好看，稀田吃饭，麦种撒得太密，长出来像韭菜，虽好看，可收成不行。学着他的样子，家人和雇工手里出的活儿，少有毛病。

糖地是个老道活儿，一般套两匹马。糖地人站在糖上，手抓两根扯绳，看似轻松，但非同儿戏，人将身子向后摆，以防前倾摔倒。

那年，一个雇工初来乍到，看着石玉山站在糖上潇洒的样子，非要上去一试。石玉山为防不测，卸下了一匹马。那伙计站上去就失去平衡，一个跟头向前栽去，撞了马屁股，马受惊拖着糖和人飞奔。好在石玉山早有准备，他一个箭步上去抱住马头反手一扳，那匹马倒在了地上。

收麦前，石玉山都要到古城子街上的兔儿桥巷买镰刀，给麦客们把家当备好。他只认一种镰刀，就是铁匠塔里甫的"梅花"镰刀。塔里甫的每把镰刀上都烙有两朵梅花，镰刀轻、刀柄长、刀身窄，是纯粹的"柳叶刀"，加钢淬火有独特的秘方，镰刀不卷刃，不崩豁口，用起来轻快顺手。百姓口传："兔儿桥的刀，双梅花，三天不磨荡一下。"这是说镰刀三天都不用磨，随便在石头上荡一下就行。

吐鲁番、鄯善的麦客翻越天山来割麦，一盘土炕，能睡十多个人。麦客每年都来，既奔石玉山的为人来，也奔古城子的麦面来。来时驴背上的驮筐里装满葡萄水果，走时驮筐换成了口袋，口袋里装着雪白的面粉。虽说是各算各的账，但石玉山打点麦客的工钱只长不短，麦客们满意而归，约好了明年如期再来。

石玉山种夏粮，也种秋粮，麦子收了，种点糜子、谷子、荞麦。糜子有黄糜子和黑糜子。豌豆也有两种，一种是小麻豆开红花，一种是小白豆开白花。豆子地里的花开了，红一片白一片，间有荞麦花衬托，像是一幅天然的油画。

豌豆和豆秧是给牲畜储备的，豌豆见熟就割，不然熟透了再割，豆荚裂开，豆子全蹦进了地里。

麦田中最让人厌恶的杂草是燕麦，燕麦种子随风到处飘，飘到哪儿长到哪儿，头一年拔了，第二年还出。燕麦籽浑身长细毛，阳光一晒就直立了起来。不会种庄稼，害人。有人耕种了一块麦田，秋后一看都是燕麦。燕麦盛气凌人，小

橐 驼

麦被燕麦欺负得有气无力。麦穗少得可怜，能数得过来。一气之下，一把火把燕麦和小麦都烧了。谁知第二年地里全长了燕麦，麦子烧没了，燕麦没烧死。这农户也是个犟脾气，那就来吧，秋后把燕麦全收了，推成面，蒸了馍馍吃，谁知拉出的屎全是白毛，把屁眼儿扎得奇痒。

石玉山的庄稼分旱地和水地。前山坡的凹处叫槽子地，槽子地的庄稼要浇水，把山水分流到支渠，引到条渠再进毛渠。山上雨水多，麦子浇三次水就成。水地撒一斗种能收一石，叫十分田，也叫跟种田；种一斗收一石二三，是最好的年景。

旱地在山坡上，也叫懒汉田，不用浇水，春天撒上种子就撒手不管了，到秋上只管挥镰收割就行。山上只要有云就有雨，旱地不旱，种一斗能收五斗。山下平原上的庄稼旱了，山坡上的旱地却能保收。若年成不好，平原上的麦地浇过头水就开始发黄，二水以后就"上了香"，成了单杆子，一尺来高，不再分蘖，远看像一炷香插在地里，收时镰刀抓不住，只好用手拔，麦穗只有蚕豆大小，种一斗收二斗，是最差的二分田。可山上的旱地还收三斗，这算是最差的年份了。

那年大旱，人们盼雨，孩子们便开始唱：

　　天爷天爷大大下
　　蒸下的馍馍车轱辘大
　　箱箱柜柜盛不下
　　搁到房上房压塌
　　…………

可到头来，庄稼还是歉收了。

石玉山每年耕种土地有近万亩，单单耕牛养了五十多对。就这，每年还留有歇地。当地农谚说：头伏一碗油，二伏油半碗，三伏没有油，让地缓一年。缓地就是歇地。石玉山的牲畜多，粪也多，可牛羊把屎都拉到了牧场的山坡上，若回收，费老鼻子劲了。地里施肥功夫不到家，仍是广种薄收。但每年轮番种二歇一，翻犁歇地却不敢马虎。犁歇地越松散、遍数越多越好。头遍划破皮，二遍还深犁，歇地犁三遍，赛过黄金板。歇地从立夏开犁到麦收，是天气最热的时候，伏耕过的土地饱受日晒，地力强。犁过三遍的歇地，少杂草。一对牛一架木犁，木犁头上紧套犁铧，犁地人嘴里喊着"犁沟、犁沟"，牛顺着犁沟走，一犁一犁地就被翻开来，翻开的黑土地，能捏出油来。在正常年景下，收成一点儿麻达都没有。

早年林则徐发配伊犁路过古城子，看见旱田、歇地，倍感稀奇，随手写下一首诗：

　　不解耕锄不粪田
　　一经撒种便由天
　　幸多旷土凭人择
　　歇两年来种一年

庄稼灌浆时，天黑下来的时候，石玉山都去地里走一趟。他不时地俯下身把耳朵贴在地上，听玉米和麦子的拔节声，这是他多年养成的习惯。庄稼"叭叭"的拔节声此起彼伏，寂静的夜晚中，只有他能听得见庄稼地里热闹的声音。

听着这悦耳的声音，石玉山嘴里说道："麦子灌浆期一过，苞米就开始抽穗了。"

雨从云层里滑落，落到了屋顶，落到了树上，更多的落到了田里。秋雨肥，落在秋田的玉米叶子上唰啦啦地响，落在了土豆地里慢慢地渗，一切都湿漉漉的。

橐 驼

四

石玉山有杆快枪，枪是从土匪手里夺来的。

石玉山不知道那两个人是土匪。两人来时各骑一匹马，一人提枪，一人持刀。他们到了石玉山的庄子，天已擦黑，自称是路过，想借一宿。石玉山观其言表，总觉得哪里不对劲，但是，以他的待客之道，还是安顿两人先喝茶解渴，稍缓一下再吃饭。

在窗外，石玉山听到两个土匪密谋："今天人困了，马也乏了，先让他们弄点吃的，吃好喝好睡好，明天天亮时动手。"

石玉山一惊："这两个土匪是要杀人啊！"

先下手为强。晚上，石玉山手提一把杀猪刀，摸进土匪的房中，把两个土匪的脖子抹了。两匹马被打进山里放了野，快枪他留了下来。

闲暇时，石玉山携枪打猎，不管是野猪、岩羊、狍子、麋鹿，每次都有所获。一次，他在前山石崖下遇到一只黑熊，开枪后未中要害，打在了熊腹部。黑熊吼叫一声扑了过来。这时装弹已来不及，石玉山只好用枪刺狠刺。黑熊愤怒到极点，一口咬住枪刺不放。石玉山偏头看到石崖边有一倒地的松杆，腾出右手拿起松杆，将其捣入熊口，左手抽回枪，夹在腋下，装上子弹，把枪管伸进熊口开枪，黑熊倒地而死。

最险的是庄前来了彪那次。彪是虎，但额前无王字，见到石玉山就扑了过来，把他压倒在地，可那彪并无伤他之意。石玉山很快从惊恐中清醒过来，用手给彪挠痒，搓摸。彪肚子滚圆，是吃了谁家的猪羊？彪被挠舒服，慢慢闭上眼睛睡着了。石玉山思谋咋样脱身，一转眼看见了自己腰间拴的火镰绳，这是一根小指粗细的牛皮条，他将皮条绳一头拴在芨芨墩上，一头系住了彪的睾丸，然后从彪的腹下抽身跳开。彪感到肚子下的猎物没了，睁眼一看，石玉山已离开它有几丈远。彪纵身向石玉山一扑，不料被拴着的皮条绳拽了回来，瘫倒在地。

石玉山生怕那彪不死，回家取来开山斧，几斧劈开了彪的脑袋剥下彪皮。石玉山看到，彪的睾丸被那根皮条绳拔断了卵系。

五

先前，石玉山有自己的骆驼，他和王九先曾搭档过两年，当时的连手就是段子恒、乔长云、郝七三。因家中一大摊子事等着他办，两年后他只好把九峰骆驼托付给王九先，自己抽出身来，在庄稼地上、牛马驴羊上多花点工夫。

他对王九先说："掌柜子，骆驼本来就是走戈壁越沙漠吃碱草，把它放在山洼里，草好水好不对它的胃口，把它交给你。亲兄弟明算账，骆驼往返买卖，草料钱我另给，剩下的你我对半分。"

王九先说："草料钱就算了，你我之间还算那么清，是不是有点过了？"

石玉山说："那不行，就按我说的办，骆驼如果死了或是……"

他没有把"贼人抢了"说出口。王九先无奈地点了点头。

石玉山说："我早就跟你说了，给你一匹好马，你说啥都不要，就你那黑骡子攒劲？"

王九先说："不是我不要，你也知道，马没有长劲，那么好的马，几天就给糟蹋了。这骡子是驴骡子，有耐力，能随着驼队。"

石玉山说："咱们说定，骆驼冬天吃的苜蓿、麦衣子、麦草，你尽管到我这里来拉，我管够，不要钱。"

王九先说："这确实有点过了。"

石玉山说："就这么定了！"

第二天，石玉山叫他的两个伙计专门从开垦山用马驮了两只羯羊送到了王九先的帐篷前。

王九先对郝七三说："宰一只，留一只！"

谁能想到过了不久驼队就遭劫了，段子恒、乔长云遇难。在埋葬二人时，另一只羯羊派上了用场，郝七三对两个亡人说："就算是给你两个领生吧！"

六

这天，石玉山敲响了大钟。村民一听就知道，这是要大伙"打钟上庙"，到庙堂议事。不一会儿人就到齐了。

办庙会、请戏班、唱戏酬神，村里每年都要举办，但今天则是为了另一件大事。

石玉山开门见山地说："驻军司令张治贤派人砍伐了独松洼里近千棵白杨树，说是充军之用。大家种了多少年，务习了多少年，几天时间就被他全砍了，这还有王法吗？"

独松洼之所以叫独松洼，那洼的顶端独自长着一棵高大的松树，三人才能合抱过来。它像站在山坡上的一位将军，俯瞰着洼里那一片白杨树，白杨树像排兵布阵的队伍，像在听候将军的调遣。

石玉山每次打马路过独松洼，都要下马看看那些白杨，像抚摸孩子那样抚摸它们，微风一刮，树叶哗啦哗啦作响，像是在和他说话。

前些日子，张治贤前狼后虎，气势汹汹，带领队伍闯进独松洼，那些当兵的二话不说，抡起斧子就砍。当地众人在石玉山的带领下前去和他们论理。张治贤哪里肯听，一挥手，骑兵连的骑兵又压了过来，闯入人群，马鞭子一顿乱抽，立时三刻就将众人驱散。

石玉山他们眼巴巴看着一洼白杨树被砍，有人坐在地上长吁短叹，石玉山则是心疼如绞。当下众人推举石玉山带着几人，去向县府反映，求县长出面解决此事。

沙筱圃听了石玉山几人的诉说，觉得这事非同小可，先叫秘书安排石玉山他们在客厅喝茶，他转身走进办公室拨通了张治贤的电话。

张治贤在电话的那头软硬兼施："沙县长是贵足踏贱地，谈笑有鸿儒。我张某人不怕怒目金刚，就怕眯眼菩萨，和你相比都无人能出其右，还希望能共襄盛举。至于那些白杨树，也是军营所需，砍就砍了吧！来年那些杨树上随絮飘落的

第二十二章

籽儿，又长了新苗儿出来，要不了几年，树苗就又蹿起来了。还劳烦沙县长给那些刁民解释一下。"说完就挂了电话。

张治贤言不由衷，以退为攻，把事情推给了沙筱圃。他把话说得很圆滑，既给了沙筱圃面子，也给自己留了回旋余地。

沙筱圃回转身，把张治贤的意思给石玉山他们讲了。这更加引起众人的不满，石玉山带头抗议，事情越闹越大。后经省府干涉，张治贤只好把树木退还给了石玉山他们，但石玉山却被张治贤记恨在心。

石玉山用这批木料治理开垦河引水道，沿用当地古老的木笼法沿流沙坡下原老渠道的走向，加深加宽取直，用木笼加固牛达坂至开垦庙八里多的主渠道。对开垦庙以西的西湾渠裁弯取直，甩掉一些大大小小的水冲下的自然湾道，减少渗漏，加快流速，同时挖断庙公梁，开通开垦庙到十三户、西滩的渠道，淘汰原石佛爷庙处的小河子水口，做成了一套开垦河灌溉渠道。

治理历时三个多月，动员了上下开垦、十三户等处二百多壮劳力，修筑了一丈宽、两米深的"钻洞子"渠道八里多，裁弯取直西湾渠道六里多，新开挖庙公梁以下渠道三十里。渠道仍为土渠，渗漏依旧，但是渠道畅通了，走向取直了，加快了水的流速。

这时正遇上春荒，有些人家缺米断炊。石玉山拿出三十多石粮食救济众人，除出工的劳力每天能领到一斤炒面外，中午还让大家吃一顿面条。众人中途不仅没有回家，反而有增无减。被治理的开垦河一带，新的灌溉渠道形成。这个做法得到了县长沙筱圃的大加赞扬，却让张治贤对石玉山更加恨之入骨。

沙筱圃来到独松洼，看着被砍光白杨树后凌乱不堪的场地说道："张治贤也太歹毒，把一处风景优美的去处，硬是变成了光秃秃的梁洼。"他抬眼向坡上望去，好在独松洼的那棵松树还在。

他对石玉山说："张治贤必定心生忌惮，这棵松树在这里矗立了数千年，他就是再嚣张也不敢砍了这树。只要这棵松在，地气人气就在！"

橐 驼

七

听到沙筱圃准备让石玉山出任古城子农会会长，张治贤气急败坏。一天夜里，他派人将石玉山抓了回来关进了大牢，紧接着在石玉山的庄子前后动开手脚。

石玉山听到张治贤派人把他家庄园门前的三棵大树砍了，他心头一震。传话的人说就在一棵大树倒下时，死了两个伐树的士兵。一个是人围着就要倒下的树转，人往哪个方向躲，树就倒向哪边，生生压死了一个。另一个是站在远处往这边瞅，眼看大树向他站的方向倒去，他返身就跑，可没来得及，被树梢抽死了。

此时的石玉山，完全明白过来，张治贤是不会放过他的，欲加之罪，何患无辞。搔痒是假，摸蛋是真，他想走出张治贤的牢房，看来是无望了。他前后思量，张治贤软硬兼施，让他带头种大烟，他不能愧对祖先，也无法正视乡邻与家人，断然拒绝。

喂狗三天，狗敬你三年；对人好三年，一天不好就变脸。石玉山手里调教出多少好马，大家有目共睹。他知道张治贤会处处给他使绊子，找他的麻达。为了息事宁人，他曾从马群中挑了八匹好马送给了张治贤。

有好马必有好鞍，石玉山有一副景泰蓝马鞍，马鞍黄绫套外，掀开外套又有一层红绸内套，揭去内套才是金光闪闪、色彩斑斓的马鞍。鞍鞘下是景泰蓝錾花镀金压条，鞦、鞋、绔胸上面都是景泰蓝花纹。马扯手上镀了金，下垂紫红丝线和大红牛毛。将这副鞍辔架在任何一匹骏马背上，都会让人眼前一亮。

这马鞍石玉山从不示人，可张治贤不知从哪里打听到了，说是要见识一下。石玉山无奈，只好让他过目。当张治贤看到鞍子时，双眼眯成一条缝，不由得喜笑颜开。他的手在鞍子上摸过来摸过去，一副爱不释手的样子。石玉山从张治贤贪婪的目光中感到阵阵不安。随后张治贤让人来送话，说是要出高价买走，但石玉山始终没有答应。除了那副马鞍，看得出，这些年来，张治贤对石玉山的庄园和土地也觊觎已久。听话听音，从一些话中听得出来，对那些田产家园，张治贤

第二十二章

不光是想占为己有，更可恶的是要让石玉山彻底服软低头。

"就是死，也不能让他得逞！"石玉山默默说道。

这天，王九先托人捎进话来，说他在张治贤面前言轻力微，说不上话，沙县长正在想办法救他出去，一定要想开，不要做傻事。

石玉山知道，沙县长让他出任农会会长，他前后思量过，虽然他所在的地方，方圆十多里的农户、牧民，家家熟悉、个个认得，但让他来面对全县的四乡五区，他觉得力不从心，就本乡那些打过交道的保甲长们都不好对付，何况是全县的农事儿，就眼下一个张治贤，就像是要剥了他的皮。在这多事之秋，多一事不如少一事，可又抹不开沙县长的面子，这让他左右为难。

石玉山想了很多，大半辈子遇到不少事儿。建娘娘庙多么不易，寺庙建在山顶上。烧制砖瓦时，用铁筷子在每一块砖瓦上扎上小孔，往山顶运转时，用皮条绳将几块砖串起来搭在羊背上，群羊将大批砖瓦驮上山顶，娘娘庙才得以修建。寺庙虽是娘娘庙，但当地人还是习惯称其为羊驮寺。每月逢九都有庙会，进香祈福还愿的人络绎不绝。

他由此想到张治贤的骑兵连在关帝庙受到的惩罚，那还真是个怪事。开垦河关帝庙宽敞的大殿旁，驻扎着张治贤的一个骑兵连，突然一天硬是把人赶出殿来，把马赶了进去，把大殿当成了马圈。可好端端的马儿，进了大殿就出事了，三天两头就死去一匹，死马被那些士兵抬出去埋了。当地有农户晚上偷偷将马挖出来，光拣马肉割，割了肉后再埋了头蹄杂碎，肠肓胃肚。

眼看着那马接二连三地死去，那连长慌了神，咋向上司交代。当地有神汉告诉他，快将马儿赶出大殿，方能止住马匹不明不白死去。被牵出大殿的马匹果然没再死去。那连长头皮一下发了麻："怪不得都说宁睡荒坟，不睡古庙，这庙里动静也太大了。还好，关老爷硬是没找到我个人头上。"他越想越怕，赶忙买了香烛祭品前去给关老爷磕头，才去了心中的恐惧。

石玉山想得最多的是他的儿子石湾，石湾的几个姐姐都已出嫁。儿要自养，麦要自种。二十岁的儿子，十三岁上就跟着他东跑西颠，问这问那，早就指靠上

橐　驼

了，有自个儿的想法和主意。自己是猫儿老了，不逼鼠了，只是亲事已经定了，遗憾的是看不到石湾成婚了。

石玉山不是一个拿得起放不下的人。第二天早上，他让看守给他刮了胡子。吃过饭后，他眼瞅着那双用了多日的筷子有些伤感，筷子用了多少年，没想到到头来竟用它来结束自己的生命。他把一双筷子并齐，双手攥紧，仰起了头，张大了嘴，手掌往下一按，把筷子双双捅进了喉咙里。

突然门被打开，给他刮了胡子的看守急步向前，去抓他的手。那看守只是例行公事，随意从窗口往里看了一眼，可他的无心之为却救了石玉山一命。

葛钟娃听说石玉山受伤了，怔怔地愣在那里。他的媳妇是把簪子插进鼻孔死了，石玉山怎么把筷子捅进了喉咙。

他想起了和婆姨一次吃饺子的情景，那次醋倒多了，饺子吃完了醋没少。

他说："那就再来些饺子。"

婆姨说："把醋喝了！"

入夜，葛钟娃躲开大伙，走到驼群卧着的地方，靠着一峰老骆驼坐了下来。他想婆姨了，低声吟唱道：

　　阴麻麻的天灰蒙蒙
　　你撂下哥哥谁来疼
　　和妹妹永别不相见
　　来世见面是啥时候
　　…………

葛钟娃唱着唱着，眼泪顺着他的鼻翼流进了嘴里。

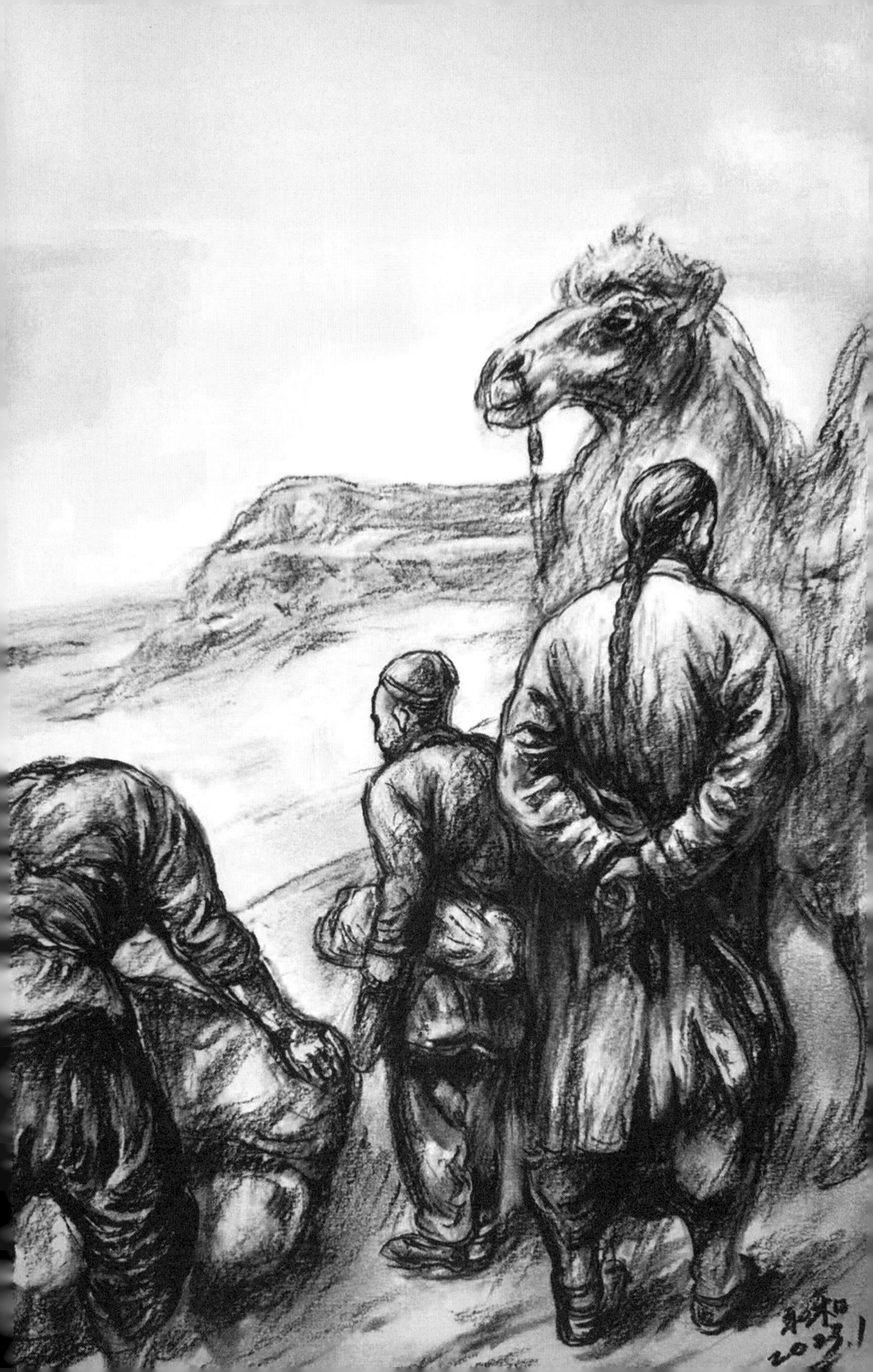

第二十三章

一

坚冰解冻,大河行船,驼队却不一样,在天寒地冻的日子里,照样得起程上路。进入腊月就是头九。老话说得好,头九二九,关门闭守。天气冷得邪乎,地都开了裂子,能冻掉人的耳朵和指头蛋。

这古城子的天气,不要说冬天了,夏天都能把人冻死,八月飞雪说来就来,看似晴朗的天空,刹那间风起云涌,片刻工夫,扬风搅雪就到了。那些身穿单衣外出走戈壁的人,被冻死后眼睛都大睁着,死得不甘心,不瞑目。

相比而言,今年冬天要冷得多。狗冻嘴,人冻腿,驼户们都成了属狗的,怕嘴冻着,除戴上皮帽子,还用一条驼毛围巾把嘴捂得严严实实,棉裤上把皮裤也都套上了。驼户的皮裤和别人的皮裤不一样,是大开裆,穿起来顺当不说,拉屎尿尿也方便了许多。

王九先对大伙说:"临近岁末,寒气逼人,本想让大伙歇了,就等过年,可永庆泉烧坊史维庆的一批烧酒,要运到乌里雅苏台去。我算了一下,离过年不到两个月,刚好能打一个来回。去还是不去,大家拿主意。"

戚长林说:"掌柜子把日子都算好了,那就走吧!"

陆十红问:"雪大,骆驼路上吃啥,掌柜子咋想?"

王九先说:"这个我都想好了,装酒还用王润虎的条篓,每篓子一百斤,每峰骆驼驮二百斤,松活。骆驼自带粮草,两个条篓顶上能横绑几个麻袋,装上麦草苜蓿,这都是轻货。每连子再腾出两峰骆驼来,驮上精料,每天给每峰骆驼喂两把料瓣子。到元湖、达布苏、北塔山、银牛沟,虽没有客栈,倒也敞亮,蒙古人的草料可以续上。再说,尽管雪大,骆驼打出去,滩上的梭梭、骆驼刺也能对付。回程时在乌里雅苏台再买点草料,这样就够了。烧坊的史维庆等信儿,行不行,我都得去回个话。"

郝七三问:"回来时驮啥?"

王九先说:"搁到以往,从古城子驮面粉、烧酒到科布多和乌里雅苏台,再转道俄国,用皮毛换回俄国人的洋布、石油、自行车、缝纫机、熨斗、煤油灯、铁锅。这回不行了,得赶回来让大伙过年,只能把羊毛皮张驮回古城子,过完年再转运津京各地。"

戚长林说:"一提乌里雅苏台,就想起那回驮香炉了,驮那家伙可是费事了。"

陆十红说:"可不是,驮上卸下,卸下再驮上,费了不少周折。后来蒙古人咋又把那香炉用勒勒车运到了科布多?"

戚长林和陆十红说的是蒙古人在古城子的相家炉院里定制的那个铜鼎,是相家翻砂铜铸的。在古城子,也只有相家能造出这鼎来。大鼎直径三尺三,高三尺。鼎上刻有很多字,最后一行是"古城相家炉院制"。鼎的三足刚好嵌放在白骟驼的驼鞍上。这鼎也只能白骟驼来驮,其他任何一峰骆驼来驮,都显得吃力。每次卸驮子搭驮子,都得三四个人合力才能将铜鼎搭上驼背。白骟驼驮着那鼎,高昂着头,一步都没有落下。陆十红时不时都要走近白骟驼瞅一下,摸摸它的脖子。那鼎口朝上。一天,王九先偶尔回头,看到那鼎里怎么冒出了青烟,定睛一看,是天空中鼎上方一股青云正好和鼎口接了茬。王九先随口说道:"好兆头,这鼎接住了老天的祝福!"

此时的白骟驼,和鼎自然成为一体,在夕阳的辉映下,也像是铜铸的一般。

二

古城子产酒的酒坊，大都在北斗宫巷。清康熙、雍正、乾隆三朝，积时七十载用兵西征准噶尔部，商务往来与武力并用，馈粮千里，转谷百万，师行所至，则由随行商人奔走其后，军中牛酒之犒，声色百伎娱乐，一切取供于商。内地所酿烧酒技艺自然传入古城子。

咸丰年间，已开设了玉合泉，天德泉、万和泉、义顺隆、万兴泉、永兴泉、大醴泉、恒泰源、永和泉、杏林泉。"赶大营"后，古城烧酒作坊达到十二家之多。

山西老张开设的杏林泉远近闻名，南来北往、东去西来的商旅、车队、驼客，以茶、布、皮、毛易货贸易，让古城子烧酒迅速外倾，西运迪化、伊犁、塔城，南出吐鲁番、鄯善，东到哈密、巴里坤、北至阿尔泰、蒙古、俄国。有些商贩用古城子白酒换取蒙古人的货物，三斤的一葫芦酒能换回蒙古人的一双皮靴。

杏林泉烧酒，自诩水火之魂，大门上有一副对联，上联：李学士门前醉倒；下联：毕翰林马上扶归。横额：太白遗风。

酿造烧酒，粳米、小米、高粱、大麦、小麦，蒸熟和曲酿瓮中，七日后以甑蒸，用器承取滴露，每窖可产三百斤。甘醇凛冽，遇火即燃，开怫郁而消沉积，通膈噎而散痰饮。

酒的好坏用土法测定，精确无误，将刚出锅的成酒用五个小盅盛满，用火点燃，最后把剩下的水分倒在一个盅内，如果在一盅上下，叫作五点一，是上等好酒，若是水分再多，则酒质略差。

杏林泉生意交往以诚相待，春耕时节便去三台等地预购高粱粳米，达成君子协定，笃诚守约，如期兑现。农家上城买东西，可在账上支钱用。有时农忙，农户口信捎话，掌柜子便派人代为购置，送到家中。秋后，双方粮钱结算，一清二楚。

与客户交往，不怕赊欠，一般来取货，有钱现钱交易，钱不便，赊欠记账。逢年过节，抬上酒篓主动送往字号、商家、大户人家，五斤、十斤、二十斤不

第二十三章

等，只记个账，年底结算求得供销两便。

大年三十晚上，刚交过夜，掌柜子就打发伙计提着灯笼，去给有生意交往的人家分送拜年大红喜帖。缘于夜深，一般都从门缝里将喜帖塞进去。第二天又派人骑马下乡给客户们下喜帖，喜帖送到，下马拜贺，不吃不喝，上马回转。正月十五元宵节宴请府衙官员、客户、各路头目人，一一都要请到。

每逢端阳、中秋、冬至、过大年，休假八天。大家干好，也要吃好，半月小犒劳，满月大犒劳。过大年好酒好菜款待伙计，掌柜子与伙计一起进餐，包饺子、吃元宵、揣元宝、发红包、行猜拳令、掀牌赌钱，不分尊卑，欢度年关。

各酒坊为使白酒驼运方便，便去篓子铺定制条篓，每个篓子可盛一百斤烧酒，酒质不变，不怕磕碰，不怕风吹雨淋。

史维庆的永庆泉烧坊也在这北斗宫巷子里。

三

篓子匠王润虎的长盛篓铺开在北斗宫巷。他制作的条篓子，盛水、油、酒、醋酱都不会漏，篓子里的东西不腐不烂不变味。

用条篓最多的地方还是烧坊。古城子一年产烧酒两百多万斤，有五十万斤装进条篓搭上驼背驮走，送到了俄国人和蒙古人手里。油坊产的胡麻油、罂粟籽油、菜籽油，有半数也装进条篓走了外路。居家过日子的老百姓逢年过节，带三四斤一篓醋酱或油走亲戚，被视为上品。

王润虎是包头人。包头篓子匠多，手稠，只能混个半饥半饱。他一狠心临时受雇王九先的驼队，拉着骆驼进了古城子落了脚。到古城子一看，水磨河、皇渠，诸多河段中，柳树比比皆是，柳条用之不尽。再看到古城子屠宰业兴盛，畜血充沛，皇渠沿东段造纸坊颇多，有廉价的尺六、尺八毛头纸。有这样充裕的原料，竟没人制作条篓子，人们多用大肚细颈喇叭口陶瓶盛酒盛油盛醋酱，容量只有三斤到十斤，再大就是坛子，坛子不便运输，难上道。

橐 驼

王润虎觉得机会来了,他辞了驼队的营生,重操旧业,在北斗宫巷开了长盛篓铺。他既当工匠又是掌柜子,所做的条篓北斗宫巷的几家烧坊都不够用,生意越做越大。他又从包头喊来了工匠米云福、彭兆祥,三人生产的条篓也难供需求,便又招收了几个徒弟。

王润虎买进足够的柳条、畜血、毛头纸、生石灰和油草。他先是编制条篓外壳,用刀将枝条上的丫杈削去后破条,把每根柳条从大头平分为三个小口,用刮具依小口将柳条破分成三片,然后捆在一起在水中浸泡,隔天取出用麻袋片盖严。编制时将捂得软溜溜的柳条按经纬线编成大小不同的条篓壳,一天能编大外壳四个、小外壳十个。

王润虎做"血料",把石灰和水在畜血中的比例吃得很准。他把畜血倒入缸中加冷水,双手拿油草把凝结的血块捏成血浆,加入生石灰,用木棒搅均匀,慢慢变成稠稀适中的浆液。

裱糊条篓,手艺精到的王润虎每天能裱糊十八贴纸,一气把十八贴纸用"血料"刷了,刷得不薄不厚,恰到好处,以免"血料"变干使纸作废。

一贴纸,就是把一张纸用"血料"刷过后,上面放一张纸再刷,刷完再放一张,不断重复,攥够十六张或二十张血浆纸为一贴。然后合面折叠放一边,再刷第二贴。每个工匠每天要刷二百到三百张纸。

裱糊时,他在编好的条篓壳内刷一层"血料",再将折叠的血浆纸打开一贴,揭起一张裱糊进篓内,糊完一个篓壳,再裱糊第二个篓壳,当日须将十八贴纸裱糊完。夏晒冬烤,干透才可裱糊第二层,再干透再裱糊第三层。篓口高于篓体,条篓干透后依篓口大小用木板制盖。

半年前,永庆泉酒坊的掌柜子史维庆又向王润虎定制了一批装酒的篓子。

四

王九先去了永庆泉烧坊。掌柜子史维庆一见王九先,忙将他让到客厅。

史维庆问王九先:"过几天走,成吗?"

王九先说:"不行,要赶在年前回来!"

史维庆说:"那您稍等。"

过了一会儿,史维庆进来说:"我让他们备货,明天起程。我在这里略备薄酒,就算为你们饯行。让我的伙计去把大家都请过来吧。"

王九先说:"先送货,从乌里雅苏台回来再说。"

史维庆说:"都已经备好了。"

王九先说:"好吧,恭敬不如从命。"

过了一会儿,就见陆十红、郝七三、戚长林他们都到了。这时酒菜都已备好,大伙都上了桌。史维庆双手抱拳说:"乌里雅苏台这一趟,就靠王掌柜和大伙了。我把窖藏的大曲拿出来,大家尝一尝。我先敬大家一杯!"

众人举杯一饮而尽。

葛钟娃说:"好酒!"

郝七三转脸对葛钟娃说:"嘴夹住!"

曹文茂说:"这下可对了侯财来和道尔吉的胃口。"

侯财来说:"那就好好来两杯。史掌柜,你是兴财发福睡不着,我们是头挨枕头就扯呼,喝了酒,越发睡踏实了。"

道尔吉举着酒杯不说话,只是个笑。

王九先说:"哎,大家喝是喝,可不能喝醉,不能耽误了明天的行程。"

史维庆说:"不碍事,这酒不上头,就是喝多了,睡一觉就没事了。"

葛钟娃说:"就是,难得这么热闹,要喝就喝好。"

王九先说:"不忙,等这趟回来,过大年,再和史掌柜分个高下。"

第二天一大早,驼队来起货。史维庆等在大门口,吩咐伙计上货,驮子很快搭好。史维庆看着驼队上路后,转身回到客厅,拿起水烟袋,美美地吸了几口。

热不死的皮牙子冻不死的葱。驼队吉日上路,路过菜园子时,王九先买了几捆大葱扔到了驼背上。

橐　驼

五

　　王九先是啥人，不光是人正直，有能耐，能经得起折腾，而且有骨头，重情义，在买卖上谁也没亏过谁，谁也没红过脸。尤其大宗买卖，从来都一是一，二是二，宁肯自己吃亏，也不能亏了人家。

　　王九先知道，只有古城子的酒才能吸引住那些蒙古人，每次去总要将一群蒙古汉子灌得酩酊大醉，自个儿也都喝得迷迷糊糊。喝醉了，郝七三就和蒙古人摔跤，光有力气不行，不要看他能扳倒骆驼，但不是那些人的对手。只有道尔吉和陆十红还行。道尔吉人高马大，使的是蛮力，而陆十红使的是看家的本领，以四两拨千斤，把大块头的蒙古人摔得一个跟头连一个跟头。那些蒙古人喝了古城子烧酒，长调更加悠扬，马背上更为豪放。

　　可王九先怎么都没有想到，他被史维庆蒙了。史维庆在烧酒上日了鬼，做了手脚。

　　史维庆的烧坊在古城子算是中下，这次运酒前往乌里雅苏台，对他来说也是个关键。那天在酒坊的前院里，史维庆摆上吃喝招呼王九先他们，谁知这是他的缓兵之计。原来是那酒没烧出来，不够王九先要的数，史维庆就在后院让伙计用大锅熬姜皮子水，冷却过滤后和白酒掺到了一起。

　　驼队起程出发后，史维庆就后悔了，他想骂人打人。他操起墙角一只八磅的铁锤跑到后院，看着那三口支起的大锅，"通通通"，就把三口锅的锅底砸通了。他扔了铁锤，呆呆地望着那三口锅，后悔得要挖屁眼儿。

　　他想派快马追上驼队，但他又有些踌躇，最终还是贪婪的心理占了上风。商人的因变而变，此时让他变得离诚信相去甚远。听着远去的撞击心底的驼铃声，他摇了摇头："这一回弄好了，能蒙混过关，弄不好就砸了，在众人面前再难抬起头来。"

　　驼队到了乌里雅苏台，卸下驮子，打开盛酒的条篓子却倒不出酒来。王九先近前一看，酒全冻成了条篓子形状，成了冰坨子。他没动声色，砸了一块放嘴里

第二十三章

一尝，尝出了姜味。王九先一气之下，用刀割开篓子，将冰坨子分送给蒙古人。

那些人不知其中奥妙，也没喝出酒的异味，只是说今年冬天真冷，把酒都冻住了。化了冰坨子再去喝那酒，酒量比平时大增，还伸出指头连声称赞。王九先无地自容，若是史维庆在当面，他宰他的心肠都有。

第二天，淳厚的蒙古人照样拿出足够的皮张、毛货交到王九先的手上。王九先心里有数，只收了一半，说下一趟来了再如数结清。

史维庆和王九先打交道有几年了，往年还算顺当，但这一次，史维庆是把自己弄到阴沟里去了。

回到古城子，王九先指着史维庆的鼻子大骂一通："奴才相长进了你的骨头里，不光是贱骨头，你是把你八辈祖宗的脸都放在了裆里，尿都不是。不守信用还算人吗？宁肯赔本，也不能糊弄人。酒里掺水的事你也能干出来，你这不是活人眼里下蛆是啥？！"

史维庆自知理亏，生怕王九先将此事抖搂出去坏了他的名声，断了他的财路，便一个劲求饶，说自己怎么鬼迷心窍一时糊涂，做出那样伤天害理的事来，并愿意将驼队的来回损失如数赔够。

当然，谁也会通情达理，呛着打人是个仰绊子。王九先得饶人处且饶人，没有把史维庆一口唾沫淹死，还是给他留了后路。可是，好事不出门，坏事传千里，史维庆往酒里掺姜皮水，就这一锤子，把买卖砸了。商会会长周凤麒让人把甘肃会馆的会长王铢找去办了交代："这是在毁古城子的名声。作为买卖人，是看重红利，但诚信更重要，尤其是面对那些驼客，一次把他哄了骗了，你半辈子都难找回那些想要的东西。在做人上，还是遵循古人教诲，不能有半点的含糊。"

会长王铢对史维庆说："麻烦是你自找的。袖筒里火袖筒里灭，你自认罚吧！"

史维庆认罚，永庆泉酒坊不能再经营了，只好卖了。这时中街胡大龙胡掌柜的永聚当当铺要转让，人家是要回太原城里去奔丧，不打算再回古城子

351

橐　驼

来了。史维庆用卖了烧坊的钱赔各种应赔款项，用剩余的钱把胡家当铺盘了下来。

六

史维庆是陇南两当县人。那年大饥荒，家里人都饿死了，就剩了他一个。他说："人饿得实在没办法了，不仅吃老鼠，吃长虫，啃树皮，连茅房里被人拉出来没消化尽的菜叶子都捞出来洗了又吃了。就连那天上，都是麻雀不飞，老鸦不过，怕人把它网下来吃了。"

他根本就不相信天下竟有那样的好事。进了古城子，跌倒拾银子，他认为那是鬼话。他也不相信古城子蒸下的蒸饼有车轱辘大。

"只要饿不死，能吃饱肚子就算烧高香了。"他说。

逃荒到了古城子，好在他成了天元成货栈上打杂的。在货栈第一次吃饭，当看到雪白的馒头时，他两眼发直，像饿死鬼转世，吃得太多，馒头把胃顶着了。掌柜金元子一看，让另外两个伙计拉着他满院子跑，跑了有一个时辰。当史维庆打出了几个屁，在茅房里拉出一堆屎后，大家的心才放下来。

史维庆也是饿害怕了，在古城子当地娶了老婆后死盯着面柜不放手。他怕老婆背后偷吃，在面柜里压了手印做了记号。一开始老婆没当回事，时间一长，见自己的男人把她当贼防，就觉得太没道理，袖子一甩让史维庆写休书她要回娘家，但史维庆死活不写。当看到老婆动了心思真要走，他一下慌了，"扑通"一下跪在老婆面前，鼻涕一把泪一把地说："看在娃娃的面子上，你也得把这日子过下去啊！"

史维庆的婆姨虽然当家，却难做主。他两口子生有一个女娃，老婆一看史维庆那样求她，心便软了，也是看了娃娃的面子没走。可史维庆在背后嘴还犟，强装硬汉对外人说："人生在世，吃穿二字。我不为吃，活在世上有个屁用。"

那天晚上在被窝里，史维庆嘴凑在老婆的耳朵上想说话，想哄老婆开心。老

352

婆不理他，头一摇，一坨耳屎掉进了史维庆嘴里。

七

史维庆脑子活泛，有苦心，也不惜力气。在天元成三五年过去，挣了些银子就想着个人干点啥。后来支起烧锅烧酒，这回可是能焐个热窝子，于是一步一步从小往大做。但是把事情做塌火了，烧酒里面掺了假，个人打了个人的脸，还真成了神仙起来狗卧下，焐热窝子焐出了麻达。

史维庆的当铺，凡典当物满了十个月，不来赎取者他就"出当"，按估价在市场出售，拿回当价本息。

永聚当铺面不大。史维庆怕有闪失，重新装修了当柜，当柜比别的当铺当柜都要高，前来当物件的人要踮起脚尖才能把当物递到他的手上。

廖布导活的时候，看不上史维庆，说他哪里像个男人，既吝啬又刻薄。那天廖布导又喝多了，喝得星星满天才从酒馆里往家走，身影趔趔趄趄、摇摇晃晃，像朔风中的蜡烛，在月光下一会儿是首，一会儿是尾，忽闪忽闪的。走着走着，他的脚下被什么东西一绊就跌倒了，一看是块砖头。再往四下一瞅，他虽然醉酒，但认得出来旁边就是史维庆的房子，他骂了一声"妈的"，扬手一扔，把半块砖头扔到了史维庆的房顶上，然后翻起身又跌跌撞撞走了。

史维庆正准备上炕睡觉，听到房顶上"通"的一声，心里一惊道："坏了，树大招风，财大招祸，是贼来了！"

他赶快起身走出正屋，把其他几个屋子里的灯都点亮，然后回到正屋，在椅子上正襟危坐，直直坐了一个晚上。其间几次不住地打盹，突然一惊，然后再坐直了身子。婆姨半夜醒来，看他坐在椅子上一动不动，问他咋了。他拨拉拨拉手边的算盘说："算账！"

晚上贼没光顾，可史维庆心神不安了，因为他听到了猫头鹰的叫声。史维庆心思多，忌讳也多，他知道半夜听到猫头鹰叫是不祥之兆。

史维庆吓得心惊肉跳，赶忙点燃香烛向鸟叫的方向叩头，然后将烧红的木棒和盐掷向鸟叫的方位，嘴里不停地说着："大吉大利！大吉大利！"

史维庆惊魂未定，烧香叩头后，心中才稍许安慰了一些。他心里思忖："贼是看到满屋子都亮着灯才放手的，说不定哪天就又来了。"

不怕贼偷，就怕贼惦记。他把值钱的东西包裹严实，晚上睡觉时就枕在头底下。婆姨问这是咋了，他说："头枕金银，梦里乾坤。"

婆姨说："你是拿着金银去梦游，往哪里送呀？"

史维庆说："游个屁，守都守不住，还提出去现眼呀！"接着他嘴里便不住地念叨："要想我来富，挖出一窖金。方圆四十里，深了还要深……"

八

史维庆在外面有个相好的，在开烧坊时就有了，时不时乘人家男人不在家，就偷偷相会。别看他平时胆小怕事，但这件事上他却是色胆包天。情人眼里出西施，他心里美滋滋的："谁也不能说我是在一棵树上吊死。和我相好的女人，全古城子最俊俏。"

他的相好，男人老实，但那女人的小叔子是营盘里通讯连的宁排长。那宁排长厉害着呢。当初队伍进古城子，他还是个班长，他们是坐汽车进城的，他和他的排长站在最前面。排长是个大个子，平时他都是仰着头和排长说话。汽车行至东大街上，谁知街道中横拉着一根铁丝，是邮局的电话线。当汽车开过去，听得"通"的一声，就见排长的头跌在了他的脚下，身子仰跌在了弟兄们的怀里。汽车停住，他们回头看到，那根横跨街道的铁丝上，排长的血滴挂在上面似掉非掉。他们跳下车，找到了邮局冲了进去，把局长的头砍了下来。就因这，县长沙筱圃和张治贤免不了一场争辩，拉锯扯锯了好长时间。

听到史维庆竟欺负到家兄头上，宁排长骂了一句："他是老鼠舔猫屁股，找死啊！"

第二十三章

他连喝问带吓唬嫂子,如果不说实话就让营盘里的弟兄们来找她的麻达。嫂子说出了实情,宁排长就和哥哥嫂子连手出了一计。

当史维庆再去时,刚上了炕,那男人回来了,女人就把史维庆塞进了红柜。宁排长进来看了看,向哥嫂挤了一下眼睛,向门外拍了拍巴掌叫了一声,进来几个人,是宁排长的手下,都穿着便服。大红柜被抬到了史维庆的当铺前,宁排长进去对当柜上的伙计说:"把外面的红柜当了。"

伙计出来绕着红柜转了一圈说:"当多少钱?"

宁排长说:"二百块大洋。"

伙计说:"就是金柜也当不了那么多钱。"

宁排长说:"那好,你不当,那我们也不要了,就当街把它在这里烧了。来呀,把这柜烧了。"

这时只听柜里传出了史维庆的喊声:"当当当,卖车当马都当,多少钱都当!"

宁排长拿了钱走人。伙计打开红柜,灰头土脸的史维庆爬了出来。他看着那伙人扬长而去,看到的只是他们的背影:"那都是些什么人,连啥面孔都没看清。"

他顾不上半街的人都在瞅他,他把两只手拍得"啪啪"响,嘴里不住地说道:"真是傻婊子卖身子,钱没有挣下,人也没认下。"

回到当铺里,他自个儿又给自个儿宽心:"马瘦毛长蹄子肥,儿子偷爹不算贼!"

史维庆吃了哑巴亏,既破了财,又出了洋相,老婆还不依不饶,里外不是人。那些天,他哭丧着脸,像是谁欠了他二百五。

都说兴财发福的人没瞌睡,史维庆财是兴了,却没有发福,人还是老样子,没有个富贵相,没阵势,压不住,半晚上半晚上坐在椅子上思谋,咋样能守住这个家和家里的家当。

他不知道更倒霉的事还在后头,他仍在宁排长的局中,而且步步惊心。宁排

橐　驼

长虽然拿了钱，但还是气不过，过了几天就又来找麻烦。他故意喝了几口酒，进了史维庆的当铺，从怀里拿出了一个小包包递给了史维庆。史维庆一看是个当官的，唯唯诺诺，笑脸相陪。

宁排长故意对史维庆说："你看我这东西能当多少钱？"

史维庆向来和当兵的无缘，压根儿就没接触过，他想多一事不如少一事，拿出两块银圆递了过去："长官，一点茶钱。"

宁排长脸一拉："咋了，我成要饭的了？"

史维庆说："哪里的话？您是贵人，平时请都请不来。"

宁排长说："看看，这东西能当多少钱？"

史维庆打开包包一看，脸一下绿了："老总，这、这、这怎么当啊？你这不是要我的命吗？"

宁排长说："谁要你的命啊！你看着给吧。"

他拿出十块大洋递了过去。宁排长走时交代："东西看好了，过两天我就来赎。"

真是怕什么来什么。当晚史维庆的当铺就被警察局搜查了，在灶火坑里，油纸小包包被搜出，是烟土，史维庆被抓了。当他被持枪的警察用枪口顶着脑袋瓜时，他的两只眼睛无奈又惊恐，他不得不接受这充满变数的夜晚。他知道，人家偷了驴，这是让他去拔橛子。他顺从地低下了头。

过了个把月，史维庆被放了出来。当铺里啥都没了，被宁排长带着人洗劫一空，老婆和孩子也回了娘家。史维庆望着家徒四壁、瓦烂顶破的房子，心灰意冷，万念俱灰。

史维庆从大苦大难中能翻跟头，挣扎着活过来，但从富足中落魄却不能接受，没有了从头再来的勇气，他的脑子突然出了毛病。

通常，他穿一身黑衣，爱去人家的红白喜事上帮忙，手执毛笔写礼账，请与不请他都自个来，在柜上当伙计时练的一手蝇头小楷还算漂亮。他不上席面，一壶酒、一碗红烧肉就满足了，虽然脸喝得红扑扑的，但每一笔礼金都记得清清楚楚楚。喝醉离开时跌跌撞撞，嘴里总是嘟囔着一句话："南北通吃，东西过瘾，博雅说俗，尽在其中。"然后在自己嘴上扇一巴掌说："家要亡，国将破，还敢对酒当歌，罪不可恕也！"

不知情的人以讹传讹，满嘴胡说，说史维庆先前有老婆，长得漂亮好看，后来跟人跑了，现在的老婆也是知情后才回娘家的。他现在不光是日子不好过，没个人样子不说，人还彻底傻了。

史维庆是有点傻了。别人给他馍馍吃，他说："吃馍馍还得有个汤，太干了。"

他犯糊涂时满嘴跑大车，说他在十三四岁时，一次宰了猪，猪毛没褪尽，吃下去过了些日子从下头长出来了。他怕毛发霉，便去没人处像晒被子一样晒太阳，谁知毛没晒掉，把"油"晒出来了。

第二十四章

一

北塔山巍然屹立。

山中生长着独有的北山红松，坚硬如铁。树是针叶松，弥足珍贵，用它来做棺木，埋到地底下数十年不腐不朽。古城子的有钱人家，老人在去世前，把能定制一副上好的红松棺木视为一生中最后的归宿和去处，就算心满意足、功德圆满了。

山下有条河，叫乌拉斯台河，河水随季节变化，时大时小。沿河的路不好走，随着坡度的起伏时上时下，向北流进了蒙古草原。

向南的戈壁深处，有个偌大的锅底坑，直径有百丈，坑底坑沿全是一体的花岗岩。坑底没有缝隙，不渗漏，一下雨，雨水就向这里聚集，像个天然的大涝坝。

水是睡着的水，没有丝毫的微波与惊澜，静静如一面巨大的镜子，又似一块硕大寂寞的冰。多少年来，无论是家生还是野生的牲畜、野兽，都来这里喝水。坑边正在饮水逗留的黄羊、野驴，一见驼户们赶着驼群往这边来，便一哄而散。

戚长林发现，坑边如铁的花岗岩石板上，竟有一些比碗口还大的马蹄印，很耐人寻味。他招呼葛钟娃过来看，葛钟娃一看那蹄印张大了嘴巴："这鸡巴是咋踏上去的？"

戚长林说："我也问你这个话！"

当他两个回到帐篷里把这事儿一鼓捣，王九先说："那有啥奇怪的，是野马的蹄印，野马喝水时留下的。不过年限就长了，谁知是哪朝哪代的。"

将军戈壁无奇不有。在西南的石树沟，几百棵石树高矮不同，大小不一，有些石树四五个人才能合抱过来，有些石树的树杈还在，树下还有已变成石头的杏核，随便拣一下，就能装满衣袋。石树林旁边的石钱滩，和铜钱一样大小的石钱布满在滩上，每个石钱上都有个孔儿。

从石树沟再往西北走就是魔鬼城，地表被风长期侵蚀，形成许多楼阁城堡、殿塔宫阙、虎、狮、骆驼、蘑菇等栩栩如生的奇特造型，幻景中有缥缈的森林，诡异的湖泊。每当刮大风时，黄沙弥漫，风声变成凄厉的叫声，令人望而生畏。

银牛沟在石树沟的东北处，沟里的黄羊不上山，野山羊不下山，大头羊在高山，各有各的窝点。山顶有巨石隆堆。峡谷的砾石滩上，三块石头堆砌的灶台，丢弃的煤炭和焦柴头随处可见。搭盖过窝棚的残垣断壁痕迹可辨，这些人都是奔银牛而来的。

银牛是从天上掉下来的，卧在这里多少年了谁都不清楚，它就卧在半山坡上。先前银牛是埋在地底下的，经过多年水冲日晒裸露了出来。铁红铁青色的身躯长约丈二，宽约六尺，高约五尺。旁边有人工挖的点火、放煤的坑道。银牛身上火烧烟熏色浓重，表皮上多处被錾凿铁锉、刀剁斧砍，内里却丝毫不为所动。

驼队来来往往，北塔山的野马常出现在驼户们的视野里，人无法靠近。野马听到驼铃声，看到驼队和人，先是驻足观望，看着渐渐走近的驼队，领头的那匹马一声长嘶，马群疾走，瞬间跑得无影无踪，只留下一股浮动的烟尘。

自打来了些外国人后，野马就逐渐减少了。他们守在这里逮野马，连小马驹也逮。野马被装上卡车拉走时，看到它们对这片戈壁恋恋不舍的眼神，常年走在这里的驼户们，谁看见，谁都不住地摇头。

二

葛钟娃嫌帐篷里闷，晚上要去外面睡，到了半夜起风了。他一看风来了，起

橐 驼

身去撒个尿，然后抱着被子回帐篷。让他没想到的是，他的尿还没尿完，又一股大风吹来把被子刮走了。黑夜里，他像个无头的苍蝇，瞎摸瞎碰瞎找，连被子的影子都没看见。到了第二天，再去找被子，顺风找了七八里地都没找到。再仔细一看，不光是丢了被子，那顶俄国士兵送他的牛尿翻天帽也被刮得无影无踪。

威长林说："都放风筝了！"

郝七三说："皮裤被狼叼走了，被子被风刮跑了，尿一样戳在那里，和傻了一样，就剩发蒙了。人家是丢了帽子拾了㩼，不过三年就发财，你到哪里拾㩼去？你真个是丢了皮裤丢被子，真是倒霉一辈子。"

侯财来笑着说："就是，这家伙还没长大！"

曹文茂说："丢得不是时候，不用时不觉得咋，用开了才知道那东西舍不得也离不开。"

葛钟娃听着大伙的议论，懊恼地吧唧吧唧嘴，半天才冒出一句话，他不断地重复："嗨！日他妈的，这日他妈的……"

晚上，王九先把自己的皮袄扔给了他，陆十红把毛褥子也递了过去。

葛钟娃对丢了被子的事一直耿耿于怀，总是不死心。第二年来这里后，他和侯财来在一个狼窝里看到了丢失的被子，它被几个狼娃子铺在了身子底下，已被咬得稀巴烂，棉花驼绒都已外翻。被子是他从撕成碎布绺的被面花色上认出来的。

看到被子被狼娃子们又铺又盖，狼娃子还对着他两个龇牙咧嘴，发出"呼呼呼"的威胁声。葛钟娃说："日他妈的，给这些鸡巴办了个好事情！"

侯财来说："咋样，把这些狼娃子都剁了？"

葛钟娃说："艸地给个人找麻达呢。惹得母狼半夜三更在帐篷外嚎叫，不怕掌柜子问咱两个的小名子！"

三

尺有所短，寸有所长，曹文茂能用他那一肚子文化，能抓住大家伙的耳朵。这天将驼群打开，由道尔吉放牧。只见有一峭壁，似被利斧劈开，道尔吉走上前仔细观看，待收了驼群转回来后说："这里没有人烟，还有人在石壁上胡画乱写。有些地方那么高，是咋画上去的？"

曹文茂一听来了精神。他顺着道尔吉指的方向寻去，天黑透时才回到帐篷。

王九先指责他说："啥时候了才回来？不怕被狼吃了！"

曹文茂没在意王九先沉着的脸色，兴奋地说："好东西、好东西！那峭壁上是凿刻的岩画！"

王九先说："什么画？"

曹文茂说："岩画！"

葛钟娃好奇地问："岩画是啥？是干什么的？"

曹文茂说："岩画就是古代的人在岩石上画的画，是刻上去的。"

听到这里，郝七三说道："别听他胡咧咧，什么古代人的画？那东西见得多了去了，那几条沟里都有。"

曹文茂说："啥？几条沟里都有？"

郝七三说："咋了？大惊小怪的。"

曹文茂说："那可不得了，说明古时候就有人在这里游牧。这些东西能证实最早人们在这里的活动迹象。"

郝七三说："什么乱七八糟的。"

曹文茂说："那上面刻有大角羊、马鹿、骆驼、野马、狐狸、猎狗，还有人拿着弓箭追羊捕鹿。"

郝七三说："你是见怪真怪，放牛放马时乱画几下，你们文人就夸夸其谈。上次见到戈壁上黑乎乎淌着的黑油，你就说说不得了，我看也没啥不得了的。"

曹文茂说："那是石油，油灯就用它。你不懂，我不和你说。"

橐　驼

郝七三说："满嘴胡话，那黑曲乌拉的东西是石油？你不和我说，我还懒得跟你说呢。"

王九先说："今天就歇着吧，养足了精神，明天的事儿还多着呢。"

大家躺进被窝后，都不说话。过了一会儿，曹文茂想戏弄郝七三，说道："葛钟娃、侯财来、道尔吉，我给你们讲个故事。"

听到要讲故事，道尔吉翻起身来要为曹文茂沏茶。"今天茶就免了。"曹文茂开口说道，"从前有座山，山里有座庙，庙里有个老道和小道……"

曹文茂知道，其他人肯定也在听，郝七三虽然佯装睡觉，但他的耳朵也是竖起来的。曹文茂咳了一声继续说："闲来无事，老道就给小道讲故事。老道说，从前有座山，山里有座庙，庙里有个老道和小道，老道给小道讲故事。老道说，从前有座山，山里有座庙，庙里有个老道和小道，老道给小道讲故事。老道说，从前有座山……"

葛钟娃听到这里冲曹文茂说："你讲的这是啥？耍我们呢！"

被窝里的郝七三骂了一句"妈的"，把帽子扣在了脸上。

这天晚上，王九先在被窝里琢磨曹文茂说那些"岩画"和"石油"的事，他心里说："这小子说的可能是对的。"

四

帐篷外灶台上的铜锅里煮着一锅野羊肉，这只羊大，满满当当，顶着了锅盖。被煮熟煮烂的羊肉，发出阵阵肉香。这是只野羊，是陆十红得来的，能抓住这只野羊，归功于白骟驼。

昨天下午该着陆十红放骆驼，他不急不慢随着骆驼吃草的快慢时进时退。突然，老远他看到白骟驼后蹄子一扬，一个啥东西跌倒在了白骟驼的蹄子下。他赶忙向前跑去，就见一只野羊被白骟驼一蹄子拍晕了躺在那里。他一步上前按住野羊，迅速解下腰带，一个四马攒蹄，把野羊的四只蹄子绑在一起。这时野羊已苏醒，挣扎着要从陆十红手里脱身。陆十红一起身，两臂一伸，抓住野羊往上一甩，就把绑成一团的野羊斜背在了自己肩上。

正午时分，除了葛钟娃去放骆驼，工夫不大，大家各自忙完了手里的活儿，一前一后都进了帐篷准备吃饭。

道尔吉说："肉煮好了，我去捞肉。"

郝七三说："我来捞肉，你来端盆子。"

道尔吉端着木头卡盆站在灶台边，郝七三躬身用肉叉在锅里捞肉。当捞了顶尖一盆肉，郝七三起身说道："好了，吃完再捞！"

道尔吉一转身，说了声"肉来了"，端着肉向帐篷里走去。

突然，一股劲风从他耳边扫过，一个硕大的影子扑进了他的怀里，然后迅速离去。道尔吉吓了一跳，抬头一看，一只鹰的双爪下抓着一疙瘩肉飞向天空，接着一路滑翔，落在了对面不远的山包上。道尔吉一眼认出，那是一只蒙古金雕。

蒙古金雕，头颈上长有金色羽毛，黑眼睛，灰喙，两只黄色的爪子强劲有力，脚趾上长满羽毛，翅膀展开有九尺。金雕会袭击羊群。草原上牧民将它驯化后，用它捕获狐狸、野兔之类的猎物。

道尔吉怔怔地站在那里，不知所措。他向手里的卡盆看了一眼，又去看那金雕。

手里提着肉叉的郝七三也是盯着那金雕看，嘴里说道："我日他哥，这鹰这么厉害，人嘴里抢食呢！"

帐篷里的人听到动静也都跑了出来，只见道尔吉呆若木鸡般地站在那里，两眼直勾勾地盯着那远处的金雕看。大家一问缘由，也都惊诧不已，都愣在那里。戚长林嘴里则发出"啧啧啧"的声音。

郝七三看着发呆的道尔吉，猛地躬下身大笑起来，笑得上气不接下气。大伙一看，也都放松下来，接着也都笑了起来。

侯财来突然对着道尔吉冒出一句："还好，那鹰没叼着你的眼睛！"

王九先转脸望了侯财来一眼说道："没伤着、没吓着人就好！"

橐　驼

　　大伙的目光又都转向金雕，能看得清楚，金雕用两只爪子按住那疙瘩肉，用它那尖刀似的喙，一下一下啄肉，很快就将肉吃完。吃了肉的金雕扇动翅膀向着远处飞去，飞向一片婀娜多姿、色彩斑斓的云朵下面。

五

　　几年前在北塔山坐场时，花子已出落得有模有样、有胆有魄了。花子是条母狗。王九先看到它时，它还不到八个月。他伸手在狗的头上摸了一下，那狗回口反咬他的手。王九先一闪躲开了。他知道这只狗反口咬人的毛病这会儿还能调教过来，若过了一岁就不好弄了。他大拇指勾紧中指，鼓足劲，狠狠在那狗鼻头上弹了一下。狗惨叫了一声，从此无论见谁的手一扬就往后退，不再反口咬人了。

　　有些人是狗咬不赢不要，驴驮不动卖掉。王九先要的不是这个，他是看上了这狗的灵性，他把花子抱到了驼队。花子来到驼队时，虽然才八个月，但晚上卧在帐篷的边上，稍有啥动静，便猛地站起身子，口里发出震慑人的"呼呼"声。

　　花子的皮毛和金钱豹的皮毛相似，腰吊腿长，乍一看，是只小两圈的金钱豹。它跟着驼队走南闯北，在不知不觉中长大。

　　花子会学王九先打呼噜，声嗓很像。王九先吓唬它，说你再学我拔你的牙，花子从此不再学他。但王九先不在场时，大伙怂恿花子打鼾，它便鼾声大起。王九先若在场，大伙让它学，它两眼望着王九先，眼睛扑棱扑棱的，看王九先是啥意思。王九先如果忍不住笑出声来，花子会一下来情绪，躺在地上"呼呼呼"地打起鼾来。

　　花子前面和谁好上了，是啥时候好上的，谁也不知道。就在坐场三个月将要期满，再有个十来天，驼队就要起场时，花子生了，生了一窝小狗。就这十来天时间，一窝小狗长得精神抖擞，虎虎生威。

　　道尔吉故意引逗花子，把小狗藏了，让花子去找。过了一会儿，就见花子嘴叨着一个小狗过来放在道尔吉面前，返回身去一个一个都叨了回来。

郝七三说:"这花子该不是和哪只狼配了对,这狗娃长得咋都两耳端扎,狼崽子一样?"

王九先说:"这说不定。"

谁也没有在意,不就是一窝狗娃子。坐场三个月,骆驼被滋养得一个个昂首挺胸,气宇轩昂。起场那天,陆十红对王九先说:"还有个麻缠事。"

王九先问:"啥麻缠事?"

陆十红答:"花子的那窝狗娃子咋办?"

王九先琢磨了一下,抬头喊了一声:"侯财来!"

"掌柜子,啥事?"侯财来问。

"你把那窝狗娃子都带上,一路上碰到人庄子,能送就送,送不了,到古城子送人也行。"

侯财来稍稍一愣,说了声:"好吧!"

谁知侯财来到花子的窝前,盯着那窝狗娃子看了一会儿,磨尻擦痒在那里磨蹭了半天,然后把花子哄到骆驼背上的驮筐里绑住,返回身去把几只狗娃子用筐提了,到了一个刺墩旁,用铁锹挖了一个坑,把一窝狗娃子倒进坑里活埋了。

驼队起程后,花子在驼背上的驮筐里,"吱吱吱"一直不住地叫,两眼直向丢掉它孩子的方向张望,一副坐立不安、魂不守舍的样子。当驼队走出十来里路后,花子咬断绑它的绳子,突然从驼背上跃下。此刻,驼队和孩子之间,它选择了孩子,它要和它的孩子在一起。花子义无反顾,头也不回,向着它的孩子们的方向飞奔而去。

谁都没想到花子会来这么一手。大家都知道,花子对驼队意味着什么。几年来,花子跟着驼队跑来跑去,它眼观六路,耳听八方,稍有风吹草动,花子都要探个究竟,用吠声提醒大家。

王九先问侯财来:"不是让你把狗娃子一块带上吗?"

侯财来低头不语。

橐　驼

葛钟娃说："咋办？"

王九先说："十几里路走过来了，返回去不可能了，就看花子的造化吧！"他转过脸瞥了侯财来一眼。

傍晚，驼队埋锅造饭，侯财来把锅搭偏了。有风没风，灶火门朝东，隐喻借东风。驼户们走在路上，对行内规矩，讨个吉利是很看重的。

王九先对着侯财来吼了一声："把锅放正！你难道不清楚吗，锅搭偏，滚一天！"侯财来瞅了一眼王九先难看的脸色，没敢吭气，伸了一下舌头。

六

戈壁滩上的芨芨草，被风刮得朝一个方向低头摇摆。常年路过的那些驿站，凡是养了鸡的，不论多少，鸡的尾巴也是歪的，也都是被风刮的。有些黄色的疙瘩草，一团一团，被风连根拔起，刮得满地跑。

尽管风大，但骆驼不怕，照样我行我素，低头吃草。

王九先和大伙都不知道侯财来把花子的那窝狗娃子埋了，以为是他扔了没带。

帐篷那边戚长林、陆十红他们在喝驼奶奶茶。王九先说他去转转，便骑着黑骡子朝北走去。

郝七三说："他是惦记着花子！"

侯财来不看大伙的脸，只管闷头喝茶。

王九先骑在黑骡子上朝远处眺望，他心里在想：花子去找它的孩子，这一去已有七天了，不知咋弄下了。就是见到孩子，可又咋办？花子正是奶小狗的时候，吃啥喝啥？

他想起了这些年的花子，花子长年累月跟着驼队关里关外跑，它是驼队中跑路最多的一个，总是照应着驼队的前前后后，不论春夏秋冬，路途多么遥远，从不畏缩。驼队前方有啥情况，它总是第一个知道。它趴在驼群边上，一双眼睛从黑夜转到早上。狼群来袭,它第一个报信;风沙刮来,它围着驼队转圈,不让骆驼走散。

那回半道上骆驼撒尿,葛钟娃从驼背上抱下一个西瓜,要切牙儿。王九先走过去从葛钟娃手中把刀子拿过来,把西瓜摁在地上一杀两半,然后把刀子往葛钟娃手中一塞。葛钟娃望着掌柜子幡然醒悟,不住点头。

几个人围过来吃西瓜,葛钟娃用刀尖挑了块瓜瓤喂给了花子。瓜吃完了,吃空的瓜壳被放在一边。葛钟娃刚要收拾,就见花子跑过来用两只爪子拨弄瓜壳,不几下就把两个瓜壳倒扣在了地上,然后抬头望着大家。葛钟娃过去在倒扣的西瓜壳周边埋了点沙土,他是不让扫地的热风吹进去。

戚长林说:"有的时候人还真不如一条狗!"

大家都懂道上的规矩,在这烈日炎炎的大戈壁上,会渴死人的。那反扣下的西瓜壳,到关键时候能顶大事,后边来人若缺水,在万不得已时,翻起瓜壳吃了能救命。

花子不知道瓜壳能救人,但它知道吃完瓜的瓜壳一定要倒扣着。

花子走掉的当天晚上,大伙还盼望着它能赶上来,第二天晚上也盼望它能回来。三天过后,大伙不再抱希望,只是嘴里念叨心里惦记。第七天的后半夜,大伙进入了梦乡,突然传来了狗叫声,又很快没了声息。

过了一会儿,只听值更的葛钟娃大叫了一声:"花子回来了!"

熟睡的几个人几乎同时跳了起来。这时葛钟娃已把花子抱进帐篷,大伙裸身裹着皮袄,把花子围在了中间。花子已瘦得不成样子,瘦骨嶙峋,四个爪子全磨烂了,血肉模糊。它用爪子干了什么,谁也不知道。侯财来看着花子磨烂的爪子,愧疚地低下了头。

花子看着大伙,凄楚的眼里竟流出了大滴的眼泪。看到花子这般样子,几个刚强的汉子,眼眶也都湿了。

王九先打破尴尬说:"哦,回来就好,回来就好!"

他话音没落,花子就扑进了他的怀里。

橐　驼

七

白露霜降，火盆上炕。

冬天，古城子的人们在简陋的房屋内燃放一炉煤火，室内便温暖如春。

一望无垠的戈壁，被一望无垠的雪野覆盖，白茫茫一片，驮大煤的驼队走在上面，显得渺小无奈。远处的野马、驻足的黄羊都向这边张望。驼铃的咣当声，打破雪野的寂静，荡漾在无边的戈壁上，一股雪尘扬起，一群野驴飞驰而过。

北山露天煤窑产无烟煤，也叫大煤，从乾隆爷手里就开采了。煤层中有硫黄，煤露出地表，风吹日晒，会自燃。那煤在地底下烧了多少年，谁也不知道，说是上千年，只少不多，每年开采的大煤不及自燃大煤的一角。煤窑独出硇砂，很是稀缺，是一味很珍贵的药材，《本草纲目》里，李时珍对它有清楚的记述。

每年都要开新矿。往年老矿坑经过夏季几个月的风吹日晒会自燃而毁，有些火坑，老远火气逼人，人不能靠近，一些火从底下烧起，下面烧空了，上面难以察觉。有的火坑长有几十里，南北宽一二里，地陷几丈至数十丈。燃烧处，日间放烟，白若浓雾，入夜见火，光亮烛天，整个煤窑到处闪烁着五颜六色的火焰。火过处殷赤、灰白二色相错，烟中硫黄气味传数里之遥。初到煤窑的人不敢乱走动，怕掉进火坑丧命。

挖煤人苦，一年穿三年的衣，三年见一年的妻。每年农历八月下旬进窑挖煤，挖一个冬季，到第二年三月底停工，用时半年。挖煤先揭去地表一人多深的沙土层，再把煤层上面半人高的薄块煤清掉，整个露天煤矿的煤如铁板一块就躺在煤工的脚下。他们用尖子在煤层上横竖挖一拃深的槽子，用撬棍一撬，就能撬起一二百斤的块煤。

古城子一些跑短途的驼队，怕担风险不去长途贩运，骆驼夏天坐场，入秋不久煤工进窑挖煤，驼队开始起运。到煤窑驮大煤，一峰骆驼驮两块，运到古城子

第二十四章

供城里人当烧头。虽说是短途，可来回也得七天，去三天来三天，煤窑上还得住一天。

三月底煤工停工出窑，驼队仍停不了，得把窑里挖好的煤块驮出来，一直驮到骆驼又要坐场时。

那年挖一小山包，挖出了几具干尸，里面还有个女的，头发、鼻眼还完整。一个煤工觉得好奇，拽了拽那女人的头发，当天晚上便做了噩梦，连着几天都梦见那女人。回家给娘一说，娘给了他几枚桃核儿。他回到煤窑，把桃核儿放进枕头里，那女的再没来他梦里。

女人不能进煤工，进了煤工刮东风。过了神仙梁走几里就是煤窑，女人不能越过神仙梁，这规矩好多辈子了。一刮东风，挖煤人就遭殃了，煤沫和表层揭的土都堆在露天窑口的东面，西北风咋样刮也刮不到窑里来，可东风一来，挖煤人嘴里眼里全是煤渣不说，连裆里都是煤灰。

这梁为啥叫神仙梁？有个传说，很久以前，人们听说这里有煤，有几个人便结伴来寻找，多少天过去也没找到。几个人实在困极了，便在这座梁下睡着了。过了一会儿，只见从梁上走下来一位白胡子老头。老头问他们干什么去，他们如实相告，说是来找煤。老头听了什么也没说，只是用拐棍在地下"咚、咚、咚"捣了三下，便忽然不见了。大家醒来后，原来是一个梦，奇怪的是几个人都做了同样的梦。他们恍然大悟，知道是遇着神仙了。几个人便依梦中情形，在老头用拐棍捣过的地方，七手八脚地挖了起来，挖了一人多深，就看到了大煤，于是北山煤窑这才被发现。人们为了纪念白胡子老头，把这座梁叫作了神仙梁。

神仙梁的那边好多个地窝子里住着好些女人，都是窑姐。煤工白天挖煤，晚上翻过梁去嫖娼，白天吃苦，晚上销魂。

有个煤工第一次去，一紧张，一河水塌了半河，把"货"卸在了店门外，可钱一文没少给，回去唉声叹气的。第二天去像报仇一样，还找那女人，来了个将军不下马，最后还是那女人告了饶，总算把前一晚上亏欠的捞了回来。

橐 驼

有几个老油条玩出了新花样，不走水路走旱路，半夜三更把几个女人搞得像鬼叫。

窑姐告诫那些挖煤的，洗干净再来，洗不净，有钱也不让进门。那些窑姐吃过亏。常年挖煤的煤工先前不讲究，洗漱往往都是屁股两把脸三把，谁看谁都一样，谁也不去笑话谁。可是去一趟神仙梁，把人家窑姐下面都给染黑了，于是窑姐们就给煤工们立了规矩。

煤窑上有专人用木轱辘车到苦水泉拉水，一天要拉好多趟。水虽然苦涩，却能卖个好价钱。

八

驼队去盐湖驮盐，路经北山煤窑。王九先发现，一只独狼连着两天远远地跟在驼队后面，它盯上了驼队，伺机而动。王九先决定除掉这个祸害。他解开裹在腰间的粗布腰带，腰带宽一尺、长六尺，平时用来束腰，冬天用它保暖。腰带缠裹在了他的左手和左臂上，上面又缠了几层驼毛毛线，左臂显得又粗又大。他在黑骡子的屁股上拍了一把，黑骡子便随驼队而去。他一转身跳进了路边的一个能藏住人的坑里。

那只狼跟了上来，离王九先几步远时，他突然跳出来挡在了狼的面前。那狼一怔，接着便张开大口猛扑上来。王九先不慌不忙，前屈左腿，后蹬右腿，把左臂横着迎了上去。狼一口咬住了他的左臂，牙齿牢牢地扣在毛线眼里。只见王九先右手举起铜把马鞭子，朝着狼的天灵盖只一下，那狼便软软地吊在了他的左臂下，但嘴还死死地咬住王九先的胳膊。

不远处，驼队停了下来，郝七三他们几个跑过来，七手八脚撬开狼嘴，倒提狼腿拖走。晚上，狼皮挂到了帐篷外不远处立着的一根杆子上，待干透了再把它熟透。熟透的狼皮褥子铺在身子底下顶几张羊皮。

不一会儿，一锅热气腾腾的狼肉端了上来。

王九先一看，骂道："妈的，嘴馋，啥肉都吃。把狼拐给我留下！"他一转身提着鞭子走出了帐篷。

郝七三答应一声说："好的，掌柜子一个，我一个。"他知道，狼拐带在身上辟邪。

驼队在盐湖住了两晚上，盐工们在湖中捞盐，让初来乍到的侯财来、道尔吉感到新奇，他们追着盐工的屁股问这问那。盐工们常年待在盐湖，与外人接触极少，看到驼户们也非常兴奋，巴不得有人和他们唠唠家常。

晚上，睡在盐湖上面的驼户们，就像睡在永远不会沉没的一艘大船上，看着天上的星星，心里敞亮多了。

九

驼队又走了一天，就到了将军戈壁，远远地就看到了将军庙。此时太阳火辣辣的，偌大的戈壁上就有了水纹一样的波动，远看就像湖泊的水在闪光。将军庙在湖泊上微微跳动，有点缥缈，庙宇显得比以往高大了许多，增添了更多的神秘感。

将军戈壁少有人烟，将军庙显得孤寂飘零，路过这里的人都要进庙拜一拜。

曹文茂以前讲过："这位将军叫杨袭古。千百年来杨袭古并不是一人在这片戈壁上坚守，荒野的地底下还有众多将士们的魂魄伴随，只不过是不现身罢了。有一天若狼烟再起，将军和他的士兵们一定会奋力而起。"

将军庙背靠沙丘面朝南，约有四坪的厅堂，中间塑有将军像，桌上供有已没了水分的羊肉和葡萄，看来贡品已放置很久。供桌的右手还扣有一个刻有"光绪二十三年"的铭文的小钟。驼客看到钟自然亲切。曹文茂把钟拿起来摇了摇，发出了清脆的"当啷"声。曹文茂仔细观察后，又去读那墙上署有"无名氏"写的两首诗，曰《宿将军戈壁》：

橐 驼

> 银风凄凄明月光
> 马嘶驼鸣悲断肠
> 沙漠原为无人地
> 只留将军在此忙

第二首写道：

> 金山道映天山冰
> 寒云悠郁悼漠空
> 都护倥偬齐戎马
> 冲霄长恨野庙中

曹文茂点头称是。正值八月十五刚过没几天，圆月还没失缺。王九先把月饼恭恭敬敬献于供桌上，几个驼户都跪了下来叩了头。

驼队继续上路，天叫子扑棱着翅膀，在驼队的上方走走停停。它很好奇，在这人烟稀少的戈壁滩上，竟碰到让它兴奋不已的驼队和驼户。它在空中驻足，像定格似的站在那里，只是两只翅膀在不停地扇动。它嘴里"叽叽叽叽"叫着，然后向前飞一截驻足，飞一截再驻足。它随驼队走出几里路后，身子一斜，撇开了驼群，翅膀一收一放，再一收一放，身子波浪般地纵了几下飞离了驼队。

十

侯财来手持一根榆条，在一丛茂密的芨芨草里乱抽。他要在边上解大手，他是想把芨芨草丛里的麻蛇之类的活物惊掉。他知道麻蛇没有毒不伤人，但见到麻蛇心里不舒服，总是有点发怵。

一次葛钟娃抓了一条麻蛇，从口袋里抓出一撮莫合烟塞进了麻蛇嘴里，只见

第二十四章

那麻蛇一阵痉挛，被莫合烟麻翻，白肚子朝天一动不动躺在那里。侯财来睁大眼睛看着葛钟娃说："我的乖乖，你还有这本事？"

葛钟娃说："麻劲儿过了就醒了。"

也该着侯财来今天倒霉，他手中的榆条抽中了芨芨草丛里的一个蜂窝，顷刻间一群密密麻麻的野蜂盘旋在他的头顶，接着就对他进行轮番攻击。

侯财来大叫一声"我的妈妈吆"，扔了条子转身就逃。谁知那些野蜂对他穷追不舍。侯财来无路可逃，像一只无头的苍蝇在戈壁滩上乱撞，他的头被野蜂接二连三叮着，被追得妈妈老子呱叫唤。一看前面有一水坑，是前两天下雨后的积水，他一头扎进积水里，把屁股给了野蜂们。野蜂们你一下我一下，对着那屁股猛蜇。每蜇一下，侯财来就叫一声。野蜂们攻击够了，才扬长而去。

当侯财来哭丧着脸，嘴里妈妈老子呻吟着回到帐篷。大家一看，这家伙咋了，眼睛本来就小，此刻成了一条缝，像芨芨棍摁下的，头被野蜂叮得像个肿头沙弥。

王九先一看，赶忙问道："你这是咋了？"

葛钟娃说："吃屎去没赶上热的，着了个冷棒槌。"

侯财来说："倒霉透了，穿道袍都能遇着鬼，盐罐子里都生蛆。"

王九先赶快拿过清油笼子，倒出点清油，在侯财来的头上、脸上、眼睛上抹了一遍。侯财来定定支愣在那里，任王九先摆布。他在侯财来头上脸上抹了清油，然后对侯财来说："屁股上自个儿抹去。"

侯财来便央求葛钟娃："葛哥，你给我抹一下吧！"

葛钟娃说："今天你这葛哥叫得亲热。"

侯财来说："葛哥，就不要看我的洋相了。"

葛钟娃一看，这不抹也不对，抹就抹吧，就让侯财来脱了裤子撅起屁股，他一点一点把清油抹在了侯财来的屁股上。大家一看，侯财来的屁股被清油一抹，油光油光、滑亮滑亮，既滑稽又可笑，不觉都笑出声来。侯财来头一抬，大家再看，清油顺着鼻翼淌到了嘴角上。第二天，侯财来的屁股后面，裤子被清油完全渗透了，看上去像尿湿了裤裆。

橐 驼

傍晚，侯财来手持抹了屁股剩下的清油点燃的火把，去把那几丛芨芨给燎了。他听着在火光中噼里啪啦作响的芨芨和野蜂被烧的声音，呼出一口恶气。就这样，侯财来还是心有余悸，他看到离蜂窝不远处的一个蚂蚁窝，蚂蚁们也被芨芨烟火熏到了，乱了规矩东跑西窜。他回转身提来一余壶滚烫的开水，倒进了蚂蚁窝里。

看到这些，王九先只对侯财来说了一句话："那蚂蚁咋惹你了？你比野驴还野啊！"

十一

在盐池住了两晚上。第三天，长细棉线口袋把盐都装齐了，王九先一声吆喝，驼队往古城子返。

事先王九先交代过，来趟盐池不容易，在古城子有家室的人，可驮半口袋盐归自己。王九先交代这些，就是让大家放心，他不做那些让人寒心的事。

前些年有一驼队，也来盐池驮盐，掌柜子也有交代，驼背上驮的盐都是货物，自家吃盐自个儿背。一驼户多背了一些盐给家里，拉着骆驼背着盐，就那样硬是跑回家了，盐虽背回来了，可人也挣坏了。

王九先骑着黑骡子走在前面，顺着原路照直往前走。过了石钱滩，王九先搭眼一瞅，发现已经到了鸡心疙瘩。过了鸡心疙瘩，煤矿就在眼前了。

他一时高兴，嘴里哼出了小曲子：

奇台县古城子地方真好
水磨河皇渠沿地美水旺
肉包子有碗大四文铜钱
要饭的骑大马走街串乡
…………

第二十四章

驼队到了煤矿，忽然花子猛地蹿了上来，挡在了黑骡子前面，对着王九先一顿狂吠。王九先纳闷，向四面观看，没啥情况。他把两腿一夹，催促黑骡子前行，但花子一跃，又挡住他的去路，仍是狂吠不止。王九先心生疑惑，但他不知，前面地底下是两天两夜烧过来的火坑。黑骡子看花子对着它狂吠，要往前疾走。花子一看，身子一纵，蹿到了黑骡子前面，只见前面冒出一股白烟，花子不见了。

王九先勒住缰绳，定睛一看，吓出了一身冷汗。他知道，这是遇到火坑了。

他喊了两声："花子、花子！"

随着喊声，他的眼泪唰地淌了下来。

花子用命保全了驼队。

花子去了后，王九先给它塑了像，立了牌位。曹文茂写了副挽联：黄泉风露冷，青冢薤歌哀。横批是：身入佳域。

后来大伙弄懂了挽联的意思，但还是有点不解。侯财来问曹文茂，花子都身入佳域了，咋还风露冷、薤歌哀。

王九先接过了话茬："你嘴夹住！"

侯财来自讨没趣，就埋了花子的那窝小狗，他秘而不宣，成了他心里的秘密。

地火升腾，花子心有灵犀，临末了爆发出令人感动的一幕。

一片云彩，像巨大的展开的鹰翅，几束阳光从上面投射下来，羽翼半明半暗，半黑半红，更增加了几许灵动，一直向着东面飞去。

第二十五章

一

气氛有些沉闷,驼队像一条长龙,蜿蜒离开了骆驼场子,离开了古城子。王九先回头又瞅了一下傅春娥和挥手送别的娃娃们。傅春娥抹一把脸上的泪水,她的身旁紧紧依偎着忠忠、珍珍和路生。怀着难以割舍的离别之情,她为丈夫、为驼客们再一次送行,她深知丈夫的出行又是一次艰难的抉择。

王九先向傅春娥和娃娃们喊道:"回吧,要不了些日子就回来了!"

陆十红也不时回头,和路生再一次打招呼。

这回驼队是要翻越天山到吐鲁番、鄯善,驮的是水磨河水磨的面粉。看到葛钟娃脱了棉衣,王九先说道:"记住,三月不把棉袄揭,四月还有雪花飘,春捂秋冻,不生杂病。这要翻山了,你把棉袄脱了,莽地着祸呢!"

郝七三插言道:"你是掰开勾子招风呢!"

葛钟娃一听,赶忙又将棉衣披上。行走间回头一看,古城子已被驼队远远甩在身后。

对行走路线、到哪里过河、在哪里穿越峡谷、何时翻过冰达坂、哪里扎帐篷,王九先事先在脑子里都有过盘算。傍晚,选好骆驼场子,解开绳索,卸了驮子。负重一天的骆驼,此刻却不能让它卧倒,此时若卧倒会造成腿部肌肉萎缩。看到哪峰骆驼卧倒了,赶忙把它吆起来,只有站够时辰,才能放骆驼觅草喝水。

第二十五章

麻渣饼是一路上供骆驼享用的。除麻渣饼外,还备了玉米。走长路,光让骆驼在野外吃草还不够。

榨过油的不论是菜籽渣还是胡麻渣的圆形大饼,有车辖辘大、拳头厚,被绑在骆驼背上的最高处的驮子中间,有的骆驼驮两块,有的驮三块。

此刻,麻渣饼要用大铲铲好。大铲像鲁智深的月牙铲,有巴掌大,装上把儿和柄有一米长,上端的横柄有一尺长,得两手把握。把麻渣饼平放在铺好的空口袋上,两手抓柄,用力往下一铲,铲刃不能吃得太厚,要薄一点,时间久了还能铲出花样来。被铲的麻渣饼,一片一片有小拇指厚。

铲麻渣饼是卸驮子后的力气活,大都由道尔吉、葛钟娃来做。麻渣饼被铲好后,招呼一声,大家伙都过来搭手,把一堆麻渣饼分摊在一个个口袋上,两人一组,各抓口袋的两角,把十多个摊子铺排好,每个摊子相隔有三丈远。

做好这一切,放开远处被拦着的,翘首以待,早已闻到麻渣饼香味的驼群。骆驼甩开四蹄,蜂拥而至,七八峰骆驼围在一处,开始食用麻渣饼。

把骆驼伺候好了,大家才定下心来,开始做饭。郝七三点燃起了篝火。

二

驼队行脚天下。每次起程前,王九先都要带着驼户们到关帝庙、财神庙磕头祷告起香,杀牲献祭,请神明保佑驼队。驼户敬神,在神像前还要留一些"节梢子",就是连接骆驼鼻扦和缰绳的细毛绳。后面的同行急需节梢子,拿几根了事,名在敬神,实在助人。驼队若走在半道上,一切从简,拢几堆沙土,上香、祭拜、磕头,然后赶路。

在关帝庙,葛钟娃向关老爷低声祷告:"请关老爷保佑驼队,等我有了钱给你重修庙宇!"

侯财来趴在葛钟娃耳朵上说:"等你的庙修出来,鬼都老了。"

葛钟娃转身瞪了他一眼。

377

橐 驼

　　侯财来继续在他耳边说道:"谁信这些怪力乱神。"

　　到后响驼队就到了站口,拉开折叠的帐篷,穿好房架横梁,立起柱子,几个人各自拉一根经绳,一声吆喝帐篷立了起来,钉好桩子,绑了绳子。有风没风,帐篷门向东。门向东最大的由头,是为了躲避晚上凛冽的西北风。帐篷靠近骆驼,贴近货物。围绕帐篷四周,货驮子扇形卸了,一溜一溜的驮子,不混杂,好搭卸,好守望。

　　看着搭起来的帐篷,郝七三自嘲道:"远看像城,近看像坟。"

　　侯财来插嘴道:"那晚上我们是睡在坟里?"

　　郝七三说:"还想睡哪儿?还想睡我的鸡巴上不成!"

三

　　王九先这一帮人,有时也是生冷不忌,虽说到了站口烧茶做饭头头是道,但路上喝冷水吃冰雪也是常有的事,冬天走着走着,抓一把路边的雪就塞进嘴里。

　　驼户在路上吃饭多以拉条子、二截子、大头揪片子、拨鱼儿为主,最快当是拨鱼儿。

　　陆十红的拨鱼儿用温水和面,用两根削了皮,食指粗细,约有一尺长,已用得油光滑亮的红柳棍搅和,把面搅出筋道,搅一次饧一次面,饧两次后下锅。他拨拨鱼儿的家什,也是一根略长于筷子的红柳,一头削得扁平,扁平这头有小指长,像钝了的木刀。他左手端面碗,右手沿着碗的边沿,将面拨进开水锅里,不时转动手里的碗,让碗里的面滑动到碗沿上。像鱼儿入水,陆十红拨鱼拨得飞快。拨鱼儿两头尖尖,一样粗细。只见锅内水花微溅,拨鱼儿真个像小鱼在锅里游动,不消半刻,就拨够几盘子。

　　和拉条子面,盐多了拉不开,盐少了不筋道,而戚长林却能每次都把握得恰到好处。他和面不用案板,用两个盆子就行。和面的淡盐水不是一下倒进盆里,是一点一点慢慢加水,把面和成絮状,再揉到一起,面不软不硬。和好的面,饧发一会儿,接着反复揉,把面揉得如绸缎般光亮。他把饧好的面揪成面剂子,搓一拃多长放在另一盆里,边放边抹点清油,不粘连。

锅大水宽,水开后,捏住面条两端,两手腕均匀受力,将面条抻长后再像缠毛线一样,在手腕处左绕一下,右绕一下,再将面条抻几下扔进滚水中。

戚长林说:"说一千道一万,要拉出一手筋道、均匀、弹牙的拉条子,没有啥诀窍,就是多做几回,多练几遍,熟就生巧了。"

拉条子吃上扎实,顶饿。通常,在沙漠中,喊一声吃饭了,大伙蹲在帐篷边上,每人一大碗拉条子,三下五除二就进了肚子,想吃两碗三碗的继续再添。吃过的人起身往前走几步,舀起半碗沙子,用另一只手三涮两搓,倒了再掭半碗,再涮再搓,碗就被沙子洗得像新的一样。

揪片子是郝七三的拿手好戏。说是大头揪片子,可他的揪片子只有大拇指指甲盖大。一条面在手,拇指食指将面捏扁,拉长。开始揪面,人离锅有三尺远,一出手,空中可看到三个面片,要入锅的一片,中间飞的一片,刚出手的一片,面片不偏不倚,前后都落在水的滚头上。等饭熟了,顺手再调上两把已切好的野葱、野蒜苗,每人舀上一大碗,蹲在帐篷边上,一吃一个不言传。

不论谁做饭,葛钟娃、侯财来打下手的时候多。葛钟娃将柴火一点一点送入灶口,灶火能映红他的脸面。侯财来捞面,铜锅里热气升上来,把他的脸面遮得有些朦胧。看面煮得差不多了,他用苃苃笊篱捞出面的同时,吆喝一声:"吃饭了。"

不管啥饭,刚出锅的嗦窝面上,夹几筷头酱菜,当头浇一股醋,搅拌均匀,再来两瓣蒜,美美咥两盘子,再来一碗面汤溜溜缝儿,心里一下就舒坦了。

四

兵马未动,粮草先行。驼队开拔的前两天,粮铺和肉铺分别送来了面粉、清

橐 驼

油、新鲜猪肉,肉铺送来的是膘三指厚的一扇猪肉和一卷猪肚油。王九先又亲自买来一篓子豆瓣酱,大约有七八公斤,他要置办酱菜。

古城子的豆瓣酱黑里透红,别有风味,拿到店铺卖的,都是放在露天里晒够两年以上的。无论是卖豆酱也好,做酱油也好,先把黄豆过筛子去渣,加水用文火煮一天一夜,褐红色时取出,煮熟的黄豆发出诱人的香味,温热时拌面粉发酵五天五夜,变为淡黄色放入缸内,用一份盐五份水的盐水浸泡,放在阳光下暴晒发酵。

酱坊里的人每天都要"串酱"。酱缸的缸口大多有三尺左右,缸高齐人胸口。酱缸一个挨一个,密密麻麻一片。人站在酱缸沿上,手握一根七八尺长的杆子,杆子一头嵌有巴掌大、两指多厚的木质耙子,杆子在缸里上下鼓捣,把缸里前两天太阳晒黑的一层豆酱鼓捣下去,把下面的生酱翻上来。这样反反复复,直到把豆酱晒透晒熟,够两年就可出缸。

做酱油时把豆瓣酱用盐水稀释浸泡后上淋子淋下,按比例加入小茴香、大调料煮沸的水,盛入缸内晒一个伏天,就成了酱油。这就是古城子有名的"三伏"酱油,咸而不苦,味美清香,色泽褐红而不黑。两年以上的豆酱,打开缸盖,汪着一层豆油,买回来啥都不放,不管娃娃大人,总要用食指抹点酱,放在舌尖上品,那个嘴咂的,给猪头肉都不换。

老话说,酱缸不冻,娃娃不冷。这古城子,三九天把地都冻得裂口子,可酱缸放置在露天里,就是不上冻。那些娃娃,再冷的天照样溜冰打陀螺,捂着耳朵跺着脚,鼻涕吊在胸口上猛地吸溜回去,就是不回屋子。

王九先还买回一堆红萝卜,路过粉房又买了些粉条,去油坊买了几十斤的菜籽油。粉条是在路上给大伙调剂花样,炖猪肉吃的。

大伙一起动手,猪肉切丁,萝卜切丝,一切准备停当开始炒酱菜,一锅盛不下,分两次三次炒。锅里倒上清油,油温到八成,先放猪肚油,肚油和清油炒出香味,放入猪肉,等把猪肉的水分焯干,放入萝卜丝,萝卜丝炒熟后,放豆瓣酱,等锅里的货色完全融合,菜面上有油升上来,就可出锅。酱菜有油腌着不容

第二十五章

易坏,那个香味,只有长途跋涉,走在路上的驼客才能品尝到。

盛酱菜的笼子,是用木板箍的一尺半高、有腰粗的木笼子。驼队出去一趟,最长时有半年多的行程。这样的酱菜笼子有好几个,上面半拉有翻盖。打开盖子,酱菜和木头味相融后的特殊香味就溢了出来。

笼子是西大街开笼子铺的原师傅做的。他原来在山西老家以箍木桶、制货箱、做驼轿、做锅盖为业。他箍的大圆桶有熟皮桶、拌醋桶、晒酱桶、肠衣桶、太平水桶,扁圆桶有驮水桶、醋桶、茶水桶。他也做条篓架、骆驼轿、京货箱、锅盖和麻绳。原师傅一面箍桶坯,一面做麻绳,比大拇指还粗的麻绳就是驼客用的大绳。骆驼坐场到起场是原师傅一年中最忙的时候,骆驼驮的扁圆木桶和大绳得提前做好,不能让驼队打着手。

原师傅箍桶,不论圆桶、扁桶,每个桶都要两道铁箍上下箍定。为了不让板料松弛裂缝,每隔几块板条,中间加一上宽下窄的木条成坯,然后刨光内棱,装底加盖。

驼户所用的醋桶、茶水桶,盖上有三角孔,配三角塞,两耳孔可系绳子,便利驮运。

条篓架用十二根榆木棒制成扁方体,将条篓装进架中,下有两根横梁托住篓子,上有两根横梁稳住篓子。四根竖柱上下稍长,做拴绳用。

骆驼轿底部是长方形木框,用粗弓弦绷成方形孔网,弹性强。在底架上三面用木条装成格孔箱形轿架,上面装略呈半圆的长方形顶棚,用棉套毛毡裹好,装上棉帘、铺毡褥,坐一人可屈腿卧睡,也可放手炉避风寒。供货商和商号押货者乘用的较多。每驼可驮两个,也可单只和货物搭成驮子。

原师傅的笼子也好,条篓架也好,骆驼轿也好,驼队都不能缺少,缺了哪一样都不行。没有酱菜笼子,拿啥盛酱菜,谁也没想过。若是没有酱菜,驼户们路上吃饭就有了麻烦,龇牙咧嘴,顿觉索然无味。

橐　驼

五

驼队走南闯北，有啥驮啥，连景德镇的陶瓷，小到酒杯，大到一人高的花瓶，也从骆驼背上卸下。花瓶装在木箱里，箱子上下四面，用整沓的烧纸垫实、挤紧，驮的是花瓶，可实则那烧纸也是货物，卸了花瓶，把箱子里的烧纸整理好了，再给专卖的商家，就是净赚了。

在路上要说驼队缺啥，那说不准，要说缺茶叶，那就说笑了，不要说人要喝茶，骆驼有时也要饮清茶，为的是下火。驼队驮的茶叶那多了去了，有红茶、绿茶、乌龙茶、白茶、花茶、沱茶、普洱。

吃过饭过上个把时辰，铜锅里的骆驼奶茶熬好了。每人都有带把的人头大的搪瓷缸子用来喝茶，直接用这缸子放在火边也可炖茶。每个茶缸都黑漆呜啦，内里是满满的茶锈，岁月的痕迹从茶缸里就看得出来。

驼户喝得最舒坦的还是茯茶和黑砖茶。若喝清茶，以茯茶为好，茶叶熬得如纸薄，茶熬得像牛血，茶叶被泡出了茶魂。若喝奶茶，就用黑砖茶熬透，开锅的铜锅里先放黑砖茶，熬到黑红色时再倒驼奶进锅，再放把盐。每人舀上大半缸子奶茶，连谝传带喝茶，你一声，我一声，喝茶的吸溜声彼此不断，大过吃拉条子的声音。

俗话说盐长精神醋解乏，但对驼户们来讲，茶是第一位的，每天在路途上的困乏劳顿，在几缸子茶下肚后，其他都变得是也不是了。

奶茶的冷热在烫嘴与不烫嘴之间。一铜锅奶茶吸溜完了，也到了睡觉的时候，身子一躺下，头一搭枕头，如雷霆万钧的呼噜声就开始了。

六

驼队除了带足吃的，还有喝的，总有两峰骆驼除了两侧驮着驮子外，在两个驼峰之间还架有一只条篓子，那里面装的是古城子烧酒，每只篓子装有三十斤酒，这是驼队起程前必备的。每当驼队走起，那两只架在驼峰上的条篓子高于其他货物，很惹人眼。

每逢到了站口，卸了驮子吃饭时，条篓子里的酒就要被盛出来一些。王九先亲自为大家盛上，意思大家都明白，是为解乏。

王九先对酒的偏爱，大伙是有目共睹的。在盛酒的当口，他总是先咂上一口，嘴里说一声："好酒！"

在路上王九先从不喝过头，对大伙也一样，每人最多二两。

郝七三开玩笑说："掌柜子，这才开了个头，也就把嗓子眼润了一下，再来点。"

王九先就一句话："好啊，到了地方，管你喝够。喝够了不算，你去酒缸里泡个澡我都应允。"

郝七三说："你让我用酒泡澡，那么好的东西，糟蹋了。喝都舍不得。"

王九先听话听音，说："知道吗，不是我舍不得，在这荒野里，求生是头一个，不说你们都懂。"

可也是，不管是在古城子还是包头，只要驼队到了目的地，你真我也真，四两换半斤，大伙喝几次大酒，那是放心酒，是心里一块石头落地的酒。

在老家包头，山西杏花村的汾酒是王九先的最爱。到了古城子，古城子的烧酒更让他醉心，一走进北斗宫巷，烧坊里飘出的酒香味直钻鼻孔。

驼队出行，王九先还要买几大摞烤馕，那馕天再热都放不坏。这些必备的馕大都是驼户们的腰食。谁放骆驼，怀里揣上一两个，感觉饿了，事先折几根指头粗的红柳枝，把红柳枝插在小溪中，把馕立在上面。过一会儿，馕饼被水泡绵软就可以吃了。

七

大山像黑色屏障横亘在驼队面前，让一直在畜群里拔头梢的骆驼也显得渺小

橐 驼

起来。骆驼宽大的脚趾适应走在绵软的沙漠中，哪怕是干燥、风沙扬尘的天气，眼睛和鼻子闭合起来，三层眼睑，外面两层阻挡风沙，里面一层把眼球擦拭得闪闪发亮。

可在大山面前，它却显得十分吃力。驼队在飞扬的雪野中出发，走进后山，就不是春寒料峭，而是冰天雪地。驼队走在雪地上，"咯吱咯吱"的声响是唯一的声音。呼啸的卷地风夹杂着雪粒打在人身上、脸上，风把骆驼的嗉子毛吹摆得像一面面小旗子在风中飘扬。骆驼迈着沉重的步伐，气喘吁吁，口吐白沫，一步步向前行走，蹄子下带起的雪尘，弥漫在了驼队的身后。

陆十红、郝七三他们骑在骆驼背上，打起了响亮的口哨。这不是一般的口哨声，骆驼听得懂。王九先停了下来，举起一只手，拍打着过来的每一峰骆驼，时不时抚摸一下骆驼的面颊，把信任传递给骆驼。骆驼懂得主人，点头领悟对它的呵护。

陆十红不时弯腰抱起从山上滚落在小道上的石头扔在一边，或是用脚把小的石砾踢向两侧。他是怕锋利的岩石硌痛驼蹄。

前方出现了一条开凿在悬崖绝壁上只能通过一峰骆驼的碎石路面。只见郝七三、戚长林转过身来，拽着缰绳，面向骆驼，小心翼翼牵引着骆驼，紧贴崖壁倒退行走，还不断地把头斜过来，瞭望后续骆驼有无险情。大家都在等待，驼队在这里要消耗很长时间，直到把每峰骆驼从这条道上牵过去。整个驼队悄无声息，人人都捏着一把汗。直线距离不到三里的险要地段，驼队行走了大半天。

驼队到达达坂时，天气又变了，呼啸的狂风夹杂着黄豆大的冰雹向驼队扑来。暗夜里，道尔吉说头疼，这是先前就已经历过的。缺氧对他这个从大草原出来的汉子来说，每到这时都是一种煎熬。

第二天早上，风雪仍弥漫着达坂。大家身披雪粒，手提绳索，迅速搭上驮子。驼队顶着扬风搅雪行进，骆驼的嚎叫在山谷中回响。驼队行动迟缓，步履蹒跚，在阴霾中摇摇晃晃走向达坂顶。

第二十五章

达坂山巅，积雪很厚。大伙踩着厚厚的积雪，深一脚、浅一脚，向下缓行了五里多地，雪薄了许多。再往下走，没有了雪，都是裸露的红色岩石，吐鲁番遥遥在望。驼队到达目的地时，太阳钻出云层，在阴云里时隐时现。回头再看，浓郁的阴霾依然缠绕在山峦之中。

七八天后，驼队满载吐鲁番上好的干货，踏上返回的路途。干货不重，骆驼轻松了许多。可是，由于前一天刚下过一场大雨，河水猛然暴涨。王九先领着驼队停在河面较宽的岸边涉水过河。面对湍急的河水，陆十红把白骟驼牵在了最前面。白骟驼望着滚滚的河水，踌躇了一下迈开了步子。

天山雪水在这春寒料峭中格外刺骨，当大伙涉水渡过河时，上下牙齿不由自主地磕个不停。郝七三故意问葛钟娃冷不冷。葛钟娃浑身颤抖着说："不冷、冷、冷、冷……"

郝七三说："话都说不清楚还不冷，不冷个锤子！"

驼队安全渡河上岸。驼队停下来，大家聚拢到白骟驼身边，用手抚摸着它的身子、眼睛和口鼻。到了站口，王九先端着一碗融化了的淡盐水，送到了白骟驼的嘴底下。

第二天驼队过盘山道，歇息了三次到了缓坡处。骆驼也知道快到家了，步伐明显加快。陆十红从衣服口袋里拿出一块馍馍，一转身把馍馍塞进了白骟驼嘴里。白骟驼昂着头，咀嚼着馍馍，然后头一低，把脖子放平伸向陆十红，在他身子上蹭了几下。

苍茫天山下晃动着驼队的身影，悠扬的驼铃声悦耳动听。这一趟行程近二十天，虽是短途，却充满了艰辛。驼队按期而归，王九先脸上露出开心的笑容。

大家不知道，想看看雪莲是啥样子的侯财来没看到雪莲，石莲却采了不少。他捂着盖着，以假充真，把石莲当作雪莲卖给了人家。

橐 驼

八

驼队翻越天山前,路经石玉山的庄子。

在麻沟梁卸了驮子,帐篷搭起,驼群走开,吃草倒沫,拉粪撒尿,在山坡上自由徜徉。留下道尔吉一人值守,王九先带着其余的人去石玉山的庄子。葛钟娃身后牵着两峰骆驼。

从麻沟梁向南望去,天山、雪峰、松林、草甸、庄稼,层次分明。天山东西横卧,刀条岭俯瞰四野,山腰里飘着淡淡的白云,山峰蓝得出奇,能瞅得见山坳中永久不化的冰雪在阳光下一晃一晃闪着白光,似一个巨人打造的宝剑,佩在山峰的腰间,折射出肃穆和威严。山坡上的松林站成了一片,像墨绿的栽绒毯披在群山的身上,羊羔花草则点缀在脚下的绿茵中,绿草中的其他各色花骨朵也探头探脑,都挣拔着要露出脸来。出圈的羊群扇形散开,牛儿排着队走上小路,毡房顶上升起的炊烟和云雾相融。

山坡上居住的一些人家,用毛驴驮着两个木头笼子在山沟里的泉中汲水,驮了水的毛驴吃力地爬向坡顶。毛驴累了就抬起头向着太阳龇龇牙,像是要打喷嚏。山里人家聪慧,山里毛驴乖爽,沟里一人舀水,家里有人接水,将水倒入缸中,再吆喝一声,那毛驴转回头又顺着原路回到泉边。毛驴往返多次,人只往返一次,省去了好多爬坡的艰辛。

上了刀条岭就看到了杏树沟。杏树沟里千百棵杏树花正艳。远远望去,杏花如云游弋,一会儿罩住树冠,一会儿又似淡淡雾凇,缠住了树的腰身。

寂寥的山谷里竟有如此春色,给王九先一行平添了浓浓的兴致。近前细看,只见阅尽沧桑、躯干斑驳的杏树,身躯如铁,根似虬龙,如蟒蛇舞动,盘桓升腾。杏花则一朵朵、一团团、一摞摞、一片片,撩人眼花。间有杏树孑然傲立,恬静灿烂,坦然自若,更有一番味道。

在这同时,大伙听到了悦耳入听的鸽哨声,抬头望去就见有七八百只鸽子像一团云,上下翻飞,飘忽不定。看着东扯西荡、忽左忽右的鸽群,王久先大声说

第二十五章

道:"好漂亮的一群尖嘴!"

他们不知道,鸽子是石玉山的儿子石湾养的。这些鸽子根本用不着人去给它们喂食,随意落在哪个麦场或麦秸垛旁,就能吃饱肚子,渴了就去开垦河里饮水,既逍遥又自在。

王九先望着远处石玉山的庄子,感慨万千,不觉得和石玉山相识已有些年头了。进了院子,他们看到院里的石碾、石磨盘、土犁铧、牛牛车、风车、风匣、卡盆、斗升、抬秤、纺车、条篓,农家的用具应有尽有。屋子是土木结构的拔廊房子,坐北向南,有梁有柱,有檩有栋,有廊有檐,木门木窗上雕有传统的雕花。

院里几棵榆树下,几个女人踩着凳子,手能够着的地方,榆钱差不多都被捋光了,唯独树梢上,也是榆钱结得最繁的地方,结结实实的榆钱,一串一串像猫儿尾巴,在微风中轻轻摆动。只见一人手举钐镰伸向榆枝,将镰刃搭在枝条上,用力一搂,那些"猫儿尾巴"就掉了下来。女人们手提小板凳走向前,就地坐了下来,把枝条拥在怀里,把榆钱捋进了筐里。这时就见石玉山的儿子石湾迎了上来。

石玉山把筷子捅进喉咙被救后,张治贤在舆论的强压下只好放了石玉山。可石玉山已经伤了元气,只好把一切事务交给了儿子石湾打理,他只是给出出主意。

看到王九先一行,石玉山异常兴奋。王九先则不免有些伤感,他握住石玉山的手说道:"人啊,能屈能伸,才能大开大合,玉山老哥你却是宁折不弯。相处多年,你我心如明镜。我知道你是耕读传家,不问世事,在这多事之秋,有些事情就是躲也躲不过去。对我们这些人你是宅心仁厚,你的人,你的好,还有你的脾气,我们都记住了。"

石玉山的声带显然被筷子捅坏了,他操着低沉沙哑的声音说:"前尘往事,咱们就不提了,能活着看到你们这些兄弟们,我高兴。来来来,上炕,坐下慢慢喧。"

橐　驼

郝七三说："好在张治贤那驴日的被查办了，不然这庄子还要遭受多大劫难。"

陆十红说："张治贤贩大烟里勾外连，对你老哥是连追带撵，可终归邪不压正，只是让老哥受了罪了。"

王九先心里清楚，书归文，车归辙。是沙筱圃给省府递了密文，文中历数张治贤的恶行。省府将密文转至军方，终究纸没能包住火，张治贤的所作所为被上峰完全掌握，经密查后将张治贤撤职查办。

王九先说："好在石哥你真是个有心人，你从张治贤的魔爪中出来，第一件事就是立了块护林碑。那碑立得好，碑上记上了张治贤毁林事件，就这块碑，就把他压垮了。张治贤是偷鸡不成蚀把米。沙县长是隔空拿人，还让他抓不到把柄。不管咋说，玉山老哥你沉冤得雪，这才是最大的好事。"

葛钟娃猛不溜插了一嘴："张治贤那家伙头上没毛，是个滑头。"

王九先接着又对石玉山说道："但行好事，莫问前路，可是规圆矩方，没有规矩，不成方圆。这些年来，驼队的冬草一直在你这里拉，前前后后拉了多少，也没法计算了，你已有言在先，我再兑你银钱，就生分了。我没啥可说的，我从北斗宫杏林泉带来几篓子好酒，你就留下解闷吧！"

石玉山说："用两峰骆驼给我驮酒来，也太大发了。我是不是可以开酒坊了。"

王九先说："和你帮我给我的比起来，我是小巫，你是大巫。"

石玉山说："你们都看到了，我庄子上缺啥都不缺麦草、麦衣子，山一样地堆在十多个麦场边。你拉走的，也就九牛一毛，还提那些干啥。"

王九先说："今冬麦草三层被，来年枕着馒头睡。麦草的用项大了，哪有糟蹋掉的，对你是九牛一毛，对我可是救命菩萨！"

石玉山好茶好酒好肉，还炒了当天蒸的榆钱囷囷，款待了王九先一行几人。

站在炕沿前的石湾说："叔叔们来得有些早，杏花开了，杏子没熟。"

葛钟娃说："要赶上杏子下来，还能好好咥一顿！"

郝七三说:"你这山望着那山高,白吃枣儿还嫌核儿大。"

王九先说:"水货好吃也得匀着点。记住,果三杏四桃饱人,李子树下埋死人,不要逮啥吃啥。放开了肚子咥,吃坏了,先生有时候都治不了。"

石玉山说:"这可是大实话!"

郝七三对葛钟娃说:"哪天我就带你一个人去县城里好好吃一顿,让你吃滑肠。"

葛钟娃说:"郝哥,你这话让人心里有些不高兴。"

郝七三说:"有啥不高兴的,说出来让我们大家伙都高兴高兴。"

葛钟娃说:"为啥让我吃滑肠?"

郝七三说:"你知道那叫啥吗?那叫狗肚子里盛不住二两酥油。"

石湾说:"出行的饺子回家的面,给叔们包了饺子。"

葛钟娃说:"坐场时有闲工夫,我们也包骆驼肉饺子。"

郝七三说:"你包的那是啥饺子?大的大,小的小,爷爷孙子三辈子。"

石湾问王九先:"叔,让我干些啥?"

王九先对石湾说:"七十二行,庄稼为王,辈辈鸡娃辈辈鸣。你就守着你爹,守着这些庄稼地,安生待着!"

石玉山长出了一口气说:"这娃娃七八岁时,就偷偷把马牵出去在坡上练骑马,每天回家马不吃料,浑身是水。问及缘由,他还说不知咋回事。"他望了望石湾,满怀期许地说道:"俗话说,六十三,衣服脱下别人穿。我已六十出头,这就奔六十三去了,以后也就指靠这娃了。那天若不是那狱警出手,我恐怕已是隔世为人了。唉,想起来也快,不觉得就老了!年轻时尿尿一条线,老了尿尿满勾缝窜,真是腿弯腰塌了。"

王九先说:"老哥,话可不能这样说,大难不死必有后福。我们还都等着喝孙子的满月酒呢!"

石玉山笑着说:"这就得看命了。"他顿了顿,转脸又对石湾说道:"翻越天山风雪大,馍馍冻硬了没办法吃,记得装些牛肉干给叔们带去。道尔吉值守今

橐　驼

天没来，也记得给他带些手抓肉回去。"

王九先说："嗨，路上带有馕饼，还能啃得动。我看这娃随你了，稳重懂事，让我高兴！"

石玉山说："你我还讲啥客气？老话说，人穷不走亲，马瘦不走冰。我们哥儿们不存在那些东西，盼着你们多来，我就高兴了。"

听了石玉山的话，也许是喝了酒的缘故，王九先眼眶湿润了。他端起一杯酒一饮而尽，对石玉山说："我们是一辈子的情分！"

第二天，石湾骑着马把王九先一行送到了冰达坂下。面黑劲道在，马瘦跑得快。待王九先回头再看，石湾骑着匹金鬃马，人马一体，像一支箭射进了山谷。

"真是虎父无犬子！"王久先望着石湾的背影点了点头。

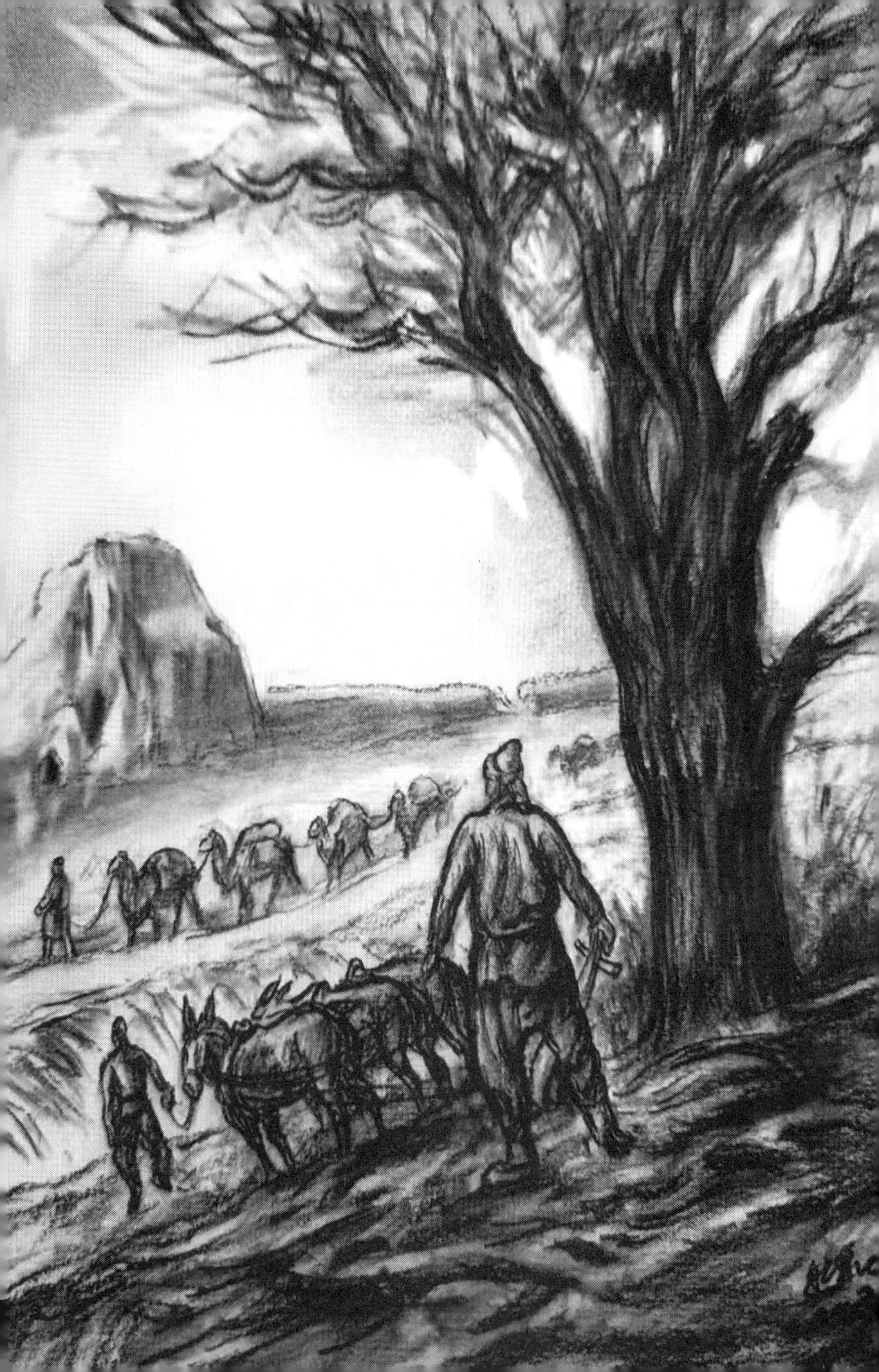

第二十六章

一

出了北道桥一直往北，中途有一棵老榆树，盘根错节，枝繁叶茂，树身三人才能合围。树冠的九条枝丫比壮汉的腰身还粗。树冠蓬松张开，远远望去，像一个巨大的蘑菇。树下有九条树根裸露地面有二尺多高，如苍龙卧地。老树独处此地，周围再无树木。树下有一眼清泉，泉水凛冽甘甜，深不见底。早年有一头牛不慎掉进泉里，挣扎了几下就不见了。

古城子有好几处马场，在靠沙窝的满营湖有四马场，在喇嘛湖梁下面有二马场。还有一马场、三马场，都分布在古城子周边不同的地方。

北道桥原来有大清军马场和草料场。这里大多是地湖，地表水积少成多，形成一大片芦苇湖，在湖边偌大的滩上就是马场。马场有七八千匹马，军队行走戈壁，进退沙漠，都靠这些马匹。后来马没有了，就叫成了草料场。多少年过去，地名没变，树没有倒，可猢狲散了。

驼队每到此处，都要在树下休息片刻，可这次没有停留。当陆十红对王九先说："骆驼是不是该撒尿了？"

王九先脸色很难看："到高泉吧！"

一个时辰后，驼队到了高泉。驼队歇息，是为了让骆驼撒尿。在一天的行程中，骆驼有三尿，都是选择能歇息的地段让骆驼尿完拉尽。到高泉是第一尿。

高泉被人们视为神泉，在一处很高的沙丘顶上，泉眼里冒出一股泉水。先前是飞禽走兽喝水的地方,后来有游牧的蒙古人在此落脚。高泉周围的沙丘上野草丛生,野兔跑出的小路纵横交错,野驴、黄羊、野狼、狐狸、獾猪常在这里出没,老鹰、乌鸦、长脖子雁时不时在泉边起落。

数年前,一位蒙古人在淘泉时淘出几枚唐朝的开元通宝,还有一串念珠和羊蹄形的银块。这些都是人们祭祀神泉时丢进去的。

每到高泉,葛钟娃都要哼两句:

长脖子雁
一溜串
哪达有水哪达站
…………

可这次他没哼,他怕王九先开口骂人。

二

北道桥到处是草湖滩和芨芨,芨芨长得比人还高。芦苇湖的芦花四处飘散,骆驼和人的身上不时有花絮飘落。县府在桥北边设有缉查站,征收行商官税,连带鸦片缉查。

这些日子,曹文茂总感觉自己头上像是悬了一把刀,不知什么时候会掉下来。每到北道桥,他都要和缉查站的人套近乎,手里总会提一些酱牛肉、腊羊头、烤包子、烧卖之类的吃食,虽说把缉查站的那些人惯出了毛病,但也给驼队提供了方便,对驼队草草检查一下就放行了。

但这次却不一样,王九先怎么都想不到,就在刚才,路过北道桥时,曹文茂被警察局的人带走了。警察在曹文茂夹带的骆驼背上发现了烟土。

驼队一驻足,曹文茂就提着一包吃食走进了缉查所。谁知他很快被几个警察

橐　驼

押了出来，径直走向曹文茂的那两峰骆驼，撕开骆驼鞍子上的一块补丁，两包烟土被搜了出来，足有二十两。

要被带走的曹文茂一言不发。王九先走到他面前说："我问过你，你没说实话。贩大烟，这是刀头上舔血的买卖。"

曹文茂面带愧疚地说："我对不住掌柜子。"他知道，这件事情避无可避，只能硬着头皮顶着了。

只听跟在他后面的一个警察说道："不管咋样，你也不能干这种犯法的事！"这警察，曹文茂很熟。

曹文茂说出来的话更让人吃惊："都说婊子无情戏子无义，冠冕堂皇的老爷，耀武扬威的侯门，哪个不是笑里藏刀，不见得比我好到哪里去，他们背后干的勾当比我只多不少。别人怎么对我，这是我的因果。我怎么对别人，这是我的修行。长命功夫长命做，长命豆腐长命磨。我认了。"

曹文茂是文化人钻了牛角尖，走了死胡同，疏忽了做人的道理，总为了太多遥不可及的东西去疲于奔命，却忘了人生真正的幸事是家中的温暖和柴米油盐的充实，无论你赚钱多少，经历的事情好与坏，最期待的还是和家人的团聚。

王九先看着高泉里汩汩涌出的泉水，心里很不是滋味。其他人都默不作声，各自干着手里的活。

陆十红走到王九先身边对他说："掌柜子，这怪不着你。曹文茂他藏着掖着，我们谁也不知道呀！"

郝七三在远处搭了腔："这个贼尿，个人咋弄咋弄，这不是坏了掌柜子和驼队的名声嘛？"

王九先半天没有作答，捧起泉水喝了一口，缓缓地说道："这不光是让驼队蒙羞，关键是我在沙县长那里咋样交代，让人家咋样看我？"

戚长林说："该咋说就咋说，只能实话实说。"

王九先说："就和这泉水一样，清的时候清，流下去到了泥沙里就混了。曹文茂就是和泥沙混在了一起。"

394

这时，葛钟娃走过来说："掌柜子，骆驼尿完了。"

王九先挥了一下手说："走路！"

三

太阳像个鸡蛋饼，贴在灰蓝的天幕上。天气很燥，干巴巴的，让人心里很不得劲。

半年后，驼队从张家口回转古城子。一路上，王九先一直想着曹文茂那事儿，他心里不舒服，也不托底。他给货栈的掌柜子回了合约，就去了沙筱圃那里。

沙筱圃说："没有事先给你说一声，打个招呼，一个是怕耽误了驼队的行程，再一个放到北道桥缉查站逮人动静不会太大。"

王九先问："人咋处理？"

沙筱圃说："先关着吧！"

王九先说："不往上面送？"

沙筱圃说："送去就再也回不来了。"

王九先说："可惜了那一肚子文化。"

沙筱圃说："就念着这一点，就让他在这边的号子里先待着吧！"

王九先说："没看出，曹文茂还有这个小九九。"

沙筱圃说："也是逮住了王皮匠，从他嘴里掏出来的。"

王九先说："害了个人不说，把婆姨娃娃都害惨了，这日子还咋过？我能不能去看一下这贼尿？"

沙筱圃说："不着急，现在还不是时候。先把前因后果、来龙去脉搞清楚，这小子的事犯得到底有多大？"

王九先说："好事不出门，坏事传千里。就怕曹文茂连累他人，这事情一定要说清楚。再说出了这种事，我王九先也丢人。"

橐　驼

　　沙筱圃说:"不碍你的事。逮人的时候,我就交代过警察局,不要为难驼队,把曹文茂悄悄带回来就成。"

　　王九先说:"不管咋说,事情出在我的驼队,见了熟人说不清也辨不明,有脸没处搁。"

　　沙筱圃说:"这就看你的了。"

　　从沙筱圃处出来,王九先带着郝七三去了曹文茂家,见了奚桂兰。

　　奚桂兰一听曹文茂被抓了,一下哭得凄凄惶惶,像带雨梨花,鼻子一把泪一把地说道:"女人就怕嫁错郎,男人就怕入错行。是我嫁错了,还是他行入错了。我要是个婊子,还能去卖身。王掌柜你说让我咋弄,这日子还咋过?"

　　郝七三一听奚桂兰话说得难听,也没客气:"女人的泪,男人的罪。虽说这事怪曹文茂,你该也知道一些吧?为了娃娃,你也得咬着牙过,把你压箱底的钱先拿出来!"

　　奚桂兰说:"哪有什么压箱底的钱。再说了,死水怕勺舀。"

　　王九先从口袋里拿出一些银圆给了奚桂兰说:"这是两峰骆驼的脚程钱,你把它收好了。骆驼的草料钱就不扣了,就算大伙的心意吧!"

　　奚桂兰接过钱,连忙说道:"谢谢掌柜子了,这可是我母子两个的救命钱啊!"说着又拉开了哭腔。

　　出了门,王九先说:"萝卜是个菜,便宜是个害,大烟的便宜不是好占的。就是躲过了雨,还能躲得过风?他咋样吃进去,还咋样吐出来。他是眼睛望着天堂,其实脚已迈进了牢狱里头。真是成事不足,败事有余。"

　　郝七三说:"妈的,他自个儿走道儿都画圈,还撑着给人家治偏瘫。掌柜子我看了,他是给自个儿找麻达。大路朝天,各走一边,阳关道上只不过少了他一人。"

　　王九先说:"做贼不犯事,是遭数和时候没到。耗子吃猫奶,别把自个儿的命自个儿掰了,那就烧高香了。家亡两字赌和嫖,家败两字凶和暴,沾上这几样,想救也救不了。话说回来,江湖规矩,不打赶考的举子。在我看来,曹文茂

第二十六章

肚子里那些东西胜过一些举子，他还没到最让人糟心的那一步。边走边看，能捞时还得捞一把。"

王九先曾经怀疑过曹文茂，他给曹文茂交代过："你可不能在驼队夹带不该带的东西。我让你进驼队，看你是个文化人，用得着你的地方不少。我不求你感激，不求你回报，只要你不给我惹祸就行。"

郝七三更不留情面，说："掌柜子给你面子，给你热脸，你可不能给掌柜子冷屁股，可是要顺坡下驴。你是不是把勾子撅起来还让我们看看能不能拉出屎来？天公地道，天不能惹，地不能惹，你可不能蹚啥浑水。要是出了事情，你个人就得担着，掌柜子可没办法救你，宁救百只羊，不救一只狼。再一个你记住，被门挤过的核桃照样补脑子，被驴踢了的头不一定能想事情。"

回到驼队，王九先对大家说："曹文茂贩大烟没成事，却败于大烟。那东西金贵，好多人望着眼馋，可是害人不浅。你们几个谁要抽上那东西，贩那玩意，就离开驼队。"

陆十红说："他虽然是个文化人，但也有钻旮旯拐角的时候。让曹文茂大彻大悟，只怕得靠他自个儿了。"

戚长林说："脚踏两船，迟早会翻！"

侯财来说了一句，却没说到点子上："他是闲得没屎事干，山里的石头往洼里转，转空了。"

葛钟娃一看出了事情，也不敢说啥。晚上睡觉前，他瞅了一下帐篷里再没他人，用探询的口气对王九先说："我听曹文茂说，我们是走在一个大球上。叫啥？对，是叫地球。他说地球在转。"

王九先说："他有时候也是胡屎咧咧，自古以来都是天圆地方。晚上睡蒙了，你从炕上掉下来了，是不是那个什么鸡巴球甩下来的？哼，地球在转，转他娘个脚。人站在球上，都成玩杂耍的了。再说了，有些人他也能站得住，难道头不晕吗？"

王九先想起了曹文茂说过的话："掌柜子，实话说了好听，皮袄穿上隔风，

橐 驼

如今国家内忧外患,我们这些人报国无门,回天无力,不如在骆驼上多下些工夫,大把银子挣回来,多玩几个女人。"

大伙都睡下后,葛钟娃用胳膊肘捣了一下身边的侯财来悄声说:"曹文茂这家伙,这回可是着祸了,跌到贩子手里了,这下要他娃的考惩呢!"

侯财来听了这话,没有吭声,只是长长地叹了一口气。

四

沙筱圃和王九先不知道的是曹文茂在狱中不光是受审,还受了辱挫。他像被审贼一样,审过来,审过去,连他和几个女人上了炕都问过好几次。两个狱警还拿他打赌。

一个说:"听说这姓曹的是个文人。文人有傲气,杀杀傲气,让他收敛收敛?"

另一个说:"老生常谈,还拿鸡蛋开涮。"

两个警察一个拿了枚生鸡蛋,一个拿了枚熟鸡蛋,他们让曹文茂当面脱了裤子,看他屁股缝里能不能夹住鸡蛋。先是拿熟鸡蛋给他,让他自己夹。曹文茂羞辱难当,但他硬是把蛋夹住了,可在夹生鸡蛋时一滑溜跌下去烂了,打了一滩。

两个警察打了个平手。最后,警察逼着曹文茂,眼看着他背过身去把那熟鸡蛋吃了。

木匠短了咂嘴,铁匠短了两锤。就这一下,让受了侮辱的曹文茂想了很多,本想着在驼队各得其所,各安天命,谁知却是心比天高,命比纸薄,扳倒葫芦撒了油,啥也没落着,倒弄得里外不是人。

他想了几个晚上想通了:"若能出去,再咋弄,都不能再犯事了。钓鱼穷三年,玩鸟儿毁一生,贩烟土弄不好会丢命。掌柜子早就交代过,不知道的事儿不要胡说,不能带的货不要去做。我真是成了向缺钱人借钱,给有钱人送钱,问路无礼，多走几十里，关键是这路走错了，还能不能转回来？"

　　曹文茂怀疑自个儿还能不能在绝望中重生，后悔得直挖屁眼儿："人出了差池，有了麻达，跌到人家嘴底下，想咋说咋说，想咋欺负咋欺负。我真是应了那句话，聋子耳朵哑巴嘴，瞎子眼睛瘸子腿，听不见、说不清、看不了、跑不远。我若是铁匠，现回原形，变成铁板一块，烧红了锤它几锤，把自个儿打回原样儿去。"

第二十七章

一

北沙窝的梭梭又稠又密，像森林，树皮浅灰或灰褐色，树干直溜的很少，本应长直溜的都被风沙吹得七扭八歪。一场春雨后，梭梭枝干上的叶子都冒了出来，沙坡沙梁上满眼都是绿色，可仍有沙子被风卷起，漫天胡搅上一阵，又伏在了梭梭脚下。

傍晚时分，驮子卸在了沙漠边缘的黄草湖站口，道尔吉去放骆驼，其他人忙活吃喝。

过了一会儿，道尔吉突然进来对侯财来说："侯财来，有人找你！"

紧接着，进来三个人，扑到侯财来跟前，三下五除二，就把侯财来绑了。三人是穿便服的警察，当他们得知侯财来就在王九先的驼队里，便追了上来，好在驼队出古城子才走了一站路。

刚才，就在站口不远处放驼的道尔吉远远看到，有三个人骑着马，后面吊着一匹马朝他过来，向他一打听，侯财来此刻就在站口的屋子里。

侯财来说："我知道迟早有这么一天。"

他对着王九先他们说："谢谢掌柜子和大家这些年来对我的照顾。"

他又转过头对那几个警察说："我跟你们走。"

一个警察说："你不为难我们，我们也不为难你。"

侯财来说："走吧！"

第二十七章

看着被推搡出门的侯财来的背影,郝七三说:"看样子,他这是韭菜包子跌了底,露了啥馅儿了。"

侯财来被绑在了三个警察来时吊在后面的一匹马上,这是专门为他准备的。趴在马上的侯财来面无表情,眼睛闭着,头耷拉着。一个警察上去紧了一下马肚带,在侯财来趴的马屁股上抽了一鞭子,马儿往前一纵就跑起来。

王九先他们看到,四匹马扬蹄疾驰。瞬间,他们的视线就被扬起的尘土阻隔。

二

世上有人不相信有因果,可因果就在神明处,从未绕过谁去。在号子里,法官向侯财来宣布了执行死刑的判决。法官的话像一颗炸弹在侯财来心中轰然炸响,他如被雷击一般呆呆地跌坐在半截土炕上,说不出半句话来。侯财来知道他的罪过大了,这些天根锁的那张脸时不时在他眼前晃动。

终审裁定下达后,看守采取了措施,给侯财来调了号子换了房间,一夜里狱警进出号子好几次,怕侯财来自残、自杀。

人之将死,其言也善,也是为了让执行的过程更为平静,侯财来与执行死刑的人达成了媾和。法警问他有什么要求,他说不要打脑袋,保个全尸,死后不会变成怨鬼与刽子手作对。法警又问他还有什么最后愿望,侯财来想一下,叹口气说:"最后愿望是我不要死。"

法警摇了摇头,监狱里的气氛一下变得肃杀起来。他们给侯财来剃光了头,拍了照。侯财来知道,这是他人生当中的第一张也是最后一张照片。

侯财来懂得子欲孝而亲不待的道理。他的脑子里,闪现出他去看父亲时所遇到的。父亲没有见到,已经和母亲合葬了。对老人,生前膝下尽孝,去世高抬深埋,这两样侯财来一样也没做到。他看到的是父亲打场时用过的一个碌碡静静地躺在麦场边的草丛里。他走过去蹲下身子,用手抚摸着碌碡,像是感受它的温

橐　驼

度。他似乎觉得他像是摸到了父亲的身躯，他的眼前浮现出父亲打场的情景。

父亲也还是要净场的，先把场地平整好，洒上水后再撒一层麦秸。麦秸下的场地似干非干时，就用那头脬牛拉着碌子在场子里不停地转，一遍遍碾压，直到把场压平压瓷实。打场时，碌子还是被脬牛拉着在麦场上不停地转圈，一圈两圈，不间断地重复着，直到麦粒从麦穗上碾压出来。

父亲打场要打三遍，第一遍不能打成花碌子场，碌子要匀称地滚遍全场，要打遍打熟。父亲牵着脬牛转圈打场，母亲和他随着碌子碾压过地方，把麦子连秸秆翻起抖虚抖匀。第二遍打的就是头麦，每一碌子都要打熟，把麦穗麦秆打成麦草，尽量把麦穗上的麦粒脱净。麦秆成了麦草，由最初的黄色变成了黄白色，太阳一照，闪着亮光。母亲和他随着碌子滚过的地方，开始起头场，把打好的麦草起成堆，抱到场边上。起完这层麦草再翻抖下面的麦秸，把没有打熟的麦秸抖起来，再打一次，这是打二麦。第三遍再打一次，叫打三麦。三遍打过去，一个上午就快过去了。黄灿灿的麦粒被堆在场地的中心，麦堆上尖下圆，像放大的金色塔儿糖。父亲捧起一把麦子，两手来回把麦粒倒一下，再用嘴吹一下，把一粒麦子扔进口中"咯嘣"嚼碎，不住点头说："好麦子呀！"

民勤风沙大，一天一天，一年一年，地里的土被风刮走了不少，地变得薄起来。于是，爹妈便用担子挑，用车拉，把圈里的牛粪羊粪倒进地里，让它们变成土，地就又变得厚实起来。

记得母亲在世时，洋芋是家里的主食，早上圆蛋蛋，晚上蛋蛋圆，中午洋芋切片片。有天煮了半锅洋芋，洋芋熟了后，他拿了碗，碗里放了几个洋芋，一出门坐在门旁的小板凳上开始给洋芋剥皮。父亲喂了牛回屋吃饭，一看他在给洋芋剥皮，一把将他怀里的碗夺了过去。那天父亲硬是没给他吃饭，饿了一天肚子。从那以后，他再也没给洋芋剥过皮。

侯财来眼前的碌子在清晰中渐渐变得模糊起来。他站起身子，抹了一把眼泪，走到地头上父母的坟边。他看到，父母的坟上面有一个很深的比拳头大的老鼠洞。他猛地跪倒在地大声哭道："昨晚梦里父亲对我说，房顶上开了窟窿，漏了。"他泣不成声地俯下身子，趴在了坟头上。

跟随侯财来拉着黑骡子的王九先，看到侯财来难过的样子，他抬起了头，看着远处的祁连山。此刻的祁连山正被游走的乌云笼罩着。

王九先叹了一声说："哭吧！该是痛痛快快哭一场的时候了。"说完，他的眼眶也湿了。

侯财来不知道，父亲是屋檐上的冰溜掉下来，直直插进了脑袋，吭都没吭一声倒在了地上死的。

三

侯财来接受了最后一顿饭。他选择了饺子，但吃了一个就望着饺子发呆了。他的幻觉中出现了他娶宁彩凤的情景。人生总会遭遇一些邪恶。他的幻觉中流露出的是对人生中那些不再重复的日子的留恋和向往。

在临刑的前两天，侯财来给宁彩凤写了信。他识字不多，斗大的字也就认得几兔儿条筐，只好求助管教。那管教怕是给人代写信已习惯了，听明白了他的意思后提笔就来。

"问天问地问爹娘，为啥让我来这世上？我在这世上生长了这么些年月，活着的时候有知有觉，现在又要被重新收回了。我想我的庄稼和牛羊，我再也不能光着膀子去收麦子了，也不能坐场去放骆驼了。我想在死前和你见上一面，给你说几句话。"

管教写完给他念了一遍。他没听完就哭了，然后一整夜不说话，扬着脸望着窗外若有所思。没有人知道他在想什么。他瞪着双眼一直到天亮。他想起了结婚时他给宁彩凤买了件旗袍，旗袍有点宽大，冬天能套在棉袄上，上半身还能说得过去，一出门西北风一吹，下半身的两腿间冷飕飕的，像刮过堂风一样。宁彩凤当着他的面脱下旗袍说，这就不是种庄稼人该穿的。

也就是在天亮时分，侯财来像是听到了黑白无常拍门的声音。

橐 驼

四

"家有四声叫,定是好征兆。"鸡鹅猪鸭的叫声、孩子嬉戏打闹声、妻子的唠叨声、锅碗瓢盆的碰撞声,这些声音充满欢乐和幸福。但是,宁彩凤听到的是三声叫。"家有三声叫,不是好征兆。"昨天晚上,睡在炕上的宁彩凤,蒙眬中一骨碌爬了起来,坐在被窝里若有所思。刚才在似梦非梦中,她像是听到了猫头鹰和老鸹的叫声。那声音像幽灵直钻她的心中,让她的心头发颤,着实把她吓了一跳。她早就听老人讲过,除了猫头鹰和老鸹的叫声,若是护院的狗半夜三更突然叫起来,那是来了贼人,是狗在给主人报信。

一种不祥之兆,给宁彩凤的心头蒙上了一层阴影,她的眼前突然出现了侯财来的身影。就在她吃完早饭准备下地时,一匹快马来到了她的面前。她收到了侯财来从监狱里给她带来的信。

五

黑暗和光明交替后,当阳光再一次从铁窗外射进照着侯财来的脸时,他又流下了眼泪。他知道再也看不到伴他走过了二十多年与他一起劳作的那颗太阳了。

侯财来活了半辈子人,啥名堂都没活出来。他恨自己,恨不得把自个的肠子捋出来。在公审会上,他的两腿打软,脸像张黄表纸。

俗话说,月事不做饭,早上不借钱,初一不探亲,红笔不写名。当沉重的脚镣从侯财来的脚腕上卸下来时,他的人生走到了尽头。台上的法官宣布判决书,用红笔在亡命牌侯财来三个字上打了个大大的叉,往他脚下一扔后,他的身子就开始往下溜了,脸色变得铁青,像鱼的苦胆汁,给人毛骨悚然的感觉。一边一个法警眉头一蹙一蹙,脸一偏一偏,侯财来拉了裤子,屎尿味冲进了他们的嗓子眼。好在法警前面就用两根细麻绳把侯财来膝盖上头处的裤子扎得贼紧。

侯财来被带下去时自己已经迈不动腿了。真正面对死亡时,他内心因极度恐

第二十七章

惧而导致五官扭曲和精神崩溃的样子是很吓人的，任凭怎么呼喊，那灰色的脸再没有任何反应。

刑车在昏黄的天空下向着西北方向疾驰，苍天为侯财来增添了几分凄凉的气氛，竟然下起了细雨。随着囚车的颠簸和晃动，他像被抽掉了脊梁骨，身子成了一堆肉，东倒西歪。

在刑场上，侯财来像条被掏空的麻袋，已没有了意识。当他被按倒跪在地上时，若没有两个法警提着他两个肩膀，他就会匍匐在地。按老人的话说，将死的人到了这个份上，三魂七魄在前一晚上已离开肉身走了大半，判官已令小鬼前往刑场，捉生催死，缉拿亡魂。

气氛是恐怖的。围观的老百姓没能近距离看到侯财来伏法，死刑执行过程被涂上一层神秘的色彩，可葛钟娃却挤到了跟前。

侯财来被枪毙确定死亡后，法警撤离了刑场。让人没想到的是王九先领着陆十红他们几个老早就守候在外围，吆着装有棺材的马车到了跟前。他们几人蹲在地上先是在侯财来头下烧了几张纸，扒下侯财来的衣服，用酒洗了身子，把出血口用棉花塞住，换了一身新衣服把他装进棺材。

王九先用棍子挑了挑纸灰，然后站起身从马车上取下一把铁锨，从地上一点一点把渗透侯财来血液的泥土铲起，装进一个事先准备好的白布袋里。他一边铲一边说："好歹也让他囫囫囵囵走吧，活人的事情不好说，走到哪一步算哪一步，早死早托生。记住了，多行善事，下辈子投胎转世，就是做牛马，做牛做个好牛，当马当个好马。"

自从侯财来消失后，宁彩凤以泪洗面的日子自然不少。她曾四处打听过侯财来的下落，但杳无音讯，不承想再见面时却是在刑场上。她没多说话，一直在哭泣、流泪。她是接到侯财来的信来的，没有赶上和侯财来见最后一面。

大伙动手挖坑埋人。坑挖完后，葛钟娃看看墓穴，对棺材里的侯财来说："好好去吧！你看，地方给你也挖得宽展。"

郝七三说："你觉得宽展你也下去，也占个地方？"

橐　驼

葛钟娃说："你比我岁数大，你先下！"

郝七三说："哎，妈日死的！"

棺材被慢慢放入墓穴，掩埋时就见宁彩凤扑了上去，哭得撕心裂肺。葛钟娃一见忙撂下铁锹拽住宁彩凤的胳膊把她拉到一边，相面一样看着宁彩凤的脸，结巴着一句一句说些好话。

就地埋了侯财来，众人把一些祭奠物，还有烧酒之类放在了坟头上。

王九先嘴里念叨："人生路短，黄泉路长，尘归尘、土归土，生一半、熟一半，拿到路上做盘缠。"

宁彩凤抹着眼泪对王九先说："侯财来在信里交代了，说王掌柜若能行，啥时候方便了，把他带回民勤，埋在他父母的脚底下。"

王九先向宁彩凤点了点头，从后腰的裤腰带上解下一个小布袋递给了宁彩凤，那里面有二十块银圆，是给侯财来的脚钱。

事后葛钟娃向众人描述了枪毙侯财来时的场景：上来两人验明正身后，行刑的法警在侯财来的背后举起了枪。按规矩被枪毙的人五花大绑时，绳结就绑在后心窝，对准绳结开枪子弹会直入心脏，被行刑者不会有太多痛苦。行刑的法警先前把子弹头在衣裤上磨过了，成了炸子儿。他用枪口抵住了侯财来后背上的绳结，一搂扳机枪响了。子弹的出口处，一股血柱直往外喷，侯财来的前胸上出现了拳头大的洞。他一个嘴啃泥扑倒在地，神经质地蠕动着身子，很快就断了气。后背上的绳结被打得散开，鲜血染红了绳结，变成了一朵血色的红菊花。

在肃杀的苍凉中，侯财来岁如昙花，成了他父精母血失收的种子。他的灵魂像沙枣树飘零的落叶，随风而逝，向着远处被裹进了混沌世界。

六

过了几天，戚长林说："侯财来命该如此，我早就看出来了，不过没有点明罢了。"

郝七三说:"你可不要事后诸葛亮。"

戚长林说:"你们都没看出来吗?"

王九先说:"我看出来了,有些话还是不说为好!"

葛钟娃问道:"掌柜子,你把啥看出来了?"

王九先说:"没看见吗,那娃娃戴着个铁帽子?"

葛钟娃又问:"啥叫铁帽子?"

戚长林说:"侯财来的发际低,快长到眉毛跟前了,那不是铁帽子是啥?"

郝七三说:"哦,还有这么个说法?"

王九先说:"这件事情让他避无可避,只能硬着头皮顶了。看来,他是到了驼队以后,就在惊恐和无奈中度过了,每天都在迎接充满变数的日子。"

七

过了三年,王九先把埋进义园的段子恒、乔长云的遗骸用匣子重新装了,连同侯财来一起,三个匣子驮在了葛钟娃拉着的骆驼上。驼队不走草原道,走河西走廊,到了民勤把侯财来的骨殖葬在了他父母的身边。到了包头,王九先把段子恒、乔长云的遗骸交给了各自的家人。

驼队从古城子走时,就侯财来、段子恒、乔长云的善后,装了匣子把风干的遗骸各自送回老家,大家没啥异议,就戚长林觉得有点晦气。

王九先说:"没听说吗,棺材头上有喜啊!早上出门,碰见发丧的,那是好事,几天内必有好事上身。别看结婚娶媳妇是喜事,但有些新媳妇身上是带有煞气的,为啥新媳妇进门时,尕娃娃要离远一点。我就亲眼看到一大户家娶媳妇,新媳妇的脚刚迈进大门,旁边一个娃娃就跌倒了,又是掐人中,又是灌水,半天才救治过来,把人都吓日塌了,差一点把婚事变成了丧事。为啥人做梦见棺材就有好事,虽然从根子上我说不明白,但这都是老辈传下来的话,灵验着呢。"大家听了王九先的解释,也就不再说啥了。

橐　驼

　　驼队上路那天，一切都准备停当，王九先骑着黑骡子，葛钟娃牵了一峰骆驼去了义园。在义园门前，山西会馆的几个人先为亡人们烧纸祷告，然后把要运走的段子恒、乔长云从风化的棺木中起出来，装进漆着红漆的木头匣子。匣子不同于老材，匣子简单，老材都是七分板，有些更厚，八分九分的都有，但匣子只有三分厚度，相比于老材，也窄也短，遗骸放进去宽宽大大。铺褥子盖被子，把人放置好，周身用成沓的毛头纸挤紧，然后封盖。众人又焚香烧纸，说些送他们回家的吉利话。

　　在枪毙了侯财来的地方，侯财来的遗骸也被郝七三、戚长林他们起了出来。不同的地方，相同的时辰，两边的人，都忙得鬼吹火似的。

　　段子恒、乔长云因厝于露天，尸身形同干尸。可侯财来的骨头上还筋丝连着肉丝，打开棺材盖的那一刻，一股尸臭味散发出来。戚长林两手各执一碗酒，急忙洒向棺内，同时从嘴里喷出一口酒。过了片刻尸味淡了许多，几人便将侯财来的尸骨装进匣子。戚长林手里忙活着，但嘴没闲下来。

　　他说道："人拿情感，驴拿棍赶，人情换人情，你拿啥换？好在有我们这些人，也算你娃的造化。好好去吧，好好孝顺你的娘老子吧！"

　　坟起走了，在两个地方，三个深浅不同的坑穴里分别扔了三个青萝卜，一个萝卜一个坑。不能空放着，空放着不知又是谁来装填这坑。

　　戚长林看着起了侯财来的空穴和那只萝卜，摇了摇头说："拔个萝卜留个坑，交个朋友伤回心。"

　　这当口，义园的曹义德忙前忙后。等众人都散了走了后，他望着远去的那峰骆驼，自言自语地说："我死了还能回老家吗？"

　　在葛钟娃的十八峰骆驼当中，殿后的三峰骆驼的货驮子上方，分别绑了三副棺木匣子，驼铃拴在一根脚腕粗细四棱见线约五尺长的扁条木上，斜插在最后那峰骆驼的驼鞍上。驼队走起，驼铃咣当，声音传得很远，像是为三位亡人招魂。

　　王九先向大伙交代说："这些日子，大家嘴上都把点门，白天不说人，晚上不说鬼！"

每到站口卸驮子时,葛钟娃都要烧几张纸,祷告祷告,把亡人卸下来安置好。第二天五更里起来搭驮子赶路,虽然紧张得要命,但纸还是要烧。那纸在黑夜里被点燃,映着葛钟娃虔诚的脸面,纸灰被风卷起来打几个旋,向着东面飘去。

　　王九先说:"看到了吧,亡人身子虽然在这里,魂早已回家了。"

　　葛钟娃便对亡人说:"你们好好地,我一定把你们送到家中,让你们和家里人见面。"

　　他又对装着侯财来的匣子说:"过去和你拌嘴的时候多,你可不要往心里去。"他转过头对着王九先说:"掌柜子给我派了个好差事,一天要烧几回纸,当先人伺候,就差我给他们守灵了。早知道我……"

　　王九先打断了他的话说:"好好说话,亡人听着呢!"

　　葛钟娃一伸舌头,连忙说:"好好的,好好的。"

　　驼队到了民勤,把侯财来葬在了他父母的身边。王九先说:"娘疼儿的心,没有插针的缝儿。她娘若是活着,不知心要疼成啥样子?"驼队继续向东,到了包头,在城门外,就见路边跪着一些人在烧纸。把段子恒、乔长云的骨殖匣子交到各自的家人手里后,虽然两家人哭得凄惶,但忘不了答谢王九先他们。这时的葛钟娃,一下觉得本事大了,走路都变了样子,手底下麻利得很。棺木从骆驼上往下卸时,他吆五喝六,别人怎么搭手,都听他的。

　　驼队宿营后,段子恒、乔长云的家里人就来请了。王九先和郝七三、葛钟娃去了段家,陆十红、戚长林、道尔吉去了乔家。王九先、郝七三没多喝酒,扎心,不舒服。倒是葛钟娃酒没少喝。回来的时候,脸喝得红扑扑的葛钟娃对王九先说:"掌柜子,下次有这事,还是让我来吧!"

　　王九先说:"棉裤上套皮裤,你还拽劲大了。去你娘个脚吧,你以为这事越多越好哇!"

橐 驼

八

四季轮回，又到了青草冒芽时。

这天，郝七三问葛钟娃："宁彩凤长得咋样？"

葛钟娃说："大模样还行，细看下嘴唇有点向外，是个勺勺嘴。"

一旁的王九先一听，这郝七三话里有话。

郝七三直截了当说："给你当婆姨咋样？"

王九先一转脸，愣了一下对郝七三说："你是给麻子扇耳光，这回扇到点子上。马好不在叫，人好不在貌，我看这事情能行。"

葛钟娃张大了嘴，不知说啥好。这事儿对他来说来得太突然，刚才他还说宁彩凤是勺勺嘴。

戚长林说："张三老、李四黑、王二麻子吧唧嘴，你还嫌人家呀？只有人家挑你的份儿，没有你要说的话。下嘴唇往外，是地包天，能包金包银。"

陆十红笑着对葛钟娃说："那叫兜齿。真还是你若盛开，清风自来。你和侯财来都是拉骆驼的，同人不同命。我看侯财来下葬那天，你们就结缘了，你拽住人家宁彩凤的胳膊，你的眼神儿和人家说话的架势就不对劲儿。多年没碰过女人，心里是不是咯噔了几下？"

葛钟娃赶忙辩解："不是不是，我眼神正着呢，就是说话没说利索，也不能看着人家往坟坑里跳。再说了，说人家是勺勺嘴，也是话赶话赶到了嘴边，我还咋能挑人家。"

王九先说："我看有戏，那女人是个过日子的人。你说实话，你觉得宁彩凤咋样？"

葛钟娃有点诚惶诚恐："人、人、人对着呢！"

郝七三说："好！我就要你这句话。说实在话，只有人家挑你，你还挑个锤子。你以为你是谁，穿上龙袍就成皇子了？人家可是有庄子有地的人。"显然，郝七三最后这句话说得有点大。接着他又说道："娶个比你厾的婆姨，她伺候你一辈子；娶个比你厉害的婆姨，你受气一辈子。我看宁彩凤不厌不弱，刚刚好。"

王九先看着葛钟娃的眼睛说："只要合你的心就好。我老家包头，有个女人，男人不称她心，老了去世时谁的话都不听，闭住眼睛不愿睁开，只是流下两行泪来，坐在那里死了。她的姐姐看到妹子受了这么大的委屈，埋了人后提个小板凳，坐在院子树下哭了三天。"

九

原来，埋了侯财来后，因为有宁彩凤在，王九先便招呼大家去饭馆里吃个便饭，也算是再送侯财来一程，可宁彩凤一个女人家和这些男人咋样上桌？王九先在郝七三耳边一嘀咕，郝七三便去把婆姨梁姑娘叫了来。

在饭桌上，大家除了给宁彩凤说些宽心的话，就是给侯财来左半杯右半杯浇奠烧酒，几杯酒下肚，说话也没高低了。宁彩凤一看，这些人对侯财来不光是实诚，还义气，就又掉开了眼泪。

一看这情景，梁姑娘对郝七三使了个眼色，跟大家打了个招呼，就拉着宁彩凤出了门。

王九先看着宁彩凤的背影叹了一句："侯财来和这女人，也是一对苦命鸳鸯。"

郝七三则对着宁彩凤大声说道："有啥事不要窝在心里，吭声！"

听到郝七三这句话，宁彩凤掉过头来对着大家又说了一些千恩万谢的话，又用手抹了抹眼窝。从那以后，宁彩凤上城来就去梁姑娘那里坐坐，一来二去成了熟人。

一天梁姑娘对郝七三说："我看宁彩凤和葛钟娃能行。"

郝七三一拍脑门说："对呀！还是你们婆姨家细心，宁彩凤能成葛钟娃的镇宅婆姨。"

橐 驼

宁彩凤再来,梁姑娘就把这事儿给她和盘托出。宁彩凤一听,感到惊讶。经梁姑娘再三撺掇,宁彩凤动了心。

大伙从郝七三口中知道了缘由,都不住点头。过了不久,葛钟娃和宁彩凤就走到了一起。

葛钟娃对宁彩凤说:"这半辈子,攉羊榨油拉骆驼,不承想这又成了亲。人都说羊肝子不是肉,侄儿子不是后,王掌柜对我们几个啥事都想到了,更不要说另眼看待了。郝七三平时和我好斗嘴,关键时候却是他成就了我们两个人的好事。"

他把前因后果一一说给宁彩凤听,宁彩凤感动得稀里哗啦。两人一商量,给郝七三和梁姑娘各买了一双鞋,说是答谢媒人。

每逢驼队回程,卸了驮子,一切收拾停当,王九先就把白骟驼给葛钟娃,让他骑了去见婆姨宁彩凤。陆十红也对他挥挥手,意思葛钟娃懂,是要他照看好白骟驼。葛钟娃谢过大伙,骑上白骟驼,趾高气扬去了冯家梁。王九先望着葛钟娃远去的背影,长出了一口气说道:"人生有缘,风雨不散!"

看到葛钟娃开心的样子,回到帐篷,郝七三对道尔吉说:"就你一个人挂单了,是不是也得给你找个鞑婆子了?"

道尔吉一个大红脸,不好意思摇摇头。

郝七三说:"我这个人嘴长,嘴一长,手跟上也长。出手的金子不如在手的铜,不管咋样,能抓住就着手办!"

王九先说:"是呀!也该踅摸踅摸了。"

过了不久葛钟娃在县城置办了房子,宁彩凤搬到了城里。他对宁彩凤打心眼里喜欢,对她是百依百顺,做饭剥葱,睡觉熄灯,热了扇风,凉了关门。真还能吃得苦中苦,伺候人上人。他一个人走在路上,嘴里也总是在哼哼:"出门在外老婆有交代,少喝酒来多呀么多吃菜……"

他对宁彩凤说:"这些年你是咋过来的,一个人住在冯家梁那屋里,土墙里还埋过娃娃?"

宁彩凤说："你不提倒没啥，一说叫人后怕。"

葛钟娃说："地就让它撂荒了吧？"

宁彩凤说："给李同顺两口子吧？"

葛钟娃说："房子土梁土柱，也不值几个钱，也给他们算了？"

宁彩凤说："侯财来若是地下有知，也会安心的。"

葛钟娃有了宁彩凤这个婆姨，接下来便求子心切了。听说无论生男生女，得去娘娘庙里求子，庙里有拳头大泥塑的娃娃，要"偷"一个回来，可灵验了。

葛钟娃在送子娘娘面前叩头作揖、上香拜佛，然后从娘娘身边的一群娃娃中，伸手拿了个娃。他一看是个女娃，把女娃放回去又拿了个男娃。过了不到一年，宁彩凤生了，竟生下一对龙凤胎。

王九先说："天意不可违，你不要女娃，人家自个儿跑家里来了。"

葛钟娃高兴地对宁彩凤说："你我若不成婚，家里哪来这么多人！"

女人的心是相怜相通的。宁彩凤坐月子时，梁姑娘来看过她几次。不久，梁姑娘也有了反应，也怀上了娃娃。

第二十八章

一

周凤麒突然中风,吃饭兜不住了,吃进去的少,撒在嘴边的多,嘴里开始流口水。又过了半个月,油盐都不进了,死的时候尿了拉了。当时,王九先和秦成涌就在他的炕沿前,说这是好事,是给后人们屙金尿银。

在这之前,王九先就已探视过几回。在提来的礼盒中,他有意放进去一株上好的人参,但一切都无济于事,眼见得人一天不如一天。昨天,秦成涌在他的耳边悄声说:"也就这一两天的事。"

先前周凤麒有交代,不要过分铺张,可大伙不依。山西会馆的门头和两边挂起了挽幛和孝布,两边挽联上写着:

　　晋风知义举鉴问前路
　　疆域晓气宇鞭策后人

在病榻上,周凤麒听说甘省会馆着火了,说是唱戏时汽灯灯罩掉了下来点着了幕布,但没伤着人,因水龙局救火及时损失不算太大。他大睁两眼想看到什么,当甘省会馆会长王铢站在他面前时,他动了动嘴唇。王铢将耳朵贴近他的嘴边,只听他说道:"建会馆不易,将乡亲们聚拢在一起更不易。操心操到家,是我们的本分。火烧财门开,你和你的会馆聚财了,别忘了给我吭一声。"

第二十八章

王铢看着周凤麒满怀期许的眼神，眼含热泪，对他一个劲儿点头。嘴里说道："请会长放心，我定会向您禀报告知。"

周凤麒是阴阳先生给净身穿衣的。穿衣有讲究，穿长不穿短，穿单不穿双，穿绸不穿缎，穿厚不穿薄。长意味着孝心常在，做事义长，长命百岁。忌讳短，意为短命，做事短。穿单不穿双，"双"有"一鬼勾三魂"的说法，说是还要死一个人。周凤麒穿了九件衣，上五下四。穿绸不穿缎，绸子的谐音为"稠子"，有家庭人口兴旺、子孙昌盛之意。而"缎子"谐音为"断子"，会断子绝孙。穿厚不穿薄，"厚"意味做人厚道，厚重积德，家底厚；薄则意味着福薄命薄，薄情寡义。

寿衣是蓝绵绸的，绣有银色的拳头大的寿字和铜钱。穿好衣服，便从炕上挪下，放在了一块门板上。门板上铺有麦草和褥子，铺麦草意为"落草"，逝者生前食用粮食，落草是为不忘衣食养育之恩。门板冲正屋门口停放，周凤麒头朝外，脸上盖着张黄表纸，头下放着纸盆。吊孝的人一进门，跪倒先烧纸、叩头。

灵堂很快搭好。棺木放置灵堂后，众人将周凤麒从门板上移至棺内，棺盖倾斜搭在棺材上，棺盖顶头下压着一块红布，摆上供桌，挂起挽联挽幛，肃穆气氛步步彰显。

不一会儿，做道场的道士们来了，那些吹喇叭的，是道士娃子，是为道长打下手的。道士念经，从人去世后头天晚上起经，念三天整，下葬后再念半天，叫整三破五。

两层桌子搭起法台，看起来很高。道长站在上面指东道西，口里念念有词，桃木剑直指天空，袍袖一甩，像要装了乾坤。作法下台后，拿起麻绳鞭，在院子四处一顿好打，意为驱赶野鬼。然后提着装有粮食的斗，一把一把把粮食撒在每个房间里，打发小鬼离开。

坟坑自然打在了义园，就在周凤麒父母坟头的下首。看坟地讲究风水，明庄子暗坟，后人不穷。先前给周家看风水也是这位阴阳先生，当时他是在几个硕大的芨芨墩前停下来的。

橐　驼

他说:"就这里了。坟在芨芨墩旁边,老远人是看不到的,可逝者能看到来人。芨芨春绿秋黄,也能表达逝者的一种心境。"

打坑前,阴阳先生带着周凤麒的大儿子先敬了土神、财神、家神,献了三副盘,立了三炷香。先由孝子抓三把土,分别撒向东、西、北三面,意为孝子破土,然后再由其他人打坑。南面是周凤麒要枕头的博格达山。

二

在周凤麒家的大门口,门前高挑着楼楼纸和引魂幡,灵堂坐北向南。北塔山的红松棺木停在灵堂中央,画得很漂亮,是请了专门的画匠画的。前顶是五蝠捧寿,下面是脚蹬莲花,一侧画了青松流水,一侧画了鹤鹿同春。

大小明灯,纸马垂首。红蜡烛、白蜡烛相间摆放,烟雾轻绕,纸钱味微熏,黑色的大瓦盆内纸灰随热气上升,像灰色的蝴蝶上下起舞。纸扎的童男童女站立两旁,金山银山各色纸货依次摆放。供桌上献有馒头花盘,花馍的顶端是着了色面捏的寿桃、菊花、莲花。

一只煮得半熟的鸡成蹲伏状,鸡的脖子里插着一根筷子,让鸡的脖子直起来,但头是低着的。鸡嘴里含着一小块馍,意为乌鸦反哺,不忘父母养育之恩。

周凤麒一落气,长子身着孝服,手执丧棒,被人领着去请人。丧棒是一尺多长的木棍,外面用白纸剪成菱形样糊做的,上端拴一根麻绳,俗称"哭丧棒"。说此棒能避邪,神鬼不碰。

按照古城子的风俗,每到一家大门口,孝子都要跪在外面,手中的丧棒不能往上举,不能指向人,头朝下拖在地上。他不能进大门,怕把晦气带进院中。

领着孝子请人的人进去对主人家说:"周凤麒周会长走了,孝子来请您了。"

主人家出门,对跪着的孝子说:"起来说话吧!"

第二十八章

孝子叩三个头起身,然后再走另一家。自始至终,孝子跪也好,站也好,不说一句话,头一直低着。这样走家串户,跪下起来,起来跪下,请人就用了半天时日。

最远的一家在菜园子的西头,路远,两人被留下吃饭,只是把丧棒立在了大门外,孝子脱下孝服缠在腰间,才上了桌子,饭后又叩了头才走人。

周凤麒的儿子女儿身着孝衫孝衣,腰系麻绳,孝衫后尾拖地。儿子手中出活时,孝服卷起来顶在头上行其事,事毕仍放长孝。女儿的孝披在头顶处长出一尺。孙子孙女戴着花花孝,孝帽前面缀着一小块红布。孝布是请了隔壁儿女双全的孙奶奶破的,她一拃一拃用手量了儿女们的身材,老大到老小,孝布一个比一个短一拃。

孝子们分跪在棺木的两旁,意在守孝。守孝不分昼夜,直至下葬,无事便不离开。来人吊孝奠纸烧香,小辈双膝跪地,平辈双腿跪一蹲一,长辈蹲着。烧香奠纸后,行礼,孝子孝孙磕头回礼,人走孝子磕头相送。

女儿媳妇哭灵时将头上的孝披往下一拉,遮住面部,哭声骤起,哭着哭着,勾起心中许多事,一股脑儿都在这里哭出来,各哭各的难肠,各哭各的心思。亲戚邻居也跟着哭,守人家灵堂,哭个人凄惶。

一只白公鸡被拴在棺木后一木橛子上,等出灵时就拿它取血,让鸡血淋上棺木,这是地方上的习俗和讲究。那只公鸡怕是也有灵性,嘴里"咯咯咯"叫着,挣扎跳跃着,妄图从灵堂里逃走。

为表孝心,周凤麒的儿女各拉来一只祭羊,都是羯羊。用羊示以孝心,源于羊羔跪乳,羊是表达孝心的祭品,祭羊拉来后要在灵堂前"领牲"。

"领牲"时辰到了,孝子跪在四周。先从长子送来的羊开始,"领牲"者用一碗凉水将羊的口、鼻、耳、眼、尾巴、蹄子洗净,再倒一碗水浇在羊的耳内、头上、肩上,边浇边说:"儿女的孝心,周会长就领了吧!"

"领牲"有大领和小领。

羊受凉水刺激,四蹄蹬展,抖掉身上的水,是大领。逝者高兴,送这只羊的

橐　驼

子女更高兴，父母认可自己是个孝子，便赶忙叩头。

有的羊浇了水，就是不打激灵。"领牲"者便往羊耳朵里灌点烧酒，羊一抡头甩耳，这是小领。

过去还真有一不孝子，母亲过世后"领牲"，任你再浇再灌，羊就是不打激灵，瞅空从人群中冲了出去。"领牲"者只好将羊捉回来割破耳朵放血，把血蘸在纸上烧了，算是孝子赎了罪。

领完牲的祭羊宰杀了用来招待客人。祭羊宰杀后，一副心肝肺、胸叉子在锅里焯一下，焯掉血水，用一个大木盘盛了，献于棺木前一膝高的长条供桌上。

宝食瓶里该装的食物用一大盘盛着放在旁边，瓶子是一只净瓶，瓶身带有龙、八仙图样。亡者是女，瓶上须有凤、牡丹图案。瓶里装着食物和茶酒：花生米、红枣、核桃仁、砂糖、葡萄干、糕点、揉碎的馒头、茶、酒。

孝男孝女挨个往里装，每人只装三小撮，再倒点茶、酒。装完后，对着瓶子磕头。磕头匍匐在地，男子左手压右手，女子右手压左手，将头磕在手上，叫阴阳结合，十指连心。

倒头碗里是冒尖的一碗黄米饭，中间插着三根红筷子，两根顺站，一根倒立，红布铺碗底。出灵时红布裹严，红绳扎紧，三根筷子露出半截，到坟上和宝食瓶一起放进棺木上方掏好的洞里，让逝者不饿不渴。

出灵前的头天晚上，太阳落山后，孝子们到大门口"打散"。人死后亡魂向阎王报到，在路上有孤魂野鬼拦住，要讨买路钱，"打散"些食物来安慰这些野鬼。

"打散"的食物有两种：一种是干食，叫舍饭蛋子，用红枣、方块糖、面食、切成块状的馍馍搅在一起，放在一个盆里；另一种是糊状食物，叫迷魂汤，用装倒头碗剩下的米饭、米汤，掺阴阳水各一半，装在水桶里。

来到大门外，之前已用麦草撒一个圆圈，在麦草上铺了烧纸。圆圈中间也放着一堆麦草，把楼楼纸放在上面，孝子沿圆圈跪下，

主事人说："明天送亡人，孝子齐祷告！"

第二十八章

点燃麦草,焚化楼楼纸。长子举着引魂幡,其他孝子按顺序跟在后面,围着火堆转圈,左转三圈,右转三圈,边转口中边祷告:"父亲大人上楼了,您一路走好!"

后面跟着两个人,一人端着舍饭盆子,撒舍饭蛋子,一个人提迷魂汤桶子,用勺子撒汤。

第二天天亮时分,开始入殓,虚掩的棺盖被两个壮汉挪下,顺着立在棺木一边。

阴阳先生用棉花蘸酒,为周凤麒洗脸,松开红布腰带,按铺金盖银的说法,铺上金色绸子,用一色的铜钱摆好七星北斗,解开绊脚的红布条,在衣袖内塞上过奈河桥用的打狗饼,最后盖上银色苦单。

入殓完毕后盖棺,杠房的两个壮汉将棺盖上顶、合卯,阴阳先生将三根木钉用木槌"啪啪"固定死。众孝子在一旁跪喊:"父亲大人躲钉了!"

阴阳先生喊道:"吉时已到,请棺!"

抬棺的是古城子杠房的一班人马。杠房掌柜子叫京玉堂,置办的家私一应俱全,不管红白喜事,还是打坑埋人,哪怕是抹脖子上吊的人,他都接。抬棺或抬轿,有八抬、十六抬、三十二抬、四十八抬。唢呐、冥乐齐全。一帮人中,平时谁干谁的活,若有事一呼即来。娶媳妇的马拉轿车是玻璃车,人抬的轿子分两层。轿子到大门口,从中再抬出二层轿到门口迎娶新媳妇上轿。

此刻,经阴阳先生一招呼,腰里挽着孝布的杠房的汉子们一拥而上,把棺木抬出灵棚,放到两个长条凳上,在棺材前后麻利地捆绑横木,挽绳搭扣,然后扯好上方的长条伞盖。

阴阳先生喊了声:"起灵上路!"

十八个壮汉抬起棺材,缓缓走出院门。面色沉重的阴阳先生走在壮汉们前面,嘴里一边念叨,一边从串着纸钱的木棍上捋下三色路钱抛向空中,更增添了肃穆的气氛。

头一天下了不大的一场雨,早上太阳出来一照,路上没有了泥泞,踩上去仅

橐 驼

湿鞋底不湿鞋帮。抬着棺木的人没有了先前的沮丧，说这场雨下好了，路上的尘土被雨压住了。

众孝子三抱一举，抱画像、抱宝食瓶、抱倒头碗、举引魂幡。长子头顶烧化纸钱的灰盆，一步步倒退到大门处倒了纸灰。这灰盆被称为"聚宝盆"。在这些天里，盆里烧化了无数纸钱，后人拿着它，说能发财，用它发面蒸馍馍，蒸下的馍馍又大又暄。

棺木下葬前，阴阳先生抱起一摞烧纸，在周凤麒坟茔五丈开外的周边先打发小鬼。他边烧纸嘴里边念叨："车碾马踏的、河跌沙压的、炮打穿身的、屈死亡娘的、刀剁斧砍的、抹脖上吊的、孤家寡人的、没家没舍的、有心没肺的、抬轿赶车的、牵马坠镫的，凡是骚毛野道上来的，都带些银两去，拿些纸钱去，除了自个儿用的，好好侍奉周会长，但万不可打扰周会长……"

周凤麒被埋进了义园，与前辈为邻，与魂灵对话。他头枕博格达山，脚蹬水磨河，风云一时的人物，不枉在古城子走了一遭。

孝子们焚烧了"金银元宝"龙票、往生钱，奠了酽茶，浇了烧酒，把切开的瓜果、揉碎的馒头、糕点，大把撒向坟茔和周边。

看到周凤麒的大儿子跪在坟前拿着棍子挑那没焚化的纸钱，阴阳先生赶忙制止："阴间不收破钱，都堆在了一旁，堆成了一座破钱山，万万不可让周会长犯难。"

当坟包堆起，上来两人拽着抬棺解下的大绳，转着圈在坟包上浪绳、圆坟，然后插上引魂幡。引魂幡插好后，插的那人背向引魂幡，双手抓住引魂幡向上拔了一下，说能治腰疼。

这当口有人提了铁锹，挖来一个硕大的芨芨墩，放到了周凤麒的坟包上面。那人一边放，嘴里一边说，一两场雨，新一茬芨芨缨子就长出来了。

人将撤去，忽然刮来一股清风，晴朗的天空竟下起了白雨。雨丝如线，还带出一股酒香，间歇地洒上人们头上肩上，像是周凤麒对众人的答谢。

第二十八章

三

周凤麒临终时，向王九先提了个要求，问王九先能不能答应。

王九先说："啥要求不要求的，会长尽管说。"

周凤麒说："对你来说，说难不难，说不难也难。"

王九先说："到底啥事，你尽管说！"

周凤麒说："你也知道，我祖上也是拉骆驼起家的，是拉着骆驼到古城子来的，由行商变成了坐商。拉骆驼这个行当我懂、我清楚。那首曲子《驼户的日月难》唱出了驼户的艰难困苦，倒出了驼户心里的苦水。我知道陆十红是个角儿，都说他唱得好，我没有见识过。这临到头了，就想听听从他嘴里唱出的《驼户的日月难》。一个是让我那拉过骆驼的老先人也听一听，和他见面，总得有份见面礼，这曲子对他再合适不过。一个是听着名角儿唱这曲子，我心里踏实，再也没有啥牵挂了，就是不知陆十红给不给我这个面子。"

王九先听到这里，眼眶已经湿润了。他对周凤麒说："周老哥放心，到这个时候，你心里还装着我们驼户，我定会办好！"

送葬的队伍出发了。在十八抬的灵柩后面，是一挂骆驼车，车上坐着王九先他们。骆驼车由戚长林吆着，车一动陆十红就唱开了，他用悲恸的腔调唱道：

驼客的日月难
自造吃来自造穿
挨饿受罪鞋跑烂
骆驼还得自己连

头发千条线
自己梳来自己辫
困乏身子懒

橐 驼

毛盖子锈成毡

熬不过春月天
遍地青绿惹人烦
抬头见哀雁
两眼泪不干

熬不过夏月天
太阳出来照西山
织不完的毛口袋
补不够的骆驼鞍
渴得咱头发昏
晒得那石头烂
骆驼只是把毛脱
咱把身上皮脱干

熬不过秋月天
庄稼熟了人喜欢
只怕骆驼又起场
一天两搬鞍
跟上掌柜连夜转
又不知道走哪边
忍饥挨饿得了病
想家千里路遥远

熬不过冬月天

北风卷地雪满滩

冻得驼户直打战

跑得咱们腿发酸

五更里起来抓骆驼

贼打火烧又是喊

驼客的日月难

一年四季不得闲

驼客的日月难

一年四季不得闲

…………

陆十红唱着，其他几个人也都低声附和着。他们唱得那么投入，那么专注，那么凄凉。看得出，这曲子又将他们带入了那悲壮的充满豪情的驼路驼道中。

四

当人们神色黯然为周凤麒的离世感到惋惜并忙碌着，睡在棺木中面色红润的周凤麒因云泥之别没去阴间，灵魂步入了天堂，这归功于他建了义园。冥冥之中让他疑惑这是真实存在，还是在梦里云中。当他神定气顺，知道身处之地是实实在在的天堂所在时，这让他感到万分惊奇，一些先祖们也竟在这里，亲人相聚，让他喜极而泣。但重逢、相聚却也是有始有终，天堂里竟也是有聚有散，凡人是无法摆脱轮回之苦的，一次次绝命，一次次重生。陆陆续续、先出后进，大家又要忙着各自去转世投胎，又去新一轮的轮回中或大富大贵或受苦受难。

周凤麒俯身再看古城子，古城子的那首歌谣直冲他的耳门：

橐 驼

芨芨林开满城

满城开要谁呢

要个鸡娃叫鸣呢

芨芨林开满城

满城开要谁呢

要个日头种田呢

芨芨林开满城

满城开要谁呢

要个媳妇上炕呢

芨芨林开满城

满城开要谁呢

要个店铺经商呢

芨芨林开满城

满城开要谁呢

要个古城发财呢

…………

第二十九章

一

飘雨不终朝，骤雨不终日。

沙筱圃站在窗前，在骤雨的幕布中思绪万千。他观海解局，以己度人，他的悲痛无以言表，他的精神要垮，心神似乎要失守了。

他信奉道教，但不排斥佛教。道教尊道贵德，天人合一，贵生济世，是华夏本教，且以"道"为最高信仰。在《易经》里，"九"是阳数，双九就是重阳。在道家来看，这一天清气上升，浊气下沉，传闻登山的人可以呼吸清气，羽化登仙。

沙筱圃认为佛教中的超度也不是没有道理，六道轮回的众生中，胎生人和牛马羊驴驼，卵生鸡鸭羽鸽苍鹰鸟儿，湿生鸣蛙鱼虫，化生冥冥鬼精，万物的生死造化真还是五迷三道，深奥莫测。超度那些四大皆空，六根清净，还要清心寡欲，没有进入六道轮回的魂灵，让他们离苦得乐，方能称得上是功德无量。而功德无量中的"德"，则是得大于德必有所失，德大于得必有所得。

他清楚地记得，三年前旱情抬头，他率县城各界众人在三清宫道观设坛祈雨。由周凤麒与道长刘宗修主募，在大院东侧续建斗姥阁大殿三间，开光竣工日，在庙前河滩上搭台唱酬神戏三天。

三清宫建于光绪年间，在水磨河的北坡上。道观主持刘宗修先后收有五个弟子，师徒们在道观四周植树栽花，在河滩上开了块地，种粮、种菜补贴日常生活。

橐 驼

从道观外高三丈的台阶拾级而上，可见"三清宫"匾额悬于观门之上，院内古榆参天，香火旺盛，抽签、问卜、求方治病的善男信女来往不绝。

正北台基上有大殿三间，殿内神龛为土坯起拱的洞子三孔，洞壁用白灰纸浆抹就。洞内供奉着三清神像，中为太清境大赤天道德天尊，左为玉清境清微天元始天尊，右为上清境禹余天灵宝天尊，分坐在莲花蒲团上。两边壁上彩绘十大门人站立像。左首洞内供北斗七星塑像，壁上彩绘"斩将封神"中的诛仙阵、万仙阵、伐朝歌的传说。右首洞内供八仙，绘有铁拐李成道、韩湘子渡灵英、八仙过海等故事。绘画线条用泥金起凸，画中的甲胄、兵器、法宝内衬玻璃，闪闪发光。

三天前，沙筱圃来到三清宫，先前是禅音入心，禅画入境，两年多没来，观内香火竟冷落了许多。刘宗修的五个弟子，有四个渐次还俗谋生，唯有大弟子程道生守在身边。刘宗修显得体弱，依靠徒众及信士周济度日，三清宫处于行将败落境地。

想到此，沙筱圃端起茶杯，盯着茶杯看了一会儿，自言自语道："世味秋茶苦，人间直道穷。人生如茶，有起伏才有淡定，有苦痛才有乐趣。得意时看自己低一些，失意时学会忍受寂寞，沉淀自身才对。"

他的脸上掠过一丝绝无仅有的悲凉，望望窗外，看到云中微露的明月，内心叹道："圆月如灯，肉体未死，精神先亡。谁承想，我已跨入自我消沉地步。"

他看了看桌子上的蜡烛，那蜡烛弯曲，站得不端，蜡泪滴在了桌面上。"真是泪多命短！"他又叹道。

天空又下起雨来，在他的心中罩上了更大的阴影。西边没有揭开雨幕的迹象，那太阳肯定被乌云推出了天海，似乎要永远沉没，浪迹于天涯不再回来。宇宙中似乎有一个邪魔，在古城子的头上发威发怒。它在作一幅巨大的泼墨画，随心所欲地抓起大块的乌云，在古城子的上空涂染。沙筱圃觉得他将被裹进那幅画中，从此不能自拔。

他的心像秋草一样荒了。

第二十九章

二

　　对王九先来说,事情来得很突然。

　　这天,沙筱圃把他带到了郊外一处榆树林掩映着的不大不小的院子中。这是前任县长齐壁山金屋藏娇的地方,里面还带有密室。沙筱圃上任后,县府把这小院交给了他。

　　当王九先看到棺内躺着脸上微露痛苦、穿戴整齐的宋晚晴的尸体时,猛吃一惊,心里打了个冷战。

　　沙筱圃解释道:"都是烟土害了她。昨天晚上宋晚晴背着唐妈自个儿喝了大烟汁,留下了遗言,让我把孩子照顾好。前些日子幸亏从迪化家中接来了老佣人唐妈,这段时日在家中侍奉。若没有唐妈,我将不知如何应对。我已把孩子交给了唐妈,安排她们去了迪化。"

　　当时,沙筱圃看着宋晚晴吸食大烟时的样子,对她说:"烟土让你不能自制,不争气也就罢了,张治贤让我耻辱不堪,明里你不能再抽了。我放你一马,要吸就去郊外的院里吧!"宋晚晴喜出望外,抱起儿子跟着他到了小院里。

　　沙筱圃看着宋晚晴欣喜若狂的样子,心如刀绞。他知道,宋晚晴已无药可救。当看到孩子脸面上被喷了大烟的那股兴奋劲儿、烟瘾犯时哭闹不休、鼻涕泪水直流的残相,再看宋晚晴衣冠不整、浑浑噩噩,光着脚跪地向他求饶的样子,他无奈地摇摇头,这无异于饮鸩止渴。爱断了线,人寒了心,带给他内心的痛楚只有他自己知道。

　　他急忙派人从迪化家里接来老佣人唐妈。当初从迪化来古城子上任时,父母让跟随多年的佣人唐妈一路相随。沙筱圃认为唐妈还是留在父母身边为宜,在古城子可另寻她人,但看到宋晚晴痛苦不堪的样子,这事儿又不能让外人插手,只好将唐妈接了过来。

　　王九先问道:"我一直以为,当时你已把她母子两个送回了迪化?"

　　沙筱圃说:"那只不过是招摇过市,让外人看罢了。若真去了迪化,父母眼

橐　驼

里难容沙子。椿树为父，萱草为母，椿萱并茂，是人生最幸福的事，再说父母年纪都大了，说啥也不能给二老添堵。孰轻孰重，自个儿的锅自个儿背，自个儿的肠子自个儿悔。"

王九先看着宋晚晴，头微微低了一下，然后说道："不管咋说，夫妻一场，把人交给我，我会把她厚葬在义园。"

沙筱圃说："交给你我放心！"

密室里除了宋晚晴的尸体，还放有很多被油纸包裹的枪支。沙筱圃走到几口箱子前，把一只箱子的盖子掀开，里面是白花花的大洋："这是从大烟贩子手里缴来的。"他又打开另外几只箱子："这几百支钢枪，自卫团成立时，我就留了一手。民团解散后，枪就留了下来。"

王九先有点不解，他试探地问沙筱圃："你让我看这些东西是……"

沙筱圃表情凝重地说："你应该明白我的意思！"

王九先处变不惊道："你是说？"

沙筱圃点了点头说："我信你。这些东西夹带在货物中全部带走，无论送到哪里，只要是前线，只要是驱逐倭寇的队伍就行。海外华人为了救国救难也都在捐款捐物。这些东西应该用在它该去的地方，这也算是赎我的罪吧！"说完他换了个口气说道："驼队的脚钱我已给你留足。"

王九先低头思谋了一下，用前门牙咬了咬下嘴唇，斩钉截铁地说："行！脚钱的事儿过后再说。"

沙筱圃说："那不行，脚钱一文都不能少！"

王九先说："沙县长！"

沙筱圃说："这战乱世道，何时才能天清地宁？但愿山河无恙，华夏安康！"

他顿了一下又对王九先说："你有啥要求尽管开口？"

王九先说："这个事情会让你为难。"

沙筱圃说："你是说让我把曹文茂放了？"

王九先点了点头。

沙筱圃转过脸看了看宋晚晴。他踱了几步，一转身对王九先说："行！行走成路，宽窄由己。曹文茂虽说是学深养不厚，但也不是冥顽不化，恶习难改，毕竟是读书人，一点拨就通了。这人有救，不过你还得敲打一下。"

王九先说："蛇不知道自个儿有毒，人不知道自个儿有错。曹文茂虽说可怜之人必有可恨之处，像是酒里兑了水，味道不纯，可本性不坏，算是个风流才子。有些字面上打交道的事更适合他，他也是被逼到了墙角才回头。沙县长放心，他若是还犯老毛病，我照样扯他的袜底子！"

沙筱圃说："那就好！"他一转身，从抽屉里拿出了一个和田玉的鞋拔子。虽然是鞋拔子，但十分精巧，羊尾巴油似的玉里隐隐沁着一方印痕。

他对王九先说："没有能拿出手的东西了，这个鞋拔子给你留个念想。"

王九先说："这恐怕不行！"

沙筱圃将鞋拔子递到王九先手上说："不值几个钱。你是走路的人，用得着。"说着他又从抽屉里拿出一把精致的手枪说："这个做防身之用。"

王九先说："这个我用不着，再说我也不会用。"

沙筱圃说："今时不同往日，若要把危险变成无害，还是要防备着点。我给你准备了县府的文书，拿着它，在县域之内保你通行无阻。多少年来，驼队受尽了土匪的掠夺杀戮，不就是手中没有保护自己的家伙吗？驼队请不起镖局，何不给自个儿保镖？过去的镖行，白龙马、梨花枪，走遍天下是家乡。走镖人跨骏马，挥镖旗，吼喊声不断，傲视众强、睥睨八方，就怕别人不知。我说你们是不是也得有点走镖人的锐气。这枪你拿着，对土匪有时会起到震慑作用。这个也好学，你的驼队中，有会使枪的人吗？"

王九先说："你不问我倒忘了，陆十红在杨增新手里当过兵，枪使得不错。"

沙筱圃说："这就好办了。好招用在事上，好钢用在刃上。留几支枪给驼队壮胆，让陆十红教他们。这个好学，三天两后响的事。"

橐 驼

王九先说:"那就谢谢沙县长了。"说着他从腰里一摸,摸出一个金蚂蚱往沙筱圃手中递去,说:"念想是互相的,你也得记住我们这些驼户。在这多事之秋,望您能保重自己。"

沙筱圃说:"我留下也行,但不是现在,等你回来再给我不迟。"紧接着他又说:"明天我请大家吃个饭,就算是饯行,让大伙儿都来。"

王九先不客气地说:"好吧!"

三

沙筱圃面对宋晚晴的尸体,黯然神伤。他完全沉浸在无限的悲哀之中。想想也是,对张治贤心软是病,而对宋晚晴,情深则是命。宋晚晴给他留了遗嘱:"我身孕爱子,骨开生产之痛,痛彻肺腑,也没有今日之心痛。我走了,算是彻底解脱。迷津无边,是我毁了孩子,毁了这个家,也害了你。我是咎由自取,不必为我惋惜。你的难处我知道,可我不能自制,权当各取所需。从孩子哭闹不休的脸上看到了我颓废的影子。成大事者不拘小节,我知道这不能算是小节,但你还是谅解了我,让我这样苟且地活着。让唐妈照顾好我们的孩子,如果再世为人,我会堂堂正正做你的妻子。"

沙筱圃心里一股说不出的滋味又涌了上来。他重重地叹了一口气说:"我这是积思顿释,感动了开头,悲伤了结尾。本想聊以自慰,也想逾越他人,却是金玉其外败絮其中。路走错了,留下的是骂名,与功德无缘。'雪压南山头,水往西北流,家无三代富,好官不长久。'这古城子的人还真是厉害,早就把一切都说清楚,总结到家了。"

他抹了一把眼泪说:"都说是子承父业,女继母仪,可我的传承又在哪儿呢?小胜靠智,大胜靠德,我有这个德行吗?灿烂一时,刹那终生,我灿烂过吗?"

沙筱圃看着宋晚晴手边的烟枪,又摇摇头说:"人已死,无法还魂,魂归何处，我将如何寻觅？这世间终将忘记你我的存在，这事儿让我咋样淡然、豁然？两害相权取其轻，这轻怎么取啊？"

他想起一位算命先生曾给他算过一卦，按理说君子算祸不算福，可那算命先生说他能活一百一十八岁。沙筱圃笑了，那不活活累死我呀！

他耳边响起他和宋晚晴一次幽会时说的一些话，他对宋晚晴开玩笑说道："我们是正经人家，重金娶妻，娶的是完璧之身；八抬大轿，抬来的是大家闺秀；明媒正娶，娶的是贤良淑德。我们两个的日子，我要的是茶语书声，双马饮泉。"

宋晚晴一笑说道："你家是书香门第，我是大家闺秀，既然你要完璧之身，那你也要对我忠贞不贰；你要贤良淑德，我定是温文儒雅。除了双马饮泉，还会次第花开，这难道还不够吗？"

沙筱圃风风光光把宋晚晴娶进了家门。想想宋晚晴，也是琴韵书声、秀外慧中、钟灵毓秀，是不可多得的女子，可如今不单是学无所用，用无所长，而是自毁前程，自断后路，陷入了沼泽泥潭，且经历了孤雏之痛。看着自己最亲的人，有因有果，有血有肉，最终了结在了自己面前，这实在让他无法接受。

夫妻之间有了隔阂，尤以他和宋晚晴之间的这种状态，除了对她产生怜悯，复杂的心情道不清说不明。对于孩子他无话可说，襁褓中的婴儿，还没断奶，竟以烟土为伴，难道这就是命运的安排？

沙筱圃痛定思痛，心想：这真是步步陷阱，步步惊魂，自身还要包羞忍辱，蒙羞添耻。反过来说，在禁烟上，我若是犹豫再三，举棋不定，在古城子的历史上，那将沦为千古罪人。

沙筱圃心如止水，暗自思忖："来这世间，安身立命，思接千载，神游万仞，却充当一个悲剧的角色。在古城子，自己人生的这场戏，该演的都演完了，只是没有想到最后竟以这样的方式收场，但也不能就这样随波逐流，起落沉浮。君子德比若玉，无骨不去其身。说得多好，男人不经磨炼再造，不能成为真正的男人。骨头不硬，说话气都短，风骨是男人的根本，到啥时候都不能丢。为人在世，为民请命、为国赴难、临危受命。这三件事不能避，为民请命、临危受命，还算做了些皮毛，只是这为国赴难呢？都说人生在世的最高境界，莫过于想开、看淡、舍得、放下……"

沙筱圃抬起头长吁一声道："也好，宁鸣而死，不默而生，该是沉淀自身的时候了。既然化茧成蝶，那就飞吧！"

四

沙筱圃把几个驼户请到了汇聚轩饭馆。饭馆是他委托王九先点的。曹文茂也来了，一脸的愧疚。他本不想来，王九先对他说："人有的时候，有进去的门，没出来的路。你是做梦见阎王，死掉又活过来的人，咋说也得当面给人家说声谢谢。有钱把事儿做好，没钱把人做好。也是看在你文能拆词、武还能铲狗屎的面子上，这回就算是饶了你了。"

曹文茂说："掌柜子，人生不止一次选择，我总想着另辟蹊径，可心比天高，命比纸薄，这个跟头算是把我栽醒了。都说背后捅刀子的都是熟人，他知道刀子往哪里捅最痛。可你的为人做派，却让我终身受用。"

在饭馆里，沙筱圃对既是掌柜子又是大厨的赵旺子说："有啥拿手好菜多上几个！"

赵旺子一看是县长请客，身手大显，他应了一声道："好嘞！我给大家上四个凉菜，八个热菜，这叫四平八稳。"

不大工夫菜就端了上来，继四个凉菜之后，上来俩菜，一个是站鸡，一个是卧鸭。那鸡用筷子一戳，嗓子眼里还发出"咯"的叫声。除了王九先，其他几个人不知咋吃、咋下筷子，连戚长林、郝七三都愣住了。就听得里面又一声喊："来喽！"

只见赵旺子端上来一个瓦盆，满盆盛着一个硕大的鸡蛋。他用刀切开后，蛋清如玉，蛋黄像熟透的黄蛋子小甜瓜，层次分明。在座的人都惊叹不已。

第二十九章

沙筱圃故意问赵旺子:"这是骆驼蛋,还是鸡蛋?"

这一问把赵旺子问愣住了。他转脸问王九先说:"掌柜子,这骆驼下蛋吗?"

王九先刚要张嘴,葛钟娃抢着说:"现在不下蛋,以前有过,都变成了石头蛋,将军戈壁上多了去了。"

赵旺子说:"还真有骆驼蛋?"

曹文茂说:"那是我哄他,那些是恐龙的蛋化石。"

赵旺子说:"那我再上个火锅,大伙连我一起涮得了。"他这一句话,把大家都逗笑了。

赵旺子指着那盆说:"这菜叫圆圆满满。各位一尝便知,当然是鸡蛋了。"

葛钟娃插嘴说:"蛋都这么大,那母鸡有多大,该有驴大了吧?"他一句话把大家又都惹笑了。郝七三在桌下踢了葛钟娃一下。

葛钟娃看了郝七三一眼说:"郝哥,你踢我干啥?我是不知道才问的。"

郝七三说:"就你话多。"

他一伸手撕下鸡头塞进了葛钟娃的嘴里,众人笑得更厉害了。

沙筱圃对赵旺子说:"这么大的蛋咋做?"

赵旺子说:"这个好弄,用猪尿脬或羊尿脬,先用清水洗了,再用盐水和烧酒洗两遍,刮掉油脂筋膜,用笔筒吹胀,把新鲜的鸡蛋用漏斗灌到尿脬中,鸡蛋不论数,灌满就好,用线扎紧,卤了煮了都行。"

沙筱圃说:"你说出来,不怕别人抢了你的饭碗?"

赵旺子说:"不怕,别人就是做了,也是蛋清和蛋黄混在一起,做不出我这个样子来。"

沙筱圃说:"哦,你是留了一手?"

赵旺子说:"好我的县长,不留一手不行啊!"

沙筱圃若有所思说:"蛋清蛋黄不能混在一起?"

王九先一指赵旺子说:"他是山西忻州的,能做南北大菜,酒席做得有模

橐 驼

有样。"

沙筱圃对王九先说:"你知道他?"

王九先说:"他是后来随我来到古城子的。"

沙筱圃说:"你们早就认识?"

王九先说:"不光是认识,还是半个乡党。"

沙筱圃说:"怪不得王掌柜对你青睐有加,原来是乡党啊!"

赵旺子说:"他不光是驼队的掌柜子,也是我的贵人。"

王九先对赵旺子说:"把你的拿手绝活亮一下。"

赵旺子说:"好嘞!"一转身进了后堂。

沙筱圃举杯与大家同饮。又见赵旺子出来,一手里提着一壶开水,一手拿着一条浸湿的白毛巾。只见他把白毛巾裹在他那光头上,另一只手提着的壶里的开水从壶嘴往头上浇了下去。

众人一惊。沙筱圃急忙摆手:"好了好了,别伤着人。"

赵旺子住手,拿开毛巾,大家看到他那头皮只是红了一坨,没有大碍。

沙筱圃说:"今天连我都开了眼界。"

赵旺子说:"让县长见笑。"

曹文茂偶尔喝酒,有时却忍着不喝,这是因为一次喝醉后进错了门,抱错了人,让人家结结实实捶了一顿,打得鼻青脸肿,从此和酒结了仇,非不得已时才碰酒杯。

曹文茂端起酒杯对大家说道:"我先给大家敬杯酒,先谢沙县长的宽宏大量,再造之恩,再谢掌柜子和弟兄们的厚待之情。我定会从头再来,重新做人。"说完已是泪流满面,举起酒杯一饮而尽。挨着他坐的郝七三拍了拍他的肩膀。

沙筱圃点了点头说:"来,喝酒!"

他一指赵旺子:"来,你也来喝几杯!"

赵旺子说:"不敢!"

434

第二十九章

王九先对赵旺子说:"来吧!"

王九先端起酒杯说道:"古人都是与贤为友,我们这些粗人,只能与骆驼为伴,啥时候也走不到人前面,还望沙县长多多见谅。"

郝七三插了一句说:"我们是狗肉包子上不了席面。"

沙筱圃说:"哎,可不能这样说,拉骆驼走南闯北,见多识广,连当兵的见了都让三分。来,换大杯!"

此时喝酒,沙筱圃表面看似波澜不惊,但内心的酸甜苦辣,个中滋味尽在其中。然而,多少年来的纠缠不清、没有头绪的挣扎,这一顿酒也让他彻底释怀了。

对王九先来说,这酒虽然喝在嘴里,进了肚子,但实际上是灌在了他自个儿的心里。那些悠扬的驼铃声,在千年不变的时空里,这次会发出撞击人们心灵的回响。

末了,沙筱圃又端起了酒杯说:"今日恰遇立秋,虽有秋老虎在,可古人将立秋分为三候:一候凉风至,二候白露生,三候寒蝉鸣。这几日,树上的叶子也开始落了,落叶知秋啊!驼队再度起程,艰难的日子又要开始了,还望王掌柜一行多多保重。"

王九先说:"年年如此,习惯了。能得到县长大人的肯定,我们的日子就好过多了。"

沙筱圃说:"你们都是有湖海襟怀的人,我怎么能和你们比?我这里还要说一句,你们这些驼户太正直,在这乱世之秋,有时候则要亦正亦邪,太实诚了是要吃大亏的。"

王九先问:"县长的意思是?"

沙筱圃说:"就是你们自己说的,斜斜子、横横子,都要来点。"

王九先对沙筱圃突然说出这样的话感到吃惊。

见王九先惊讶的样子,沙筱圃说:"我何尝不是这样的人,对有些事情,你说破了嘴皮子也无济于事,该收拾还得收拾,该处置还得处置。"

橐 驼

王九先一顿，似乎明白了沙筱圃的意思，点了点头。

这中间，郝七三出去解了个手，半天不见进来。

王九先问："这郝七三干啥去了？"

葛钟娃说："吹牛吹过头了，出去吹风了！"

这话恰好被刚进门的郝七三听见，他上前揪住葛钟娃的耳朵，给他灌了一杯酒。

回到帐篷后，王九先和陆十红到了一个无人的僻静处。王九先拿出手枪，让陆十红教他咋样打枪。一后响过去，王九先出枪的准头就让陆十红竖起了大拇指。

王九先说："今天都喝了酒，改天你再教教大伙咋样使枪。"

五

沙筱圃放了曹文茂，除了王九先向他求情，还有一层意思，就是曹文茂给他办了件大事。

那是王九先的驼队去往兰州送干货，他们刚走不几天，古城子就出了件稀奇古怪的事。不知为啥，全城的人好像在一夜之间都吃了巴豆，提着裤子满街跑，稀屎拉得收不住阵势。好端端一个人，说拉稀一下就拉得直不起腰来，裤子刚提起便又蹲下身去。街上药铺挤满了人，但僧多粥少，药少人多，连药铺的掌柜也为自家的人留后手。全城十多个中医几回下来也没了主意，都败下阵来，说如此大场面的拉肚子实属罕见。这时，已有人死于拉稀。在看守所的曹文茂听到这消息，灵机一动，写了两首诗，打通看守，把两首诗贴上了街头。诗是糟践那些老中医们的。

一首写道：

令尊作郎中

令郎为药师
　　医药若不通
　　父子都白吃

另一首是：

　　出了北门上高坡
　　高坡荒坟冤鬼多
　　新坟皆是我治死
　　老坟吃我爹的药

　　曹文茂的这两首诗一下惹怒了那些医生们，连秦成涌都摇头。几个中医连名将曹文茂告到沙筱圃那里，秦成涌倒是没有参与。沙筱圃看了两首诗，若有所思，差人把曹文茂提过来问话。
　　曹文茂对县长说："一个小病他们都治不了，还能不让人说话？"
　　沙筱圃说："小病，听你的口气你能治它？"
　　曹文茂说："不妨一试。"
　　沙筱圃问："你有何良方？"
　　曹文茂说："不用药即可。"
　　沙筱圃说："胡说，人都拉得黄皮拉瘦，不用药怎么能成？"
　　曹文茂说："不信拉倒。"
　　沙筱圃说："不妨一试。"
　　曹文茂说："走！"
　　沙筱圃问："走哪里去？"
　　曹文茂说："到水磨河。"
　　沙筱圃问："去那里干啥？"

橐 驼

　　曹文茂说："治病！"

　　沙筱圃问："怎么个治法？"

　　曹文茂说："让病人跳进河里，用冷水激。"

　　沙筱圃说："你这是邪方，这不是印度的恒河。"

　　曹文茂说："不信，那就没办法了。"

　　沙筱圃说："不妨一试。"

　　曹文茂知道，这件事避无可避，只能硬着头皮顶着上了。于是成群走肚拉稀的男男女女老老少少，跟了县长和曹文茂拥向水磨河。说来也怪，经冷水一激再激，那些拉肚子的人，不大工夫竟一个个都好转了，逐个儿扎紧了裤带。

　　人们对曹文茂交口称赞，千恩万谢。沙筱圃一边称奇，一边打量曹文茂。站在沙筱圃身边的那些告状的医生们面面相觑，感到自愧不如，摇摇头，转过身悻悻地走了。

　　后来王九先问他咋会有那么个偏方，曹文茂说了实话。原来，他爹跟他讲过，有一次他爹也是拉肚子，拉得不可开交，用了好多药也是不管用。眼看人就扛不住了，他爹便想，长痛不如短痛，干脆了断算了。于是躲过婆姨到了黄河边上，眼一闭跳进了河里。也是他命不该绝，就见一只羊皮筏子从上游下来，一个壮年汉子把他救了上来。到了岸上，他忽然觉得肚子里不再下坠，那稀屎也没有再拉的感觉。他精神一振，又去那浅水中泡了一会儿，虽然还觉得乏力，但命却保住了。

　　曹文茂说："没想到这次却派上了用场。其实我心里也没底，都是那些医生和县长逼得太紧。"

　　当时看到人们都跳进河里，尤其是那些年轻媳妇泡在水里羞答答的样子，他心里痒痒的。不管后果咋样，要不是县长看得紧，他也要跳进去泡一回。

　　王九先骂道："吃屎都不看个茬口，真是江山易改、禀性难移，都到啥时候了还想着女人，真是狗改不了吃屎。"

　　曹文茂低声嘟囔道："见花不采，佛爷见怪！"

沙筱圃让人查了曹文茂，他觉得这人还真是个人物，心里便嘀咕究竟对曹文茂咋办才好。正好王九先开口为曹文茂求情，他便来了个顺水人情。

六

微风习习，夕阳坠落，驼队宿营三个庄子。

三个庄子是出了古城子去往哈密的驿站，是个大驿站。这里驼队络绎不绝，帐篷林立，人丁熙攘。

三个庄子距古城子七十里，距木垒河七十里，向东向西都居中，驼队歇脚，上有戈壁，下有草湖，占住了天时地利。

官府在这里设有三驿局，专司驼运事宜，管理治安，核发驼运货照、旗牌、驼牌，征收赋税，疏导来古城子谋生下苦人丁。驼队坐场、放牧、起场，一年四季你来我往，不断有帐篷驻扎。

古城子商行掌柜每到货物到来，便雇上轿车到三驿局迎货。货多人多，住宿吃饭成了需求，驿站旅店开到了三家，三家旅店三个土围子，三个庄子名字不胫而走。

三家店中，一个店家叫丁快嘴，一个叫牛尖头，还有一个叫郭老二。郭老二的门脸儿都大于丁快嘴和牛尖头的店。

郭老二弟兄三人，长兄早逝，三弟抽大烟，家业全凭郭老二打理支撑。郭老二不仅开店，还种地、养畜、开油坊、开铺面。

先前，三个庄子只有骆驼、牛车走的便道。偌大的戈壁，野草丛生，是狐、狼、兔、野猪出没的地方。

四十出头的郭老二看到戈壁有一片沃土，是收庄稼的好地方，便向官方申请六垧地耕种。一般农户年耕种半垧到一垧，种一垧地庄稼的农户就是殷富人家。郭老二一次种六垧地，胆大有气魄。

他开渠种地，播种小麦，修有马厩牛圈、仓房，打了水井。夯的土围子虽是

橐　驼

土梁土柱，但能避风遮雨，简陋适用，春种秋收，冬天盛粮食、喂牲口，都能派上用场。

戈壁旷野名义上有人管辖，但只要有力耕种，随便拓展无人过问。郭老二种地如韩信点兵，多多益善。春天播种，不管墒情好坏，能浇则浇，不能浇只当靠天收获。有了收成，继续修建仓房，摊子越铺越大，逐渐形成了后三个庄子。这后三个庄子为：三驿局，郭老二的地盘，丁快嘴和牛尖头的店面。

王九先的驼队刚卸了驮子，郭老二就来了，他和王九先是老相识。他邀王九先到家里攀谈，喝酒是少不了的。王九先恪守规矩，无论郭老二咋劝，王九先二两酒是底线。

说来说去，郭老二给王九先交了底，他喊了一声，只见从外屋进来一人，二十来岁，身强力壮。

郭老二对王九先说："这是我的儿子，叫郭宽。"

他对儿子说："这是你王叔，叫叔！"

郭宽向王九先鞠了一躬，喊了声："王叔！"

郭老二开口道："不瞒王掌柜说，这来来往往的驼队中，王掌柜你是我最敬重的人。长话短说，我这店小，儿子在我这里盛不下了，他总是想出去闯闯。我看了，儿子只有交到你王掌柜手上我才放心，我这也是不见真佛不烧香。"

王九先说："这就是上次提说的你的儿子？"

郭老二说："上次他不在，这回见到真模样了，可有一把子力气。"

王九先再一次打量郭宽，这娃娃长得憨厚、诚实，和侯财来完全是两个人。自打侯财来死了后，王九先是打算再雇人进来，总是没有合适的人。此刻看到郭宽，打心眼里喜欢。

只听郭老二说道："让娃娃先跟上跑几趟，若不行就退回来！"

王九先说："郭掌柜插手骆驼，心里有你的盘算，看这架势，要不了几年就要拉起自个儿的驼队！"

郭老二说："啥都瞒不了王掌柜的眼睛。"

王九先说："好！这娃娃我要了。"

郭老二说："娃娃路上的行头我都备好了。驼队的草料尽管拿，要多少有多少。"

王九先说："你是候在这里等我的这句话！"

第二天早上，王九先去了三驿局。局长一看是王九先，一脸笑容，赶忙将驼运货照、旗牌、驼牌给了他，对于赋税只字没提。出了三驿局，王九先感到纳闷，他不知道是沙筱圃几天前就给三驿局打了招呼。

七

戈壁秋凉，风萧草黄。

驼队刚穿过咬牙沟，十来个土匪横在了路上。土匪骑马的，步行的，参差不齐。那土匪头子嚣张至极，大声喊道："把人杀了，骆驼搁下吃肉！"

走在最前面的郝七三一眼认出，这帮土匪就是杀了段子恒和乔长云的那帮家伙。旧仇未解，新恨又填。郝七三义愤填膺，一拳砸在驼鞍上。他跳下了驼背，随手从驼鞍上抽出了那把纯钢铡刀。

这时只见一土匪打马而来，手里举着的钢刀，直向郝七三劈去。一寸长一寸强。郝七三将手中的铡刀横着往上一举，那土匪的刀砍到了铡刀背上，他显然感觉到了郝七三的蛮力，手中的刀立刻崩出一个缺口。土匪的胳膊一震，刀差一点脱手。当他举刀再砍时，郝七三已将手中的铡刀横切过去，他解杀还杀，一刀切在了土匪的腹部。那土匪大叫一声跌下马来，就见肠子流了出来。

后边的土匪一看，这还了得，又有两个催动马儿举着刀冲了过来。只听一声枪响，一个土匪栽下马来。众人看到，骑在黑骡子上的王九先已赶了上来，他举着的手枪枪口上，冒出了一丝淡淡的青烟。

紧接着又一声枪响，这一枪是陆十红打来的。他从后面赶了上来。殿后扫尾的陆十红，驼队一停，听到前面的嘈杂声，他知道是出了事情，便从驼鞍上抽出

橐 驼

了长枪。随着他的枪响，一个土匪栽下马来。

土匪一下被震住了。这一帮土匪其实是一群莽汉，一开始凭大声吆喝，以压人的气势来唬人，以多欺少，并无多大智慧，遇上陆十红、郝七三他们，要用实力赢得对手还缺真本事。只见那土匪头子又大声喝道："给我杀了他们！"

众土匪蜂拥而上，嘴里"嗷嗷嗷"叫着冲了上来。王九先和陆十红又各开了一枪。王九先的这一枪没有打中，陆十红却又击中一个步行的土匪，土匪应声倒地。

但土匪们并没停下来，吼喊着仍向前冲来。说时迟，那时快，只见一匹马从斜刺里冲出，马上的人黑布蒙脸，手举双枪，噼里啪啦几声枪响，四五个土匪便应声倒地。那人勒转马头，又几下点射，又有两个土匪掉下马来。看到剩下的七八个土匪愣在了那里，那蒙面人并不答话，对着冒烟的枪吹了口气，一只腿一抬，盘坐在马背上，似乎是要看一场戏。

武功再高，也怕菜刀。只见郝七三迎着土匪冲了上去，他那把纯钢铡刀，光耀耀、亮闪闪，他挥舞铡刀，左劈右砍，凡碰上铡刀者非死即伤。陆十红左一枪右一枪，剩下的几个土匪即刻就被打得人仰马翻。

这时，一个土匪偷偷举起钢镖投向陆十红，就见王九先的黑骡子已到土匪眼前，他一出枪，土匪一头栽在了地上。陆十红大喝一声紧赶两步，一个柳条穿鱼，长枪的枪刺就又戳进了一个土匪的胸膛。

葛钟娃、道尔吉、戚长林、曹文茂横握早已预备好的骆驼夹杆，也伸拳出腿，紧紧地护住驼群，嘴里发出"打打打、杀杀杀"的喊声。

前两天刚来驼队的郭宽哪里见过这阵势，他不知所措，牵着骆驼缰绳的手不住发抖。他想上前，但又有所忌惮，便止步不前，只是挥着拳头，嘴里也学着葛钟娃他们一直喊打杀。

这时就见王九先把手枪往腰间一别，一伸手从黑骡子的鞍子下抽出了大鞭。他手执大鞭，左甩右缠，鞭绳像出洞的蟒蛇，打得剩余几个土匪抱头鼠窜。

郝七三一看那先前发声的土匪头子打马返身要逃，那狗日的，像骑着骆驼端着簸箕，跑得快，颠得快。他抡圆铡刀，在地上转了个圈，铡刀脱手飞了出去直切匪首的脊梁。匪首穿在身上的皮坎肩被一划两半，接着血就涌了出来，一头栽下马来，瘫在了地上。

剩下的几个土匪见状，连忙抱头蹲在地上，个个像丧家之犬瑟瑟发抖，一个劲地连声求饶。

王九先耳边响起了沙筱圃在酒桌上说的话："在这乱世之秋，有时则要亦正亦邪，太实诚了是要吃大亏的，斜斜子、横横子，都要来点。"

他闭上眼睛，屏气凝神思谋了一下，从怀里掏出手枪朝天放了一枪，高声说道："苍天在上，厚土在下，我们这些驼户，多少年来，在这驼道上忘却生死，苦心经营，有些人却是白白枉死。我若不顺应天意送鬼归阴，放了这几个歹人，再让他们去祸害别人，我能对得起谁，我就成了不可饶恕的罪人！"

郝七三他们一听掌柜子发了话，如切瓜般三下五除二就收拾了剩下的几个杂碎。

郝七三将瘫痪的土匪头子的领口一把抓住，那土匪头子面如土色。郝七三大声说道："段子恒、乔长云，我们前世有缘，今世同行，你两个看着，这就是杀了你们的刽子手。"说着手起铡刀落，那土匪头"啊"的一声，一个嘴啃泥匍匐在地。

郝七三一雪前耻，刚毅的脸庞上布上了热泪。他冲着那土匪头子的尸体大声吼唱道："宁叫那人头高杆挂，不能把江山失给他……"

王九先偏过头望着不远处的那个蒙面人。他到底是啥人？为啥出手相助？那蒙面人一看王九先在看他，一抖缰绳，马儿疾驰而走，不一会儿就消失了。

一行人抬眼向远处望去，无垠的天空高远深邃，他们仿佛看到了段子恒和乔长云此刻才瞑目的眼睛。

尾　声

生命的强度融化了秋寒，温暖了驼队。

驼队出发前，沙筱圃让人送来了三十多斤夹层酥。王九先心里想，这是古城子有名的糕点师傅赵小手的绝活。夹层酥烤熟后金黄、酥脆、咸香。那是手工活，每天才做三十来斤，一上市就被抢光了。沙筱圃是把今天的夹层酥全包圆了。他顿时明白过来："沙县长送来夹层酥，是让他不要把事情做成夹生饭。"

驼队途经哈密、骆驼圈子、星星峡……

过了些时日，驼队来到了杀虎口。当年，先人们从杀虎口的通顺桥上走过，就踏上了走西口的漫漫长路。如今王九先再返杀虎口，却是为了民族大义。他听沙筱圃说过，那些倭寇，自诩为什么虎虎虎的，这杀虎口不就是专杀那些虎狼的吗？

一匹懒洋洋的马从西边斜坡处转来，马上的人东摇西晃，嘴里哼着小调儿：

　　这么大的窗子这么大的门
　　这么大的丫头不给人
　　娘老子坏了良心
　　…………

坡外，一个女人提着筐子走过。马儿便跑起来，不等女人明白，马上的人已横在她的面前。这家伙是出来寻开心的，真还逮着一个。三扯两按，女人被摁在地上。不等她再挣扎，一把匕首像死人指头一样冰凉放在她的脸上。女人哀求

尾 声

着,看着那家伙脸上的凶光,绝望地将盖头蒙在自己脸上哭了。那家伙将马缰绳往自己脚脖子上一拴,狞笑着压住女人。

那边坡后,一支乌黑的枪口对准了那家伙的脑袋。突然,一股旋风扬起沙尘,无所顾忌地扑向坡前的马和人。马儿一惊,嘶鸣一声狂奔起来。那家伙惨叫一声,被缰绳拖走刹那间,一路烟尘淹没了马儿和人的身子,只听得见那家伙发出了像狗哭的声音。坡后,那大张的枪口,不,是持枪人沙筱圃长长地舒出一口气。

就在王九先的驼队到了黄河边上时,沙筱圃骑着快马已过了黄河。他穿着质地考究的军服,戴大檐帽,脚上穿着带马刺的黑皮靴,身上斜挎着武装带,一大一小两把盒子枪,腰里一把,屁股上一把,显得威风凛凛。

他先于驼队出发,拿着早已办好的"通关文牒",每过一道卡子,不管是税赋还是通常检查,都顺利过关。他对卡子上的官兵说:"后面驼队驮的都是军方的物资。"

遇上难剃的头,他从马背的褡裢里拿出两包烟或几块银圆,扔给把持关卡的士兵,打点一下就能放行。他心里明白,驼队来来往往,关卡上这些人已司空见惯,见到他是个军官,又有迪化省府和军方打印的通关文牒,还有烟与银洋,何乐而不为,省下给自己找麻烦。

此时,沙筱圃勒住马缰,听着远处传来的驼铃声,口里说道:"王掌柜,我会去拯救自身。你这次真是其情可表,感我肺腑,谢谢你了!"

王九先隐约觉得,这些天来,总有一双眼睛在盯着驼队。过了几天,他就放下心来,那个在咬牙沟神龙见首不见尾出手相助的蒙面人,原来是沙筱圃。他压根儿就不知道,沙筱圃的身手,是在迪化军训时练出来的。

也就在这时,王九先觉得那双眼睛似乎要离他而去。他抖动缰绳,骑着黑骡子上了一处高坡,他隐约看到沙筱圃打马飞奔,瞬间便消失得无影无踪。

王九先打开沙筱圃临行时给他的那封信:"延续五千年的文明古国,从炎黄之争到秦皇扫六国,从吾皇开边到成吉思汗,不管他是北狄、东夷,还是南蛮、

445

橐　驼

西戎。万丈红尘，千秋大业，华夏民族的血性，在战火中得到了洗练。现如今倭寇入侵，家贫国弱，备受屈辱。国难当头，驱逐外夷，刀还能挥，枪还能射。天行有常，不为尧存，不为桀亡，吾定会结草衔环，报效国家。赶走倭寇之日，纵使你我不能相见，坚信山河星月定会齐贺。"

　　王九先朝着沙筱圃消失的方向又看了一眼，从衣袋里拿出沙筱圃送他的鞋拔子，再摸摸怀中的枪，明白了沙筱圃留作念想的用意。

　　他感叹道："人这辈子总要经历些坎坷，没有什么扛不过去的，熬过了最难熬的时光，有些事儿也就不是事儿了。沙县长，你是灵台透亮，疲鸟思归，心里还念着老婆孩子。愿你此去，能忘却前尘旧梦，舍小我，成大义，遂己心愿。往后见面的日子就无定数了，但愿能手眼相望，意会心通。"

　　驼队来到了绵延起伏的长城脚下，多少年来，长城在驼户们的眼中，已司空见惯。它翻越巍巍群山，穿过茫茫草原，跨过浩瀚沙漠，奔向苍茫大海。而此刻，在王九先的眼里，它却像一条巨龙，正欲升空腾飞。

　　路边杨树上的叶子在微风中沙沙作响。王九先跳下骡子背，他从地上抓起一把金黄的叶子。落叶在手，满目是秋，他陷入了沉思。

　　几十年的风霜雨雪，让他的黑发变成了自个儿戏谑的驴毛色。头发有些凌乱，几丝头发被风吹向嘴角，额头上沟渠纵横的皱纹，记录了岁月对他的打磨，他目光如炬，似一尊向远方凝视的雕像。

　　猛然，他从沉思中回过神来，站在长城脚下的他，被远处传来的一阵高亢奋进的军号声吸引。

　　瞬间，他被感染，回望漫漫驼道，荡气回肠的岁月，深深浅浅的脚窝，踏破日月星辰，承载了多少风风雨雨，悲欢人生。

　　王九先心潮难平。天山苍苍，黄河泱泱，驼铃、商队、丝绸、玉石、落日、戈壁、沙漠……

　　久远的往事一下打开闸门，向着遥远的丝路新北道，像流星雨一样，从天幕上一道道划过。

后　记

那天晚上大约七点半钟的样子，出版社马非先生和我语音通话（稿子的原创首发是直接给他的）他说，今天开会，《橐驼》通过了。

多年前我的中篇小说《驼客》在《中国西部文学》发表，就是现在的《西部》。当我在写《橐驼》时，《驼客》的一些人物又跳了出来，如"郝七三""葛钟娃""曹文茂""道尔吉"。而在《橐驼》里，这些人物的名字都没变。

当《橐驼》中的这些人物长时间在心里搁置着，一些画面长时间在脑海里走着说着跳跃着，甚至觉得你和他们共同着命运时，就有了一种煎熬。

腹稿是长时间的，不知在胸中翻过来倒过去折叠过多少个跟头，来来回回，没完没了。先前已有过冲动，但总是告诫自己，再等一等。动笔则是三年疫情期间的事，就小说的开头切换了好几个。

小说中多处用到了的"欻"字，是个高频字。如陕西人说"我知道个欻！"意思是我不知道。在骆驼身上"欻"毛，却是另一个意思，如同薅羊毛的"薅"。

感谢刘亮程、王春林、鲁顺民、董立勃、赵光鸣、黄毅、刘运涛先生,给了小说评价、举荐和关注。谢谢作家朋友李健的一再关心问候。感谢朋友、画家张永和为小说插图增色。还要感谢远在上海的家兄王敏,在调皮的小孙孙的打搅下,他在稿子的初步校对上付出了心血。

作者
二〇二三年一月六日

草原丝绸之路示意图